JN000824

の、すべて

古川日出男

hideo furukawa

On a Swing

kodansha

目次

装幀　水戸部 功

の、すべて

On a Swing

怪物はシナリオを書き、怪物の息子は主演する。
そのようなバイオグラフィーを新たな怪物が書く。

第一楽章

「恋愛」

I

ひとりの人間を紹介することも難しければ、ひとつの時代を紹介することも難しい。巻頭にこうした一文があったら成り立たせるのにも困難にぶつかるのが伝記文学である。スサノオという異名を持った男の物語にはもはや迫れない。そのスサノオが恋愛をしたともしなかったとも語れないし、スサノオとぶらんこと純愛と、的に意外な三つのお題を並べる地平にも決して進めない。誰かが「一日にぶらんこを十分間」と口にする場面にも絶対にゆきつけない。政治とテロリズムの話もできない。あるいは政治と宗教のそれも。けれども本当にそうなのか？　ひとりの人間は、さっさと名前を教えるところから紹介に入れる。年齢《とし》も同種の要素だ。ひとつの時代は、それが何年だったと示すところから入れる。ここでこのふたつの難しさを比較すれば、じつは後者（「ひとつの時代を紹介する」こと）のほうが困難だとわかる。

今年は三年である。

しかしどの三年なのか？　西暦の三年、それから二十一世紀の三年め――二〇〇三年――もある、そして日本ならではの問題だが元号の三年も考えられて、さっさと昭和三年、平成三年、令和三年が選べる。伝記を編むには「それは何年だった」は難儀だ。おまけに時代にはさらに面倒な要素があった。それぞれの時代に特徴的に具《そな》わる、空気、だ。これはそこに実際にいて、吸い込まなければ理解されない。となると……。

時代よりも人間をひとり、さきに紹介するほうが妥当だ。

そこから伝記に入ろう。この文章作品を始動させよう。名前は大澤光延《おおさわみつのぶ》である。今年、二十六歳となる。あとはこの大澤光延に彼自身が生きている時代（「三年」）を解説してもらえれば、その空気まで描けるはずである。ところがそうはならない。というのも、ここ何年かは光延は日本にいなかった。母国のこの期間のありようを皮膚感覚では知らずに、この年、この「三年」に帰国した。後《のち》、五ヵ月が経とうとしている。彼がいたのはアメリカでそれは基本的には留学だったのだが、目下問われているのは日本のその時代の空気だから、留学期という過去には焦点は絞らない。過去よりも現在だ。そして現在を現在たらしめている「時代」だ。去年や一昨年《おととし》、その前までを視野に入れよう。大澤光延本人もこれが気になっている。すると、今年は三年なのだけれども、その三年前というのは何年でもない、何年でもなかった。

この物語はいったい何を言っているのか？

平成三年から3という数字を減算したら、0という値《あたい》が出る。そう言っているのである。

「いったい日本は、何がどうなったんだ？　どういう時代を通過したんだ？」と光延は友人の垂水勝《たるみまさる》に尋ねたし、女友だちにもリサーチした。ずっと国内に居《い》つづけた人間、それも同世代の人物にしゃべってもらうにかぎると直観されたので。肝《きも》は皮膚感覚なのだ。それを頒《わ》けてもらえるか、否か。もっとも的確に応じられたのが垂水だった。それこその的《まと》のいちばんの中心部を射るように回答した。垂水勝は、中学進学からの六年間、ずっと光延の同級で、というのも同じ中高一貫校、かつ男子校に通ったからだった。十五を過ぎてから親友づきあいを始めて、その後はどちらかが浪人しようと、私立国立の異なる大学に入ろうと、つきあいは已《や》まず、光延であればアメリカ――ニューヨーク州（のニューヨーク市）滞在期には定期的に長い消息《てがみ》を航空郵便で出したし、垂水は垂水で、わざわざアメリカの祝日（ワシントン誕生日やら独立記念日やら、感謝祭やら）にのみ、光延に短い国際電話を入れた。「さ。六分以内に切るぞ」とハロー《もしもし》のひと言のつぎに、いつも判で捺《お》したように宣言したものだった。

「日本の、時代？」と、帰国した友人に尋ねられて垂水勝は尋ね返した。

「時流、とかさ」

その後ビールを四杯ほど呑んでから（光延は四杯ともジョッキだったが、垂水は二杯めからはグラスだった）、「時流というのは、時間の流れか？　いやいや、時代の流れだな」と独語《どくご》するように垂水は言った。切りだした。

「流れを意識すると、それが速いだの遅いだの、それこそ澱《よど》むだの堰《せ》き止められるだの、いろいろと考えられる。たしかに景気は騰《あが》ったし、下がった。株価だろ、地価だろ？　しかし経済状態のオーバーヒートと冷却、つまり冷や水だな、そういうのは上下したんであって、流れというのは横方向、左右だ。要するに、大澤、お前はバブル経済については訊いていない。俺はそういうふうに了解した。お前の質問の、その骨子《こつし》？　その主旨？　が、そうなんだと。だから俺は、お前に、まず和製英語があったんだ、と言いたい。これは澱みを生み、いったん完全に流れを遮断して、つまり塞《ふさ》いだんだな、だけれども、また流しはじめた」

「わけがわからないんだけど」

「わからないように言ったんだよ」

「和製英語ってなんだ」

「大澤はアメリカで、新聞や雑誌、テレビは見たか？」

「見た」

「しかしXデーという言葉は載らなかったろ。聞かなかったろ」

「X……？　ああ」とうなずきながら光延は、重大な出来事が起こると想定される日のことを、英語ではDデー（D-day）と言うんだった、たしか軍事用語だったとは思っていた。そうだ、Xデー（X-day）はメイド・イン・ジャパンの語句だ。

「俺たちは、だいぶXデーを気にした」と垂水は説明に入った。「この日本国内で。そういう言葉は、オフィシャルにっていうか、公的なシチュエーションでは用いられない。しかしマスコミは発信していた。つまり表立っては使われないのに裏立っては蔓延してたんだよ。俺にもバイトの口があった。民放とNHKの、テレビのな、全部のチャンネルの毎日の画面を録画するってやつ。十台近い数のビデオ・デッキが用意してあって、VHSのカセットテープを、入れ替えたり、巻き戻したり。その瞬間の全局の報道を、ばっちり録《と》る。長時間録画モードの低画質は、ノー。で、八八年の九月の下旬から、待機して――」と西暦で言った。八八年とは一九八八年である。元号に換算すれば昭和六十三年。「――あんまりしんどいから、十月の体育の日の前にはこのアルバイトから撤退した。三万円しかもらえなかった。しかし脱《ぬ》けてよかった。じゃなかったら、俺は睡眠を犠牲《いけにえ》にしながら、翌年の正月まで、その狭ぁぁぁいビデオ・デッキ室に寝泊まりする羽目に陥《お》ちたから。大澤、俺がなんのことを言っているか、Xデーの X《それ》って何を指しているのか、わかるか？　一昨年の正月だぜ、正月」

光延は、わかった。

「あれのこと、Xデーなんて言ったのか？」と訊いた。

「な？」とどこか勝ち誇った声で、垂水は応じた。「まさに符牒《ふちょう》だよ、符牒。あ・い・こ・と・ば。日本人だけが口にし合ってて、それも国内限定、その時期限定、お前みたいに国外にいた人間や、この時代以外の日本人もだな、きっと理解しない。十年もしないで忘れられるだろ。『天皇陛下崩御《ほうぎょ》の日は、マスメディアを中心に「Xデー」と認識されておりまして、列島の国民は、ご容態《ようだい》の公表のあった前年の九月から一億総自粛の態勢をととのえておりました』なんて、さ。そもそも俺はXデーのX《それ》の当日になるまで、崩御っていう日本語を知らなかった。英語だと？」

「ただのパス・アウェイだ。動詞だったら」と光延は言った。

「大澤」

「うん」

「そういう経緯《いきさつ》は、じつは、どうでもいいんだ。もちろん八八年の、お前が夏にはアメリカに発《た》った昭和六十三年のだな、その自粛ムードは凄かったんだ。学校の運動会がとりやめになって、あっちこっちの、有名なお祭りが中止になって。学園祭もな。クリスマスには、ジングルベルが鳴らなかったよ。市中《まち》では。そして、これが助走だった。年が明ける。一月七日、ついにX《それ》が来た。ええとな、朝の六時台だった、『崩御なされました』って報道は。途端、テレビは全部CM抜きの特別編成になって。たしか大相撲の初日も延期が決まって。政府が、二日間は喪に服すようにって要請したんだよ。そうしたら、市中《まち》は、ここだと新宿、原宿、渋谷だな、どうなったか？　日没とともに灯りが消えた。それだけじゃないんだ。音だ。ジングルベルの次元じゃなかった。音楽という音楽がいっさい、鳴らされない夜が来た」

その無音を二十六歳の光延は皮膚《はだ》で聴いてみる。

三年前……二年と十ヵ月前の東京に、その無音は二日間だけ、あった。

そこを呼吸《いき》する。

東京に戻り、実家を出てから記録をつけるようになった。大澤光延が1LDKのマンションを渋谷区代々木二丁目に借りたのはこの年（平成三年、一九九一年）の七月で、月十八万円ほどの家賃は父親が負担した。実家は杉並区荻窪三丁目にあり、その邸《やしき》は部屋数も多く、そもそも大学生をしていた頃までの自室というのが光延にはあったが、しかし両親は出ることを勧めた。なかでも父親は「ニューヨークでは真面目にやったんだ。ここからはモラトリアムだ。ちょっとは放《ほう》恣《し》にな、不真面目に、ただし『経歴には傷をつけない』を条件に、やれ」と言った。いつまでか——の期限も切られていた。二十八歳もしくは三十歳を迎えるまで。どちらかの年齢《とし》で、この大澤家の長男は身を固めると定《き》められている。相手もいた。許嫁《いいなずけ》なのだと言えた。それにしても家同士の結婚の約束が、二年、すなわち二歳ぶんの誤差（というか幅、余裕）を孕《はら》むのは、どうしても奇妙な感じがする。光延の父親の主張《いいぶん》は違うのだが。

「時局の出方しだいだ」と言い切るのだった。

時局、とは、世の中の移り変わりのありさまを指している。またも「時代」だ。

去年や一昨年や三年前が、現在に流れ込み、来年、再来年へと流れ出る。

記録のことだった。光延のつけている記録について詳述するならば、それはノートだった。細《ほそ》罫《けい》で、しかし厚みがある。つまりページ数がある。そこにボールペンで現在を誌《しる》す。となると、それはまるで日記のようだけれども、当人には「日録を書いている《ダイアリー》」との意識はなかった。なにしろ日付を挿《い》れるということをしなかったのだ。では、完全に未整理・無整理なのかといえば、扉は具わっていた。ここには英単語が二つ、配されている。——Cohen.——Tokyo. とある。

後者は、説明する必要もないけれども、都市名の東京（Tokyo）を意味した。いっぽう前者は、コヘンと読まれてしまいそうだが英語としての発声時にはhの音は落ちる。コーエンとなる。では、このコーエンが何を意味するかだが、この語《ことば》は明らかにひとつの暗号、謎、として扉に記《き》されていたから、いま説いてしまってはフライングだ。

強調しなければならない点は唯一、その帳面はアルファベットのCの文字から始まっているのだということ。つまり、それはCのノートである。

このCのノートを記述者の当人がふり返ると、一々《いちいち》のブロックの思考のトレースは難しいのに、感情のそれは容易《たやす》い。というのも、思考は書き込まれた文章の、内容を追わなければならない。つまり実際に「読む」必要がある。だが、感情であれば圧力（筆圧）、一字一字の大きさ、その漢字やカタカナの崩れ、で把《つか》めた。不思議ではあったが大澤光延のひらがなは気持ちの昂《たか》ぶりには左右されない。だからそれ以外の字種《じしゅ》で判定を下すことになるが、ノートをぱらぱらとするだけで、ああ俺は上気《のぼ》せていたのだな、ここでは理性をうしなっている、ここには幸福感が充溢する、等、確かめるということが叶った。Cのノートの始まりの十ページほどは単に端正なだけで、要するに感情にブレはない。光延は、彼自身は「日本という現象」という言葉をノート内で用いていたが、帰国後のそこ——現代日本社会に先入観なしに直面しようと努めて、「そこに自分がなじみ切ってしまう前に、何を『気に入らない』『気に入る』と思うのか？」と真摯に綴り、まさにそれを書き記していた。日本を、具体的には東京という都市《まち》を、観察して、体験して、コメント（これが思考である）とともに書きとどめていた。だがあるページから様子が変わる。つまり読みとれる感情があって、それは内容を「読む」ことをしないでも光延にはわかってしまう、という類いだ。何が起きたのかといえば、光延は恋をした。父親の言葉まで引用されている。それは忠告でもある――「色気を身につけなさい、たっぷりの色気を」と言われたのだ。Cのノートには日付は挿入されていないと言った。それでも記録者自身は、二、三の日付は（そこに書き留められていないにもかかわらず）読めて、デートと呼べる最初のものは九月三日、この代々木二丁目の部屋に招《よ》んだのは九月二十日、と脳裡に数字――月日《がっぴ》――を浮かべられた。だが、それは続かない。ということは、その昂揚《こうよう》した感情は続かなかったという事実を表わす。むしろノートは荒れて、それはアグレッシブな荒れ方（筆圧が強すぎる。文字が大きすぎる。そしてカタカナが極度に角張った形《なり》に変わる）で、つまり女友だちとの衝突と、ひとまずの和解、妥協、急速に冷める感情、すなわち冷める二人の関係、等を表現した。

十一月、実質的に破綻している関係を、いかに「清算」するか、という現在が現われる。

垂水勝は友人に訓《おし》えを垂れる。ひとりの異性をものにすることは難しい、大概の人間にはだ、しかしながらこうは言える。ひとりの異性をものにすることも難しいが、ひとつの破局をスマートに迎えることのほうが一入《ひとしお》難しい。

含蓄があるとは感じられたが、大澤光延にはピンとこない。

スマートってなんだ？

「演出が要るぞ」垂水はそう真顔で回答した。「それも時代なんだよ、時代の、まあ……残《のこ》り滓《かす》だと感じられてはいるんだけれどな、俺には。しかし大澤、お前は、味わっておきたいだろ？」

「もちろんだよ」

話は決まる。アイディアの核《コア》もさっさと固まる。その親友は光延に、二年と十ヵ月前の東京を皮膚《はだ》で聴かせるということをしていた。この市中《まち》からは音楽が消えた――消失したという履歴がある——だとしたら？　男女間の最高の別れのシーンには、にわかに出現する音楽がふさわしい。それ一発で劇的になる。垂水勝は「しかもトレンディさも少しは匂わせるように」と言ったが、そのトレンディ（trendy）との一語に「ここまでの時代の空気」のニュアンス——あるいは敷衍《ふえん》——があることは光延にも捉《つか》めた。

垂水は渋谷区の代々木三丁目に住んでいる。光延と同じ代々木でも明治神宮の内苑《ないえん》に近い。父母および祖母ひとりと同居している。父親（それと叔父も）は学習塾チェーンを経営していて、「たった二百坪の土地を担保に、だいぶ資金《かね》を動かせたんだよ」と光延に説明したことがあった。しかし光延は中学進学以来のこの朋友のご近所になろうとして代々木界隈に部屋を見つけたわけではない。あるものの近傍《そば》にいようとした。結果、小田急線の南新宿駅の徒歩圏にあり、住居表示だと渋谷区代々木二丁目となるマンションに越した。マンションは、あるものとは直線距離にして六百メートルから八百メートル離れる。その距離の誤差（というか幅、可変性）は、あるものの巨《おお》きさ、敷地面積の広さに因《よ》る。ある建物《もの》の。

直接その建築物に触れることを、しかしながら光延は避けてきた。

だから数百メートルの距《へだ》たりを保ったのだとも言えた。

それは西新宿にある。

初め、垂水は新宿中央公園を提案する。その演出つきのお別れの舞台にだ。しかし覗きの名所であることは問題だ、となった。どうしたって変質者《のぞきま》たちが騒ぎだす虞《おそ》れが、濃厚に、あった。だから超高層ビル街の、地上（いいや、地階に相当してもよい）のどこかの広場や、中庭だろうとなるが、企業がオーナーのところでは警備がきついだろうと案じられる。つまり私《し》よりも公。民間よりも……。

アイディアは二人で転がしていたが、演出の実演は手に負えない。すでにひとり、計画に加わっている頭脳《ブレーン》がいた。これがこの物語で名前とともに紹介される三人めの人物となるけれども、大澤光延の重要性はもとより垂水勝の重さも持たないので、当座は姓のみの導入でかまわない。河原《かわら》といった。光延や垂水よりも世代がひとつ上で、男性の芸術家《アーティスト》で、どうしてこのようなタイプ（および年齢）の人間が関わるのかを説けば、光延の父親が、彼の——実際には彼の所属する画廊の顧客だった。河原のアート作品は数点光延の父に購《あがな》われて、荻窪の実家の壁を飾っていた。それらは絵画および写真の、ジャンルとしては境界線上にある。場合によっては写真にじかにアクリル樹脂が塗られていたり、逆に絵画を撮っていたりする。前衛的であってまさに現代美術だとは言えた。しかしストレートに迫る美がある。おまけに空間を異化させるインスタレーション・アートやパフォーマンス作品もこの芸術家《アーティスト》は手がける。光延が画廊に連絡して話をつけた。「いいよ。洗練させたいから僕に指揮してもらいたい、ということだね？」との返事をもらった。

頭脳《ブレーン》はあっさりと解決策を出す。

「西新宿にならオープンな美術空間がある。今年できたばかりでね、そこは公的空間でもある。公私の公だよ。ぴったりじゃないか？　おまけに新しい観光名所でもある」

この意見が通る。

そして訣別《けつべつ》の、その「修羅場回避」のパフォーマンスは実演される。河原が七人ほど美術仲間を呼んだ。垂水も加わった。練習もした。その日、これは十一月二十五日の月曜なのだが、まず、夜、歌舞伎町の外れにある小さな飲食店（韓国料理）に光延と女友だちが入っている。そこでの会話は二人の関係の冷たさを確認し合うために行なわれる。どこまで冷えて、むしろ……どこまで空気が停滞して、同じ気分《もの》を吸えないか。そうした状態がどれほど長々と続いているのか。長々と……何十日めだ？　光延は瓶ビールの後のマッコリをほとんど呑まない。「もう帰ろうか」と女友だちのほうが言う。「あのさ」「なに？」「八時半までは、いいかな。送れるように、都庁の前にちゃんと車を呼んである」と光延は言い、その車とはハイヤーを指し、都庁とはもちろん東京都庁舎のことで、こうしたハイヤーだの都庁だのという設定を、女の側はいっさい訝《いぶか》しまない。その設定はどこかで大澤光延という人間の身についているから。

垂水勝は、歩いている二人（もちろん女友だちと光延は手をつながない）が青梅街道を新宿警察署のところで折れて、二つめの交叉点《こうさてん》に至ったところ、から、背後に現われる。午後七時四十分。すでに三十分以上前から待機していた。

「後ろから眺めていても、四メートル五メートルって距離をとっていてもさ、いやあこの二人は別れそうだなあ、って感じだったよ。時限爆弾を尾《つ》けているようである、と文学調にも表現できた。いまにも『さよなら』爆弾の炸裂、な？

ただ、俺は別のことに感心してさ。お前に言うことじゃないんだが、本人を目の前にしてな、あのな、大澤。お前は高校の世界史の、本多先生の、白髪《シラガ》の本多だ、雑談を憶えていないか？　かなり下《くだ》らない、男子校ならではのやつ。『ある道をカップルが歩いている。すると、向こうからもカップルが歩いてくる。諸君、男というのは嫌らしい生物《いきもの》だから、こっちのカップルの男は、恋人に悟られまいとしながら、歩いてくるほうのカップルの、女のほう、を眺める。向こうの男もそうだ。こっち側の女の、顔をちらちら見たり、胸を観察したり、な？　諸君もわかるだろう。男は女を見るのだ。して、女は？　こちらのカップルの女は……あちらのカップルの女を見ている。値踏みだ。あちらの女は？　やっぱり女を見ている。査定するんだ。そもそもの素材のレベル、化粧のスキルや髪形やファッションや。で、その瞬時のレーザー光線の照射が完了してから、やっと男のほうに目をくれて、ああ相応ね、だの、不相応だわ、だのとなる。諸君、これが世の真理だぞ。男も女も、女を見る』って一席。俺は、こいつはあの学校でつけてもらった智慧《ちえ》のうちでも第一等かなと思っていて、しかし、今日は裏切られた。お前たち二人が歩いている。八組九組十組ってカップルとすれ違った。で、どうなった？　十中八九、どころか、十中十、女たちはお前のほうに視線をやった。男もだ。四、五人の男たちはそうだった。

お前は、例外だなあ。

河原さんが言っていたように、東京都議会の議事堂の前の、あの、半円形？　半楕円形か、の、都民広場は美術空間だった。彫刻、いっぱいだよな。ああいうのは人間を彫っているから彫像か？　あの広場にはもともとお客さん《ギャラリー》がいた、わけだ。お前は、鑑賞のゆとりはなかったろうけどな。俺はタイミング的にはおしまいに仕込まれたひとりで、都民広場に、扇形《おうぎがた》に散らされたフォーメーションの端っこの人員になった。二時間前からの待機組もいたから、だいたい広場の半数は俺たちだった。

お前らは含めないで、さ。

お前の相方の雰囲気は、いやあ、びりびりだったなあ。俺は、時間が来るまでは煙草の吸い殻を数えていたんだ。だいぶ捨てられてたよ。地面にな。さすがはニュー観光名所でございだ。お前たちの会話のなかみ？　いやいや、聞こえなかった。だって、口火をいよいよ切らねばならない話題はさっさと切られて、三十秒でドッカン。そこからは戦後処理……だろ？　ぶつっと言ったりぶちっと言ったり、まあ、相手方はねちねちっとだな。

びりびりして、沈黙で、びりびりで。

その沈黙の合間に、俺たちの側のパフォーマー三人が、『きみは、あの店の帆立《ほたて》の刺身が美味《おい》しかったからって、貝殻をもらってきちゃうんだからなあ』なぁんて、大声でやって」

指定していた時刻の八時半、の何分も前に、ハイヤーは確実に到着している、と光延は了解している。指定していた場所の「都庁の前」というのは、第一・第二の本庁舎と都議会議事堂から成る複合ビルである東京都庁舎のうちの、第一本庁舎の正面の入り口（の前、車を停められる都庁通りの端）を指す。新宿副都心として整備後の西新宿エリアは複雑な地形で知られていて、光延たちのいる都民広場は、第一本庁舎の一階の、車道を挟んで地階《した》、に位置した。

光延が腕時計に目をやる。八時二十五分。

その目をやるという動きを大胆に演《や》る。

下ろしていた腰をあげる。女友だちにも起《た》つように促す。

女のその表情は、固いし、つまり強《こわ》い。

「もうハイヤーが待っている」と言った。

女友だちの脊背《せきはい》を押した。二人はこれから、階段を使って上層《うえ》の道路に出て、信号も渡る必要がある。背中に掌《て》を添えた——当てられた——ことで、女友だちは逆に苛《いら》っとしたように歩きだす。やや足速《あしばや》になって、じきに二人は広場を後にする、という瞬間に、貝殻が鳴る。カチッ、カチッと——カスタネットもどきだ——二枚貝の貝殻《それ》がうち鳴らされる。誰かがその前から、棒切れのようなもので地面を掃いていて、というよりも掻《か》いていて、それは単なる幽《かす》かなノイズだったのだが、この誰かが帆立貝のカスタネットに合わせて地面を叩いた。すると、拍子になる。軽い感じの音響だったカチッ、カチッ、カチッとの鳴りが、タンッ、タンッ、タンッとの拍子に。

しかも高さの異なる二つの音色《ねいろ》の厚みを持っていて、それが都民広場にやたら印象的に響いて、ここまでは偶発したのだと感じられた、しかし。

誰かが、合わせて、手を叩いた。

――「そういうことをしたら、どうなるのか」と試すかのように。

ハプニングだった。実際にはそうではないのだが（いっさいは計画されていて、稽古もされている）、反射的に「ハプニングなのだ」と思わせる説得力がある。躊躇《ためら》いがちの参加もあったし、拍子を外す人間もいたのだが、しかし拍手《クラップ》は、広場のあちらで湧いた、と耳に捉えられるや、それとは別の方位《むき》からも湧いて、また別のひと隅からも。どの拍手《クラップ》にも激しさはない。しかし、叩いて叩いて叩いて、叩いて、ふたたび、叩いて叩いて叩いて、叩いて、の定型を採りはじめて、どこかで「ある主題（となる旋律）が、瞬間的な無言《しじま》を挟み、ふたたび、みたびと出現し、展開もする」と感じさせた。

それがなんであるかを河原はもう解説していた。「ソナタ形式だよ」

事前に説明していた。光延にも垂水にも。「主題は、というか動機《モチーフ》と呼ぶべきだね、たった四つの音符だけで構成されている」

ベートーベンの交響曲第五番、いわゆる『運命』の第一楽章は、つまり、これだけで、市中《まち》に解き放てる、そういう音楽による空気の彫刻を何体もの彫像に飾られた都民広場でやればよい、というのが芸術家《アーティスト》たる河原の構想だった。

光延の女友だち（半時間前までは恋人、現在は元恋人）は、当然ながら驚いた。しかしながらそれは「いきなり『運命』が自分の背景に出現した」と認識したためではない。その拍手《クラップ》の音楽は、その旋律は、たしかに女友だちの耳には馴染んでいる。しかしまさかあの運命だとは聞き做《な》さない。なぜならば、ありえないから。にもかかわらずドラマティックだとは感受する。そしてドラマティックであるとは「ロマンティックである」ことなのだとも言い換えられる、そのように咀嚼するのに先んじて、光延が「ありがとう」と言っている。それも声を少々震えさせて。というのも、たったいま突発したこの感動的でアートじみたハプニングこそが、自分に本音《これ》を言わせているんだ、と演じていたから。

「終わり方はこうだったけれど、こうなっちゃったけれど、つきあえた日々、俺は——うれしかった。俺は、本当に、心の底から、会えて——うれしかった。いっしょに過ごせて——よかった。きみは俺を育てた」

女の瞳が、潤《うる》んだ。

まだ『運命』のクラップ・ミュージックは響いている。

この瞬間に、思いがけないことにタ・タ・タ・ターンの主題は大澤光延にも作用する。俺はその建造物の視線《まなざし》を感じる、と光延は感じている。見下ろされているのだ、いま、都庁舎から。それも第一本庁舎から。その建物の高さは二百四十三メートルある。地上四十八階建てである。しかも双塔である。「威容を具えている」と形容してよい。だが強烈な視線《まなざし》は、低層階の、具体的には七階部分から発されている。そこにはバルコニーが設けられていて、そこからは都民広場がちょうど眼下に見られる、はずだ。そこに立てば東京都民に語りかけることもできる、はずだ。演説することが、造りとして、理屈として、可能だった。そのバルコニーだけれども、奥で、知事執務室の窓に通じている。

ふり返らずともわかった、そこには人影はないはずである。この時刻には。

この時刻や、他のいかなる日にも、まだ、そこに人間《ひと》は立っていないはずである。演説に臨むためには。

しかし光延は視線《まなざし》を感じていて、俺はこの感触のことをノートに記すだろう、きっと、と思った。事実、そうした。だからここはCのノートを引用する。このような文章がある。

——「バルコニーには誰もいない、とは理解するのだけれども、同時に、未来の自分がいて、眺めているのだ、とも感じた。すなわち未来の大澤光延が、この、たぶん十歳は年下の、二十歳は年少の、もしかしたらもっと？　そういう年齢《とし》の、大澤光延をその視界に捉えている。なるほど、こうしてスタートするのか。親父の、秀雄《ひでお》の言葉はこのビジョンの後に、脳の内側によみがえる。『お前は東京の都知事になるか、日本の首相になれ』」——

東京都庁舎の落成式はこの年の三月だった。竣工は前年の十二月だった。前年とは平成二年で一九九〇年だった。とはいえ、この建物を語るには西暦がふさわしい。なぜならば相当な高さを持った建造物は、0メートルから1メートル、10メートル、100メートル、200メートルと次第《だんだん》に建つことを強調する。必要なのは足し算であって、ひたすら加算《それ》で進む暦は、元号ではないほうだ。

建築のための実施設計の完了は一九八七年の十月だった。この年、光延は日本にいた。

竣工は一九九〇年の十二月の、二十七日。光延はアメリカにいた。コロンビア大学のある大学院にいた。

落成式が一九九一年三月の、九日。光延はまだ戻っていなかった。

十一月のいまは、帰国していて、しかもその建造物に触れた。ほぼ直接に。

そして光延の父親であれば、この十一月も、春の三月も、前年も、さらには四年前でもやはり、東京都庁舎には連日のように触れている。この職場に公用車で——荻窪三丁目の自宅から——通っている。登庁と退庁時に送迎されている。父は、三人制から四人制になったばかりの東京都の副知事の、ひとりである。

2

ひとつの家庭を紹介することは場合によっては易《やさ》しい。ある情景に、選ばれるその場面に、家族の構成員がみんな揃っていれば片がつく。典型的な例としては食卓を囲んでいる場面が挙げられる。だがしかし、全員で囲んだりはしないのだという家庭もあって、囲みたいが事情によって当座は囲めないのだという家庭もありうる。それでもさっさとひとつの家庭を紹介しうる裏技はある。抽象化してしまえばよい。「その一家は、父、母、兄、弟から成る」などと。しかし、そのように抽象することを最優先しても、その父親の名前は「なになにである」とか、兄の名前が「なになにである」とか、年齢《とし》が「何歳である」とか、結局はさっさと具象というやつが補いに入る。之《これ》を要するに、二つは同じことなのだ。抽象化のほうを進んでみよう。父の名前は大澤秀雄であり、今年、五十一歳になる。六月になったのだった。六月の二十一日をもって。兄、というのは大澤秀雄の息子だけれども、こちらの名前は（大澤）光延で、二十六歳。一月二十九日をもってこの年齢《とし》になったのだった。……このように抽象する途《みち》をつき進めば、誕生日は「いついつである」とまで、教えなければならない始末となる。

そうであるのだから、抽象化は援用するにとどめたい。

宜《よろ》しき場面を探るほうが良策だ、となる。

大澤家は、家族で食事は摂《と》らないのか？　いま現在、物語は東京都庁のそのメタフォリカルな影のさしている地平に置かれているに等しいから、ここでは西暦で進めるけれども、光延は一九九一年の七月に実家を出ている。これはもう語った。つまり父、母、弟との同居は現状していない。となると「食卓を、家族の構成員みんなで、囲む」ことは条件的に難しい。けれども、つねにそうか？　渋谷区代々木二丁目に独《ひと》り居《い》する大澤光延は、だからといって実家の敷居をまたがないということはない。むしろ月に五、六度は顔を出している。その杉並区の邸《やしき》で昼食、夕食を摂ることがあって、全員ととは言わないが、弟とや、弟と母とや、父と母と、は同座した。

それだけではない。

西暦の一ヵ月はじつのところ奇妙な構成をしている。第五週めに木曜日や土曜日があることがあって、四週までしかない、という月も――閏日《うるうび》なしの二月に限定されるが――ある。日曜日を起点に数えるか月曜日のほうを起点と見做《みな》すか、でも変わるが、いずれにしても七日のサイクルとひと月の構成日数（二十八日、二十九日、三十日、三十一日）の噛み合わせの悪さは、月々の表情《かお》に変化をもたらす。日本は、西暦という名称の新暦、グレゴリオ暦を一八七三年に導入するまで、七日循環の「曜日制」とは無縁だった。とはいえ、ひとたび暮らしにその暦が滲透《しんとう》すれば、暦とそこに伴われる諸制度が人びとの暮らしを規制する。大澤家のことを言えば、一九九一年の現在、こうした決まりごとがある――「第五週めの火曜日には、晩餐《ばんさん》を催す」との。

この会には全員が集合しなければならないし、しばしば親族も招かれる。

十一月二十六日は火曜だった。

午後七時過ぎ。邸内の一階には人の気配があるところと、ないところがある。食堂は無人だった。

だがテーブル・セッティングは完了している。白いクロスが敷かれて、皿の上にはナプキンが用意されて、左右にカトラリーが並べられて、さらにグラス、四席にはワイン・グラスがあり、全席にタンブラーがある。食卓花も飾られている。それらは大澤家の、(抽象の援《たす》けを借りるならば)父、母、兄、弟のための支度だったが、他に二席あり、こちらは傍系親族の、伯母、従弟《いとこ》の来訪に備えてのものだった。

ダイニングの空間は静寂《しずけさ》に満ちている。

対照的に賑やかなのは、ただしそれは声量という点においてではないのだけれども、厨房《ちゅうぼう》で、この部屋は廊下との境《さか》いから入るとコの字形に調理台、大きなシンク、ガス台の類いと配置されている。機能的な造りで、いちどに複数名が動きまわれるゆとりがある。実際、いま五名いた。ただし二名は傍観していて、それが大澤家の母、弟に当たった。残りの人間たちだが、これはいわゆるゲストではない。午《ひる》となる前からここに来ていて、仕込みをして、目下は忙《せわ》しない調理に入っている。ゲストに対してもホスト(とは大澤家の人間たちである)に対しても、一時《いちどき》にサーブする食事を準備している。

その慌ただしさが、賑やかさに相当している。

廊下。人影はない。食堂と同様に無人である。

玄関ホールもまた同様で、静寂《しずけさ》があり、訪れる客を待っている。

その玄関の広間からは、食堂よりも居間が近い。しかし居間は、当面は、晩餐会と関係するところがない。食後にひとつかふたつの情景がそこで展開するという可能性はある。だが、その際にはひとつの家庭はもう紹介し了《お》えているはずだ。そうであるから、ここでは焦点を絞らない。それこそ当面は。

このリビングの空間とダイニングの空間に挟まれるような塩梅《あんばい》で、小部屋がある。そこは小食堂としても利用される。そして、その室内に、進行する会話がある。ということは二名以上の人間がいるのであって、それが光延だったし、いまひとり、父親の秀雄だった。

二人は食前酒を飲《や》っていた。

この父子《おやこ》は。

「遊んでいるか？」と尋ねるのは、父親である。

「遊んでいますよ」と、息子が答える。

「もてているんだな」

「どうですかね」

「はぐらかしは不要だぞ」

「じつは、昨夜《ゆうべ》」

「昨夜、どうした？」

「恋をひとつ、うしなってみました」

「そうなのか？　それは凄い」

父、大澤秀雄は真剣に関心を持ったのだ、と言わんばかりに、身を乗りだした。

「どうだ、お前は、傷心したか」

「ショウシ……？　ああ、傷心ですか。はい、しましたよ」

「別れの首尾は？」

「友人の協力もあって、助言もですけれども、上々です」

「最高だな、コーエン」

「はい、父さん」

光延はコーエンと呼ばれて、はい、と応《こた》えた。

大澤光延の名前は、おおさわみつのぶ、と読む。しかし家庭の内部《なか》や、その延長線の上にあるとも言える間柄では、おおさわコーエン、と下の名前が音読みされる。幼少期からの習いというのではなかった。それは、光延が、いずれ「商品」になるのだという将来像が意識されてから、生じた。父、それから母、それからまた伯母の一族も、そう呼ぶとの習慣化に至った。この判断が下に敷いていているのは、政治的に有利になる名前は何か、との問いである。選挙専用のポスターには、戸籍での記載どおりに「大澤光延」とあるよりは、姓のほうは旧字を新字体に換えて、澤は沢にして、下の名前はひらがなに開いて、しかも憶えやすい音読み（にした発音）を採り、すなわち「大沢こうえん」にするのがベターだ。いいやベストである、となった。これらの変更は、戸籍には名前の読み（ふりがな等）が入らないこともあって、いっさい公職選挙法に逆《あら》がわない。

そのように考慮されはじめてから、光延――みつのぶ――は身内からコーエンと呼称される者ともなって、かつまた、アメリカに渡るに臨んではミツノブ・オーサワよりもコーエン・オーサワのほうが圧倒的に親しまれる名前になる、響きがスーッと通る、それこそ名が通るとも計算して、ユダヤ系に多い姓だと言われるCohenを、もともとの下の名前の位置に嵌めた。そこに嵌め、名乗った。

なぜならば、この渡米じたいがすでに「政治的商品」の自分を光延に認識させていたから。その経歴に箔をつけるためにニューヨークの大学院《そこ》へは行った。力強い推薦状（とは元手《かね》のかった推薦状だ）があり、提出する短めの論文があり、さらに面接を通れば、入れる研究科には入れた。

「最高だ。ハートブレイクという経験は」と言ったのは父親の秀雄だった。「だろう、コーエン？　失恋とは、心の破れ、痛めつけられること、だ。痛めつけられれば、お前は、のみならず俺は、俺たちは、弱さを自覚する。いったん己れの弱さを、弱みを自覚したら、俺たちは、——お前が、弱点《そこ》を補う。こういう言い方は、どうかな？　たとえば……『質問というメソッドがこの世にはあります。誰かに質問を投げかければ、答えがもらえます。だけれども、質問をすることができない間抜けだったとしたら、答えには永久に触れられません』」

「質問が、弱さ、弱みに当たるんですね。父さん」

「だから遊べと、俺は言う」と言った途端に、アッハッハと書き表わせるような大笑いをこの父親はした。

それから手にした細長いグラスを傾けて、

「美味《うま》いシャンパンだな」

とこの父親は言った。

「高いんですか？」

と息子は訊いた。

「シャンパンはな、今年、はなはだ暴落した。人気はガタ落ちになった。その意味では、手をまわせば、安い」

「そうなんですか」

「泡だ、泡。バブル」

「そうか、バブル経済が終わると同時に、発泡するワインのブームが？」

「そういう勉強もしているか？」

「うーん、そう……ですね、しています。たぶん積極的に」

「遊ぶのかたわら、か？　柿村《かきむら》先生のあれは、勉強会は、週に？」

「週に二度、または三度、だいたい三時間ずつ……ですかね」

「なかなかの政治塾だろう。講師には金融だの経営だのの専門家もいて。そうか、週に六時間から、九時間、いい塩梅《あんばい》だ。まるっきりの阿呆《あほう》になる前の勉強。ところで、一昨日《おととい》だが、革新の一派の『影の内閣』というのが、その文相《ぶんしょう》に就いている代議士がな、条件付きで日の丸を容認してもいい、しかし国歌は新しいのを、セ――」

制定、と言おうとしたのだろうが、言葉を切った。

玄関ホールのざわめきが壁やドア越しにも、感知された。「来たようですね」と光延が言った。

「ま、ひとまずアペリティフだ。呑み干そう」

「ええ、父さん」

実際にドアに軽いノックがあるのは、三分は経ってからで、現われたのは、来客や来客《それ》を知らせる母親ではなかった。顔を出したのは光延の弟で、「そろそろです、って。母さんが。『食堂に集《つど》え』って」と言った。

「ユー」と呼びかけたのは父親の秀雄だった。

「うん？」と弟が応じた。

「偵察を、していたのか？」

すると弟は「雉子《きじ》、鹿、ほろほろ鳥《ちょう》。モリーユ茸《だけ》」と唱えた。

コーエンという呼び名がCohen（実在する欧米の人名）とも解されることに照らせば、ユー大澤結宇《ゆう》であり、それはYou――お前《ユー》――ではない。しかしながら、そう誤解しながら聞いたとしても、あの会話は通じた。光延は、へえ、そうか、と妙に感心した。そういうことに俺は、結宇が生まれてから、十七年間か、まる十七年も、いちども気づかなかった。日常的であるとか、日常に属している何かっていうのは、こうやって死角になるのか？　盲点に。弟、大澤結宇は、学年でいうと十下《とお》で、これだけ年齢《とし》が離れているのは母親違いだからだった。他人《ひと》から「きみと弟さんって、あんまり似ていないね」と言われたら、光延は、「そうだよ。母親似だから。あっち」と答える。それで説明は済んでしまうのだが、この回答にはいろいろと含みがあり、「こっちも母親似だから」と足せば、異母兄弟という事実にまで迫るのだけれども、そこまで光延が語ることはほぼない。十歳になる以前からこの弟の実母が光延の継母《ままはは》で、光延はずっと「母さん」と呼んできたから、こうしたこと（とは日常だ）もあって母親似のニュアンスの深みには、ほとんど誰も到達しない。

「ジビエか」と言ったのは父親の秀雄だった。「だとすると厨房も、森だな。野生の。なあ、ユー。お前はいつも、晩餐会には、キッチンの空間を偵《うかが》っているな？」

――この瞬間には、光延は、まさに「ユー、お前《ユー》は……」と父親の言葉を聞いた――

「『知識を吸収している』って、できればポジティブに言ってほしい。父さんにも」

「母さんは、そう言うのか?」

「『お前は毎度、厨房《ここ》で、熱心に知識を吸収していますね』って、言うね。母さんは」

するとノブエが、

「ユー」と声をかけ、

「なに?」

と弟をふり向かせてから、

「どういう知識を、吸うんだい?」と訊いた。

「あのさ、手品だよ。兄さん、凄い料理は、その、もともとの材料? だから、食材? それの変身なんだよ。兄さんさ、僕は、いっこうに料理が習いたいなんて思わない。だけどさ、変身の、変身するマジックの、その種《たね》や、手順? そこには迫りたい。そのほうが、その……」

「食べて、驚けるのか?」と光延は言った。

「うん」

「なるほど。なんというか、ちょっとわかった」

ありがとう、と弟は微笑んで、その弟は、十七歳のいま、背《せい》では二センチほど光延を抜いた。

これで後ひとり、ひとつの家庭を構成している父、母、兄、弟のうちの母が現われれば、紹介の場面は完成する。しかし光延が実際に食堂に足を踏み入れるまで、この母親は、実体を具えては登場しない。午後七時半、無人だった食堂は、母親とその姉(これが光延の伯母だ。血はつながらない)、その姉の子(光延の従弟で、やはり血がつながらず、しかし弟の結宇とはつながり、その結宇の一歳年下である)の三人を抱えている。席に着かせている。この段階でも、母親の名前といったようなことは先行して解説できる。蔦子《つたこ》といった。すなわち大澤蔦子といった。すなわち大澤蔦子といった。光延の（義理の）伯母、従弟は、この思高埜の苗字である。そして旧姓は思高埜《おもだかの》で、すなわち結婚以前は思高埜蔦子といった。

食堂に集合する前に、「俺、さきに用、済ます」と弟に伝える。

便所に寄る。

父親のその晩餐会の開催の意図、または趣旨だが、もちろん家族はコンスタントに一堂に会さなければならない、はある。ただし、長男のほうには制度という話をしたし、次男のほうには食事という話をした。つまり光延には、「この社会を作るものが、制度だ。つまり制度は、主体となって社会を産んでいる。しかし、その制度を作れる人間がいる。法律、条例を。その時、制度というのは人間に作られる客体だ」と言った。そして結宇には、「これからは定期的に、まあ半年に四、五回の頻度か、一流のシェフを邸内《ここ》に招いて、食事を作らせる。どういう美食も、人間が作る。しかし、摂られた料理はその後、どうなる？　栄養素になり、現実的にその人間を作る」と説明した。

「まあ、愉《たの》しんで、知れ」と言ったのだった。

京橋に店のあるフレンチのシェフが、このレストランは毎週水曜が定休日で、第五週めに火曜日がある場合は、この日も休みにして、火曜水曜の連休にしているのだが、その火曜日のほうを大澤家のための仕事に充てていた。たいてい二人のアシスタントを伴い、このアシスタントは晩餐の給仕スタッフも務めるのだが、午前からキッチンに入って、夜、コース・メニューを提供する。大澤秀雄の依頼は、「そこに愉楽があればよい」だった。むろん、予算の上限《リミット》は呈示したけれども。

廊下を、給仕スタッフたちが往《ゆ》き交《か》いだしている。

光延は便所を出た。

食堂にはもう家族一同、プラス親類が二人、揃っている、と考えている。

ところが二階に続いている階段の、その踊り場に、人の気配があった。

踊り場にはアート作品が飾られている。昨日世話になった、河原のだ。

「ん?」と光延は言った。

ふり返ったのは十六歳の従弟で、「ああ、コーエン兄さん」と光延を呼んだ。

従弟にはまだ、子供という雰囲気、が濃厚にある。身長も、同年代の結字に比して、たぶん十センチは低い。

「どうした?」

「食事の前《まえ》に、この絵、いや写真? いや、絵? 鑑賞し直しておきたいなって思って」

「以前にも見たのか?」

「見てる」

「それはな、まず確実に、絵なんだって認めてかかったら写真に化ける。それから、写真だ、とじいっと見つめていたら、絶対に絵に変わる」

「そうなの?」

「だから、まずは飯だろ、本日のディナー」

「はい」と言って、踊り場から廊下《した》に下りてきた。

いっしょに食堂に入ると、母親が、それから伯母も、光延に挨拶した。前者は「コーエン」と。後者は「コーエンさん」と。その一瞬、呼びかけはほとんど和声《ハーモニー》を生じさせた。その姉妹はどちらも四十代で、しかし二人とも染めてもいない頭髪が黒々としていて、ボリュームもあった。母は「さあ、座って。あなたがいないと、前菜ひとつ並ばない」と続けて、伯母は、「待って。そのまま立っていて。あら、あなた、誰かと別れたばかり？」と訊いた。


　ここからも会話は続き、それはもちろん当たり前であるのだけれども、そして、顔面の空気《いろ》から光延の恋の、そのひとつの終了、その、とあるひとつの、別離劇（が昨日今日にあったこと）までも読んだ伯母は、「より美男子ぶりに磨きがかかりそうだから、コーエンさんには、なぁにも憂いがないわね」と言いもし、そこから光延の、ここにはいない許嫁《いいなずけ》の話題に展開もしたのだけれども、現在というものに集中するならば、この時点で、家族はみんなシーンに出揃っていて、それぞれの紹介も了《お》わっている。父、母、兄、弟、と。順番的には、兄と父、それから弟、そして母、と。この大澤家の四人が出て、さらに思高埜家の伯母、従弟も加わった。こうした晩餐会に、いずれは光延の許嫁も加わる。が、そのいずれはとは一年後や三年後といった未来のことであると予期されていて、現在ではない。すなわち、この場面がここに描かれていることのそもそもの目的は、もう達成された。

　あとは紹介し落としては、なにごとかを残念にしてしまう事柄だけを、紹介する。

　献立は——前菜がモリーユ茸の入った鹿肉のコンソメ・ジュレ。そこに低温ローストされたフォアグラが、その鵞鳥《がちょう》の肝にはフレッシュなトリュフが添えてある。スープは野生の雉子——ジビエだ——のコンソメで、ここに鱶鰭《ふかひれ》と帆立の貝柱も入っている（光延は「帆立貝だ」と思った）。しかも全体がパイ生地《パート・フィロ》で包まれている。肉料理は、ほろほろ鳥と洋梨のラ・フランスの蒸し煮。他にもスープと肉料理の合間の口直し、と小《プチ》のデザートと、デザート、とあったが、そこまで内容を詳《つまび》らかに教えては、むしろ印象は散漫になる。

3

現在からの集中を外す。

けれども未来の方角は眺めない。ひとつの説話《おはなし》のように大澤光延の少年時代を語ってみよう。

小学校低学年、たぶん七歳か八歳なのだが、その年齢《とし》で彼は産みの母親をうしなった。その決定的な日のことをあまり記憶していないのだけれども、それを理由とせず、他人《ひと》にはほとんどこの死別のことを言わないという態度を採りつづけている。親しい人間にだけ「母は、病死だった」とシンプルに（または曖昧に）話す。この死に別れを機に、ふたつのことを光延はうち捨てた。ひとつめは、散髪、つまり髪を刈ることである。そもそも相当な短髪にしていたので、半年、一年は問題なかったが、だんだんと――当時の日本の社会状況的にも――目立つ長髪の男児となった。そういう児《こ》は少数派だったのだ。伸びると、毛髪は後ろで束ねた。それを高学年まで続けた。十歳だったか十一歳だったか、じき卒業という十二歳だったか。髪を切らなかった（というよりも切らせなかった）理由を他人《ひと》に語ったことはない。だが、ふたたび短く切る瞬間に臨んでは、父親が正しく理由を汲んだ。「これでお前の、喪が明けたな」と。そして、そもそも相当な短髪にしていた理由は、小学校に就学前後からスポーツに熱中していたからで、「そのほうが走りやすい。球を蹴りやすい」というものだった。つまり、いちばん熱を入れていたのはサッカーだった。その頃、日本国内では野球の競技人口こそが圧倒的で、サッカーは「(やるよりも)見るスポーツ」に過ぎず、光延が入ったこども野球団から一種のアトラクション的に派生したチームに過ぎなかった。だが、というか、だからこそ、というべきか、光延がまだ幼稚園にいる時点でドリブルが何か(その運動の本質《こと》はなんなのか)を理解すると、プレイヤーとして頭抜《ずぬ》けた。ゴールの量産で目立つ小学一年生だの二年生だのになって、上級生たち(四年生や五年生)を悔しがらせた。そのまま光延はサッカーという競技に没頭しつづける、と思われたのだけれども、母親と死別するや、彼は、これをうち捨てた。「止《や》めたこと」の、これがふたつめだった。蹴るのが厭《いや》になったからだが、そうした理由も真っ正面からは他人《ひと》に話せていない。「柔らかかったり硬かったりする、丸い大きなボールを、蹴る(足蹴《あしげ》にする)なんて、できない」とは、本人もきちんと言語化はしえず、ほとんど意識に上《のぼ》らせてさえいない、根本原因たる心理だった。

父親の大澤秀雄のいう服喪の期間、長髪の男児として目立つ光延は、しかし聡明であることで批判をかわした。その学業成績のふるい方で。とはいえ学年で一番を獲《と》るよりも三番、四番手にたいていい付けた。勉学に熱中はしていない児《こ》だったのだ。この少年なりの忌《い》み明け、つまり伸ばした髪の毛をばっさり切ると、じつはこのことによっていっそう人目に立ちはじめる。顔立ちにじかに注意が向けられるようになったから。端整だった。長髪の具わる間は「男の子なのに……」と否定的に見られていたが、その毛の長さが平均値となるや、「男の子なのに、まあ、女の子のように、美《うる》わしい目鼻立ち……」と肯定的に言われた。

この日から周囲の評価は、反転した。そして、この顔《かん》ばせのプラス面こそは、実母からの遺産だ、とは、小学校高学年となった光延も正確に把《つか》んでいた。十歳か十一歳、もしくは十二歳になっていたのだけれども、産みの母が圧倒的に美しい女性《ひと》であったことを、光延少年は憶えていた。

ところで喪が明けるまでの間に、父親は再婚していた。

異母弟も生まれていた。だいたい十歳違いだった。

十二歳になって、中高一貫教育の男子校に進んでからは、大澤光延の人生はいま現在に一直線でつながる。これが、とあるひとつの、説話《おはなし》である。中一の一月の終わりには十三歳になり、中二の同月の終わりに十四歳になる。その十四という年齢《とし》は、その後に大学三年生となった光延が、許嫁《いいなずけ》と初めて顔を合わせた時の彼女のそれ——学年は中三——であるのだけれども、この、会社役員の令嬢に関しては、やはり過去方向に属する説話《おはなし》は依然としてスポットライトを当てられない。

そこで現在に戻る。

光延がひさびさにサッカーのことを思い出したのは、弟から「兄さんはサッカーの神童だったって、それ、ほんと？」と問われたからだった。そんな馬鹿な話、誰に聞いたんだ？　と尋ねると、父さん、と回答されて、「じゃあ嘘はつけない。たぶん優秀だった」とできるかぎり客観をするように返事をした。

「ということは、優秀だったんだね？」大澤結宇は確認する。

「小一で、もう、相当にリフティングができたって憶えがある」

「ということは、相当なもんだったんだ。七、八百回とかいけたんじゃないの？」

「かもな。でも、なに真剣に感心してんだよ。ユー」光延は苦笑する。

十二月になっていた。二人はJR代々木駅前のレストランの店内にいる。結宇のほうが兄のところに遊びに来た。「来た」というか、これから光延のマンションへ向かうが、その前に外飯《そとめし》とした。いまは蟹肉と春雨を炒めたものを箸でつつきあっている。店内には巨《おお》きな象の置物がある。合掌した仏像も。そこはカンボジア料理の専門店である。友人の垂水が地元の新名店として光延に教えた。七、八年前にオープンしたのだそうだ。繁盛している。本格的なエスニック・フードはまだまだ都心部でも珍しい。その稀《まれ》さを十七歳の結宇が歓《よろこ》んでいる。

辛いものを食べてから、海苔と卵のスープで舌を鎮《しず》める。

「あのさ、兄さん、日本の古代史をやってたら――」勉強するとの意味でや、っ、て、る、と結宇は言った。「――現代《いま》に続いている決定的に重要な出来事って、サッカー・クラブ的な精神から、ぽんっ、と蹴り出されたことがわかった。僕、蹴鞠《けまり》のことを言ってるんだけど」

「蹴鞠かよ」

「『日本書紀』に蹴鞠が出るんだって。しかも大化《たいか》の改新は、そのキックオフというのがほとんど蹴鞠の会で決まったんだって」

「へえ?」光延は興味をそそられた。

「あとで藤原氏の元祖となる中臣鎌足《なかとみのかまたり》がね、蹴鞠の会で中大兄皇子《なかのおおえのおうじ》にアプローチして、『いっしょに蘇我《そが》氏を滅ぼすべ』となって。要するにクーデターの決行を話した。だからね、蹴鞠っていう、集団リフティングのスポーツ? 遊戯? これが行なわれていなかったら、日本のさ、その後の、中央に権力が集中するような、その……」

「中央集権的な、官僚国家」

「それ！　は、生まれなかった。生まれたのが大化の一年め、大化元年で。あっ、そうだ、兄さん、この大化元年の前に中大兄皇子と中臣鎌足はペアの改革勢力になってるんだけれども、大化の前の元号って、わかる？」

「わかんないな」

「正解」

「はあ？」

「なかったんだよ。元号は。日本で初めての元号が大化だったから、その前は『わかんない』で正しいの。中国の元号《それ》とかは借りてたのかもしれないけれど、これは僕たちのいま考える元号じゃない」

「和暦じゃない、ってことだな」

「ワレキって」

「西暦じゃない」

「あっ、なるほど」

「それにしても、蹴鞠か」

「和のサッカー、さ」

日本人はずっと蹴っていたのか、と光延は思った。古代から……飛鳥時代から？

「中大兄皇子が天智《てんじ》天皇になるんだろ？」と弟にあえて確かめる。日本史の復習《おさらい》をさせるためにも。

「なるね」

「その弟が、天武《てんむ》天皇になるんだな」

「うん。大海人皇子《おおあまのおうじ》が天武天皇に、なる」

「で、その兄弟はやがて対立したわけだな。戦争？」

「違う、違うっ。天智天皇が死んでさ、その後に、天皇の息子と、それから天皇の弟である大海人皇子が争うんだ。甥と、叔父だね。それぞれが率いた勢力が衝突する」

「そうだった。壬申《じんしん》の乱。相当にドラマティックなやつ。じゃあ、兄弟はぶつかり合わないんだな？」

「合わない、合わない」

「ひと安心だなあ」

「ははっ」と大澤結宇が笑った。

この瞬間に光延はちらりと妙なことを考える。天武天皇と天智天皇は同母の兄弟だったのか、それとも――と。この国の古代史には異母兄弟姉妹《きょうだい》の挿話が多い。そういう印象が大澤光延にはある。俺とユーという兄弟はそれぞれが、その母親似でと光延は思って、弟の背後に店内のインテリアのひとつふたつを認める。あらためて視認した。それらは掌《てのひら》を合わせたブッダの像だったし、合掌スタイルではないほうも仏像彫刻だった。しかし日本人の考える、お寺の仏像、とは趣《おもむ》きが違った。東南アジアの仏教はいわゆる大乗仏教ではない、と光延は想起して、弟の結宇に、「仏教の行事って、退屈か？」と訊いた。

「なに、突然。兄さん」と話頭《わとう》が転じられたことに戸惑いながら、弟は問い返す。

「いやさ、お前と母さんがふだん触れてる、仏教、……信仰？　それと、インドシナ半島のカンボジアの、こういう仏教の、造形？　かけ離れてるだろ。『ほとんど別物《べつもん》だろうなあ』って思ったら、ちょっと、思高埜家のな、ああいうイベントに出ること、お前んなかではどうなんだろ、って。いまのお前としては。どうなんだい？」

「うーん、……と、言ってもさ、親類の集まりだから。僕には。実際に法事とか法会《ほうえ》って名前だし。ほら、世間にも『法事に親戚一同、揃いました』みたいなの、あるじゃない？　僕は伯母さんとかと、まあ、いっつも出席して、まあ、扱いは偉いんですチームの並び？　席、なんだけどさ。だから、退屈な顔をするのはNGです、って教育はチビの頃からされてて。そういうの、されてると、たしかに退屈とは無関係な、えーと、心境？　境地？　には、なる」

「境地かよ」と笑って返しながら、この高二の弟にもたいがいな人生があるな、と光延は兄として考える。

　それから息子として考える。父親の秀雄は光延の実母の死から、まる一年を経ずに再婚した。望んでしたのか、相手側から望まれたのか。詳《つぶ》さには知らない。望まれたのだとしたら「萬葉《まんよう》会《かい》」という新宗教団体にそうされた。「萬葉会」は仏教経典の一書（七巻から八巻）を基礎に置いていて、仏の御教《みおし》えとナショナリズムを融《と》かした、とも言われ、戦後その教勢をのばした。会主（いうところの教主）の家筋があり、これとは別に、総務――なかでも法務――を担当する理事長の家筋がある。そちらが思高埜家で、組織拡大はもっぱら後者が担ったとも解説できる。その膨張の様《さま》は、どうだったか。大澤秀雄が、思高埜蔦子を娶《めと》り、光延の母（すなわち「大澤蔦子」）とした時点で、信者数は六十五万人を超えていて、今年、すなわち西暦一九九一年、平成の三年、とうとう百万人の大台に乗った。これらの数字は文化庁の調査報告書に拠《よ》る。もし、仮に東京都の副知事という職が、都議会の議員たちや都知事のように直接選挙で選ばれるのであれば、相当に強力な集票団体になった……はずだが、しかし副知事はそのようには選ばれない。副知事の指名は都知事の専権事項であって、都議会の同意は要るが、基本的には知事の一存で決まる。大澤秀雄の就任が、実際にそうしたプロセスを踏んだ。つまり秀雄の集票団体という発想は無意味で、無益だ。にもかかわらず、やがて東京都副知事（という特別職公務員）になる三十代の秀雄に「萬葉会」は接近して、あるいはその逆かもしれないのだけれども、理事長の家筋の当代の次女を妻《め》あわせた。

それから息子は二人になった。

俺は、兄。大澤結宇が、弟。

デザートは摂《と》らなかった。結宇がそわそわと「大事な話がある」というので、カンボジア料理店を出、途中、コンビニエンス・ストアで炭酸ジュースや缶ビールを買い込み、光延の部屋に場所を移した。リビングダイニングで話す。弟はまず代々木という街の話をして、それから馬についてのクイズを出して、その後、やっと本題に入ったのだが、その本題とは恋の話題だった。

「代々木って広いね」と結宇は切りだして、兄が反応するのを待った。

「そうか？　広い……どうだろうな」

「兄さんの、このマンションが、代々木の二丁目？　そうすると一丁目があって、三丁目もあって、きっと四丁目とかも？　で、駅があって、JRの駅前にはさっきのエスニックなお店があって、このマンションの最寄り駅は小田急《オダキュー》の南新宿駅で、そこも住所は、きっと代々木でしょう？　それから代々木公園も絶対に代々木だし」

「言われれば、そうだな」

「そういうの全部、街の一部で」

「まあな。しかし、なにを褒めてるんだ？」

「あのね」

「おう」

光延はビールを飲《や》っている。

「この広い街には、兄さん、馬は、何頭いるんだろう」

ぷっと光延はビールを噴いた。

「うっ……おいおい。ユー」

「う、じゃない、馬」

「いないだろ。普通」

「いるんだ。お店で合流する前に、僕は、見てきたから」

「馬を、かな？」

「イエスとしか言えない」と結宇は言って、「そういうわけで『生きている馬がいる』というのは事実だから、兄さんには『七頭以上いるのか、それとも七頭未満なのか』という新しいクイズを出したい」

「難度が高そうだな」切り返しながら、光延もおもしろがり出した。これはひらめきをもって判断して、回答する価値がある、と。「未満だな」

「残念ながら、不正解」

「いるのか、そんなに？」

「います。じゃあ、つぎの問題。このあたりの、道路を、その、名前はわかんないけれどなんとか道《どう》という公道を、馬に乗って走っていたらお巡りさんに逮捕されるか？」

「されるだろ」

「不正解です」

「ほんとうか!?」またアルコールを噴きそうになった。

「まじ、まじ。では、そのつぎの、派生の問題。『逮捕されない』理由は？　選択肢その一、道路交通法で、馬は車輛あつかいされているから。その二、動物愛護管理法で、馬は愛情と保護の最大の対象になっているから」

「その……うーん、二番？」

「外れ。三連続不正解。これは少し引っかけで、道路交通法で『牛馬』というのは車輛なんだけれども、軽車輛、になってる。質問の文章が『軽車輛あつかい』だったら、たぶん、兄さんはもっと頭を使えた」

「いや、俺はここまで、頭は使ってないよ。直感だけ」

「じゃあ、追加で問題。歩道を馬に乗って歩いたら？」

「軽車輛なんだから、歩道は、駄目だろう。車道だろう」

「正解！　ほら、頭を使ったら、じつに簡単、でしょう？」

「なるほど。だとすると、車道を馬で走るにも左側通行で、交通信号は厳守、だな？」

「イエス！」結宇は歓びに満ちた表情《かお》をする。「さあ、そのまま、最後のクイズだよ。最終問題。この代々木の街に、馬に乗る美少女はいるでしょうか？」

光延は、その弟の問いを受けて、二秒考える。三秒、四秒と考える。すると答えは出て、「いる」と言った。

「そうなんだよ。乗馬クラブがあるんだ。しかも歴史があって、半世紀？　ここ半世紀は、代々木にある。でも東京オリンピック用の高速道路建設で、敷地はその時に激減したって。あと、厩舎《きゅうしゃ》はほんの二ヵ月前に新しいのが建った。厩舎とか、なんか、他の建物も。でも、そういうのはどうでもいいや。兄さん、僕は恋をした。兄さん、僕は、学校の、一級下の、高校一年生の、ある女の子に、恋をしている。『かわいいのか』って？　かわいいさ。『それだけか』って？　うーん……可憐《かれん》？　そして、ワイルド？　僕が、……俺が片思いするのは、乗馬ガールだった。いいや、『だった』は間違いだ、乗馬ガールなんだ。習ってる、そのクラブで。しかも相当、通ってる。愛馬がある。いいや、愛馬はいる。ねえ、兄さん、恋愛って難しいなあ。どうして、俺ら……いいや僕たちは、特定の誰かさんに惹かれるんだろう。百人ちゅう百人がおんなじ女子に恋い焦がれるわけではないのはなぜだ？　なぜ、なぜワイルドな乗馬ガールなんだ？　僕はね、兄さん、胸が苦しい。それでね、兄さん、答えを出した。言っただろう？　僕は片思いだ。僕がさ、この大澤結宇がさ、兄さん、大澤光延みたいにハンサムだったら、たぶん苦悩はぴょんと越えられる。そう、跳躍できる。馬みたいに。と、思った途端に、障害競走からこの恋の真相がわかった。どうしてワイルドでワイルダーな、比較級になりそうな乗馬ガールに、僕は恋したか？　――馬を用いれば、この難しい恋を成就させられるかもしれないから、さ。僕はこれが三角関係だと理解した。彼女の愛馬と、僕と、彼女とのだ。それでさ、すでに彼女が熱愛しているサラブレッドが、厩舎からたまたま迷い出て……彷徨《さまよ》い出てしまいました、となったら、どうだ？　彼女はもう、猛烈に、絶望的な情熱に駆動されて捜す。この代々木の街を、だよ？　僕は、兄さんの暮らすこの代々木に、たまたま来ていて、そのお馬ちゃんを真っ先に発見する、『ヒヒン、ヒヒーン！』って鳴いて助けを求めているお馬ちゃんの、いわば救助隊、つまり、救い主になる。すると、彼女のハートは射止めれ……じゃない、ハートが射止まら……じゃない、射止められて、三角関係のそのトライアングルの、その二辺が、総崩れだ。めろめろに！」

馬だって僕に感謝するさ、と結宇は兄に言った。

ある種の青少年たちは犯罪を勇気と勘違いする。結宇は「この二週間のうちに、最低でもクリスマス前までには、行動する！」と火照《ほて》って兄に言い、光延は、さて、どう説得したものかと考えながら、「もう十一時過ぎだから、荻窪まではタクシーで行け」と助言して、弟とマンションを出て、甲州街道をめざす。代々木二丁目を北に。具体的には北西に。代々木三丁目との境《さか》いへと歩いた。そして「タクシーで行け」という助言よりも、馬鹿なパッションを鎮めるような何かだな、そういう助言だ、要るのはと考える。結宇は、「厩舎のスタッフをひとりふたり買収して」だのなんだの、「あのさ。もう、ひとりは今日、じつはさっき話をつけて」「手付金の二枚（二万円）は握らせた」だの、滅茶苦茶なことを言っている。ぼそぼそ、ひそひそと兄に告白している。その一角には昔ながらの街並みが残っている。バブル経済の最盛期にも不動産屋などのぼろ儲けには直結しなかった地域だ、と看《み》てとれる。それから不思議な情景が現われる。団地があるのだ。六棟の、公務員住宅が、西新宿、南新宿――代々木の北西――という都市《まち》の谷間に、いきなり姿を現わすのだ。

そんなふうに「いきなり姿を現わす」ことを、もちろん光延は承知している。

そうであるから弟を案内した。その、代々木の二丁目と三丁目の境界線となる道路を挟んで三棟ずつ並んでいる団地地帯を抜ければ、じき甲州街道に出る。

また、境界の道路に面して、それぞれの団地の敷地は遊び場（遊具が置かれた広場）を配していることも、承知していた。

たとえば、いちばん最初に現われるのはぶらんこだ、と。他には滑り台やら鉄棒やら。しかし、そのぶらんこに、夜間、人が座っていることは、あまり予想していなかった。

弟をひき連れながら、……人か？　とは思った。その人物が目立ったから。ぶらんこの座板に乗っていた。立っていたのだ、二本の鎖を左右それぞれの手に握って。厚手のロングのコートを着ていた。……女？　シルエットが光延にそう感じさせた。光延は、いかに弟に「馬泥棒」的な犯罪――まさに刑罰を科される罪――をあきらめさせるか、と方策をいろいろと考えながら歩いている最中だったが、思考は停まった。……なんだ、あんな、ぶらんこの上で、まるで見張り所に待機するみたいに？　で、あれがもしも監視塔《ウォッチタワー》だったら、あの女は、何を、誰を、見張――。

俺たち？

そんなふうに光延が感得したのは、女の顔が、あきらかに自分たちに向けられた（その向きをクッと直した）からで、次いで、女がコートの前を順にボタンを外して開《はだ》けさせたからで、内側から、丁寧に紙片《かみ》を――光延は「紙？」と思った――取りだしたからで、それを手捷《てばしこ》く折ったからで、その紙片《かみ》は二枚あった、それを紙飛行機にしたのだった、飛ばした、すると、その二枚――二機――とも、こつん、こつんと結宇に当たった。

「あっ」と結宇は言った。その小さな悲鳴のような声を光延は聞いた、かたわらに。そして、見た、紙飛行機は高額紙幣でできている。表が福沢諭吉の肖像、裏には雉子《きじ》が刷られた、一万円札で。

ぶらんこに立ったその女は、「あなたが、妹の馬を、訊いたのね」と言った。

言ったのが聞こえて、光延は、この女性《ひと》は若い、と思った。俺よりも若い、二十《はたち》前後？　そして、声が、声が、美《うる》わ――。

と、女は、ぶらんこの立ち漕ぎを開始した。鎖が軋《きし》んだ。ギーギーと鳴った。揺れの幅がひろがると、ギッ、ギッ、ギッ、ギィン、とも。風。女のコートの裾がひるがえって、下に着ている白衣《びゃくえ》が見えた。穿《は》いているのは、一瞬は光延の目に深紅色《スカーレット》のスカートと映って、しかしそうではない、あれは、緋《ひ》の袴《はかま》だ、と遅れて理解させた。つまり、神に仕える女人《にょにん》の装束で、つまり、巫女《みこ》？　もういちど、しっかりと光延は耳をすました。すると、ぶらんこはギ・ギ・ギ・ギーンといっていて、それは四つの音符だった。ある著名な交響曲の主題だった。タ・タ・タ・ターン。『運命』。

4

ひとつの企《たくら》みが潰《つい》えて、ひとつの運命的な恋が始まった。大澤結宇は代々木の市中《まち》に一頭のサラブレッドを解き放とう——失踪させよう——と画策して、それはこの十七歳の男子高校生の片恋《かたこい》を発展させるために企まれたのだけれども、そんな無謀な計画はさっさと頓挫して、いっぽう、結宇の兄である二十六歳の大澤光延は制御不可能な恋情にからめ捕られた。

この作品は大澤光延（または「大沢こうえん」）という、後《のち》の時代——一九九一年とその前後ではない——の日本を背負《しょ》った為政者の伝記でもある。編纂《へんさん》するに当たっては正確さはつねに意識されていなければならないし、とりわけ心理描写は慎重を期さねばならない。となると、第一級の資料はやはりCのノートである。その夜、または翌《あく》る日なのかもしれないが、光延は三ページにわたって何かをびっしり書いている。筆蹟《ひっせき》はだいたい落ち着いているのに筆圧はパラグラフ単位でその強弱が激烈に変化する、という妙なことが起きている。おそらく「俺はこれを書き留めておかねばならない」との意識の御《ぎょ》され方はおんなじで、しかし感情の昂《たか》ぶりは時々刻々うつり変わった、ということなのだろう。なんどか「恋慕という現象」という、これまた奇妙な文句があらわれる。それは「恋慕という現象?」と疑問符を末尾にしたがえて再出現したり、『慕う』には知らなすぎる相手を『慕える』のだろうか」と分析的な発問に展開したりしている。このCのノート――とはコーエン(Cohen)のノートだ――は、以前にも説明したけれども日にちが挿《い》れられていない。そして筆記具としてはボールペン以外は用いられていない。その三ページのおしまいの一ページまでは、と新たに語れる。その「おしまいの一ページ」に登場したのは色鉛筆が数本だが、これを解説する前に、ボールペンはいかなる対象を言葉(文字)で描き出そうと努めたか? たとえば観察された女性の顔。睫《まつげ》のことや鼻のこと。「睫は見えなかった」とCのノートにある。「しかし夜気に、その女《ひと》の睫は揺れていたのだし、にもかかわらずピンと伸びていたはずだ」とある。「それは黒いし、その黒さは、袴《はかま》の緋色とも白色の衣《ころも》とも合っていたはずだ」とある。『そうでないということはない』と断じることは可能だと断じることだけは俺にできる、いまの俺にも?」とあって、文末の疑問符に躊躇《ためら》いが滲《にじ》んでいる。鼻梁《はなすじ》の印象はもっとスケッチ的で、声の印象はもっと具体的(というよりも感覚的、すなわち美《うる》わしいとの賞讃)になる。「ぶらんこの立ち漕ぎは毅然としていた」との一文は、その場面を想い起こすことが、なにとぞ現実にあった場面を穢《けが》す結果となりませんよう、なにとぞ記憶の濁りでもって修正《うわがき》をしませんよう、との願いが込められているのだと見受けられる。というのも、やたら筆圧が弱いのだ。

そして「これはかつて経験したものではない。だんぜん違う」との言い切りがあって——そのものとは恋を指した——、それから「出発点？」と短い一語が記《き》される。ボールペンはそこで退場して、代わりに登場するのが色鉛筆で、光延はこの筆記具でもって絵を描いている。言葉（文字）からは離れて、具体的には三本の色鉛筆で。黒と赤と銀。

その描写の対象は？

一台のぶらんこである。


その絵を僕は、いちおうは「拙《つたな》い」と評したい。けれどもこうしたコメントは、大澤光延という人物がいっさい美術の専門教育を受けていないから、との角度（観点）から発されているのだとも理解されたい。なかなか味はあるしツボも押さえられていて、描かれているのはぶらんこだなと一見してわかる。しかも揺れているのだなとも一瞥で了解される。なかなかの出来だ。そうした図案化はそうそう素人にはできない。

と、こう語る僕は、つまり自分はプロフェッショナルなのだと挨拶したに等しい。

この文章作品の冒頭の一章で、僕は、ある芸術家《アーティスト》のことを「（この物語において）大澤光延の重要性はもとより、垂水勝の重さも持たない」と紹介している。ゆえに「当座は姓のみの導入でかまわない」と。僕はもちろん河原の話をしている。実際に、たいして注意はこの芸術家《アーティスト》に払わないでいただきたいと望んでいる。役割というほどの役割は演じないからだし、僕がその当人だから、ということは当然ある。

だから、……と大上段にかまえると外連味《けれんみ》と誤解されるだけだけれども、僕という語り手の存在はさっさと忘れてもらいたい。または、「ああ、存在《それ》が忘れられちゃったな」と察したら、こちらから顔を出す。なにしろこの作品は僕の芸術表現の重要な一部分としてクライアント付きで産み落とされんとしているのだから、ナラティブ的にも署名は要る。

とはいえ。……とはいえ、だ。こういう接続詞を挿《はさ》むのもどうかとは考えるのだけれども、やはり二度手間三度手間は避けたい。阻害した物語の流れはむしろ活かして使いたい。河原の（とは、僕の、ということだが）下の名前もいま紹介をすませる。真古登《まこと》というのだ。つまりその男性の芸術家《アーティスト》（＝僕）のフルネームは河原真古登である。

けれども誰が僕を真古登と、真古登さんと、あるいは構成する三つの漢字を毛頭《もうとう》意識しないでマコトさんと呼んだか？　光延は呼ばなかったし垂水も呼ばなかった。年上の僕には懇《ねん》ごろに「河原さん」と話しかけるだけだった。したがって物語的には「苗字以外はいまは要らない」は妥当である。僕を真古登さんと呼ぶのは大澤光延と垂水勝の二人ではない人物であり、けれども大澤家とは関係していて、それは光延の、というよりも光延と結宇という兄弟（異母兄弟）の従弟《いとこ》に当たっている人間である。だが、しかし、こうした注解は未来のエピソードに属する。

よそう。現在がまだ一九九一年であること、和暦で平成三年であることを、僕は失念しない。

よすにはよす。しかし少々居座る。なぜ？　現在との概念にこだわるために、だ。その前に復習《おさらい》も少々。河原真古登はどのようなアート作品を制作、発表、そして画廊を通じて販売していると物語のここまでに解説されたか。写真であり絵であると説かれた。絵画なのだけれども写真なのだと説明された。他にインスタレーションやパフォーマンス作品等もこの芸術家《アーティスト》は手がける、発表していると述べられた。前者（写真／絵画）と後者は、試みとしては通底する。どちらも照準は境界にある。写真と絵画のボーダー、これは境界だ。肉体と環境の境《さか》い目、これも境界だ。そうしたものを河原真古登は、僕は、美術の文脈で撫でようとしている。それでは考察に入る。こだわる対象は、現在という概念である。

写真とその「現在」とを問いたい。

まずは僕は「カメラは『過去』を撮れるのだろうか?」と問いたい。この特殊な設問をいま僕は読者と共有したい。だから、あなたと呼んでみよう。ここに読まれているのは伝記文学であり、僕は伝記作家であり、あなたは伝記読者である。そしてこの種の文学ジャンルは、作家ならびに読者が同一対象に深い(あるいは浅い?)関心があるから成立する。わかりやすい単純な例をひとつ。僕がこうした箇所で「スサノオ……」とつぶやけば、伝記読者のあなた、は安堵するのかもしれないということだ。やっとか、そろそろか? 等と。この実感は分かち合いの実感、すなわちシェアである。この感覚を大切にする。ゆえにじかにあなたに語りかける、カメラは「過去」を撮れるか? と。

あなたが写真を見る。

一枚の、印画紙に焼きつけられた写真を見る。

あなたにはきっと、これから「過去」を目にするぞとの心の準備がある。少々でもそういう構えがある。写真には昔の自分が、昔の他者が、昔の事物が映る。往年の風景が映る。そうした事実があるから、あなたは、カメラというのは「過去」を撮影するための装置だ、と定義……はしない。

それはなぜなのか。

どうして、あなたは、「カメラは『現在』を撮影しているのだ。眼前のいま、いまを」と言いたいのか。

　気持ちはわかる――僕にもわかる――が、いったいなぜなのか？

　あなたを惹きつけるかもしれない問題提起をここに挿む。カメラは機械であり人間は生物であり、その、生物である人間が認識している「現在」は、ある一瞬間ではない。何かを視認する、何かを体験する、何か（空間、風景）の内側《なか》にいる、その「……している」時間の幅を普通はいまと捉える。むろん一秒以下の場合もあるだろう、が、基本的には数秒、数十秒、数分でありえてそれからまた数時間、十数時間でもありえる。こうした〝幅〟を、たとえば眼球（人間の視覚器官）から、一枚の写真《プリント》にしうるか？

　どのようにバイオ工学が発達しても、そのような「現在」の一枚化は、無理だ。だとしたらカメラが撮影していると見做《みな》しがちの「現在」とは、あなたが――たぶん僕だって――考えがちの「現在」とは、さあ、いったいなんだ？

　一九九一年の写真をあなたが見る。

　一九九一年十二月の写真をあなたが見る。より精確には十二月六日の写真を見る。それをあなたは、朝の時間帯を写したものではない、と判断できる。夕方を過ぎた頃に撮影された一枚だとも推し量れる。夜の時間帯に属する写真だとも分類する。が、そこまでだ。それはカメラ（という機械）が一九九一年の十二月六日の午後六時の二十八分の三十七秒――ではない、三十七秒台の一瞬間に撮影した一枚である。そこが機械の「現在」なのであって、それはあなたの認識する「現在」とは大いに異なる。

　あなたの認識する「現在」に近いのは、たとえば絵画の、人物画、風景画だ。モデルがいて、「じっとしていて」と請われて、数時間かけて素描され、や、ある場所に立って、その風景を観察して、描いて、は、さっき言った〝幅〟を持っている。「現在」の幅を持っている。実際にはこれは、人間が（とはあなたや僕が、だ）いまだと感じている「現在」をトレースして描いている、となる。これはつまり、絵画とは根本的にそういうものなのだ、となる。根本的に、原則的に。いっぽう写真には前述した異様な「現在」があって、そういう非生物的な「現在」へのアプローチがあって、そして、ここから僕の話に戻ろう。僕という芸術家《アーティスト》は越境を試みる。写真／絵画のそのスラッシュ——意味としての〝／〟《または》や〝／〟《そして》——にアプローチして、第三の「現在」を見ようとしている。見せようとしている。……あなたに？

　それはわからない。以上で余談を了《お》える。


　Cのノートからのさらなる引用。

「結宇が『馬に乗る美少女は、代々木にいる』と言った。その美少女を、妹、と名指した女《ひと》がいた。この女性は、だから、つまり、姉だ。たとえば俺が結宇にとっての兄であり、コーエン抜きの『兄さん』と呼ばれている事実に照らすに（俺を『コーエン兄さん』と呼ぶ従弟はいる）、この姉は『姉さん』と呼ばれる、のか？　俺は呼ばれるところを聞きたい。いいや見たい。俺は会いたい。そうだ俺は会いたいのだ、どうしても、もう一度。二度三度百度。なんだこれは？　俺は女を求めているのか？」——大きな×印——「否。俺はその女《ひと》を求めているのだ。たどれる線はある。その女《ひと》の妹が、俺の弟の片思いの相手であって、その妹が、俺の弟と同じ高校に通っていて、一級下、その他の情報もあって、たとえば苗字なんてやすやす知れる。だとしたらその女《ひと》の名前、下の名前は？　訊けばいい。そうなのだ。本人に尋ねればよい。妹が『姉さん』と呼んでいる場で、その、おんなじ場で、結宇がこの俺を『兄さん』とも呼んでいる場で、『ああ、そういえば、お姉さんの名前は、なんて？』と問う。そうしたシチュエーション。それを設定するためには」——相当な筆圧——「結宇の恋愛を、その『両思いをめざすプロジェクト』を、今度は無難に俺が推し進める。手助けする。無茶、無体《むたい》は排して」

このような決意と、つぎのフレーズ。

「恋愛には未来という逃げ場はない。『いつか手に入る』では駄目なのだ。いま。いまでなければ！」

切実な叫び。

このひとつの叫びを、恋愛とは究極の「現在」である、未来に進まないための闘争である、と言い換えたら、この伝記はきっと神話の貌《かお》をそなえ出す。

一台のぶらんこがCのノートに描かれている。黒・赤・銀の三色で。アマチュアにしてはシンボル化が巧い。その分厚いノート内にあって、それは一種、荒っぽいような艶《つや》やかなような得体《えたい》のしれない存在感を放っている。ぶらんこは揺れていて、ぶらんこは宙にある。このシンボル——ぶらんこ——には確実に「運命」というものが暗示されている。またはタ・タ・タ・ターンと反響している。

そして、この絵の真上に、

「出発点？」

の一語があるのだった。

ぶらんこは、その言葉（文字）だらけのCのノートの紙上にひらいた窓のようにも映る。

窓。運命的な。

5

垂水勝は深夜の二時過ぎ、つまり午前二時を回ってということだが、西参道通りのラーメン屋に入っている。そのまま北で十二社《じゅうにそう》通りにつながる西参道通り——甲州街道と交叉《こうさ》もする——は、高架状の首都高速4号新宿線も走らせている。地元っ子である垂水は、代々木の界隈ではここがいちばん真夜中向きのラーメンを出す、と把握している。店ができたのは最近だ。カウンター席しかない。「深夜に向いたラーメン」の条件を垂水はもちろん挙げられる。塩分が適度であること。脂分もやはり適量、つまり多すぎないし少なすぎない、スープの表面的にはギラッとはする、が理想であること。仮に誰かから——友だちの光延などから——その店のラーメンの特徴を尋ねられたら、垂水は「ずばり、重すぎない豚骨だ」と回答しているだろう。L字形のカウンターの左、もっとも奥の席に垂水は陣《じん》どっている。視界はぐつぐつとスープを滾《たぎ》らせる巨大な寸胴《ずんどう》で塞がれている。が、それは厨房《ちゅうぼう》の内側の情景であって、その手前、いわゆる目の前にあるのはピンク色の公衆電話だ。十円硬貨を投入し、ダイヤルをまわす型。ボタン式ではないので百円玉は使用できない。

垂水は茎わかめのラーメンに、海苔《のり》を多めにトッピングしてもらっている。食べながら店内をなんとはなしに眺める。三人の店員たちの年齢はばらけている。しかし実直そうなイメージが共通する。客層には別の共通点があって、タクシー運転手（なのだろうと垂水が推定する人間たち）が四人もいた。それから晩《おそ》い時刻までであり過ぎる残業を終えた勤め人。席に腰をおろすや、「……ラーメン。麺硬め、味濃いめ」と注文するのは、たぶん常連なのだろう。もっと常連になると、店員から「いつもの？」と訊かれる。

垂水はそこまで常連ではない。垂水は「濃いめにしてしまったら、美味《うま》いが、『深夜にふさわしい』の王座からは転落する」と考える。垂水は受験産業について考える。乱塾時代は、いつ、到来したんだったか？　一九七〇年代の……後半だ。その前に、七〇年のなん年だったか、高校進学率が九〇パーセントを超えるっていう画期《エポック》がある。あわせて「偏差値」って尺度が登場する。これが教育の現場、進路指導のか、で便利に利用されはじめて……それから大学入試のフレームの激変、共通一次試験の導入。これが、八〇年代に切り替わる直前、ちょうど前の年か？　そのあたりで、もう、乱塾だ。完全に熟《う》れた。学習塾の需要、が高まって、満たされて、満たされすぎて――供給の過多。しかしうちは生き残って、法人化した大手学習塾になって、……なんだよ。これじゃあうちの歴史を塾や予備校の業界史に重ねて、経営者の二代め候補たらんと復習《おさらい》してるみたいだ。やべえ、やべえ。垂水勝はラーメンのどんぶりの縁《ふち》に並んでいる海苔を一枚、箸でつまんで剝がし、汁にひたし、嚙むというよりも舐める。海苔もわかめも海藻だ、こいつは海ラーメンだ、と考える。次いで共通一次試験は、この一九九〇年代にはお役御免で、と考えている。目下は大学入試センター試験、けれどもこいつの開催は、次回、というのは来年の来月、いいや、この日本語は変だぞ、――来年の一月、でもってたったの三回め。ということは「センター試験とは、なんぞや」の輪郭が、まだまだ、まだまだ、あらわにならない。ということは……教育産業市場において、それはホットだ。それ、大学入試センター試験の対策だの、それには対策がありますよと謳《うた》うだの、高一高二のいまから対策を講じましょう！　と煽《あお》るだのは。

「さ。冬の入塾キャンペーン」と小声で独語《どくご》するや、垂水は厨房に、やや大きな声で「すいません。電話、使います」と言った。ピンク電話のその受話器を握って、十円玉を一枚入れる。あと二枚、ラーメンのどんぶりのそばに重ねて、念のために待機させた。

「あ。樺山《かばやま》先生？　スか。夜分、大変に失礼します。はい、この声、お察しのように垂水ジュニアです。おす。総塾長の息子の、はい、マサルです。いやあマサルさんだなんて。いっつもな感じで勝《カツ》ちゃんでいいですよ。それで、高一対象の選抜クラス、のことなんスけど。あそこに、特例で、高二の『スタート遅れ』っ子、ひき受けて……もらえません？　ひとり。違います、冬期講習は待たないで、はい。はい。あのクラス、講師と生徒の比率が一対三、でしたっけ？　でしたね。そこにひとり、追加……は、無理でしたね。じゃあ、誰かひとり、いい弾《はじ》き方をしてもらって。ほら、僕のほうで、特別コースがどうのってでっち上げますよ。『きみ専用カリキュラム、この冬は、組んでやるから』みたいな。ええ、他の、うちの講師のみなさんに、ちゃんと、責任は……はい。はい。あ、樺山先生？　さっき『ひとり弾いて』って言いましたけど、男女比のバランスは大事ですよね。質問のしやすさや、ははは、あっ、笑ってすみません、張り合い？　とか？　の点でも。だから、あっ、入れてもらいたいのは高校二年の、男子、なんスけど、女の子は残しておいて、もらえます？　というか、女の子、います？　いる？　え？　何ちゃん？　はい。はい。ヤガミちゃん、ですね。その娘《こ》は、絶対に残留ということで。頼みまぁす。や、やや。ええ、合い言葉はあれですよ。符牒《ふちょう》は。――『合格実績が、きみと僕らの紐帯《ちゅうたい》だ』！」

その二十四時間と少し前に光延は弟に電話をかけている。光延は渋谷区代々木二丁目の部屋にいて、結字は杉並区荻窪三丁目の実家の、その邸内の自室に、固定電話の子機（コードレス）を持ち込んでいる。光延はカウチソファにいる。結字はベッドの上。

「まず、お前の意中の娘《こ》の名前だ」そう光延は訊いた。

「苗字は、谷賀見《やがみ》さん」

「ヤガミ。やっぱり八つの神様の、八神、か？」

「とは書かない。あのね、兄さん、漢字三文字で谷に賀正の賀に見る」

「タニ。ガ。ミル。わかった。谷賀見《み》るだな？」

「そうそう。それから、下は――」

「どうぞ」

言え、と促す。

「燃和《もわ》ちゃんっていうんだ」

「モワ？」

「そう」

「フランス語っぽいな。ＭＯＩとか綴る？」

「綴らない、綴らない。普通に漢字だよ、その名前。二文字で――」

「モが、もうお手上げだな。モに宛《あ》てる漢字？」

「燃焼の燃。燃えるってこと。わかる？」

「わかった」

「それに、和《わ》するの和」

「『和をもって貴《とうと》しと為《な》す』の和？」

「イエス。聖徳太子」

「燃和」——と光延は頭に描いた——「谷賀見燃和。ふうん」

「呼び捨てにされると、ちょっと兄さんのことも癪《しゃく》に障《さわ》る」

「悪い。谷賀見さん。燃和さん。親しみを込めるならば——いいか、親愛の表現だぞ——燃和ちゃん。これが乗馬ガールの名前だった。否、名前だ。じゃあ、つぎに親しさに関して、訊こう。ユーは現状、恋の手前の、何歩めだ？　いや、これも否だ。お前のほうは恋にどっぷりだ。だから……ユーたちだ。お前と燃和ちゃんの、親密さの度合いはどんななんだ？　友だち以上っぽいところではあるのか？　まさか友だち未満なん……」

「言わないといけない？」と遮られた。

「あったり前だろ」

「言えないとも言えたりして」

「茶化すな」

「言えるほどのことが、あのさ。……」

「なんだ？」

「あのさ」

「言えよ」

「だから、ないんだよ。兄さん。その、現状……は、接点が」

こう答えるや、弟がベッドカバーか枕か、何かそうしたものをボンと叩いたのを光延は聞いた。

数秒置いて、光延は、

「一学年下、だったな？」

　と確認した。

「そう」結宇が応じる。

「校内で見かけて、それで恋に落ちた？」

「まあ、そう。そんな感じ。でも、だいぶ前に。もちろん今年に入ってから、だけどさ。だって燃和ちゃん、一年生だから。あぁいぅ……あぁいぅ、すれ違った瞬間に、『ありえない。こういう娘《こ》はいない。ありえない』とかって、思うのは、僕は……。しかも、学校おんなじだから、再会できて。一方的な再会？　けれどね、声をかけたら軟派《ナンパ》でしょう。校内ナンパ、そういうの、最低でしょう？　だから、僕は、その恋愛感情を決して自分に認めず、そんな感じで二学期の、今学期の半《なか》ばまで過ごして、その間にも再会の、一方的な再会の、三度め四度め五度めって、あって、廊下とかグラウンドとか、正門も？　正門にはやられたね。電撃だったね。もう、駄目だったね。『この門をいっしょに通る者は、すでに前世の因縁あり』みたいな、そういう……思い込めちゃうじゃない？　共通項、あるんだから。ヘンシツ者にならないように注意しながら、一年の何組なのか、名前は、所属の部活は、その他その他って、調べた。えっと、まあ……そういうのは、あのね兄さん、人の輪、あっちのつながり・こっちのつながり・そっちの、輪、って感じで、あるから、さ？　たぶんソツがない形で、僕は、うん、やれた。部活、入ってないんだよね。スポーツでも文化系でも、入ってたらなぁって思ったよ。棒高跳びだって書道だって、僕は挑戦したよ。『頼もう！　入部希望です』って部室の扉ノックしてさ。でもね、校外の、クラブ活動が――」

「乗馬か」

「はい」と結宇は急に畏《かしこ》まった返事をした。「中一の頃から、だって。『馬に乗れる』は強烈な、なんて言うの？ センセーショナルなインフォメーションで。成績も、いいんだよ。試験結果、貼りだされると凄いよ。たぶん運動もできるんだろうなっては想像はしてたんだけれども、馬だったよ馬、ホース・ライディングだったよ。痺《しび》れる。しかし、痺れっぱなしじゃ駄目だ。より彼女が遠ざかるだけだ。彼女が、燃和ちゃんが、僕の彼女になれるわけがないという」

「でも、ユー」兄として光延は口を挟む。「お前は、そこで発想の転換をした。それを『三角関係』だと見做した、そうだな？」

「愛馬って言葉が、あるからさ。美少女と、その愛馬と、いまだ美少女に存在も認知されていない大澤結宇。この、最後の僕の、肩書き？ それを逆手に取った。完璧なシナリオだと思った。シーン1、乗馬クラブの厩舎《きゅうしゃ》から彷徨《さまよ》い出るサラブレッド。シーン2、捜索隊が結成されてその先頭に立つ女子高校生、谷賀見燃和。シーン3、しかしサラブレッドを先駆けて発見して、谷賀見燃和を安堵させて、感動させて、感涙させて、……つまり胸を打ってしまうのは、男子高校生の大澤結宇。名乗らせてみたら、なんと、この男子は彼女とおんなじ高校に通う、先輩、なのだった。感激。これはもしかしたら、俗に言う巡り会い？ 邂逅《かいこう》？ まるで前世からの縁《えにし》だってことになって、シーン4の『交際スタート』に……」

「至らなかった、わけだ」

「賄賂はもう、厩舎スタッフに、つかませられてたんだけど」

「手につかませたら、足がついたわけだ」

「燃和ちゃんのお姉さんに、あの日、つかまって。『妹の馬を、領域から出すことは、できません。あなたはあきらめなさい』ってビシッと言われて。領域。領域言うんだねえ。圧倒されてたら、『やめなさい。あなた、やめる?』と訊かれて、つい『やめます』言っちゃったら、『それならいいわ』だもんねえ。燃和ちゃんのお姉さんって、巫女《みこ》、ああいう服装《いでたち》は神道の人だもんねえ。知らなかった、ぜんぜん。……兄さん?」

「聞いてる」

「そうだ、疑問がある」

「疑問?」

「どうして谷賀見燃和さんのお姉さんは、僕が、僕たちが、あそこを通ると事前につかんでいたのか? ほら、『甲州街道に出るために』って、裏を? 裏道を? 行ったわけじゃない? あんな団地の、ぶらんこなんてある――」

「謎だな」

「だよね? 不思議というか摩訶《まか》不思議だよね? 待機できてたってことは、たとえば僕に、発信器――」

「それはないな」とかぶせて否定した。そして、大澤光延はこの十歳ほど年少《した》の弟に言うのだった。「訊こう」

「はい?」

「じかに」

「燃和ちゃんの姉貴に?」

「他にいないだろ」

「でも面識ないよ。いや、メ……面《メン》は、顔は合わせたけれども、燃和ちゃんとも『顔見知り』段階にはなっていないのに、そのお姉様にご対面して、『すいません、先日のことで、ちょこっと質問タイムなんですけれども』なんていうのは、無理。無理無理無理」

「しかし、ユー。耳を貸せ。燃和ちゃんのお姉さんには、お前の計画が、シーン1から3で構成された完璧なシナリオが、もはや洩《も》れているんだぞ。そのことは障害にならないのか？」

「障害……」

「恋の」

「あっ」

「『あたしの愛馬を、路頭に迷わせようとしたあなたという男《ひと》なんて、永遠に嫌い』言われないか？」

「『嫌い』言われるね」蒼褪《あおざ》めた声がした。

「姉さんは大事だぞ」

「大事……だ！」

光延は口調に重みを加える。「いちばんの要《かな》めは接点だ。燃和ちゃんとお前の接点が、生まれないことには燃和ちゃんのお姉さんとの接点《それ》もない。つまり、まずは点。それを面にひろげる。面上に、燃和ちゃんの姉君のご登場を願う。結局は、そういうことなんだ、――ここは避けるな。逃げるな。高校での部活動には、接点を構築するための望みはない、のはわかった。お前が乗馬クラブという校外に目をつけたのもわかった。しかしユー、いまさらお前がそこに入会しても、というか、厩舎関係の職員にもう面《メン》が割れているから、入会を望むこと自体が高望みだ。もし入会できたって年季の入った乗馬ガールには『あら、大澤さんって馬との相性、まだまだね。素人《トーシロ》』と言われるだけだ。しかし、それでも、校内だったらクラスメイトであることが交わりの起点には最適、最高の条件であるように、メイト……まずは仲間《メイト》をめざさないとならない。校外で。……そうか、塾？　塾はどうだ。燃和ちゃんは成績優秀なんだから――」

「成績優秀、容姿は可憐《かれん》」

「――なんだから、進学塾、行ってないか？　もともと頭脳は明晰でも、つねに磨きをかけて、といった娘《こ》じゃないのか？」

「ザッツ・ライト。週末は絶対に通ってて、たぶん平日も。週四？」

「どこに？」

「塾名？」

「そうだ」

それはね、兄さん、と結宇はすらすら回答を口にして、その答えが、杉並区の邸《やしき》から直線距離にして七キロ弱離れた渋谷区のマンションのその一室にいる大澤光延を、驚かせた。もしかしたら戦慄させた。かつ納得させた。有益に作用することのない偶然に関し、人間《ひと》は、たいがい、そこに偶然があるのだ――とそれすら気づけもしないのだからと。つまり、「偶然《たまたま》」とは運命の異名である。


光延が結宇にアドバイスする。相手の潜在意識にはお前を認識させておけ、と。同じ学校に大澤（大澤結宇）という上級生がいる、と、その点だけは刻んでおけ、と。すると相手（谷賀見燃和さん）の側が、話しかけるきっかけ――になるかもしれない材料《ねた》――を持つ。「あっち側がだぞ」と、そこは強調された。この助言を、異母兄を崇拝するかのように結宇は容《い》れた。冬だった。校庭には銅像があった。寒そうだった。結宇は朝礼のある日の前夕《ぜんせき》、その銅像にマフラーを巻いてやった。それはポール・スミス製の、カラフルな色使いの地厚のマフラーで、銅像の目にまで結宇は巻いた。翌朝、予定どおり「誰がこういうことをしたのかな?」との校長の叱責めいた訓話があった。「この方が、どなたかわかっていて(――結宇はどなたか知らなかった。おおかた校歌の作詞者か誰かだろう――)犯人は目隠しをしたのかな?」と言われた。「あるいは親切心だったのかもしれませんが。もしも『そういう心持ちで、しました』という生徒がいるのならば」と十五歳から十八歳の男女一千人あまりを見まわして、続けた。「挙手しなさい。許すし、これ《マフラー》も返そう」

結宇は挙手した。

結宇は前に出た。

結宇は、校長に「目まで覆われたのは、僕の、本心というか、意図ではありません」と短く告げた。

その返却されたマフラーをして、大澤結宇は塾へ行った。事務室で入塾手続きをしてクラス(受講コース)の説明を受けてテキスト数冊を渡されて、もちろんこの段階でマフラーは外して、手に携えるだけだった、事務室の外の廊下には兄の友だちもいて、「やあユー君。こっちが先生。樺山大講師」と引き合わせられて、その講師とともに別室へ行き、そこで学力判定のミニテスト。「いい成績だけれども、大澤君は、事情があって高二の授業《それ》には追いついていない、ということにする。このまま僕の、樺山クラスで、高一なのに高二レベルをめざすというチャレンジをします、という人間であります、という設定にする。いいね?」と言われた。

「はい」

「少人数クラスだ。僕が、みんなの、君も含めた皆《みぃ》んなの可能性をひき出す。カバ力で。河馬《かば》の樺山と呼んでくれたまえ」

これに「はい」と答えてしまっては講師をカバ呼ばわりすることになるから、聡明な結宇は口を噤《つぐ》む。そして授業があり、参加する生徒は三人、うち一人が谷賀見燃和で、その授業の終了後、結宇が自分の首にマフラーをすると――ぐるぐるに巻いた――、「あの、大澤さんって」と燃和のほうから声をかけた。「うちの学校の、先輩、ですよね？」

「それからどうしたんだ？」と垂水が光延に訊いた。

「おもしろいことをした」ビールの一杯めに口をつけながら光延は親友に答える。

「すでに相当、俺には愉快だがな」

「俺が、燃和ちゃんのお姉さんに、手紙を渡したがってる、ってユーに、俺の弟の口から、燃和ちゃんに言ってもらった」

「はあ？」

「二人は自然に話せてる。燃和ちゃんとユーの、こっちの二人な。そして『どうも兄貴が、きみのお姉さんのこと、チラッと知ってるみたいで』なあんて、嘘じゃないこと、言ってもらってな。ほら、そうすると勘違いするだろ？　妹の燃和ちゃんは、ああ自分はヤガミ姉《あね》のためのキューピッド役になるのかしら、なんて。もしかしたら大澤さんのお兄さんは、このお兄さんというのは俺だな、そのために大澤さんを、この大澤さんというのはユーだ、この塾に入れたのかしら、送り込んだのかしら、なんて。ここまで勘繰《かんぐ》ってくれれば、俺の悪友があの学習塾のそのチェーン全体のいちばんお偉い人のジュニアなのだ、と露見しても、弟に傷はつかない」

「弟のユー君の、何に？」

「あれだよ。ユーの、清純さに」

「なるほど」

垂水勝はいっきにジョッキの三分の一をぐっと飲《や》る。

「で、お前は、巫女さんに宛ててラブレターを書いたのか？」興味しんしんに訊いた。

「恋文は書かない」

「なんで？」

「俺が、弟のキューピッドだから」

「ン……」

「複雑だろ？」

「いや、まあ、実際、お前はユー君を、ヤガミちゃんとの『両思い』に持っていこうと奔走はしている。この点、立派な兄である」

「点を面に、なんだよ。だけれども、まずは点から、なんだよ。俺はユーに集中する。ユーの恋に傾注する。燃和ちゃんのお姉さんが、ひと言でも『あの男子は、駄目よ。あんたのサラブレッドを苛《いじ》めようとしたのよ』と洩らしたらアウトだ。『お姉さん。あの件は、なにとぞ細部に関してはご内密に』と、いまから言わないと」

「口止め？」

「──を、篤実《とくじつ》なる姿勢で頼み込む」

つぎのような手紙が書かれた。

──お名前も存じあげておりませんのに、こうしてお便りを弟と妹御に託しますこと、ご容赦いただけますよう。──願いはひとつ、愚弟に引導を渡さないでいただけたら幸いに存じます。

これは愚弟のこれからの謂《い》いでございます。そのこれからとは恋でございます。——あれは無垢《むく》ゆえに乱暴に企みました。乱暴に、無鉄砲に……。しかしながら、すでに貴女《あなた》のお許し頂戴いたしましたように、「馬を、放つ」という犯行《あやまち》は未遂でございます。その未遂にこそ、無垢の無垢、言うなれば男子の白無垢《しろむく》が。これは精神の色彩《いろどり》です。——よろしければ一度、あれの純粋さを、じかにお確かめいただけたら、より幸いです。お妹御に向き合わせ、「人間」として、どれほどの資質を示せるかを、この、拙兄《せっけい》以外の何者でもない自分もやはり立ち会いまして、ご確認の席を設けたい、そのような所存でございます。——ひと言だけ足すのをご寛恕《かんじょ》いただけますならば、あれは優雅な面も、少々は具《そな》えた弟です。もしも、それが貴女のお目に留まりましたら、「ご内密に」と請いたい一件は、……いいえ、請いました事柄は、貴妹《きまい》になにとぞご内密にしていただければ。——私は惟神《かんながら》の道については無知ですが、あの夜は貴女のお巫女姿、拝覧《はいらん》いたしました。繰り返しになりますが、我が未遂の愚弟を、どうぞ浄《きよ》めていただければとも望んでおります。

ほとんど馬鹿らしいほどの達筆で、その手紙は書かれた。


「つまり、お前は何を書いたんだ？ 大澤」と友人は訊いた。

「『みんなでお茶をしませんか？ あなたと僕と、あなたの妹さんとうちの馬鹿弟《うましか》とで』って書いたんだ」

「そうか」垂水は感心した。「それは、つまり、謝罪の会合で、それから、つまり——」

「ユーが燃和ちゃんに、全力でアピールする会、だ。人間《ひと》としての魅力を一発勝負で売り込む」

「つまり、ほとんど見合いだな」

「お見合い？」

「ゴールがウェディングではない、単に『交際スタート』の。そういう現代《いま》ふうのお見合い」

「とも言える」

「としたら」垂水勝は提案するのだった。「カメラマンをつけないか？　記念撮影のさ。双方の兄姉《きょうだい》が同席の、弟と妹との、これぞメモリアルって場なんだろ？　要るだろ。仲人《なこうど》役はさておき。でも、あれだなあ。ベタになったらしょうもない。ここはアートの線《ライン》を、保険として、つけるか？　河原さんに頼むのはどうだ？」

6

というわけで、僕は起用される。仲人は不要であるとのことだったが垂水勝が同席して実質的にその務めを果たす。そのお茶の会で。その、ほとんどお見合い、となる場で。僕という伝記作家、河原真古登がこうも早々《はやばや》とまたもや顔を出してしまったのは、少しありえない（と自分でも思っている）。不面目《ふめんぼく》だと思っている。が、自分自身を他人ふうに客観描写しつづけるのは疲れる。ゆえにあなたに陳謝して、しかし同時に容赦も請う。

そのあなたとは読者だった。このラディカルな伝記文学の読者だった。

また少々あなたに接近する。あなたは「お前（とは僕だ、このラディカルな伝記文学のラディカルな作者だ）は何を考えているのだ？」と言うだろうか？　僕は、それに対して「祈りということを考えている」と答えるだろうか？　そうしたらあなたは「祈り？　それはどういう祈りで、いったい、どうスサノオと関わるのだ？」と尋ねるだろうか？　怪訝《けげん》な顔をする……だろう。そこであなた（とは伝記読者だ）への接近を、僕は単なるインティメットな語りかけだと言い直す。

インティメットという言葉はアルファベットで表わせばintimateで、英語の形容詞で、人と人との関係を、親密である、密接であると指示していて、しかも人間以外にも用いられて、たとえばインティメットなレストランは安心できる、ゆったりできるレストランである。すると、ほら、僕はあなたに言える、インティメットこそは鍵だと。鍵語なのだと。何に対して？　お見合いということに対して。

お見合いでは、引き合わされた二人が親しむ、が要る。

あるいは「絶対に親しめない」とさっさと判明する、が要る。

どちらにしても要《かな》めとなる環境が必要である。環境、すなわち場所が。僕はそれをどうしたか？　僕は、撮影用の空間もそこは兼ねるとの条件を考慮に入れながら、いったいどうしたか？　僕はまさにintimateを追求した、とあなたに解説したところで、さて。僕は自分自身をあの芸術家《アーティスト》、河原、と冷静に突き放す。ふたたび。あなたとのインティメットさは、ひとまず措《お》いた。さしあたって。

アートの文脈でインティメットさを探る、ということを芸術家《アーティスト》の河原はやった。それがお茶の会であり、なぜならば大澤光延が「みんなでお茶をしませんか？」と旗を振ったわけだから、との事実を河原はいちばん重視した。みんなとはその姉妹《きょうだい》とその兄弟を指して、含む。二十代それから十代。そして、お茶であれば、たとえばカフェで――カフェなどでも――喫《きっ》せる。河原の友人にカフェを経営する者はいたか？　友人というか仲間内であれば、いた。渋谷区神宮前六丁目、の裏通りと言えるところ、にその店はあった。一年後（「いや、二年後だったか？」と河原は記憶の確認作業に入る。「違うな、一年後だ」）に取り壊しが決定している老朽ビルディングの、その一室に期間限定を謳《うた》ったカフェが開かれていて、しかも屋内《なか》はすこぶる好き勝手に改装されていた。ベランダ側には個室めいたスペースもあって、三方が本棚に囲まれている。河原は、今年のクリスマス前後の営業予定を訊いた。「具体的にはクリスマスの、つまり二十五日の、翌日なんだけれども」と尋ねた。その日、どうせ前夜と前々夜（のクリスマス・イブ）はてんやわんやしているからと、オープン時刻を遅らせてもらえる、とわかった。つまり日中の貸し切り――めいた空間の提供――は可能である。茶は出せる。食事は不可。デザートも出せない。

「持ち込みは？」

「許す。皿には盛って、フォーク、スプーンは付けるよ」

とのやりとりがあった。

そして河原だが、その空間を演出した。本棚をいじったのだった。写真（お見合いの記念撮影）の背景になる書籍類を手ずからセレクトした……のではなかった。じつは一冊もその収納される位置を変えなかったに等しい。だが大胆にいじった。棚に挿《さ》さるあらゆる本の背表紙を、奥側にした。反対向きに「収め直した」わけだ。するとどうなるか？　製本用語で小口《こぐち》と呼ばれる部分が前面に出て、ずらりと並んだ。もはや書名はない、どの一冊にも、著者の名前もない。そこに本があって、それぞれの本の高さも厚みもわかるのに、いっさいの主張がないということが起きた。

カフェのオーナーが感歎した。「こういうのは、本の、……なんて言うんだい？　内臓《はらわた》を見せている、か？」

「要するに、親密になったってことだよ」と河原は微笑んだ。「それに、本っていうのは、文字を『しゃべる』からさ。言葉を。どう？　こっち向きのほうが、いま『しゃべる』まっ最中なんであるって感じ、しない？」

「する。うん、してる」

「その賑やかさが、豊饒極まりない手触り《テクスチャー》の援護というのがね、大事なんだよ。きっと若い連中にも」

それから河原は intimacy と英単語を囁いた。インティマシー。


ひとつの交響曲に第五番とナンバーが振られていて、別のひとつの交響曲には第九番とナンバリングされている。この世に第九番のシンフォニーは数多いが――たとえばドボルザークの『新世界より』がそうだ――しかしながら日本語で第九《ダイク》と言われ、指し示されているのは、ひとりの作曲家のただひとつの第九番《それ》だけである。その作曲家とはベートーベンである。

どうしてだか日本では、年末には第九だ、と認識されている。

どうしてだか日本では、たしかに年の暮れになると第九の演奏がたびたび行なわれるし、市中《まち》でも聞かれる。その第四楽章の合唱部分、『歓喜の歌』の旋律が耳にされる。むしろ耳について離れない。

これは日本だけの慣習である。すなわち、年末には、たとえば十二月には、人びと《日本人》のあらゆる運命（タ・タ・タ・ターン）はその『歓喜の歌』なる主題に上書きされかねないのだと言い換えられる。

この物語のこの一章では、ふたつの日付だけが記録に値する。ひとつは十二月二十六日であり、いまひとつは一月十五日である。このふたつの日付は年をまたいでいる。つまり一九九一年は九二年になるのだし、平成三年は四年になる。これを「説明不要だよ。当たり前のことだろ？」と言ってしまったら、なにごとかを見失う。西暦と和暦はつねに連動しているのではない。実例を挙げれば、平成三十一年が令和元年（一年）となった五月一日、西暦はそれまでの二〇一九年四月三十日から「日付が変わった途端、二〇二〇年五月一日になった」わけではないのだから。

連動はしていないのだと意識しないかぎり、暦法のまやかしに遭《あ》う。

おまけに日本には第三の暦もあるのだ。

神武天皇の即位を元年とする紀元、皇紀《こうき》が。

その皇紀の話題を出すのは、谷賀見燃和の姉である女性である。その話題が出される日付は、一九九一年、にして平成三年の、十二月二十六日である。すなわちクリスマスの翌《あく》る日である。

ひと組の姉妹がいて、妹のほうの氏名はすでに明らかであるのに、姉の下の名前はわからない。むろん、確かめない間は苗字が「谷賀見」であるとも断言できないのだけれども、大澤光延は、苗字《それ》は谷賀見だ、と確信しきっている。

ふたつの日付のうちのひとつ、十二月二十六日に「お茶の会（光延の弟・結宇のその〝人間的資質〟を確認してもらう席）」を設定するとしたのは、谷賀見燃和の姉であり、その理由は、「二十五日まではアルバイトに忙しいので」であって、かつ「その後は、もっと慌ただしいことになってしまうので」だった。そのような答《いら》えが、妹――谷賀見燃和――経由の、弟――大澤結宇――経由で、光延に届いていた。ピンポイントの指定が、クリスマス明けの二十六日。光延は思った、お巫女《みこ》さんのするバイト、副業ってなんだ？

それを訊けばよい、当日、その席で、と光延は思った。

質問するためには呼びかけがいるから、「ああ、そういえば、お姉さんの名前は、なんて？」と俺は訊ける、これに先んじて、とも光延は思った。

光延は思いに思って、つまり平静ではなかった。

落ち着いてはいられなかった。

いっぽう、冷静だったのは垂水で、それゆえに別次元の懸念を抱えた。仮に、妹のほうが光延に胸をときめかせてしまったら、どうなるのか？　同席したユー先輩のお兄さんのほうに、その稀《まれ》な美男ぶりに、ひと目でやられてしまったら？

「アウトだぜ」と率直に言った。

「はあ？」と、当人は事態をまともに捉えられずに、惚《ほう》けた反応をした。

「これだよ。大澤、お前はその相当なリスクを毛ほども計算してないな？　河原さんが撮影に入ってくれるだけじゃ、足らんわ。お目付役が要るんだ。というわけで、俺の起用だな。同席させていただこう。俺だったら、ユー君と、その、モワちゃん？　姓はヤガミちゃんなわけだけれど、この十代のふたりに塾の話題を振れる。うちのな。そいつを使ってさ、時に危うげな方向に逸れる話や、逸れるかもしれない視線《まなざし》を、というのは、弟のユー君を見ればいいのに初対面のお兄ちゃんを凝視しちゃいましたぁ、なんてのをな、俺のひと言、たとえば『樺山先生のコースは、実際のところ、どうなんだい？』とかって斬《き》り込みで、とっとと本筋に戻せる。どうだ？」

「有益だ」と光延は答えて、垂水は仲人役に就いたのだった。

このような経緯《いきさつ》を経て、十二月二十六日には渋谷区神宮前のその（芸術家《アーティスト》・河原がコーディネートした）カフェに、日中、貸し切りの時間帯、谷賀見姉妹と大澤兄弟、垂水、河原、の合計六人が顔を揃えることが定《き》まった。

河原は、一眼レフのフィルム・カメラと、それから「写ルンです」をあえて準備した。後者はレンズ付きフィルムとして一世を風靡し、ゆえにコミュニケーションの口火を切れるもの《ガジェット》だ、とも河原に経験的に判断されていた。

ところでふたつの重要な日付だが、それが「ふたつである」根拠は、光延が重ねる――とは思い、い、い、に思うということである――思案にあった。ひとりの異性との恋愛を成就させるためには、何を措《お》いても、知り合わなければならない。これが第一。そして、第二に、これまた是非ともデートの約束をとりつけなければならない。大澤光延は異母弟《きょうだい》の保護者を演じることで、ひとつめの課題はクリアしかけている。ふたつめの課題に関して、光延は、過去、スムーズに運べなかった例《ため》しがない。そして、そこに問題があるのだと直感した。

俺は「いやです」と言われた時に、つぎの術《すべ》があるのか？

大澤光延は、すなわち、初めて恋の不安に慄《ふる》えている。

けれども、ふたつの重要な日付に、その、ふたつの課題は突破されている。つまるところ初デートというものが、西暦の一九九二年、元号で言えば平成四年、の一月十五日に、ある。

この物語のこの一章はそこまでを語りたいが、むしろ記録される日付の前風景をここで少し撫でよう。いかなる風景が先立っていたか？　クリスマスとそのイブ、大澤光延はもちろん何人《なんぴと》とも出かけたりはしないのだった。代わって何をしたのかと言えば、ひとりで彷徨したのだった。

市中《まち》を。しかも近所を。具体的には渋谷区代々木二丁目の、三丁目と接する縁《へり》を。そこに団地（公務員住宅）がある。その団地の敷地内に遊び場がある。そこに……不審者ではないよ、と態度で示しながら入った。ぶらんこにはちょっと腰を下ろせない。貴《とうと》すぎて。ぶらんこを眺められるベンチに座る。そのベンチの正面には鉄棒がある。誰も鉄棒で遊んでいない。もっと北側に目をやる。ジャングルジムがある。誰もジャングルジムで遊んでいない。寂《さみ》しい。寂しいクリスマスの、イブだ、そしてクリスマス当日だ……夜には雨。これぞ前風景だったが、しかしながら、女性とは出かけていない大澤光延の跡《あと》を、ひそかに追う何人《なんぴと》かはいなかったのか？　たとえば女性は？　それはクリスマスである。クリスマス・イブである。そういえばひと月前には（ちょうど一ヵ月前の十一月二十五日の夜には）別離劇があった。タ・タ・タ・ターンと拍手《クラップ》のミュージックが響いた訣別《けつべつ》のドラマがあった。そうして生まれたのは元恋人で、その女の側には執着はないのか？　あるともないとも言えない。この作品にはそもそも判断を下せる事柄ではないとしか言えない。この物語に言えるのは、この時期、クリスマス・ソングは当然のことだけれども街なかにはベートーベンの第九も頻《しき》りに流れていた、ということ。頻々《ひんぴん》と『歓喜の歌』のメロディが、ということ。そして、大澤光延をいわば「尾《つ》ける」女性は、いたのかもしれないしいなかったのかもしれない、だが、いたとしたならば第九は聞いた、確実に。その追尾のどこかの段階で聞いて、聞きながら（または脳裡に響かせながら）光延がその、団地地帯、に至って、遊具類の置かれる広場、に入り込んで、一台のぶらんこを執念《しゅうね》く眺める、ということをしているのを見た。窃視したのだと言い切れる。

　それは精神への刻印である。精神への、視覚・聴覚経由での。

一九九一年十二月二十六日。

そのほとんどお見合いの場にはインティメットさが顕《た》ちあがる。

裏返された棚挿《たなざ》しの本たちの、揃えられた白い小口、あるいは、少々はページを繙《ひもと》いた手垢がそもそもの白さに味わいとして添えられた小口、が、「語れ、語れ」と促している。

何段にも、かつ棚の一段につき数十冊の幅でもって揃えられて三方面に展開している小口は、そのカフェのその個室っぽさを具《そな》えた一角に、現代美術用語に言う「白い立方体《ホワイト・キューブ》」の心象を授けてもいる。ソフトな緊張感がある。

いわば絵画内のモデルのように、四人……五人がいる。

六人めがそれを写真に変えようとしている。

その六人めが芸術家《アーティスト》の河原で、いまは「写ルンです」を手にしている。

「それじゃあ、まず最初に」と河原が言うのだった。「初々しさや、ぎこちなさ、もフィルムに収めます。今日は、これが初めての顔合わせになりますって人たちも多いって聞いてるんで。いいよね」

「えっ、河原さん、使うのはそれですか!?」垂水が頓狂《とんきょう》に声をあげる。

「スナップ感覚が出るから」

「早撮り?」こう訊いたのは光延だった。

「そうそう。集合写真との差別化、もね」と河原は答える。「あと、写ルンです《この緑色のフィルム》は単純に侮れない」

パッケージの色彩——緑——を指して河原は言った。

「お正月を、写そ。元日の六日前に、写そ」と垂水がCMソングをもじる。

「今年って、写ルンです、防水タイプ出ましたね」と話題に加わってきたのが乗馬ガールだった。

「進化するよね。商品として。このまま行ったら高感度フィルムの製品ラインも、開発されるかな？」

「やっぱり、そうですか？　凄い」

応《こた》えるこの娘《こ》が谷賀見燃和だ、と河原は反芻する。その姉妹の年少《した》のほう。たしかに美少女ではある。しかし変容のいまだ途中なのだと理解させる。つまり、さらに整った目鼻立ちに前進する可能性がある、いっぽうで、幼さが生む頬や口もとの愛嬌（ある種のコケットリー）が、一、二年後にはうしなわれるか、残ってもマイナスに作用することが予想される。いわずもがなだが美少女とは「美女ではない／美女未満である、から美少女」なのである。河原はその少女・燃和のドローイングを制作するように、さっとシャッターを切る。素早い線描を行なう。被写体の高校一年生の少女は「あっ、撮られちゃった」と言う。そこに大澤結宇の、「というのが、スナップショットなんだよ」との解説（訳知りのひと言）が即、続いた。微笑ましいな、と思った河原が、「じゃあ今度は二人で」と言う。

「えっ、僕たちの？」と喜びを圧《お》し殺した声で、結宇。

「先輩と後輩なんだよね。おんなじ高校の」河原が拍車をかける。

燃和が「先輩、正面はあっちです」と言う。

「うん、レンズがここだぞ」と河原が続ける。

言った直後には撮影し了《お》えている。

結宇が「その、今日ってさ、大澤が二人いるからさ、いま、うちの兄貴もさ、だからさ、いつもの『大澤先輩』とかってのはやめてさ、名前でね、僕はつまりユーだね、ユーさんでもユー先輩でもユー君でもいいかな、ははは、ユー君は先輩感がないよね、でもさ、……」と谷賀見燃和にアプローチしているのを、だが河原はもう聞いては――やりとりを追っては――いない。河原は、その姉妹には年少《した》がいて、だから残るは年長《うえ》だ、姉だ、と考えている。姉のほうの名前は……。

すでに光延が尋ねていた。当人に。

顔を合わせてふた言めに、「そういえば、あっ――」と、やたらと不自然な切り出し方をして。「――燃和さんのお姉さんの、お名前ですが。そういえば僕は、存じあげておりません。うかがいますが、――なんて?」と、回り道をしながらなおかつそれでも単刀直入である問いを発していた。

「讃《たたえ》です」

「タタエさん」

「讃」

「それは、多いという字を重ねた多々に、長江の江」――多々江――「などでしょうか?」

「まったく違います。讃《たた》える、讃美するの讃、の一文字を宛《あ》てます」

「サン。の漢字で、タタエさん。谷賀見さん?」と苗字のほうを光延は呼んだ。

「今日は妹といっしょですから、燃和と同じように、わたしも讃で」

「讃さん」

と大澤光延は谷賀見讃に呼びかけて、この「きょうだい(姉妹、兄弟)といっしょだから、下の名前で」を、大澤結字はたちまち手本と倣《なら》って、燃和に「今日ってさ、大澤が二人いるからさ」「僕はつまりユーだね」とやったのだった。そのスマートさに、この段階の兄、光延はまだ追いつけていない。いまいちど「讃さん」と繰り返してから、それでは執拗だと案じたのか、わざわざ「燃和さん。谷賀見さんたちご姉妹」と名前を足して、連呼はなかったと同じだとした。

そのぎこちない擬装を、他ならぬ河原が、「ぎこちなさ」「初々しさ」とじつにストレートに形容して、この機転で場を（というか、大澤光延を）救った。そして一眼レフならぬレンズ付きフィルム「写ルンです」での、いきなりの記念撮影につなげていったのだった。燃和のスナップ、燃和と結宇のスナップと続き、谷賀見姉妹の年長《うえ》の者を、その名前は讃の漢字をたたえと訓《よ》ませる、谷賀見讃だ、と反芻して、しながら結宇ただ一人のスナップショットを二、三枚連続で撮り、弟を撮ったのだから兄のほうも撮影して、ふざける垂水にもレンズを向け、垂水を前景《まえ》に置きつつ姉妹を撮影する。「遠近法に、なったよ」

わあ、と燃和が反応する。

その妹とは対照的な泰然さを示している姉、谷賀見讃を、河原はやはり早撮《スナップ》りする。讃ただ一人のスナップショット。フレームに収まる二十《はたち》前後のその女性は、もちろん緋《ひ》の袴《はかま》は着用していない。当たり前のスカート。それから常識的なブラウス。落ち着いた色彩で上下を合わせている。巫女の装束ではないその巫女は。

河原の印象――これは相当にフォトジェニックな顔だぞ。眸《ひとみ》に力がある。惹《ひ》きがある。それを支える鼻梁《はなすじ》と、すでに朱《あか》い唇《くち》。ルージュか？　こうした強さは、普段着のほうを仮装と思わせる、とか？　つまり、普段着なる服装《いでたち》を？　この写真行為はイメージ（＝被写体、谷賀見讃）上のコラージュを、僕に、要求している。白い紙を貼りたい。織った布も貼りたい。木の葉を貼りつけたい。その木の葉は、なんだ、榊《さかき》か？　なんだ、この直截《ちょくせつ》の連想は。そうか、境内……鳥居の向こう側の領域。神域。そうした場所でのファウンド・オブジェクトによる、制作？　この女《ひと》の画《え》、……絵にはコラージュが要る。

しかしながら物語はこの河原の印象を重視しない。言葉を換えれば露《つゆ》ほども重んずる必要がない。あるのは、光延のそれだ。いったい大澤光延は、この再度《ふたたび》の出会い――と言えるだろう――になにごとを感じていたのか？　いかに（初めての見《まみ》えよりも間近にする）谷賀見讃に印象づけられていたのか？　その第一印象は更新されたのかされなかったのか？　さらに言い換えればこうなる。彼にとって、二度めに視《み》る彼女は、どうだったか？　いまや彼、大澤光延は、彼女、谷賀見讃を（ちらりと、ざっと）偶発的に目に入れるのではなかった。正視が叶った。そのほとんどお見合いの場に現われた時から、直視はしていた。熱烈な視線《まなざし》にはならないように留意して、だったけれども。ただちに胸中で至福が騒いだ。光延は裏切られなかった。前回は見えていなかった睫《まつげ》は、長い美しい睫だった。ピンと伸びていて墨色だった。暗い夜に撫でられている。と、その色艶を言葉にしようとして、これでは俺の視線《まなざし》はどうにも激しすぎると慌てて、やや狼狽する。タイミングを計って出すはずだった質問、「ああ、そういえば、お姉さんの名前は、なんて？」を、まだ弟が彼のことを「兄さん」とも呼んでいないのに、そして彼女の妹が「姉さん」とも彼女に呼びかけていないのに、発してしまう。そうした失態こそ、彼の第二印象が第一印象に対してどうだったかを端的に表わす。おまけに彼、大澤光延にとっては、彼女、谷賀見讃の第二の感銘も第一の感動もないのだ。Ｃのノートを想い起こそう。それはこう叫んでいた。「恋愛には未来という逃げ場はない。『いつか手に入る』では駄目なのだ。いま。いまでなければ！」——と。この記述を「恋愛とは究極の『現在』である。未来に進まないための闘争である」と言い換えたことが、この物語にはあった、と指摘することは重要だ。そうした事実こそ重要視してよい。すなわち彼と彼女とは、彼の側から見るかぎりにおいて、つねに「現在」にいる。「現在」に在《あ》る。この半分同語反復《トートロジー》を規範というか根拠として、物語はやはり、ここでも、現在に集中しなければならないのだった。

ケーキがある。

その場面には。全員分のケーキが持ち込まれている。

「このデザートって誰の手配？」と、垂水勝が口開《くちびら》きの任を果たす。

「うーん、兄さん」と、大澤結宇が、おかしな唸り声を挿《はさ》んでから、垂水に回答する。

「ああ」と大澤光延が、やや演技的に沈着に弟のその答えを是認する。

「大澤先輩のお兄さんは、デザート類にも詳しいんですか？」と、これは谷賀見燃和。

「やめようよ、『大澤先輩』……ってのは。ね？　燃和ちゃん」と結宇。

「そうだった。ユーさん。ユー先輩？」と語尾をあげて、燃和。

垂水が、その燃和に「いまの『デザート類にも』の、にもって、やっぱり大澤は、あっ、この『大澤は』って兄貴のほうの大澤ね、多芸多才っぽいのかな。今日のこの場が初対面でも？」

「あ、はい」

「でもね、燃和さん、こいつは実際には芸なしの無才かもしらんよ。多才なのは弟君《おとうとぎみ》とかって、そういう可能性だっ——」

その時、谷賀見讃が「ホワイト・チョコレートのムース、だけではないようですけれども。これは」とケーキのうちのひとつを目で指した。

「炯眼《けいがん》です」と光延がさっと応答した。「白いムースには、チョコレートの他にカマンベール・チーズも。それから、なかに林檎《りんご》が隠れていますが、たしか蜂蜜でマリネされていた、かな？」

「美味《おい》しそう」と讃。

わあ、と燃和の歓声。

「美味しいです」と光延。

「兄さんの選択眼は確かだものね。堅《かた》いさ。僕は苺《いちご》のタルトにします」と結宇。

「あたしは……普通にチョコの色をしているチョコ・ムース？」と燃和が言って、他の面々も、それぞれに選ぶ。そのさなかに燃和が「あっ、飾ってある水仙、いいなぁ。これって？」と結宇に訊いて、「それは河原さん、が飾った、というか、生けた？　んだって。そうですよね？」と結宇が河原真古登に尋ねて、そのカメラマン（この場での職名はカメラマンである）は、苺のショートケーキを頬張りながら、「若い君たちのいじらしさにぴったりです。黄の水仙は」と答える。

「合いますね。このカフェの、なかでもこの一角に」垂水が言う。

「美味しいでしょう、か？」と光延。「讃さん」

「もっと鮮烈だろうと想像していました」

「期待はずれですか？」

「繊細でした」

「よかった」

「ええ。わたしも」と応える讃は、その視線《まなざし》を光延には注がず、凝《じ》っと結宇に注いだ。

結宇は、一秒の三分の一ほどの間《ま》は固まったが、ニコッとした。それから優雅に――この優雅というのは肝要だ、と兄の光延は含めていた——燃和の側へ目をやって「その、チョコのムースは、どう？　美味しい、んだろう、ね？」と尋ねる。

「ゼッピン。……とかってコメントは品《ひん》がないかな？」と燃和。「その、ラグジュアリーです」

「いいね。燃和ちゃんって正鵠《せいこく》を射るね」と結宇は言った。

「国語力あるな、ユー君」と垂水が褒めた。

燃和はせいこくの意味（あるいは対応する漢字）がわからないのか、反応を返さない。

「その国語力を」垂水が続ける。「学力に活かせ。樺《かば》ちゃん先生にしごかれろよ」

「はい」と素直に、背筋を伸ばし、兄の親友に応える結宇は、たしかに清新な優美《エレガンス》さというものをいまにも滲《にじ》ませそうな気配に満ちる。が、（当人には）御《ぎょ》しきれてはいない。

讃の目もとが弛《ゆる》む。

笑むように、やわらいだことを光延は確認する。

「こいつは、僕の弟は、歴史もなかなか行けますよ。日本史」

「頼もしいです」と讃が言って、同時に垂水が「そうか、歴史系の教科にもポテンシャルがあるのか、ユー君は」といかにも学習塾の関係者らしい口ぶりで言って、しかし光延は友人が発したほうのコメントは聞いていない。その耳に入れているのは、彼女、谷賀見讃のひと言だけで、それは虚を衝《つ》かれる発言でもあった。

「そうですか？」と、だから確かめていた。

「何が？」と讃。

「『頼もしい』という、その感想です」

「もちろんです」と応える谷賀見讃は、大澤光延を正面に視ている。「日本人が日本の歴史に通ずる、という、当たり前のことの、当たり前の矜《ほこ》り、を、わたし、たぶん言いたいんです。ごめんなさい、説明が下手だな、お姉ちゃんは」そう続ける頃には視線《まなざし》はもう、妹の燃和に振られていた。

「お姉ちゃんは語らないで語れるタイプだし」燃和が言う。

光延は、そうか、「お姉ちゃん」と呼ぶのかと思っていた。

かりっと簡潔に「姉さん」とは呼びかけないで――。

結宇が「姉妹《きょうだい》、そんなに似てないんだ？」と燃和に尋ねる。

「いや、きょうだいは似ないいんじゃないのか」と垂水が言って、結宇が「性格の面で、ですよね？　垂水さんは何人きょうだいなんですか？」と質問して、「俺は一人っ子だよ」と垂水が悪びれもせずに答えて、その瞬間を河原が早撮りする。写ルンです、で。「あ、いまスか？　十数分ぶりのスナップ撮影じゃないですか!!」と垂水が笑う。ひきずられて結宇も、燃和も。そしてさらなる話題。さらなる無駄話。その笑いさざめきの背後で、彼と彼女が話をしている。

「ぜんぜん下手ではないですよ。伝わりました」

「あの説明で？」

「歴史については僕も考えます。日本史。そこに僕も参画したい」

「サンカクというのは？」

「ああ、僕駄目だな。ちょっと誤用だな。一般に歴史に参画するとは、言わない？　うん、言わない。国語力で弟に劣ったかな。だけれど、歴史に参入……参じ入《い》るはアリだ。シンプルに言えば、参加です」

「日本人は、みな、そうしますよね」

「日本の歴史《そ》《れ》にみんな揃ってエントリー？　一億二千万人超が」

「ええ。でも、さきほどの表明は、そこに自分も参加したいとの、とても能動的な、お兄さんのお気持《きも》――ミツノリさん？」

「惜しい。ミツノブです、と訂《ただ》しますね」

「そうでした。ごめんね」

「光を、延長する、延《の》べるって二文字です。いや、そんなこと、些細だからいいんだよ」

「光延さん」

「うん。今度は訂正が効いてます。ありがと」

「わたしお名前を漢字でどう表わすかは頂戴《ちょうだい》したお手紙で、お手紙のご署名で、しっかり見た、んですけど」

「そうか。そうだった。そうだったかも、ね」

「忘れちゃってた」

「憶えないでしょう。ぱぱっとは。普通。他人《ひと》の名前の書き方」

「こういうのも日本語の、豊かさですね」

「日本語の、変さ、ではなく？」

「想像するんですけれど、たとえばアメリカで……」

「アメリカには、僕行っていました」

「あら？」

「八八年の夏から」

「西暦？」

「え？　はい」

「お戻りは？」

「今年です。今年の六月」

「じゃあ、やっぱり、わたしがアメリカ人だったら、と想定しちゃいますね。たとえばアメリカで、わたしがナタリーだったら、『それ、どう書きます？』って問いかけは、スペリングを尋ねるだけですよね？」

「どうしてナタリーなんです？」

「あの人たちの名前には意味はあんまりないんだとかって、思いません？」

「かもしれない」

「だから、いいんです。適当で。ナタリーは、綴れそうで日本人には綴りづらい。タがTAだったりTHAだったり。最後がLIEと思いきやイスラエル系でLEEだったり」

「そうか。かもしれない。詳しいな」

「たまたまです。そして、欧米人は、スペリングが確認できれば満足します。そのスペリングにさらに音読みと訓読みがあったりはしないんです。しないでしょ？」

「うん。しない」

「言ってみれば音読みだけがスペリングで。訓読みは、だって、重みのある意味だから」

「讃さんが『讃えているんだ』みたいな？」

「光延さん、は、延ばすわけでしょう、光を？」

「エクステンディング・ザ・ライト……。闇《ダークネス》の力を駆逐できそうだ」

「ほら。日本語の名前って豊饒」

「説得されたな。うん」

「だから、わたし、光延さんをノブじゃない終わり方で呼んで、さっきわたしミツノリって？　ああいやだ。ごめん。言い間《ま》……憶え間違いは、とっても失礼だ」

「いいって、いいって。本当に」

「ええっと、なんだろう？　わたし、名前のこのやりとりの前に、ちょっと言いかけてて」

「何を？」

「なんだろう。そうだ。光延さんのお気持ちも、頼もしい」

「え」

「能動的で。日本史に参加したい、との主張」

「あ、いや、照れるんで話題を変えるよ。讃さんって、昨日までアルバイトで忙《せわ》しなかった、んだよね？」

「昨日までっていうか――」

「そうだ。ここからが、より大変？　うん、そうだ、そう聞いてる」

「やっぱり年末年始のほうが、ああいうアルバイトは」

「どういう？」

「えっ？」

「いや、『えっ』と言うけれど、どういう？」

「ほら、光延さんはお手紙でも、わたしの巫女装束に、その、言及してたじゃん。してた？」

「えっ」

「してましたよね。ちゃんと『惟神の道《かんながら》』って。神道のことも言い換えられて。だからわたしがお巫女さんのバイトをしていることは、もちろん？」

「認識していたけれども、あれ、本職じゃ……ないんだ？」

「いまのお社《やしろ》にお仕えに入ったのは、今年の十一月、七五三の前」

「シチゴ……ああ、七五三？」

「神社の繁忙期って、一月と二月、と十一月で」

「一月はそうだよね。初詣で、だから当然だ。二月？」

「節分じゃん」

「なるほど」

「本職の話は、難しいな」

「えっ、やっぱり仕事してるの？」

「ううん、大学生。四年制大学の。あっ、わたし、大学三年生です」

「何歳？　って、年齢《とし》を訊いてもいいのかな」

「二十一。そういう質問は、ぜんぜん。遠慮要らない。『女に年齢《とし》を尋ねたら駄目だ』は、どこかで……差別的？　なにかがバイアス、だから。そんなふうにもわたしは感じる。それで、光延さん、本職っていうのは――女性神職って、明治初年に廃止になって」

「つまり……女の人の神主《かんぬし》は、ということかな？」

「そうです。その後に、戦後にだけれども、変わりはしました。でもですね、いずれにしても、ね？　お巫女さんは神職ではないの。ちゃんと資格の、ライセンスの求められる神官というのとは違うの。だからアルバイトでも……」

「オーケー？」

「そう。そうじゃないお社や、土地もあるし、わたしと燃和の母方が事実、そうなんだけど」

「えっと、それって」

「地元の、巫女の家筋。巫女職代々。父の、谷賀見の家は違います」

「お父さん方は？」

「社家《しゃけ》」

「うん？」

「お社の、家。要するに神職を世襲する家柄で、父は、宮司です」

「現職の」

「はい」

「そこの、実家のさ、讃さんは、巫女ではないんだ？」

「わたしがアルバイトを重ねているのは、なんて言うんだろ？　リサーチなんですよ、光延さん」

「『重ねる』って言った？」

「そうしてます。だから今年、平成三年ですね、平成三年は皇紀に換えると二六五一年です、その、三年、であると同時に二六五一年、の今年に、わたしのアルバイトの口はこれで四社めです。あっ、神社の四つめ、のことですよ？」

「うん、わかる。憶え損なったのは、今年は皇紀で二六……何年？」

「皇紀で二六五一年です」

「その暦は、僕は、意識したことがないな。日頃」

「戦前はね、ただ単に人が、――この人っていうのは日本人なんだけど、『紀元』って口にしたら、皇紀を指して」

「現代社会だと、――現代の日本社会ってことだけどね、『紀元』って言ったら西暦だけだな。大概の人、日本人にとっては」

「だから、わたしが思うのは、入れ替わったんだなあって。つまり、あろうことか神武天皇が、イエス・キリストに。この説明も……雑かな？　ごめんなさい下手で。神武天皇のご即位が、イエス・キリスト誕生に――交換された？」

「なるほど。その交代劇《リプレースメント》は、なかなかの……。いや、待って。なにか大事な話題からフォーカスが、いま逸れた気がする。讃さん、リサーチ言った？」

「『リサーチなんです』言いましたね。わたし」

「それは――」

「神社経営はいかにあるべきか、の、リサーチです。わたしは、卒業までには、東京都内の何十社かの、お巫女さん体験、の、アルバイトですね、それを了《お》えておこうと思って」

「つまり、将来は神社《それ》を経営する、ために？」と回り道をしないで、すなわち単刀直入に、光延は尋ねた。

　すると返答は「はい。そして、――いいえ。神社界の再編のために、です」だった。

　そのように彼女が、彼に言う。

　それ以上は二人は、そこまで親密には（他者《ひと》にくちばしを挟ませずに、二人だけでインティメットには）話せない。なぜならば、基本的には四人用のインティマシーがその場には用意されている。つまり大澤兄弟と谷賀見姉妹のその四人に益するように、と。しかも垂水も交えた五人にも、それからまた芸術家《アーティスト》／カメラマンの河原も勘定に入れる六人にも、その、空間に満ちるインティマシーは及んだ。だから散会となるタイミング――この時に集合写真の撮影と相なった――までに結宇が大いに日本の古代史を語るということがあった。平城京の人口は五万人だ、いや十万人だ、と。その十万都市が、歴史的なバブルで、現代の日本の京《みやこ》、東京都、に何か教訓をもたらしたりはしないのかなあ、と。兄が、「歴史的なバブルというのは、いわゆる律令体制の絶頂が、ということだな、ユー？」とやる。兄の親友が「ユー君は、いやあ、憂国の士だ」ともやる。あまり的《まと》を射ていない。いずれにしても谷賀見姉妹（殊《こと》のほか妹）への結宇のアピールを掩護《えんご》する。結宇は穂積皇子《ほづみのみこ》の和歌、『万葉集』に入れられている「家にありし櫃《ひつ》に鍵刺《かぎさ》し蔵《おさ》めてし恋の奴《やっこ》のつかみかかりて」まで、不敵なことに諳誦《あんしょう》してしまう。しかも（これは兄、光延をかなり感心させたが）高貴に詠じた。話柄《わへい》は、先月の日本の祝日はどうの、ともなって、十一月三日はもともとは明治節という祭日で、明治天皇のお誕生日、十一月二十三日はもちろん新嘗《にいなめ》祭《さい》、天地の神々に新穀《しんこく》が供えられました、天皇の御手で、と解説したのは讃だった。燃和は馬の話をして、この時ばかりは結宇は「あ……」だの「……うっ」だのとなった。しかしうちの神社では――とは谷賀見家の、その父親が宮司をしている社《やしろ》のことなのだろう――神馬《しんめ》を出すの、と語ったことで、何かが（結宇と光延のそれぞれの胸中で）解けた。馬と親しむ根拠、のような。

事前のプランどおりには発せられなかった質問もあり、それは、大澤結宇の言《げん》をそのまま借りれば「どうして谷賀見燃和さんのお姉さんは、僕が、僕たちが、あそこ（甲州街道に通ずる団地間の路《みち》）を通ると事前につかんでいたのか？」の謎《ミステリー》の解明に通ずる類いだったのだが、それがなしでも場が盛りあがりを持続させたので、結宇はそういう質問をする「つもりだった」ことを失念し、そのまま忘れ切った。いっぽう光延は、この状況を別の形で打開した。が、その打開の前に、集合写真は無事に撮られた、と報告する。河原は、――ああ、大澤兄弟は弟のほうが二センチほど背《せい》が高い、しかし谷賀見姉妹は、姉のほうが二センチほど高いな、と認識した。

そして光延だが、じつにあっさりと讃に、「話の続きを、年明けに、やりませんか？　二人で。アルバイトが落ち着いたら、お茶をしませんか、また？　讃さん」と誘えていて、つまりデートの約束をとりつけていた。

この物語はすでに明かしているわけだが、それが一月十五日である。これまた日本の祝日、成人の日。この、一九九一年十二月二十六日からちょうど二十日後、までの間に、いろいろと世界の激動はあった。十二月二十六日の日付的なその日にしたところで、ソ連最高会議共和国会議が、ここで「ソ連消滅」を宣言した。つまり地上から超大国《スーパーパワー》がひとつ消えた――前日にはミハイル・ゴルバチョフがもう大統領を辞任していた――が、この波瀾《はらん》を光延は意に介していない。他国《よそ》の政《まつりごと》は自分の恋に勝《まさ》るはずが、なかった。というわけで、一月十五日である。一九九二年の、すなわち平成四年の、さらに言えば皇紀二六五二年の、一月十五日である。物語は、大澤光延と谷賀見讃はデートに出かけたのだ、とだけ語りたい。それは代々木の二丁目界隈ではなかったけれども渋谷区内ではあった、とも言いたい。繁華街ではなかった、とも言い添えたい。二人は、どこかへ向かっている、保育園のかたわらを通る（そこしか「通れない」路《みち》である。その付近では）、その園内の敷地には遊具があって、ぶらんこもある。そこに、幼児ではない人間が、しかも女性がいる。しかもぶらんこが幼児用なので、座板には腰をおろさないで、立ち漕ぎしている。ただしギーギーとは揺らさない、むしろぶらんこは物静かに往還《ゆきかえり》して、音を立てるのは女性のほう、女性の口、喉のほう。

その女性はメロディを鳴らしているのだ。

光延が気づいた。

讃も気づいた。

その女《ひと》は、若い、振袖《ふりそで》姿である。ただし足もとはブーツである。成人式の？　と光延も、それから讃も同時に思った。しかし光延だけが「え？」と思って、そう声に出した。讃のほうは讃で、「あら？　年末ではないのにベートーベンの、第九？」と言った。たしかに口ずさまれる旋律は『歓喜の歌』だった。そして振袖の女《ひと》はぶらんこから、飛ぶ。

降りる。

それが光延の許嫁《いいなずけ》だった。二十歳。

「こんにちは。わたしのフィアンセの、光延さん」と彼女は言った。第九を歌うのをやめて。

7

ひとりの男がいて、ふたりの女がいる。ぶらんこがそこにある。出発点はいつでも一台のぶらんこである。人物名ですらぶらんこには後れをとる。女たちの側に立つならば二度ともそうだった。ぶらんこに乗っている女人《にょにん》がいる、この人物は神（神道の神々）に仕える装束をまとっている、といった描写がさきに来て、肝腎《かんじん》の、谷賀見讃という名前は相当にあとになってからこの作品に導き入れられた。つまり名前はぶらんこの後塵を拝した。それどころかベートーベンの『運命』にも出遅れた。今度もまたそうである。一台のぶらんこがあってそれを立ち漕ぎしている女《ひと》がいる、しかもベートーベンの『歓喜の歌』がついている、その場面にはである。だが、名前は？　その第九《ダイク》に続いて「フィアンセだ」との名乗りはあったけれども、これは立場を明かしたに過ぎず、姓名に関しては何も言っていない。だが、論を俟《ま》たないだろうが、それではまどろっこしい。

となると、さっさと紹介してしまうに限る、その二十《はたち》の女の姓名を、となる。

この判断に従って、本章の書き出しをいまいちど踏まえるならば、ひとりの若い男がいて、ふたりの若い女がいる、二番めにぶらんこに乗って登場したのは櫻井奈々《さくらいなな》だった、と進められる。あとはあわせて、一番手の若い女性であった谷賀見讃は、この櫻井奈々よりも一歳年長の二十一、そして、ひとりの若い男すなわち大澤光延は、現時点では二十六なのだけれども誕生日を月内に控えており、むしろ「当年とって二十七歳」との紹介がそれなりに相応である、と年齢面についての整理も添えると、ならば彼の誕生日とは具体的にはいつだったか？　の解説に跳べる。

一月二十九日なのだった。

今年（一九九二年、平成四年。また皇紀二六五二年）の場合は、この日は第五週めの水曜日に当たる。

だとしたら前日は、第五週めの火曜日であり、そこには大澤家の決まりごとがなかったか？

と続けられるのだけれども、これは「ひとりの男（若い男）がいて、ふたりの女（若い女）がいる。ぶらんこがそこにある」の展開《なりゆき》から、かなり大胆にスポットライトを逸《そ》らす、つまり外す選択になる。つまり物語は、それで一月十五日はその後、どうなったのだ？　には回答せず、焦《じ》らすということをしてしまう。

それはおもしろいだろうか？

話術的《ナラティブ》にはおもしろい、とこのナラティブは踏む。このラディカルな伝記作家のラディカルなナラティブは踏む。ゆえにそちらに進んでしまうが、最低限度のマナーは要る。飛躍のための起点は、起点とは出発点の謂《い》いだが、ぶらんこにしておきたい。ひとりの男がいて、ふたりの女がいて、ぶらんこがそこにあったのだ。ぶらんことはなんだろうか？　それを設《しつら》えるのにある程度の高さを求める遊具だ。高さがなければ横板をロープや鎖などで吊るせない。そして原理的にだいたい一般的な人間の上背《うわぜい》よりも高い。そのような人造物——自然物ではないもの——である。だとしたら、このぶらんこに対比させる形で登場させる何かは、同じように人造物であるのだけれども対照的な性質（特質）を持つ、というのがよい。たとえばぶらんこであれば、それは人よりも高いのだけれども、しかし、ただの樹々（自然物）である高木よりも低い。高木類と比較される「低木」を、人間の身長以下の樹々、と定義している点を考慮するならば。また、ぶらんこは設置されたその場所に、たとえば「永遠に存《あ》る」ことを願い求めるものでもない。一月十五日に櫻井奈々にぶらんこを提供した保育園はその十五年後には廃園になっている。より詳《つまび》らかに説けば、渋谷区から中野区へ移転した。これにともない敷地内の遊び道具は消えた。つまり十五年後にはぶらんこはそこからうしなわれているのであって、これは植物が枯れるとか伐《き》られるとか、あるいは植物を建材とする人造物の、なかでも典型的に言うならば「草庵が、朽ちる」といった様相《ありさま》に酷似する。

だとしたら、物語がここで出さねばならないものはこの当時の東京では最大規模の高さを有した人造物であり、その建築材料に植物は用いず、おもに鉄鋼とコンクリートが各種構造を支える超高層ビルと決まる。

東京都庁舎である。

その第一本庁舎は双塔で、地上四十八階建て。二百四十三メートルの高さである、とはこの作品の冒頭章にて早《はや》、挿入ずみの情報だが、これが一九九二年当時、東京一どころか日本一の高さを誇っていた、とはまだ明かしていない。

解説ずみである事柄は、この他に、都庁の第一本庁舎の七階部分にはバルコニーがあって、これは奥で知事執務室の窓に通じている、ということ。そのバルコニーからの視線《まなざし》を、前年の十一月二十五日に大澤光延は感じたのだ、ということ。未解説であるのはつぎの二点で、第一本庁舎は北と南の双塔ともに展望室を有していて視線《まなざし》であれば普通はそこから都心（と、それを超える領域）一帯にあふれ出しているのだ、ということ。しかし、それらを大澤光延が感受したのではない。そうした視線《まなざし》群は、その、天としか呼びようのない高みから世界（四方）を見下ろす様《さま》において宗教がかっている。どうやら建造物としての東京都庁は、宗教色を帯びることで不滅というものを志向して――「永遠に存《あ》」らんとして――いる。二十世紀末日本のゴシック建築。西新《ニシシン》宿《ジュク》大聖堂。続いて、この物語のこの一章にていま解説される初のデータ。副知事のための部屋はバルコニーの置かれる七階にはない。

一階下にある。

第一本庁舎の六階にということだ。

だが副知事たちは始終上階《うえ》にあがる。知事執務室の造りだが、窓が、バルコニーにつながるとは言った。そのバルコニーからは「都民広場がちょうど眼下に見られる」であろうとも前に語った。そして入り口側だが、そこは大扉で分界《ぶんかい》を立てられている。開閉担当の係員もいる。その係員のいる場所が前室で、都知事との面会者たちはここに控える。数人が同時に腰を下ろせるソファがあって、しかし、副知事たちと局長たちと、それから部課長たち（やそれ以下となる職員）が揃っている時に、そこに腰をのせられるのは副知事たち、とこれは否応《いやおう》なしに決まっている。その様子は「知事執務室を護《まも》る」かのようでもある。

副知事たちは四人いる。

それぞれの職掌（担任事項）が異なる。

筆頭副知事に選ばれれば、ある知事が任期を全うせずに辞め、つぎの知事が選挙で決まるまでの期間は、「都知事代行」を務めると定《き》められている。筆頭副知事は、都庁内の幹部人事もつかさどる。

さて大澤秀雄のことだ。

五十一歳の大澤秀雄は断じて筆頭副知事ではない。都庁職員たちの間では「四人め」視されている。しかし、この「四人め」とは、いわゆるナンバー1《ワン》に対してのナンバー4《フォー》では断じてない。他の三人の副知事たち——ここには筆頭副知事を含む——は、みな局長経験者である。いわゆる出世の階段を登ってきた。「都庁採用職員の最高ポストが『副知事』だ」と見据えて、枢要部長級から局長へ、とうとう副知事へ、となった。しかし秀雄は違った。この一九九二年一月、秀雄は——大澤副知事は二回めの任期にあって、これに就任する前には知事特別秘書のポストに二年弱あって（その際には政務情報の収集に当たった）、それ以前は、広報室長だった、都庁の。大澤秀雄が純血《はえぬき》の東京都庁職員であることに異を唱える人間は、ここ都庁にはいない。しかしながら局長という要職を経ずに、かつ異例中の異例として四十代後半で、副知事に起用されたとの事実、現実は、この男に非標準《ノンスタンダード》であるとの心証を与えていた。いわば臭いを授けていた……野獣臭を。それゆえの「四人め」視なのだった。規格の枠内におさめて数えるのは不可能である。実際に、東京の副知事が三人制だった時代には「三人め」視されていた。仮に十人制に変われば「十人め」と目《もく》されるのは疑いない。

という次第で、大澤秀雄は一部から都庁の怪物と言われていた。

囁かれて、兇《おそ》れられた。

または不気味がられた。

対する都知事——現在は四期め。じきに十四年めに入る——は、外部から時にはミスター官僚知事と呼ばれた。

怪物と官僚。後者を画一主義や形式主義の表象とするならば、この二者間には凄まじい溝がある。架橋できるはずのない深淵《へだたり》が横たわる……はずだったが、しかし、そもそも時代とはなんだったか？　時代とは、溝と溝との継《つ》ぎ接《は》ぎを内蔵して、あるいは要求して、動力源《エネルギー》に化けさせているものなのだ、機関《エンジン》にしたがる傾向を持つのだ、と断じる所業はたいして乱暴ではない。

しかもバブルは弾《はじ》けていたのだった。バブル経済は。

そして東京は人口一千万人超の都市だったのだ。一九六二年以降、三十年にわたって。

その都市が、その都市機構が自律しないという謂《いわ》れはない。

しかも都庁舎がすでに一九九一年に生まれ変わった。

その第一本庁舎の七階にバルコニーがあった。六階に副知事室があった。七階のバルコニーからは大澤光延を射貫《いぬ》いたあの、視線《まなざし》、が発せられた。一九九一年十一月二十五日に。六階の副知事室には、一九九二年一月二十八日、大澤秀雄がいる。これはいつものウィークデーのようにいるのである。この日は火曜日なのである。翌日が一月二十九日、大澤光延のバースデーで、これはこの月の第五週めの水曜日に当たるのである。と、それはもう説明した。未然で止《と》まっていたのは、ならば前日は第五週めの火曜日で、そこには大澤家の決まりごとがあって、晩餐《ばんさん》が催されるのだとの解説だった。

すなわち、今日、晩餐会はある。

三時間後に。

二時間後に。

夕方、いいや日没はとうに迎えていたのだが、秀雄は退庁する。ただし知事公館とのホットラインは、車中にも荻窪の自宅にも構築されている。公用車には車内電話（自動車電話）がある。車種はトヨタのクラウン・セダン。黒で塗装されている。ドライバーは都庁の職員であり、むろん守秘義務が課されている。ただのハイヤーではないとはそういうことだ。そのドライバーに、秀雄は、今日は帰宅前にひといり拾うと指示する。息子だ、と告げるだけで、クラウンは甲州街道をいったん西参道通りで南下、それからJR代々木駅の方向へ折れて、小田急線の高架橋の手前で北進、という道筋を採る。車内には静寂《しじま》がある。そのクラウンは東京都庁のメタフォリカルな息吹《いぶき》を多分に含みながら、西新宿、代々木、と静かに移動する。十分もかからない。そこから自宅までは、しかし帰宅ラッシュ時なので四、五十分はゆうにかかる。

そのことを秀雄は望ましいと感じている。

秀雄は息子のマンションを訪ねたことはない。

いや、マンションの、その屋内《なか》に足を踏み入れたことはない。代々木二丁目のそのマンションの正面玄関の前には一度寄った。今日と同じように副知事専用のこの国産高級車を寄せた、停めさせた。そして独り暮らしをしている長男の光延を乗せて、いっしょに荻窪三丁目の邸《やしき》に戻った、ということがある。その時、光延は手ぶらでクラウンに乗り込んできた。今日はどうか。この日は、大澤光延はボストンバッグを提《さ》げていた。そして父を待っていた。

ドライバーが光延のためにと後部ドアを開ける。

「乗れ」と秀雄。

「お邪魔します」と光延。

バッグは荷物室《うしろ》に、と指図したのは秀雄だった。

「何泊するんだ？」

「実家《うち》にですか？」

「そうだ」

「ひと晩、の腹積もりですが。父さん」

この父子《おやこ》の会話が始まった時にはクラウンはもう滑り出している。

文字どおり滑《なめ》らかに。ノイズや過度の振動を感じさせないで。

光延は車中の無音を呼吸《いき》する。

――そうしているのだ、と秀雄が看取する。

と同時に、息子の窶《やつ》れも十全に見抜いている。しかし、即座には、そのことには言及しない。

「誕生日を、一日、過ごすんだろう？　ユーがそう言っていたぞ」

「ええ」

「だとしたら、明日も一日荻窪《うち》にいたらふた晩の泊まりだろう、コーエン？」

「え？　あ——ああ」返答にならない返答があって、それから、「いいえ。晩方《ばんがた》には……夜には帰りますよ。もちろん、それは夕食後でも」

「もちろん、そうしろ。コーエン」

「了解しました。父さん」

「俺が立ち会えるかはわからんが、誕生日ケーキはもう母さんが準備しているし、たぶん、スペシャルだ」

「スペシャル……」上の空であることは、声音が雄弁に語った。

秀雄は「明日、二十七になるな。お前は」と言った。

「ですね」

「その一年後には二十八だな」

「はい」

「コーエン。二十八歳でお前のモラトリアムは終《しま》いだ」

「それは……、三十歳ではない、と？」

「大澤家の長男であるお前が、三十という区切りの年齢《とし》でもって身を固めるのか、その手前、二十八歳でそうするのかは時局の出方しだいだ、と、俺は幾たびか明言している。そうだろう？」

「もちろん、そうです。父さん」

「コーエン」

光延はぎくりとした。すると父親は、アッハッハと哮《たけ》るような声をあげた。

「憔悴しているぞお前は。見るからに。そこは晩餐会の栄養で、ひとまず補え。あとは自分で解決しろ。だがな、発端は、なんなんだ？　いま、お前が足をとられている事態は俺にはどうでもいい。しかし発端というのには関心は甚《はなは》だある」

と、快活に秀雄は続けた。

「ユーです。僕の、……そうですね、大事な弟が、青春の真ったただなかにいまして」

「だとしたら恋愛、性愛だな」

「恋、のひと言で停《とど》めたいところです」

「そう擁護するお前は、つまり、純愛に嵌まったのか？」

「えっ――」

「語るな。もう言っただろう？　どうでもいいんだ、お前の悩みは。こう言われると虚を衝《つ》かれるかもしれんが、お前はな、二十八歳までの猶予期間に、傷心だの憔悴だの、苦悶の経験だのに、どんどん肥育されろ」

「ヒイク、とは？」

「フォアグラは美味《うま》いぞ」

その瞬間は、光延は意味不明だとの面持ちを表わして、「今日の晩餐、フォアグラがソテーかなにかで……？」と訊いていて、「それは、まあ、ありうるな」と秀雄は答えていて、この回答を受けとってから、「そうか。鵞鳥《がちょう》の肥育。そこからフォアグラ？」と光延が言い、「お前の質問は、的《まと》を射ていない。コーエン」と秀雄が冷たい声音で言い放つ、いきなり――。

そしてドライバーに、

「ビバルディを」

と指図した。

はい、と返事があって、そこから三秒と要さず、ビバルディのバイオリン協奏曲『四季』が、その第二番「夏」の第一楽章から、この杉並区を指《さ》して走行するクラウン内に流れ出す。音量は抑えられていて、低く、音質はCD再生によるもので、高い。公用車内のこのBGM《音楽》は、これから政治に関わる話に入るとの合図だった。その合図は、口火を切る秀雄自身にも向けられたし、車中の空気のドラスティックな変質から、同乗者には当然——これはサインなんだぞと——送られていたし、また守秘義務を持ったドライバーに、「いま耳にしないでいれば、後々《のちのち》の、『秘さねばならない』との責任も、そもそも生じない」と語りかけもしていた。

「コーエン」

「……はい」

「お前は、この父親に、『それでは時局は、どう出たのです？　もしくは、どう出ようとしているのです？』と尋ねるべきだった。とは、思わないか？」

「痛烈に思います」

「痛恨の極みでか？」

「思います」と父親の息子は即答する。

「ひとつ、知りたいんだ。コーエン。時局とは、言い換えるとなんのことかな？」

「政局です」

ビバルディの『四季』の、しかし「春」を欠いた展開に合わせて、大澤光延は一九九二年一月の終わりの政治状況を学ぶ。それも国政と都政と、その双方の動き、うねりを教わる。「ただし水面下にあるぞ。うねりは」との但《ただ》し書きも咀嚼する。光延は、おのれの「商品」性、すなわち「政治的商品」性を改めて意識する。強《したた》かに認識する。父親——の東京都副知事、異名は怪物——は尋ねる、「柿村先生はどう言っている?」と。息子——の政治的商品、大澤光延にして大沢こうえん——は自らが所属する勉強会(政治塾)の主宰者の名を出されて「やはり、ソ連が崩壊したことで冷戦は真に終結して、国際政治はここから変わり、むしろ、国内では、これを錦《にしき》の御旗《みはた》に『日本の政治も変わる。変えねば!』と訴える勢力が、その、猛烈に打って出るだろう、と」と回答する。「お前の意見は、コーエン?」と尋ねられて、「同意見です」と答えて、「要するに同感ということか?」と問われて、「はい、そう感じます」と肯《うべな》って、「それはつまり、ソビエト連邦の崩壊というよりもバブル経済の崩壊後のこの国の、不満、と、現状《いま》を変えたいとのマジョリティの要望、欲望、に、便乗しようとする輩《やから》がまず確実に登場する、ということだ。そうだろう?」と続けられて、「はい。そうなります」と言っている。

「つまり政界の再編が狙われる」

「具体的には?」

「新党ができる」

「それは……革新系の?」

「革新に見える保守、や、保守から割れて出る革新、や」

「それでは主義がないのではないですか?」

「主義はないが主張《いいぶん》はあるのがポピュリズムだ。要するにポピュリズムが恫喝《どうかつ》を始める。これはもう俺の観るところでは顕著になっていて、観るっていうのは直観だがな、すると俺は、俺たちは、急いだほうがよい、となった。なんのためにか?」

ここで光延は、なんのためにです？　とは問わなかった。

その質問は的を射ていない、と理解して。

父親が自答するはずだ、と確信して。

事実、秀雄は「東京の自治のためにだ」と答えた。

——ビバルディの『四季』が第四番「冬」の第一楽章に入った。

「ところで、いま言った『俺たち』とは、俺と誰だ？」と秀雄。

「難問です」と光延。

「そうだ。回答は幾つかある。そのひとつは、俺と、それから、お前だよ。コーエン。お前の持って生まれた美貌はなんのためにあるのか？　国、または東京のため、と考えるのも、相当に愉快だぞ。コーエン」

だから二十八歳というタイムリミットは設定されたのだ、とついに大澤光延は合点《がてん》する。

自分は「政治的商品」であり、都知事候補者という商品である。首相候補者という商品である。未来の。


現在はいずこに？

一九九二年の一月二十八日の夜に。父子《おやこ》は荻窪三丁目の邸宅に到着して、それから晩餐会のスタートと相なった、邸《やしき》のダイニングには都合七人が集合していた、としてよい。大澤家の全員と、親族たる（光延の）伯母の一族だった、としてよい。ふたつの家族だ。だが大澤家に父、母、兄、弟がいて、思高埜家に伯母、従弟《いとこ》がいる、との設定から計算するとゲストがひとり多い。普段とは相違した。

この多い人間のことを、秀雄は「お義兄《にい》さん」と呼んだ。

光延の伯母の、夫である。光延の従弟の、父親である。

だが、そうした構成員に焦点を絞る前に、これらの人びとの間の会話に注目する前に、今回は忘れずに「なにごとをも残念にしない」方面からシーンの描出に入る。献立である。それからフォアグラは実際に供されたのか否か。この日のコース・メニューの先鋒《せんぽう》は、オマール海老と白ミル貝のマリネで、キャビアが塗《まぶ》され、ソースには酸味の利いた木苺《きいちご》が用いられた。続いた前菜がフォアグラのソテーで、給仕スタッフの解説に拠《よ》ればランド産、そして、そのフォアグラが「美味だったか」の問いだが、光延はジャム状に煮詰めたビーツにコンポートされた苺を添えて、そのソテーの一片を口にするのは最高に塩梅《あんばい》がいいと感じた。少しマジカルだなとも思った。菜の花のローストも出た。こちらからも苺の香りがした。この日の晩餐は苺という食材に統《す》べられているのだった（このように指摘したのは光延の弟、結宇だった）。事実、口直しはライムと苺の氷菓《グラニテ》だった。そして肉料理、これは幼鴨《ようおう》のローストで、苺のキャラメリゼが同じ皿に載っていた。それから小《プチ》のデザートが蜂蜜のムースで、デザートはある意味では必然のように苺のパルフェで、と続けると、もはや献立の印象ばかりが支配的になって、それらを食したのは誰で、食しながら何を話したかは省いてよいのではないか、とも思われてしまう。そこでいったんデザートの直前を、描写すべき現在の瞬間だ、と定める。

するとと大澤秀雄は、ウォッシュしたチーズ――エポワスを口に入れている。

少し間《ま》を置いて、赤ワインの注がれたグラスに手をのばす。

「お義兄さんと食事をともにするのは、久しぶりですね」と言った。

「僕には、こういうグルメが、五十《いそじ》の坂というのを越えてからは、そうだな……まず絶えて久しかった」

「もたれましたか？」

「秀雄君のように、チーズに突進できるという余裕はこっちの胃にはない。けれども、いいや、メインの鴨肉まで愉《たの》しめた。舌鼓を打たせてもらった、だな。こうして味わい切れるというのは、身《しん》が、とは『肉体が』だね、来《きた》る情勢に備えているということなんだろう」

この秀雄の義兄は、つまり妻である大澤蔦子の姉の、その配偶者は、思高埜家にいわゆる婿《むこ》に入っている。思高埜家は新宗教団体「萬葉会」の理事長の家系である。萬とは万《よろず》の旧字であって、葉とは歴史用語に中葉（中頃）や末葉（末期）とあるように時代の意であり、この二字――萬葉――は万世《ばんせい》を指す。萬《よろず》の時代、すなわち永遠を。東京都庁舎なるゴシック建築物を説き明かした文脈に照らせば、不滅の志向が宗教色に支えられたもの、が「永遠」だとなる。萬葉会の宗教とは仏の御教《みおし》え（仏教）に他ならず、不滅の志向はそのまま「権力」への意志に通じて、ゆえに国家主義《ナショナリズム》と保守のイデオロギーに換わる、とも言える。つまり「萬葉会」とは右派の運動でもある。経文《きょうもん》が思想、またはスローガンである。

ところで義兄というのを、配偶者（妻や夫）の血のつながった兄や、血のつながった（自分の）姉の配偶者、と定義すると、この秀雄の義兄は正確には義兄とはならない。

しかし重要な人物ではある。なぜならば、萬葉会の現理事長――法務を全面的に担う――は、この人物の妻の実父であって、つまりこの人物の義父《ちち》であり、その義父が、いまや大患で病褥《びょうじょく》にあった。「あと二ヵ月保《も》たないだろう」と内々に報《しら》せるために、この日、大澤家に足を運んでいた。そうした報告の意味するところは、次期理事長にはこの人物が就任する、である。

それが「萬葉会」の、来る情勢、の謂《い》いである。

秀雄の義兄《あに》は――と、さしあたってそれを義兄だと定義する――事実わずかに年嵩《としかさ》だった。「お義兄さん」と呼ばれるのに相応だった。または、大澤秀雄という五十一歳の当局者と、共同闘争するのにふさわしかった。

ここで、しかし、義理との観点から、この晩餐会の構成員たちと光延との関係を眺める。

すると父親、大澤秀雄は実父である。義理ではない。

弟、大澤結宇は異母弟である。義理ではない。

母親、大澤蔦子は継母《ままはは》である。義理である。

その蔦子の姉、思高埜樹子《きこ》は伯母である。血がつながらないから義理である。

この義理の伯母の息子、思高埜工司《くじ》は従弟に当たる。義理である。

その工司の父親は、すなわち「萬葉会」の次期理事長にならんとしているのだけれども、義理の伯母の夫であるだけで、光延には義理の、向こう側との感触がある。

つまり、さしあたって大澤光延には、この人物は擬似血縁者とは見做《みな》されていないのだと言える。だからこそ、伯母はオモダカノキコだと名前が出て響き、従弟はそしてオモダカノクジなのだとこの物語が明かして響かせはじめても、その樹子の夫、その工司の父は、単に抽象された「伯母の夫」「従弟の父」で済まされる。

あるいは大澤秀雄まで歩み寄れば、「お義兄さん――」と。

さて人物名は揃った。

いちばん耳を傾けなければならない会話は？

従兄弟《いとこ》ふたりが語り合う。

「あれは戦争写真なんじゃないかな」と思高埜工司。

「なに戦争？」と問うのは大澤結宇で、工司の一歳年長《うえ》である。

「そうだねえ。アフガン戦争、とか？」

「あの絵が？」

「違う。写真が。じゃないね、ユー君。あれは『写真だと思ってじいっと見てかかったら、絵に化ける』って、そういうふうにコーエン兄さんが」

「言ったんだ、兄さんが。クジ君に？」

「うん。こないだ喝破《かっぱ》してもらえて」と言いながら、「あっ、それは階段の踊り場のところの作品《やつ》の、話だよ。でも、さっきの居間のとこの壁のも、やはりおんなじなんじゃないのか」と十六歳の少年は自分に向かって断じた。

「そうだよ。河原さんのは、みんなそう」

「誰さん？」

「河原……マコトさん？」

「知ってるの？」

「会ってる」

「会ってるの？」

「撮られてる」

「写真を？」

「明るい先生だったよ」と結宇は河原真古登にたぶん美術家には敬称をの意識で、先生、と付した。そして、この従兄弟ふたりの会話はこのシーンで一等重みがあるというのではない。しかしナラティブ的に二、三、註《ちゅう》したいので拾った。話題にのぼった作品は、まさに戦争（史実としての）を主題にしている、しかしアフガン戦争とは見当違いも甚だしい。そこにあるのは西南戦争の一情景で、西郷隆盛軍が描かれている。この叛乱《はんらん》軍の兵士たちと数多《あまた》の樹木が。その樹々というのが現在の富士山麓の樹海のリサーチ（一九八九年三月に行なわれた）に由《よ》っていて、すなわち、一八七七年勃発の士族叛乱にそのような「現在」を接続させると、〝現在《いま》〟を撮ったと判断される写真アート（もどき）はいつを表わすのか？　これが作家の試み——の中心的文脈——であってアフガニスタンはどこにも現われていない。なのに十七歳と十六歳のこの従兄弟のふたりは、「アフガンの仏教美術って、法会《ほうえ》の大道場には、あるの？」といっぽうが尋ね、いっぽうが「あるよ。まだ昭和だった頃に、お祖父《じい》様が落札したよ。オークションで」と答える始末だ。ただし、作品そのものの——本来の文脈を超えた部分での——分析は鋭い。「軍人たちがいるでしょう？　その、構えている武器が、刀とか、銃？　それは、樹木の幹からのびる枝でしょう？　ほら、線としてはいっしょだ、っていうか。ああいうところには、僕は、憑《つ》かれるんだ。あの、作者の、河原さんだっけ？　この人って、作品をサーモグラフィにかけたら、あの画面内の人間も樹木もおんなじ体温で発熱しているって、そこまでの、仕込み？　拵《こしら》え？　を、してるんじゃないか。なんて、僕は思うんだけれども、いつも眺めているユー君はどう？」と指摘したのは、年少の思高埜工司であり、「いやいや、いつも眺めてない。そういう眼《め》って、クジ君に特有。御《み》仏《ほとけ》的だ」と大澤結宇は答えたし、この返答の背後には草木国土悉皆成仏《そうもくこくどしっかいじょうぶつ》の思想があって、植物もやはり成仏するのだから樹木に体温とは言いえて妙、とも認められたし、当の写真アート（もどき）の作家もまた、サーモグラフィにかけたら同じ熱、との発想、いいや洞察には唸る。何かが見通されていると言えるし何かが霊視されてしまったとも換言しうる。視《み》られた、と。やはりか、と。その後、ふたりは大澤家のその邸内には河原のアート作品が具体的には何点あるのか、そして場所は、のトピックに移り、それは邸内の地図――「現代アート地図」を作るような作業《やりとり》だった。

繰り返すが、これらは物語的には最重要の会話ではない。

いちばんの重みある会話は、だけれどもいまの「視られた」とのフレーズには共感、共鳴している。

初めに姉妹《きょうだい》ふたりが話していたのだ。思高埜樹子とその二歳下の妹、大澤蔦子が。その話題は、年二回の大法会にはこれからはオーケストラの演奏を入れて、だの、けれども道の正しさをひとりびとりに感受させるのに、私は男の発想よりも女の発想がこれからは大切だと思えて、と姉が言って、女の発想ってどういう発想を指すの、姉さん？　と妹が訊いて、たとえば「萬葉会」がどんどん霊能者を産めるような、産むというのは出産よ、蔦子、そういうカリキュラムを持って、ぽこぽこ産んでしまうような、と樹子が答える、だの、その擬態語《オノマトペ》――ぽこぽこ――に大澤蔦子が声を立てて笑って、その瞬間だ、妻の賑やかな笑いに、ふり返るのは夫である。夫の大澤秀雄が、

「そうだ。明日はコーエンの誕生日でね」

と切り出し、

「そうなのよ。コーエンの」

そう大澤蔦子も続け、

「知ってる。だから泊まるんです。僕」

と接《つ》いだのは思高埜工司で、

「ね？　この後は、兄さんの元の部屋にさ、クジ君、いっしょに行こう」

こう大澤結宇が言って、

「もちろんコーエンさんのお誕生日を、失念してはいませんよ」

と、光延の伯母、思高埜樹子がひき受けた。秀雄の発言を。

「二十七になります」秀雄は言った。

「なるのね」樹子が言った。

「そこで、一年後に、所帯を構えさせようと」と秀雄が言った。

「あら」と樹子が言って、その樹子は、この日の晩餐会でただひとり和装であり、ただし地味ではない。絹の光沢がこの伯母の（上《かみ》の半身の）存在を支え、卓上にも覗いた帯には、寒中椿《かんちゅうつばき》の刺繡《ししゅう》がある。その帯から、光延の伯母は小さな扇をぬき出す。

「二十八歳」秀雄があらためて一年後に光延が何歳かを言う。それから「コーエン」と呼びかけて、「櫻井さんには、そう間《ま》を置かず、こちらから伝える」と言った。いいな？　とは訊かない。その櫻井とは光延の許嫁《いいなずけ》の櫻井奈々は指さない。櫻井家を指す。秀雄は、自分の長男に「いいな？」と尋ねなかった代わり、「視てもらえ」と促した。

すなわち、伯母に視られろ、と命じたのだった。

しかしその指図の前にすでに光延は、とうに光延自らが、樹子にその顔《かん》ばせを真っすぐに向けていた。光延は、伯母の、四十代後半とは思えない黒々と炯《かが》やいた頭髪を見、化粧ではあるのだろうが匂うように皓《しろ》い頸部を見た。その伯母はつねに凜《りん》としている。光延は、まるっきり場違い、状況違いな感慨であることを承知の上で、もしかしたら俺のまわりには美しい女しかいない……とこの一瞬考えた。

そして目は、煽《あお》がれる道具に吸い寄せられた。

一本の扇に。

「コーエンさん、まあ大変」伯母は言うのだった。「岐《わか》れ路《みち》に立っているわ、あなた。端的に言うけれども、あなた窮地ね？」

「窮地です。伯母さん」と光延は肯定した。

「右目と左目が、あらぬ方向を見ていますよ」と言いながら、ひろげた扇を縦にして、思高埜樹子は、視界を（とは、視野に捉えた大澤光延の顔面《かお》を、である）二つに割るようにした。「右の向きは、善し。そちらへ進めば、あなたの選択は日本を変えます。この国が政《まつりごと》の側面で変わる。けれども……」

「左を選べば？」

「右のもっと右へ往《ゆ》きます」

「右の右ってなんです？」

「たとえば善の反対は？」

「悪です」

「美の反対は？」

「醜です」

「その醜の反対は？」

「美です」

「右の反対は？」

「左です」

「右を超えた右は？」
「それは……」
「なんだかあなたの左目には、油膜の虹がかかって見える。が、それとて赤に橙《だいだい》に黄色、緑色に青に藍《あい》、紫色の虹であることに違いありません。油はこの国を亡《ほろ》ぼすのでしょうけれど、美しいことに相違はない。その七彩の美しさが創る日本、というのもあるのでしょうね。ひょっとしたら」

これはこれは、と秀雄がビブラートのかかる低声で言った。

晩餐会は苺のパルフェというデザートで終《しま》いになるわけだけれども、光延の母親と伯母は、ミントとバニラのカプチーノを飲《や》るために食堂に残り、その伯母の夫――従弟の父――は、光延の父親と別室に移り、その際には父親の、「お義兄さん、よければ書斎でコニャックを」との呼びかけがあって、さらに内々の相談はそちらでとの含みがあって、その、去りぎわに伯母の夫――従弟の父――は光延の肩に手をのせて、「貴種というのは大変だ。この時代の貴種に生まれるのは、ね」と囁いた。それから光延、結宇、工司が、やはりダイニングを出て、二階の、かつての光延の部屋に移動した。かつてのでありいまでもである。

「兄さんの部屋は神聖な部屋だよ」と、弟、結宇が従弟に言った。

そして三人がその部屋に入るのだが、年齢《とし》を挙げれば二十六歳と十七歳と十六歳がそこに入ったのだけれども、二時間ほどで日付が変わると「ハッピーバースデー」と光延以外のふたりが言って、室内《なか》にいるのは二十七歳と十七歳と十六歳へと変じたのだが、また、十七歳は二十七歳よりも依然として二センチばかり背《せい》が高いだの、十六歳のほうは十七歳より依然として十センチばかり上背《うわぜい》がないだの、この「ハッピーバースデー」と和された後《のち》、思高埜家からの誕生プレゼントも贈られただの、しかし工司の他の親類たち（工司の父母）は、この時間にはもう大澤家をひきあげていただの、このようにもろもろ詳細を足せるのだけれども、しかし物語はむしろ右と左にこだわっている。右と左がどこまでも相対的である——基準として採られるにもかかわらず——との点に拘泥《かかず》らっている。どうして保守派を右と言い、そうではない側を左と言うのか？ ハト派とタカ派ならば理解できる。鳩には鳩の、鷹《たか》には鷹の習性がある。しかし右には右のたしかな習性《それ》が、あるのか？ なかでも写真にこだわりたい。眼前に一枚の写真があって、僕たちはそれを見る、この時に、写真の右とはどちらの右で、左とはどちらの左なのか？ この「どちらの」とは、僕たちの左右をそのまま適用させて妥当であるのかの問いである。被写体の右側（とはたいがい僕たちの左側だ）がどうして右だと優先されないのか？ このことと一枚の写真に撮られている「時間」の問題は、つながる。そして大澤光延《ひた》だが、この主人公もまた、自室のなかで展開しているディテールよりも、違うディテールに浸っている。つまり、十歳年少《した》の弟の大澤結宇とそれよりも年少《した》の従弟の思高埜工司と三人して部屋にいて、それは晩餐会までの「大人の世界」から「子供の世界」に移行したようで、楽しい。バースデーをハッピーにと歌われて願われて、祝されるのも、うれしい。しかし脳裡は？ その心のうちに、二時間もすると、三時間もすると、いいや半時間もしないで、よみがえる記憶がないか？ ちょうど二週間前の、水曜の、それが？ すなわち一月十五日の——成人の日の——それが？

もちろんあるのだ。

光延はふり返っているのだ。この日を。ぶらんこから櫻井奈々が現われて、しかもベートーベンの『歓喜の歌』まで伴っていて、歌唱をやめると、「こんにちは。わたしのフィアンセの、光延さん」と言った。これは表面的には光延に対して言ったのであるが、もちろん実際は違った。谷賀見讃に言っていた。「こんにちは。わたしのフィアンセの、光延さんとデートしているあなた《誰かさん》」と言っていた。警告していた。それからどうしたか？　それから三人は、蕎麦《そば》屋へ行ったのだ。讃に向けられた奈々の警《いまし》めは、大澤光延に効いていた。光延は、「あっ、ひさしぶり」と応《こた》えてしまい、このひと言で櫻井奈々が自分のフィアンセである、そのフィアンセとここで偶然に遭遇してしまったのである、と認めた。刹那《せつな》の反応こそ取り返しがつかない。かつ、その警めは讃のほうには効いていない。奈々のほうを見て「まあ」と言い、光延に向いて「まあ？」と言って、そこに奈々が「もしかしてお茶とかお食事とか、するの？　これから」と畳みかけて、光延が「いや」と否《いな》むのと讃が「ええ」と首肯するのとでは讃のほうが早かった。

「じゃあ、お蕎麦は、どう？　お友だちの方も、お腹《なか》、すいていません？」

これにも讃が「いいですね。お蕎麦」と言うのが、光延に先んじた。

この時点で、谷賀見讃は光延の「（ただの）友人である」とは認定された。

店では、光延はせいろを頼み、女性ふたりが温かい蕎麦を注文した。讃はかけだったが、奈々は天麩羅だった。しかし海老は頼まなかった。野菜天だった。「美味しい」「美味しい」と連発しながら、自己紹介しますね、わたし櫻井奈々と申します、フルネームでそう申します、ご覧のとおりにと言ったらいいのでしょうか、おわかりでしょうけれども今年成人式で、実際いま二十《はたち》、そして光延さんと初めて顔を合わせたのが十四歳の時、あの、まだ中三で、これ、双方の家の合意が固まる、という場で、つまりわたし、そこで許嫁に？　この時の光延さんは、えぇと、きっと二十一歳？　それとも二十歳？　だったのかなあ、などと言い連ねて、光延が「何歳かは、憶えていないよ」と答えるのに前後して、「あら、二十一歳ならわたしの年齢《とし》。いまの。わたし、大学の三年で」と讃が言い、光延が「そうだった。大学の三年だったんだよ。俺、奈々ちゃんと、その、結納《ゆいのう》の」とあたふたと追いかけ、讃が「奈々さんのお家《うち》は、どういう——」と尋ねて、奈々が「えぇと、タタエさんでしたっけ？　うち、そんなに大したもんじゃないんです。この十年間、うちというグループの本体は、創業家のうちからじゃない筋から社長を出していて、父親も、専務をやっていただけで、でも、今度、大政奉還になりまぁす。ので、父もいよいよ社長に」と、何のグループか（いかなる業界のグループ企業なのか）も解説しないままに、また、大政奉還という歴史用語をビジネス世界の通俗用法でもってさらっと投げ入れながら、つまり質問者になかなかの目眩《めくら》ましをしながら、回答した。それでも自分が「良家の娘」なのだとの印象は、打ち込んだ。お嬢さんということである。財界の、きちんとした家柄の出。そして、この事実は、谷賀見讃という（櫻井奈々が見るところの）恋敵を打ちのめすはずだったのだけれども、むしろ蕎麦屋のその席で、撲《う》たれた表情をしているのは大澤光延だった。許嫁との再会は現実にひさしぶりで、その、時日を経てここで遇《あ》った少女は、もはや少女ではなかった。

　美しい女性《ひと》だった。

以前は……凡庸であったのに、と、光延は唸らざるをえない。内心。

　平凡さは完全に変質していた。変容しきっていた。

「では、わたしも」と言い出したのは、かけ蕎麦をほぼ食べ了《お》えた讃だった。

「タタエさんが、何を、も？」と奈々が尋ねる。

「自己紹介、いたします。幼少の砌《みぎり》、わたしは一日に十分間ぶらんこに乗っておりました」と谷賀見讃は語り出した。

8

「わたしは神職家に生を享《う》けました。社務所がいわゆる自宅を兼ねるというスタイルです。その文脈で考えるならば、境内はわたしども谷賀見の家の領域なのであった、いまもそうであるとは言えます。ちなみに『領域』という言葉がわたしは好きです。神の領域が神域、川のその流れの領域が流域、大地《つち》の領域が地域、なあんて。そんな『領域』好きのわたしだから、さきほどの発言には撤回が要ります。境内が、宮司の、その一家の領域であるはずがありません。それは神の坐《まします》すところなので。すなわち境内とは神域、——境内こそが神域。そこに神職の住居《すまい》があること自体、本当はいけないんです、なあんて。言うは易《やす》し、実践するは難《かた》し。昔からそうなっていたところは、そうなっていたっていいじゃん、です。父などは『神域であるからこそ、社家《しゃけ》の人間たちがそこに始終いることで、盗《ぬす》っ人《と》めいたワルどもから始終守れもする。わけだよ。タタエ、そうなのだ、たとえばね、夜のあいだとかもね』などと、稚《いと》けないわたしに嚙んで含めたのでした。

あっ、そうでした。わたしの幼少の砌《みぎり》の話でした。そうだった、そうだった。

この谷賀見讃は、本日初めてお目にかかった櫻井奈々さんに、どのような自己紹介返しをすればいいの？

と、思いもするわけです。

なにしろ、ひとりの人間を紹介することは、思ったよりも難し、ですから。

あら？　まるで他人《ひと》の作った訓《おし》えみたい。

なあんて語っていると、どんどん道草を食ってしまって。奈々さんって、凄いなあ。さっさとプロフィールまとめられて。しかも自分で。さすがは大澤光延さんの、中三以来のフィアンセ。感心します。あっ、こんなふうに言ったら光延さんが中三みたいだったけれど光延さんは中三ではなかったのね、大学の、三年で、大三《だいさん》だったのね」

「交響曲、みたい、なんだけど……俺の耳には……」

「えっ、交響曲？」

「ダイサンが」

奈々が「ダイクみたいだわ」と口を挟む。

「あら」

「だよね」と光延。

「ベートーベンの第九。と、いうことなのね？」と讃。

「『歓喜の歌』ならば、わたし――」

と言いかけた奈々を遮って、讃が、「歌えちゃうんだから、凄いなあ。奈々さん。わたし尊敬する」と素直に賞讃した。まさに讃《たた》えたのだった。

「いやあ、照れるなあ」振袖の娘は――表面《うわべ》だけだが――照れた。

「しかも奈々さんは、自己紹介巧者でもあって。わたしはそこに倣《なら》います。だから、つまり、わたしの家の、お家《うち》の話から切りだしたのです。

けれども……。

家というのは不思議なものですね。ほんと不思議。わたしたちはみんながそれぞれの家に生まれてしまう。それぞれの家は、きっと、奈々さん家《ち》が、光延さん家《ち》が、わたしども谷賀見の神職家とはまるで違うように、まるっきり違っているに違いないように、違ってる。そこなんです。なのに、わたしたちはみんなが日本人だったりする、でしょ？　ここにいる三人は紛《まご》うかたなく日本人なのだ、でしょ？　一人ひとりが日本人なのに一人ひとりがほとんど別の家に、……なんというの？　……生まれ落ちて、成長する。すると、それぞれの家の流儀、なんというの？　家憲《かけん》？　庭の訓え？　そういうルールに則《のっと》って、育つ。なかには家訓の面においては魑魅魍魎《ちみもうりょう》の家なんていうのも、あるんだろうし。きっとあるじゃん？」

釣りこまれて、「あるよ」とついつい応《こた》えてしまったのが奈々だった。浮薄な口調には浮薄に、と。

「ある、ん、だろうね」と、歯切れの悪さを露呈したのが光延だった。

「まあ」と讃。

「なんて」と奈々。

「育ちのよい」讃は言って、光延ににっこりした。

その笑みに光延はクラッとした。あんまりにも美《うる》わしい、と。しかも自身の美しい許嫁《いいなずけ》（そのように変容した！）と、掛けあいで歌うかのように「まあ・なんて・育ちのよい」と言った、たったいま！

俺は失神しそうだと光延が思ったのは事実である。

俺のこの窮地はいったい、いかなる窮地なのだ？　と大澤光延が憔悴モードに陥《お》ちたのは偽らざる事実である。だからこそ、なのだが、彼は彼女に言うのだった。

「続けて」と促した。

「あっ、自己紹介？」

「そうよ、タタエさん。わたしとても気になっている。あの一日にぶらんこをどうのってひと言」

「一、日、に、ぶ、ら、ん、こ、を、十、分、間、」とまとめたのは光延だった。

その、彼の記憶力に対して、あるいは一種の編集力に対して、讃はさらに真率《しんそつ》極まりない賞讃を示して、再度にっこりした。

光延は二倍動揺して、その笑みにクラクラッとした。

「光延さん」讃が呼びかける。

「……はい」

「『一日にぶらんこを十分間』って」

「はい？」

「タイトルのようで、いいじゃん」

「え」

「なんだろう、映画とかの？　小説とかの？　ありがとう、光延さん。わたしの少女期を、文学にしてもらえた。映像芸術にも。主演、わたし。題名、『一日にぶらんこを十分間』。それでは自己紹介に入ります。でも、宣言するは易し、行なうは難し。これは一般論ではありません。わたしは、ここで紹介に入りたい自己《わたし》というものを、ある出来事の前までは持っていました。それから、その出来事の、後も持っています。でも、出来事のあいだは？　わたしは自己《わたし》ではなかった。その時期だけは、――時期というのは七日間きっちり続いたのですけれど、わたしはこの世にいなかったのだと言えるし、この世にダブっていたのだとも言えます。ですから、その時の自己《わたし》を、わたしは『わたし』とは呼びません。わたしは、その子を、客観的に呼びたい。つまり客観視したいから、ただ単に少女と呼びます。

わたしは突き放したいのです。それを。

七歳か八歳でした。小二だったということです。わたしが。小学校の二年生。幼女と呼ぶにはませていて、つまり、そうです、大人びていて、でも、わたしがその少女になる前には、やっぱりわたしは幼女であった、とも見做《みな》せます。もしかしたら少女の後にも、一、二ヵ月は幼女に戻っていたかもしれない。わたしは。

何を言っているのだろう、と思われていますね？

なんだかアブストラクトなやつだな、と感じていますね？　光延さん。

わたし、ある日、熱を出したんです。小二のわたしが。

その『ある日』を、何年の何月何日だと言ってもいいんですけど、わかりやすいように皇紀《こうき》は避けて昭和の元号とかも使わないで西暦にしちゃって、一九七……うん年って、やれますけれども止《よ》します。うん、止すね。『何日』ってだけ、言う。わたしはその月の、二十一日にたしか四十度を超える熱を出して、そして、ほとんど昏睡状態になって、それから、目覚めて、やっと、快復して、カレンダーを見て、そのカレンダーは剝《は》がし暦《ごよみ》で、そうです、日捲《ひめく》りカレンダーだったんだけど、それを見たら、まだ十四日だった。

翌月の、じゃないのね。

その月の。

もしも翌月だったら、二十三日間とか二十四日間とか？　わたしが寝ついてたってことになるけれども。

それだったら、ノーマル……普通なんだけれども。論理でもって解けるんだけれども。

おんなじ月の十四日だった。

わたしは動揺して、それから、わたしはわたしであることをやめて、つまり少女として『どうしてカレンダーは嘘をついているのか？』の、……確認の？　確認の作業に入った。

確認できませんでした。その少女は」


家族の誰かが捲りわすれたのだ、と考えるのが理に適《かな》った。だから「どうして十四日から、これ、そのままにしてたの？」とカレンダーのほうを指して少女は尋ねるのだけれども、父も、また母も、これには怪訝《けげん》そうな顔を返すばかりだ。ややあって、「タタエ。十四日だよ、今日は」と父が言った。これは少女のその頃の信念と言ってもよかったのだけれども、父親は偽《つく》り言《ごと》とは無縁である。となると、その日が十四日である、というのは真実である。となると、これは由々《ゆゆ》しい事態である。テレビを観る。やはり「本日、十四日であります」と言っている。登校する。するとクラスの黒板に、十四日、土曜日とある。やっぱりあると少女は思う。そして発熱した二十一日は土曜日で、だから学校は休んだんだったと少女は想い起こして、戦慄する。なぜならばその思い出は、記憶は、昨日や一昨日《おととい》といった過去にあるのではない、一週間も未来にあったからだ。二時間め、算数の授業で、指《さ》される。その「指される」という記憶は残っていたし、上手には答えられなかったという記憶《それ》もあった。要するに不正解であったのだ。その決まり悪さを憶えていたから、正しい解答のほうも憶えていた。そこでそちらのほうを口に出したら、「ヤガミさん、偉いよ。その答えは、凄いなあ、ばっちりだよ」と担任の先生に言われて、やたら褒められた。少女は頬を赧《あか》らめた。照れたのではなかった、恥の意識を持ったのだった。わたしはずるをした、これはカンニングなんだと思った。しかし少女がそんな想念を抱《いだ》いていることを教師も、同じクラスの数十人の小学二年生たちも、まるで勘づけない。下校し、夕食を摂《と》り、ふたたび居間でテレビ。すると、画面に映っている公開バラエティ番組の、舞台装置やその装置の前で演じられているコントに、はっきり見憶えがあって、「これ、先週のだ」と思って、笑えないでいて、しかも、先週には同じ演目《ねた》で腹を抱えて笑ってしまっていたことを思い出して、ぞっとして、夕飯に出たカリフラワーかなにかを、その、半分はカリフラワー状態の球《たま》のまま吐いてしまって、それを、両親とも「お前は病みあがりなんだから、まだ無理はするな。今日も粥《かゆ》のほうがよかったな」とは言わない。なぜならば少女が病むのは七日後だからだ。その年のその月の、二十一日、土曜日、だからだ。まだ一週間もある。

「まだ一週間もあるよ」とつぶやいた途端、二度め三度めの嘔吐《えずき》にやられる。

どうしたの？　どうしたの？　と少女の母親が騒いでいる。妹が泣いている。

十五日には学校がない。前の晩の騒動もあって、長めに布団にいてよい、とされて、寝坊する。少女は少し落ち着いた。「今日は日曜日じゃないや。ネテ《寝て》曜日だ」と思って、自らを微笑ませた。けれども床《とこ》を出て、その日が十五日であることを二重三重に確かめると、悲しみに——たぶんそれは悲しみだった——襲われた。とはいえ起床して何時間か経ってから、「もしも今日も十四日だったら、そっちのほうが大変だった」と気づいて、安堵《あんど》の胸を撫でおろした。境内へ出た。まさに境内である領域に、だ。参拝客が多かった。父も母も祈禱の支度（と、その合間にも舞いこむ四つめ五つめの祈禱《それ》の要請）で忙しい。やがて神主《かんぬし》である父親の祝詞《のりと》が聞こえるのだな、と考えながら**少女**は玉砂利を踏み、右の狛犬《こまいぬ》左の狛犬右の二つめの狛犬左の二つめの狛犬と挨拶し、ああ花が捧げられている今日の花は赤いだの、ああ柑橘が供えられている今日のは黄色い、やっぱり、だの、狛犬たちにも欠かされることのない聖《きよ》い飾りを、チェックした。注連縄《しめなわ》の巻かれたご神木にも挨拶する。赤松だ。ところで**少女**の一家がその祭儀・事務に従事しているこの社《やしろ》の祭神だが、素戔嗚尊《すさのおのみこと》である。境内には、鳥居に近いほうに井戸が、本殿や拝殿の後方（と左右）には鬱蒼たる森が、ある。東京都内でこの規模の鎮守の杜《もり》が残る神社は、けっこう珍しい。開発されていないということが珍しい。ただし、境内——とは神域だ——に隣接して、幼稚園はすでに設置・運営されていた。寺社（すなわち宗教法人）による「保育の用に供する不動産」の経営は、非課税である。そもそも**少女**の通った幼稚園がそこだった。いずれは妹も預けられる。満三歳になれば、そうなる。

「あっ、聞こえる。聞こえるが、来た」と**少女**は言った。〝聞こえてきた〟の意で、〝聞こえるが、来た〟と。「お父さんの、ノリト」

　そのように意識した途端に（注意を向けたのは耳だったのだけれども）、目が、そこにはない白紙の幣《ぬさ》を見て、それは潔《きよ》らかで、それから榊《さかき》の玉串《たまぐし》も見て、そのグリーンは鮮やかで、視認してしまった以上は、それが・どこかに・ある、と考えざるをえず、もちろん宮司のところにあるのだ、お父さんのいるところに、と認識されて、すると忽然、「幣殿《へいでん》は西に位置する」と方角《むき》が理解される。**少女**はどうしてだか、そのように洞察する。と、連続して、右の狛犬というのは参道の北にいて、左の狛犬というのは（どの狛犬も、何番めの狛犬たちも）参道の南にいるんだ、とわかる。社務所なんて南のその狛犬たちよりも、もっと南にあるんだ、とも。

西。北。北。南。南。南。

南。

で、東にあるのは鳥居。

——そうかな？

鳥居があるのは東。

——これだな。

それはマッピングの到来と言うのが相応だった。到来は「顕現」とも言い換えられて、その畏《おそ》ろしさに少女はまた吐きそうになったのだけれども、これと同時に「たたえよ、たたえよ。お前がわかったのだということを、たたえよ」と褒められたような気もして、嘔気《はきけ》と感じられているものはぜんぜん違うものなのかもしれないぞ、と知る。ぜんぜん違っているんだったらば、それはたとえば、たとえば、……なんなのかな？

なんなんだろうなあ。と首を傾《かし》げたのが十五日。

十六日。月曜日だから学校がある。あるのだから通う。予習効果（としか呼びようのない、未来の記憶）はふたたび活躍する。この日の少女は体育と音楽の授業以外は優秀である。国語も算数も、そこに反復——「前にもやった」——が感得されているから優等生である。それゆえに少女は、この月曜には動揺を抑えこめ、それどころか意気揚々と午後に下校を果たす。自宅に戻ると、自宅はいつもどおり境内に接しているし、いいや、境《さか》いの内側に社務所として（も）ある。ランドセルを置いて、それから境内の方角《むき》の再確認に入る。南の社務所を出、参道へ。南の狛犬たちと北の狛犬たち、南の灯籠（石造りだ）と北の灯籠。北で東の手水舎《ちょうずや》。東の鳥居。玉垣《たまがき》は、その北と南。それから、ずっと北にも。ずっと南にも。

——じゃあ参道は？

東から始まって西へ。

少女は参道を歩む。西の端には殿舎のひと列《つら》なりがあり、最初のが拝殿で、参道はそこへ導いている。賽銭箱があり、供えられた米がある（ビニール袋に入っている）。日本酒もある（カップ酒だ。「ワンカップ大関」だった）。参拝する人間がいなかったので、少女はその日本酒のラベルを凝《じ》っと観察して、ふと、一週間前のおんなじ月曜日にわたしはこんなことはしていない、と了《さと》る。つまり、——学校ではおんなじことをおんなじ十六日だからしたのに、これはしてない。じゃあ、それじゃあ、これはおんなじ十六日の月曜じゃ、ない？

と気づいた途端、ブワッと戦慄する。

自分を護るために「にし（西）」と言ってみる。

のみならず、西をしっかり見る。拝殿だ。

さらに「にし、の、にし。の、にし」と言ってみる。

殿舎群で、いちばん奥まった箇所に置かれるのは本殿。そこには祀《まつ》られる神——素戔嗚尊——がいる。そこにいらっしゃる、西の西の、西にいらっしゃる。その手前は、祭神（素戔嗚尊）への供物が奉《たてまつ》られる幣殿。これが西、の西。

この幣殿とは、簡単に言えば、拝殿の奥に見えるところだ。

供進《きょうしん》された幣帛《へいはく》がある。

祭具の鏡もある。ご神鏡だ。

そこは「拝殿の奥に見えるところ」だから、賽銭箱の前にいる少女も、もう少し歩を階《きざはし》の上段まで進め、背のびもして、覗こうと試みるならば覗けた。もちろん「にし、の、にし。の、にし」とまでつぶやいた少女はそうした。その文句を唱えたのだから護られているのだと直感して。そして西の西の、西、に視線《まなざし》を到達させる前に、当然のことなのだけれども、西の西である幣殿で、その視線《まなざし》はストップした。具体的には、鏡——ご神鏡——でストップした。それこそが、そここそが神前だった。神、スサノオノミコトのおん前。そして**少女**は認識し直すのだけれども、おおいに実感を持つのだけれども、今日は二度めの十六日で、一度めにはわたしはこんなことをしていない、一度めの十六日の月曜日にはわたしは、こんな、幣殿《そこ》のカガミなんて見ていなかった、

——カガミ？

——わたしは、ヤガミ。こういうのは、ちかいの？

——ちかいって言うの？　ヤガミとカガミ。

鏡だから映る、とも**少女**は思った。それは「こちらの世界が映るのだ」との意味だったのだけれども、単純に鏡面《そこ》には自分が映しだされるとの判断、そして期待でもあった。**少女**は目を凝らして、たしかに鏡像を発見して、

——わたし。

と、感動に搏《う》たれるのだけれども、その像《イメージ》はクリアすぎる。その像《イメージ》は、拝殿の外から（とは、ガラス張りの桟戸《さんど》の隙間から、顔だけで、ということだ）覗きこんでいる**少女**よりも、その顔以上の全容があるように見え、すなわち全身を捉えすぎている。だから、このタイミングで**少女**は、わたしは向こうにいる、あっち、向こう側にいるんだと感じて、それを見せていただいているんだとも理解して、要するに**少女**は「東の風景＝こちらの世界」が鏡面上にあるのではないと見通す。西の西にカガミはあって、そこに映されるヤガミは、東にいるわたしではないんだから、もっと西の、そして、もちろん、決して本殿をけがしたりはしないとこに、いて、

――つまり、

――じゃあ、

――本殿の背面《うら》なんだな。

「にしのにしのにし。の、にし（西）」

そこには鬱蒼とした森がある。**少女**はそこにわたしがいると確信する。

それは、あのカガミを透かして見えるから、ちょっと高い位置で。

十七日、その「ちょっと高い位置」を探る。本殿の周りの瑞垣《みずがき》をまわって、**少女**はどこなんだろうと探求する。どのあたりに当たるんだろう？　この時、しかしながら**少女**は独りではない。かたわらに妹がいた。この妹は二歳である。この妹とは、一度めの十七日にも、やはり下校してきてから遊んだ。一度めの十七日の火曜日に、朝、母親から「今日は（学校から）帰ったらモワのこと、看《み》ていて」と請われていたが、二度めの今日もやはり同じように命じられたのだ。いいや、同じようにの、そのようにには不要である。おんなじだ。**少女**は咀嚼する、一度めの十七日は今日から四日後の、つまり未来の、二十一日にまで進んでからの、そこから戻って四日前にある。「でも、それは、今日じゃない」と**少女**は慄《ふる》えながらも見抜いていたから、おんなじパートとおんなじではないパートには敏感だ。おんなじようなには意味がないのだし、表層に魅《ば》かされてはいけないのだと承知している。ところで齢《よわい》二つの妹だけれども、当たり前だが食事の面ではとうに離乳している（固形食を口にしている）。しかし母乳から離れ切ってはいない。**少女**の母親はまだ、たまに、授乳する。器のような円《まろ》い乳房を出し、妹に哺乳している。「幼稚園にあがるまでは、いいの、これで」と言っている。その母親の信条や公言にはオトコギがあるのだ、と**少女**はどうしてだか侠気《おとこぎ》などという語で状況を捉えている。そして二歳の妹だが、いまだ乳離れは果たしていないけれども利発で、活発で、たとえば言葉はかなりものにしている。あとは作法を修めるだけで、その教育には、きょうだいである**少女**も携わった。実際、母は、学校から戻りランドセルを下ろした**少女**に、「摂社《せっしゃ》、末社《まっしゃ》をまず参りなさい。モワとね」と言った。しかも娘（長女）を凝視して、それから告げた。これは母親の、助言である。これは巫女職代々の家に生まれた母親からの、ストレートな助語《じょご》なのであって、もちろん**少女**はこれをそのまんまに把握する。かつまた、こうした母からの助言はこの前の十七日の、下校してからには、なかった——と見落とさずに把《つか》まえる。ほら、おんなじではない、が始まる……。

「行こうね、モワ」

妹の手をひいて、社務所兼自宅を出て、小さな祠《ほこら》——境内社《けいだいしゃ》——を順にまわり、「こうして。ああして。もっとしゃんと」と教え示して、それじゃあ、つぎは、と、本殿の背面《うら》をめざす。以前の**少女**は、本殿・幣殿・拝殿の列《つら》なりの、その右にも左にも後ろ側にも鎮守の杜が展《ひろ》がっていると認識していた。たとえば一度めの十七日の**少女**であれば、そうであるに違いなかった、はずだ。誰かが**少女**に問うたわけではなかったが。しかし、今日、二度めの十七日の火曜日に、**少女**は自問というのをしている。この境内で、樹林《それ》はどちらにありますか？　それは本殿とかの、北に、南に、それから西に、あります。「モワちゃん、あっちのことを、うしろだと思う？　にし(西)だと思う?」と妹に問いもした。

「あっちはね、まえ」と答えられた。

「そうか。そうだね。すすんでるんだから、わたしたち」

「まえ!」

「でもね、にしのにしのにし、の、にし、かもよ」

「ノ、ニシ？」

「の、にし」

「の、にし！」

「にはね、お姉ちゃんがいるかも。いたほうがいいところに、いるかも。それ、探そ」

「さがそ！」

探すのだった。基本的には鎮守の杜の、その鬱然《うつぜん》たる様子が迫る箇所には、立ち入りを禁ずるロープが張られている。たとえば「あぶないから　はいっては　いけません」と朱い鳥居の図案《シンボル》とともに警《いまし》めの標識がかかる。瑞垣の周囲は普通に人間《ひと》が通れる。そこを竹箒《たけぼうき》で掃いて、清めたことならば、少女は何十度も、もしかしたら何百度もある。それが「お社《やしろ》の子」ということなのだ。そうやって境内を清め、調《ととの》える行ないは、もちろん妹にいずれ修めさせる。姉として(も)。だが、いまからの行ないは、なんだかそんなものではない……。少女は「あっ、きのこだね」と妹に言って、指さしたのはカラカサタケである。樹間から陽光が射しているから、その茸《きのこ》は三十センチほどに傘をのばしている。その樹間とは、繁茂した赤松の間《ま》、である。本殿の屋根の、円柱形の鰹木《かつおぎ》が並ぶ様《さま》を見あげる。しかもま後ろから、そうする。「ここがスサノオノミコトのうしろだよ。モワ」と言う。すると妹は、「ノ？　ノウシロ？」と、の後ろに反応してしまう。それからキャッキャッと笑いながら、

「の、うしろ！」

と区切って言った。何かが壺《つぼ》に嵌まったのだ。そうした妹の、じつに陽気な雰囲気《バイブレーションズ》を援軍に、少女は、「の、うしろだけれども、にしの」と言って、西の西の西、の、西、の正確なロケーションを目で測る。その森に。その森の入り口に。方位《むき》は、これでいい。そして高さは、もち

ろん「ちょっと高い位置」なんだから、もちろん宙《そら》にある。あるはずなんだ、そのカガミのヤガミのわたしの頭は。カガミのヤガミ、のわたし。——の、わたし。あの辺？　えっ。もしも頭があそこだったら、そんなの、背のびしたってジャンプしたって、そんなの、届かないし届いても留《と》まれないよ。じゃあ、どうする？　わたしは、いたほうがいいところにいられないんだけれど。見つけだしたのに駄目なんだけど。

——樹に登っちゃう？

——むり、むり。

——あのロープは？

と、**少女**は「あぶないから　はいっては　いけません」の標識を縛ったロープにその瞳を凝らし、ほとんどキッと見据え、後《のち》、あの端っこはあの結び方ならば外せる、かもしれない、とか、他にもちゅうい書きの標識はあるから、うん何本かは調達《集められる》できる、とか、拝殿の左わき（……じゃない、南だ！）にお祭りの集会用の机があるから、それを使って、卓上に立って、太い《おっきい》枝に縛れる、とか、つまりロープは下げられて、そこに、そうだ標識をだいたい下からうん十センチのとこに縛りつけちゃえば、横にね、何本かのロープでね、そうしたら標識が浮いて、つまり宙《そら》にね、そこに足を載せられる。わたしの足を。右のも、左のも。

——うん、足は右でいい。

——いいよ。

——それから、左でいいんだ。

——西や東の足は、うん、ないからね。

この自答に至るや**少女**は俊敏に動いた。作ろうとイメージしたものを作る、機敏に作業する、少女の妹はそれを眺めている、それは少女が自分のきょうだいに見守られているということだし、もっと別な存在《もの》にも護られて（見護られて）いることを実感させ、すなわち怪我はない、作業がとどこおることもない、いっさい計画に障《さわ》りがない。幼いプランなのに、スムーズに、やたらスムーズに進行する。完成したものに、まず片足を少女はかけて、それは右足だったのだけれども、載せるや、両手をロープにやる。左側でも右側でもナイロンの索《なわ》をしっかと捉《つか》んで、それから左足を、やはり載せた。

すると少女は宙《そら》に浮いた。

妹に尋ねるのだった。「モワちゃん、どう見える？　これなあに？」

「ぶらんこ」妹が即答した。

9

妹は即答をした。おねえちゃんはぶらんこにのってるよ。

な

十八日。ぜんぜん反復ではないように思われる。なぜな

な

十九日も、反復ではない。なぜならばぶらんこが森には
ら　ば　森　は
揺れている。それが揺れて存《あ》ることは、一度めにはない。

10

というわけで、失敬、僕はいま絵を描いた。僕とは伝記作家である。河原真古登である。そして漢字とひらがなと記号を組んで僕がたったいま描いたのは、ぶらんこ……のつもりだ。見えるだろうか、ぶらんこに？　こうやって説明したことで、ほら、なんだか見えはじめるのではないだろうか？　これはロールシャッハ氏のテストである。というのは嘘である。なんだろうな、日本語で写生をするのは想像よりも難《かた》いのがわかった。難い、と言えば、成長した谷賀見讃が何度か「行なうは難し」のように口にしていたことを、思い出した。つまり、難し、が口癖だった。讃と光延と櫻井奈々の会話をこうやって文章作品に嵌めるために起こし《文字化し》ていると、どこまでも軽

やかで、ほとんどポップすぎて、その明るすぎる色調《トーン》に懸念をおぼえるほどなのに、そこから内容だけを抽出すれば、神秘的で、重いし、信じがたい「フィクション感」がついてしまうのは、どうしてなのだろう？　そして、シリアスなほうが信憑性が落ちる、……のだとしたら、なぜだ？

僕はそもそも言葉が主要ミディアムというのではない芸術家《アーティスト》だから、驚いてしまう。しかしこの作品だって、僕のアートなわけだが。ちゃんとパトロンのいる著述《アート》なわけだが。しかも政治家・大澤光延（「大沢こうえん」）の伝記なわけだが。

大切なのは、聞いている光延たちは説得された、ということだ。谷賀見讃の語りに、惹《ひ》きこまれたし圧倒されたということだ。しかもしばしば掛けあいまで生じさせながら。愉快な気分になりながら。光延に至っては、その七歳だか八歳だかの少女にも魅了されてしまった。これは二重の愛である。大澤光延は目の前の二十一歳の讃を愛し、欲し、しかもその讃が語る少女をも愛した、はっきりと愛しはじめていた。その少女が、二歳の妹と、らんらんと大きな瞳を輝かせているのを想像した（鎮守の杜で！）。神聖であることをリアルに感受した！　その一九七……うん年の何月かの、たとえば十九日に、ぶらんこの座板に当たる部分に両足で立った少女が、後ろの正面から、その本殿にはご祭神が「いらっしゃる」のだと感じて、すなわち素戔嗚尊《すさのおのみこと》をありありとイメージして、「ここだとわかるよ、モワ。の、すべてが」と妹に告げた時に、妹のほうは自分のすべてなんだとニコニコして、すべてという硬い言葉には舌も歯も対応しきらず、「の、しゅべて」と繰り返して、いっぽうで姉すなわち少女は、たぶん、いいや確実に、そのご祭神……の、すべて、と言いたかったのだろうと光延は直覚した。それから二十日になると少女が、ぶらんこの座板に（立たずに）腰をおろしてみて、少しだけ揺らすという行為に挑む、ただし当人が誰よりも諒《りょう》としているように即席《インスタント》のぶらんこなのだから、そんなことをするのは相当に危ういとわかっているから、ちょびっとしか揺らさない。けれども、そうであっても了解するのだ、地面にいちばん近い瞬間こそがぶらんこにはわたしの体重が現われると。これはつまり「浮揚《あがり》からはいちばん離れる」と換言できるのだけれども、そうしたことに気づけてしまう七歳だか八歳だかの少女は、やっぱり（この時点ではまだ二十六歳の、じき二十七歳になる）大澤光延をノックアウトする。世にも稀《まれ》なり、このような少女《おとめ》——、とプラトン的に惚れさせる。そして、そうなのだ、「それから先、どうなったのか？」という話を、谷賀見讃と大澤光延と櫻井奈々との三人は、食後のデザートに蕎麦がき善哉《ぜんざい》を揃って頼んでから、しているのだ。

では語り手の僕は退《しりぞ》く。

「二十一日は？」と奈々が勢いこんで尋ねた。

「もちろん二十一日には、この少女は目覚めるが早いか緊張している。なぜって、二十一日は、あの二十一日じゃん？　体温が四十度を超える……って経験をした、それが原因《もと》で昏睡状態に陥った、あの土曜日じゃん？　その土曜日の、二度めだったわけ、です。覚悟はしていたのだけれども、その恐怖というのは堪《こら》えるには難し。つまりね、『ふたたび熱を出すに違いない。それはきっと絶対に反復されちゃう』って想ったわけです。ただ、もしもそんなことがきれいに反復されたら、第一に学校を休んで寝込んで、第二に深ぁぁぁぁい眠りの後に目覚めて、第三には？　やっと快方に向かって、それからカレンダーを見る、あっ、剝《は》がし暦《ごよみ》をだよ、そうしたら、それは、ふたたび……『またまた十四日を示していました』なあんて。なあんてことになったら。

大変なんです。そうじゃん？」

「そうだ！」と光延が声は荒らげずに、しかし叫んだ。いわばミュートされた激声として。

「出られない、ってことだよね、タタエさん？　その――」

「二十一日のつぎには十四日、のループから」ここは光延が冷静にまとめた。「一週間ループ」

「だから少女は変化した点にこそ賭けるんです。わかる？　繰り返しの世界から食《は》みだしてしまっている事物《もの》っていったら、ぶらんこ。あの。本殿の背面《うら》の。そこに、ほんと急いでね。早朝ね。一週間前には、というか、一週間前のおんなじ日には、床を離れる前から熱っぽい感じはしていた、んだけれども、この日は『発熱はまだだ』って思えて。それで、境内という領域の西の西の西。の、西、ね？　そこへ大急ぎに急いだ。乗ったの。少女自作のぶらんこに。そして『ここにずっといよう。いないと』と思ってね。『この右の手でも、左の手でも、このロープをがっちり握って、離れないでいよう。いないと』と念《おも》ってね。だけれども、この時なんです、おかしな思念を少女は持ってしまう。こんな事態に臨んで初めて、『わたしの右の手が握っているのは南側にあるロープで、左の手が握っているのは北側のほうに下げられたロープで。つまり右の手というのは南の手で、左の手というのが北の手で。それは……それでいいんだけれども、それは……それでいいんだろうか？』って、悩んでしまった。十七日にはぜんぜん悩まなかったのに！燃和と、その頃二歳の妹の燃和といっしょにいた十七日の下校後には、決然と『西や東の足はない』って断じることのできた娘《こ》が、燃和とはいっしょではない、独りの、この土曜日の登校前には、『南や北の手がある』って妄《みだ》りに信じられてしまって。そして、――だからでしょうね、グラッときた。あれは、そうね、ドキッとしたから、グラッときて、その手製のぶらんこに立っているのに落ちた。わかる？

わからないでしょう？

わからないよね。

わかって」

二秒の無言《しじま》があり、滲透《しんとう》するや、光延と奈々がほぼ同時にうなずいている。

続きを促している。

「ありがとう。光延さん。奈々さん。ううん、奈々ちゃん。なんかもう、わたしたち友だち。その少女は落ちたけれども落ちなかったんだけれども、その瞬間のうちに、たぶん二文字の漢字を認識したのね。どちらも、小一の国語の授業でもう習い了《お》える、大変に平易な漢字を認識したのね。日《ひ》と本《ほん》。つまり――」

「ニホン？」と奈々が訊いた。

「そうね」と讃。

「ニッポン、とか」と光延。

「そう。でも響きは、その認識には具《そな》わらない。ただただ『日』と『本』の二つが、並んで、上下に、あっただけ」

「縦書きなんだ」光延が言うと、奈々は、えっ？　と言って、讃は首肯して、奈々が「あっ、タエちゃん、それ縦書きだったの？」と言葉に出して、尋ねる。

「そうなの。奈々ちゃん。縦書きで『日本』がそこにあったの。もしかしたら、そこに『日本』があったの、本殿に。だから少女は」

「えっ、ちょっと待って」――光延が遮る――「そうかそこは本殿の、ええっと、スサノオが祀《まつ》られているのは本殿でいいよね？　その、建物の、ま後ろだったから、そこを見ながら、見ないで落ちながら、いいや落ちながら見ながら、いいや見はしないでいて眩暈《めまい》で、その渦中に、そこに、日本?」

「そこに、『日本』が」

「おっと」と奈々。

「なに?」と讃。

蕎麦がき善哉でぇす、の店員の声。

光延がさっと——ほとんど反射的に——その配膳順を、讃から次いで奈々、おしまいが自分、と、垢ぬけた身振りで教える。

奈々が「そうね」と言う。

光延が、ン……と絶句する。

「許嫁《いいなずけ》は後まわしで、カップルでお迎えするご友人は『お友だちファースト』が、ものの道理ね」

そこからは微妙な空気になり、数分間、三人の会話は弾まない。ただし讃は、自分以外の二人(奈々と光延だ)が陥った沈黙とは異なる理由で、同種の静寂を守っている。讃は、どうしてここまで自分は**少女**譚をしているのだろう、光延さんと、それから初対面の奈々ちゃんに、と沈思しているのだ。理由が自分でもつかめず、そのために甘味《デザート》をほとんど味わえていない。そのために、思い切って、

「塩昆布が、ないですね」

と自分で切り出し、

「え？」

と光延に言わせ、

「このお店は、でも、胡瓜《きゅうり》のお漬物を、つけてて。この善哉に」

と奈々に言わせる。

「よいことですね」讃は言ってみる。「ところで、奈々ちゃん」

「はい？」

「光延さん」

「ンッ……なんだろう」

「わたしはどうして、一日にぶらんこを十分間って、幼少の砌《みぎり》は言っていたって、言ったんだろう？　わたしは、この話は、他人《ひと》にはしないんです。父親にも母親にも、言っていません。燃和は、その時いっしょにいたのだけれど、憶えてもいない。たった二歳だもの。だけれども……そうだな、二歳から、たぶん四、五歳頃までは、わたしたちは始終、乗ったんですよ、いっしょに。ぶらんこ。姉妹《きょうだい》の二人ぶらんこ。『一日に十分間』っていうのはそういうことなの。ルーティン化したの。うちの父親はつねづね申します。『毎日の行ないと神の御心《みこころ》』って。何かを斉《ととの》える――きちんと揃えるようにすることが神道なのです。神道の、その本質と言えるのです。あの、先走りましたね。話が。でも、後走《あとばし》るようにしますね。その二十一日に、わたしは結局、ぶらんこから戻って、朝餉《あさげ》の席で、嘔吐してしまって。『病欠なさい』と命じられて。休んで。床にいたら眠ってしまいました。あっ、違った。そうじゃないです。わたしは、ではない、少女は、でした。けれども、その少女もじきに消えるのです。というのも、その後の少女はやっぱり昏睡状態だったと言えたようで、翌朝までは呼んでも揺すっても目覚めない、母は、もちろん父も、それに燃和だって、ひどく心配だったそうです。でもね、いい？　いまの聞いた、奈々ちゃん？　わたし『翌朝までは』って言ったよ」

「『翌朝までは』言ったね」奈々が応じる。

「そうか」と光延。納得顔をしていた。

「起きると、二十二日は来ていた」と讃。「そしてわたしは少女からいつもの自己《わたし》、この『わたし』に戻れた。ただしわたしには、ダブってこの世に存在していた記憶があって、けれども、そんなものは両親にはない。学校の、先生や同級生たちにも。それどころか本殿の背面《うら》に、そのぶらんこが……ない。ここでわたしは驚いたのだけれども、ということは、わたしが生きていた二回めのその一週間が、そちらのほうが、なかった世界に、なるの？　わたし、いろいろ憶えているのに。はっきり記憶しているのに。あの二文字の……そうよ、光延さん、縦書きの『日本』も。

　ただね、燃和は。

　妹はね。

　姉のわたしが、そっと、『モワ、あなたは本殿の後ろに、何かがあったのを、いまは……今日からはないけれども、あったのを、憶えてる？』って訊いたら、ころころころって笑って。

『なぜ笑うの？』

『おねえちゃんは、いたね』

『いたって？』

『うえに！』

　と言って。それが宙《そら》に浮いていた様子を指しているのを、つまり……ぶらんこは、あった、と保証してくれているのを、わたしは、わかって。

それから、一日に十分間ずつ、わたしたち姉妹《きょうだい》はぶらんこに乗ったのね。もちろん、そのぶらんことというのは、たとえば公園なんかにあったり、運動場とかにあったり、あと、うちにはない、なかっ……ないんだけれども、寺社のその境内に？　あったりする、普通の、ノーマルな、鎖はちゃんと金属製の、即席《インスタント》ではないぶらんこで。

どこにでもある、ぶらんこで。

けれども漕いでいれば、わたしは、臆病にならずにすんだ。

その出来事から一、二ヵ月で、もう幼女である『わたし』というものからも、そういう時期や、性質？　からも、全面的に抜けだしていて。

えっと。

なんだっけ……。

あっ、そうでした。これが、神職家に生を享《う》けたわたしの、だいぶ長かったかな、長すぎたかなあ、自己紹介です。

でも、なんで、二人にはしたんだろう」

こんな告白を、と言葉を接《つ》ぐ前に、櫻井奈々が「タタエちゃん、わたしたち友だちになったんだから、電話番号交換しよう。自宅の」と言っている。それは真摯な、すなわち本意からの申し出である。友情は成立した。

初デートで、大澤光延は、谷賀見讃と恋人という関係になる前に失恋した。

恋情はさらに燃えあがった。だから光延はつぶやいている。の、すべて。の、すべて……。

「スサノオ、の、すべて」と言ったのは、誕生日の朝である。

II

スサノオは『日本書紀』では素戔嗚尊《すさのおのみこと》（〝尊〟は尊称）との表記で登場し、『古事記』では須佐之男命《すさのおのみこと》（〝命〟が尊称）である。欧米語の感覚に拠《よ》って立てばスペリングがまるで異なるということになる。だが同一神である。スサノオとの響き――音《フォン》――に込められた意味のみが重い。スサの男《お》である。荒《すさ》ぶ男神なのだ、とその名を一聴して理解される。ただし「荒ぶ」とはなんなのか、は、その生涯を追わなければ把《つか》めない。いったい何をもって「荒ぶ」と言うのか？

誕生のシーン。父親が禊《みそぎ》をしている。この父親は黄泉《よみ》（死者の国）から戻ったばかりだから、そうしているのだ。スサノオは、父親が鼻を洗った時に生まれた。それは鼻息と関係するのだとも言え、だいぶ荒《あ》れすさんでいる。スサノオはこの父親から、海原《うなはら》（海の国）の支配を命じられる。しかし服さない。長い鬚《ひげ》が胸に垂れるまで、すなわち相当に成長し、成人するまで、なんと、ただ叫喚《なきわめ》きつづける。かなりの荒《すさ》みっぷりでいる。父親は問う、「どうして私の命令に従わず、お前は哭《な》いている？」と。スサノオは「亡き母の国である黄泉にゆきたいので、哭いています」と答える。

亡母を、恋いつづけていたのだった。

その母とは父親の妻である。その死は例の父親の禊――スサノオのその出生――と関係する。お母さん、お母さん、……死んだお母さん！　とスサノオは想っている。想いながら成人した。

いわば、この詰問と応答の場面までがまるまる喪なのだった。服喪の期間なのだった。スサノオの生まれ落ちてこの方の。

こうした答《いら》えに父親は大いに立腹して、スサノオの神格をただちに剝《は》ぎ、追放するのだけれど、そのままスサノオが黄泉にまっすぐに向かうかというと、向かわず、仮に黄泉が地底にある世界なのだと設定するならば、それとは逆《さか》しまの方向の、姉のいる天上界へ向かう。スサノオの姉兄《きょうだい》は天上界――メタフォリカルな太陽の世界――と夜（＝月）の世界をおのおの支配している。姉は、どうして弟がいま天上《ここ》に昇ってくる？　と驚き、そこには邪《よこし》まな意図があるに違いないと判断し、武装して対峙し、「えっ、姉さん、僕にはそんな邪心はないよ、ここ、高天原《たかまのはら》（天上界）の支配権を奪《と》ろうとかって、そんな」とスサノオは言い、

「信じていいのか？」

「信じてもらわないと」

「なにで証す？」

「誓約《うけい》で」

とのやりとりがあって、ある行ない（それは呪術magicと言える）を経て、神意は判断されて、スサノオの心はどうやら清い、正邪のうちの正である。こうしてスサノオは呪術に勝利する。勝ったことが歓《よろこ》ばしいので大胆に天上界で暴れる。すなわち、高天原を荒らす。ついには天《あめ》の斑馬《ふちこま》という体毛の斑《まだら》な馬の、皮膚を剝いで、神聖なる殿舎に投げ込み、屋内にいた女を死に至

らせる。と記述しているのが『古事記』で、『日本書紀』では姉その人を自傷に至らせる。姉は、天《あめ》の岩屋戸《いわやと》に籠もる。いろいろとあって、ふたたび戸外に出てくる。スサノオは罰せられる。この時にやっと、のびにのびていた鬚を切られた。天上界からも追放された。そして地上界に降り立って――いまだに地底へは赴けていない――するとそこには川がある。その上流には霊獣がいる。八岐《やまた》の大蛇《おろち》である。犠牲《いけにえ》にひとりの娘を求めている。この大蛇をスサノオは討《う》ちたいらげる。頭が八つで尾も八つ、その尻尾のうちの一本に、おや？　大蛇を切り裂いていると、「なにかがある。怪訝《けげん》な……」とわかった。そこからは――大蛇の体内からだ――鋭い大刀《たち》が発見された。顕《あき》らかに霊剣。これをスサノオは姉に献《ささ》げることにした。入手までの経緯《いきさつ》とともに。

　この大刀がのちの草薙《くさなぎ》の剣《つるぎ》、三種の神器のひとつ、である。大蛇の、犠牲にはならずにすんだ娘を、スサノオは娶《めと》った。さて新居が要る。それに、新居となる宮殿を建てる土地が要る。どこが相応か？　あるところに適した土地があって、宮殿を造りはじめるや、その地から巨《おお》きな雲がわいて、それを見てスサノオは詠《よ》んだ。「八雲《やくも》立《た》つ出雲《いずも》八重《やえ》垣《がき》つまごみに八重垣つくるその八重垣を」と。

　五七五七七で詠んだ。

　和歌だった。

　こうしてスサノオは、三十一文字《みそひともじ》の和歌（短歌）を生んだ神となった。

　そもそも、父親に剝奪されたはずの神格も、いつとなしに戻っていた。

　それどころか、いつしか黄泉に着いて、そこの大王にも即《つ》いていた。

　この振れ幅が、まさにスサノオの荒《すさ》びっぷりである。しかし皇位の璽《しるし》が三種の神器であり、和歌にこそ「日本」の美意識《こころ》がある、のだと仮に定めれば、この神がいなければ「日本」はない。物質《モノ》的にも精神的にも。そして大澤光延は、その継承されつづける「日本」は、そうだ、縦書きなんだ……と誕生日の朝に唸っている。

光延は二十七歳である。

ここからCのノートの記述が変わる。依然として横書きの記述が主なのだけれども、たとえば「92年の日本という現象」といったフレーズは、

92年の日本という現象

こう記された。その二文字だけは縦にしか並べない、との意思が出た。そしてCのノートは、前述したような「スサノオ神（素戔嗚尊、須佐之男命）」に関する覚え書きに満ちだして、しかも一月十五日の翌《あく》る日以降、わけても一九九二年の二月、この年は閏日《うるうび》があったのだが、に、ある渾沌《こんとん》のなかに落ちる。いわば紊《みだ》れっぷりが現われてきて、それを言い換えるならば「荒ぶ」

様《さま》である。できるかぎり整理して引用と紹介（解説）を進める。まずは誕生日まで。一月二十九日に大澤光延はその記念日を迎えるのだけれども、この間《かん》に、光延のフィアンセである櫻井奈々と光延の恋い焦がれる谷賀見讃は、一度いっしょにショッピングに出かけていて（ついでに映画も観たらしい。大学の相撲《すもう》部が舞台の、邦画で、コメディだったという）、その後にふたたび光延も入れて三人で会う。お蕎麦《そば》のつぎはうどんね、ということで、うどん屋にて食事会と相なった。ノートには「これで讃さんと会うのは、一方的に『見る』とか『見かける』とか『見つめる』とか、そういうのとは違う形で会うのは、会えるのは三度めだ。そして俺の許嫁《いいなずけ》のほうも、やっぱり讃さんと会うのが三度めだ。記録は伯仲《はくちゅう》した」とあって、ただちに×印が続いて、「誤《ご》魔化《まか》すな、俺よ、Cohen よ！　讃さんのことを、いま、いいや、あの成人の日以来、奈々ちゃんはどう呼ぶ？　――タタエちゃん、だ。俺は？　とても Tatae chan と呼びかけられるフェーズに、まだ、まだまだ、踏み込めていない。この落差。Cohen よ、お前はいささかも許嫁と互角などではない」と猛烈な筆圧で締められた。分析が続いた。これは別のページに記載されているのだが、一、恋は遠ざかった、フィアンセ付きの男にわざわざ恋をする女性《ひと》は（そこにドラマティックさが欠けるから、おおむね）限られる、二、しかし俺のほうは前と変わらず情熱的に恋をしていて、むしろ恋慕の度合いを強めている、それは、俺が、そのような経験（そこには「さしつかえ」があるから、もしや、一般的には過分にロマンティックである？）をすることを許されているからだし、そもそも実際に身を固めるまでは「できるかぎり経験《それ》を積め」とも命じられているのだ、誰に？　親父に、父親の大澤秀雄に、三、しかも俺は二十八歳なのか三十歳なのか、そこまでは固める必要はない、それまでは猶予期間で、だいいち俺は、いいや親父は、妻帯してから愛人《情婦》を抱えることに断固たる態度で否と言うかは、かなり怪しい、「それも、コーエン、経験《それ》だな」と認める……かも？
四。

しかし、俺が、もしも奈々ちゃん（櫻井家の令嬢である「櫻井奈々」なる存在）ではない女性《ひと》と添い遂げたい、ついては婚約は破棄としたい、と言いだしたら。大澤家の家長であり東京都の現職副知事である父親は、「論外だよコーエン」と応《こた》えるだろう。「それは要するにただの不始末だな？」と。そしてアッハッハと獰猛に不吉に大笑いしながら「お前は、コーエン、終わりだ」と俺を断罪するだろう。そして、それよりも何よりも、婚約者から〝婚約〟のふた文字を剝ぎ、ただの者《もの》に変えてしまう俺を、婚約者（元の婚約者だ）のその友だちは、まず、一〇〇パーセント……は言い過ぎだとしても九〇か八〇パーセントは確実に、恋しない。

駄目だ。

となると——
五、フィアンセ付きの男である俺に、わざわざ恋をする非常に珍しい女性《ひと》に讃さんになってもらうしかない、のだけれども、それは、一、に照らして容易ではない。それこそ讃さんの口癖に倣《なら》うならば、フィアンセがいながら恋人になってもらうのは難《かた》し。
この、一から五に至って一というデッドエンドに還《かえ》る、が続いて、Cのノートは妙な記号で埋まった。矢印（→）や部分集合（⊆）で。いっぽうで光延は輪（∞）も書いた。そこには「谷賀見讃さんは美しい花だ。しかし、これは一本の植物の、花、の部分なのであって、茎には棘《とげ》もあり、これこそ『「許嫁がいる」という現実』なのだ。棘としての櫻井奈々。おまけに、この棘もまた美《うる》わしさで魅せ……」だの、「俺のための祝詞《のりと》として唱えろ。『一日にぶらんこを十分間』と」だの、「そして縦書きの日本が俺を射る」だの、しかもその箇所は、とあって、いかに大澤光延が魂に楔《くさび》を打たれ、蕎麦屋にて語られた**少女**でもあった谷賀見讃に魅了されきったのか、が歴然としていて、つまり恋心は日々、その前の容積《おおきさ》よりも膨れる（と光延自身が感じている）のだった。無限の膨張、∞。そして讃の**少女**譚は、その向こう側――というか背面《うら》?――にスサノオ譚を秘め、含んでいる、とも光延は正確に理解した。ここにもメタフォリカルな部分集合、⊆が。けれども理知的な光延は、いいや記号の向きは⊇かも、と可能性を検討して、「そうだCohenよ。**日本**（むろん縦書きである）**とは？　スサノオとは？**」と誌《しる》すのだった。

　おまけに油性のマーカーまでひっぱり出し、重要事項をボールペンではない筆記具でもって強調した。三本の色鉛筆以来となる新しい道具の投入だった。黒と赤と銀の三色は、かつて、「出発点?」の一語に飾られつつ、ぶらんこの絵（にして、キャプション付きの図）をCのノートに嵌め込んだ。これはその、厚みのある一冊の帳面の内側《なか》にひらいた「窓」だった。以前、この「窓」は運命的だと形容された。『運命』、すなわちタ・タ・タ・ターンだ。光延の讃への恋情は？　タ・タ・タ・ターンだ。ところで奈々というフィアンセは？　『歓喜の歌』であり、いわば婚約が歓喜、ましてや成婚は絶対的な歓喜である。この、絶対という認識は、なにごとかを圧倒的に光延に悟らせる。油性のマーカーの強調部に目を注げば、神職家に生まれた谷賀見讃という女性《ひと》は縦書きの「日本」やスサノオに、あの少女期からこの方、自身を捧げているのだとわかる。そうした了解への道がつけられる。谷賀見讃は、おそらく、巫女《みこ》としてまた将来の宮司や禰《ね》宜《ぎ》として、スサノオ（祭神・素戔嗚尊）の妻にはなれる。現実的に考えれば、神の妻になるというのは絶対に無理だ。どこが婚姻届を受理する？　事実婚か？　しかし……しかし。この絶対に実現が叶わない婚姻にこそ莫大なヒントはあって、光延は、その了《さと》りの後に、「讃さんはスサノオにならば恋する」と書いた。

　彼はそう考えたわけだ。

　彼女は、素戔嗚／須佐之男は愛すると。

　ならば知識を得ねば。持たねば、そのスサの男《お》の。

　それから二十七の誕生日の、その、ちょうど前の日に、なんたることか、父親の秀雄が「二十八歳でお前のモラトリアムは、終《しま》いだ」と宣告をした。荻窪の邸《やしき》へ帰る公用車の車中で、父親は長男にそう言った。これで一から五まであった分析の、その三、俺は二十八歳なのか三十歳なのか、その年齢《とし》までは身を固める必要はない、との前提から、設定の漠たるところが消えた。期限《リミット》がはっきり示された。許嫁（の櫻井奈々）と籍を入れないでいられるのは、二十七歳の一年間、それから二十六歳の残った何時間かと、二十八歳の残余としての何日だか何ヵ月だか、のみ。入籍には挙式、披露宴がいわずもがな伴う。挙式は、大澤家と櫻井家の結合《むすぼれ》と認定され、政財界を騒がせるし、披露の宴会《パーティ》は、大澤光延の政界デビューに直接につながる前《プレ》イベントともなって、光延《みつのぶ》ならぬ光延《こうえん》を誕生させる。だろう。

さあ逃げ場はない。

と認められたから、すでに窶《やつ》れていた大澤光延は、この日の、二十六歳の余り物のような数時間でさらに憔悴した。どのような美食も妙薬にはならなかった。この日の晩餐《ばんさん》で、たとえば肥育された鵞鳥《がちょう》の肝臓のビーツのチャツネと軽いコンポートの苺《いちご》を添えたソテーを摂《と》っても。主菜に美味極まりない苺のキャラメリゼを同じ皿に載せた幼鴨《ようおう》のローストを食しても。そして、考えないようにしていても考えて、悩まない態《なり》でいるように意識しながらも、ふっ、と悩んで、そこで艶美《えんび》なる和装の伯母から「岐《わか》れ路《みち》に立っているわ、あなた」と霊視されて、右か左かの選択は、内実としては右か、右のもっと右かの選択なのだと、諭されて、その謎語《めいご》を内側に抱え持ったまま、十七歳の弟と十六歳の従弟《いとこ》とともに自室で過ごし、それを「二十六歳の自分も入れて、これは『子供の世界』への移行だ」と感じ、楽しみ、しかし。

日付は変わるのだった。

弟、結宇がハッピーバースデーと言い、従弟の思高埜工司がやはりハッピーバースデーと祝い、「そうか、二十六歳の俺は、いないのか。もう」と認識して、そうした折《おり》までは抑えられている、だが自然に湧きだしている。

記憶が。

思案が、憂悶が。

それでも眠りは訪れて、それは光延と結宇、工司の三人の雑魚寝《ざこね》で、この血がつながっていたりいなかったりする親族の少年・青年の集団《むすぼれ》はなんらかのステージとして機能した。朝、目覚めて、それが決定的に一月二十九日なのだと知って、ほら、猶予の一年間はカウントダウンをはじめている、と確認するや、光延は、

「の、すべて」

と思ったのだし、実際に「スサノオ、の、すべて」と声に出していて、もしかしたら、恋……恋愛、の、すべて、だし、国……縦書きの日本、の、すべて、だろうし、他にも、他にも……と考えて、結論にあと一歩のところまで来ている。

「なぁに、兄さん?」と寝ぼけ眼《まなこ》の結宇が尋ねた。「何がいったい、すべて?」

「の、すべて」と兄は答えた。

「おはよう。コーエン兄さん。おはよう、ユー君」と工司は言った。「……の、すべて? この僕ら、三人の?」


ここまでの展開《なりゆき》は比較的整理が容易だ。それは一月だからである。では二月にはどうなるのか? 二月にはCのノートの記述が秩序を欠いた様《さま》に落ちるとこの伝記のナラティブは予告ずみである。すなわち「荒《すさ》ぶ」のだ。ゆえに可能なかぎり短文で抽出する。二月には六人が集まる日があった。それは集団デートの様相を呈しもした。成人の日からひと月と経っていない。このことはCのノートからじかに読みとれる。けれども何度か解説しているようにこのCのノート——コーエン(Cohen)のノート——には日付が挿《い》れられていない。が、「この日のことを讃さんは『紀元節です』と言い、『神武天皇のご建国ご創業を慕《しの》びましょう』と言った。建国記念の日にも前身はあった。文化の日に前身があり、それが明治節(明治天皇の誕生日)であったことと、同

様」と註釈《ちゅうしゃく》的にノートの細罫《ほそけい》にびっしり小さな文字が刻まれていた、だから、この集団デートは二月十一日の出来事なのだなと特定できる。

六人とは大澤光延と谷賀見讃と、

大澤結宇と谷賀見燃和と、

それから垂水勝、

そこまでは前年十二月二十六日のほとんどお見合いの会のメンバーで、しかしカメラマンであった河原真古登は加わらず、今回の六人めは櫻井奈々だった。奈々を誘ったのは讃である。この会に、遅れて参加したのも讃である。光延は「讃さんは夕刻まではどうにもアルバイトに忙しかった、巫女の」とノートに書き、「心に銘記：〈惟神《かんながら》の道は、国の誕生を祝う〉――」と註している。状況をまとめると、谷賀見讃が現われるまでは大澤光延は許嫁の櫻井奈々とデートをし、その弟の大澤結宇は谷賀見燃和とデートをし、この二人のデートに監督めいたポジション（前回であれば仲人《なこうど》）でもって垂水勝が付いていたに等しい。二人、足す、二人と一人、イコール五人。それが前半であって後半は六人になる。けれども大澤光延は、本当に前半では櫻井奈々といわば密着したデートができ、後半では讃とのそれが叶ったのか？　というのも、……このあたりが紊《みだ》れたノートの記述に当たるだけでは祝日の建国記念の日の前なのか、それとも後のことなのかがはっきりしないのだが……、光延は讃から相談を受けている。「どうやら燃和が、光延さんを、想っているようなのです」と。

衝撃の相談事項だ。

その衝撃はノートに弾《はじ》ける。引用――

「俺はどうしたらいいのか？　ユーのために？」

「ユーのために、どうしたらいいのか？」

「いいのか、どうしたら、ユーは。俺は？」

異母弟、結宇とその片恋《かたこい》の思い人、谷賀見燃和が会えるよ、う、に、しつづけるためには、当面《いま》決然たる態度で臨むのはマイナスだ、との判断が、たぶん下された。が、そのことは判然たる形では叙述されてはおらず、むしろ、ある明らかさというのを綴られたのは、

「こういうことを俺に相談してしまうのか讃さんはああなんてことだ讃さんこれでは脈が」

「脈が。ない。無」

「Nothing at all?」

などの思い、惑いで、ここに引いた一文めには事実、呼吸《いき》をし忘れたかのように読点も句点も挿《さ》し入れられずにいて、字間が（そしてやはり呼吸《いき》が）詰まっている。それから、もうひとつの衝撃の相談。こちらは確実に建国記念の日の後だろうと推理される。光延は垂水勝から相談《それ》を受けている。そして驚愕と精神的ショックをノートに爆《は》ぜさせている。結果、

「俺はどうしたらいいのか？」

とやはり同じフレーズをCのノートに刻んだ。いや、この解説は語り《ナラティブ》の信頼性を揺るがす。この二度めの「俺はどうしたらいいのか？」の末尾は、クエスチョンの印ではない。突然の声《エクスクラメーション》の印だ。すなわち「俺はどうしたらいいのか！」というのが正しい引用である。垂水が、推し量るならば集団デートの事後に、どうやら光延にとんでもない告白をした、というか、している。「しまったことになった。……俺、モワちゃんに惚れた……」と。以上が凝縮された一九九二年の二月の展開《なりゆき》である。それほどは短文に絞り込めなかった。そうであるからここで、四つ五つの短文の連打を試みる。その二月、宿命的な関係図が生じた。その六人のあいだに生まれた。その

六人とは光延と奈々と讃と結宇と燃和と垂水だ。これは奇異な様態《ありさま》だ。そして大澤光延の身の上にもたらされた試煉《しれん》だ。と、言い切ったところで短文の縛りからは離れる。そしてその六人のと続ける。そしてその六人の、光延、奈々、讃、結宇、燃和、垂水のその全部とはまだ見《まみ》えきれていないのが七人めのカメラマン、河原で、すなわちカメラマンとして前年のほとんどお見合いの会に加わった芸術家《アーティスト》の河原真古登はいまだ生身の、実物の櫻井奈々には会えないでいる。が、その機会は三月の下旬までには到来する。なぜならば櫻井家の観桜会、ガーデン・パーティとしてのお花見、が催されて、これは奈々の家《うち》が主催している「年間三大行事」のひとつということらしいが、そこに光延、讃が招待された、前者は奈々（とは櫻井家の令嬢だ）の許嫁として、後者は奈々の、新しい親しい友人として。そもそもこの観桜会、この園遊会には多数の客人《まろうど》が招《よ》ばれる、ので、それならばフィアンセのその弟も親朋《しんぽう》のその妹も、それら弟、妹がともに通う学習塾の関係者（それも経営関係者）でフィアンセの無二の親友も、招ぼう、「だって先月に続いて揃って会いたいじゃない、また？　ねえみんな」となって、「あっ、だったら、揃えるんだったら河原さんも？　河原マコトさんも」との意見が出、これに、奈々が、「先生なの？　現代美術？　そうなの、光延さんの荻窪のご実家の、邸内《なか》に、何点もの作品が？　それ、理想的な作家……ええ、ご招待はぜひ」と応えて、この誘いかけの段階ではドレス・コードがあるとだけ（河原に、そして谷賀見姉妹にも）告げられた、そこにいわゆる政財界の重鎮たちが例年招かれるだの、今年は内閣官房長官が、来る、というか「お見えになる」だの、そして実際に来た（お見えになった）のだけれども、その手の事前のインフォメーションはなかった。皆無だったからこそ、河原は招待を容《い》れて、一眼レフのフィルム・カメラを携行していった。場違いな「写ルンです」はさいわいにも今回は持ってゆかなかった。こういう背景があって、このナラティブは、三月であれば詳細をそこそこ確信的に把握し、ノートからも「そこが三月だ。観桜会の、前だ。いいや後だ」と文章を拾え、場面の紹介もできる。河原は、大澤光延の運命がまたも変わった遭遇の一瞬を、その日のその庭園《ガーデン》で、一本のフィルムに収めもした、と説ける。

だが……変わったのは光延の運命？　否。ここは大胆かつ劇的に語ろう。変わったのは……

現代の日本の運命だ。


一冊のノートがあって唯一の書き手がいる。そのノートをひたすら完璧に紹介することを望めば、一行残らず、一ページ残らず引用するということが論理的にも要る。するとどうなるか？その一冊のノートは、まるまる書き写されて、そういう完全引用——引き写し——を行なった人間は、（論理的にも）ふたりめの書き手になる。すると唯一の書き手は、消えざるをえない、なぜならば唯一ではないのだから。この物語は大澤光延を紹介しようと始まった。ある時代とともに、そうしようと始まった。当然ながら、彼が無比の（とは唯一の）人物であるとのポイントに瑕疵《きず》はつけられない。

ここは意識しておきたい。

が、これはノートの中身に関してであって、ノートそのものに十全に迫ることには意味がある。そのものとは何かと説けば、それが本当に notebook ……ノートブックであること、あらゆるブック、本が、それを構成する紙の綴じられた物体《もの》であること、たとえばルーズリーフ式（のノート等）であれば紙の増減はありうるわけだけれども、基本的には、「何ページのブックだ」と言い切れるということ。

言葉を換える。あらゆる本は（基本的にはアナログの範疇では）有限である。

無限のページは抱えない。抱えられない。

さらに言い直す。要するにCのノートはいずれ終わる。

ところで、この戒めを呈示してもそれでも、ノートの全体像《それ》には迫り了《お》えていない。いまだ秘めごとがこの物語にはある。さっさと暴いてしまうが、大澤光延は、こうした類いの記録を、一冊めのCのノートの後《のち》にもつけつづけていたか？　いた、のだった。Cのノートには二冊め、三冊めが、それどころか第十一のだったり第十七のだったりする続きのノートが、あるのだった。ただし、扉は、二つの英単語（Cohen. Tokyo.）では収まらず、国内外の都市名が三つめ、四つめとして入り、となると、それらは一冊めの純然たる続篇なのか？　そう理解してよいのか？　との疑いが湧く。で、ここからが肝《きも》だが、二冊めのノートのほとんど最初部から、それらは単なる政治日記、政務日誌に変容した。ティピカルな日誌《ダイアリー》にでもあった。日にちが入る。記述の、その頭に、日付が優先的に挿《い》れられる。すばらしい整理整頓。そしてそこから大澤光延という人間、または「大沢こうえん」という為政者の人間《それ》がわかるか？　滲《にじ》むか？　答えは、

否、

となる。筆致（文章）はだいぶ無味乾燥であり、これは臆測でしかないのだけれども無臭こそが第一義にいっさいは記《き》されだし、そしてその後、徹底された。察するに大澤光延は、あるタイミングで本当の本心から政治家をやると決めた。政治をやるという前々からの意思に「家」のひと文字を足して、政治家をやる、言うまでもないが一介の議員には終わらない、それゆえに――との決断があって、どこにも跡《あと》を濁さない（というか濁りのある跡を残さない）と自らに課した、のだろう。となると？

二冊めからのCのノートは重んずる謂《いわ》れがない。

こうしてCのノートは複数冊「ある」のだけども、にもかかわらず一冊しか「ない」とも言えて、それ＝第一のCのノートこそ唯一で、とも言えて、その物質としてのノートは前述したように有限、すなわち構成するページ数に限りがある、だとしたら？　もっとも重視されなければならないのは――真にウェイトが置かれるべきは――一冊めのそのノートの最終ページ、締めの記述。

そこに何が？

ということをこそ物語は言わねばならない。

しかし言わないのが話術《ナラティブ》的な戦略だとも言えるわけで、ひと息に最終ページのその紹介に飛び移る前に迂回がある。説明のし洩《も》らしを避けたいから、そうする。というのも、最後の一枚のページは推測するならば一九九二年の三月の下旬、たぶん月末、に書かれていて、それは書かれているのと同時に描かれている、との含みもここに留《とど》めるが、二月の、記録文《ドキュメント》としての紊乱《びんらん》を経てしんがりのページに至るまでの間に、二つ、たった二つだけれども、大切な記述がある。

一つめ。

光延は母親に関しての言及を残した。

母、とは実母を指している。継母《ままはは》の大澤蔦子ではない。

スサノオの覚え書きに埋もれるようにして、こうあった。「母。亡母。憶えている、耀《かがや》いているような美しさ、そして。黄泉《よみ》にいる？」

二つめ、奇妙なことにこの記述は、二月の例の紀元節、建国記念の日、の記述《それ》よりも後方のページ上に見出されるのだけれども、確実に一月のうちには起きているはずの出来事を書き留めている。

　理由は推し量れない。

　二月十二日以降に強烈に想い起こした、とは考えられる。

　こうあった。「うどん屋。映画の感想を聞いた。二人とも、その大学の相撲部のコメディは、『外国映画みたいだったよ』と。話題の身近さがそこにはなかった、ということか？」――この二人とは讃と奈々だ――「相撲は、あの遊び、紙相撲を呼んだ。俺たち三人はうどん屋のテーブルで、デザートの時間に、それをする」――それとは紙相撲だ――「『紙ならば、わたし操れるから』と讃さん。俺も奈々ちゃんも讃さんの力士には歯が立たない」――力士は紙片《かみ》で作られている――「讃さん、紙を用いて方位は察せられた、とのこと。方位とは西、北、東、南のこと。巫女の服装《いでたち》の讃さんが、現われた……初めて現われたあの晩、そこに馬泥棒がいるとか、そこを通るとか見通せたのは、そういうわけで？」――馬泥棒とは光延の弟、大澤結宇だ。そことは代々木二丁目の、公務員住宅、つまり団地の、界隈――「『ぶらんこと紙、なのね』と讃さんは言った。奈々ちゃんは『クリスマスの季節、なのよね。わたしイブだ当日だって、光延さんというわたしのフィアンセはどこなんだって、探しちゃって。あんまりつもりはなかったんだけれど、探したら見かけて、見かけられて、追えちゃって。だけれどもイブやクリスマス当日の、光延さん？　なんとも鬱《ふさ》いでたから、声をかけられなかったんだ。うーん、第九《ダイク》、第九？』と言った。俺は奈々ちゃんの口調のほうがビビッドに書きとれる。それでいいのか。俺は尾《つ》けられて。ぶらんこを眺めている様子を眺められて。そして、その追尾は、奈々ちゃんの愛？」

　対向ページに「純愛？」とあって、数行の空白を挟んでから、「の、すべて？」とある。

いったん粗筋ですましたい衝動に駆られるが最低限のディテールは入れよう。櫻井家の観桜会、三月の下旬に催されたガーデン・パーティとしてのお花見、これを描出してからCのノートの結尾《むすび》に飛ぼう。製薬業界の最大手のグループが櫻井家（ここには奈々の叔父筋、従祖父《おおおじ》筋も含まれる。ゆえに櫻井家とはこの場合、「櫻井の一族」の謂《い》いである）に創業されている。奈々の祖父は、業界団体連合会の会長をじつに十余年も務めた。奈々の父親はその嫡男、慶應義塾大学の薬学部を卒業し、しかしこの学歴はただ威儀《スタイル》を得るためだったとも言えるのだけれども、一九八〇年代前半に本体企業の秘書室長となり、八〇年代後半には専務取締役となって、いまは社長に就いた。この人物には娘と呼べる存在は奈々しかいない。息子は二人いる。それは奈々の長兄と次兄で、前者を奈々は「おお兄《にい》さん」と言っている、などと語りだしたらディテールが増え過ぎる。だいいち奈々の長兄、次兄とも、国外に遊学しておりこの観桜会には出ていない。いるのは——大澤光延と結宇の兄弟、谷賀見讃と燃和の姉妹、垂水勝、河原真古登、こうした面々はきちんと出席している。六、七十に達しそうな人数《ひとかず》の招待客に混じっている。

　奈々はフィアンセの光延ほかのお友だちの全員を賓客として扱うけれども、奈々の両親はもちろん大澤光延こそを一等の賓客として待遇し、「やあミツノブ君」「ねえミツノブさん」とまめに話しかけ、次いで結宇、すなわちわが娘《こ》がいずれ義弟《おとうと》とするはずの大澤家の人間を、ある程度こまやかに接待する。「ユー君、雨天《あめ》となった際のシミュレーションというのも、私どもはしていたんだけれどね。だけれども降られずにすんで、やはり、こちらのほうが……」「……お花見は、雨になっても、催されるお心積もりだったんですか？　どうやって……」「……あちらの建物には、三面の窓からそれぞれに庭の樹々、桜だね、桜花《おうか》を眺められる広間があるんだよ。余興もそちらでと……」

しかし奈々の父母は真に全員（とは客人《まろうど》たちの全体だ）のもてなし役であり、大澤兄弟につきっ切りになることはない。

また、人びとが歩み、ゆるやかに流れ、交《まじ》らうのが園遊会の本旨でもある。

刻々、誰と誰がひと処《ところ》に集まって、挨拶して、ひとつの話題に興じるか、は変わる。

いよいよ事の顚末《てんまつ》の粗筋化に入るためにカメラマンの目を用いよう。河原だ。携えた一眼レフのカメラで、河原真古登はファインダーを覗いている。ただし私人ばかりではない場だから、細心の注意を払われずに切られるシャッターはひとつもない。そして、七人めの河原にとっての六人――光延、奈々、讃、結宇、燃和、垂水――が画面《フレーム》内に入らないショットもない。フレーミングは、初め、結宇を追いつつ燃和を入れたり、燃和を追いつつ垂水を入れたりしていて、言うことを俟《ま》たないが燃和をセンターに結宇と垂水という画《え》にもなる。これは印象的な構図で、燃和は朗《ほが》らか、結宇は、満開の桜の下枝《しずえ》がバックであるためか優雅さをナチュラルに顕《た》てていて、垂水はなんとはなしに弱気な表情《いろ》である。連続してシャッターを切った河原は、「もしや疚《やま》しさでもあるのではないか。垂水君には」と察してしまう。が、真剣には考察せずに、そのレンズを燃和の視線《まなざし》を追って光延に向ける。光延は、このパーティに招かれた異国人と話していて、いわゆるアングロ・サクソンっぽいなとしか河原には人種が見極められないが、二人は英語でコミュニケーションをとっている。そこに奈々が混じって、その「アングロ・サクソンっぽい」人物にも断わりを入れてから河原は三人の画《え》を撮影して（こういう時は「クッド・アイ……？」と言ってカメラを掲げ示せばよいのだと河原は経験的に知っている）、続いて奈々と光延、それから奈々に「あっちにもご挨拶が要るわ。さあ、わたしのフィアンセさん」と引っぱられる光延、やっと解放される光延、そこに現われる燃和、だから燃和と光延という図《え》を河原は撮って、おや、讃はどこだろう？　と目で庭園内《ガーデン》を探すと、だいぶ遠いところにいる。しかも、ぽつねんと独りでいるのではない。グラスを手にした男がいて、たぶんアルコールが入っていて、讃も同様にカクテル・グラスを持っている。遠目にも「盛りあがっている」とわかる。ほう？　と思って、そちらに歩を進めはじめた河原は、しかし一分と経たずに光延に追い抜かれる。

河原真古登は、無神経なフレーミングはしないから、その「谷賀見讃と名称不明の誰か（男性）」に迫る大澤光延の背中」はフィルムに収めない。レンズも向けない。

しかし目は向けている。

目は、讃さんはずいぶんと男前のやつといるなあ、と察《み》ている。

光延君の美相《それ》には敵わないけれども、あれはあれで、タイプを違《たが》えた二枚目だな、と観察している。

年齢《とし》は……僕と同世代か？　と見当をつけている。三十過ぎ？

ちなみに河原真古登は一九五九年生まれの、当年とって三十三歳である。

光延が讃（と、名称不明の誰か）に挨拶した。

讃が微笑んだ。

名称不明の誰かが、光延に挨拶した。

光延がもっと挨拶した。

そこまで目で追っていた河原の、今度はその耳に、「だいぶ、話が弾《はず》んで、たね。ましたよね」と光延が言うのが聞こえる。

「いや。僕がね」——と名前のいまだ明らかではない男。朗々とよく通る声で——「櫻井さんの一族こそは、薬品工業界のプリンシパルだ、きっと参詣される神社は大阪市の『神農《しんのう》さん』こと、少彦名《すくなひこな》神社ですよねとタタエさんに言ったら、タタエさんが喜ばれてしまって「え。スク……スクナ、って」光延は詰まった。

「少彦名神社。そこではご祭神が、医薬の神様なの」

「イヤク、って」光延がふたたび詰まるかたわら、「そうなんですよね。お薬の」と男が言っていて、「なるほど」と応えながら光延が医薬と理解した、と河原が看《み》てとって、この時なのだけれども河原はかなり自然体で光延に追いついていて、そこで「やあ、讃ちゃん。やあ、光延君もこっちに？　ああ、どうも、初めまして。アートをやっている作家の河原です」と名乗った。その名称がまだ不明の男に。だが「あれ？　……お顔を？」と、そのまま尋ねてもいた。

「ご存じ、でしたか」と男。

「ええ。僕は、知って……ますかね？」

「知られているのは大変に光栄です。自分は、政治家なので」男は言った。

光延が「参議院議員の、俵藤《ひょうどう》さん、ですね。先日、補選で――」

そう言う。

「補選で、一期生になりました」と男、俵藤が言った。「若輩の、こんな三十一歳なのにね。本当にじつに光栄です」

本当にじつに大変にね、と言って、名刺を河原と光延に渡した。**参議院議員　俵藤慶一《けいいち》**。

三世議員だった。マスメディアを昨年来、賑わせている。だから河原も、見知っているのではないかと勘違いしたが、むろん面識はなかった。むろん大澤光延は、面識はないのだけれどもおおいに知っていた。そして河原は、「あっ、光延君と俵藤さん、もし、よかったら、写真……？」

と日本語での、グッド・アイ……？　をした。二人をフレームに入れた。東京都副知事の息子と、夭々《フレッシュ》極まりない国会議員を。シャッターを切ると一度では、ただの一枚では収まらなかった。どうしてだ？　と河原は自問していて、どうして僕はこの遭遇が撮りたいと思っているのだ？　と疑問をおし衍《ひろ》げ、これが出会い頭《がしら》に等しいからだ、と説明になっていない自答をしてしまっていて、「あそこの池、見えますか？　水面に、桜が映っているでしょう？　あれを後ろ側に入れて、もう四、五枚」とも誘っていて、讃を入れた画《え》も一枚は撮るのだけれども（「構図が変わって、いいですね。だけど」――）、光延とその俵藤という与党の若手のホープの、二人のショットこそを、ほぼ、まるまる一本のフィルムに残す。直観があったのだった、そのカメラマンにして芸術家《アーティスト》には、この二人には本質的な〝図〟――関係図があるのだ、との。それは撮られている画《え》の背後に、あるいは不可視の前景に、滲《にじ》む。その不可視の前景のことは、もしかしたら現在に貼りついた未来と言い換えられる。

　この二人は、恋敵《ライバル》だ。

　この二人は、政敵《ライバル》だ。

　僕はなんという瞬間を撮っているのだろう！

と、河原真古登は思って、しかし自分自身を客観的に突き放したこの語りは、やはり相当に疲れる。僕はそろそろ退《しりぞ》いた地平から全面的に戻りたい。ここに「僕《ナレーター》」がいる、と明言するナラティブに、いま帰来する。こういう揺り戻しをどう形容する？　もちろんスイングというのだ。そしてスイングする乗りものとは？

　ぶらんこだ。もちろん、そうだ。そもそも英語ではswingはぶらんこを指す名詞でもある。

僕はぶらんこに乗ったのである。

僕、河原真古登が。

とはいえ物語——語り《ナラティブ》——をすっ飛ばし切ってしまう前に、きちんと務めは果たす。粗筋化するといったものは、それほど簡素な記述にはなれなかったようだから、Cのノートの結尾《むすび》……最終ページにだけは、以前の「飛ぼう」との予告を守って飛ぶ。そこには、何行かにわたって、

　スサノオにならば
　恋する
のであれば（讃さんが）、
結論は
ひとつしかない。
スサノオに
なれば
愛される。
俺は、なろう

——とあって（「なろう」の後に句点はない）、そのかたわらの余白には建物の絵を描いたのだった。東京都庁の、その第一本庁舎の、すなわち双塔の現代《モダン》ゴシック建築の図案化された絵を。

バルコニーをその七階に設けていて知事執務室をその奥に抱える当時日本で最高層の建造物の絵を。

当時、だ。そして、語り手の僕がいる現在は、そう、令和二年である。

であるから僕は、そのバルコニーで兇行《テロ》があったことを知っている。標的となって刺されたのは、東京都知事・大沢光延《こうえん》。

12

ひとつの時代の渦中にいる人間には、その時代を解説することが難しい。なぜならば時代が即、いま——すなわち現代になってしまうからだ。これは僕の「カメラはどれほど異様に『現在』を撮るか」の問題意識に通じている。僕は以前、現在との概念にこだわると言った。写真とこの「現在」とを問いたいと言った。そしてじかにあなたに問いたい、カメラは「過去」を撮れるか？　と言った。あなたに。伝記読者に。巻頭からラディカルだったこの伝記文学の、たぶんラディカルな読み手に。このアートの触れ手に。僕（こそが伝記作家だ）はあなたにカメラという機械の「現在」は人間という生物の「現在」とは異なる、相当に違っているのだぞと理解させた。あるいは理解してもらうことを、請うた。もっと言おう。僕はあなたが、僕のあの、現在との概念へのこだわりの理解者であることを願った。

それで、だ。今年は何年だ？

今年は二年である。

東京オリンピックの開催が予定されている令和二年である。

こう回答した瞬間に「現在」のその幅という課題にぶちあたる。現代とはいまかの話題に返る。今年は、たとえば一、二月の段階では、東京オリンピックが開催予定の二年である。令和二年である。しかしその延期は三月二十三日にほぼ決まり、東京オリンピックの年内開催は消失し（これが翌《あく》る二十四日）、来年——令和三年、二〇二一年——の七月二十三日に開幕するとの新日程が三月三十日には出、それらは今年であり現代《いま》の出来事だが、ひと月以上も前の出来事でもある。

僕は、五月の東京にいる。

そのことをあなたに告げよう。で、これはどんな時代だ？

人間の認識とはズレている「現在」をカメラが撮影しているように、令和二年を生きる人間には〝このひとつの時代〟は解説できない。これが僕の考え方である。これが僕の基本的方針である。そうしたものに則《のっと》って言えることは、現代《いま》という対象を客観的に描写しようとする試みじたいが痴《おこ》がましい、だ。これは僕の、ついさきほどの断念に通ずる。「自分自身を客観的に突き放した語り《ナラティブ》は相当に疲れるから、やめる」——にだ。じゃあ客観的にならないのだとしたら、なに観的になればよいのか？

主観的にしかない。

僕、というナレーターが、僕自身を語る、しかも、とっても主観的に、との手しかない。

そうすればいいいまの話になる。

ところで僕はアート作品を職業的に制作し、発表する人間で、だから「カメラは『過去』を撮れるのだろうか？」と考えて、「撮れませんが、人間が考えるところの『現在』も撮っていません」と結論づけて、写真と絵画の境界を越えるということをやっている、とも以前語った。これはもしかしたら、客観的な時代と、主観的な時代とを、スラッシュ（とは〝／〟だ）で結べば、現代《いま》を解説するなんていう無謀というか、無謀にも現代《いま》を解説したいとの思いはなにがしかは具現するんじゃないか――形《フォーム》をとるんじゃないか――との見込みにつながる。のかもしれないと思う。

というわけで僕は僕の話に集中する。二〇一二年に一期めの東京都知事当選を果たした大沢光《こう》延《えん》のことは、その伝記は、後に回す。あの兇行《テロ》の詳細も。東京都庁・第一本庁舎の七階のバルコニーで起きた、光延の演説中の、テロ……暗殺未遂……。

「スサノオ都知事に、天誅《てんちゅう》！」との大喊《たいかん》。

それはさておき、僕だ。

僕・河原真古登は今年、どのような仕事に取り組んでいて、何が以前はできていまはできないのか？

というか、ここで言う以前とは、いつか？

たとえば今年二月の中旬であれば、僕はドイツにいたし、日本では、ミハシ美術館は開いていた。しかし、二月の下旬、そして三月、四月。海外への渡航は不可能となったし、美術館・博物館の類いはその開館《オープン》が許されていない。

二月、ドイツにいた僕はボン（かつての西ドイツの首都）にはいなかった。ベルリンにいた。ある程度はベルリン（かつての東ドイツの首都で、統合された東西のドイツ＝現ドイツの首都）でもそうだったのだけれども、街にはその作曲家の名前があふれていた。「ボンでは、もっともっと、本当に凄いよ」とも言われた。どんなふうに凄いかというと、『ＢＴＨＶＮ２０２０』

のロゴがそこいらじゅうに見つかる、らしかった。どうしてボンなのかと言えば、ボンこそがその作曲家の誕生した街だったからだ。そして、ＢＴＨＶＮとはなんなのかと言えば、ベートーベン Beethoven なのだった。かつ、ベートーベンがいつボンに生まれたのかを説けば、西暦一七七〇年のことで、つまり今年は生誕二百五十周年なのだった。だから祝われた。だから騒がれた。さまざまなコンサートが企画されて——日本でも同様だったらしい——結果『ＢＴＨＶＮ２０２０』のロゴがあふれた。

日本でも同じだ、というのは、その「ベートーベン・イヤー」の祝祭感にとどまらない。日本では、これはある程度は全国的にそうだったのかもしれないが、東京（という日本の首都）でこそ『ＴＯＫＹＯ２０２０』のロゴが躍った。祝祭の感じいっぱいに横溢《おういつ》した。

もちろん今年開催される東京オリンピックを言祝《ことほ》いでいたのだった。

ちょっとスラッシュを投入して書き記してみよう。ＢＴＨＶＮ２０２０／ＴＯＫＹＯ２０２０。

かなり響きあう。

まるで交響だ。というかまさに交響だ。

そしてメモリアル・イヤーにベートーベンの交響曲がドイツ国内で、日本国内で演奏されたかと言えば、三月ともなると、四月に入ると確実に、もはや演奏されないのだった。

あらゆるコンサートは中止に追いこまれていた。こうして作曲家ベートーベンのメモリアル・イヤーには、この人物が作曲した楽曲は演《や》ることが叶わないとの運命が訪れた。タ・タ・タ・ターンと。

その理由《わけ》？　もちろんあれだ。『ＴＯＫＹＯ２０２０』のほうを二〇二一年開催に延ばしてしまったあれだ。あれと同じだ。初めは新型肺炎と呼ばれた。それから新型コロナウイルスと呼ばれるようになって、WHO（世界保健機関）はこの感染症をCOVID‐19と命名した。現在に集中するならば、それが新型であることはぜんぜんかまわない。ただ、すでに「時代の解説は難しい」と呻吟するようにしてこの一章を始めているので、「過去」や「未来」に移っても通用するように、いずれは旧型コロナウイルス（「現代《いま》じゃあ旧型コロナ」）になるかもしれない呼び方はやめる。COVID‐19との名称を採ることにして、この感染症のパンデミックが、メモリアル・イヤーにベートーベンを生《リアル》では演奏させないとの運命をもたらしたのだ。

リアルの対義語は？　配信《オンライン》である。

さて僕は、いま、どこにいて、何に臨まんとしているか？

二月中旬にはドイツにいて……とは、もう言った。すなわち、現在はいない。日本にいる。日本の、東京にいる。東京郊外の、アトリエにいる。アトリエの、しかし隅の、テーブルの前にいる。着席している。そして卓上には、コンピュータがあって、いまからオンラインで――Zoomというウェブ会議用のアプリケーションを用いて――垂水勝と話す。

主観だ。僕のテーブルを描写しよう。コンピュータが鎮座している。ディスプレイは27インチという大型である。仕事用だから当然だとは胸を張れる。周辺機器も多いが、卓上には置かれていない。むしろアナログな筆記具や鋏《はさみ》、ブラシ、コンパスや輪ゴムもある。だが空間はさほど取らない。ある程度の面積、かつ高さも、を占めるのは？　たとえばCのノートである。僕はCのノートには二冊めや三冊めどころか十七冊めもあると言ったが――実際にはもう数冊ある――それらが全冊、いま僕の手もとにある。席に着いてみると、その体勢はまさに「手の下《もと》に、ある」

という相対的位置にCのノートのその積みあげられた山をつける。いわずもがなだが一冊めのCのノートがいちばん上にあって、このノートばかりが参考にされている（とは、資料として活用されている、の謂《い》いだ）。山はしかしそればかりではない。あと二つの山があって、コーエン（Cohen）のノートではないノートの堆積《やま》というのもあって、これらは僕の取材ノートである。十数冊あるので、Cのノートの向こうを張っている。

この二年間、僕は取材をし続けているのだ。

たとえば大澤家の、当時の晩餐会のレシピなどを、京橋のフレンチレストランに取材して。そのオーナーシェフの齢《よわい》七十を超えても衰えることのない記憶力と、メモ魔というか「記録魔」である性《さが》には相当衝撃を受けた。

たとえば「十九年前の十二月の三度めの木曜日の、兎《うさぎ》をメインにとリクエストした常連客（女性、四十代前半、同伴者は一名）のための、スペシャルなディナー用の献立」と尋ねたら、数分は考え込むかもしれないし調べものの手間をもしかしたら必要とするかもしれないけれども、結局はその日じゅうに答えられるのではないか。

ノートではない山は、写真の、プリントの束である。僕が撮影したものは少ない。大概は借りた。借りてからコピーして、オリジナルは返した、の展開が多い。しかし自分が撮ったものはあり、それらはコンタクト・シート（とはフィルムそのままの大きさの、べた焼き、一種の「その日のその場面の、連続して撮影された『写真一覧』」だ）のこともあれば、あえて大きく引き伸ばして焼かれた肖像だったりする。それらはもちろん、大澤光延の肖像だったり、まだ十七歳の大澤結宇のだったり、同様にまだ二十歳の櫻井奈々のだったりする。

目下、いちばん上に来ている写真群は？

執筆していた場面が場面だから、もちろん、櫻井家の観桜会を写したものだ。一九九二年の三月、その下旬。あのガーデン・パーティ。そこで僕は光延《みつのぶ》の、いや光延《こうえん》の、いや光延《みつのぶ》の？　その人生における（第二の）決定的な瞬間を撮影したのだけれども、一連の画《え》の背景からは例の『運命』の主題がタ・タ・タ・ター……と飛びだして来かねないのだけれども、しかし写真というものは聴覚的芸術ではない、ので騒がない、そして僕は、それらには注目していない。目下は。

なにしろ垂水の写真を見ている。一眼レフにて撮影して、フィルム現像し、僕がプリントした、三十年前の垂水勝。

いいや、正確にゆこう。二十八年前の、だ。この頃、垂水勝は二十七歳（彼は七月七日生まれである。一九六四年の）。なにやら恋に窶《やつ》れた若者の顔をしている。その表情《いろ》が顕著に出現する一瞬を、僕はつかまえて、シャッターを切ったのだ。二十八年前の三月に、だ。こうして見るとけっこうな伊達《だて》者だ。昔はあまりそうは思わなかったのだが。思えなかった？　かたわらに親友の光延がいたから？　そういうことは、まずまず、あるのかもしれない。だが当座の問題はそれではない。問題は、この写真に二十八年という歳月《さいげつ》を足したら、いまの垂水勝になるのか？

この足し算は成立するのかいなかだ。

学習塾業界のカリスマ、風雲児である経営者は、鍋とともにコンピュータの画面に現われた。

「えっ、垂水君、その鍋みたいなの――」が僕の第一声だった。

「鍋っス。すみません、河原さん」

「もちろん、僕ら、それぞれ自宅にいるんだから、あっ、僕はアトリエにだけれどもね、そういう、食器？　調理器具？　が、インテリアとしてウェブ会議に参戦するのは」

「普通ですよね、普通。これ、会議なんスか？　あと、鍋はこれ、これは現状、食器ですね」

「食器なんだ？　あと、これ、会議じゃないね。取材。いつもの取材、取材。ただＺｏｏｍす、るっていうのは、大雑把にひとまとめにすると、この『ステイホーム』時代の『ウェブ会議』現象のひとつ、かなぁ……って」

「ははは。きっと『ステイホーム』も『ウェブ会議』も、あと『ソーシャルディスタンス』？　きっと、一様に来年には死語ですよ。今年は新語のトップテン入りで。あの、それで、冷めちゃうんです。そうじゃねえか、冷めはしねえな。のびます」

「のびる？」

「麺が」と垂水は鍋を指した。左手で。右手には箸。

垂水勝は五十五歳になった。禿《は》げてはいない。しかし白髪《しらが》まじりでもない。歴然と「染めています。美容室で定期的に」とわかる雰囲気で、黒さを艶《つや》やかに誇っている。では、その顔は——というよりも頭部は——二十七歳の写真とさほど変わりがないかと言えば、ほぼ一変した。オールバックで、それゆえに貫禄が顕《た》ち、目の下はたるみ（「垂水のたるみですよ。ははは」としばしば笑い飛ばす）、加えて肥えた……顔のサイズがいまや違った。顎は二重だ。

しかし服装《いでたち》は洒落ている。いつも。

というよりもファッションに金をかけている。これについては「スーツは戦闘服なんで。ビジネスの」と語ったことがある。

この五十五歳の垂水勝の、どの要素をどう引き算すると、写真《それ》の若者に戻るのだろう、と僕は考えている。当然、付いた肉《しし》の大半を削る、しわも消す、肝斑《しみ》も、そういう引き算というのはやるわけだけれども、それだけで修復（という言いまわしは不適切か。回復？）がすむとは感じられない。信じられない。にもかかわらず、話せば、そこにいるのは垂水君である。

あの垂水君である。

だから「そうなんスよ、つまりステイホームとソーシャルディスタンスで、ってことでね、その社会情勢、世界情勢がね、このラーメンをこのオンラインのこの河原さんとの会合に、ミーティングっスね、取材の、——に、登場させてるんです。しかも、しっかも、前に取材してもらって俺が回答して詳細伝えた、あの西参道通りのラーメン屋の、テイクアウトの鍋ラーですよ。『鍋ラー』、これって新語・流行語大賞の候補にあがりますかね？　今年の師走《しわす》」と畳みかける。


僕は、畳みかけられて、違和感をおぼえない。

おぼえないどころか、訊かれたことには答えず、こちらから質問するとの挙に出る。

「西参道通り。のラーメン屋。というと、けっこう以前のインタビューで、垂水君が『代々木の一帯では、もっとも真夜中向きのラーメンを出す一軒』的に言っていた……」

「ずばり、重すぎない豚骨」

「それだ！」

「そこスね。失礼、もう啜ります。ん……ん……美味《うま》い」

と、垂水勝は画面越しにそれを啜っていた。僕は驚いて、三十年経っても営業していたんだ、とか、しかも味は変わらないんだ、とか、それにしても政府が緊急事態宣言を出しても、ほらコロナ禍のさ（とこの時ばかりはＣＯＶＩＤ－19とは呼ばずに「コロナ」と言った）、通常営業はできているんだ、あっ、通常じゃないか、そういう感じではやれないから、その、鍋……鍋ラー？　とか、どんどん尋ねた。

「鍋ラーメン。お店は、相当に大変で、相当に売り上げの面では打撃、みたいですね。家賃も人件費も、あそこだと、ほら賃料は西参道に面した店舗《みせ》だから、だいぶ重いっスよ。潰れないのが凄いというか、俺、ありがたい……って感じなんで。こんなね、外出が制限される東京になってね、飲食店は開店時間を、二十時まで、なぁんて言われてね。しかも三密《さんみつ》が恐いって言って、人、お客、来ないでしょう？　そうだ、三密！　これも、来年再来年には確実に死語になるな。いまだって密閉と密集とあとなに密？　みたいな、ハニー、答えてほしいね、三つめのミツは、もしや蜂蜜？　とかって、たぶん日本中のカップルがやりあってる状況でしょう？」

「そうかなあ」

「違う？　そうであったほうが笑いが生まれて、精神衛生的《メンタル・ヘルス》によい、とかって俺は考えます。そこそこ真面目にね。いずれにしても、外出の自粛にともなう外食の自粛というこの時流、時代の流れ？　これは、飲食店の経営に最大のストレスで。だから、ラーメン屋がテイクアウトを開始したら、俺はノる。『鍋をご持参いただければ、そちらにお持ち帰り用をご提供いたします』の看板を見つけたら、ノる。

鍋ラーですよ、鍋ラー。

訊いたらね、麺の茹で時間は、通常よりも短い、と。温め直すためにですよ、持ち帰ってから。

で、その『ご提供いたします』の看板を発見したのが、今日だったと。どうして鍋に!?　と尋ねたら、容器というゴミも出ないので地球に優しい、と。この新型コロナのパンデミックというのは地球の復讐なのだ、と。人類への、ね。そう聞いちゃったもんですから、親爺《おやじ》さんから、ご主人から、これはもう河原さんとのＺｏｏｍがあっても、俺、『鍋持って、じき来ます！　注文入れます！』ですよ。ていうか、その瞬間はオンラインのこれの、この約束あるの失念していました。コロッと忘れて？　という展開でしたね。だって感動したもんな。そして、――美味いっ。ごちそうさま」

緊急事態宣言は、東京を筆頭とする七都府県に、先月の七日に発令された。

COVID－19の感染拡大を抑えるため、に。

その後、日本全国に拡大した。この宣言は。

日本全国で、ステイホーム（お家《うち》にいなさい）・不要不急の外出はするな、だった。

「不要不急の仕事も、するな、ですよね。今日《こんにち》の日本は」と垂水。「そして我々の仕事は、さあどうだ、要るのか急ぎか。要らないのが不要で、急がないのが不急で、それではアートは？　そして学習塾の類いは？　河原さんは、ドイツの仕事、飛んだんですよね？」

「ふっ飛んだね」

「どういうコミッションでしたっけ？　たしか舞踊がらみ……みたいな、意外な」

「首都ベルリンのバレエ団からの委嘱だね」

「振り付け？」と訊きながら、すでに垂水の面持ちは怪訝《けげん》そうだ。

「それは別の人間がやる」

「じゃあ、舞台美術？」

「の、コンセプトは出したね」

「照明は？」

「それには、衣裳《いしょう》には」口を出した」

「イメージ画は、渡したんだった」

「で、何をやったんです？」

『ここで河原はため息をついた』と言いたい」

「ははは。客観的に描出ですか？　だったら『世界の芸術家カワラは』って言わないと」

「僕はね、演出をした」

「演出……って、だから何をするんです？」

「ほとんど何もしないね。コレオグラファーを、あっ、これって振り付け師のことだけれども、選んで、舞台美術のスタッフも選《え》りすぐって、照明のユニットも衣裳担当の人間もだな、厳選した。あとはオリジナルの音楽、これを制作できるミュージシャン。選ぶのがいちばんの職務なんだ。選ぶというのは間違っている事柄《こと》を……道筋を？　初めに除《の》けるという行為だから、しっかり選べば世界観がちゃんとする」

「世界観。そういうのが他ならぬ世界のカワラの口から飛びだすと、その言葉にも、やっぱ説得力つきますね。というかスタート地点は、こう聞いてると、ほとんど何もかも河原さんがやってる、と。そうも理解できるんですけど」

「というか、僕にはゴールが大事なんだ」

「ゴールはどこなんです？」

「舞台作品が上演されて……」

「……幕が下りる、その時？」

「の、ちょっと先。まずさ、ステージそのものはさ、歴史ある劇場で演じられる。踊られる。この劇場では、過去、何百作品もの……いいや、もっとかな？　上演があった。それぞれの作品に何ステージも、何十ステージもあった。公演がね。昼夜の興行とかがね。たとえば舞台のセンターで、ひとりのダンサーが踊る、けれどもさ、そういうふうにその劇場のその舞台のそのポジションで、そういうふうに注目とじじつ照明器具のスポットライトを浴びて踊ってきたのは、何百人何千人もの、そして、ひとりのダンサーの何百回何千回もの、その反復《くりかえし》の意味での延べ何百人何千人ぶんの蓄積だ。イメージの堆積だ、……残像の？　ええと、僕が言いたいのは、そこにバレエダンサーがいて、踊る、けれども過去から現在への時間の連なりを圧縮したら、その彼、または彼女は、現在のこの瞬間に一万人ぶんと重なりあいながら、だから、ひとりでありながら一万人ぶんを踊る、ということになる、にも等しいってことで。そういう舞台芸術のピースを産みたいし、そういう劇場的真実？　それが可視化されるというね、やや死語を用いたら可視化は『見える化』だね、僕は、もちろん日本語で『見える化』って言ったりはしなかったけれども、目に見える状態にはしたいんだと英語で言った。踊り手たちにこのことを、僕は、このことを歴史って言い換えたんだった、歴史を意識したパフォーマンスをさせたいのだ、してもらいたいですって、だいぶ初期に指針として掲げて伝えた。で、プロダクションに入った。そして、僕の構想としては、幕が下りる……終幕する……カーテンコールはあるけれども、それも終わって、観客たちはホワイエに出る。客席から劇場ロビーへ、ね？　そこには、入場時にはなかった巨大な写真作品が出現している。これは動いていたステージのエンディングの、じっとしているバージョンなんだ。その、でんっと据えられた写真のインスタレーションは。その静態《スタティック》バージョンの写真はもちろん僕が撮影する、撮影したものを使用する、との予定で。この観客たちの帰り際の、こうした構想に基づいたシーンこそ、一場面こそね、ゴールなんだ。それまでステージにはその日のステージと同時存在している歴史があった、歴史が舞台にのっていた、現在という時間に纏《まつ》わりつきながら、いわば幽霊として踊った、でも、スタティックな写真に触れて瞬時に、まさにその刹那《せつな》に、この触発をもって解体する」

「解体」

「うん。溶けだすんだ。現在から、それこそ一万人ぶんの？　過去が。それは、要するに、去来する感慨のはずだ。『さようなら（Auf Wiedersehen）、歴史』みたいな、さ」

「……河原さん。それがポシャった？」

「延期、だね。制作延期。このわが演出作品は」

画面の向こうの垂水が黙る。

それから鍋の縁をコンコンと叩いた。指で。

「河原さん」

「いるよ」

「わかってますよ。電話じゃないんですから。Ｚｏｏｍなんスから。俺、河原さんを最初、写真家だ、そして画家だって思ってて。いまは、本格的に演出も？　舞台演出も？　しっかり演出家なんですね。……あれ？　でも、俺と大澤が、いっちばん初めに依頼したのは、パフォーマンスの……」

僕は「一九九一年。十一月二十五日、月曜日。西新宿の都民広場」と応《こた》える。

「あれも、河原さんがやってたのは、演出だ！」

「ここ三十年間、一貫した芸術家《アーティスト》ではある。僕は」

そう告げてから、ただね、執筆のフィールドというのは新しいけれどもね、と言い、うん、大澤のこれですね、美術作家じゃない作家ですね、物書きの……と垂水が返し、それから垂水は、そうか大澤の従弟《いとこ》でしたね、そういう筋からの委嘱で……と続け、結果的にね、と僕は応えて、たしかあの宗教団体、マンヨウ会？　の、彼は理事なんですよね……と垂水は言って、しっかりした事業だよ、これって、と僕は言って、どうしてだか僕たちの対話《それ》はぶつぶつという言い交わしになっていたのだけれども、

「あ」

と垂水が叫び、

「河原さん、国内の、あそこでの、大規模な個展も？」

「延びた」

と僕は答えた。

「えー！」

「ミハシ美術館の、だね？」

「はい。はい、そうです。だから大澤の従弟の彼の、あの団体の、教祖名の」

萬葉会の会主（いうところの教主）の家筋は、姓は、三橋《みはし》である。

萬葉会が二〇〇四年に開館させたのがミハシ美術館である。

今年の二月下旬からこの方、ミハシ美術館は――このミハシ美術館もまた――再開のめどの立たない休館《クローズ》を強いられている。

僕は、スティホームだ――不要不急だ――スティ不要ホーム不急だと連続して思考を閃かせてから、垂水に、いいや垂水君に、あえて話頭《わとう》を転ずるために『ＢＴＨＶＮ２０２０』のトピックを振る。ドイツではさ、と。

すると垂水君は、鍋ラーのあのノリから、ふいに、いいや、いっきに、ある鋭さに転ずる。

「いまって自粛でしょう？　コロナ自粛。でも、俺、とうに河原さんに、そういう……じゃないな、こういう一億総自粛みたいなことについて、語ってますよね？　取材に応えて。Xデーです。一九八九年の。そしてXデーに備えた前年の秋からの。前年が昭和六十三年で、その年は昭和六十四年。のはずが、一月八日から平成元年になるんですけどね。そうです、Xデーというのは昭和天皇の崩御《ほうぎょ》の日で。この日に向けて市中《まち》から音楽はどんどん消されて、Xデーの当日と翌日は、翌日っていうのは平成元年になってるんですけど、音楽は一〇〇パーセント抹消された。そういう話を、俺が親友にしたんだ、って話を、俺は河原さんにした。しましたよね？　詳細。

あの時の自粛ムードを、俺は忘れてないんですよ。

俺は学習したんですよ。

ただね、日本は忘れちゃったんですよ。だから、これが『またもやの一億総自粛』なんだって、誰も、どういうメディアも指摘しないんですよ。

そして音楽を消す。

消すんですねぇ。ドイツのボンでも？　ボンという都市《まち》にも、ベートーベンが演奏不可である時流が来て、なんだろう、こういうのは……あの時の自粛のリベンジ、ですよ。これは復讐のパンデミックだ」

一瞬、オンラインの画面が凍るかと思った。

僕は「垂水君は、自分の仕事、学習塾の経営には、どういうダメージこうむってるの？」と訊いた。

「ないですよ」

「えっ」

「その前に」

「なんだろう」

「先々月……臨時休校の要請があったでしょう。官邸主導で。あれだな、要請は二月の終わりで、『三月二日の月曜日から全国の小中高校を、春休みまで一斉休校にする』って、もしかしたら一斉休校に『したい』だったのかもしれませんが、首相が言って。あれだ、そういう見解の発表が、二月二十七日の木曜日だったんだ。しかも午後の六時をまわっていて。コロナの集団感染のリスクに備えるために、って理由。でも、三月二日から臨時休校ってことは、その日が月曜日だから、登校できるのは、日曜、土曜は除《のぞ》いて……金曜しかない。二月二十八日のたった一日しかない、それは明日だ、と教職員が、児童たちが、生徒たちが気づいて、愕然とした。その時にね、俺は『やれやれ』と思ったわけです。『やれやれ、教育は不要不急か』ってね。最初に犠牲《いけにえ》に捧げるなら……学校がいいぜ、小中高の授業がいいぜ、そこをナシにしても国民の誰からも、って有権者のことですけどね、不満は出ないぜ、きっとそうだぜ、とかって官邸は考えたんでしょう？　首相官邸は。

この決定に反撥《はんぱつ》はありましたけどね。

『卒業式をやりたい』とかってね。

しかし授業をやりたいって不満は、不平不満は、出なかった。

不要不急に呑まれちゃったわけです。いわば不平不満の未満《ミマン》になって。ははは。

けれども、だ——俺は思ったわけなんスよ。教育は不要不急だと達観している国は、政府は、相当なタマだな――と。じゃあ、こっちはどう出るか？　簡単でした。迷いはぜんぜん一寸《ちょっと》もなかった。こちとらは、真の教育を売る、です。塾をやってると勘違いもされるんスよ。教育の、その、外側？　だから容《い》れ物って意味での、器《うつわ》？　それを準備してるだけだろうって。チェーン展開してね。違う、違うっ！　こちとらは、教育とは中身である、不要不急どころか、要かつ急な内容《コンテンツ》である、と、きっちり迷妄《めいもう》なしに把握しきれている。そういうタマなんですよ、うちら。日本国《おくに》とは違ってね。そういううちらに、ダメージはあるか？　ない、ないっ。真の、っていうのはまともな、まやかしじゃない教育を追う人間は、来ますから、うちに。

それに俺は、コロナ禍のサバイバル術なんて、持ってるしね。経営形態の面でのね。

だから……そこはいいんですよ。いいんス。でもねえ、あの臨時休校の要請の時、三月の二日からのを二月の二十七日にやった時、あン時ばっかりは、こっちから気軽に話しかけられもするような首相だったらって思いました。友人のような、その、出身校がおんなじ旧《ふる》い友だちみたいな総理大臣だったらって思いましたよ。こういう時は、大《おお》さ――」

垂水勝は、おおさわ、と言おうとした。

その「さわ」の字は、旧字体の澤であって、新字の沢ではない。

そうした確信が僕にはある。

垂水勝は、二〇一〇年代の後半に入るやM&Aをつぎつぎ進め、すなわち業界的に競《せ》りあう企業の合併や買収ということだが、これをもって塾世界の勢力図をこの四、五年で塗り替えて、かつ、現下のライバルたちにも業務提携を持ちかけるなどの対策《アクション》をやめない。やめそうな雰囲気が微塵もないことで、畏《おそ》れられている。畏怖だ。

13

今年のぶらんこを語ろう。この春の。この初夏の。

それから恋敵《ライバル》にして政敵《ライバル》のことも少々。

すでに宣言し了《お》えたように、僕は僕の話に集中する、のであるから少々ご辛抱願う。ラディカルな伝記読者のあなたには。

それでは復習《おさらい》から。今年は二年であって、それは令和二年であって、西暦換算のこれは二〇二〇年、ちなみに皇紀に換算すれば二六八〇年、そして五月のいま僕は東京にいる。東京（日本の首都）の郊外に借りたアトリエにいる。具体的には西郊《せいこう》である。

ここにいて、コンピュータの前に座る。

座って、執筆をする。

座って、取材をする。

コンピュータのそのディスプレイは27インチ。大型だ。

しかしテレビは、このディスプレイでは観ない。テレビはアトリエの二階にある。

座ったら、つぎには立つ。

立ったら二階にあがるのか？　否。気分転換に外出する。

公園がいいな、と僕は思う。

だから出かければよいわけだけれども、準備は要る。

準備とはマスクである。

マスクを着用して、屋外《そと》へ。

そして、歩いて――歩ける距離なのだ――公園へ。

その公園には池がある。

池畔の散歩道もある。かなり整備されている。

遊具の広場もある。北と西の二ヵ所に分かれて。

北の広場――遊び場だ――に足を向ける。

たちまち、遊具たちもマスクを着用している、と知る。


たとえば黄色いテープ。それに巻かれた遊具。幅の太いテープには、「立ち入り禁止〈KEEP OUT〉入らないでください」の黒字。たとえばブルーシート。それに覆われた遊具。巨《おお》きさと形状からジャングルジムだろう、と想われる。パネルを発見する。「緊急事態措置における公園利用について」とある。その文章は「できるかぎり利用はしないで」と言っている。それしか言っていない。――そして、ぶらんこ。

縛《いまし》められている。黄色いテープで。もう、誰も漕げない。

「一日にぶらんこを十分間」を実行したら、お前は即、反社会的な人物である。

と、言った？

なるほど。

さあ、もう時代はスイングしない。悲しいことだね、いやはや無惨なことだねと僕は思って（そうした事実をあらためて認識して）アトリエにひき返す。情報をアップデートしなければ、と思って、二階にあがる。そうだった、その前に僕はマスクを外している。剝《は》いで……毟《むし》っている。

アトリエの二階には何があるか？

アトリエのそこにはテレビがあるのだ。

点《つ》ける。

すると、画面にはどーんと、その男。コロナ対策担当大臣が出ている。連日、報道番組でその男の顔を見ないことはない。コロナ対策担当大臣というのには、たしか、正式名称があった。新型コロナ対策、の、危機管理がどうの……の、大臣だ。どうにも憶えきれない。だからコロナ対策担当大臣という略称で通す。COVID－19の対策を専《もっぱ》らとする大臣である、ということ。僕は、ここでもあらためて認識する。イケメンも年齢《とし》を重ねるもんだな、と。その男は、もう還暦になる。と語っている僕も、当年とって六十一歳である。他人《ひと》は「世界のカワラ」と言い、僕自身は、依然河原の……河川敷の芸能者だ、と思っている。そして自分の銀髪に驚いている。が。

しかし。それよりも。

テレビ画面の大臣だ。

俵藤慶一が「私の言葉を信用して」と言っている。

週刊誌の報道に拠《よ》れば、俵藤慶一は総理（次期総理）の椅子を狙っている。

そして勝ち目はあると伝えられている。なにしろライバルが不在だ……大沢光延《こうえん》の国政進出プラン、いわゆる大沢新党は、いま現在は潰《つい》えているから。

第二楽章

「疫病」

14

ここから僕はウイルスについて一席ぶつが、以下はほぼクジ君の受け売りである。クジ君すなわち思高埜工司《おもだかのくじ》の。それではゆこう。ウイルスとはなんであるのか？　もしもウイルスとは生物であると説明したら、これは正解である。ウイルスとは無生物であると言ったら正解であり、やっぱり不正解でもある。だが同時に不正解である。ウイルスは無生物であると確実に生きている。「生きている」のだから生物である。ウイルスは、他の生物の細胞の内部にいる時は――出されるというか出るというか、他の生物の細胞の外部に置かれると物質同然になる。単なる微粒子であると言えてしまう。

要するにウイルスは、ある生物に寄生している状態であれば、生物だ。

この条件を有していない場合は無生物だ。

生物／《または》無生物。

ところでウイルスが「いる」とあっさり信じることのできている僕たちだけれども、その目で実際にウイルスなるものを見た体験を持つか？　ほとんどの僕たちは持たない、はずだ。なぜならば、この生物／《そして》無生物は人間の肉眼では捉えられない。顕微鏡のうち、可視光線を利用する光学顕微鏡をもってしても見ることは叶わない。電子顕微鏡になれば確認可能となるのだけれども、この装置の開発は一九三〇年代の前半で、つまり登場から百年経っていない。それまでは人類はウイルスを見られなかった。いまも大抵の僕たちは電子顕微鏡を覗いて試料《サンプル》であるウイルスを目にするような体験をしていない、はずだ。なのに「いる」と盲信している。

なに？　写真なら見たことがあるって？　報道でしょっちゅう、例の「新型コロナウイルス」の王冠《コロナ》にも似た外観——の画像——を見ているし、もはや見飽きたって？

馬っ鹿だなあ。そんな画像、幾らでもこしらえられるじゃないか。

と、僕はあなたに言いたい。

けれども言わない。自分の肉眼で、あるいは自己の体験として「いる」と確認していないからといって「いない」と断じてしまうのは考えの足りなさを証す。とも説けるけれども、そもそも僕たち日本人は（というよりも一定域内のアジア人は？）これに似た存在《ウイルス》に親しんでいないか？

人間の体内にある時には生物である、そいつ。

他の動物の内側にいても生物である、そいつ。

そういう時には「確実に生きている」そいつ。

けれども、そこを出ると生物ではない、もはや。なぜならば肉体を持たないから。そして、僕たちの目にはふだん捉えられないのだけれども、しかし微粒子同然に「いる」との気配は感じられて、しかも大概の僕たちはそれが「いる」とあっさり信じていたりする。または電子顕微鏡なみに、肉眼でその存在を確認するような稀《まれ》な体験をした人間のことを、霊感があるんだねぇ、と、さらっと認めてしまったりする。

つまりそのウイルスに類似した存在とは霊魂だ。

あなたにもあるでしょう？

時おり……あっ、いるっ！　と気配は感じられたりしてね。

しかし霊魂は、モヤッと粒子のように存《あ》るだけなんだから、これは生物とは言えません。せめて蛋白質程度の高分子化合物は具《そな》えないと。


霊魂を「ウイルスに類似している」と説得的に語るためには、輪廻転生《りんねてんしょう》の思想を持ちだす必要がある。これぞ仏教の基本的な概念である。あなたが七十一歳の日本人男性（福岡県に在住）だとしよう。あなたは確実に生きている。が、ある日死ぬ。するとあなたからあなたの霊魂は離れてしまうので、その霊魂はもはや生物ではない。はっきり「無生物だ」と断じられる。けれどもこの無生物＝霊魂は、つぎに新生児の肉体に入り込んで、これは零《ゼロ》歳児の日本人女性（島根県の産科病院にて誕生）だったりするのだけれども、ふたたび「確実に生きている」様態となる。が、生まれ変わりというのは日本国内には限定されないから、あなたは中国人になることもあるし、フランス人にもなれる。それどころか、他の動物に転生する……ということもあるのだ。これを畜生道に墜《お》ちるとも言う。そしてＣＯＶＩＤ－19だが、この感染症の原因ウイルスは、本来は蝙蝠《こうもり》に寄生していたとの説が目下有力である。蝙蝠という哺乳類、蝙蝠という動物、——というよりも蝙蝠という畜生。

畜生道から人間道へ、そのウイルス／霊魂は生まれ変わった。

このように記述すると、ＣＯＶＩＤ－19は仏教の世界観に取り込まれる。じつにあっさりと。

少し前の一章を僕は「ひとつの時代の渦中にいる人間には、その時代を解説することが難しい」と始めた。この姿勢はいまも変わらない。しかし二〇二〇年五月の（ちなみに五月も中旬である）現代《いま》の難点はそうしたアフォリズムを超えた地平にもあるのだ。僕はこの作品のそもそもの冒頭に、具体的には冒頭章の二つめか三つめの段落に「おまけに時代にはさらに面倒な要素があった。それぞれの時代に特徴的に具わる、空気、だ。これはそこに実際にいて、吸い込まなければ理解されない」と書いた。だが現代《いま》というひとつの時代においては、こういうのは無謀だ。もしかしたら毫《ごう》も無謀ではないのかもしれないけれども、やはりメンタル的に危険だ。僕たちはそのＣＯＶＩＤ－19の原因ウイルスが、飛沫感染すると理解している、接触感染もするのかなと思っている、そして三ヵ月前から「感染経路ではないか？」と騒がれているのは、エアロゾル感染というやつだ。要するに空気感染の可能性だ。もしも、その空気を吸い込んだら感染する……のであれば、吸えない。この時代の空気は吸い込めない。

単純な理屈だ。

そのように単純であるだけに、この時代だけは、その他の、どの時代からも飛躍してしまっている。

たとえばあの時代から、この現代《いま》にスパッと跳んでしまっている。

もちろんあの時代とは、三年から四年、平成の三年（一九九一年）から四年（九二年）であって、いっぽう現在は二年、幾たびも繰り返しているけれども令和の二年である。すなわち僕のこのナラティブは、初めは現在は三年だと言い、それから四年だと言い、ここに至って二年だと言っている。ここには、飛躍的前進どころか、数値的な後退《あとじさ》りが発見される。3から4へ、次いで2へ。

と、おかしな数学もどきが現われたのだから、「時代は飛躍はしなかった」とも解説し直そう。

時代はやっぱり漸進《ぜんしん》したのだ。少しずつ進んだ。

さきほどウイルスについて一席ぶったが、あのウイルス論は受け売りである。ここからは恋愛論をやる。これは河原真古登《かわらまこと》のオリジナルである。結論を述べる。ここ三十年間で、社会からうしなわれたものは恋愛である。これを「日本社会から」と限定するならば、たとえば平安時代にまで話をスイングさせられる。王朝期、貴族たちは文《ふみ》というもので恋愛をスタートさせたり、あるいは片恋《かたこい》になって涙したり、ぶじに成就させたりしていた、と。文（または消息《しょうそく》）というのは要するに手紙だ。ただし郵便とは言えない。そういう国家が管理する通信制度はない。王朝時代の当時、男女の人間関係はほとんど文に左右されて、いわゆる劇《ドラマ》を生んだ。たとえば筆蹟《ひっせき》が大事だったし、墨の色も大切だったし、書かれた和歌が肝《きも》だった。だから代筆もあった、詠《よ》まれる和歌の代作もあった。まとめれば、「文というメディアしかない恋愛は、極めてハードルが高い」のだった。だからこそ男女間のあれやこれやが雅《みや》びになった、はずだ。断定しきれないのは僕が一千年前やその前後の幾百年かを生きたことがないからである。というわけで、やはり時代を大胆不敵にスイングさせてはならない。そもそもこの物語において、もはや時代はスイングしない——と再度繰り返す前に、三十年前、いいや二十九年または二十八年前には戻る。略述するだけである。この頃の男女関係を動かしたのは電話だ。しかも家電《いえでん》だ。自宅に置かれた固定電話、これは通常、一台しかない。それでは不便だからと子機（コードレス電話）が誕生したが、それでも親機は一台しかない。ゆえに、恋愛をスタートさせるためには、その相手のいる家に、電話をかけるという手続きが要る。それを自分のほうの家電からか、公衆電話から試みる。たとえば電話ボックスに入る、自分の周囲を個室もどきにする、等して。だが、あなたが個室もどきに入ったとしても相手はそうではない。そもそも相手は、その「家族」の内側では誰かの娘だったり、息子だったり、姉だったり、弟だったり、孫だったりするものだから、……むっ、むっ、娘さんはいらっしゃいますか、だの、おっ、おっ、お孫さんはご在宅ですか、だの、いっ、いっ、妹さんは、だの、相手の血縁の誰か（父親、母親、お祖母《ばぁ》ちゃん、兄）と言葉を交わすというハードルをさきに迎えがちだ。そして、このハードルは、この障害は……。

恋を燃やした。

または、燃やす前に挫折させた。

煩わしすぎた。

だから携帯電話という機器が現われる。

が、それが重宝されるのはインターネット網が整備される前までである。

ネット社会の初期、まだファックスはある。つまり電話というメディアは一千年前の文（消息）としても機能している。しかし肉声というのはハードルが高い、そして肉筆というのは極めてハードルが高い、との認識が、電話および郵便という通信制度のどちらも後景に追いやる。前景に電子メールが来る。そもそも電子メールだのeメールだの言っていたのは、郵便《メール》が主流派だったから、であって、それが背後に退《しりぞ》きだした途端、電子メールやeメールから「電子」や「e」が取れる。もはや郵便《メール》はメールではない……。

そこまで障害が減り、では、メール全盛の時代が日本人の恋愛局面を支配したか？

違ったのだった。「メールは長いし、遅い」のだった。煩わしい。

そこで、もっとハードルが下げられた「早いし、短い」メディアがもっとも前景に来た。いわゆるSNS、ソーシャル・メディアである。

さて問題はふたつ。恋愛を劇《ドラマ》と見る時に、もっともロマンティックであるのは？

障害を越えること、だ。

では、ハードルが下がれば下がるほど、起きることは？

恋愛では萌《も》えられない、だ。違った。燃えられない、だ。（――いや、同じか？）

続いて僕が指摘したい問題は、家電から携帯電話への発展（――え、発展だって？）は、家を分裂させた、という現実だ。個人単位に電話および電話番号があるので、家、すなわち「一家に電話機は一台、電話番号はひとつ」とのまとまりは崩れた。これを家は崩壊したと言い換えると、いろいろと見えはじめる。たとえば明治維新から第二次世界大戦における敗戦までの天皇制は、ひとつの家にはひとりの家長が君臨する、そして、あらゆる家長たちを束ねる「巨《おお》きな親《家長》」として天皇という君主があらわれる、という粗い構図を持っていて、ならば、昭和が終焉して、言い換えるならばあのXデーが六十四年の一月七日にあって、その後の十年間でもって、たしかに日本の「家」は総じて崩れていったのだ……となる。

恋愛が成立しない国は天皇制を支えられない。

また、近代天皇制と前近代天皇制の崩壊は、日本神話の崩壊にも直結する。

という現実に抗《あらが》ったのが、「自分はスサノオである」と宣言した大澤光延《おおさわみつのぶ》である。

否、大沢光延《こうえん》である。

僕は大沢こうえんの最初の選挙ポスターを想いだすのだけれど、惹句は「政界のヤマタノオロチを退治する」だった。誰ならばヤマタノオロチという霊獣、怪獣を討《う》てるのか？　当然それはスサノオである。この惹句は政治改革の公約なのだと解説できる。彼、光延（ミツノブ？　コウエン？）が動きはじめたのは三十歳、この年の七月に参議院選があった。「この年」とは平成の七年であり西暦に換えれば一九九五年である。その二年前に、それまで絶対的な強さを示していた保守系与党が下野するという、戦後日本政治史の画期《エポック》となる三十八年ぶりの政権交代が起きた。翌年、とは「この年」の一年前だけれども、春には保革連立政権ができ、革新系の日本国首相というのが誕生した。ほとんど二度めの画期《エポック》だった、連続しての。しかも、彼、光延（やはりコウエンか？）が三十歳を迎えた「この年」の誕生日の、その十二日前には兵庫県南部が直下型の巨大地震に見舞われている、また誕生日から丸二ヵ月を経ずに東京都心で走行中の地下鉄車輛──合計五輛──をターゲットとした無差別大量殺人が目論まれた。これは猛毒ガスのサリンが撒布《さっぷ》されるという、世界史的にも画期《エポック》の化学兵器による無差別テロリズムだった。そうした騒然さの後《のち》に、彼、光延（コウエンだ！）は政界入りした。

連立政権を形成している三党のどこからも出ず、巨大野党から出馬した。しかもその野党の、若いエースだホープだと、だいぶメディアに騒がれた。財界人のサポートも目立ち、彼の後援会長は大手金融サービス企業の社長──この人物じたいが時の人である──だった。追い風を受けて当選するのだけれども、そこにはやはり「政界のヤマタノオロチを退治する」という猛烈な決め台詞《キャッチフレーズ》の力も活きている。事実、五分三十秒間の政見放送でもこのフレーズで決めた。ほんものの政治改革のためにヤマタノオロチ退治を、と。そして選挙ポスターの掲示場ではその三、四十センチ四方っぽい（もう少しあるか？）大沢こうえんのポスターがあちこちで盗まれるとの事件が出来《しゅったい》した。敵対する候補者や政党の工作……ではなかった。単なる悪戯《いたずら》というのでもなかった。「スサノオ候補の……ポスターが、ほしかったんです……部屋に」と出頭する、または告白する女性たちが現われて、初めは四十代前半と二十代半ばと十代後半の三人、だったのだけれども、そうした三人の女性の出頭劇または（テレビカメラを前にした）告白、が報道された翌日には、流行現象とも言えるものが生じた。どんどんと盗《と》られるのだ、大沢こうえんのポスターは。そして彼、光延は全国的にも「スサノオ候補」と認識されるようになったのだ。つぎつぎ剝がされるポスターはつぎつぎ貼り替えられた。しかも選挙法上ポスターの種類に制限はなかった、だから新しいバージョンのそれがどんどんと披露されて、たちまち盗られてゆき、また話題になった。

ポスターの、そのバージョンは増殖しても、だが惹句は「政界のヤマタノオロチを退治する」で不変だった。そのフレーズは縦に置かれたり横に組まれたり、二行に分けられたりもした(「政界の／ヤマタノオロチを退治する」)けれども、これで勝負に出る——との方針は揺らがなかった。

その怪獣を討ち平《たい》らげられるのはスサノオだけなのだから。

大沢こうえんはスサノオ候補なのだから。

そして当選するや、スサノオ議員なのだから。

彼、光延は。

彼はその野党の、若いエースを演じられた、ホープを演じられた、けれども、なによりも現代のスサノオを演じられた。スサノオとは複雑な存在(謎めいている神)であるとの背景も踏まえて。彼には爆発的に開花した演技力があり、それがポピュリズムの土俵でしばしば事を——野心を——成就させた。どうしてここまで、彼は「自分はスサノオである」と日本中に滲透《しんとう》させなければならなかったのか? 国中に?

それは、もちろん、「讃《たたえ》さんはスサノオにならば恋する」と考えたからだ。

要はそれだけだ。

さて。

大澤光延《みつのぶ》は大沢光延《こうえん》に変じるわけだけれども、この変容というか、変身の過程をその思考面からトレースしよう。かつて二十六歳だったり二十七歳だったりした前者は、こう考えたわけである。フィアンセ付きの男に恋をする女はいない。そして俺は二十八歳または三十歳で身を固めなければならない。あっ、二十八歳でと早められてしまった！　俺は櫻井奈々《さくらいなな》（奈々ちゃん）との婚約を破棄することはできない。奈々ちゃんが谷賀見讃《やがみ》（讃さん）の友人となってしまったから、これはほぼ完全に無理である。だがしかし、讃さんは縦書きの「日本」というものに身を捧げていて、将来は祭神の素戔嗚尊《すさのおのみこと》の妻にはなれる、すなわちスサノオにならば恋をする。ならば——。
一、俺はスサノオの知識を持たなければならない。
二、その後にスサノオにならなければならない。
三、そこには縦書きの「日本」が関わるのだから、日本＝スサノオみたいな存在にならなければならない。ミドルネームをふたつ並べて、大沢・日本・スサノオ・光延（Cohen Nippon Susanoo Osawa)、みたいな？
四、それは現代と未来の日本史を伐《き》り拓《ひら》ける男になるということだろうから、結局はもっともショートカットである途《みち》が、傑出した政治家になることである。
五、具体的には「東京都知事」か「日本国首相」になるのが必要条件であると考えるならば、これは父親、大澤秀雄《ひでお》の意向に沿えばよいということだ。
六、では奈々ちゃんとは結婚してしまおう。俺は早々《はやばや》「大沢こうえん」化してしまって、その後に、つまり未来の自分史に賭ける。

こうして大澤光延から後者の大沢光延が生まれた。その年（平成七年、一九九五年）の夏には。この後者、大沢光延——まさにCohen——は、恋を燃えあがらせるための最大の障害を、以来ずっと持ちつづけている。妻帯者であり、奈々との間に子供も複数人できた。にもかかわらず……讃さんにいつか、日本＝スサノオと認められて、愛されたい！ と念《おも》っている。

僕の恋愛論を繰り返そう。**障害がなければ恋愛は成立しない**。そして現代最大の障害を、彼、光延は負っている。日本は明治三十一年以来、重婚《ポリガミー》を禁じているのだから。

15

そしてクジ君である。

いや、待て。ライバルについても少々挿《い》れる。大沢光延が三十歳で参議院議員になった——のであれば、こちらは三十一歳で同様に参議院議員に当選していて、つまり経歴に華のある点で張りあう。どちらも当時、イケメンで——と続けはじめたら長いので、俵藤慶一《ひょうどうけいいち》の現在をほんの少々。この現職大臣は、ある神道系の包括宗教法人の政治部門と言おうか、この宗教法人を母体とした政治団体の、その支援を表明する議員連盟の幹事長を務めている。この連盟は超党派の衆参両院議員から成る。また自らの信仰は問われない。団体の主張はひと言、神意を徹《とお》して日本の発展を、と要約しうる。民族的な文化伝統というものにもこだわる。いちど僕は、週刊誌か何かで俵藤の発言に触れたことがある。たしか昨年の夏だ。たしか八月の、靖國神社公式参拝が騒がれる時期だ。この時の俵藤慶一はコロナ対策担当大臣ではなかった。しかし内閣府の特命担当大臣ではあって、社会保障と税の一体改革を担っていた。俵藤はインタビュアーに、

「(この政治団体は)国家神道の復活が目的なのではないのですよ」

と答え、

「あなたたちマスコミは、悪玉を作りすぎる」

とも言い、

「神道精神がいやなのならば初詣《はつもう》でもやめなさい」

とインタビュアーを諭した。

ちなみに靖國神社だが、ここは「特定の宗教法人の傘下には入らない。日本国の護持こそがこの社《やしろ》の第一義だから」として、単立神社となっている。その政治団体の母体である、神社界では本庁とも本店とも呼ばれている包括宗教法人の傘下にはない。本庁というのは略称で、本店というのはただの隠語だが。

ちなみに俵藤慶一に関するこの記事は、その愛人についても触れている。「長年の愛人だとの噂のあるYさん(都内の中規模神社の宮司・49歳)」と。この記述には、僕は、より正確なデータを足せる。Yは谷賀見のイニシャルであり、すなわち——昨年の八月頃の時点で——四十九歳だった東京都内の某神社の宮司とは、谷賀見讃だ。讃は普通大学を卒業後、國學院大學の神道学専攻科に進んで、一年間で専門課程を修了し、実家(である神社)の権禰宜《ごんねぎ》から三十歳になるのを待たずに禰宜となり、いま現在は宮司である。先代宮司の実父はわずか六十で、心筋梗塞に斃《たお》

れた。さらに付記する。讃のその、肩書きにある「都内の中規模神社の宮司」は訂《ただ》す必要があって、目下はその社《やしろ》は本宮と呼ばれていて、大規模である。本宮と言われるのだから枝葉の関係にある神社（別宮）が存在するわけで、事実ある。そうした別宮はここ二十年で増殖した。というのも、讃のアドバイスで、もはや神主のいない無人神社や——都心部と近郊にも多数ある——「後継者がいないから」と廃業を決めた神社が買われたのである。言いまわしとしては所有権が移されたとするほうが柔らかい。宗教法人の場合、責任役員を書き換えて名義変更を行なえば済む。宮司は代表役員で、その（別宮の宮司職の）人事を、谷賀見家が……内実は谷賀見讃ひとりが、司《つかさど》った。讃には経営力があったのである。神社経営のセンスが頭抜《ずぬ》けていたのである。こうして幾つもの別宮に、本宮のその神霊《かみ》が分けられて祀《まつ》られた。

その神霊《かみ》、とは素戔嗚尊だ。

などとデータを足しつづけているとクジ君の出る幕はたぶん永遠にない。

「なんでしたっけ？　ウイルス論の続き？」と思高埜工司が画面越しに言った。

僕はコンピュータに向きあっているが工司はスマートフォンを前にしているだけだ。しかし使用しているのは同じウェブ会議用のアプリケーションである。

「も、いいね。それも」と僕がＺｏｏｍを通して言う。

「俺は、なにを真古登さんに話してないんだったかな」

「ほとんど話してないかもしれないぜ、クジ君」

「あっ、じゃあ、だったら葬式仏教の否定を緒《いとぐち》にしましょうか」

「というと、形骸化した日本仏教の？」

「現代日本仏教の、になりますかね」そう萬葉会《まんようかい》の新世代のキーマンは言う。「どうして、人が死んだら坊主が呼ばれて、生まれるのに臨んではそうならないか？　真古登さんは『これから家族が出産します』となったら、どうします？」

「……救急車？」

「間違いだな、それは。きっと。ただね、安産祈願は神社にするんだけれども、産科の医院に神職が呼ばれるという話は聞かない。陣痛が始まったら担当の医師に、看護師に連絡する。車の用意がなかったら陣痛タクシーを呼ぶ、ということもあるのかな、最近は？　だけれども救急車はよほどの緊急事態だと判断されないかぎり呼ばない。そして、もしもお寺に連絡してお坊さんを呼んだら、誤解されますよね？『そうか、胎児《こども》は……』って。これが現代の一般的な風景、常識です」

「と、なると」僕はディスプレイに寄る。「現代以前は、違った風景を抱える」

本当は、抱える？　と疑問の形にするべきだった。が、僕はもう確信した。

「シリョウがあるんで、一千年遡ってみましょう」

「それは、資料というよりも、歴史文献の史料？」

「ですね。著者は有名人です」

「誰かな」

「紫式部です。この女《ひと》は日記をつけてます。後一条天皇がご降誕なされる前に、どのような風景が展開していたのか？　それはずばり坊主たちが活躍する光景なんですね。諳記《あんき》したんで、言いますね。『夜一夜《よひとよ》ののしり明かして声も嗄《か》れにけり』――ひと晩じゅう、大声で祈りたてて、物の怪《もののけ》を追い払おうとして、声も嗄れてしまった。ということを当時の坊主たちはやっている。と

『紫式部日記』には書かれている」

「クジ君、モノノケ言った？」

「ええ。俺『物の怪』言いましたね。妊婦の、そのお産の時にね、一千年前の日本人は仏教にすがったんですけど、それは出産がつねにハイリスクだったからなんです。ほとんどの女性が生命《いのち》の危機にさらされた。それは医療が未発達？　だったからなんですけど、あっ、真古登さん、いまの尻上がりの抑揚は『一千年前に、医療、を考えていいのか』との疑念が浮かんだからで、じゃあ当時はどういう原因と結果を、その他もろもろを考えたのか。考えて対処したのか？　妊婦には物の怪が憑《つ》いて、これが禍《わざわ》いを起こすのだ、ですよ。禍いというのは、コロナ禍のあのカの字、あの字の訓読みですよ。憑依した物の怪を何者が祓《はら》えるか？　そこで仏僧が登場した。陰《おん》陽師《ようじ》とかもいましたが、もっぱら頼られたのは仏教です。仏の御教《みおし》えの力。そして坊主たちが出産最前線に立って、悪い霊魂の調伏《ちょうぶく》にあたった。たとえば、そうですね、死霊《しれい》の。そういうのが『悪』を冠される霊魂、悪霊すなわち物の怪です」

萬葉会の理事長代行は、ここで一瞬、間《ま》を置いた。

すっと語りが沁みる。

「でね」

「うん」

「真古登さん、さっきの『夜一夜ののしり明かして声も嗄れにけり』ですけど、紫式部も描写したそういう場面で、祓われる霊というのはなんなのだろうか、と。分析はさっきみたいにできます。死霊だ、とか、生霊《いきすだま》……というのは生者の霊、憑依霊ですけれども、それだとか。ただね、分析よりも総合を重視すれば、『そのように祓われなければならないのが悪霊である』と、さっさと総称しちゃえます。で、ウイルスです。現代のウイルス、われわれ現代日本人のウイルス観です。その固定観念は、ウイルスという存在はイコール悪いじゃないですか？」

かもしれない。

「そうだね。悪いとか恐いとか。要は悪霊だ」

「ただ、当たり前なんですが、ウイルスは人類に悪さをしようと思って、この世に存《あ》るわけではない。元来は」

「そうなんだ？」

「コロナのことを、新型コロナウイルスのことを想うとですね、これはもともと自然界の蝙蝠に寄生していたわけです。憑依するみたいにね。そして蝙蝠という宿主《やどぬし》たちに悪さをしていたのかというと、そうじゃなかったんじゃないのかなと感じる。俺は。専門家もおんなじことを言うんじゃないですか？　だけれども、いざ人類に寄生だ、憑依だとなったら、たちまち――」

「悪霊だ」と答えながら、僕も驚いている。

「そうなんですよ」工司は笑う。

「と、いうことは……」

「ウイルスは悪霊ではない、です」

「人類が、そうした？」

「そこまでは論を推し進められないけれども、真古登さんはやっぱり打てば響きますね。俺にとってはそういう相手《ひと》だ。思高埜工司と河原真古登というのは、これ、なかなかに痛快なコンビです」

「宗教家と芸術家だけれどもね」

「古来、それこそ相性最高だったわけでしょう。ヨーロッパの美術はキリスト教が生む。ロマネスクやゴシック様式の教会建築しかり。アラブの芸術はイスラム教が生む。カリグラフィーしかり。聖典《クルアーン》のための書道、ですね。運慶は如来像・菩薩像・明王像・天部像とさまざまな仏像を写実的に創造しつづけたからこそ日本の彫刻史を刷新しえた。つまり芸術家のスポンサーは、スポンサー……パトロンと言うんですか？　それは、しばしば歴史的には信仰集団としての教会だった、寺院だった、しかも財持《たから》ちの層だった。こうも言い換えられますよね？　富豪が、ビジョンを抱え、だけれどもそのビジョンを形にする技術は持たない。ゆえに芸術家たちのクライアントになるのだ」

「ビジョンというのが」

「宗教的な理解です。超越的な、把握、と言ったらいいのかな。世界観？」

「技術というのは？」

「職人たちが有する能力《もの》であって、歴史……美術史の軌道を変える職人を、天才と呼びます」

天才とは何か、が定義された。

この一九七五年生まれの宗教家によって。

ミハシ美術館の開館（二〇〇四年十一月）に、もちろん思高埜工司の意思《おもわく》は反映しているのだった。その私立美術館は、萬葉会の会主家（三橋《みはし》家）と理事長家（思高埜家）の双方の合意でもって開設決定し、一九九三年にはプロジェクトが発動した。両家、わけても三橋家所蔵の美術品がその基礎コレクションに据えられると固まり、運営のための財団法人が作られて、美術館そのものはアメリカ人建築家が設計したのだけれども、このプリツカー建築賞の受賞経歴のある人物を推したのは、十九歳時点の工司だった。しかもオファー時には自ら渡米した。建物の外観《みため》も含めて、「通俗的な宗教色はゼロにする」との指針をまとめたのも工司だった。二〇〇〇年前後から館長を誰にするかの人選に入ったが、ここでも工司が多彩なラインナップを事前に挙げて、内部での議論を主導して、宗教の色彩《いろ》がない著名な文化人、をその座に就かせた。候補者のラインナップの作成には、たぶん僕の助言は活きたが。その当時の僕は……まだ四十か。四十一か。

まだ、ほとんど海外では活動していない頃だ。

と書いてしまうと、ついつい自分の過去にひっぱられそうになる。またもやクジ君のその「出る幕」をアンフェアに断つ。そうした事態は避けたいので、クジ君とのＺｏｏｍ会議に戻れば、「コーエン兄さんはどうして、憎まれるキャラクターの政治家の道を、選んだのかな。歩んだのかな、その道を」

こう従兄《いとこ》に関して言っていたけれども、クジ君のこの言葉は質問だった。僕に尋ねていた。また、さっきの「天才」の話題から、どういう経路でか——妥当性は秘めつつ——大沢光延のことに移ったのだとも了解された。

「俗物の価値、じゃないのか」僕は即答した。

「はい？」

「ステレオタイプではない政《まつりごと》の実践のためには、ステレオタイプの政治家が要る。と大衆が信じているのだとしたら、まずは、膨張する無党派層の欲求に応える、その筋の俗物にならねばならない。そうロジカルな答えを出したんだって、僕なんかは感じたな。えっとね、ふたつ言い換える。まずはステレオタイプの政治というものが、都政・国政を問わず、ステレオタイプではない政治家に始終実行されている、との現実。これをステレオタイプではない政治に《それ》ドラスティックに変えようとすると、彼または彼女、は九割がた挫折する。まず任期を全うできない。早期辞職、というのは辞任だね、に追い込まれるし、衆議院ならば内閣不信任案を提出できる、議会側がだ、それから地方自治法でも、長《ちょう》、というのは都知事とかだね、この長についての不信任の制度がある。すなわち『ステレオタイプではない政《まつりごと》の実践のためには、ステレオタイプの政治家が要り、その逆は真ではない』と大沢光延は把握した。ふたつめ。ある人間が、それも一九九二、三年あたりの日本政治の混乱期以降に政治を志す人間がだ、当人が真にポピュリストたちの擡頭《たいとう》に備えたいのならば、機先を制するには、簡単だ、自身がトップランナー級のポピュリスト政治家になってしまえば、よい。大衆迎合主義、万歳。と表面《うわべ》を装えば、しかもイケメンの若手として装えば、向かうところ敵なし。ま、政敵《ライバル》はいたけどね。けれども『大俵《だいひょう》対決』というのは」――大沢、対、俵藤――「あの、清冽《せいれつ》なる政治のブームを巻き起こしただけだった」

「……凄いな」

「なにが？」

「やっぱり真古登さんは、コーエン兄さんの伝記という事業《ワーク》を、作品制作を、委嘱するのにふさわしい芸術家です」

「信頼に感謝」

「萬葉会を代表して、俺が伝えます」

「エールにも感謝」

「追加の質問ですが、コーエン兄さんはどうして、あんなにもてたのかな。女性有権者に」

「理由は自明だろうが、と言いたいし、そこはオーラが……と説きたい気もするし、けれども最終的には、都庁の怪物の息子の、もはや怪物をはるかに超えた神、英雄神スサノオ、あるいはスサノオ怪物神、しかし――だから敵が多い、だから守ってあげたい、……的な？」説明しながら、僕は、都庁の怪物とも称された大澤秀雄のことを少し想起し、この男《ひと》の葬儀は一昨年《おととし》あった、と確認しながら、同時に「守ってあげたい」と口にするとフレーズがどうしてもシンガーソングライターの松任谷由実ふうに揺れた、という気がした、ここには吸引しすぎた時代の空気があるわけだとやや感動した。シングル・レコード『守ってあげたい』は一九八一年の夏かそのあたりに発売されて、僕は二十《はたち》に一歳を足したところだった。冬に二十二になる。

だが僕の挿話は嵌めずともよいのだ。

けれども大沢光延と僕の挿話、絡みのエピソードなのであれば、むろん嵌めてよい。外すほうに問題がある。

細部は暈《ぼ》かしてもかまわないだろう。登場人物はもう一名いた、とは言い添えよう。それが思高埜工司だ。クジ君が僕を招いた。警備はけっこういて、そういう病院の一室に張りついているのがSP（警視庁の警備部警護課員）なのかどうか、そこは僕にはわからない。マスコミに関しては病室のフロア——とその上下階——に踏み込めないどころか、地下の駐車場からも逐《お》われる態勢、厳戒態勢になっていると僕に説いたのは思高埜工司で、萬葉会からも警備用の人手は出ていた。

病褥《びょうじょく》の彼は、大沢光延は、傷々《いたいた》しかった。

しかし彼は、大沢光延は、ICUは何日も前に退室していたのだし、室内に具《そな》えられた医用の監視装置、生体現象測定記録装置の総数（というよりも物量）はこちらの予想を下回った。

彼には意識があった。

彼はしゃべれた。

そして彼は言ったのだった。「河原さん」

なんだい？　と僕は応じようかと思ったのだけれども、大丈夫かい？　と言っていた。

「その点は答えようがないです」との回答を、六十秒から七十秒かけて口にした。

しゃべらないでいいよ、と僕は言ってしまった。

思高埜工司が、「コーエン兄さんは、真古登さんに、鮮度をうしなわないうちに話したいんです。しっかり描写して聞かせたいんです」と言った。

鮮度？　と聞き返した。

うなずいたのは思高埜工司で、彼、大沢光延は頸《くび》を動かせず、ただし唇《くち》は確実に、言い間違わぬように動かせて、「死に臨んだ。そのことを――」と九秒から十秒かけて伝えられた。僕に、スロウだが明瞭に。


死に臨む、とは臨死の一語でまとめられる。

それから彼は、彼自身の臨死体験について、つぎの断わりを入れてから僕に語った。

それは生のようでも死のようでもない。それは現実のようでも夢幻のようでもない。その印象《てざわり》は写真のようであり絵画のようであるとは言える。

河原さんという芸術家《アーティスト》ならば、感受できる。

僕は「大澤家」ということを考えるのだけれども、萬葉会はこの「大澤家」の、まずは秀雄のバックアップに入った。大澤秀雄は東京都の副知事となった。四期も務めた。それから萬葉会はこの「大澤家」の、光延――ミツノブではない、コウエンだ――のバックアップに入った。光延には従弟《いとこ》がいて、これは萬葉会の理事長の家筋（「思高埜家」）の者だったが、この従弟は、母親に、僕を――個人的に――バックアップしろ、つまり「河原真古登さんのパトロンになれ。将来的な」と言われた。母親に、思高埜樹子《きこ》に。そして僕は、東京都の都知事にまで昇《のぼ》った「大澤家」の光延の、その人生の記録をまとめはじめているのだけれども、それはある人間の生涯を――その半生を、芸術化する、という営為である。

16

一遍にふたつのことを語りたい衝動に駆られている。それが無理だとの証明をここでやる。ツールには日本語を用いないでいい。日本すら出さないでいい。それではどこにするか。僕は、読者のあなたとともに考えたいから、あなたにボンにいることを想像してもらいたい。ボンとはドイツの都市だ。ライン川の河畔の都市だ。あなたはここにいて、あのロゴを目にする。『BTHVN2020』というやつを。

ボンはベートーベン生誕の地である。

二百五十年前（の一七七〇年）にこの楽聖はここに生まれている。

あなたはベートーベン人形だって数多《あまた》目撃するだろう。髪型に特徴のある人形を。

あなたは何を思うだろう？

聴きたい、と思うだろう。

ベートーベンの名曲群、ピアノ・ソナタの第十四番『月光』とか第二十三番『熱情』とか、もちろん交響曲、第三番のいわゆる『英雄』とか第五番の『運命』とか、日本では第九《ダイク》として知られる第九番の合唱付きとか。もしかしたらタ・タ・タ・ターンも『歓喜の歌』も、つまり第五番も第九番も、どちらにも耳を傾けたいと願うかもしれない。欲望してしまうかもしれない。「一遍にふたつを」ということである。この望みは残念だがボンでは叶えられない。あなたは――僕もだが――ふたつの演奏会場に同時に足を運んだりはできない、しかも今年の生《ライブ》の演奏会は中止に追い込まれている。東京オリンピック、つまり『TOKYO2020』の開催延期と同じだ。

だとしたらどうするか。あなたは。僕は。

想い描いてほしい。二台のプレイヤーを。CDの再生装置が二台、またはコンピュータとCDプレイヤー、またはスマートフォンとコンピュータ。音楽再生アプリがあるのならば、もう十分だ。媒体も装置も問われない。ただスタートさせればよい、一遍にベートーベンの交響曲第五番と第九番を。もしも第九《ダイク》の合唱がなにより気に入っているのならば、第五番は第一楽章から、第九番は第四楽章、「おお友よ（O Freunde）！」とドイツ語が歌いあげる、そこから。

スタートさせればよい。そこから、同時に。あなたは。僕は。

この夢の名曲の共演を堪能しよう。最低五分間は。

最低でも七分は。

印象は？

――あなたは、最低だな、と思う。僕は、音楽に（にも）なっていないな、と感ずる。僕は、そういう一文にコメントをまとめられるし、それからまた、この体験を違った形でも日本語にま

とめられる。ここに絵を描こう、僕は、ふたたび。縦書きと横書きは併《あわ》せて用いる。すると同時聴取体験のその印象は、

歌詩の命る
ののも運す
タタだタン
喜人聖の響
歓詩楽そ交

と表わせる。

この絵をひと言で解説すれば、「あなたは偉大なふたつのシンフォニーを一遍に味わおうとして、結局、ノイズを浴びちゃったんだね」になる。

以上で証明は終わる。ところでいまの検証作業は、文章を読むことと音楽を聴くことは通ずる、を前提にしている。それはどういうことなのか？　文章の作品は、一文字、一単語、一センテンス、一パラグラフずつ読み進めるのが普通だ。音楽の作品も、一音、一小節、そして一パッセージだの一楽章だの、一曲だのと聴き進めるのが常《つね》態だ。ふたつの芸術様式は通ずるのである。反論を試みる前にペインティングや写真作品と比較せよ。さきほどの「絵」を、シンプルに絵画作品なのだと捉えてみよう。この「絵」は五文字×五文字で一遍に認識できる。わざわざ読もうとしなければビジュアルとして視界にまるまる入れられる、ということ。どかっとだ。現実には、僕・河原真古登は、縦の中心線を肉太のゴシック体にすることで視線は誘導した。そうす

ることであなたにタ・タ・タ・タ・ターン（だの雑音化《ノイズ》した「だ・だ・だ・だ・だーん」の一部だの）を聴かせた。要するに僕という芸術家《アーティスト》は構図を仕込んでいるのだけれども、それにもかかわらず五文字×五文字、合計二十五文字の方形の「絵」は一時《いちどき》に捉えうる。

　そんなことは音楽には起きない。

　拾い読みや飛ばし読みを禁じる文学にも起きない。

　というわけで、すでに結論は出ているのだけれども、一遍にふたつのことを語るのは無理である、なぜならば僕に複数の発声器官が具《そな》わっていたとしても受け取る側がそれら（ふたつの交響）をノイズに変える。また、ふたつのことを同時に書いたとしてもおんなじ。読む側がノイズに変容させる。僕が頑張っているのは、ルビをいっぱい振ることで意味に音声《おと》を重ねたり発音《よみ》を普通とは異なる形で響かせたり、そうした同時性だ。同時読書、はこの程度である。

　そこを越える挑戦には意味がない。とも、思っている。

　そうなると……。

　この、一遍にふたつのことを語りたい衝動に駆られている僕は、当然ながら妥協を強いられる。思いついた策はふたつ。やっぱり二種類あるのだが、第一案は、エッセンスだけを順番に出す。語りたいふたつの、それぞれのだ。第二案は、そんなことをしたら「ふたつをいっしょに、平等に！」の気持ちを尊重できないから、どちらも語らない。みっつめのことを話す。

　それだな。

　ウイルスについてもう一席ぶつ。これは僕とユー君の共演である。というか実際にはこのウイルス論、この、ウイルスの変異論は、ユー君すなわち大澤結宇《ゆう》のものである。僕は、きっかけだけを持ち出した。こう言ったのだ。ウイルスが変異するというのは頭でわかる、……んだけれども、直観的な理解というのはないんだよなあ、できないんだよなあ、と。

これをＺｏｏｍでこぼした。

「河原先生の悩みですか？」

「だね。中国の武漢のウイルスが、今年の初めは大騒ぎだった、ほら、きっと日本で最初のクラスター感染が起きた屋形船のも、あれ一月だっけ？　今年一月の中旬か下旬？　のも、そうだったし、それから横浜港に繫留《けいりゅう》した大型クルーズ船のほうは香港に立ち寄ってて、そう言われて。中国からの団体客が屋形船を利用したとか、大型クルーズ船のほうは香港に立ち寄ってて、乗客が上陸してて、そこで、とか。でも、それは、先々月から日本に入ってきたウイルスとは違う、こっちは欧米由来、ヨーロッパ株、なのであって、武漢株が変異したんだって言われてるよね？　株っていうのも僕にはリアリティを授けられない概念、というか用語？　なんだけど、変化したからウイルスの感染力が高い、欧米からの帰国者がこうした変異してるのを持ち込んだ、って説かれると、かつ、将来的にも変化しつづけるもんだと予言されると、予言ってニュースの類いにね、もっと直観……肉感的に理解しないとまずいなと感じる。僕は」

「解決させましょうか」

「できるの？」

「たぶん」

「簡単に言うね」

「まともな説明は、こういうのですよね？　『ウイルスの変異は遺伝情報のコピーミスが原因で生じている』。テクニカルな言葉も用いるならば、そうだな、『ＲＮＡの文字が書き換わるのだ』って添えられますかね？　文字です、河原先生、文字。だいたい三万字の遺伝情報があるんです。これが、二週間に一回のプロバビリティで、だいたい一字？　変わります。完璧には写し損なうという事態が発生する。それが、変化なのであって変異なのであって、『兄弟が生まれる』と解説する人もいますね。オリジナルからの兄弟。オリジナルのウイルスからの。でもね、僕はこれ、譬《たと》えるなら全部ワタナベさんだと思うんですよ」

「ワタナベ？」

「サイトウさんでもいいんですけど」

「……サイトウ？」

「だから、人名です。そして、ワタナベのナべ、サイトウならサイ。あ、字で送ります」

大澤結宇はＺｏｏｍのチャットを送信してきた。

文字メッセージを。

渡辺。

渡邊。

渡邉。

斉藤。

斎藤。

齋藤。

「どうですか？　これが変異株です」

そうエレガントに大澤結宇は言った。

さすがはアカデミズムと世間をつなぐスターだな。僕は感心する。「むぅっ」と唸らされた。

というみっつめの話題を語れたので、いまや衝動も弱まった。一遍にふたつのことを語りたい衝動《それ》を、エッセンスだけを順番に出す、との方法で、ここで解消させよう。ふたつとも死に関わっている。ふたつとも死に臨んだ体験に連なる。それはベートーベンの交響曲の同時聴取体験のように渾沌《こんとん》としている。なぜならば、（これは結局ひとつめに語ることになるけれども）臨死体験には盲点があるから。僕たちは、誰かが——いったんは死を宣告されたのに——蘇生して、「ある世界を見てきた」と語る時、それを、死後の世界を覗いてきた、等と解釈しがちだ。しかし、何かを見られる間は人は死んでいない。たとえば友人が死ぬ、老親が死ぬ、愛犬が死ぬ、そういう死を僕たちは目撃（認識）できる。「あっ、死んでしまった——」と理解できる。けれども、自分の死とは、そういう理解する自己《わたし》がこの世から消滅することで、そんなふうに消え失せるわけだから何も見られない。もしも自分のことを「あっ、死んでしまった——」と認識（たとえば物理的肉体を離れて、目撃）できるのだとしたら、いまだ死んでいない。その証左に、この世に帰還する。そして「じつは臨死体験をしてね」と語るのだ。実際に死んだ人間は、現世に戻ることはないし、死後の《ある世界》の報告者にもならない。

簡潔にまとめる。

「あっ、死んだ」と考えたり確かめたりする自分がいる間は、人は死んでいない。人の死とは、「あっ、（わたしが）死んだ」と考えたり確かめたりできない様態《ありさま》に入ることを指す。

そして、僕の言いたかったことのエッセンスは、このさきに横たわる。「あっ、（わたしは）生きている」とも認識できない期間が人間にはあって、たとえば乳児期、もっと遡って出生《しゅっしょう》に臨んだ時期、つまり母親の産道をぬけて現世に生まれ落ちた直後、これを〝臨死体験〟に真似て〝臨生《りんしょう》体験〟とするならば、この体験の数分前、数十分前、数時間前にもまた、「あっ、（わたしは）生きている」と認識できない期間が胎児にある。

　そして、そのいずれにおいても、その人間はぜんぜん死んでいない。

　僕は何を言いたいのか？

　乳児期も胎児期（の、たぶん一期間）も、臨死体験と同一の圏《スフィア》に属しているのではないか、人間の生において、と僕は問いたい、と思いはじめている、と言いたいのだ。

　その、思いはじめたきっかけはスサノオである。

　いまはこれだけとする。これだけを口にするにとどめる。伝記作家の僕は。

　では死に臨んだ体験に連なる、僕が一遍に語りたかったものの残ったほうのエッセンス。宗教的（にして日本的、日本の仏教的）な臨死体験には音楽が添うということがあって、そうした事実が浄土教の造形美術に刻印されている。ひとりの芸術家《アーティスト》として僕はそこから何を考えるか？視界に入れるのは、たとえば絵画であれば「早来迎《はやらいこう》」、これは知恩院《ちおんいん》にある、それから彫像であれば即成院《そくじょういん》の「木造阿弥陀如来《あみだにょらい》及二十五菩薩像」。前者の「早来迎」というのは通称で、その構図がスピード感を前面に出しているから、早い、と謳《うた》われた。正式名は「阿弥陀二十五菩薩来迎図」。キーワードは、来迎《らいごう》、だ。これは阿弥陀如来が、その信仰者を救済するために、お迎えに来ることを指す。臨終時にだ。しかも阿弥陀おひとりではない。諸菩薩をともなう。これらが浄土から現世《このよ》に現われる、表現の一般的な形式だと、白い雲に乗って飛来するのである。

　そして、諸菩薩のことだ。

二十五菩薩いることがある。

うち多くの菩薩は楽器を携える。演奏しているのだ。

その臨終の体験には音楽がある。

その往生者《おうじょうしゃ》は十を超える楽器の合奏を耳にしている。

そして僕が考えるのは、そうした浄土教美術の絵画作品の、たとえば「早来迎」の、画面を見ているだけではいかなる楽曲が鳴らされているのかを知れない点。この問題点。ひとつのメロディも想像できず、その合奏が湧かしているであろう一パッセージも、想像……妄想できない。ならば彫刻作品の前に立てば、どうか？　来迎図を立体で表現した、即成院の「木造阿弥陀如来及二十五菩薩像」だ。楽器を持った菩薩像からの――想像でもいい、妄想でもいい――管弦楽《オーケストラ》というのは聞こえるか？　じつは僕は試したことがあるのだが、この挑戦には敗れた。

僕はむしろ別なことを考えているのだ、いま。その「音楽の消され方」は、パンデミックを先取りしていたのではないか？　ベートーベンの演奏会がその生誕の地でも不可能である、との現況。むろん日本でも、との現実。生《リアル》での演奏の自粛。

来迎図からリアリティを具える音を、音楽を再生できないという僕の瑕瑾《かきん》は、それは「生《リアル》での演奏を慎むように言われている」からだ、と捉え直すと、もはや僕の側の過失だとはならない。

ここまでがエッセンスであり、以下は蛇足。絵画の来迎図でも彫刻のそれでも、そこに音楽があるのに無音しかない、との事態は、画面および空間にいっさい雑音《ノイズ》が生まれていない、とも言い換えられる。また、ある音楽が「誰かには快（喜び――「なんと美しいメロディだろう！」）を与え、誰かには不快（苦痛――「なんでこんなに騒々しいんだ！」）を与える」可能性を排除している。死に臨んだ当人――臨死体験者その人――だけがその楽曲を聴けた。また、こうも言い換えられる。臨死体験は、その体験をする人間にだけは音楽を提供するのだけれども、他者《ほか》からは奪う。

と、するならば。

このパラフレーズがもたらす視座は、音楽というものが奪われているCOVID‐19のパンデミック下の地球は、臨死体験の当事者ではない。この現代社会は、まだ、死に臨んでもいないのだ——となる。

なんと。世界はまだ亡《ほろ》びないぞ。


ところで音楽業界における生《リアル》の対義語は配信《オンライン》で、二〇二〇年のこの五月に東京郊外の自分のアトリエにいる僕は何に臨んでいるのかと言ったら、死には臨んでいない、オンラインでの取材に臨んでいるのであって、今回の相手というのは大沢光延《こうえん》の弟だ。さっき先回りして登場した。ウイルスの変異論を披露したユー君だ。

大澤結宇はパンデミックに関して、僕とはぜんぜん違う角度から眺め、分析している。

「コロナ・コンシャスなんですよ。僕は」

「それってファッション・コンシャスみたいな?」

「はい」

「でも、地球の七十億人超、今日《こんにち》ではだいたいそうなんじゃないの? 同様に意識過剰なんじゃ」

「どう説明しようかな。この新型コロナのウイルスを意識することで、本業、研究者としての仕事を? まるまる再編しだしたってコンテクストにおいて、僕は、格別に? とりわけ? コロナ・コンシャスなんですね。きっと」

「本業の再編についても、よければ話してもらいたいな。その話題も掘りたい」

「河原先生がですか？　僕を、大澤ユーを深掘り？」

「『ユー教授のパンデミック講義』っていうかさ」

大澤結宇はメディアを通して「ユー教授」の名で認知される。テレビ画面のテロップなどではＹＯＵ教授と表わされる例が多い。この文章作品の一九九二年三月までの記録には、ふた桁の数の人物がすでに実名を挙げられながら登場しているのだが、そのうちの三人は、おおよそ三十年後の現在《いま》、日本の一般大衆に知られている顔となった。すなわち三十年間でその顔が売れた。一人めは、この語り《ナラティブ》が採りあげた段階ですでに「僕が、お顔を、ご存じ」状態だったのだけれども俵藤慶一。二人めは国政から後《のち》、都政のトップに転じ、いま一度《ひとたび》の国政進出——内閣総理大臣の座を狙う——が噂されながらテロリストの兇刃《きょうじん》にかかった大沢光延。そして三人め、それが大澤結宇だ。しかし結宇は、政治番組には出なかった。討論系のプログラムには出演したが、専門家（有識者）として扱うのは現代政治以外の日本で、「スサノオの弟」を売りものにもしなかった。僕の認識している範囲では、そうである。だが有名になることを目的にしていない（というのが僕の認識だ）ユー君は、露出の頻度では政治家ふたりにだいぶ後《おく》れをとる。それよりもテレビの画面等に顔を出すのは、いいや出していたのは、彼の現在の配偶者である。奥さんは民放のキー局のアナウンサーだった。いわゆる人気女子アナと大澤結宇は結婚したのだ。バラエティ番組で共演して、その後、共通の友人がいることが判明し、食事会でも同席、本格的に交際を開始してわずか!!　二ヵ月後にはゴールイン!!　とは芸能系ニュースサイトの記事の引用なのだけれども、そうか、新婚旅行はニュージーランドに三週間も（!!）滞在、とある。いまの〝!!〟は僕の驚きだ。きっと百万頭の羊と過ごしたのだろう。南島《サウス》でだろうか北島《ノース》でだろうか。その後、奥さんはおめでた引退。ユー君は、というよりも大澤結宇はその頃から「ユー教授」と呼ばれ出す。

大澤結宇は思想史家である。

日本の思想（の変遷）を優雅に解説する。

本人は僕に「学者を研究する学者、なんですよ。自分って」と語った。

「僕が美術史を研究すれば、そして博論をまとめたら、美術家を研究する美術家……になるかな？」

「またまた。河原先生。もう先生なのに」

ユー君はいつもいつも僕をセンセイと呼んでいるわけではない。というか昨年のある時期までは普通に河原さんと言っていた。が、僕の取材が一九九二年の一月二十八日に及び、これは大澤家の晩餐会が行なわれた第五週めの火曜、であると同時に大澤光延《みつのぶ》の誕生日の前日すなわち二十六という齢《よわい》の最後の日だったのだけれども、「その食事の席で、誰と、どういうことを話したか、思い出せたりする？」と訊いたら、「たしか従弟《いとこ》と……」と言って、クジ君と何か話した、そうだ、僕（河原真古登）のアートについて？　とモゴモゴ答えて、「そこで僕、河原さんのことを、『明るい先生だったよ』って紹介したんですよね。初めて。思高埜工司に。そうだった、これは重要だ！」と、ぱっと表情を耀《かがや》かせた。「言ったんですよ。『明るい先生だったよ』って。ね？　河原先生」

以後、敬称付きである。

「兄貴の記録、どこまで進みました？」

「九二年の春だね」と僕のほうが質問に答える。「櫻井家の――」

「そっか。義姉《ねえ》さんのところの、桜を観る会？　だいぶ悠長ですね」

「いや。そこから跳んでね」

「トぶ？」

「この疫病の時代に。跳躍」

「アートだなあ。そういう構成。しかしシーケンシャルには、逐次的な挿話の流れって観点から言うと、ちっとも進んでいない……んですか？　そうだったら困るな。僕、薄めてほしいんですよ」

「いやいや、進められてるよ。たぶん。いやいや、その、えっ薄めるって？」

「十七だった僕のお馬鹿さ加減を。大澤結宇の未熟さを」

「きみの純粋な恋愛の話かな？」

「僕の純然たるワンサイド・ラブのことです。あの取材、河原先生のあの、執拗《しつこ》いインタビュー、きつかったですよ。根掘り葉掘り？　あんな告白を僕にさせてさ。ひどいよ河原さん」

「僕は、試煉《しれん》があって、好きだけどね」

「ああゆうロマンスが、ですか？」

「しかもお兄さん思いで、ユー君は取材に応えてるんだしさ。大沢光延《こうえん》の恋愛譚を芸術化する、この僕なりの目を通して、僕なりの手を通して、というのは文体のことだけれども、そういうふうにしてナラティヴにまとめるには発端が要る。その発端の挿話には大沢光延の弟がいる。ほとんどフィーチャーされている。これは事実で、真実だった。そのうえ弟の片恋《かたこい》をサポートしようとする実兄は、魅力的だ。人間的な魅力にあふるる」と僕は文語表現で言った。「兄自身がお馬鹿をやって、弟の、ロマンス成就のために奔走して。そっちのロマンスのためにも、だ。これぞ、ほら、世間的な『スサノオ都知事』のイメージをいちばん裏切るわけじゃないか？　近現代の日本政治史に稀《まれ》に見る冷徹なポピュリスト、なあんて悪役《ヒール》の印象は、大間違いだ！　でっちあげの虚像だ！　なあんて主張できる」

「それはまあ、僕もね、反コーエン派が声高《こわだか》に唱える兄貴のイメージは、『あれは別キャラだ』思いますよ」

「『別キャラだ』思うよね？」

「そこは逆転？　反転？　させたいなあ思います」

「そのために若き日の恋愛譚が不可欠だ。ただの若者であった挿話」

「それが真のパーソナリティに迫るのである……って、僕、説得させられちゃったんですよね。ねえ、河原先生？」Ｚｏｏｍの画面に大澤結宇の怨めしい表情《いろ》が映る。「しゃべっちゃったことはしゃべっちゃったんだから、もう、告白はやっぱり告白ですから、書かれてもあきらめます。でも、僕が十七歳のほんものの阿呆、本当の馬鹿《うましか》だったのはその十七歳のだいたい一年間だけです。兄貴の記録がずんずんと前進してくれれば、僕の、その、光延《こうえん》伝における役割ですか？　僕がらみのパート？　の悪《あ》しき心象は薄まります。僕の燃和《もわ》ちゃんへのアタック……あれって三十年が経って、いまの時代の、基準？　そういうのに照らすとおかしいぜってなるじゃないですか。『ストーカーだったんじゃないの』と誹《そし》られても、反論難しいですよね。乗馬ガールとの偶然の邂逅《かいこう》を演出するために、事前に情報収集して、つまり尾《つ》けて尾けて尾けて、その娘《こ》の通う乗馬クラブをつきとめる、厩舎《きゅうしゃ》のスタッフを買収する、とかってシナリオを書きに書いて、『ホース・ライディング用のサラブレッドを一頭、代々木の市中《まち》に解放だ！』でしょう？　あ。馬」

「え。馬？」

「僕んち……僕の親父、まあ兄貴の親父でもあるわけですけど、東京都競馬株式会社に天下りしたんですよね。役員の、上から二番め？　三番め？　のポストを獲《と》って。あそこは都庁の外郭団体なんです。昔はたしか監理団体とかって言ったかな？　大井競馬場の賃貸事業というのをやってます」

「大井競馬って、東京シティ競馬だっけ？」

「愛称は。そう。それにしても、大澤秀雄と馬、サラブレッドって組み合わせは、驚いたな。息子の自分がですよ。この息子にしてこの親あり、蛙《かえる》の父親は蛙、みたいな、そういう筋道じゃないですか。そうだ、河原さん、河原先生、親父の秀雄が東京都の副知事に初就任した年齢を、僕、越えましたよ」

「感慨は？」

「ないですけど。ただ……まだ、五十になる準備はできてないなあ、自分は、とか」

「このあいだ十七歳の男子高校生だったしね」

「そうですよね」

「僕は、こうして六十《むそじ》に入って、死ぬ準備ができてないな」

「一九九一年かあ。九二年かあ」ユー君はあっさり僕の感慨を無視した。「そういう年、実在したんですよね？　九〇年代初頭の時代って」と尋ねる。

僕はあっさりとこの問いかけを無視して、

「ストーカーだけどさ」

と訊いた。

「なんでしょう」

「感染症を背景にした、一種のストーカー映画があってさ」

「なんだろう？」

「描かれるのはコレラなんだよね。疫病は。あっ、題名は『ベニスに死す』で、ルキノ・ビスコンティの監督作。知ってる？」

「題名だけですね。原作がトーマス・マンでしたっけ？」

「そうそう。それで、そこでは、『ベニスに死す』の劇中では作曲家が美少年を追跡するの。気づかれながら尾ける。もう若いわけではない男性の作曲家が、ティーンの少年を。ベニスでは街じゅう消毒がはじまってってね。これがコロナを、じゃないな、コレラを……あっ」

「どうしたんです？」

「主人公が作曲家だったんだ。名前がグスタフだったんだ。そしてテーマ曲が……グスタフ・マーラーの、交響曲第五番じゃないか！」

「それが、なにか？」

「第五番。マーラーは、交響曲の究極、言われるね」

怪訝そうに大澤結宇は「言われるんですか？」と返した。

「質問、なんだっけ」

「は？」

「ユー君の」

「ああ、九〇年代初頭は実在したか、です。あの時代は、あの時代の日本は？ ですよ。というのも、僕は河原先生からのリクエスト、忘れないでいるんですよ。ほら、『ユー教授のパンデミック講義』をやんないかってやつ。言いましたよね？ でね、この疫病の時代をイントロデュースするのに、他の時代との対照からやるのはどうか？　だから兄貴の記録の、兄貴伝の、進行の塩梅《あんばい》を訊いたんです。そうしたら、十七の自分にスポットが当たった。あの、両思いにはならなかった悲惨な恋。燃和ちゃんが兄貴に惚れてしまうという無惨な展開。しかも兄貴の親友の、垂水《たるみ》さんまで燃和ちゃんに恋するという急展開。そして垂水さんの撃沈。でもね、垂水さんには僕は感謝です。感謝しかない、だって塾で、親身すぎる親身な監督があったから、燃和ちゃんは志望校を京大にして、京大ですよ、京大、二年から京大に絞って、結局現役合格した。垂水さんはそれで『感謝しかない』って言われて、ロマンス達成できたらなあって思ってたみたいですけど。いっぽうの僕、大澤結宇は、燃和ちゃんと同クラスを、つまり同一の学力レベルですね、これを維持するべっと張り切って、樺《かば》ちゃん先生に愛されて、気づいたら、東京大学の文三《ぶんさん》に合格してた。ちゃっかりと、というか楽々と？　現役で。しかも卒業しても東大に残って、つまり大学院です、研究者の道へと入って、それで――」

「准教授の肩書きを得てから、テレビ出演も増えた」

　と、僕がひきうける。

「そうなんです」大澤結宇はうなずいた。「こう回顧しても、いまの僕は九〇年代初頭のおかげで、ここにある。すなわち一九九一年や九二年の実在感は驚異的だ、となります。対して、現代はどうです？　このコロナ禍。こうして対話をしている河原先生と僕は、オンラインですよ、オンライン会議。そして外出制限、この外出自粛要請はもはや制限ですよね、それから飲食店にジムに映画館に、他はなんでしたっけ？　の営業自粛要請、あらゆる局面でソーシャルディスタンス、国外ならば都市封鎖《ロックダウン》。という事態が、なんて言ったらいいのかな、実在感の……い、レアになる感じ？　そうならないために、僕は、この巣ごもりの日々、連日、朝晩セックスをしているんですけど」

「う？」

「鵜《う》じゃありません。セックス。かみさんとです。もちろんできない期間もありますが」

「それでも、うっ、平時には連日で朝晩ってなると、絶倫だね」

「いやあ」と突然照れた。「しかし僕のコメントは措《お》きます。河原先生は、この現代《いま》を、ここを、どう感じています？」

「この時代を、ひと言で表現するなら……」

「するなら？」

「ぶらんこもマスクを着けている時代、だな」

「えっ」頓狂《とんきょう》な声。「ぶらんこにも、そういう着用の義務が？」

「遊具にね。利用制限のかかった一部の公園の、一部の遊具にね」

とはいえぶらんこは縛《いまし》められて、それに座って——または立って——揺らす行為は不要不急だ、と威圧される。

ぶらんこの奔出する力が封じられた。これが現代、ＣＯＶＩＤ－19の時代。

「コロナ・コンシャスな僕にとって、医療と国境の問題こそ、鍵でした。歴史の見通しを変えるためにです」と講義は始まった。その内容はユー教授印《じるし》のぶらんこである。だが彼の脳内でしかスイングしない。いまのところは。「繰り返します。キーとなったのは医療それから国境。その、どちらにも関係する思想史上の人物は？　僕ならば平田篤胤《ひらたあつたね》と答えますね。江戸時代後期の国学者ですね。こいつは凄い著作活動をしているんですけど、国学すなわち古学のね、けれども医学にも和漢洋と触れていて、漢は、漢方の漢ですね。出身は秋田で、脱藩して江戸に出る前に、それこそティーンのうちにですね、漢学と医術を学んでいます。出奔《しゅっぽん》後は蘭学にも接して、だから西洋医学にも、ですね、人体解剖も『四度ほど見た。若気の至りじゃ』言ってます。ところで、どうしてパンデミックを医療と国境の問題に絞れるのか？

最初にグローバル資本主義があったわけです。

グローバリズムですね。地球はひとつの単位だ、という相互依存。国家間、地域間の。しかしこの地球主義は、ご承知のように感染拡大をもたらす元兇《げんきょう》である。と、信じられている。だから、たとえば、アメリカですね。WHOがパンデミックを宣言するのに前後して、あれは三月十一日でしたけれど、イギリスを除いた欧州二十六ヵ国からの渡航を制限しています。たしか三月……十三日の深夜から？　入国禁止のはじまり、はい、はい、はじまりです。

要するに外国人よ、国境を越えるな、と。

そして医療が鍵なのは、いわずもがなですね。アメリカの場合、ニューヨークの感染爆発もあったでしょう？　あの時は、ベンティレーター……人工呼吸器か、それが足りないぞ足りてないぞ足りるのかって騒ぎも。いまもブロードウェイの全部の公演が中止でありつづけるニューヨークの、ニューヨーク市の風景って、兄貴の目にはどう映るんでしょうね。二十代の何年かを、三年間を？　過ごした兄貴の目には。

それとワクチンが鍵ですよね。ちゃんと開発されるのか。されて出回るのはいつか。日本国内にもちゃんと出回るのか？　というか日本国内でのワクチン開発はどうなっているのか？　この最後の問い、猛烈なる気がかりに関する情報は義姉《ねえ》さんに訊けますが、でも実家は箝口令《かんこうれい》かなあ。櫻井のあの一族は。さて、医療、製薬のことを考えるだけで、早《はや》『それでは国内は……、国内は……』と繰り返された。やっぱり国境の問題です。自国とそれ以外、が意識されている。

平田篤胤に戻ります。

平田は、俺は本居宣長《もとおりのりなが》の弟子だ、と自称したんですね。会ったことはないんですが。しかし平田には平田の神秘主義的なロジックはあります。その前に、宣長です。宣長は何をしていたか？古代研究です。主著が『古事記伝』ですからね。また、宣長も医療には携わっています。小児科医だったんです。伊勢の松坂《まつさか》の、町医者ですね。かたわら古学を窮《きわ》めた。そして、その宣長の学問を『俺、継ぎました』と宣《の》べた平田は、しかし実際には師匠に会ったこともありませんから、第一に師匠と同じ道を歩いて、第二にそこから枝道《えだみち》に入って、第三にそっちのほうを太い道にします。しようとした、かな？

でも、世間的に受けたのは、平田なんですね。

インテリよりも、そうじゃないほうに？

宣長も平田も、ざっくり言うとナショナリズムを唱えました。日本至上主義。皇国思想。儒仏をね、儒教と仏教を批判してね。すると神道が残るわけですよね。『古事記』みたいな古典を解明したらとうとう明らかになった日本の古道、惟神《かんながら》の道。こういうのを復古神道と呼びます。ただし、師匠、本居宣長は古典学者のままです。国学の大成者というポジションにとどまる。弟子は、なんて言ったらいいんだろうな、神道の……擁護者？　そのイデオロギーの、担い手？　そこまで進みます。

蘭学とも比較して、キリスト教も研究して。

儒教は排撃するけれども、道教は採り入れて。その思想に。

インドの研究もして。サンスクリットも学んで。

そこまでやって『日本、対、世界』と進むと、何が起きるか？

平田篤胤その人は、江戸から逐《お》い払われて秋田で病没します、不遇のうちにね、けれども勝負は死んでからだったんですね。世間に受けるのも死んでからだったんですね。平田の学問、つづめれば平田学ですけれども、その有効性が発見される。そこには、『尊皇』の発想があるんですね。もちろん宣長にもありますけど。しかし宣長にはない、ポップな要素が平田学には鏤《ちりば》められている。そういうバックグラウンドのうえに、尊皇、がポンと置かれた。ゆえに日本は世界に冠絶する国だぞ、と。

ところで当時の日本国の、権力は？

幕府にあります。

徳川幕府と言ったら？

鎖国政策です。

幕末の日本は？

『鎖国か』『開国か』で揺れています。

すると幕末の平田学、平田国学は、明治維新の原動力になってしまう。尊皇攘夷ですよ、平田の思想が、尊皇攘夷運動に、ちょっと説明できないほどの影響を及ぼす。けれども説明します。桜田門外の変、これは安政《あんせい》七年、一八六〇年に起きました、大老の井伊直弼《いいなおすけ》が暗殺された。大老っていうのは現代《いま》の内閣の最高職に等しいってイメージでかまわない、その暗殺は、むろん、テロです。井伊直弼は開国派だった。翌一八六一年、イギリス公使館が襲われます。攘夷派によるテロです。さらに翌一八六二年、これは文久《ぶんきゅう》二年ですが、坂下門外の変が起きる。老中、安《あん》藤信正《どうのぶまさ》が、この人物は公武合体の策を推し進めていたんですが、やはり尊王攘夷派に斬られました。軽傷でしたけど。しかしテロです。

みな平田篤胤の思想に影響を受けていた、と言えます。

これらのテロリストたちは。

鎖国の限界が来ていたから、一連のテロは生じたんですよね。その鎖国の限界は、欧米列強から開国を迫られて、生じたんですよね。黒船《くろふね》という軍艦外交をする欧米列強は、何を求めていたのかと言ったら、交易なんですよね。世界をひとつの市場《マーケット》とする交易。そうです、グローバリズムです。

すなわちグローバリズムの圧力が、テロリズムを生じさせた。

ところで新型コロナウイルスのパンデミックというのは？　各国にその国境を鎖《とざ》すことを求めています。感染流行を抑えるために自国中心主義を、アメリカだったら『アメリカ・ファースト』を徹底しろと。パラフレーズすると、鎖国を、です。世界じゅうが鎖国をめざす。

そこに僕は、兄貴への兇行《テロ》を位置づける。

コロナ・コンシャスであるとは、明治維新をこそ今日《こんにち》の緊急課題とする姿勢でもあります。逆、黒船としてのウィルス。近世に遡上する日本史。そして兄貴は……兄貴は……僕、兄貴のことばっかり言ってるな。兄貴、兄さんを標的にしたテロリズムを、日本史と世界史の線上にマッピングしようとしている。

河原さん」

「なんだい」

「これ、書いてくださいよ。まるごと。あなたの著述《アート》に。

17

「河原さん」

「なんだい」

「一八六二年には補足が要ります。夏、京都と江戸で、コレラが流行したんです。じつは三年前四年前にも流行《はや》って。そういうのは、開港、これは幕末期のグローバリズム志向ですね、もちろん開港と関係していました。一八六二年の、江戸での死者は七万人を超えます。そしてコレラって、映画『ベニスに死す』なんですね？」

「うん」

「暇ができたら観ますよ。疫病とストーキングと時代の実在について考えます。時代とは実在するや否や？　そういえば」と口にした途端、大澤結宇の顔つきに変化が出る。ふたたびエレガンスが前景化し、それがコンピュータの画面越しにすら十数センチは間合いを詰める作用をする。親密度の自然なる制御。「僕んち……僕の母親、取材は拒んでますね？　河原さんの。こうしたインタビュー。あれ、伯母さんとペアでって、お願いし直したらいいですよ。樹子伯母さんと。それと、僕の母親、これは兄貴の母親じゃないですよね？　そこんとこに、いろいろあると思います。自分のお袋の言い分も。だから、それは、尋ねないで……ほしいな。そこは聖域でお頼みしたい、みたいな？　でもね、河原先生、こっちはアドバイスです。うちの兄貴には、兄さんだけのお母さんが、いる、いた、この兄さんのお母さんの生前の話、それほど……聞いてないということはないですか？　兄貴から」

「『幼かったから』言ってたよ」

「あまり記憶がないって？」

「『漠然としてる』言ってたね。その、死に別れの、決定的な日のことも」

「そこ」

「……って？」

「いえ。僕も知らない。親父も語らなかった。親父の大澤秀雄も。でも、兄貴は、大澤光延《みつのぶ》は」

――旧字の〝澤〟を用いたのがわかった――「自分より十《とお》も年長です。いや、こんな年の差は無関係か、でも当時を知っているはずですよ。実在した時代《それ》、……って感じで。一九七〇年代の前半？　しかし語らないし、もしかしたら」

「もしかしたら、なんだろう」

「いや。わかんないな。僕に言えるのは、つぎの機会は大事かもしれない、です。つぎの……機会、面会は」


今度はペアの女性たちを相手にしたＺｏｏｍだ。

「四月七日に出た緊急事態宣言が、ゴールデンウィークの明ける直前になって、期間延長決定？　あれ今月の四日に？　それとも六日にだった？　だからまあほぼほぼ一ヵ月後、ですよね、河原さん？　あたし解除はもうじきだって確信？　確信し切ってる？　んだけれど、やっぱり飽きはじめちゃったようなところがあって。このステイホーム、ステインサイド？　それからソーシャルディスタンス、ソーシャルディスタンシング？　英語的なニュアンスの正しさだと、それ？　あとWHO的にはフィジカルディスタンシング？　でも、あたし、きっと数ヵ月経ったら、あたし、用語はソーシャルディスタンスに一本化するんじゃないかな、って思う、あたし」と宮脇《みやわき》燃和は言った。

「ママ、ママ」とかたわらで缶酎《ちゅう》ハイを握った若い女が指摘した。「『あたし』多すぎ」

「多すぎ？」

僕は唐突に大杉栄《おおすぎさかえ》と想って、俺のアタマ大丈夫かと感じる。

「あたしそんなにあたしって言ってる？」

「言ってる。呑んでもいないのに」

「エレンあなた一昨日《おととい》待望の二十《はたち》になれたからって、そこから三日連続で飲酒はどうよ？　柑橘のサワー匂いすぎ」

「でもやっぱり、Ｚｏｏｍ飲みですよねっ、河原さん」宮脇絵蓮《えれん》はいきなり僕に振って、「河原さんのアトリエに冷やしたビールや冷やしてないワインはないの？」と訊いた。

「冷やしている白まであるよ。冷蔵庫に。アトリエの二階に」

「そこはっ」

「二階」

「コンピュータって、仕事道具、なんですか？」

「そうだね。そうかな？」

「え」

母親の燃和が「あなた質問攻め。エレン。あたしそう思う。あたし」とたしなめる。

「だって興味ある」

僕は「それはうれしいね」と答える。「オンラインの呑み会は、やっぱり多いの？」

「ぜんぜーん」

「そうなの？」

「だって、エレン飲酒解禁年齢になったばかりですよっ。四日前には、呑めてません」

「休肝日作りなさいよ」と母親。「どうして三日続けて」

「ママゆずり？」

「ゆずってない」

「僕も」と割り込んだ。「つきあいますよ。いまビール取ってきます。二分、待てます？」

「当然ですっ」宮脇絵蓮が言い、

「あたしも呑もうかな。クラフトビール」宮脇燃和が言う。

「じゃ」

不思議な母子《おやこ》だ。宮脇絵蓮はあの谷賀見《やがみ》燃和のひとり娘なのだが、似ていないと言えば似ていない。顔立ちは父親ゆずりなのかもしれない（しかし美少女だ。いいや、二十歳はもはや少女ではない？　だとしたら美女か）。そして谷賀見燃和はもはや谷賀見燃和ではない。結婚して姓が変わり、宮脇燃和である。谷賀見燃和は、この物語に導入された当時、十五歳だったか……十六歳だったか？　ふたつのロマンス（大澤光延と大澤結宇の）の当事者で、この娘《こ》にだったら「時代はあった」と確証してもらえる……はずだが、肝腎《かんじん》のその娘《こ》、谷賀見燃和は消えてしまっていて〝お母さん〟なるものに変容して、二十歳の子供からママと呼ばれている。それが宮脇燃和である。
十五、六歳だったモワちゃんの子供が、な、、、なりたての二十歳？
の、エレンちゃん？

冷蔵庫のドアポケットにはキリンの一番搾りが並んで、冷えている。

一本取って、僕は戻った。

「河原さん、河原さんっ」この間《かん》にも燃和のひとり娘はできあがりつつあった。「ママもビール用意しましたから。乾杯っ」

「乾杯」燃和が続いた。その笑みにハッとする。まさに他意がないのだ。あたし楽しいですよ、と表情が言っていて、それどころか「あたし、なにか楽しいな。あたし」と実際に言った。

「河原さんが画面離れてる時、画面の、ディスプレイの、前を？ 離れてる間《ま》に、尊敬の言葉いいっぱい聞きましたよママから。いいっぱい。いっぱい？」

乾杯、と僕はやっと呼応して、プルタブを開けた。

いや……違うな、プルタブっていうのは蓋《ふた》を……切り離すタイプで、近頃その手の缶ビールは……ない。ないな。市場から消えた？ いつのまに？

「これ」僕はプルタブではない押し込み式のタブの名称を宮脇母子に訊こうとした。

「個展、飛んだんですよね。河原さんの。ぴえん」と絵蓮が言った。

「ミハシ美術館での展示？ うん、延びた。飛んではないかな」ぴえんってなんだ？

「『回顧展になるそうよ』って教えたら、エレンけっこう興奮して」

「河原さんの全容っ、わかりたいですし」と声を張ってから、ふいに囁き声に転じる。「河原さんのアートの全体像はわからないじゃないですか？　つかめないじゃないですかっ」

『炎の芸術家』とか言われたいけどね」と僕。

「うわっ、やばっ」絵蓮は缶を振る。「それを体感できる機会？　になるはず？　の大規模展が、延びて？　しかも河原真古登さんはうちのママの古い友だちですっ、オープニングのレセプションにもきっと出られます、無理強いしたら招かれますっ、みたいな企みも消えて。ぴえぴえ」

ぴえぴえ？

「あたし、河原さんにジャンルがないと思うのは、あたし、誤解だと思う」燃和が言う。

「モワちゃん、僕は外部に出ているんだよ」僕は言う。

「外部っ」絵蓮が言う。

僕はビールの一番搾りの、缶の内部《なか》から、自分の親指が飛びだしたようなジェスチャーをする。

「なんか……わかった」と宮脇絵蓮はうなずいて、「エレンは了解しました。そこで質問です。これから河原さんは、作品でっ、どういう主題を追求するんですか？」

「たとえば、この現代はデジタル化しすぎている」

それで？　との絵蓮の視線。その側《そば》で、うふふ、と微笑する彼女の母親。

「だとしたら、括弧つきの『恋愛』のデジタル化を主題にしたアートは、可能か、とかはね、思うね」

へー、と僕は感心された。

うち、うちらはネットに接続する以外ないからなあ、ましてやコロナ禍、とも絵蓮は洩《も》らす。

「河原さん、恋愛はアナログ化するのも芸術にはちょぉぉぉぉっと無理」

「それはモワちゃん一個人の意見？」

するど宮脇燃和は、たぶん僕に倣《なら》って、拳《こぶし》からつき立てた自分の親指を、自身の胸につきつけた。

「あたし」と言ってから、間《ま》を置き、「の、経験」と言う。

「モワちゃん、の？」

「の、初恋のすべて」

「出たー」と絵蓮。

「光延さんにはがっかりしたなあ。あたし。光延さんは、政界入りして、ああいう……ねえ？あたし、これエレンには言ってないよ？　あたし、わが初恋、の、すべては、はい、いろいろ何度か管巻《くだま》いてます。その……何百回も？　けれども、いまからのは初告白。河原さんのこのインタビューに応えて、『えいっ！』と口に出す。あたしがそれ駄目じゃんと思ったこと。それ光延さん致命的じゃんと感じたこと。出来事。光《みつ》の……じゃないんだよね、ミツノブじゃ。コーエン、政治家の、光延《こうえん》さん。あれはいつだったんだろう、だいぶ前。テレビに出演してて。日曜討論？　ぽい感じの。言ったのよ。そうだテレビ朝日だったな。司会が？　違うな、コメンテーターだったな、煽《あお》るタイプのコメンテーター役のタレントがね、タレント経済評論家がね、

『日本の問題点は人殺しができないことだね』

とかってやって。放言して。

そしたらゲストの光延さんが、

『できますよ』

の即答。

『できる?』

『死刑で。死刑にできます』

これよ。びしっと決めて。そうしたら話題になって。この発言。タレント経済評論家を一発で凹《へこ》ませたのもそうだし、保守には受けるし、それとは反対側の……リベラル?　リベラルは、もともとマッチョなタレント経済評論家のことを目の敵《かたき》にしていたから、カタキの敵《てき》は味方?　的な攪乱《かくらん》戦術にハマって、あはは っ、攪乱戦術、こういう表現ができるってママは伊達《だて》にS級の高学歴主婦じゃないねっ」

「そうだねっ」と娘の合いの手。

「そのS級のあたし、あたしはっ、光延さんの罠にはハマらなかったね。あの表現……この人、マズいな思った。『死刑にできます』だよ?　ぞっとしない?　あたし、した。でも世間はけっこうスカッと?　した。だってあたしスカ勝ちみたいなスポーツ紙のヘッドライン、見たもの。当時。コンビニ入り口の新聞売り場とかで。あたし『凄い技術《テク》だなー』思って。あたし」

「でもね。でもね、ママ」

「なに?」

「死刑制度ないとマズいよ?」

「そう思うのマズいよ?　ママ激《げき》おこ」

「でも、でも、でも」と言いながら、宮脇絵蓮は母親に向けていた顔を、正面に、ということはコンピュータ内蔵のカメラに、オンラインの端末越しの僕に向け直して、僕は、激おこ?　と多少まだ戸惑っていたのだが、「うん、聞かせて。エレンさんの意見」と促したら、「うちらの世代って、そういう、ライト？　軽いんじゃないんですよ、右側ですよ。右翼。の、ライト。ライトセンターレフトの」と意外なことを言った。

思わず「の、ライト」と復唱してしまった。「――保守なんだ？」

「そうです、保守イズム。うちら、ああいう人、信頼できるんですよねっ」

「あー」と宮脇燃和が頭を抱える。これは文字どおり、両手で頭を抱えたのだ。缶ビールの中身が危うい。

「だって、都知事選に出た時も、うち憶えてるんですけど、イケてたじゃないですかっ。あれは八年前？　エレンは中一かあ。エレンは光延さん、推《お》しでしたよ。『東京を一国《いっこく》に匹敵させる』とかって。あのスサノオのイッコク節《ぶし》？　学校《がっこ》でも受けてたなー。『都には都の外交がある。日本といっしょに外交ができる。東京都の予算は、年間予算は、スウェーデンの国家予算なみである。韓国のそれとも同規模である。それら一国の。しかも人口はいっせんさんびゃくまん人』、ここ、ここです、リズムよかったなー、『いっせんさんびゃくまん人、その税収だけで予算編成ができる、できていますっ、みなさんっ、そうした自治体は全国で唯一です、国から財政調整の交付金をもらっていない、ということは、すなわち、独立採算が可能なんです、これはっ、国だっ、東京は日本に属する首都だけれども、東京も国だっ。こんな、ひとつの国のなかにふたつの国がある国家は、ないっ、ないんです！　この可能性は、無限っ。東京の完全なる自治は日本をふたつにして、一足す一は二なのに、けれども日本に、還元しますっ。どれだけ強靱な、強い、豊かな、巨《おお》きな、新しい、けれども伝統的なっ、日本ができることかっ。私は日本の安全保障の、法整備のことも、言いたいっ。言えるだけの力を、ここで蓄えたいっ。ここは東京です。東京にはどれほどの、どれだけのっ、可能性があるのか。私はまだ、人生を五十年も経験していない、織田信長は人生五十年と言いました、おっと違った「人間五十年」だった、五十年、言いましたね？　その長さは経験、体験していない、若輩者だっ、しかし可能性が、可能性があるっと言えませんか？　言えるっ。すなわち東京とおんなじなのだと言えませんか？　言えるっ。そんな私、大沢こうえんをつぎの都知事に。そうなのです、もしも東京が一国ならばっ、私はっ』と言ったら、聞いていた人たちは全員いっせいに、『総理っ!!』です。大沢総理って、うちも思ったなー」

「ひどい演説……」燃和がため息をついている。

大沢光延はテレビで、堂々と、以下のような発言もした。

「僕は大統領型の政治家に向いているんですね」と臆面もなく言った。

「無党派層は、僕が好きでしょう？」と言った。都民に問いかけた。

「浮動票は僕にしか集まらないでしょうね」と予言してから、「待てよ。俵藤さんの子飼いにも、そこそこいくかな？」と嗤《わら》った。「俵藤慶一議員《せんせい》の、お弟子さんにもね」

「東京の有権者というのは独特でしょう？　それは、ほら観点を変えてほしいんです、東京がオリジナルだということです、東京がユニークだということです。世界に比類がない。いろいろなところが卓絶していますよ、でしょう？　それは、ほら例の一足す一は二なのに、還元されて一です、日本の正真正銘のユニークさを証しています。補って支えもします。東京が美しい、のならば、日本は美しい。東京がもっともっとアトラクティブならば、日本はもっともっと、もっとアトラクティブで、地球の、他の、どのアトラクションも敵わない。ね？　これがスサノオ方針です」

東京から――

東京都から日本を、日本国を変える男。

の、すべて。

宮脇絵蓮は「国が国を護らないのならば、東京都が国を護るって名言も、凄かったですっ」と言っている。それを制して、宮脇燃和が「コロナ禍だから、面会謝絶でしょう？　病院」と訊いている、僕に。僕はそうなんですよと答えている。国内外の、いまだ告別の儀式が許されず、いわずもがな最期《さいご》の看取りがいちばん難しいコロナ禍の実情を挙げて、入院患者への面会がいかに難度が高いか、を説いて、「病院はなにしろクラスターを恐がるんで、もう徹底的に、相当に難《かた》し」と言った途端、この「難し」っていうのは口癖だった、彼女の、と連想した。というよりも谷賀見讃その人を連想した。

手もとに視線をやる。

自分の手もとだ。リアルな空間。

僕はコンピュータの前に座っているのだった。27インチのディスプレイのまん前に。卓上にそれが載る。ワイヤレス・キーボード以外の周辺機器は載らない。しかし卓上に、筆記具、鋏《はさみ》、コンパス、輪ゴム、それからブラシか、そういうものは置かれているのだとは以前説明した。Cのノートの山があるのだとも言った。他に二つの山があるのだと言った。取材ノートと写真のプリントの束がそれに相当すると説いた。そして宮脇母子とZoomをするのに当たって、後者の堆《や》積《ま》が整理されている。

谷賀見姉妹の写真が、いちばん確認しやすいところに、ある。

その頃の谷賀見姉妹（そこには宮脇燃和はいない。谷賀見燃和だけがいる）が。

指さきでシャッフルする。

その一枚をひき出す。

「なに？」と尋ねたのは燃和だった。

「河原さぁん？」と僕のふいの沈黙に不審を表明したのは絵蓮。

「これ」と僕は画面に映るように写真を掲げる。つまりカメラに示した。

「ピントが……合ってないけれど……あたし、わかった！」燃和が言った。

「タタエ伯母ちゃんだ！」絵蓮が言った。

「お姉ちゃん。それって、あっ、あっ、河原さんそれでピントぴったり。いつの写真？　いつ頃？　わかった九〇年代」

「えっ、ママ、バブルっ？」

「は崩壊。あの、クリスマスみたいな、時の？」

僕は答える。「一九九一年十二月二十六日。モワちゃん、だいたい正解。谷賀見讃二十一歳のポートレートがこれです。スナップだけどね。さながら演出ゼロの絶対スナップショット」と土《ど》門拳《もんけん》をもじる。

「うわっ伯母ちゃん、伯母ちゃんがタタエ伯母ちゃんなのに二十一歳だなんて？」二十歳が叫ぶ。

「ナチュラルに美人ね」と妹が評する。「髪をワンレンにもしてないし」

「いまのイメージより優しいね？」

「そうだねー」と母親として答える、今度の燃和は。「二十一歳……その二十一つながりで言うと、二十一世紀に入ってからのお姉ちゃんは、気合い入ってるからなあ」

「伯母ちゃん変身したの？」

「変身はしてない。でもね、お祖母《ばあ》ちゃんちね、このママのほうの、ママ方《かた》のお祖母ちゃんだよ、あそこって、実家のお社《やしろ》ってずいぶん変わっちゃったんだよ」

「豪勢《ゴーセー》だよね、敷地と建物」絵蓮は言った。

「うん、勢いはある。でも『神道界変革』言われてもなあ。お姉ちゃんに、時おり鬼の形相されてもなあ。それがクールビューティだったりすると尚更《なおさら》に、ちょっとびびる。そうだ、エレン、あたしね、エレンちゃん、あたしもいちおう神職家の娘」

「そのことは知ってる」

「このママがだよ？　あたしがだよ？　宮司のお嬢さんでさ、お祖母ちゃんは巫女《みこ》職代々の家柄だよ？」

「ええっ」

僕は「そうなんだよ」と言って、「だからエレンさんにも巫女の血が」と付言する。

「河原さんのほうが、うちのウチに、宮脇家に詳しいんですかっ」

「これは谷賀見家の話だね」

「というか、お祖母ちゃん方の、参瀬《さんのせ》家の」燃和が訂正する。そのまま、「なんだろう、あたし……少し思い出してきたな。お姉ちゃんの名言。ぶらんこは一日に十分間？　あたしたち、姉妹《きょうだい》の二人ぶらんこをやっていた気がする。記憶はちょい曖昧だけど。ああ、なんだか素敵なお姉ちゃん。クールビューティの昨今とナチュラル美人の大昔と、妹思いの大々昔《おおおおむかし》？」

その昨今の谷賀見讃に、僕はなかなかコンタクトが取れない。取材そのものが拒まれているわけではないけれども、「オンラインは絶対NG」と言われた。しかもマネージャー経由で。谷賀見讃の身辺は堅《かた》い。これもまた難《かた》し。

18

それはそうと大杉栄《おおすぎさかえ》のことだ。

僕は考察する。

ここでも伝記読者のあなたとともに考察して、「僕たちは考察した」と言い切りたい。大杉栄という思想家、にして社会運動家、いいやアナーキストと一語でまとめるべきか？　この無政府主義者は幾度かの投獄体験を持っている。いま、僕は「アナーキストと一語でまとめるべきか？」と書いた。そこに一語とあること、これはすでに大杉栄への敬意だ。大杉は、その自叙伝に「一犯一語という原則」とのフレーズを残した。と、以前ユー君が僕に教えている。

思想史の専門家たる大澤結宇は、「これは入獄一回ごとに、外国語をひとつ独習ですよ、河原先生。河原さん」と解説した。「初めはエスペラント語、二度めの収監でイタリア語、三《み》たびのそれでドイツ語、この時は齧ったただけで、その後の獄中生活でドイツ語はちゃんと修めて、ロシア語、スペイン語もやろうとした、かな？　やったのかな？　もともとフランス語と英語はできてて」なる具合だったそうだ。

そして、ひるがえって考える。僕たちの二〇二〇年のこの五月は、収監――の状態――ではないのかと。以下、新語ばかりを並べる。ステイホーム、ステイインサイド、自粛警察、その派生形で自粛ポリス、コロナ自警団、自粛自警団。要するに誰かは取り締まっている、その誰かは警察に似る、すなわち「ステイホームしている」は「監獄に入れられている」に通ずる。これが僕たちの考察の基底に、いいや前提にある。

となると？

伝記読者のあなたは服役中である。伝記作家の僕は服役中である。その禁錮《きんこ》刑のさなか、あなたは、僕たちは、何をするか？　積極的なアクションとして何をするか？　大杉栄に倣《なら》うことはアリだ。一犯一語、これへの挑戦はアリだ。こういうフレーズはいかがか、惹句として？　パンデミック……ナウ、パンデミック……パンデミックの現在《いま》こそ、語学習得のチャンスです！

とは、僕は思わない。オンライン語学教室への興味もない。要するに僕自身は大杉栄（彼は関東大震災の戒厳令下で、妻・甥とともに虐殺された）を手本にはしないということだ。だとしたら何者を範に選び、何をしたらいいのか？　ふと長谷川等伯《はせがわとうはく》という絵師の名前が浮かんで、この人は江戸初期に死んだ、一六一〇年だった、だから安土桃山時代の画家と形容するのが適当だ、ちなみにこうした知識は大澤結宇ゆずりではない、その他の誰かからの受け売りでもない、僕がもともと持っている。けれども長谷川等伯に何を学ぶんだ？　想いついたはいいが、そこがわからない。

等伯は、初め、地方画家だった。

仏画を描いていた。

法華宗徒だった。

たしか、上洛しても……しばらく仏画を描いていた。そのあたりか、肝《きも》は？　国宝の「松林《しょうりん》図屏風《ずびょうぶ》」を生むまでに二十年はかかっているだろうということ。

自分では納得できるところがある。この連想には。

だけれども、他人《ひと》には説明できない。容易には。

なのに、こんなことを――こんな些事を？　こんな落想《おもいつき》を？――僕は書きつけている。ここに、この文章作品内に。

この物語に。

ひとまずデジタル一眼レフのカメラを手に取る。撮るのだ、と思う。まだ写せていないものを撮影するのだ。一犯一語に対して、一犯一撮。パンデミックの現在《いま》こそ、自粛撮影のチャンスです。

この物語に自粛とのワードが現われたのは開幕早々で、その自粛の場面は垂水勝《まさる》に回想されて、大澤光延に語られた。一億総自粛、「新宿、原宿、渋谷……音楽という音楽がいっさい、鳴らされない夜が来た」。僕は、そこを呼吸《いき》するということ、と言ってみる。時代の空気は、たとえばエアロゾル感染の懸念もあるから吸い込めない、を前提としつつ、しかし情景であれば呼吸《いき》はしうる、情景であれば撮れる。

もしかしたら無音（という自粛のか、か、か、か、サウンドトか、か、ラック、か、）も写る。

アトリエを出る前にサンドイッチを準備する。ここには冷蔵庫もあって、このことは宮脇絵蓮に問われてすでに説いた、二階にあるのだ、あわせて簡易キッチンもある。冷蔵庫の野菜室には、トマト、サニーレタス。そしてチーズがありハムがある。スモークサーモンはなかったけれども十分だ。十分に恵まれた具材だ。

携行する昼食に、カメラ。それらがあれば不測の事態に対しても十分だ。

駅へ。僕はJRの中央線快速に乗る。僕は車内を観察する。その車輛、前後に見通せる車輛、それぞれの車内《なか》。「見通せる」のだ。なぜならば疎《まば》らである、乗客が。吊り革につかまって立つ人間がいない。ほとんど誰も立っていない。僕はリモートワークという流行語を、――いいや、流行《はや》っているのはテレワークや在宅勤務というワードか、それの、それらの、定着度を味わう。国分寺で乗ってきた男が、――マスク装着をしているので年齢は正確には測れないけれども三十五、六歳だという感じがする、その男が、吊り革を握ろうとした、ピタッ……と手をとめた、ぎょっとした顔になった。俺はいったい何をやりかけたんだ？　と表情が語っている。そんなものに触れてしまったら感染する、が男の言いたいことだった。自分自身に、だ。

シートの空きを探して、電車の進行方向とは逆に歩いていって、この車輛内に目標《それ》を見出す。さっさと。しかもロングシートの、右にも左にも、接して座る乗客はいない。確保される人的接触距離。

僕は、やれやれ手袋も必要ということか、と理解する。

やれやれ吊り革は危険な道具《マテリアル》だな、と考える。

手袋は、使い捨てタイプの、医療用がいいのか？　と考える。

僕は消毒液も携えるべきだったかと思案し、サンドイッチを頰張る前にはたしかに要ったなと結論し、薬用ハンドジェルってことだな、けれども都心のドラッグストアで探したら、むしろ反対に――アトリエを借りている東京の郊外よりも、郊外のドラッグストアやスーパーよりも――見つけづらいか？　品薄で、と考えながら、視線を斜向《はす》かいにやったらちょうどジェルを指に塗り、掌《てのひら》にひろげている女性がいる。その姿は、いま私は戦闘準備に入っています、と告げているようにも感じられて、僕は、これは一種のシンボルだと感得し、だからといってその女性（何歳なんだ？　四十代？）にカメラを向けたいとの衝動には駆られない。

まだだ。ここではない。

一瞬、車内の僕を自撮りしておこうかとも思った。

それでもない。不織布マスク着用のセルフ・ポートレートに何かが表われる、わけではない。

報道的にはそうだろうが芸術的には表われない。

僕は何を撮るのか。

ここではない。

必要であれば隠し撮りもするのか。

それではない。

後ろに去る吉祥寺駅のホームがある。荻窪駅のホームがある。停車する中野駅、それから。

新宿。

頭に――僕のアタマに――「新宿、原宿、渋谷」と声が響いた。かつて垂水勝が口にした地区名。それを指図の声と解釈して、山手線に乗り換える。内回りのホームに移る。乗り込む。原宿……を通過した。渋谷……を車窓《そと》に見た。そのまま大崎から品川へ。体では感じられないがたぶん山手線の最南域の半弧《カーブ》を曲がって北進しつつある。高輪ゲートウェイ駅というのを初めて眺める。下りない。東京……を通過する。上野……も通過する。飽きない。そして僕はたぶん、田端のその先で山手線の最北の点には達していて、ところで山手線という環状電車はほんとに円形なのか？　それが気になり、スマートフォンで調べる、画像（路線図の）によれば田端と池袋のあいだで巣鴨と大塚が凹んでいて、すなわち山手線はぜんぜん円形ではない。心臓形《ハート》だ。

その事実に感心する。

感心のあまり、ふたたび着いた新宿駅を、通過する。

そして原宿、渋谷。品川、東京、上野。池袋。

その心臓形《ハート》の路線を二周しつつある。

僕は何も撮影していない。これではない。だから、まだ撮っていない。

僕は考えている。円形ではない路線は、どのように東西南北を判ずればいい？　乗りながら。

僕はさらに考えている。たぶん谷賀見讃だったら紙を用いるんだな。神具としての紙で方位を察する。紙片《かみ》で、東西南北を判定する。はずだ。

僕は想い起こしてもいる。谷賀見讃は紙相撲に勝《すぐ》れる。

絶対に紙の力士を、無敗にする。

ということを僕は思い出して、考えている。車内観察を続けながら。中央線快速よりは多いにしても、この乗客数は尋常ではない、少ない、と理解して、それ以上に賑やかさがない、——会話がない、毫《ごう》もない、とこの二時間、確認しつづけて、これだと言葉が感染源だと誤解されても仕方がないなとも感じる。COVID－19の飛沫感染、改め言語感染。

車内アナウンスを流すスピーカーには、だけれどもマスクは貼られていない。

とうとう僕は腹が減ってきたなと自覚して、この日三度めの到着となる新宿駅で、下車する。

構内ではいちばん馴染みがあるのが東南口なので、そこから改札を抜けようとするが、閉まっている。東南口だけ閉鎖されているのだ。もちろん緊急事態宣言下だから、との理由で。僕の記憶では新宿駅はその一日当たりの利用者数が世界一である、はずだ。これも耳学問だから謬《あやま》っているかもしれないけれども。だけれども、世界二位でも世界三位でも世界百十一位でも、普段はそうである新宿駅の構内がこうも閑散としている様相《ありさま》は、なかなか迫力がある。一人ひとりの利用者が目立ちもする。黒いマスクを着けた男、青いマスクを着けた女、その二人には都心らしさを感じて、それから視野に入ったのは白いマスクに白い眼帯の女、覆われているのは左目だった、続いて、黒いマスクと黒いサングラスの男。……ファッションなのだろうか、戦闘的な防御《ディフェンス》なのだろうか？　僕は、南口の改札を出る、甲州街道を渡る。幅なんメートルもの横断歩道をだ。人出が極端に減っていることは開放感につながるのだけれども、いっぽう陰鬱な印象も白昼の新宿《ここ》には与え、それはつまり、徹底的にポジティブなネガティブさとも言い直せるなと僕は考える。考えるのだが、それっていったいどういうことなのか。積極的な消極主義？　横断歩道で左を、東を眺めわたすと、シャッターが下りている……あちらで、こちらで……シャッターには貼り紙。ここは僕が知っている（とぼんやり思いつづけている）新宿に装塡された別の新宿だなとも感じる。ところでポジティブは陽性でネガティブは陰性だな、この感染症の、とも遅れて了解する。陽性反応の出ているネガティブの新宿？　だがここでもないのだ。僕はカメラを構えない。僕はデジタル一眼レフのカメラを、もはや意識もせず、空腹だけを意識して、サンドイッチならば公園とか広場とかか、頬張るならと思って、新宿サザンテラスの遊歩道から、新南改札へ抜ける通路を進む。いちど曲がる。すると、ある。あった、広場が。

ウッドデッキと緑。

いっぱいのベンチ。

あちこちに段差。そこにも腰かけられる。

線路の上方に設けられたテラスなのだった。主眼がそこにある広場だった。「JR新宿駅に吸い込まれる、あるいは反対に、JR新宿駅から現われ出る電車が眼下《した》に眺められる」とのコンセプト。銅像も置かれている一角なのだった。それはペンギン像だ。JR東日本はその非接触型ICカードのキャラクターを、ペンギン、に定めていたから。僕は、広場、それから、像、との組み合わせになにごとかを感じとっているのだけれども、その感知の内容がわからない。しかしここであるとは察知している。撮影をするのならばここであり、だけれども生命《いのち》なき銅像ではない、と。場所を決める。何段もの、階《きざはし》の連なりの、いちばん上段。そこに尻を下ろし、両脚は、膝を少し立てて、ひろげる。僕は休む。これほど屯《たむろ》するには最適のスポットなのに、誰も集まっていない。人間が。それ以外も。僕は、一、サンドイッチを出す。それから、二、マスクを外す。そして、三、サンドイッチを齧り出す。するとたちまち集まり出す。何が？　人間ではないけれども生命《いのち》あるものが。鳥たちが。初めは鳩、これは土鳩《どばと》だった、それが二羽、三羽。それから雀、こちらは群れで来た。十数羽の、ひと群れ、ふた群れ。もっと。僕は、サンドイッチのパンの端をちぎり、投げる。羽音——鳴る喉——羽搏《はばた》き、上げられる目（土鳩の、雀の）。僕を見ている。タッタッタと土鳩は駆け寄る。この僕に。そして雀たち。啼《な》いている、チチッと。僕はもっとパンをちぎる。土鳩は二十数羽に増えている。雀はとうに百羽を超えただろう。僕はパンを、それから具材の、チーズもハムも、サニーレタスまで割いて、細片にして投げる。前に、左に右に、後ろにも。投げるとは与えるということだ。自分が助けを求められていることがわかった。この都市鳥《としちょう》たちは飢えているのだ。都心部からは、在宅勤務と飲食店の営業自粛要請のためにいっきに残飯が消えて、ターミナル駅のこの広場にも、餌をやる人間たちの集《たか》りが先月以降激減し、いいや三月の後半以降か？　消えて、この鳥たちはほとんど純粋に飢えている。言葉を換えよう。鳥たちは飢餓に対して純粋だった。ほら、鴉も来た。ほら、あの土鳩はどうしたんだ？　あの一羽は、片肢《かたあし》がない、指がうしなわれて潰れている。それでも懸命だ。僕はパンを拋《ほう》る。ハムもやらなければもっとハムもやらなければ。でも全員に、ここに集《つど》っている全羽に分けなければ。そんなことは僕にはできない。僕のサンドイッチは有限であり、僕は助け切れない。にもかかわらず都市鳥たちはその総数を二、三百羽に至らせて僕を囲む。もしかしたら僕を崇《あが》めている。僕は、一、サンドイッチを解体しつづけながら、二、同時に器用にカメラをとり出して、構え、三、この情景をこそ撮るのだと定《き》める。これなのだ、これだったのだ、ここだ。しかしファインダーは曇っていて、どうしてだ？　いったい何が邪魔をしているんだ？　風景に奥ゆきがない。シャッターが切れない。レンズが穢《よご》れでもしたのか？

そうではなかった。僕はボロボロ泣いている。

僕は咽《むせ》んでまで、いる。

なぜ自分のことを書いているんだろう。

この物語には僕自身の挿話は嵌めない、というのは一〇〇パーセントの前提だったのに。だから「自分の過去にひっぱられては、駄目だ」と警戒、自戒した。

そもそも僕（というナレーター）にたいした注意は払わないでほしいと願って、語り手の僕の存在はさっさと忘れてほしいのだとまで言い放ち、起動後のこの物語を前に進めた。

ただし、途中で、疲れを表明した。「もはや『河原真古登は……』」うんぬんと僕自身を客観的に突き放すのは、限界だ」的に言った、はずだ。

それが語り《ナラティブ》のスイングだった。

そして、……そして……。


そもそも僕は嘘を書いた。嘘をひとつだけ書いた。真実を描出するためにそうした。僕はあの広場に、そう易々《やすやす》とは入っていない。そこは前年の春から工事中であり、閉鎖されていて、しかし来月（二〇二〇年六月）にはリニューアル・オープンを果たす。要するにすでにほぼ完成していて、そこに、僕は忍び込んだ。潜入して鳥たちに餌を与え、泣いたのだ。


長谷川等伯の「松林図屛風」に戻り、僕のクライアントに戻る。

この六曲一双《ろっきょくいっそう》の水墨画——そこには松林があり霧がある。霧があり松林がある。それしかないしそれ以外のものが充ち満ちる——は誰に制作を依頼されたのか？　どの寺院に？　どの武将に？

不明である。

僕はどうして大澤光延《みつのぶ》／大沢光延《こうえん》なる為政者の、このような伝記を著わしているのか？

一部分はもう説明した。と、僕は考えているのだけれども、足りないのかもしれない。

あるいはまた、その為政者の実弟の言《げん》を引いて、「兄さん（「大沢こうえん」）への祈りを集めるための著述《アート》」だとも、書き留《と》めておいた。

その著述《アート》のクライアントをそろそろ出す。ただし二人めのクライアントであるだとか、委嘱してきた組織の二人めの代表であるだとか、一人めはもちろん思高埜工司だとか、はさきに言う。

登場するのは思高埜樹子である。

かつ、妹・大澤蔦子《つたこ》とのペアである。


「あなたは卓球はするのかしら。真古登さんは」

「そうですね……」卓球？

「あたしたちはダブルスをします」

質問を放ったのが思高埜樹子で、僕の回答を待たずに答えたのが大澤蔦子だった。コンピュータの――Ｚｏｏｍの画面に姉妹《きょうだい》が映っている。二人は半袖のスポーツウェアをまとっている。たぶん上下揃いのウェアで、トップスの胸にはワッペンがあり、たぶん悉曇《しったん》文字がロゴタイプ化されている。たぶん災厄苦難の魔《ま》除《よ》けの一字だ。萬葉会のウェアだとわかる。

「『ダブルスをします』というよりも『ダブルスをしました』がよいのじゃないかしら、蔦子」

「そうだわね。姉さん」

「いまはダブルスも密《みっ》。スポーツ施設を開けるのも、ほぼ官禁《かんきん》。あら？　あなたは『官禁って、なんのことだろう？』という顔をしてらっしゃる？」思高埜樹子は僕に尋ねた。その視線が真っ正面にある。コンピュータの内蔵カメラを直視しているのだ。

そして、尋ねられた僕は実際に、カンキン？　と考えていた。

「なんのことですか？」と訊いた。

「官の、政府の禁止、ですね」

「ああ、官キン……」そういう禁制か。「萬葉会には、スポーツ会館は、相当あるんですよね？」

「二十三都道府県にあります。都と府に多いので、東京に十館、大阪と京都に併せて十一館、計、四十四館あります」

たぶん文化会館がその二、三倍ある。メディア・センターは本拠地に一館。これは組織体の集約を意味する。いっぽうで保険会社や旅行代理店、仏具販売店——といった機関——は多数の地方都市にも根（支店）を張る。散らすことが要《かな》めになっている。墓苑《ぼえん》事業は、これらとはまた異なった展開の仕方をしている、つまり運営戦略を持っているのだとも聞いた。

「その、四十四館？　のスポーツ用の施設が、どこも閉じているんですか」

「だからダブルスができないのね」と樹子。

「あなたは卓球をするのかしら」と蔦子。

僕は「失礼しました。樹子さんにも訊かれてたんだった。僕は」と言って、「卓球は、僕は、中学の一年生の時にだけ、して、これは部活の、卓球部と美術部の二足の草鞋《わらじ》というやつでした、大学で、学部生だった四年間は、春と夏と冬には、しました。レジャーとして、です」と、答える。

「けっこうしてるじゃないの」

「けっこうしてるわ」

この瞬間、姉妹の反応はほとんど和声《ハーモニー》を生じさせた。

二人は七十代である。思高埜樹子は七十五になっただろうか？　正確な誕生日がいつかまでは僕は取材していないので、そこは曖昧だが（ちなみにこの僕の誕生日は十二月一日である。当年とって六十一歳だけれども、こうした成句を用いなければ満年齢の六十だ）、一九九一年の秋から翌《あく》る九二年の春までの年恰好《としかっこう》は把握ずみで、そこから見当はつけられる。妹はその二歳下。二人は、たぶん同じメーカーのウィッグを着けている。だから頭髪の印象は、明るい、ボリュームがある、けれども不自然な若々しさはその鬘《かつら》に演じさせていない。なぜならば白髪《シルバー》を主体にしていて、それにウェーブをかけるだの毛の密度を調整するだの、手間をかけ、そうやって自分たちの頭部を仕上げているからだ。もちろん姉には姉の個性がある。妹には妹の個性が、ある。

思高埜樹子は新宗教団体の、組織体制の内部にありつづけている。「現役だ」とも言い換えられる。

大澤蔦子は、夫・秀雄とは二年前に死別し、未亡人である。「退いたのだ。世事《せじ》から」とも言える。

その二人に、「けっこう、僕、してますかね。卓球」と僕は応《こた》える。

和声《ハーモニー》を持った姉妹に一挙に応える。

これで妹のほうにも、Ｚｏｏｍで会話している……取材をしている、となるから。

やっと、こうしたインタビューの機会を設けられたのだ。

「もしかしたら『してました』じゃないのかな」

「なにが？」と樹子。

「なにを？」と蔦子。和声《ハーモニー》。

「卓球です。『卓球をしてました』という……」

「そうね。ダブルスをしていました、との訂正に鑑《かんが》みれば」と、言ったのは姉である。「緊急事態宣言になって、あたしたちはシングルスしかできないんです」

「一対一《シングルス》で対戦すると、つまらない」妹は洩《も》らす。

「姉妹《きょうだい》は争わないものなのよ」

「でも、そのウェア――」と僕は画面越しに指摘する。「――さっき打ち合ってきたか、それとも僕との会議《これ》が終わったら打ち合うか、でしょう？」

「このウェブ会議は、なんの会議?」姉が言うのと、

「姉さんのとこにはテーブルがあるから、いいのね。卓球台」そう妹が言うのと、
同時だったので、僕は蔦子に答える。

「いつでも打てるんですね?」

「だから、エクササイズしたのね。さっき」

回答をもらえた。

「えっと、樹子さん、会議?」と僕は訊いた。

「卓球台の高さは床から七十六センチです」

「なるほど。たしか国際規格が、公式のサイズがそうだったんですよね。空憶《そらおぼ》えはしています。

それで『会議』言いました?」

「しーっ」思高埜樹子はいきなり沈黙を求める。僕に。

え?

「あなた探偵の目をしてるわね。真古登さん」

「していませんよ」探偵?

「サイキック探偵」

「なんですか、それ?」取材することを探偵だと非難されているのだろうか、暗に?

思高埜樹子は沈黙している。

思高埜樹子が凝《じ》っとしている。何をしているのかと言えば、僕を見据えている。コンピュータを介して、無線の回線とディスプレイの画面を介して。空気が冷える。というのは誤認だ。ここアトリエの室温はきっと変わっていない。僕はふいに、視《み》られている、と了解する。空気は薄

い。そうなのだ、薄まったのだ。それはもしかしたら、Ｚｏｏｍというウェブ会議用のアプリケーションのこちら、僕のいる側と、あちら、思高埜樹子そして大澤蔦子のいる側の、空間が底を通じた……から？　これはどういう直感だ？　けれども深い静寂はそちらから来ている。僕は、というよりも僕の側は、ただ単にすっぽりと包まれる、その深さに。ところで妹は、と僕は、けっこう眼底に力を入れて眸《め》を動かす、蔦子はどうしているのか？

片目だけ瞑《つぶ》っている。

あれは左目か、右目か？

もちろん左の、瞼《まぶた》だ、閉じている。

背筋は伸びている。

それから右目が閉じる。

樹子に——僕は——眸《め》を戻す。焦点を。ゾワッとする。どういうことだ？

「あなたにも何かあるわね、怪物的な美術作家として」と言われた。

何がだ？

というか無言《しじま》は破られている。

「僕にはないですよ」と答えてみる。

「世界で活躍できる日本人の芸術家《アーティスト》って、調べたんですけどね、調べさせたんですけどね、十人いないのね。数え方によっては十人を超えるけれども、そうしたところで十二、三人程度ね。それっぽっち。あなたの作品は、ここにいる妹の亡夫《ぼうふ》の、秀雄さんが購《か》ったわ。それはたぶんあなたが二十代の頃に？　二十代後半の？　作品を。何点も何点も。そうね？　その後も、そうね？　荻窪のあの大澤のお邸《やしき》を、飾った。そうね？　三十代の作品はあって、その後は、そうね、お値段は高騰したわね。一般人には購入は難しい。セカンダリーの市場《マーケット》では一千万円を超えるようになって。そうね？　だって、真古登さん、あなたという芸術家《アーティスト》には国際的な評価があるから。日本では無視されがちなのに、あるから。でしょう？」

「それは……」僕は言葉を選ぶ。「……日本にいると日本がわからないといったようなことを、わかるからですよ。たまたま。僕自身が変なので。すると、そこで勝負ができて……」このそこを説明できない。

「あなたは創れているのよ」

「創造という意味でなら。ええ、創れていますね」

「あなたはクリエイター」

「ですね」

「そして秀雄さんだけれど、いえ、蔦子だけれど、この人は寡婦《やもめ》になってから、あたしと始終、いるのだけれども、そうね、四月六日からは、ほとんどずっとこちらにいます」

「そうだったんですね？」思高埜邸にいる、と把握する。

卓球用のテーブルがある邸宅に。

「そうしないとシングルスも、無理でしょう？　ね？」と卓球の話題が出る。

たまにしか会わない人間と、密になる、のがいちばん危険である。

そうであるのならば——。

「なるほど」

「この家には、雉子《きじ》を放しています」と樹子は言った。

19

作品の委嘱、依頼という本題になかなか入れない。

「庭にいるんですか？」

「雄です」

「そういう質問はしていません」

「中庭にいます」

「啼《な》きますか？」

「ケンケーンとね。でも、発情しなければそんなふうにはならない。雉子は日本の国鳥ですよ」

「知りませんでした」

「クリエイターという言葉は、これは英語？　とても奇妙な英語ね、これは。だって、あなたという芸術家《アーティスト》はクリエイターで、だけれども、そこにザを付けたら？　ザを付けたら、それは造物主を指すことになるのだって、あたし存じあげておりますよ。ザ・クリエイターはゴッドになるのだって。ゴッド、これすなわち神ですね。それにしても、日本語の歴史にはお馬鹿さんがおりましたね。神と言えば古来日本《ここ》では霊的なる数多《あまた》のものであって、国土の創造神もいれば動物も、植物も、山も、川も、もちろん人も、崇《あが》められれば神です。それなのにゴッドに神との語《ことば》を宛《あ》てて満足した人は、本当にお馬鹿ですね。たとえば水が神になる、たとえば石が神になる、そのことが理解できているのに、どこかの清流はゴッドにはならない、どこかの奇岩はゴッドにはならない、って、このことに想いが及ばない人びとも、お馬鹿ですね。静岡県の御殿場市のひとつの清流がユダヤ教を誕生させたかしら？　神奈川県の丹沢山地に祀《まつ》られる霊石がマリアという母を持つ救世主……人の子を地上に派《つか》わしえたかしら？　イスラム教の『クルアーン』はどう？　ねえ、あなた、ユダヤ人もクリスチャンもムスリムも、この不届きな翻訳には腸《はらわた》が完全にボイルいたしますよ。でもね、仏性《ぶっしょう》はどう？　一切衆生悉有仏性《いっさいしゅじょうしつうぶっしょう》、生きとし生けるものは仏となれる資質がみなに具《そな》わるのですし、それはもう植物だってそう。そして草木国土悉皆成仏《そうもくこくどしっかいじょうぶつ》、国土といった心を持たないものにも仏性はあって、ほら、八百万《やおよろず》の神々にちゃんと仏との語《ことば》は宛《あ》てられました。ここから本地垂迹《ほんじすいじゃく》の正しさも証される。お馬鹿さんではないですね、この、仏の一語はね。それでね、あたしならこう言いますね、『ゆえにゴッドにも仏性あり』って。

　ザ・クリエイターにです。

　造物主を仏教的に説いたら、何になるんでしょうね？

　梵天《ぼんてん》、と言ってしまうのもおもしろいわね。梵天とはブラフマーのことで、インド神話の、宇宙の創造者のことだから。

　創造者。造物主。

　そして仏教の守護神になりました。ブラフマーは。このザ・クリエイターは。

　真古登さん、あなたはザっていう定冠詞はないクリエイターね？　だって『創造という意味でなら、然《しか》り、創れている』んだものね。そして、ある作品を創る、それらを創った、と説明される時には、どうでしょう？　やっぱり頭にザはあるんじゃないの。『その絵の創造主は自分です』って、言わない？　あたし、そうなるはずだって存じあげておりますよ。その観点に立てば真古登さんは、ゴッドである、梵天である。造物主として欲界《よっかい》を支配される大梵天王《だいぼんてんのう》である。かつ仏性あり。いわずもがなね。をかしや、をかし。

あなたにはあるのよね。何かが。怪物めいた何かが。それから、あなたにはステレオタイプがないのよね。芸術家《アーティスト》だったら八方塞《ふさ》がりの窮厄《きゅうやく》に生きて絶望、不審、忿怒《ふんぬ》をモチーフにする、みたいな？　その手の紋切り型が、見えないのよね。ぜんぜんエキセントリックじゃないし。優《やさ》形《がた》を演じられるし。そして、だから、そこにあるのね。そこにあるとあたしには視《み》えているのよ。あなたは二流の芸術家《アーティスト》じゃないって。一流の芸術家《アーティスト》でもないって。超一流なんだって。然《しか》り、怪物。ねえ？　そんな人間はあんまりいないのよ。あたしにこんなふうに視られる人は。あたしになんだし、真古登さんの作品は、作品群はあたしの息子に。

工司に、視初《みそ》められたし。

そしてあなたは、注文だって受けたんだし。お仕事というものを受注したんだし。あたしたち萬葉会から提供される、資本、前渡し金も、をちゃんと容《い》れたんだし。それが『多すぎる』と言わない点からも、真古登さんはもう、見通せているのでしょうし、視られるに足る。をかしやをかし」

本題に入っている。

「金銭のことは、大事です」

「プロとして？」

「制作には。元手なしには作れません」と答えてから、創れません、と脳内で言い直す。

「原稿料にしては高額だとは言わない？」

「これは文章作品なんですが、本……ただの本、というのとは違うでしょう」

「違うの？」

「展示されます」――言ってから――「展示も」と助詞を添える。

「『ただの本とは違う、ただの作品だ』と言いたいの？」

「『ただのアート作品だ』言いたいですね。となると、報酬は、そうじゃないな対価《それ》は対価《それ》でそうなんですが、制作費です、請け負った仕事の、これはスタート段階で、または構想段階で、だな、潤沢であればあるほど、いけるところまでいけます。たとえば一年、二年を犠牲《いけにえ》にできる、ということです。そうした制作期間を計算に入れて、実制作にかかれる、ということです。そして、僕は、ただ原稿を書いているわけではない。いずれ展示されるコズミックな原稿を書いている」と説明してから、「展示もされるコズミックな原稿を書き進めている」と言い改める。「そのために、もうプログラマーたちとの打ち合わせはしている、って、樹子さんご存じですね？　外部のデジタル工房との交渉には入った、あちらにもお金は流れ出した……は、もちろんご承知ですね？　どこに着地させるかは、文章作品のそのエンディングを経なければ、決められません。言うところの脱稿ですね、脱稿したら、考えます。固まります。その試行錯誤にも、萬葉会は……萬葉会さんは、惜しみない援助をします。僕のクライアントさんはね。僕ね、この事業《ワーク》は刺激的ですよ。社会的で政治的で、しかも画家だ写真家だ、その他のなになに家だと言われている僕に、初めての挑戦を……文筆家？　伝記作家だな、をやれと要求《オーダー》した。未知の作品制作はいつだってエキサイティングで、そうだな、うれしいですよ。そして、ね？　刺激を窮《きわ》めるために、これはもう、この文章作品はもう、最終的に書籍にまとまるのだとイメージするのも不要だ、ということなのかもしれないですよ。いま、僕は、いわゆる本、書籍と、美術館の境界をどう消すか、を考察しています」

「あなたが前々から、絵と写真の、混融《こんゆう》かしら？　そういうのを、ずっと試みていたみたいに？

ずーっと本質的に試みてたみたいに？」

「そうですね……、絵画と写真の、ボーダーの、それを越えようとしたには通ずる。越境という単語を僕は使うんですが。もしかしたらこれは、この本の展示は、延期されたミハシ美術館の個展に間に合います。もしかしたら」

「再開時期も決まっていないのに？」

「いないから。いつ開館《オープン》され直すのかが」

「パンデミックの様子見……」

「ええ」

「この疫病の……」

「樹子さん」

「はい」

「どうして萬葉会はミュージアムを必要としたんです？　いえ、三橋家所蔵の美術品がそもそも膨大で、みたいなことはわかりますよ。税金対策でもあるんでしょうけれど、そういう実際面は横に置いて、宗教的にはなんなんです？」

「あの美術館は宗教色は脱《ぬ》いているのよ」

「知っています。その脱色は成功もしています。ほぼ九割九分。じゃなかったら、僕は、個展は、それこそ自分の『回顧展』を謳《うた》う類いのものは、そこで――ミハシで《ここ》催すのは躊躇した、かもしれない」

「永遠を必要としたからです」

「はい？」

「美術館を必要としたのは永遠を必要としたからです。これ以外には言いようがない。芸術家《アーティスト》のあなたには、通ずる、わかると思うけれども。でも二流だとわからないし秀才的な一流でも無理ね。おんなじ芸術家《アーティスト》であっても。いいですか。萬葉会の萬葉とは、存じあげていらっしゃるわね、萬《よろず》の時代。とは、申《もう》さば永遠。真古登さん」

「はい」

「あなたの芸術は、どこに到達することで歓ぶ？　どこに到達できないことで悲しむ？」

「達成点ですか？　それは……」

「創りあげても、消えてしまうことだったりしない？」

「かもしれません」

「もしも創造者がいたら、そのザ・クリエイターが悲しむのは絶対に被造物の、消滅。影も形もなしになってしまうこと。人類だったらば滅亡？　それは、いやでしょう。ということは、わかるでしょう？　ですから頭にザってないクリエイターも」

「同じですね。おんなじだ」

「と納得できるから、ザ・クリエイターに通ずる。たとえば疫病を美術にすれば、芸術化すれば、このコロナ禍の時代も永遠へと変えられる」

「その発言は、難しいですね。咀嚼が」

「簡単に『変えられますね』と同意しないから、あなたには何かある。あたしの話を、優しい優しい怪物のあなたは、きちんとキャッチしているんですね。聞き流さない。世界で評価される人というのの基盤はこういうところにあるのかしら？　その、国際的に認められている芸術家《アーティスト》さんがテロリズムに遭《あ》った東京都のガバナーの伝記を画期的なアートにするのだと知れたら、いったいぜんたいどんなに効果があるかしら？　刺激的かしら？　話題を、もちろん日本国内でもですよ、さらうかしら？」

　高評価の逆輸入。この僕、河原真古登の。

　そして大沢光延《こうえん》という政治家の、その生涯の、その半生の価値の逆転。


　こういうことなのだ。大沢光延という政治家は、あなたも知るとおり、異名はスサノオである。スサノオ都知事である。戦略家である。その熱狂的な支持者（というか信奉者）以外からは、「あいつは注目を浴びればいいと思っているだけだ」と疎《うと》まれている。戦略家というのは、メディア対応に長《た》けすぎている点にも表われているし、テレビ映えしすぎる点にもある。ある時期からはインスタその他映えが徹底的に意識された。街宣車の上のスサノオは、ＳＰの配置以外は広告代理店にディレクションさせていると言われる。人間《ひと》の配置をだ。どう撮ってもスサノオは目立ち、どう映しても多数の支援者たちを含めた構図（その街頭の構図）が美しい。ここにカリスマがいるのだ、が画《え》として打ち出される。しかも事実、街宣車の上のスサノオの言葉は強い。人びとを酔わせる。時に異様な興奮をもたらす。「しかしあいつの発言には一貫性がない。首尾一貫性が」と難《なん》じられていて、実際に僕もそうだなあと思うのだけれど、実際に僕も、国会でも都議会でも光延《みつのぶ》君には虚偽答弁はあった気がするなあと思うのだけれど、しかしそれは、光《みつ》延《のぶ》ではないのだ、光延《こうえん》なのだ。政治哲学がない、と非難攻撃され、「僕には『この国』という信条があるんだけれどね。もしかしたら、あなたにはないのか？」と平然と批判者に応《いら》え、すると拍手喝采されて、やんやと喝采する層が大沢光延《スサノオ》に代わって批判者を「非国民！　非国民！」と呼び、国を害する者のラベルをきれいに貼る。

貼るために手を汚すということは、スサノオ自身はしない。いっさい。

その美しい大沢光延の両手は、たとえば服装《いでたち》を整えるためにある。たとえばブランド物のネクタイの位置を。

印象を映《ば》えさせるためにある。

と、反こうえん派はつねに言う。そしてそれは、事実として大沢光延にまつわりついているパブリック・イメージであって、熱狂的な支持者、信奉者たちは「だから大沢さんは痛快なんじゃないか。大物なんじゃないか」と呆れ顔で言う。そんなこともわからないのか？　と。

要するに両極とも、大沢光延＝スサノオに対して同じイメージを抱《いだ》きはしている。十年前からそうである。十五年前からそうかもしれない。二十五年前となると多少違っていて、いいや、大いに違っていて、けれども一般大衆は二十五年も遡ったイメージを保持することはない。記憶はいつでも塗り替えられる。記憶、その印象《イメージ》は。さてその前は？　四半世紀よりもっと以前となると大沢光延は政界デビューをしていない。すなわち大沢光延は大沢光延ではない、大澤光延《みつのぶ》である。公人ではない、ただの一青年である。

そこにいるのはただの一般人の若者で、しかも魅力がある。

一般人だが極端に育ちがいいから、純で、初心《うぶ》とも言えるチャーミングさがある。

そこから出発して、落差を埋めてほしいというのが萬葉会の希望だ。

「真古登さんは」と思高埜樹子は言ったのだ。——いいや、母親の代理で、思高埜工司が言ったのだ。「コーエン兄さんがみんなが思っているような悪玉の、政治屋じゃないって、わかってますから、それを俺は、書いてもらいたいんです。アート作品として書いて、表現《あらわ》してもらいたいんです。そうすれば世間から、祈りがいっぱい届けられます。ああ、ああ完治してほしい、そろそろ病褥《びょうじょく》から起《た》ちあがって、ああ東京の、日本の政治の最前線に戻ってほしいって。言うなれば……スサノオこと大沢光延《こうえん》の蘇生のための、政治的な蘇生のための書、ですね。その書を通して、祈りがどんどん集められなければならない。だからこそ、コーエン兄さんの恋愛というのは伝記の芯であっていいし、僕たち全員が面識を持ちはじめた頃の、スサノオのすべてを考えに考え、スサノオに憑《つ》かれはじめる前後の時期のコーエン兄さんのパーソナリティを前面に出してもらわないと。あのパーソナリティに迫ってもらわないと、駄目なんですよ。だからコーエン兄さんのノート、政務に就いてからの日記とそれ以前の、アメリカ留学から戻ってからのですか？　そういうのも提供された。あんなの誰も覗けません。でもうちの母がね、コーエン兄さんを簡単に説得できたし、病院でね、あの病室でね、だから真古登さんはノートの類いを手に入れられてね、ただね、俺はやっぱり、そういう一切合財は、コーエン兄さんが真古登さんを芸術家《アーティスト》として信頼していたからだし、その証しとしてね、絶対的な証明としてね、真古登さんが、コーエン兄さんのテロ直後のあの、臨死体験をビビッドに共有……シェアができたからなんだって、そこは痛切に思います。そして、みんな取材に協力していますしね。親族に友人一同。やっぱり『よみがえってほしい。コーエン兄さんに』って」

全員が僕のインタビューに好意的、あるいは積極的であるというのは事実に反するけれども。だがもちろん状況は改善されるのだ。そういうことなのだ。

思高埜樹子がパンデミック――コロナ禍――について触れている。コンピュータの画面越しに。

「この疫病は」と僕は尋ねてみる。「今後どういう収束を見るんでしょうか？　いま、中南米、南アジア、アフリカ、に感染爆発は移りつつあります」

「この疫病は」と思高埜樹子は答える。半袖のスポーツウェアを身に着け、卓球を話題にして今回のこのＺｏｏｍを発進させた超凡の老女が答える。「祈ることで、退散させられます」

「コロナが？」ＣＯＶＩＤ－19が？

「インフルだって」

　インフルエンザも？

「祈りのほかに医療以外の術《すべ》があって？」と僕は言われてしまった。「ただし祈り方にはいろいろあって」とも続けられた。「あなた、真古登さん、アフリカと言いましたね？　萬葉会の設立した公益法人にはアフリカに医療支援を行なうのが主眼の団体もあります。医療があり、祈りがあって、その祈願のありように多種の形態がある。コーエンさんのことはあなたのアート作品を通して祈る、わけですし」――僕の著述《アート》――「そう、そのために法事があります。法会《ほうえ》があるのです。けれども現代の貴種たるコーエンさんには、もっともっとダイナミックな願いのかけ方かけられ方を。あなたを介してね。あなたというクリエイター、あなたと指名されたザ・クリエイターを介してね。この新時代の貴種においては、ね？　コーエンさんの、お父さんは秀雄さん。東京都副知事を四期務めた。コーエンさんの、お母さんは……」

　僕は、ほぼ反射的に大澤蔦子を見る。

　Ｚｏｏｍの画面に。

　蔦子はまだ両の瞼を閉じている。依然、背筋を伸ばしている。

「蔦子ではないわね」樹子が言った。

継母《ままはは》だと訴えた。

「その話が聞きたい？」と僕に訊いた。

大澤蔦子の、その瞼が右目、左目と順に開く。

「あの女《ひと》の名前を一度もあたしは口にしたことはありませんよ。いない人間の名前を家庭内で、大澤家の内側《なか》で、言う、というのは妙ですよ。コーエンはあたしの息子になりましたから、コーエンが『母さん』と呼んだり『母親』と他人《ひと》に言ったりしたら、それはあたしのことだというのは、当然ですよ。ただね、かりに『前の母さん』と口にされたら、言われたら、それはあの女《ひと》のことなんだなと、そこは了解しますよ。秀雄さんは、あの女《ひと》が亡き数に入ってから、ひと月後？　ふた月後？　に、萬葉会に来たんですよ。初めは支部のほうに。あれは武蔵野市の布教所？　入信をするしないではなかった。心霊療法はするしないではあった。したんです。『して』と望んだんです。いわずもがなあの女《ひと》のことがあったからですよ。浄霊ですよ浄霊。いわずもがな萬葉会の霊験《れいげん》はたしかですから。出張除霊もしたはずです」

そこでいったん口を閉じる。

何十秒も閉じて、かつ、姉が相槌《あいづち》を入れたり先を促すわけでもないので、僕が、

「出張ですか」

と言った。

「そう」と蔦子。

「このコロナの時代の、東京の、なんとも急な、ウーバーイーツの隆盛のようですね」

「あなたが何を言っているのかわからない」

「ウーバーイーツ……は料理のデリバリーです。失礼しました。出張から連想したので」

「あなたは出前のことを言わんとしている？」

「あっ、そうです。そういう連想です。罰当たりだったら堪忍願います」

「秀雄さんを見かけた時は、痩せていたんですよ」

「痩せて？」

「断食をしたんです。だから、出前の話はかまいません。食べる食べないは関係しています。浄《きよ》めのために痩せに痩せました。二ヵ月？　ええ、二ヵ月はそうしたって。それを、あたし、姉さんに聞いて。その頃の、あたしは、何歳だったろう。二十五か二十六。あたしは姉さんに、『この男《ひと》を見なさい』って言われた。『あの痩身《そうしん》には力がある』って。そうですよ、姉さんは視《み》たんですよ。そうして三橋家のほうに仲人をお願いしようとまで。そうですよ、あたしのお嫁入りは、あたしたちの結婚にして秀雄さんの二度め、は、萬葉会の会主家が、媒《なかだち》して」

「蔦子さんは」

「なんでしょう」

「秀雄さんを、どのように思って？」

「宗教家ではない、と思いました。実際に入信は、いたしませんでした。しかし、あの男《ひと》を、あたしは好き」

そう断じた。

「それは……面識を持った、その最初期からでしょうか？」

「いま現在がそうであれば、過去《まえ》からそうなのですし、未来《さき》もそうなのです」

そんなこともわからないの？　という顔を大澤蔦子はして、僕は、自分が阿呆になった気がする。

この文章作品に向かう構えが変わりつつある。僕のスタンスが。

僕のことはどうでもいい、でいいのだろうか。

すでに解説したように、僕が僕自身を「河原真古登が、ああした、こうした」と突き放す客観的な、冷淡な語り《ナラティブ》には疲れた。かつ、もう放棄した。だとしたら。

僕のことはもういい、と一々《いちいち》口にするのももういい、ではないか。

自分のことを書いて、語って、そういう文体《スタイル》で、もしかしたら、かまわないのではないか？

だんだん、そのように思え出す。

そして、あなたのことにうんざりしてくる。あなたという読者がいるのだと書きながら何度も何度も意識することに。失敬、言葉が過ぎた。だけれども、わかってほしい。文章作品というものは当然ながら読み手が「いる」と前提視するわけだけれども、そうやって編まれるわけだけれども、しかしあなたは（基本的な設定としては）現代日本に生きている日本語ネイティブの読者であるわけで、そうするとあなたは、もちろん大沢光延がスサノオ都知事と呼ばれて評価には毀《き》誉褒貶《よほうへん》があるとか、その結果として兇刃《きょうじん》にやられたとか、それこそテロの当日の報道には多大な衝撃を受けたが、一週間二週間と過ぎ、ニュース（というか情報）が氾濫しすぎ、一ヵ月、二ヵ月と経つとうんざりして、半年でげんなりしたに違いない。そういう「そのことは聞き飽きた」顔のあなたが伝記読者に想定されていたから、僕は、伝記作家のこの僕は都庁のバルコニーでの暗殺未遂の詳細はあえて語らなかった、不敵かつラディカルにも。だってあなただったら、要らないでしょう？

で、ほら。

こんなふうに読者のあなたを相手に語ると、どうもげんなりする。僕がだ。

ここには一抹の、なにがしかの真理がある。

だとしたら?

僕は、目下、考えているのだ。熟考している。仮に……あなたが……もういないとしたら……

そのように定めたら。

この物語はどうなる。


そうしてみようか。

では試す。これがナレーションの第二の、スイングだ。


二〇二〇年五月の、いまだ緊急事態宣言の解除はアナウンスされていない、ある日の朝、僕は大澤奈々から、旧姓櫻井奈々から、連絡を受ける。「オンラインの取材は、やめましょう」と。「そろそろいい加減にね、河原さん、対面で会うというのはいかが?」と。「たっぷりディスタンスをとればいいのだから、だったら実家のお庭もあるわ。ほら、観桜会の行なわれたお庭」と言って、僕は櫻井一族のいちばんの拠点、中枢という、すなわち製薬業界的にも絶対安全であろう環境、圏内にいわば招《よ》ばれる。

大澤奈々、いずれはファースト・レディになると囁かれた女性からだ。

この記述を僕は、いずれはファースト・レディになると囁かれている女性から、と書き改める責務も負う。

第三楽章

「英雄」

20

礼儀正しさについて考える。

その巨大企業、その製薬業界の雄の、ひじょうにプライベートな足場を訪問するに際して僕がわきまえなければならないことは何か。たとえば事前に頭に叩きこんでおいたほうがよさそうなデータ等は？　ユー君がこのあいだ洩《も》らした言葉を僕は想い起こす。「ワクチンが鍵ですよね」と言い、「その情報は義姉《ねえ》さんに訊けます」みたいに続けたのだ。やや悲観的ではあったが。それは自分《ユー君》は尋ねられますということだった。

だが僕も尋ねられる。

そうしたケースでの礼儀正しさとは何か？

前々から思っていることなのだけれども、他者《ひと》にものを尋ねる場合、すなわち「質問者」になる時に、自らが発する問いに関して一〇〇パーセント無知であるというのは礼を失している。「それについて、何ひとつ知らない。だから教えて」との質問は、「それについて、ほんのわずかしか知らない。だから教えて」の問いの前に完敗する。

情熱というのは、もっと知りたい、のもっとにかかっているのだ。

ぜんぜん知らないから教えを請いたいのでございますよ、という態度を慇懃《いんぎん》無礼という。

というわけで僕は日本国内のワクチンの開発状況、もちろんCOVID-19のパンデミックに臨んでの、を調べる。新聞がソースになる。いいや新聞を出所にしたネットニュースが情報源《ソース》の大半になる。すなわち一般人であるけれども容易に入手しうる業界内の情報、また専門知識として、たとえばワクチンの作り方というのを僕は学ぶ。作り方の、その方向性だ。

製造に時間のかかる従来型がある。

そうではない新しい手法がある。「早期」の開発がめざされる。

まず従来型。これは毒性のあるウイルスそれ自体を用いる。毒性を抑え（「生ワクチン」）、あるいは化学処理でウイルスそのものは殺して（「不活化ワクチン」）、その後にワクチンとして活用する。いずれにしても生きているウイルスを実験室で扱わなければならない。今回であればCOVID-19の原因ウイルスをだ。危険であり——バイオ《B》セーフティ《S》・レベル《L》が3という水準の設備が必要、とある——そのために開発には、そして製造にも手間取る。

しかし長い時間をかけていては、このパンデミックは収束しない。

世界的流行の収束を早められない。

そこで「早期」開発が可能な新しい手法を、と模索されるわけで、しかも世界的に探求された。

——これまでのようにウイルスそのものは用いない。

——しかしウイルスのその遺伝情報は用いる。

遺伝子を人工合成するのだ。その主なワクチンの種類は、DNAワクチン、メッセンジャーRNAワクチン（mRNAワクチン）、それからウイルスベクターワクチン（ウイルスの運び屋《ベクター》ワクチン）。アメリカではすでにmRNAワクチンの臨床試験に入っている、と報道されている。

陸海空の三軍を統轄する国防総省も噛んでいるらしい。かえりみて日本だ。WHOのパンデミック宣言から二ヵ月と少しの現在《いま》、どのような動向が？

ある遺伝子医薬のベンチャーが、大阪大学と共同で複数の開発プロジェクトを進めている。ひとつはDNAワクチン。これは来年――二〇二一年――の実用化というのを視野に入れているらしい。ひとつはVLP、ウイルス様粒子《バイラス・ライク・パーティクル》を使ったワクチン。安全性にも優れる有望なワクチンということだが、昆虫細胞に原因ウイルスを感染させて生産する、というプロセスが必要なため、臨床試験に入るまでに長期間かかるそうだ（あと三年？）。さらに不活化ワクチンも研究、開発する。

ある製薬会社、ここは感染症がもともとターゲット領域で、画期的なインフルエンザ薬を出したらしい、この創薬メーカーは北海道大学人獣共通感染症リサーチセンターとの共同研究に乗りだした。治療薬開発のために、とのことだが、けれどもワクチンの開発にも着手した。国立感染症研究所インフルエンザウイルス研究センターといっしょに、と報道されている。これも昆虫細胞にワクチンを作らせる手法で、だがVLPではない。遺伝子組み換え蛋白《たんぱく》ワクチンに分類されて、従来型といえば従来型、しかし短期間での大量生産が期待される。臨床試験のスタートは年内に、と狙っているとのこと。厚生労働省と調整しているとある。

と、そのように、僕は最新情報を漁って嚥《の》みこんだ。

喉が詰まりそうだ。きっと誤って理解した知識もある。

その詰まりそうな喉に、頸《くび》に、ネクタイを締める。

なぜならば礼儀の正しさということを僕は考えている。この訪問に際して、ジャケットとタイ程度は着用が要るのではないか？　服装規定はないにしても、あの庭園《ガーデン》を、あの邸宅の敷地を、

郵便はがき

1 1 2-8 7 3 1

料金受取人払郵便

小石川局承認

1100

差出有効期間
令和６年３月
31日まで

〈受取人〉
東京都文京区
音羽二―一二―二一

㈱講談社
文芸第一出版部 行

ご購読ありがとうございます。今後の出版企画の参考にさせていただくため、アンケートにご協力いただければ幸いです。

お名前

ご住所

電話番号

このアンケートのお答えを、小社の広告などに用いさせていただく場合がありますが、よろしいでしょうか？　いずれかに○をおつけください。

【 YES　NO　匿名ならYES 】

＊ご記入いただいた個人情報は、上記の目的以外には使用いたしません。

TY 000072-2203

書名

Q1. この本が刊行されたことをなにで知りましたか。できるだけ具体的にお書きください。

Q2. どこで購入されましたか。

1. 書店(具体的に：　　　　　　　　　　　　　　　　　　　　)

2. ネット書店(具体的に：　　　　　　　　　　　　　　　　　)

Q3. 購入された動機を教えてください。

1. 好きな著者だった　2. 気になるタイトルだった　3. 好きな装丁だった

4. 気になるテーマだった　5. 売れてそうだった・話題になっていた

6.SNSやwebで知って面白そうだった　7. その他(　　　　　　　　)

Q4. 好きな作家、好きな作品を教えてください。

Q5. 好きなテレビ、ラジオ番組、サイトを教えてください。

■この本のご感想、著者へのメッセージなどをご自由にお書きください。

ご職業　　性別　　年齢

男・女　　10代・20代・30代・40代・50代・60代・70代・80代〜

ふたたび訪れるのだから。じつに二十八年ぶりにだ。その二十八年前の僕はカメラマンだった。だから一眼レフのフィルム・カメラを携えていた。今回はどうか？　カメラマンではない、僕は。

だからごついカメラは持たない。

それにiPhoneでいつでも撮れる。望めば。あるいは、望まれれば。

誰から望まれることが予想されるかといえば、彼女からだ。

大澤奈々《おおさわなな》は真っ白い銃器のようなものを握って僕を迎える。

額に、僕の額にその銃口を当てる。

というのは二重の虚言だ。第一に、額からは二センチから三センチ、距離をとった。そして第二、いま銃口と譬《たと》えたものは銃口ではない。そこからは弾丸《たま》は出ない。それでは何が出るのか？

「動かないで」と奈々は命じた。

「こう？」と僕は訊いた。

「じゃ、検温する」と奈々。

そこからは何も出ない。

額側のほうが赤外線を出していて——なんと人体は熱を持つので赤外線を放出する——これが感知され、体温が測られるのだ。

ピッと音がする。非接触型の体温計、俗にハンドヘルド（とは「片手で持てる」の意だ）と呼ばれる装置を奈々はジッと見る。僕を見ずに表示画面を凝視する。奈々は、フェースシールドはしていない。しかしマスクは二枚重ねで、下が不織布マスク、上には薄桃色の布マスクをしている。

「オーケー。行きましょう」と合図された。

僕は「そうしましょう」と答え、どうしてだか俺はちょっと圧倒されているなと自覚する。僕が何を言わんとしているのかを詳《つまび》らかに説けば、オンラインではなしに実際にこうして対面する大澤奈々には威厳がある。

この娘《こ》はもう二十歳ではないのだ。

それどころか〝この娘《こ》〟でもない。

ぜんぜん違う。

「何度だったんです？」

「なにが？」

「僕の体温」

「そんな細かいこと」と言われた。「それより、二メートルは離れる？　河原《かわら》さん」

「離れましょう」

「わたしの声聞こえる？」

「聞こえますよ」ちょっと敬語っぽすぎるかなと思い、言い直す。「聞こえるよ、奈々ちゃん。二メートルの距離を保《も》ってもマスクが二重でも」

「河原さんって」

「なんだろう」

大澤奈々は一瞬足を止める。しばし僕の顔を見る。おでこではなしに、やっと顔全体を。

「肥《ふと》らないね」

「そうだね。どちらかといえば痩せた、かも。年をとったら欲望が落ちた」

「何キロぶん？」

「一・五キロぶん」

「河原さん」

「うん？」

「櫻井《さくらい》の庭へようこそ。お帰りなさい」

門を入って右手から庭園《ガーデン》は始まる。狭い石段を下りてからだ。母屋の描写は省こう。それは二十八年前の印象と変わらず、しかし庭園《ガーデン》のほうはそうではなかった。自分が三十代の——あの当時の——目で庭というのを眺めるのと、こうして六十歳になって同じ庭を眺めるのとでは、こうも着眼するポイントが変わるのかと驚いた。もちろん芝生はまっさきに視界に入る。当然ながら樹木の美しさも。桜はどこにあるのだろうとは自然と探る。そして桜は至るところにある。ないはずがない。染井吉野も八重桜もある。しかし開花の時季は過ぎている。代わりに葉が青々《せいせい》と繁り、一部には黒紫の実のようなものもできている。池がある。と、そこまでは三十代の自分も見ていた。しかし記憶にない石灯籠がある。巨岩があり苔生《こけむ》している。驚いたのは五輪の塔まで見出せたことで、——これを僕は見落としていたのか、あの一九九二年の観桜会で？

まあ、だろうな、とは思う。

それどころではなかったからな。場違いで。

政財界の大物たちも集《つど》うガーデン・パーティだったものな。

しかも僕は六人の、若い友人たちを撮るというミッションも負っていた。

その六人に、この奈々も含まれていた。

「あそこの亭《ちん》は、どう?」

「チン?」

「あずまや。他に茶室もあるけれど」

「いいんじゃないかな。オープンで」

「そう。風が通るの。茶室のほうも数寄屋《すきや》造りで、コロナ対策にはけっこういけるんだけど」

「やっぱり凄いな」

「どういうこと」

「いや。大庭園だなって」

「ただの実家のお庭なんだけど。わたしにはね」

そのただの宏大な庭に、コロナ禍をシンボリックに表わして人影はほとんどない。ほとんどと言うのは、じつは園丁は見かけた。気づいた範囲で二人、どちらも脚立の上にいて、たぶん庭木の手入れをしていた。一人は、その頭を手拭いで覆い、マスクを着け、かつ奈々が通りかかろうとしているのを察してか、スッと地面に降りると同時にマスクにも手拭いを巻いた。もう一枚の別の布をだ。二重の覆面。

奈々が目礼する。

園丁は深々と頭を下げる。かつ、半歩退いて距離《ディスタンス》をひろげる。

僕ももちろん頭を下げる。

大澤奈々について考える。

あずまやに着き、テーブルを挟んで腰をおろし（それは木製のテーブルだった）、その卓上にすでに茶を淹《い》れるための一式が用意されていることに、どう言ったらいいのだろう……感心し、けれども茶請けはない。「会食はしない」ということだ。どうぞとの合図があって（それは手での合図だった）、僕はマスクを外さずにいったん顎まで下げ、ひと口啜る。マスクを上げる。

大澤奈々は白いブラウスを着ている。そのうえにショール。

両耳には高価なのだろうイヤリング。

しかし複雑な柄のついたスカートのほうが、その長めで見事な仕立てのスカート一枚のほうが、高価なイヤリング一対よりも高額なのだろうとも感じさせる。

大澤奈々もお茶をひと口含む。

僕は大澤奈々について、こんなふうに大澤奈々を目の前にし、考える。

その思考を深めるために、こう尋ねる。

「普段はなにを考えているんです」

「わたしが？」

「そう。奈々ちゃんが」

「学校のこと。子供の」と言ってから、註《ちゅう》する。「下の三人のね」

「休校の学校《それ》のことを？」

「この緊急事態宣言が明けたら、分散登校だとか、時差通学だとか。下二人はね。あとは授業が、オンラインになるとか、なったとか。これは三人全員が対象、かな。上の二人は学校に行っていないから、上の二人の学校のことは考えない」

すでに学生でも生徒でも児童でもない子供が二人。学生、または生徒か児童である子供が三人いて、分散登校または時差通学に直接関わるのは下から一番めと二番めの子供たち。と、僕は整理する。合計五人の子供。

「光延《みつのぶ》君のことは？」

「考えないと思う？」

「思わないな。僕は」

「彼のことは、普段という定義の、もっと前のほうに……違うな、もっと後ろ？　もっと奥のほうに、普段を、こう、包んで。含んで」

「普段を超えてある、みたいな？」

「跳ぶイメージではないんだけど」

「うん。跳躍はしない。そういう越え――」

音が鳴る。

鋭い音が鳴った。

コンッと響いた。庭園《ガーデン》のその一隅に。

僕は「あれは鹿威《ししおど》し？」と確認した。

「正解、河原さん」

「あったっけ？」

「以前から設《しつら》えられていたかってこと？　おお兄《にい》さんが、いつだったかな、あ、この実家のわたしの上の兄がね、観桜会にはサウンドスケープの風情もこれからは要る、そう主張して。あれ、青竹じゃないのね。孟宗竹《もうそうだけ》を使ってて。だからあんな、尖《とが》った？　乾いた？　響きになるそうね」

「もう聞こえないというのが、たまらないな」

「だって」と奈々は笑う。「いまは鳴ってないんだから」

「というか、鳴っている瞬間の儚《はかな》さ、みたいな？」

「そうね。実家《うち》のは、八分に一回も鳴らないんじゃないかな。そういう、なんだろう？　我慢強い間隔？　悠長なペース？　に、設定してあるんだと思う。『落ち着かせてる』っていうの？」

言ってから、あずまやの周囲を大澤奈々は見回す。

庭園《ガーデン》の風を感じる。

感じているのがわかる。僕も吹きぬける涼風を感受しているからだ。

「鹿威《ししおど》し、評判がいいんだ。入れてから。お庭に導入してからね。けれど、この春は……」と言いながら僕に視線を戻す。「……お花見も中止で。実家《うち》恒例の観桜会のことです。でも、わたしも、去年一昨年《おととし》と出なかったんだけどね。ほんとうを言うと」

「どうして？」

「ねえ河原さん」

「待った。僕は『どうして？』とかって尋ねるべきじゃなかった。無神経だった」

大澤奈々はもっと、凝《じ》っと僕を見る。

「河原さん」

僕は、答えずに、うなずく。

「今年、二〇二〇年一月二十九日に、彼は何歳？」

「五十五歳。誕生日、だから」

「正解。そして、合格」

「何に？」何に合格？

「彼、光延のバイオグラファーであることに」

「ありがとう」

この場面では大澤奈々はミツノブと言った。それから、

「コーエンさんの入院は、もう二年と……半年？」

とつぶやいた。コーエンと言った。

「そうなるね」と僕。

「病院のことを話しましょう」と奈々。

「うん。話そう」と僕。

「基礎知識。医薬品業界のマーケットがどうなっているかだけれど、市販薬は、これは大衆薬って呼び方もするんだけど、たとえばドラッグストアで買える。コマーシャルも見る。たとえばテレビで。じゃあ、やっぱり市販薬のマーケットは巨大なのかってなると、これが実際にはそうじゃない。市販薬に比較されるのは、医療用医薬品ね、それはどういうものかと言ったら、この医療用医薬品は処方箋薬とも呼ばれるから、そうするとわかる、想像できると思う、医療現場があって成り立つお薬。お医者さんたちが処方するのね。この医療用医薬品の国内のマーケットの規模が、たぶん十兆円とか。

比較すると、市販薬と医療用医薬品のマーケットでの割合は、一対九だって。だいたい九割が医療用医薬品なんだって聞いたことがある。

つまりね、医療機関なのよね。

巨大なマーケットは病院にあるの。

実家《うち》は、櫻井の一族は、以前のグループ本体は外資系の傘下になってる。そのこと河原さん知ってるかな？　でもこの外資の受け容《い》れはわざとで、どうしてヨーロッパのメガ製薬《ファーマ》の子会社になったのか、これは戦略的な企業提携だったんだって、このこと河原さん知ってるかな？　親会社は、うん、たしかにヨーロッパにいるよ、あるよ、だけど実家《うち》の経営の独立性は維持されて、社名変更はしていない、いないでしょう？　そして要《かな》めになるけれども、代表者の変更もなし。

サクライはサクライ。

ただ、グループは大胆に斉《ととの》えた。あのね、市販薬の部門をね、だから、大衆薬の部門をね、国内の、ここ何十年かの間ずっとライバルだった製薬会社に売却した。それでね、実家《うち》はね、医療用医薬品の専業メーカーに変身したのね。父と、おお兄さんの、長兄の、じつは次兄はちょっと異を唱えてたんだけど、判断は、二〇一〇年代以降は経営資源の集中だ、ということだったのね。

そうやって医療用医薬品に、処方箋薬に、特化した。

それを研究し、開発する。それを製造する。それを販売する。

卸《おろ》しを通してだけど。

でもがっちりと固めている大病院はある。幾つもある。

幾つもね。

こちらも便宜を図り、あちらも便宜を図る。

利益供与というのはしないわよ。たぶん、してないと思う。実家《うち》はそういうんじゃない。

それでもＫＯＬとか、これはキー・オピニオン・リーダー、業界的に有名なお医者さん、影響力のあるリーダーということ、とかに実家《うち》の側も影響力を持ってる。持ててる。

そうだ。河原さんはもしかして、ここは、このここってサクライね、新型コロナウイルス用のワクチンは出さないのだろうか、創薬を狙っていないのだろうか、とかって思ってる?」

「思ってはないな。そこまでは。だけれども国産ワクチンってどうだろう、どうなるんだろう、供給はされるのか、は思っている」

「その、開発から製造までの基盤やラインは実家《うち》にはないから、やらない。感染症のワクチンは難しいって。もともと国内でも寡占市場で。いまさら資源の分散投資は、経営資源のそれはね、ないの、ありえないの。

でも、それでもね、このことは河原さんに言いたいんだけど。

薬ってね、普通は、不思議で。

その病気の人にしか効かない。

わかるかな? 医薬品には妙なイメージがあって、単純に言うと『いいもの』って思われている。でもね、製薬業、製薬の産業というのはビジネスなのね。ビジネスだから消費者がいるのね。その消費者がそれぞれのお薬ごとの対象、患者なのね。じゃあ、消費者として想定されていなかった人が服《の》んだらどうなるか、投与されたらどうなるか、だけれども、体調を崩す人もいる。言うでしょう? 薬は毒にもなるって。誰にでも効いてしまう薬は、医薬品は、ないんだよね。なのに『いいもの』のイメージが、この事実を忘れさせちゃうというか。

本来は人の生命《いのち》に関わるのにね。

服用した人の、その人生に関わるのにね。

それでね、河原さん。こういう『いいもの』ってイメージは、先入観は? 芸術の世界にも濃厚にある、その、先入観に？　思い込みに？　そういうのに近いんじゃないかな、それに通じるんじゃないかなってわたしは思って」

「薬と『いいもの』、芸術と『いいもの』」と僕は整理する。

「きれいなもの、とか、かわいいもの、とか。ほら、わたし美術のその現場はわからない、だけれど、きれいなイラストレーションを見て全員が『きれいだ』っていうのがイラストレーターの作品で、それは、ビジネスで言ったら……消費対象が多い、ということでしょう？　消費者が。一万人の日本人のうち、意識的にギャラリーや美術館に足を運んだりするのって、仮に百人前後だとして、この、ちょうど一パーセントだね計算すると、この一パーセントを視野に入れるのか。それとも、そうじゃない残りの、九九パーセントが『きれいだ』と褒める方向に進むか。

イラストレーションは、だからそちらを向いてるわけでしょう？

それなのに九九パーセントの人間が『きれいだ』と称讃するから、『これは芸術の域に到達しているんだ』みたいに言われたら妙。だって、河原さんの作品だって、他のどういう芸術家《アーティスト》の作品だって、基本的には一人のコレクターが購入する。消費者は少数も少数である。そしてアートには大量生産はない。

そしてアートは、わたしは想像するんだけど、消費者として想定されていなかった人が服用したら毒にもなる。

そこがイラストレーションとの決定的な違いで。

あのね、医薬品だとね、稀少疾病用《きしょうしっぺい》の薬というのがあるのね。それを『オーファン・ドラッグ』って言って」

「オーファン、は……孤児《みなしご》のこと？」

「そう。難病というのは、患者数が少ないから難病でしょう？　乱暴にまとめてしまうと。それはビジネスの観点から言ったら、消費者がそもそも少数だ、利益は見込めないんだ、ということでしょう？　でも、その患者の、その病気の人の生命《いのち》には直接関わる。いま日本では、対象患者数が五万人未満の医薬品が『オーファン・ドラッグ』とされている。それはぜんぜん、大量生産されない。それは少量が、ダイレクトに、目に見える数の人たち……消費者に、渡る。それは……」

「アートだね」

「そう思う？」

「そう感じた」もちろん医薬品は芸術ではない。大澤奈々の譬喩《ひゆ》、比較には陥穽《かんせい》がある。「アート全般には通じると思うよ。きっと。僕のアートに、となると、どうだろうか」

「河原さんのアートを、わたし頭にいちばんに浮かべて、こう話しているんだけど。それでね、こうやって考えていっても興味深いのはコロナで、新型コロナウイルス感染症のワクチンで、ほら、パンデミックでしょう？　世界人口はとうに七十億人を超えていて、七十五億人も超えたのかな、だからね、消費者として想定可能な人数が、その数、マイナス、小児その他、プラスα」

「相当な数」とだけ僕はコメントした。

「歴史上、最大。人類史上。だって世界人口は増えつづけているから。こういう消費者の、サイズ？　サイズを、わたしはちょっと息を呑みながら、想い描こうとしている。この」

と言ってから、奈々は側頭部を指で圧《お》すようにした。

「脳の、内側《なか》に」

そういうことを大澤奈々は考えているのだ、脳裡に描《ドローし》いているのだ、と僕は了解する。

「いまのレクチャーがなかったら、奈々ちゃんの説明がさ、なかったら、僕には絶対に医薬と芸術を重ねて思考するということは、できなかったな」

「政治はどう？」

「政治？」

「光延さんの」――ミツノブと言った――「伝記作家をしながら、政治のことをいろいろリサーチしたり、それこそ政治の世界の勉強を？　してるのかなあって思うんだけれど、そこで政《まつりごと》とアートとが部分的にイメージを重ねたり、響きあったりするということはないの？」

「これまでのところはないね。特に、政治問題の細部は、個別のところには、あんまり呼応はない気がするな。これからも」

「つまり政治はアートにはなりえない？」と為政者の妻は問う。

「政治は、思うに」と回答者の芸術家《アーティスト》、僕は言葉を選ぶ。「宗教には響いている。呼応する」

「それほど新鮮な意見ではないわね」

「ファナティックになれるところはそうだな、ってね、僕は思いますよ」どうして敬語調になるのだ？

「ドラマティックであればいいんだけど。政治の現場も」

「それを言えば、政治はけっこう恋愛に似ている。かなりイメージが響きあう。相当にロマンティックで」

鋭い音が、コンッ、と鳴る。

また鹿威《ししおど》しだ。

それが鳴った瞬間に、静寂が深まる。

五人の子供を持った母親は言う。大澤奈々は言う。

マスクを外していないのに通る声で、しかし静かに言う。

「そうね。恋愛に似ているわね。だとしたら恋愛のほうを掘り下げないとね。恋愛のイメージ、それと、恋愛の先入観も、かな？　恋愛がいったい『どういうもの』って思われているか。わたしはね、イメージどおりに恋愛をした。譬えてみればそれはわたしのイラストレーションだった。芸術ではなかった。それじゃあアートの恋愛って？

もちろん、毒にも薬にもなる恋愛。

九九パーセントの人間から、そんなものは絶対に恋愛ではない、と弾《はじ》かれる恋愛。

わたし、河原さんの取材を、容《い》れているでしょう？

わたし、夫のバイオグラフィーがあなたに執筆されることを、受容しているでしょう？

それが夫のためだと合点《がてん》しているからでしょう？　コーエンさんの。

彼の世間的な認識を、転覆させる。

そのために——そのために——。

河原さんが取材をするから、わたしは思い出している。一九九一年を。九二年を。

わたしは櫻井奈々を思い出している。許嫁《いいなずけ》だった娘《こ》を。

それも十四歳から許嫁だった娘を。

わたしは、一九九二年に、わたしの視線のさきで何が起きたかを、把握している」

僕は威圧を感じる。

威厳も感じる。ふたたび。奈々の、マスクから上方《うえ》にある表情に、極めて正確に不透明な感情を観じ当てる。その威厳はいわゆる重々しさというよりも権威と言い換えられて、権力、ともパラフレーズできそうになる。

「把握していないわけ、ないでしょう？　当たり前でしょう？　そして、一九九二年の……それ以降。九三年。わたしは妻です。櫻井奈々ではありません。大澤奈々です。九四年。九五年。夫は参議院議員です。夫はスサノオ議員です。大沢光延《こうえん》は。そして、わたし？　わたしは、依然として谷賀見讃《やがみたたえ》の友人です。讃ちゃんの。

一九九九年にもそうです。

二〇〇九年にもそうです。

親友です。いまも。二〇二〇年も。

夫が刺された時も。一七年にも。

その夫の大澤光延《みつのぶ》ですが、いまだに讃ちゃんに告白していない。

谷賀見讃には。

わたしは夫を愛し、夫が為政者として日本の、あるいは日本現代史の、現代の日本民族の、頂《いただ》きに立つのを見届け、また母として、自分が、夫との間の五人の子供を育てあげられたぞと確信できれば、夫の、光延の」――ミツノブと言った――「その谷賀見讃への愛を、容れます。許容します。なぜならば、それをも含めてこれがわたしの、以前の櫻井奈々現在《いま》の大澤奈々の、大澤光延への愛」

21

病院のことを僕が話そう。

彼が最初にどこに担ぎ込まれたかはメディアも把握している。メディアが把《つか》んでいるのだから国民全員が知っている。血まみれの映像はしっかりと流れた。テレビで、ネットで。血まみれの彼は救急車に乗せられて、その救急車がその大学病院に入って、つまり彼はその大学病院の集中治療室に急ぎ搬《はこ》ばれた。その集中治療室から何ヵ月か出なかった(とされている)。実際にはそこまでＩＣＵにいたわけではない。僕は萬葉会《まんようかい》からも警備の人手が出ている段階で、これは兇行《テロ》の三週間後だったのだけれども、一般病棟内の一室で彼に会っている)。メディアは直後からその病室に殺到して、半年間は張って、すなわちこの期間、警護の人員は多かった。ほとんど病院そのものが警戒態勢に入った、――というか鎖《とざ》されたにも近かった。なにしろ第二、第三のテロリズムが警戒された。今度こそ彼はとどめを刺されるのではないか、との虞《おそ》れだ。

それゆえに情報は暈《ぼ》かされたわけだ。

機密に等しい扱いをされはじめたわけだ。

だから別な病院に移っても、いつ、どこに転院したか、は明かされずじまいだったわけだ。

そもそも集中治療室をいつ出たのかの情報が匿《かく》されているのだから、いつ意識を取り戻したのかも発表されていない（のだけれども僕自身は承知している。彼が意識障害から復して、そこから一週間を経ずに僕は会っている。――彼その人から求められて）。ゆえに「ＩＣＵに入りっぱなしだ」との誤報も流れて、しかも誤報は彼の安全のために活用された。

目下はどうか。彼、大沢光延《こうえん》が最初の病院に担ぎ込まれたのは二〇一七年、平成二十九年のうちであり、二〇二〇年、令和二年の今日、入院は二年半を超えた。初期の誤報は訂正されず、何度の転院がこの期間にあったかはアナウンスされず（一度しかしていない。この事実を書いてしまってはは不具合があるのであれば僕は後日削除する）、目下の病状は説明されていない。「静養が必要なのです」との発表だけが、問われれば、ある。

問われなければ何も出されない。公式発表は。

そのために二種類の噂が飛び交う。マスコミにおいても政界においても、なのだが、ひとつには彼は全面的な快復をとうに果たしていて、つまり、現状の長期入院は「仮病である」説。どうして都内の病院に入っているという情報以外、詳細が出ないのか？　それは仮病だからである。豪華なホテルじみた病室で、この政治家は、今後の戦略を練っているのだ。いかに効果的に、劇的に国政に復帰するか、のシナリオを立てているのだ。「刺された都知事」との経歴は、いつだって何十万何百万もの同情票を集める、しかし、その桁をさらに増やすためには、桁をさらに上げるためには、いかなるストーリーが最高か？

そういうことを引きこもって考えているのだ、と言われた。

この偽りの入院の長引きは、いっさいを調《ととの》えるための隠遁なのだと。

また、真《まこと》しやかに噂されるもののふたつめは、この「仮病である」説に正面から衝突する。大沢光延は兇刃《きょうじん》にかかって、結果、重度の障害を負った。だから長期入院は――そこには専門的リハビリがともなうだろう――必然なのだという「甚大な後遺症がある」説。痲痺《まひ》があると囁かれ、だとしたら簡単には復帰はできないな、整形手術やメイクアップ・アーティストの常傭《じょうやと》いも要るだろうし、とまで言われ、だが、それもまた同情票が恐い、ダブルで恐いとこれはもっぱら中央政界で洩らされる懸念らしかった。

さて僕からの補足だが。

おかしな迂回路から言い添えれば、初めの、大学病院の集中治療室に「何ヵ月間か入っていた」や「その後も入りっぱなしだ」はいずれも誤りで、だがしかし、二度め三度めのＩＣＵ入りがなかったのかと問われれば、こう答えられる。あった、と。

が、そういう質問は出ないのだ。一般に、「集中治療室に何度も入る患者」というのを想像しない、僕たちは。

だから問い自体が立てられない。

つづいて遠回りはしない補足を。彼には、そのように急変する容態《ようだい》があるのだから、「仮病説」は否定されてよい。けれども、彼は、半身――たとえば下半身、たとえば右半身――が痲痺するといった様《さま》にはここまでのところ陥っていない。リハビリは折《おり》おり必須となる。だから後遺症はあると説けばもちろん説けるのだけれども「甚大な後遺症がある」説は否定されてかまわない。

僕が僕なりの言葉で解説すれば、たぶん以下のようになる。

その当時、現職二期めの東京都知事であった彼は、快復後も、その兇行《テロ》の直後の容態に復《かえ》ることがあるので、入院は須要《しゅよう》である。

この文章に（ただし血まみれにはならない）と註を添える。

今日のことを話そう。

今日は五月二十六日である。この日付のことを日本人はいつまで記憶できるのか？　年代記《クロニクル》ふうに綴る。ただしどれも二〇二〇年の出来事で、かつ先月今月の話だ。四月七日に緊急事態宣言が出た。七都府県に。期間は五月六日まで。これは九日後（四月十六日）に全国に拡大された。五月四日に「緊急事態宣言は五月三十一日まで延びる」と宣言された。宣言の宣言。その十日後（五月十四日）に三十九県で緊急事態宣言は解除された。その一週間後（五月二十一日）に関西の二府一県の緊急事態宣言が解除されて、しかし首都圏と北海道の、計五都道県の宣言《それ》は継続した。この日の前までに僕は大澤奈々に櫻井家のあの庭で会っている。オンラインではなしに対面で。そして五月二十一日の四日後、とはすなわち昨日だが（五月二十五日）、全国で緊急事態宣言は解除された。

今日は緊急事態のない日本の最初の日である。

そのメモリアルな今日——だが人びとの記憶《メモリー》にきちんと残るのか？——僕は何をするのか？　防護服に身を包むのだ、僕は。マスクはもちろん着ける。もしかしたら手袋も？　医療用手袋も？　嵌めろと言われたら嵌める、僕は。同じくポリプロピレン製の医療用のキャップも。

そして、僕は、病院を訪れるのだ。

病室を訪れるのだ。

言うまでもないが医療機関を訪《と》うことは相当に規制されている。ＣＯＶＩＤ－19は高齢者や基礎疾患のある人間に、より高い重症化や死亡のリスクをもたらす。ということは病人にはもっと、か、同様にもたらす。クラスター（感染者の集団。英語的な正しさを追求すれば disease cluster）も発生しやすい。破局的状況が生まれやすい。だから面会には「申しわけないけれども、絶対に来ないで」との謝絶《ノー》が示される。従来そうだった。日本でも感染拡大が報じられるようになって以来そうで、ここからもそうかもしれない。しかし今日は五月二十六日で、メモリアルな日（になる可能性もあるのかもしれない日）だ。そろそろ病院側も、対処のありようを変えるのではないか？

いま触れた「病院側」とは、僕は普通の病院その他を指して、言った。

そして、その病院に関してはじつは対応は別枠だ。

対応というか、こちらの出方、やり方は。

その病院はいわゆる大病院だ。

その病院は大澤奈々の実家と特別な関係《つながり》がある。

そこに彼が入院している。僕が、彼に対してそうしたいと望めば、メモリアルな一日という理由は効く。

「そうしたい」とは、大沢光延に面会したい、である。

けれども防護服とマスク等は要る。ほぼ全身の被覆が。

話せないことをひとつひとつ挙げよう。ここは都内の病院（大病院）で、だが名前は出せない。都道府県をまたいだ移動は自粛が要求されつづけているから、都内の、とは強調する。なに病棟とも書かない。ただし「コロナ病棟ではなかった」とは言ってもいいだろう。かつコロナ病棟なみの感染対策、感染管理は徹底されたとも添えるべきだろう。でなければ僕がプロテクション用のガウンを着てＮ95（医療用マスク）を着用してゴーグルを装着して、キャップもかぶり左右の靴にもカバーをする、といったことにはならない。僕は事前に医師とも看護師とも話したが、何を、だの、具体的に誰と、だのは語らない。他言無用であるデータを僕はここには書かない。その病室が看護師詰め所《ナース・ステーション》に近かったかどうかも意味のある情報ではないから書かない。ただし、意味がありすぎる情報は「他言無用のデータ」になりがちだから、しばしば書けない。とは断わっておこう。病室の前には男がいる。ドアの隣りに椅子が置かれていて、そこに座っているのだ。その男のことを白いなあと僕は思う。防護服関係が真っ白だ。全身が真っ白だ。病院関係者には見えない。視線が鋭すぎる。またはこうも言える。視線が暴力的すぎる。その、目が、僕に挨拶する。

いいですよ、入っても、と。

ありがとうございます、入ります、とうなずいた。

ドアをノックする。二度叩いてみる。

病室の印象――本来は広いはずなのに狭い。手前にビニールカーテンが引かれているからだ。本来は四人部屋で、そこを一人で使っているのだから開《ひら》けているはずなのに、隔離の感じ・雰囲気というのは前面に出る。かつ、そこは単なる病室であるはずなのに、ビニールカーテン越しの人影が「ここはホテルの一室だ。豪華なシングルの部屋だ」とでも言わんばかりの、ある種の趣《おもむ》きを出現させている。というのも、人影は食事を摂《と》っている。そして、人影はなにひとつプロテクションはしていない。ガウンも、顔面防護具もだ。もちろん食べているのだからマスクは着用できない。なにを食べているのか、を視認する前に僕は後方《しりえ》のドアを閉める。静寂はビニールカーテンの薄い濁りを、より深める感じがする。まるで御簾《みす》だ。ここは貴人のための空間なのだ。聖域とまでは僕は言わない。なぜならば彼は、やっと見えた、確認できた、ベッドで胡坐《あぐら》を組んで——ウェアはジャージの上下だ——茹で卵を食べている。その行為と「聖域」という形容は合わない。

より目を凝らせば（ゴーグルもまた僕の視界《め》を邪魔している）、その入院患者は、患者というのはもちろん彼だけれども、俳優に見える。ところで彼というのはコウエンだろうかミツノブだろうか？　この問いはひとまず措《お》いて、どうして俳優という感触があるのか？

眉だ。

眉毛がきれいだ。その顔面《かお》の。それから髭は、まったく無精《ぶしょう》ではない。

ジャージを着ているのだが、胸に大きなNIKEのロゴがあり、「いまスポーツ・ジムにいるのだ」と言わんばかりで、恰好《かっこう》そのものも崩れるというかよれているいると思わせるところがこの一瞥では見当たらない。

ベッドがあり、その奥と、その横——僕から見て左手——には余裕がある。

空間のゆとりが。軽い運動であればそこでできそうだし、たぶん実際に、しているのだ。

ベッドの足もとに白黒ストライプ柄のスニーカーも発見した。

僕は「光延《みつのぶ》君」と呼びかけた。それでミツノブなのだなとの答えが出た。ひ、と、ま、ず、は。

「久しぶりですね」大澤光延が応じる。

「食事中だったんだね」

「どうでしょうね」

「でも、卵を食べている」

「考えごとをする時に、俺は、これを」——茹で卵を片づけ出す——「けっこう口に入れます。

その意味ではサプリ、かな」

「サプリメント」

「頭への」と言ってから大澤光延は、ビニールカーテン越しに、僕の左側を指す。「椅子。そこにあります」

「腰を下ろさせてもらうよ」

「当然ですよ」

椅子を準備して座る。そんな僕を大澤光延が見ている。ベッド上から。胡坐は崩さないで。

「久方ぶりだとはわかるんですが、俺と河原さんがこうして対面するのは、いつ以来でしたっけ？」

「前の面会の時に、そうだね、光延君は、あれだよ。五十四歳だった」

「なるほど」

言ってから、沈黙。

そして、

「半年になる？」

と訊いた。

「なったかもしれないね」

「でも、その間、河原さんは俺といたんでしょう？」

「というのは？」

「書きつづけて」

「そうだね。いたね」

「取材はだいぶ前から始めて……」

「この二年は、やっているね。関係者からの聞き取り」

「そしてペンを執《と》った」

「令和に入ってからだね。去年の後半からだ。まだ丸一年にはならない」と言ってから訂《ただ》す。「あとペンはそんなに執らない。取材ノートは手書きで、しかし伝記はコンピュータで書いている」

『大沢こうえん』伝」と大澤光延が言った。

「その、伝《でん》、を軸にした僕のアート」こう説いた途端、視界がスッと展《ひら》けた感覚が湧いた。やっとビニールカーテンの薄い濁りを排して、光延君自身と正対できる。

光延君はたしかに五十五歳である。

光延君は眼光が鋭い。

光延君は衰えていない。長期入院患者であるというのに？　イエス。肉体の徴《サイン》しがそう言っている。対峙した僕に、だ。

胸板は厚い。毎日のプッシュアップは欠かさないのだろう。重篤化していない時期は、だが。

「で、何を考えていたんだろう」と僕は訊いた。

「はい？」

「茹で卵を食べていたんだから、先刻は『考えていた』……んじゃないのかな」

誰が何を考えているのかを、僕はいつも相手の口から聞きたい。その相手について考えるために。

「道徳感情のことを考えていましたよ。俺は」

「道徳というと、学校でやる……？」

「イランには道徳警察があります」

「そういえば、外の世界にはね」

「外？」

「ここの外。病室の、病院の外。そこにはね、自粛警察がいるよ」

「ああ。見ましたよ、テレビで。ほら」と顎で示した先には、薄型の、そして50インチ前後の大画面テレビがある。病室の壁ぎわにあり、いまは電源が入れられていない。黒いだけの画面がある。「世情は、いつでも、努めて把握しますから。自粛警察、あれはいいですね。イランに照らしたら道徳の自警団かな？ まあイランの道徳警察は女性のファッションに注意するだけですけど。でも逮捕権はあってね。河原さん、そういうことを考えると、私はね」――自称が私に変わった――「日本の道徳をどうしよう、こうしよう、と頑張って考える。しかしイランに倣《なら》いたいわけではないですよ。あれはイスラムの価値観があるからああやっている。ああ過剰に。日本には日本の価値観があるから、ああはやらないでよい。このように、私、大沢光延《こうえん》は断じられる。道徳というものは相対的ですね。どうです、河原さん？」

コウエンだ。

「もちろん相対的だろうね」

「日本はまだだ、あるべき形になっていませんね。どうです、河原さん？」

「どうだろうね。そうなの？」

「いまはいい時代ですか？」

単刀直入に訊かれた。

僕は、これがひさびさに会う病人との会話か、とゾッとする。

「いまは……」

「『パンデミック下だからわからない』って逃げはなしですよ。俺と河原さんの間で」

「光延《みつのぶ》君」

「二〇二〇年。あるいは二〇一九年。二〇一八年。俺の刺された二〇一七年」

「いいとは思えない」

「ですよね？」

「たしかに、二十年前のほうがよかったたし、三十年前もよかった」

「戦後でいちばん悪い、と言える。私には」

言った直後、光延《こうえん》――大沢こうえん――の背筋が伸びる。その胡坐の体勢のまま。上膊《じょうはく》や肩、胸にしっかりと筋肉がある、と視認されると同時に、贅肉がないのだとも理解される。深いひと呼吸《いき》がある。

僕が見ていることを相手は感じている。

ビニールカーテン越しに。僕の側に特化して言えば、カーテンとゴーグル越しに。

メタフォリカルに言えば御簾《みす》越しに。

「刺し傷の跡は、ひどいんですよ。しかも、多いんですよ。腹に四つかな。胸に一つ。さいわい頸《くび》は一センチ未満かすったただけで、皮はつながった。瘢痕も残らなかった。専門医の世話にはなりましたけどね。形成外科の。ただ、胸がね。治ってるのがね。時おり痛んでね。発作のない時もです」

僕に言えることはない。

つらいね、や、きついんだろうね、とは安易に言えない。

「戦前、政治家の暗殺というのはだいぶ行なわれて」と彼は言った。「しかし大概は銃殺なんです。伊藤博文に犬養毅《いぬかいつよし》に、高橋是清《これきよ》とかね。みぃんな撃たれて死んで。いえ、刺殺された現職の総理大臣というのもいますよ。原敬《はらたかし》は刺されて死んだ。あれだ、大正十年は、一九二一年なんだから、九十九年前？　東京駅でだ。あれは心臓を突かれたらしいですね。数分で絶命したらしいですね。九十九年後の俺とは違いますね。九十九年後じゃないか、九十六年後か。この政治テロはね、愉快なエピソードも持ってるんですよ。事実かどうかは曖昧ですよ。ただね、犯人は十八歳だったんですが、こいつがね、誰かが『武士《もののふ》は腹を切るものだが、いまの連中は切れん』みたいに言ったのを、原を、原敬の、はらを切れないと勘違いしたらしい。だったら切ってやろうと懐《ふところ》ろに短刀を忍ばせたって。刺す時には『国賊！』って叫んだらしいですね」

——国賊。

いっぽう、現職の東京都知事であった大沢光延は「天誅《てんちゅう》！」と叫ばれながら幾度も刺された。都庁の第一本庁舎の七階、バルコニーで。

西新宿で。

「この犯人は、原敬を殺《や》ったやつは、腐敗した政界を革《あらた》めんと企図した、という点では、スサノオです。ヤマタノオロチ退治者ですからね」

光延は微笑する。

「問題は、原敬はヤマタノオロチだったか、ですが」

と言い、さらに続けて、

「問題は、原敬と『大沢こうえん』という私の違い、でもありますが」

と言った。

「それは政治的な違いかな？　主義の。立場の」

「刺されて死んだか、刺されても死ななかったか、重傷を負っただけだったか、の違いです」

「ああ、なるほど」

「河原さん」

「うん」

「これはまだ言っていないんで、言います。殺害されようとした、というのは奇妙な体験です。私は死ななかった、だから考えざるをえない。この体験は何に似ているのか？　原敬を刺殺した人間、私を刺殺しようとして殺《あや》め切れはしなかったテロリスト、こいつらはどちらも男です。だから、何かに似ているのだと仮にアナロジーを想うのであれば、それは女たちのする体験に類似するのだ、こう設定できる。別個のものの共通点にこそ、似る、との言葉は宛《あて》がわれるわけですからね。そして、ここで言う男と女とは、ジェンダーのことではないです。セックスですよ、セックス。生物学的な性《セックス》。雌雄の別。女にはできて男にはできないことはなにか？　出産です。男には『産まない』という選択すらできない。その裏返しが、――男による男殺し、テロリズムなのではないか。

妙な考えでしょう？

でもね、河原さん。

いちど本気で殺されそうになると、そっちの奇妙さに衝《つ》き動かされますよ。

つまり妙でいい。

それでね、この思考をもっと前進させてね。推し進めましてね。

私は、こう考える。

たとえばテロリズムに遭《あ》うことを、出産に臨む体験と表裏一体だと見做《みな》すならば。テ、ロ、リ、ズ、ム、は、ギ、フ、ト、なのではないかと私は考える。贈り物です、贈り物。刺されて死んだ宰相の原敬は、だけれども英雄にはならなかった。刺されても死ななかった私は？　だとしたら宰相になれる。そして英雄にもなれる、ですよ。だって、表裏の図式がそうした啓示を与えているんだし、なにより贈り物がある。ギフトがある。この私という人間は、ギフテッドだということです。河原さん」

22

重心を移動させないで世界の内側《なか》を動きまわれるか？　僕はイエスと答える。身をもって立証するということもいまからやる。僕は大沢光延《こうえん》の発言に動揺して、この二人の間にはビニールカーテンがあったと意識し直す。入院患者である大沢光延と、僕、面会人の河原真古登《まこと》の間にはだ。カーテンは、もちろんCOVID－19の感染対策として、院内感染の予防策として、吊り下げられている。その材質（ビニール樹脂）は半透明である。薄い濁りである。これを御簾《みす》のようだとさっきは形容した。しかし「御簾だ」と思わせた要因は、その奥にいる人物を見ようとするから発生したのだし、その奥にいる人物を貴顕《きけん》になぞらえたからこそ生じた。そのどちらも禁じ手にして、ビニールカーテンという隔てが眼前にある、と意識する。

カーテンは再出現した、との印象が顕《た》つ。

もはや「奥に誰かがいる」とは考えないのだから、そのカーテンの表面を注視する。

そういうことをすることで僕は移動する。焦点の変化は両脚を用いた一歩（の移動、重心移動）にも二歩にも、それこそ何十歩かにも通ずるのだ。さきほどまで僕はビニールカーテンの前にいたが、いまも同じビニールカーテンの前にいる。だがビニ、ー、ル、カ、ーテン、は眼前にある。この状況下で、または意識下で、同じカーテンは今度は何に譬《たと》えられるか？

その半透明さから、薄い白濁の様《さま》から、僕はスクリーンを連想する。

スクリーンであるならば何が映し出されるか？

何が映写されるのが適当か？

とは、僕は考えない。このスクリーンじたいがいかなるものなのかと考える。

いわば第二の譬えに、第二の連想に入る。

雨だ。ある種の雨が降るとこう見える時がある。このように薄い……視界の白濁……。それこそ「しとしとと降る」際に。かつ小糠雨《こぬかあめ》の様相の時に。

では雨をつかまえよう。

僕は指をのばす。

指は（右手なのだが）手袋の内側《なか》にある。医療用の手袋である。天然ゴムの手袋である。ラテックス手袋。

指が雨に触れる。

ということはない。

ビニールカーテンを突いた。カーテンの一点を。

この瞬間が、大沢光延が「私という人間は、ギフテッドだということです。河原さん」と言った三秒か四秒ほど後《のち》のことだった。

「なんです？」と大沢光延は訊いた。

「ちょっとね」

「ちょっと、なんです？」

「ここにカーテンがあるんだったな、と思い出してね」

「河原さんはやっぱりユニークだな。そんなもの、最初からあったでしょう。今日の面会《これ》の」

「途中で消失しちゃってね」

「消えた？　カーテンが？」

「心理的にね」

「ああ、そういう意味ですか」

「思い出すと、このビニールカーテンとの距離も縮まる。光延君《みつのぶ》はだいぶ遠いところにいるなあ、なんてね」

「論点がずれたのかな、と思いきや、ずれていなかったりしますか？」

「論点というか、話題？　いろんな話題の内側《なか》を動きまわりながら、対話の中心線をずっと維持しつづける、というのは、たぶん可能なんじゃないかな」

「なんだろう。かなりの説得力を私は感じますが」

「光延君」とまた僕は言って、こうしてミツノブ、ミツノブと唱えることで、コウエンをミツノブに変えることが僕のこの伝記の役目だ、本質的な務めなのだ、それがと僕は認識した。しかし

この洞察を二回三回とは噛《か》まず、まず、

「僕は目の前のこのカーテンを、ふいにね、スクリーンみたいだなって想って」

と言った。

「映画のですか」と問われた。

「映画でもスライドでも。スクリーンという幕がここにある。そこから先、僕が考えたことを君には言わない。ただの連想の飛躍だから。けれども『スクリーンである』でいったん思考をプールして、そのプールで泳ぎながら、光延君に言うべきこと、僕といっしょに考えてもらいたいことを、いま考える。ここでね、こうしてね。するとね、スライドの画像を、デジタルでもいいしフィルムでもいいんだけど、いずれにしても映写するようなスライドの画像を、人間《ひと》はカメラって道具で作るんだよな、と言いたい衝動が――うん、出てきた。なにしろ僕はカメラマンだから」

「河原さんは『カメラも操る』が妥当だと思いますけど。芸術家《アーティスト》の河原真古登というのは」

「ありがとう。そうだね、なにしろ僕は画家だから。演出家だから。サウンド・インスタレーションも設計するから。彫刻もやったことが、あったかな？　あったあった。それから、なにしろ僕は文筆家だから。著述家だから。けれども、うん、『画家でもある』が重要だ。つまり写真がある、絵画がある、この二種が決定的に距離《へだたり》を置かなければならないポイントは、出発点は、どこか？」

「……出発点はの言い換えに、きっと、ヒントがありますね？」

「鋭い。こういうところがさすがなんだよ、光延君は。

さすがな人間だから仄《ほの》めかしに勘づける。

写真はカメラがないと撮れない、と思うよね？　これね、嘘だよ。だって写真はカメラと、それから肉眼もないと撮れないんだから。視覚器官の目、眼球。それがね。だから対象を確認する、カメラを通して確認するというのを肉眼《それ》がやって、初めて通常の撮影が成り立つ。いっぽうで絵画は、対象を肉眼視する、という段階で、もう出発できる。カメラという装置はなしですませられる。

カメラというのはどういうもので、目、眼球は、どういうものか。

けっこう似てはいる。

光学を利用して像を結ぶのが、カメラだ。『レンズが用いられる』ってことだけれど。じゃあ目玉はレンズは用いないのか？　断じてそういうことは言えない。眼球という器官の、角膜と水晶体がレンズに相当している。光学的なんだね。そして網膜で結像する。網膜は、そうだね、光センサーで、デジカメだとこれはＣＣＤだ。実際にインプットされたものを電気信号に換えている。そして脳に送るんだ。視神経を経由させて。

それでね。

光学的にはカメラのほうが勝《すぐ》れている。

角膜と水晶体では、像はかなり歪む……みたいに聞いたな。それをまず網膜が調整する、らしいよ。

要《かな》めはこの次の段階にある。脳がね、大脳がね、網膜から視神経を経て得た情報を、徹底的に処理する。加工だね。プロセッシングだ。ここで、僕たちがいわゆる見えるって思ってる、それなりに正確に認識するということ……『見える』や『見る』が、実現する。

だとしたら、光延君？」

「ここで河原さんから俺への質問、ですか」

「そのとおり。ここからが僕といっしょに考えてもらいたいこと、になる。きっと回答はおんなじになる。僕が自答してもさ。それでも尋ねる。光延君、人間《ひと》の視覚器官にあって、カメラという装置にないのは？」

「周辺機器の、けれども接続解除もままならないクリティカルな部位の、脳」

「僕もそう思う」

「河原さん」

僕は、本題に入るための問いが来る、と察する。

「どうぞ」と言ってみる。

「臨死体験をするのは脳ですかね？」

「脳だろうね」

「心じゃないんですかね？」

「心というのは言い換えると、なに？」

大沢光延は答えない。

ビニールカーテンの向こう側で、身動《みじろ》ぎもしない。

三秒を経ても。十秒を経ても。

だから呼びかける相手を変えてみる。大澤光延《みつのぶ》にするのだ。コウエンをミツノブに——。

「あのさ。君があんまり憶えていないことを、僕は、自分が伝記作家だからという理由で、尋ねたい。幼い頃のことだよ。少年時代のことだよ。ミツノブ君、お母さんはどうして死んだの？」

23

「母は生きていますよ」

「蔦子《つたこ》さんはね」

「ああ、継母《はは》のことじゃないのか」

「その母のことではない」指摘する僕の声が切迫している。

その緊張感がビニールカーテンを揺らしさえする。いや、揺らしてはいない。いや。

回答者が揺れている。その為政者が。

「ミツノブ君」と僕は再度明瞭に呼びかける。

「そういうことですね」

「何が？」

「継母《はは》だと、いまの母だと、光延《こうえん》……コーエンとしか呼ばない。『コーエン、有権者には三つの集団があるんですよ』みたいにね。しかし前の母さんはどうしていたか？」

自問する男は揺れを停めた。

「『ミツノブ、ご飯よ』」

ソフトな声が響いた。

しかしビニールカーテンが遮るので、籠もる。

すなわちソフトな声は濁った。

「そう言ったのかい？」と僕は尋ねる。

「言っていましたね」と彼は答える。

「記憶しているのかい？　はっきり」

「消そうとしていますね」

「君が？　お母さんとの……蔦子さんの前のお母さんとの、記憶を？」

「俺がそれをしようとしているのか？　と、河原さんは俺に訊こうとしているのか？　だとしたら、『それは愚問だ』と俺ははっきり撥《は》ねつけるしかないのではないのか？」

「君みずからが、意識的に、記憶を消そうとしているのではないし、消去を望んだこともない。つまり」と僕はまとめる。「それは意識的ではない形でなされた。君自身の内部《なか》で。こうしたラインの理解でいいかな？」

「非の打ちどころがないです。その理解を、河原さん、言い換えると？」

「君がしようとしていないことを、君の無意識は、した。する」

「『俺の無意識が俺の記憶《それ》を消そうとする。した』と河原さんは理解した」

僕は、うなずいてから、ビニールカーテン越しなのだから声を発したほうがいいと、「そう。インパクトの強すぎる出来事は、逆に憶えられないのだ、みたいにも思う」と言った。

「インパクト」あえて言われた語《ことば》を反復している印象がある。「心に、と感じるな。俺は。やっぱり」

「え？」

「インパクトが脳に与えられるのは、たとえば打ちつけるとかね、打撃、打撲。それから少々潰されるとかね、頭部が。圧《お》される。物理的な衝撃。それならばわかるんですよ。で、さっきの質問ですよ。『心というのは言い換えると？』ってやつ。いまね、脳にインパクト、と、心にインパクト、は違うんじゃないかと俺は考察してみた。

ちょっと日本語のことを考えてみましょう。

俺たち、日本人ですから。

心を病むって言いますよね？

心は肉体じゃないから、これは譬喩《ひゆ》です。

心がイコール脳ならば、これは『脳を病む』になります。

脳を病む。言わないですよね？

少なくとも現代《いま》は言わない。

俺が子供の頃も言わなかった。

俺が小学校の、低学年だった頃も言っていなかった。

俺は、俺が七歳か八歳だった時に、それが……そのことがあった、とは河原さんに言った。

『そのこと』を、インパクトが強烈な出来事だった、とかは言わなかったですよ。

あんまり記憶していないなあ、とは、言いましたっけ？

死別に関して。

言ったかもしれないな。

だとしたら、俺は嘘をつきました。もちろんそうするでしょう。河原さんのこれは、今日のこれもだ、インタビューなんだから。律儀に答えるわけにはいかないことはある。実直に答えてしまったら大惨事だってことがね。俺は、母親が、――これは産みの母親のことです、大澤蔦子じゃないです、この、前の母が、『病死した』と言いましたっけ？　それとも『「病死した」と親しい人間にだけは明かしている。曖昧にだが語っている』と河原さんに言ったんでしたっけ？

それも嘘ですよ。

病死も。

ところが死亡診断書は病死だ。

だから病死でいいんだ。

そこにきっと直接死因が書いてあります。書いてあったはずです。受理後の死亡届が、四十年五十年後にどう管理されてるかなんて、俺は、知りませんが。そして、俺は直接死因というのを読んでませんが。

だって嘘だから。

親父が手をまわしただけですから。

うちの父さんがね。大澤秀雄《ひでお》がね。

あの男《ひと》も泣いてましたよ。

号泣していたことを憶えていますよ。通夜？　告別式？　どうだったかな。何歳だったかな。三十ちょっとじゃなかったんですかね。それにしても、俺も、私も、無意識がいちばん消そうとする光景を、けっこう奮闘して記憶してるもんだ。あの親父が慟哭《どうこく》していた、なんてね。

棺がね、あってね。

だけどね、棺はね。

ほら、顔のところが、扉？　観音開きの蓋《ふた》？　あそこは開けられてるもんじゃないですか。死んだ人と、遺族、弔問客が対面できるようにって。遺体の、その死《し》に化粧《げしょう》を施した顔とね。あそこは閉じています。

閉じている情景があります。

たとえばね、その情景を、河原さん、『死に化粧の施しようもない遺体が、この霊柩《れいきゅう》には納められていた』って分析することも河原さんにはできるわけです。

私がするんじゃないですよ。

伝記を書かれる対象である私が、そんなこと、するものか。

私がするんじゃないよ。

あなたがする。

遺体はどういう状態だったのか？きちんとつながっていたのか？足りない肉片がある、ということはなかったのか？　頭部は頭部として、そもそも、きちんとあったとしたらどうあったか？　ほら、河原さん、あなたは憶えてない？　ひとりのサッカー少年がいて、しかし、この少年は母親と死別した途端、サッカーをやめたんだが、丸い大きなボールを足蹴《あしげ》にはできない、と思っていた……。

そんなふうに私が回答したことを、あなたは憶えてるんじゃない？

『忘れた』と答えるんなら、嘘だな。

それからこうも言えるな。

忘れるんじゃないよ。あんた。

とはいえ、河原さんは忘れてはいないだろう。それから、もしかしたら、もう書いてしまってもいるだろう。そういうサッカー少年のことをね。サッカーを断念した、いまはサッカー少年ではない、少年のことをね。

その少年は髪を伸ばした。

喪に服した。

そうだ、河原さん、変な想像をしないように、そのね、分析が誤った道筋に嵌まらないよう、もっと材料を提供しよう。死亡診断書には嘘が書かれている。けれども死亡診断書に書かれた日付、その年月日、そのおんなじ年月日に、JRの荻窪駅で、……そうじゃないな、当時は国鉄だ、日本国有鉄道、その荻窪駅のホームで人身事故が起きた。この記録には当たれる。照会できる。

これが素材です。

ただし大澤という姓は出てこない。死亡者が二十代の、既婚女性であるというデータは出てこない。

なにしろね、その時にも出なかったんだから。

事故当日にも。翌日にも。一週間後にも。

違う誰某《だれそれ》の名前は出た。

——さて。

『脳を病む』という日本語は使われない、と俺はあなたに言った。河原さんに。

しかし心は病む。

心というのは病気になる。悲しいね。

猛烈に悲しいのだけれど、心はまた、人を愛する。

私は、脳が人を愛する、とは思わないね。たとえば私の母親、前の母さん、この女性は子供を、子供とは大澤光延《みつのぶ》、つまり俺だ、ちっこい俺を愛した。ちっこい俺は『愛されてるなあ』と思っていた、始終。ちっこい俺は『母さん、きれいだなあ』思ってた。『美しいというのは、こういうのを言うんだ』思ってた。その、前の母さんは、当たり前だけれども、その心を通じて……大脳じゃないんだ、心で、息子を愛した。

その、おんなじ心が病《いた》いて、何かが起きる。

何かが起きているってことを、八歳の子供も七歳の子供も、いいや四歳児……乳児もか？　わかるんだよ。知れる。把《つか》める。

ただ、一点、たしかなことがあって。

それは、俺は捨てられていない、ということ。

俺は愛されている。

愛されていた。

しかし世界は捨てられた。母親に。

前の母さんに。

なぜならば世界は、母さんを病ませるものだったからだ。この地上はね」

「地上とは、現世だね？　ミツノブ君」と僕は訊いた。

「現世だね」と大澤光延は答えた。

「そして、現世じゃないところは……」

「黄泉《よみ》だね」

「だから臨死体験をすれば、死に臨めば、ミツノブ君は、会える」

「美しい母にね。そうだよ、俺が滅多斬《めったぎ》りされて、あのテロに関しては殺害予告もあった、しかし予告はいつもだった、だから取り合わなかった、そうしたら滅多斬りにされて、都庁の七階バルコニーでだ、俺には人工呼吸器も付けられた、臓器も損傷した、腕の神経も切られた、つないだけどね、そうやって生死の境《さか》いをさまよい出して、そしたら、ほら。

母がいた。

母……その死の瞬間以前の、ちっとも……ちっとも、散々《ばらばら》でなんかない母が。あの母が。あの女《ひと》が。しかしそれを、俺は、映像のように見たのではない。俺は、それを、夢幻《ゆめまぼろし》として経験したのではない。あれはリアルで、しかし動画には記録できない。あの感覚は、しかし、河原さんの……芸術家《アーティスト》・河原真古登の作品には、ある。

つまり、私の、前の母親を、現世側にも留《とど》められるのはあなただ、と私は洞察した。

そして、ひき留められなければこちらが向こう側に移る、こちらとは私だ、俺だ、ミツノブですよ、ミツノブが往生する、とも了解した」

24

「向こうへ行ってしまう」

「向こう側に」

「それを僕が制止する」と僕はまとめた。

こういうことだ。そこに雲があり、これをアートとして表現したい、と考えた時に、たとえば雲を写真に撮るということができる。またはその雲をしっかり観察して、素描《スケッチ》もして、それから油絵の具でキャンバス上の絵画（油絵）に仕上げるということもできる。どちらも上出来のアート・ピースになったと仮定する。だが二種類の雲は同じか？　おんなじ印象を鑑賞者に与えるか？　まさか。写真として表現されている雲には写真の質感《てざわり》があり、油絵で描出された雲には油絵の質感がある。

その質感（A）と質感（B）は一致しない。

しないからこそ、表現者にジャンルというものは選択されている。

Aを通して感知する雲があり、Bを通して感受する雲がある。

それらは同一の雲である。

しかしA＝Bではない。

そして僕、芸術家《アーティスト》・河原真古登の試みとは、これは三十代に入る少し前からの個人的課題、手法的主題だったが、AとBの不一致をひとつのアート・ピース上に共存《きょうぞん》させるというものだった。片方の質感に呑み込ませない。その実際は、雲の下に鴉を飛ばしてみるとより容易にイメージできる。この鴉もまた、写真の質感（C）を具《そな》えて、だが絵画の質感（D）をうしなっていない。たぶん写真に近づけるほうが、リアルだ、との感触が得られて、しかし絵画の材質感《マチエール》を強調したほうが、生き生きとしている、と思わせる。つまりリアルなCには生命力がない。そして写実の精度においては圧倒的に劣るDには一種の霊魂《アニマ》が宿る。

こうしたCとDが、AとBの共存する世界に、写された／描かれた鴉として同時に感覚される作品。

それをある程度実現できている、自分は実現できた、と自負している。僕は。

ここで臨死体験の話が出る。

都知事の彼は（テロ直後の大沢光延《こうえん》は、まだ知事職に就いたままだった）、ＩＣＵを退室後のその病褥《びょうじょく》で、僕にこう前置きをした。「それは生のようでも死のようでもない」――「それは現実のようでも夢幻のようでもない」――と。それ、とは死に臨む体験である。しかし彼のこの言葉を額面どおりに受けとってはアートは生じない。前者、生のようでも死のようでもないとの発言に孕《はら》まれるのは、生の一色だけで塗られた世界ではない、かつ、死の一色に塗りつぶされた世界でもない、ということ。それから後者、このフレーズ内の夢幻という語《ことば》に注目すると、なぜ人は夢をクリアには記憶できないのか、との問いが派生的に出る。

夢での体験を、一から十まで憶える、ということが叶わないのはなぜか？

たとえば夢日記をつけても、やはり「一から十まで詳《つまび》らかに記述する」ことは不可能だと思え、挫《くじ》けるのはなぜか？

現実と同様の質感をもって、憶えておこう、と望むからだ。

記述には現実を再現するという性質、傾向があり、それが夢の質感と裏腹になるからだ。

つまり質感Ａと質感Ｂの問題なのだ、これは。

かつＡ＝Ｂではない世界に存在する、対象ｘの、その質感Ｃと質感Ｄの共存の問題なのだ、これは。

つまり僕は大沢光延の臨死体験を理解できる。

または大澤光延《みつのぶ》が死の瀬戸際で臨んだそれを、感覚として共有できる。

共有するとどうなるか？

現代ふうに言えば、クラウドにあげたことになる。

「僕が制止する」もういちど言った。

「俺の彼岸行きを」と彼はパラフレーズした。

「臨死体験をシェアすることで？」

「あるいは俺の母親を。俺の……前の母さんを」

「僕が、光延《みつのぶ》君の産みの母親を、この世界に確保する、みたいなことかな？」

「そうですね。その臨死体験が『ある』と、生きている俺がここで確認できるならば、この現世で確認できるならば、俺は現世を去る必要がない」と言ってから、「――現世を去る理由がない」と言い直した。

「この世界での、河原真古登なりの確保の仕方というのは」と僕は言う。「いわずもがな徹底的にアート・オリエンテッドなそれ、だけれどもね」

「しかし、だからこそ――」

だからこそ。

「あの母のいる世界を、黄泉を、河原さんは、俺との共有記憶として、持つ」

「いいかい」僕は言ってみる。「死者のいる世界には、死者にならなければ、入れない。たぶん臨死体験というのは、自分が『死者になってしまった』と勘違いして、死者と交流することを言うんだと思う。もうひとつの考え方がある。死者たちのことを『死んでいなかったのだ』と勘違いして、生者のほうにひっぱり出す、要するに黄泉からだ、これのことも言うんだと思う。こっちの考えは、『死にかけた人間が、「死んだ者」を「生きる者」にしてしまっている』ともまとめられる。そして、こうしたふたつの考え方の分断、……そうだね、断絶を、僕は馬鹿げていると思う。なぜならば、臨死体験のその質感は」
「印象《てざわり》は」と光延君が言い換える。
「Aか、Bかではない。Aでもあり、Bでもある。そこは黄泉であり、そう、すでに黄泉なんだ、しかしこの地上の延長線上にある。この地上から歩いて行ける、と譬喩的に語れる。そういえば、『古事記』や『日本書紀』の黄泉というのは、坂で隔てられているだけで、歩いて行けたんじゃなかったか？　たぶん、その坂の、ヨモツヒラサカっていったかな、その、黄泉の平坂《ひらさか》のありようなんだ。ありよう、すなわち質感。これが体験のその一からその十までを覆う。
だからさ、
そうだね、
君が『母親がいました』と言う。その母親を、僕も認識する、
その美しい女《ひと》は、一九七〇年代の前半のファッションを僕に示す、
死者だ、
嘘だ。生者だ、
闇がある。だが照明《ライト》もある、
その光に包まれているのは、お母さんじゃないね、光延君だ、
光延君のほうだった。
君はいまの年齢のままだね？　失敬、二年半前の、五十三歳？　五十二歳？
だから『大沢こうえん』であるはずなんだが、ミツノブだ、ミツノブなんだ、

コートを着ていたんだよね。毛皮のフードがついていたんだよね。毛皮、
毛皮だなあ、
と思った君は、たしか十一歳になっている、十歳になっている、
それでも遅いい、
というのも、十一歳の君にはもう前のお母さんはいないからね。いまのお母さん、蔦子さんがいるし、弟がいるからね、もう生まれているからね、異母弟《きょうだい》は。
だから遅いい、
君は『毛皮だなあ』と思って、そうしたら、ほら、
毛皮はコンコンと鳴いた。
鳴いたよ。
狐だったんだね。そこでは死んだ存在《もの》は生きているんだから、もちろん毛皮にも生命《アニマ》がある、
『ぎゃっ！』と君は言った。
照明《ライト》が外れる。
君は闇に包まれている。
九歳にならねばと思っている。八歳になっている。
どこかが照らされた、
いっぺんに複数箇所は認識できない、というのは地上の約束で、ここは地上《そこ》でもあり地上《そこ》の向こう側でもあるのだから、いっぺんに二ヵ所を見る、
君は、
前方にテーブルを見る、

のと同時に後方に少年を見る。
テーブルには皿が載っている、
少年はマスクをしていない、
似た年齢？　八歳か、アイマスクをしている、
皿には紙片《かみ》が載っている、あるいは料理として盛られている、
何かが書かれている。
君は前に歩いた。
君は後ろを注視しつづけた。
皿に盛られた紙片《かみ》には『火曜日』とある、
晩餐会だと君は思って、ただちにこの感慨を否《いな》んで、
後ろに注意だ、注意！
スポットライトを当てられた少年が笑う、その顔だ、
顔に亀裂がひらいた、口だ、
しかも普通の口よりも亀裂がひらいた、歯だ、
乳歯が抜けている。
前歯がないんだ。三、四本。
何かを言おうとしているんだ。
だが君は、食卓にも注目していて、
そこにはグラスがある、細長いグラス、フルート型だね、そこには黒いビールが注がれている、泡立っている、泡立っている黒ビールのグラスが載っている。

その『火曜日』の皿のかたわらに。
と、認識した瞬間に、君が正視している背後の少年が言う、
手が濡れちゃったよ、と。
だが、いちどにひとつのことしか言わないということはない、
Aか、Bかではない。
同時に、
楽器が載ってるんじゃないのミツノブ君?
とも言った。
その声は斜め前から響いた。
『そうだね、琴が載っているね。十三絃《げん》のお琴』――
答えたのは君だ。
しかし君の返事はノイズまみれだ、
地上《そこ》の向こう側に臨んでいるからノイズに満ちているんだ、音響的なものが、
もの、ものというか世界が、
その君の感覚を、美術として僕が体感し直して、シェアするならばこうだ。
『十三絃のお琴』という声に、アクリル絵の具が塗られる、
十三に、
絃に、
お琴に、
ペーストされる。

その感触。そうした質感がある、印象《てざわり》が。音や声にさえ。

するとその反射が写真に撮られて、その撮られたものが絵に塗り込められたに等しい転換が、声、いまの君のその、十三・絃・お琴、から生じて、
すると遅さが解消される。

君はたしかに八歳になっている。七歳にもなっている。

それとも六歳かな？

『ミツノブ』と呼ばれる。その美しい女《ひと》は、いる」


「ええ。リアルにいました。ちっとも散々《ばらばら》でなんかなかった」

「それから君たちは、語った？」

「もちろん。母子《おやこ》ですから」

「いずれにしても、ここまでの情景を、僕たちはシェアできた」

「共有ですよ、共有」と大澤光延は言うのだった。

25

大沢光延は言うのだった。

「私には、こうした一連の作業が、河原さんとのコラボレーションに思える」

「共作？」

「はい。河原さんは、私のさい──」何かを言おうとして、口を噤《つぐ》んだ。「──私の、臨死体験を、たぶん芸術作品化した。だから語れるわけです。発表はしない、このアートはね、でも私とのあいだで所有しあって、だから語って伝わるわけです。感触が」

「体験者その人に」

「私に。ぶれていない……と。ずれていない……と」

「発表はしないけれども」

「けれども、なんです？」

「僕は君のこれまでの生涯、半生を、まるっと芸術化しようと働いている」

「ああ、伝記ですね？」

「そのまるっとにはこれも入る、とは言える」

「入り切らないよ」と断じた。

「どうして？」

「写真のように絵画のように河原さんは把握したんだからさ。何を書かれたところで、俺が体験して、河原真古登がシェアした、それは、文章の作品からは飛び出るよ」

「確実に食《は》み出る。収まり切らない」

「そう。だから、どうでもいいよ」

「僕はさ」

「なんだい」

「それはそれで、別個に、アート・ピースに仕立てるかもしれない」

「それ」と言葉が指す。それが何を指しているのか、不明だと指す。「河原さん、どれ？」

「体験」

「臨死体験？」

光延《みつのぶ》君の、とは限定しない」

「しかし河原さんは、死に臨んだりは、していないでしょう？」

「していないで、シェアはできるのか？」と自問のように突きつける。「芸術《アート》とはしてしまうことではないのか？　表現、創作を通して」

「……」

「その黄泉ならばね、僕も歩いたよ」

「譬喩ですね」

その問いかけを無視する。僕は。

「黄泉だけれども、きっと完全に黄泉ではない。つまり地続きである、地上《ここ》と。そして僕は、いずれ一作は産み落としてしまう気がする。タイトルがね、『黄泉』と題されたアート。写真だし絵画だし、さらに第三の芸術ジャンルにも跳ぶ。越境する。そして画題、被写体だけれどもね、それは一台の」

と言ってから、黙《もだ》す。

光延君は促さない。

先を言って、とは促さない。

だから「一台の」と、僕自身が繰り返して、続ける。「ぶらんこになる」

「『黄泉』というタイトルで?」

「そうだね」

ビニールカーテンがある。

僕たちは薄い濁りであるビニールカーテンに隔てられている。二〇二〇年五月二十六日に、この病室で。

さらに僕はプロテクションの装備で全身を覆われている。マスクはN95だ。

ビニールカーテンの向こう側の、大沢光延《こうえん》は、大澤光延《みつのぶ》は、けれどもマスクも着用していない。ナイキのジャージの上下を着て、ほとんど俳優めいて見える。

その俳優が、何十秒か沈黙してから、もしかしたら一分か二分、黙ってから、すなわち台詞をいったん手放してから、台詞なのかもしれないし即興《アドリブ》なのかもしれないひと言を、ふた言めを、その先をと続ける。

「自作自演という言葉は知ってますよね。河原さん」

うん、とうなずいたが、声には出さない。

「他作自演という言葉は、もちろん知らないですよね。十一歳だった俺の造語ですから」

うん。

「いや十歳だったかな?」

そうなんだ。

「政治家になる夢なんて、持たなかったですよ。小学生はもちろん持たないですよ。でもね、そういう商品になった」

　商品。

「政治的商品。シナリオを書いたのは誰か？　親父です。大澤秀雄です。他にもいろんな……意向はあったのかな。母方のね。これは継母《ままはは》方のってことです。自分の人生を、普通、人間《ひと》は自作自演します。でもね、俺はね、どうでもいいやって思ってね。もう。だから髪も伸ばしてね。それから切ってね。小五で？　いいや六年生だったのかな。どっちでもいいんだけど。そうなると、俺は母さんの喪が明けてね、だから、前の母さんのね、だから、もう『ミツノブ』って呼ばれる子供とは別の容器でもいいのね。容器。他作自演というのは、そうですよ。そういうことなんですよ、河原さん。『コーエン』としてちゃんと演《や》るってこと。親父はね、もう何度も取材で答えましたよね、河原さんにはね、ある時期から都庁の怪物だったんですよ。怪物はシナリオを書き、怪物の息子は主演する。最高じゃないですか？　そして、親孝行じゃないですか？

　いいじゃないですか。親孝行。

母親に孝行は、もう……。

できないですしね。

その、もうできない、って思った俺は、十歳とか十一歳？

もっと前だな。

でも喪に服していたんだな。

その慎《つつし》みが明けたんだな。

だから他作自演で、いいじゃないですか。美少年だと言われて、聡明だねって、とかね、言われて、いいじゃないですか。その時はまだスサノオになろうとはしてなかったし。『お前は東京の都知事になるか、日本の首相になれ』って命じられてただけだし。そういうシナリオ上の役柄を、宛《あて》がわれて？　宛《あ》て書き？　されてたわけだし。

だから演ります。唯々諾々と。

『父さん、はい。はい、父さん。コーエンです』って。

ちょうど政界は再編期で。

政党は乱立する予感で。できては消えたり。

無党派層は膨張、爆発、ビッグバンを起こす予感で。

要するに選挙事情は変わる。俺、いけそうじゃないですか？

しかしね。

俺は……私は、この私『大沢こうえん』はスサノオになろうとしはじめた。

それはいつか？　いつからか？　一九九二年一月十五日、成人の日、からですね。

この日、成人式に参加することが可能であった年齢《とし》の妻のおかげで、私はそうなれたのだと言える。奈々のおかげで、当時の櫻井奈々のおかげで、ですね。かつ、讃がいなければスサノオの、……の、すべて、と思うことはなかったのだ、と確言できる。谷賀見讃なしに私の軌道は始まっていない。この軌道とは、自作自演の軌道、ですよ。

そうです。

愛は、私に、他作自演の軌道《それ》を棄てさせたんです。

ただしレールは重なっている。写真と絵画が重なるように、ですよ。

写真と絵画の感触《てざわり》が、印象が、ともに存《あ》るように、ですよ。

いずれにしても都知事になる。

都知事か、首相になる。

都知事になったのだから、首相になる。

むしろ私が日本になる。

日本国の宰相になり日本になる。縦書きの日本に、です。

これは他作自演ではない。愛ゆえだ。

そして、私は奈々への感謝を、裏切らない。踏みにじらない」

「だからポピュリストになったの？」と僕は訊いた。

脳裡で、大沢・日本・スサノオ・光延（Cohen Nippon Susanoo Osawa）と考えながら、訊いた。

「それは、言外の意味を汲めば、だから最低のポピュリストになったのか、刺されるような、ですか？」

「イエス」

「正義についての考え方ですね。最低か、あるいは最高かの根拠《よりどころ》は」

正義？

「困惑しないでいいですよ。不正を糺《ただ》すのは正義です。では、不正を糺すために異なる不正を行なうのは？」

僕は考える。

考える。

「ミツノブ君は、どの不正も糺す、とは言っていない」

「言ってませんね、このコーエンは」

「言わずに『正義』を定義した」

「しました」

「だとしたら、ある不正を糺すのが正義なのだから、そのために異なる不正が行なわれても、しかも何度行なわれても、何十度詭弁《きべん》が用いられても、当然、正義だ」

「イエス」と元・東京都知事は言った。

「だから最低なポピュリストでは……、ない？」

「私という人間はギフテッドであり、英雄になるのだ、と言ったでしょう？」

「スサノオは英雄神だった」と僕は言った。

26

僕は「スサノオは英雄神だった」と言った。

ビニールカーテン越しに、うなずいている男がいた。深い点頭。

「スサノオは黄泉にゆきたがった」と僕は言った。

「記紀神話の話ですか？」

「そう。亡き母親に見《まみ》えるために。ところで君は、さっき口籠《くちご》もった」

ビニールカーテン越しに、小首を傾《かし》げる男がいる。

「コラボレーションと言った時。共作、つまり臨死体験のシェアの話題に進んでいた時。『私の臨死体験を芸術作品化する』みたいに言って、その際だ、『私の、……、臨死体験を』と、間《ま》が挟まった。何かを言おうとしたし、実際に言った。さいと言った。それは最初の臨死体験の、最《さい》、だ。ということは、ミツノブ君、臨死体験は一度だけではない。大方の人間は、これは関係者はということだけれども、近親者や僕はということだけれども、兇行《テロ》の直後にそういう死の淵《ふち》に触れるにも似た経験があったと考えている。つまり一回きりだ。また、世間は君が一度だけICUに入ったと考えている。やっぱり一回きりだ。事実はそうではない。君には発作がある。すると集中治療を受けざるをえない。人工呼吸器だ。監視用のモニター機器だ。

血圧。

脈搏《みゃくはく》。

相当なことになるね?

内臓も。

しかし、前例がないね? こういう発作は。

脳卒中とも心不全とも言えない。

だけれども君は、実際に、ふたたびテロに遭《あ》ったかのように瀕死の容態《ようだい》に至る。

その容態に復《かえ》る。

それは、つまり、二度めの、三度めの、臨死体験をしている――ということだ」

「それは、つまり、どういうことですか?」と光延《みつのぶ》君は訊いた。

「君は黄泉に帰る。意識的にかどうかは知らない。意識的にでないのならば君は無意識的に、そうする。それを求める」

「だって、会えますからね。母に」

　答えは出た。

27

　答えが出た。

　大沢光延が——「コーエン」と呼ばれる男——それから大澤光延が——「ミツノブ」と呼ばれる男——いまだに退院できない理由。

「黄泉であれば、会える」彼は言った。

「前のお母さんに」

「母子《おやこ》は、話すんですよ」

「話し足りないんだね」と僕は言った。

　返事はなかった。しばらくしてから、ビニールカーテン越しの男の肩が震えている、とわかった。

　肩を震わせて、泣いている、とわかった。

僕にかけられる言葉はなかった。

何分もが過ぎた。


けれども話しだしたほうがいいのは、僕だ。

僕は書記なのだから。いわば。この為政者の（その生涯の）書記官。

だから、僕はおもしろいことまで言ったほうがいいのだ。

「一月にね」

「……はい？」

「まだ日本にコロナが上陸する前にね。コロナの騒ぎが。姓名判断をやったんだよ。僕は、新宿の駅前で」

「姓名判断」

「占いさ。街頭の。手相はやらなかった。なぜか？　もちろん名前に興味があるからだね。というのも、光延君の伝記に関わって、けっこうな人間のその人生？　半生？　を僕は俯瞰した。いま現在もしている。三十年というのは、長いね。人はけっこう変わるね。または、それでも人はけっこう変わらないね。ほら、垂水《たるみ》君とかさ。しかし彼の名前は変わっていない。いっぽう、名前が変わってしまった人もいる。それは運命に、何らかの働きかけをしたのだろうか？　そして、僕、この河原真古登だ。これは本名だ。かつただの一度も変わっていない。すると僕の運命は、何十年前からも変更不可である、軌道はひとつである、となる。本当だろうか？　だから姓名判断に臨んだ。そして、それからだね。僕は黄泉を歩いて、この黄泉は西新宿と地続きだったんだが、結局は題名が『黄泉』であるアートを、純粋芸術《ファイン・アート》の作品を産み落としたいとの衝動をもたらした。一台のぶらんこを僕は描き、写し、いいや撮影はできない、それは黄泉にあったぶらんこだから、――しかし。そうしたい、と望んでいるんだ。このことはぜんぜん光延君に語る必要はない。それでもいま、シェアしたい、頒《わか》ちたい、と猛烈に感じる」

28

そしてシェアした。そのことは記述しない。どうしてか？　僕がいま話術《ナラティブ》のエコノミーを考えているからだ。僕は、僕自身の黄泉《よみ》行を語り、それを大澤光延《みつのぶ》と共有した。どのようにシェアしたのか、を詳述することはできるけれども、しかしそれは一月の僕のその経験をじかに語ることと、差はあるか？　あるのだとして、どの程度か？　ちっとばかりだ、と僕は答えうる。また、僕が大澤光延にその経験を病室で語って、それからどうしたのかも視野に入れなければならない。病室は出た、防護服は脱いだ、つまり大澤光延／大沢光延《こうえん》との面会を終えて、病院を後にした。

その医療機関を出て僕はどうした？

二度めの黄泉行をしている。

という展開は、ほら、だいぶ面倒だ。では、どこに手間暇をかけるか？　僕は一月に黄泉を歩いた。具体的には二〇二〇年一月十五日の水曜のことだけれども（成人の日ではない）、それから今日、五月二十六日の火曜にも黄泉を歩く。ここには「歩いた」と「歩く」がある。過去形と現在形がある。しかしながら僕は、前回と同じように歩こうとしている。どこを起点にして、どういうルートで、どのような歩調《ペース》で……を揃えようとしている。なぜか。光延君の告白に刺激されたからだ。彼は、二度め三度めの臨死体験をしている。彼は、幾たびも黄泉に帰っている。その理由《わけ》もまた語られた。告白された。

——それならば、と僕は考えた。

——こちらもまたその反復をシェアする必要がある。

ふたたび黄泉に足を運ぶのだと決めて、そこに立つ。新宿の駅前だ。駅の西口だ。

一月に僕はそこに立った。今日、僕はそこに立つ。

このふたつを同時に記述できるか？

語りの経済性を追い求めながら、その試みに僕は挑む。

もちろん忘れたわけではない、「一遍にふたつのことは語れない」と以前に自分が言ったとか、その無理の証明に臨んだみたいなことを。だから一月を記述する。軸にして、だ。そこから溢《あふ》れること、食《は》みだすこと、むしろ衝突する状況や思考のなりゆきを、五月の、今日の現在形として、足す。たとえばこうである。占い師は西口のそこに三人いた。五月二十六日の今日は、一人もいない。これらのふたつのセンテンスの、「いた」が過去形で「いない」は現在形だ。

それでは話術《ナラティブ》のエコノミーを追求する。

以下、不親切な叙述である。

街頭の占い師を探した。並んで、三人いた。あんがい容易に選べた。三つの基準、若すぎない・同性である・妙な扮装ではない、で篩《ふるい》にかけられた。鑑定料はだいたい二十分で三千円だと言われた。手相と人相を観ることができる、姓名判断ができる、四柱推命《しちゅうすいめい》がやれると説明されて、僕は「四柱推命って、どう占うんだろう?」と尋ねた。生まれた年、月、日、それから時間、この四本の柱に、干支《えと》と五行があて嵌められて、あなたの運命が観られる、と答えられた。もともと姓名判断をしてもらう腹積もりだったけれども、念のために「姓名判断って、柱は、何本だろう?」と訊いたら、五本だ、名前の画数の配合を五つの角度から観るのだ、と回答された。僕は「姓名判断で」とお願いした。その、お願いする僕の左手を、辻占いのその男はスッと観察した。僕の名前——河原真古登の総画数は大吉だった。しかし姓名に分けると、前者(「河原」)は吉で後者(「真古登」)は凶だった。姓、すなわち苗字というのは祖先運だから、あなた自身にはどうにもならないと諭された。これを変えられるのは婚姻である、と言われた。問題は名(「真古登」)のほうで、あなたは頭脳明晰だが孤立すると言われた。しかしもっと問題なのはと続いて、姓のおしまいの一字(「原」)と名のはじまりの一字(「真」)のコンビネーションで、これぞ主運である、なぜならば姓名の中心に、核心に位置するのがこれら二字(「原真」)である、この合計の画数を観ると……おお、大凶、これはいけない、あなたは厭世《えんせい》的な人だ、そうでしょうと言われた。僕はとりたてて楽観主義者ではないので、「かもしれない」とは答えた。改名するという方法もあるのだけれども、と助言された。ここまでで僕はこれは相当におもしろい経験だなと感じていた。おもしろい、たぶん光延君に話したとしてもおもしろがられる、とはその時思っていなかった。ところで僕の名前から「原真」を引いたら「河」と「古登」が残る、この三字(「河古登」)も合計した画数が診断されて、吉だった。インスピレーションを信じて生きてかまわないらしかった。この画数には対人関係の善し悪し——運勢——も表われる、「あなたは友人にも、配偶者にも恵まれる」と説かれた。次いで、いまは独身なのですね？　あなたは、と訊かれた。僕は占い師に、どうやら結婚がいちばん運気を強めそう？　と問い返した（「どうやら再婚がいちばん……」とは言わなかった。それでは相手に情報《データ》を与えすぎる。ちなみに僕は三十六歳から四十歳まで結婚していた。それは破綻した）。占い師は、いいや、そこは即答できない、それについては別途占いたい、と申し出た。時間はあるか？　僕は「ない」と答えた。「ここまでの吉凶を消化する。ありがとう」とも感謝した。そして占い師のテーブルを離れた。

今日、二〇二〇年五月二十六日、僕は占い師のテーブルを離れない。なぜならば緊急事態宣言が首都圏で（かつ北海道でも）解除されたメモリアルな今日、それでも新宿駅の西口に占い師はいない。テーブルと小さな椅子を用意して開業している人間がいない。誰ひとり対面で占われたいとはまだまだ考えない、と彼らは予想している、と僕は考える。そもそもマスクを着用している相手のその人相を観られるのだろうか？　とも僕は考える。それから新宿の駅前がこんなにもまだぜんぜん人出がないなんて、と考える。僕は占い師たちのいない、けれども一月まではいた、その街頭――の一点《ポイント》――に立つ。たたずむ。ここは起点である。じぃっと目を凝らす。

四ヵ月と十日あまり前、僕は占い師のテーブルを離れてから目を凝らした。往《ゆ》き交《か》う人間たちのあいだに隙間を探った。なかなか見出しがたかった。国内屈指のターミナル駅であるのが新宿《ここ》で、乗降客数に至っては世界有数、僕の記憶では世界一、たしか一日三百五十万人だった。ゆえに東口でも西口でもどこでも、駅前が雑踏していない、ということがなかった。僕は占いの余韻を咀嚼した。……眼前のこれら全員に、四文字だの五文字だのの（「河原真古登」であれば五文字だ）、または三文字だの、稀《まれ》には二文字や六文字などの名前があるのだ、と考えた。それぞれに画数があって、そうして五種類の配合から算出される運勢、判定される運命があるのだ、と考えた。僕はそのように名前を見るか？　と自問した。自問した途端、いまは何を自問したのだ？　と第二の自問が生じた。……占い師であれば、漢字を分解する対象と捉えていて、すなわち字画、その線と点、これらをひとつひとつ数える、しかし僕にはそういう認識はない、と僕は自答した。むしろ積極的に塊《かた》まりとして知覚する、要するに絵として認識する、姓名の判断に五種類があるのならば——

河原真古登
登河原真古
古登河原真
真古登河原
原真古登河

一瞬にこう視《み》る、ということだと僕は自己診断した。この漢字の格子《グリッド》は絵画であり、構図があって、一遍にこれら五文字×五文字が把捉されて、それが僕なりの姓名判断なのだとするならば、この場所もそのように視られて当然だ、と僕は考え、「この場所」というのは新宿駅の西口から展《ひろ》がる土地のことだったのだけれども、要するに僕は西新宿の運命は観ない、占わない、この人混みを何千何万もの名前を持った絵画として捉え直すのだ、と直覚した。ただちに凄まじい格子《グリッド》が展開した。西口の風景をこんなふうに視認しうる人間はいるのか？　いるのかもしれないしいないのかもしれない、いるとしたら僕と同傾向の怪物めいた芸術家《アーティスト》なのかもしれないし美術とは無縁の、現実を魔術的呪術的に把握するという傾向に捕らわれた人間なのかもしれない、けれども肝《きも》はそこにはない、と僕は的確に理解できていた。その風景＝絵画の鑑賞は、いわば視覚と空気の摩擦に似、軋《きし》んだ。この軋轢《あつれき》の感触を僕は撮影した、実際にカメラを操作したわけではなかった、頭で「撮ることは可能か？」と考えて、むろん僕という芸術家《アーティスト》の経験知から踏むに可能だ、深度、それから角度を優先して撮るならば写真になる、そこまでシミュレーションを行なうと眼前の風景には写真の印象《てざわり》も付与された。それは写真のようであり絵画のようであった。かつ、それは現実のようでも夢幻《ゆめまぼろし》のようでもなかった。すなわち、それは……「この西新宿は、生のようでも死のようでもない」と僕はつぶやいた。僕は質感を確認した、これは臨死体験の質感《それ》か？　うん、そうだ、と僕は答えて、世界は臨界に至って黄泉化した。

　今日、僕は駅前の人混みを発見しない。往き交っている人間はいるにはいる、しかし隙間だらけである。だがその人間にも、あの人間にも名前はあるのだ。一月に僕はここから黄泉に入ったのだから、同じ過程を往《ゆ》ける。その自負はある。こうも説明できるだろう、臨死体験をアートの域に昇華した人間は、眼前を（あるいは周囲を）アートの領域に変えることで、そこから死に臨めるのではないか？　つまり、人影まばらな風景の――

誰と誰と誰
と誰と誰と
誰と誰と誰
と誰と誰と
誰と誰と誰

との絵画に、写真の印象《てざわり》をも付与し、するとそこには黄泉のアート界がすでにある、あとは西新宿という名前の黄泉——死者の国——に入るだけである。そこは歩いて行ける、なぜならばヨモツヒラサカというものがある、黄泉の平坂《ひらさか》がある。

一月、西新宿にはヨモツヒラサカがあった。現世と黄泉の境《さか》いの坂、これは言い換えるならば地上と地下との境界で、しかも切れ目がない、地続きである、と説明できるのだけれども、西新宿には地上なのに地下になったり、いいや、逆のほうが真だった、地下なのに地上になるところがあった。新宿駅西口地下広場は、西へ、西へと進むと上り坂もないのに地上だった。というのも、そこには淀橋浄水場の貯水池があったのだ。一九六五年まで淀橋浄水場（東京の街なかに水道水を供給した）は西新宿エリアにあって、その貯水池の底が新宿駅付近では地下、より西では地上と感じられる複雑な地形をなしていると僕は再認識した。かつて水の世界であった黄泉、これはスサノオが海原《うなはら》（海の国＝水の世界）の支配者から黄泉王にいつしか変じたことにも通じるのか？　と僕は思った。僕は、文章には収まり切らない体験をした、「収まり切らない」ということは大澤光延に予言されていた、——「それは、文章の作品からは飛び出るよ」と。けれども予言されるのは四ヵ月と十日あまり後のことである、だからこの時は予言されていなかった。そして生命《アニマ》の数々に触れた。超高層ビル街で、たとえば牛乳の自販機を見て、それは〝視た〟のだった、二メートル間隔で販売機は設置されていて、瓶と缶、紙パックの飲料は全部牛乳で、たぶん霊魂《アニマ》だった。西新宿は副都心でもあったから、公務員がごまんといたから、たとえば都の職員が三万八千余人で都庁勤務の職員が一万二千余人いたから、僕はすれ違った、幾千人幾万人と行き違《たが》った、僕は前後も同時に見た、人びとの手には牛乳瓶がある、と〝視た〟のだった。それから街路樹に、これらは落葉していたのだけれども、牛乳が実るのも視認して、これは薄い膜

（蛋白質の膜？）に包まれていたから、瓶にも缶にも、紙パックにも入っていなかった。回転音がしていた。というのも都庁を軸に、東京じたいが回転しているのだった。京王プラザホテルの裏側、これは西側なのだけれども、そこがごっそり欠けていた。巨大な生物《いきもの》が齧った、とも思われるビルディングの地上三階から地階にわたっての欠落で、しかも標識が立ち、コノ地・山川草木虫魚禽獣・我ガ物ナリ、とあった。ここを過ぎると人びとはみな幼児体形か、迷彩柄の制服を着ているかに変わった。この事実が意味するのは何か、を考える暇《いとま》はなかった。僕は都庁に到着していた。第一本庁舎のその正面にだった。それは地上四十八階建て、まさに現代《モダン》ゴシック建築で、双塔だった。しかも南北のタワーのどちらにも展望室があって、僕は「さあ、どちらにする？」と見上げた。

僕は、今日、五月二十六日、西新宿のヨモツヒラサカを西へ、西へと向かい、途中、「の、西」と数度言う。の、にし、の、にし……。何を言ってもかまわない。誰かに聞かれておやおやと訝《いぶか》しまれる、そういう可能性が、COVID－19のこのパンデミック以前の千分の一に落ちている。もしかしたら万分の一に落ちている。それでも僕は、この黄泉を芸術《アート》として体感している。たとえば現実には人がいないのであれば、非現実的には存在する。感受可能である。たとえば紙だ。等身大の紙片《かみ》というのがいて、それも何百人、何千人といて、歩いている……。それは「紙相撲の力士たちが等身になった」とも表現しうる。それら力士たちはざわざわは言わない。黙《もだ》している。僕は、これはちょっと威圧的だなと感じる。力士ではない紙が舞う。僕はそれから、コロナ禍の西新宿からはこんなにも人影が激減したけれども、馬はいたりはするのだろうなと考える。というのも、僕は四ヵ月と十日あまり前に都庁の展望室で、代々木には馬がいるんだな、と思ったことを回顧しているから。すると、ここは黄泉の世界なのだから、当たり前のように馬も登場する。歩いている僕のかたわら、すなわち歩道、をサラブレッドが駆け抜ける。しかも続々――二頭。三頭。六頭。消える。僕は道路交通法違反だと思う。「軽車輌あつかい」の牛馬は、車道しか走れない。と、都庁が見える。第一本庁舎のその双塔、現代《モダン》ゴシックぶりに触れた途端、僕はあれは宮殿なのだと感じとって、「八雲立《やくもた》つ出雲八重垣《いずもやえがき》つまごみに八重垣つくるその八重垣を」と言う。そして第一本庁舎の正面に、は行かない。なぜならば第一本庁舎の展望室は南北ともに閉室《クローズ》されていて、これはCOVID‐19の拡大防止のためだ。だから僕は一月と同じ行動は採らない。東京都議会の議事堂前の、都民広場に下りる。

一月、僕は上がった。南側の展望室に専用のエレベータで上がった。地上二百二メートルまで一度も停まらずにエレベータは上昇した。北展望室を選ばなかったのには理由《わけ》があって、どうもこの日、二〇二〇年一月十五日、水曜が北側のそこのリニューアル・オープンの当日であるらしかった。それでは黄泉の展望室があまりに黄泉的に犇《ひし》めきあい過ぎる、と僕は予感した。だから南展望室にしたのだった。エレベータに乗り込むには手荷物検査を受けなければならなかった。アナタハ兇器ヲ持ッテイナイカ？　と問う係員は腹が出ていて頭部が直径七十センチの卵形をしていた。エレベータに運ばれている間《かん》に僕はこの東京都庁舎に関しての、そして西新宿に関しての自らの誤認を反芻《はんすう》した。展望室専用エレベータは、一階と展望室（四十五階）をつないでいた。僕は第一本庁舎に一階の正面から入って、そのエレベータを探して、この時に初めて「ずっと都庁の、一階だと思っていたフロアはじつは二階だった」と知った。地階《した》だと誤解していたところが、一階だった、というわけだった。それほど西新宿エリアの地形というのは錯綜し、複雑怪奇だったのだとまとめることもできた。なにしろ第一本庁舎には、僕が一階だと思いつづけていた二階にも、その階下（一階）にも案内所があった。そして僕は、この文章作品の冒頭の一章で、語り手の自分がここの二階を一階と、そして一階を地階《した》と説明してしまっている……かもしれない、と思い当たった。それを修正するか？　しない、と僕は即断した。なぜか。訂《ただ》さないことこそ、むしろこの記述を残すことこそ（……僕は誤認した、ずっと誤解していた、と）、西新宿がそもそも黄泉的であるという現実を証すからだと僕は根拠をもスパッと言えた。それから、現実、黄泉という非現実の母胎《マトリックス》となっている現実、とこう咀嚼した。展望室は無料で、海外にも知られた観光スポットであるから、エレベータは同乗者で混んだ。インバウンド（外国人観光客）に関して言うと、アジア系の人種は翼を生やしていた、いわゆる欧米系には角《つの》が生えていた、アフリカ系は四本め五本めの腕があった、と、黄泉のその質感が僕に感知させた。イメージが奔出していた。僕は咀《か》んだ、そうなのだ、これは死に臨んでいる体験なのだ。僕は死の淵《ふち》に触れ……触れつづけているのだ、と幾度も消化した。僕・河原真古登という芸術家《アーティスト》が目下どのように世界に接しているかをだ。展望室に出た。照明が強《きつ》かった。四方が展《ひら》けていた。明治神宮の内《ない》苑《えん》のほうを、緑地帯を目標《めじるし》に、見た。その付近には垂水勝《まさる》の暮らし——と学習塾経営——の拠点があった、いまもあるはずだ、と思った。その右手、ということは西に、乗馬クラブがあるはずで、しかし、どこだ？　いずれにしても厩舎《きゅうしゃ》はある、だから馬はいる、代々木には馬がいるんだなと僕は思って、ここには？　とふり返った。南展望室は床から針を生やしていた。踏んでいる人間たちの蹠《あしうら》から血が流れて、フロアを牛乳色に染めていた。「ミルキーな血だ」と僕は思った。この、黄泉の、乳、というのは亡き母の国を暗喩するのか？　展望室内は騒《ざわ》ついていた。ここに何百人がいるんだ？　と僕は思った。中央にはカフェがあり、このカフェを円形に……半弧を少しひろげたように、そうやって囲むように、土産物の売り場が設《しつら》えられていた。オリンピックとパラリンピックの関連グッズ、これは『ＴＯＫＹＯ２０２０』だ、もちろん展望室にいる誰もが「確実に今夏、開催される」と信じていた。はずだった。それから日本語のTシャツ、鮨のTシャツ、招福の猫のグッズ。どれも「日本らしさ」を謳《うた》っていた。そしてこの売り場の、ほぼ焦点《センター》の、すなわちカフェの中心点をめざして牛乳の波打ち際が生まれはじめていて、僕は「白濁した水鏡だな」と思い、そこには何が映る？　と天井を仰ぎ、すると強《きつ》いライティングの発生源があって、その瞬間に洞察された、ここでのギフトとは日本Nipponやジャパンなのだと。「日本が売られている」と声に出した、僕は。視線を落とした。すると、そこにはぶらんこがあった。一台のぶらんこが出現していた。カフェのその真んなかに。それから僕はどうしたのだったか？　僕はもちろん、あるフレーズを口にしていた。するっと唱えていた。僕は「一日にぶらんこを十分間」と言ったのだ。それと同時に、この一台をモチーフにした純粋芸術《ファイン・アート》の作品を産み落とさねば、との衝動に駆られていた。題名は、選ぶまでもないし悩むまでもない、『黄泉』だった。

　五月、僕は依然として変わらぬ衝動を抱えている。しかし再度、南展望室にのぼるということをしない。二月二十七日以降、展望室は南北ともに鎖《とざ》されている。つまり再度視《み》ようにも視られない。だが本当だろうか？　僕は都民広場にいる。この黄泉の都民広場は——五月二十六日のそれは——依然としてオープンな美術空間である。半楕円形の広場、いっぱいの彫像、しかしトランスフォーメーションがなされていない彫像はない。つまり黄泉的な彫像だけが黄泉《そこ》にはある。瞳の数はふたつではない。四肢という言葉は現実を表わさない（……どうして四本でなければならない？）という非現実さがリアルにある。花壇には海藻だのミニチュアの鳥居だのが繁る。僕は、一月とは違って人がいないんだな、人影がぜんぜん足りなすぎだな、と改めて思う。そしてハミングをしはじめる。たった四つの音符、それで構成された動機《モチーフ》。つまりタ・タ・タ・ターンだ。交響曲『運命』の主題だ。あるいは交響曲第十番『怪物』？　それから僕は、この自ら奏でているタ・タ・タ・ターンの旋律に働きかけられる。その建造物の視線《まなざし》を感じるのだ。その、双塔である都庁の第一本庁舎という建物から見下ろされていると感じるのだ。しかも四十五階から、ではない。強烈な視線《まなざし》はもっと低層に、七階部分にある。七階から発している。バルコニーだ。僕はひと連なりの衝動にほぼ一遍にやられて、けれども、第一に――第二に――第三に、と順に消化する。第一、こういうふうにバルコニーからの視線《まなざし》を受けとめる俺は、まるで二十六歳の大澤光延だな、光延君その人だなと感受する。光延君はいずれ、その十年後か二十年後か、実際には二十六年後だったわけだけれども、都知事となった自分（「大沢こうえん」）がそのバルコニーからの演説なるものを試みるのだとも予感していたのか、あの時？　確かめたい気もする。第二、僕がバルコニーからの視線《まなざし》を感じるのは、そこが二〇一七年のあの日以降、テロリズムの現場だからだ。刺されたのは大沢光延《こうえん》である。血も多量に流れたし、光延《みつのぶ》君のその血は赤かった、決してミルキーではなかったと僕は感じて、しかしここは黄泉で、とも思い直して、七階からもっともっと上層、四十五階、を仰ぎ見る。そこには今日もぶらんこはある。あるはずなのだから目撃したい。第三、それにしても今日の黄泉は人間の姿があまりに……ない。あまりに足りない。この「人間の不在」という状況、いいや、この「人間の不在」というフレーズだ、それが脳をノックしている。僕は大澤光延（または「大沢こうえん」）の伝記を書いていて、しかしこの文章作品には「不在の人間」がいる。誰だ？　伝記上の、最重要人物であるのに欠けているのは？　その不在者は？　それは――。解答に到達するのに先んじて、衝動は強弱順に作用する。僕は自分の視線《まなざし》を追う。第一本庁舎の南側の塔、その四十五階、展望室、そこまで意識は上昇して、入る、南展望室内に入る、四方に窓があって中央部には土産物売り場の円弧があって、カフェがあって、それからぶらんこはある。そこが黄泉なのだからある。この、「ぶらんこもマスクを着けている」時代に、しかしながら縛《いまし》められもせず存在している、出現している。僕もまた四十五階に出現している。僕は、そのぶらんこに乗る。立ち漕ぎではない、ちゃんと乗る。座板に腰をおろして漕いで、すると——了解される、東京都庁という不滅を志向したゴシック建築物に、いつでも朽ちる、消える、永遠など志向することのない人造物（ぶらんこ）が現われたのだと。こう理解した途端、物語が新たに出発している。あるいは物語は飛躍している。スイング。僕は足もとの情景を感じる。何十階も下だ。精確には三十八階下だ。バルコニーで……滅多矢鱈《めったやたら》に刺される、この伝記の主人公が。そして、そうなのだ、つまり、不在者とはイコール犯行者だ。この伝記に不在なのはテロリスト当人。だから僕は、ぶらんこを漕ぎながら、その犯行者を憑《つ》かせる。リアルに、魔術的に。魔術的呪術的かつ芸術《アート》として現実的に。

　これが僕の二度めの臨死体験である。

　俺の名前？　あんたたちは氾《あふ》れる事件報道で何百度だって聞いているだろう。聞き、飽き飽きしているだろう。だから不要だろう？　俺の名前は、Tでじゅうぶんだろう？　言うまでもない、テロリストthe TerroristのTだ。時どきはザ・ティー（the T）とでも呼んでほしい。

　いや、まあ、俺は河原真古登に憑いているだけだから、そこまで多弁にはならないけどな。だいいち、現実のTは実刑判決前に拘置所であれをした。そこにはタッチしないほうが祟《たた》られない、だ。おまけにだな、姓名判断に挑まれてもたまらない。俺の運命は苗字の画数で決まっていたとか改名していれば兇行《テロ》は成功したはずだったとか。そういう、助言？　はたまらない。

　ところで俺は、Tで、それから依然として河原真古登でもあって、そう……そうなのだ、僕だ。

冷静に語らねば。

29

今日は六月五日で、都道府県をまたいだ移動の自粛要請はまだ緩和されていない。僕は思考の二重化を制御しつつある。この様態に慣れはじめた。そろそろ書いてかまわないだろう。冷静に、かつ冷《ひ》やりとすることを書いてかまわないだろう。

今朝、僕は洗顔した。タオルを用意し、洗顔フォームも用意して、丁寧に洗うということをし終え、拭き終えて、それから鏡にまともに目をやった。すると鏡面《そこ》に映るのはTではなかったので、僕は、

「なぜ俺ではないのだ？」

とつぶやいた。

それから僕はTを御《ぎょ》する。これは馬を馭《ぎょ》するのといっしょだ。相手に強制はしない、滅多に鞭打たない。一直線に走りたいのならば走らせる、口をききたいのならばきかせる。ただし、この僕がTとして語るのは、馭者《ジョッキー》である僕をなかなか危うい領域に追いやるから、ここで策を講ず

る。しかし難しい術《わざ》は要らない。顔を近づければいい、鏡に。それから右目で凝視すればいい、右目を。それは「対象（右目）をクローズアップする」という要領、心持ちだ。すると僕は、毎度のことなのだけれども、鏡に映っている僕の顔の左側に、右目がある、との事実に不意をつかれる。写真のことを考えればよい、被写体の（その顔の）左側にあるのは左目である。しかし鏡像はこうしたロジックを撥《は》ねつける。だから僕は驚いて、この瞬間に鏡像の側にTを移す。

これが右と左の問題だからだ。

とことん右と左にこだわっても、左側に右がいる、という事態の問題だからだ。政治に照らすとわかる。保守派が右で、しかし、急進的な側（左だ）に右がいる——。

「そこにいろ」と僕は言った。

「オーケー、そうしよう」とTは答えた。

僕の鏡像が、だ。

こうして対話が可能になる。

「僕は何歳に見える？」

「還暦に見えるよ、じいさん」Tが答える。

「だとしたら僕は僕だよ。満六十だから」

「だから、なんだ？」

「君の視覚は狂わない、ということだ。もはや疑問は持たないでいい。ほら、もう、僕を見据えながら、『なぜ俺ではないのだ？』と言いたい気分には、ならないだろう？」

Tは、十秒ほど黙り、といっても黙ったのは僕なのだけれども、納得したという表情に変ずる。

それは僕が、この屁理屈をTは呑んだ、と実感したから作った顔つきではある。

「君はなにか呼吸法めいたのを実践してたのか?」

「呼吸法?」とT。「ああ、あれね。武道のね。雑誌やSNSが騒いだような健康法、瞑想法じゃない。ただの戦闘訓練の、だけれども重要な部分だった。ああいう鍛錬が、腰をためて刺せる心身を準備した」

「腰をため、バルコニーで、警備陣を蹴散らして光延《みつのぶ》君を刺したんだ?」

にやりとした。

自分が笑ったのだった。僕が。

……少し危険になったので、T(僕の鏡像)を、T(その若者)と認識する。当時二十八歳だった。襲われた大沢光延《こうえん》は五十二歳だったが、僕はここ十日あまり、あの日は二十八歳が二十六歳を刺したのだと感じている。それだけ二十六歳の――つまり一九九一年の――大澤光延が前に出ている。僕の意識の内側《なか》で、だ。若者が若者を襲撃する、若者が若者に刺される。しかも、執拗に。

「光延君の腹には、四つの刺し傷があってね」

「四度は刺したな」Tは言った。

「胸にも一つあってね」

「胸も刺した。どんといきたかったんだけどな」

さいわいどんとは刺さらなかった。

「頸《くび》には浅い傷が」

「あれは失態だ。俺の。辱《はじ》だ」

「君の声は大きかったね。どのニュースの、どの映像、音声にも、通った喊《さけ》びが残っている。あの腹からの発声も、やっぱり呼吸法の賜物？」

「馬鹿だなあ」とTは答えるのだった。「俺がどうやって現場にいられたか、あなたは忘れたの？　俺があの、なんだっけ？『スサノオ都知事に、天誅《てんちゅう》』だっけ？　あの台詞、いっとき流行語になった名台詞、あれはスピーカーをちゃんと通したんだって、あなたは推し量れないの？じいさん」

「そうか、君は……」僕は兇行《テロ》がいかに決行されたかの背景を口に出す。「……あの都庁のバルコニーでの演説を実現するための、ＰＡシステム、だからスピーカーやマイクロフォンや制御卓、そういう機材をセッティングした音響会社の、関係者に扮し、あの日は現場に……」

「扮したんじゃない。傭《やと》われてる」

「そうだ、だから身許は確かだった」

「演説中の暗殺、は、勢いじゃあ無理だ」

「君は殺害予告を、したね？」

「予告を出した。経路は四つ使った」

「予告を出したら、もはや普通の演説はやらない、やれない、地上ではできないはずだって踏んだ？」

「地上ではやれない？　うん、そうだ。街頭の演説《それ》は不可能で、都民広場でもやれない。そのうえ俺はスサノオの『いつの日かバルコニーから都民に呼びかけたい』って夢は知ってた」

「一般の東京都民として、把握していた。一期めの当選時から、そういうことは語られていた。だから演説の場所は変わる、変わるならばバルコニーからだ、と見込んだ。あとは知事本局の、そうだ、あの頃は東京都知事本局という組織名だった、その総務課や調整課や秘書課が、どの代理店を通し、どの音響会社に発注するかさえ把《つか》めば――」

「すんだ」と答えるや、Tは笑った。

　また僕が笑った。左右反転した鏡像の僕が。

「そうやって、君は」と僕は必死にTに語りかける。「バルコニー《あそこ》で、英姿を示した。英姿、勇姿だ。セキュリティ・ポリスなどものともしないで標的を刺す」

「ははん、英姿？　それは『テロリストの心情に寄り添いたい』って思惑で、言った？　このザ・ティーの？」――the Tだ――「でもね、あなた、世界的アーティストのど怪物のじいさん、俺の行動は総括できないよ。俺に言えるのは、社会を変えるってことは、歴史を変えるってことだ、そういうクリシェだけだよ。そしてね、じいさん、俺には事情があるから、あなたはその全部は解けないし、俺のほうが右派の世界に精通しているから、あなたは右側に左があると？いいや、違ったかな、左側に右があると？　ほら迷ったでしょう。困惑したでしょう？　その程度で足踏みだ。こっちの意識は右のもっと右にあるっていうのに。それで、なんだっけ、英姿？それって英雄の姿？　そうかもね。俺はニセ英雄を始末する英雄かもね。なれなかったけどね、殺《あや》めるのには失敗して。残念、残念。だからこれからだ」

　これから？

「――」とT。

「なにが――？」と僕。

「手段は過激でなければならない」

「それは――」

「二」

「二だって？」

「テロリストになれば、歴史に参加できる」

日本史に参画する。……これは誰が口にしたフレーズだ？　いつ？

「さて、いま時代はコロナ禍なんだって？」

「そうだよ」そうだよ、ザ・ティー。

「変な病気が蔓延したもんだな。二〇一七年の日本にも病《やま》いは蔓延してたけどな。だから俺の勇姿があった。俺が変革しようとした、右の右から。しかしだ、いろんな時代批判はさておきだ、コロナってただの風邪だろ？　そんなんで不穏な世相か？　あなたは、芸術《アート》をしてるじいさんのあんたは、コロナ対策の担当大臣と会ったらどう？」


俵藤慶一《ひょうどうけいいち》は世襲議員である。三世である。すなわち二代遡っても〝議員《せんせい》〟だった。祖父は参議院議長という三権の長（のうちの立法権を担うツートップ、衆参両議院議長のひとり）だった。父は国務大臣を二度経験して、与党の参議院幹事長に就任した後《のち》、議員を引退した。また、俵藤慶一の息子（長男）は現在、俵藤の議員事務所の公設秘書を務めていて、報道機関は「曾祖父以来のその地盤を継承する予定である」と伝えている。要するに四世議員の候補だ。この血脈、その視野に入れられている歴史、日本史。俵藤慶一は三十一歳で国会議員に初当選して、この頃から保守系与党の若いホープ、若いエースだったわけだけれども、それから三十年弱が経過し、一度ならず政権交代（所属政党の下野《げや》）があっても党に忠誠を誓いつづけ、入っているのは最大派閥で、この派閥こそが二〇一〇年代半ばからの政局を左右していて、俵藤は着々と序列をあげて（と報道は伝えた）、それは党務にも「汗をかいている」からだけれども（と派閥の元会長が雑誌のインタビューで語った。聞き手はかねて懇意の政治ライターらしかった）、いずれにしても三ヵ月前からコロナ対策担当大臣、以来週に四度五度と記者会見を開いてメディアに登場しつづけ、いまは分刻みの日程を生きている——と容易に想像される。事務所には日に数十本、下手したら数百本の面会要請の電話があるだろう。

この俵藤に、Tは「会ったらどう?」と言った。

方途はみっつ。

それぞれ、別々に誰かに頼ることになる。

大澤光延の従弟《いとこ》に頼る、というのがある。それから谷賀見讃の姪に頼る、という方法も。あとは僕が僕に頼る、もある。

順に名前を出そう。まずは大澤光延の従弟だけれども、これは誰あろう思高埜工司《おもだかのくじ》だ。つまり新宗教団体「萬葉会」のチャンネルということになるけれども、表向きはそうならない。もしかしたら実質的にもそうではない。ミハシ美術館のアクション、こうなる。「こうなる」というのは前面に出るのはミハシ美術館だし、企画そのものが、——「新型コロナウイルスのパンデミックによって休館《クローズ》を強いられる美術館・博物館の、その未来の展望は? そして、日本人《わたくしたち》の未来は?」と問うことになる。ミハシ美術館は、僕を「大規模回顧展が延期に追い込まれている、現代の日本を代表する芸術家《アーティスト》」と売り込むだろう。コロナ禍と文化という主題。そして「大臣、この対談はいかがです?」との誘い。河原真古登×俵藤慶一。……こんな対談は実現するのか? 僕の直観では、する、クジ君という宗教家はここにはカルチャーの色彩《いろ》がついているから相当に推せる、周囲も推すと判断する。政治家に必要な色彩《いろ》とはブラックの反対側にあるそれ、要するにホワイトである。日本のアートの需要というのは脳天気にホワイトである。そしてブラックの側面から解説すると、萬葉会にはもちろん政治力がある。以前、僕は「中央政界にはどの程度喰い込んでいるの？」とクジ君に尋ねていて、まあ、これは滅茶滅茶な質問ではあったけれども、クジ君は「真古登さん。俺が思うに、だいたい真古登さんの想像の三倍ですね」と答えた。「議《せん》員《せい》たちは票もほしいし、選挙運動の支援も当てにしているし。つまり、どんどん貸しができてます」と続けた。この、たっぷりの貸しがある状況、これを僕は当てにしている。僕は僕のパトロン、萬葉会を当てにしている。

谷賀見讃の姪は宮脇絵蓮《みやわきえれん》だ。誰あろう宮脇燃和《もわ》、旧姓・谷賀見燃和、のひとり娘。このあいだ僕とモワちゃんとエレンちゃんとは、LINEのグループを作った。二十《はたち》の宮脇絵蓮は二十一歳当時の谷賀見讃の写真をZoomのその画面越しに確認して以来、会いたいと言っている。「うち、タタエ伯母ちゃんと、ひさびさコロナ禍無視して会いたいっ」と言っている。「河原さんの『若い頃のタタエ伯母ちゃんは、こうでありました』のライブ解説付きだったら、最高でっ」とも言っている。これはマネージャーを通さないで宮司・谷賀見讃と接触する、というチャンネルだ。そうして讃と接すると、どうなるか？　俵藤慶一への道筋が開ける。なかなか危険なチャンネルだ。

ところで、方法の三番め、「僕が僕を頼る」とは？　誰あろう河原真古登が、誰あろうTを頼るだ。僕はそれなりのキャリアを誇る芸術家《アーティスト》として、さまざまな紙誌の取材を受ける。今年も一月までは二、三回受けていて、二月には渡独のさなかにベルリンで、英語取材を受けた。そういう時に、とりわけ日本でだけれども、名刺《カード》をもらう。Tは「それを使いなよ」と僕に言う。そこにある名前、そこに媒体名や肩書きとともにある名前の人間に、「扮しなよ」とは言わない。けれども「(その人物の姓名を)名乗り、名刺じたいもブッとして使いなよ」と勧告する。——記者を装え、と言っているのだ。僕の内側のテロリストが。

六月六日、クジ君と連絡。「コーエン兄さんの伝記という事業《ワーク》にそれが要るんですね?」とだけ尋ねる。

「要るんだ」とだけ答える。

「俵藤大臣との対談ですね?」と確認された。

そうだ、と僕はうなずいて、耳もとではザ・ティーが、……ニセ英雄はさ、どういうニセ英雄でもさ、俺が、と囁いている。

この著述《アート》が危うい、と僕は感ずる。六月六日、夜。

第四楽章

「神典」

30

ひとつの宣言から入ることを容赦してもらえるならば、このように言いたい。この文章は所期の目的からは逸脱しない。この文章作品、この物語は大澤光延《おおさわみつのぶ》の、大沢光延《こうえん》の、すなわちスサノオ、あるいは為政者としてのロゴ的には「大沢こうえん」の伝記として読まれることを優先している。また、第二の主張も許してもらえるならば、こうも言いたい。著述《アート》としての安定は絶対にツイキュウされなければならない。当初、ここまでの全テキストを図録に収録するのはどうか、と真剣に検討された。そのほうが無難ではないのか？　との意見が委員会で出た。ちなみにここまでとは「この著述《アート》が危うい、と僕は感ずる。六月六日、夜。」の一行を指し、末尾の句点を含む。けれども、

――その一行は削るのがよいのではないか。

――むしろTの件《くだ》りを削るのがよいのではないか。

――Tの登場をまるまる削除するのであれば、黄泉行《よみ》そのものも省き、さらには黄泉行への言及も避けたほうが妥当なのではないか。

――妥当であり、穏当である。

――穏当でありすぎ、それではテロに遭《あ》った都知事の臨死体験には肉迫しない。

このように議論百出した。題名が『黄泉』である作品もツイキュウされることはなかったのだ、と相なるのも必然で、これは極め手《き》だった。芸術家《アーティスト》のその純粋な創作欲求を消す、消し去る、抹消するような決定はできかねる、と委員会は判断した。したがって何も削られない。図録には一部分、抽《ぬ》き出されたテキストというのは載る、これは当然なのだけれども（一般的な図録に準ずる）、それを超える……たとえば「全テキストを活字だけで提供する」等のプランはもはや顧みられていない。

ところで図録とはなんのための公式の図録であるのか。

ミハシ美術館における「河原真古登《かわらまこと》展」のための、である。

やはり、ここでは、その展覧会名におさめ入れられている芸術家《アーティスト》のイシがいちばん重んじられなければならない。——河原真古登はこの文章、この「大沢こうえん」伝をどう考えていたのか？　どのように展示しようと構想を描き、プランの実際面をどう捗《はかど》らせていたのか？　その準備が具体的にどうであったかは、スタッフ（技術者も多い）とどう進めていたかは、二〇二〇年六月二十五日に現われている。この日は木曜である。この日の午後、ミハシ美術館は館内に現職の大臣を迎える。この日のミハシ美術館は一般客は迎えない、なぜならばＣＯＶＩＤ－19のパンデミック下、依然として臨時休館は続いていたから。しかし全面再開は、明後日——六月二十七日、土曜——だとはアナウンスされている。感染防止策はトトノった。サーモグラフィ（来場者の体温を測定する）も計六ヵ所に設置された。この美術館は千葉県にある。千葉県の船橋市、その北東部にある。この美術館は主催事業のみを行なうのではない。巡回展も多い。明後日からの展示も、そうである。石川県から来る（北陸でのその展示は、前年の秋には終了していたのだが）。けれどもこの日、六月二十五日のその午前から正午過ぎにかけては、この美術館の館内で、主催展のための作業がなされていた。

年末までの延期が仮決定した「河原真古登展」の、である。

その準備が芸術家《アーティスト》当人を迎えて、行なわれている。

準備がトトノえられている。

十数名のスタッフを芸術家《アーティスト》当人が采配した。


すでに翌々日スタートの巡回展（これがミハシ美術館の再オープンの目玉である）のための支度が万全にトトノっている段階で、この芸術家《アーティスト》はいかなる準備をさらにできるのか？　どの展示スペースもすでに埋まっている。その様態にあって何ができるのか？

「だから、いいんだ」と芸術家《アーティスト》は判断している。

ミハシ美術館での「河原真古登展」は、その芸術家《アーティスト》（とは河原真古登だ）のキャリア上、最大の規模で、網羅的な内容の個展にもなる。ミハシ美術館の全展示スペースを使用する予定である。それは網羅的なうえに最新作も嵌め込まれる。その芸術家《アーティスト》当人が「嵌める」や「嵌入《かんにゅう》させる」といった表現をする。

「そのコズミックな原稿を、嵌める」と。

河原真古登のイシとはこうだ。

「美術館をひとつの巨大な『本』にする試みを、やろう。印字されたテキストを陳列するということはしない。書物の体裁のオブジェクトを制作して、すなわち美術品の『本』となるものをだ、それを何点も、何十冊も出展する、インスタレーション的にミハシの館内を飾るということもしない。けれども来場者がミハシの内部を歩きまわれば、そこに『本』は現われる。そこにもここにも『本』は現われる。

「状況としては、『来場者が写真を撮っている。展示作品の。撮影オーケーの絵画や、彫刻の』みたいに、なる。そういう美術館・美術展は昨今は増える傾向にある。誰だってスマートフォンを所持しているんだから、禁止するほうがヤボだ、撮らせる、どんどん撮らせる、SNSにどんどんアップさせる、結果は一人ひとりの来場者が宣伝を担って──的な？　そういう風潮に、僕のこの個展も、似る、見たところ同様である。内実はまるで異なる。スマートフォンにはアプリをインストールしてもらう。不用意なインストールは好まない、避けたいとの向きにはタブレットを貸し出す。それらのスマートフォン、タブレットとかの端末で、僕、この河原真古登のエキシビションを撮る、するとどうなるか？　端末のカメラを覗いているだけで、このカメラはアプリ経由で操作されていて、つまりアプリの画面なのだけれども、僕の作品を鑑賞しようとすると、作品と鑑賞者の間にテキストが出現する。つまり『本』が表示される。しかも撮れる」

「拡張現実だよ。AR、オーグメンテッド・リアリティ。現実世界の視界《もの》にコンピュータが情報を加える。しかも、ページと……『こうえん』伝のそのページと、僕の、エキシビションの一点ずつが紐づけられている。ARのそのページは、読まれながら撮られながら、進む。物語は進行する。作品だけじゃない、順路も肝だ、ミハシの館内の、ポイント、ポイント……建築的な要所、内装の急所。そこでも劇的にテキストは進む。なにしろミハシが、美術館がひとつの『本』なのだから」

「いま、スマートフォンを用いるかタブレットを用いるか、オプションはふたつだ、みたいに誤解させた。実際には第三のオプションがあって、これはむしろ、決定的に絶対的に異なったオプションだ。ARは鑑賞者のその視覚に情報を足す。でもさ、だけれどさ、だとしたら視覚障害者は？　その恩恵には与《あずか》れない？」

この問いが河原真古登のイシだ。

「そこで端末つきのイヤフォンを貸し出す。視野に障《さわ》りがある来場者には、だ。視覚障害の人間には『本』が見えない、読めないから、だ。現在、ヵフ型を想定している。耳は塞《ふさ》がないで装着する、だから外音というのが遮断されない。そこに、AR同様の現実の拡張《ひろがり》として、オーディオブック版の『大沢こうえん』伝が重ねられる。オーディオブックというのは、そのほうがイメージがしやすいだろうからそういう名称を使った、音声の情報だ、朗読の音声だ、それが現実の聴覚の世界に加えられる。合図は、この合図というのは再生のタイミングだ、それは端末が的確に、たぶんピッピッと指示する」

これらの構想が、二〇二〇年の六月二十五日の午前から正午過ぎにかけて、いわばシケンされる。

昼、ミハシ美術館はその運営元――財団法人である――に連なる宗教法人の、責任役員クラスである最重要人物をふたりも迎える。

ふたりは母子《おやこ》である。

思高埜《おもだかの》工司《くじ》は「どうも、真古登さん。オンラインじゃないのは、これ、何ヵ月ぶりでしょうかね。ああ、ちょっと紹介します。うちの青年部の――」このうちとは萬葉会《まんようかい》を指した。「――これが武藤。これが加藤。これが藤堂。藤《トウ》の三人衆です。君ら、挨拶しなさい」

「初めまして。お帰りなさいませ」

「お帰りなさいませ、河原先生」

「お帰りなさいませ、先生」

「全員、着けてるのは不織布のマスクです。伸縮性のポリの、ポリエステルの、あの立体構造のマスクは、存外効《き》かないらしいですね。だいぶ不織布マスクに劣る、コロナをうつされる、とか？　君ら、キュレーターの吉森さんにご挨拶して、それから母を世話しなさい」

「そういたします」

「失礼いたします」

「失礼します、河原先生」

芸術家《アーティスト》はにこりとして、それら三人衆に応じる。のち、工司に、

「雰囲気から推し量るに、次代のブレーンたちかな、あれは？」

　と尋ねる。

「うちのですか？　まあ、そうとは言えます。あいつら、おもしろいことは言います。『宗教、に類する語《ことば》は、これからは霊、霊的、スピリチュアル、……あとはなんだったかな？　魂の、とか？　対外的にはそのように言い換える内規《ルール》作りを、フォーマットの作成を、進めましょう』なんて。提言して。『ぬるいのが大事です』言いますね。違ったかな？　あれか、『ゆるいのが』か」

「ゆるいって、ゆるキャラの？」そのゆるか、と芸術家《アーティスト》は尋ねる。

「もし、萬葉会のゆるキャラを『作ることも時代に合います』言ってきたら、さすがに俺は叱るな」

「指導として？」

「鞭撻《べんたつ》として、ですよ。限度というのはあるでしょう？　ゆるすぎたら、それこそゆるゆるとボーダーを侵します。宗教にはやはり聖域が、『ここからはそうだ』っていう境界があって。こういうのは宗教と芸術は似るでしょう？　やっぱり、ゆずれない一線が――いや。そうじゃないのか。真古登さんの表現はもともと境界《それ》を虚妄なんじゃないのかと疑っているのか。だから絵と写真のボーダーを、消していた、……んですね？　うん。うん」と独りうなずき、「どうでした？　午前からの試行の、感触は」と訊いた。

「『本』の手応え？」

「はい。コーエン兄さんの『本』の、伝記の、その鑑賞の現場が、思惑どおりに構築されそう、……ですか？　真古登さん、確認だけれども、書籍バージョンの同時刊行はしないんですよね。『河原真古登展』との」

「しないことにしたよ」

「それは、ただの本はいずれにしても出さない、って決断ですか？　もしかしたら」

「そうだね」

「大胆な決断ですね？」尻上がりに工司は尋ねた。

「別の本というのは出さないということなんだ。ミハシ美術館が『本』になるわけだから、ミハシ美術館のその内部において、いろいろな断片が見られる、読まれるのはいいんだ。販売される図録が、その『本』の一端を担ってもよいんだ。ただね、これは先月……たぶん先月の、ある日に、だったと思う。僕は、文体を変えるべきなんだと決めた、決心した。それまでは読者にダイレクトに呼びかけたりしていて、あなたはこう考えたりしませんか？　みたいにね。あなたは、あなたが、あなたに、とかって。でもね、そういう一々《いちいち》の……なんだろう、親切心? この親切心にげんなりした。だからあなたはいない、いない、もうと設定し直したんだけれど、それは大胆なスタイルの変更だった。以前は、読者に語りかけている、だから読者がいる、想定される読み手がいる。そして、そういう『読者がいる』のが本である。しかし、それをいないことに定《き》めたら……それはもう、いわゆる本、だいたいの書籍、だいたい書物だね、それらが存《あ》る領域からは逸脱するのではないか?」

「だから、真古登さんは、普通には本にしない。普通の、ごくシンプルな書籍化という選択肢は、切り落とした」

「うん。完全に切った」

「美術家だなあ」

「そしてクジ君は宗教家だよ」

「美術家と宗教家。いいコンビですよ」

「さて。その美術家が語る」と芸術家《アーティスト》は言った。「ARを軸に『大沢こうえん』伝は読まれる。ここミハシ美術館で。僕の構想はきちんと現実化しそうか? たぶん。そのたぶんは、断定のできなさをマイナスと予感しているのかその逆か? 逆、プラスだった。こちらの構想から食《は》み出る、ということは想定外のってことだね、現象がきっと生起する。このきっとはけっこうな断定だ。拡張現実としての『本』を、僕は、三種類ある、って意識していた。スマートフォンとタブレット端末、これは尋常なARだね。イヤフォン、耳《イヤ》のカフ、カフ型のイヤフォン、これはARの定義にはぜんぜん嵌まらない。けれども役割は聴覚でもって認識されている世界の拡張だね。やっぱりオーグメンテッド・リアリティだ。これは朗読音声なんだよね。足し算される情報って、そうなんだよね。プロの俳優が読んでいる。今日の、ここまでのは、単純なテストなんだけど――」

シケンである。芸術家《アーティスト》自身の指揮による「河原真古登展」のシケンである。

「本番も起用されるのはアクターだ。その前に僕が作品を、文章作品のそのアートを完成させる必要は、ある。脱稿だね。それはさておき。俳優が読む、の方向性は変わらないだろう。でね、クジ君、さっき文体の話をしたね、僕？　それはドラスティックに変わる、変わったと説いた。けれども――読者がいるにしてもいないにしても、その伝記が『あなたは』や『あなたが』や『あなたに』って言うにしても言わないにしても、僕に書かれている事実は揺るがない。書き手は僕である。つまり語り手が僕、河原真古登である。そういう文章が朗読される。そうなると、どうなるか？」

「……わかった」思高埜工司が答えた。

「ね？」と芸術家《アーティスト》はさきに肯定した。

「真古登さんの声なんだ、と誤解される？　そのARの……じゃない、AR的な朗読の音声が。誰が読むのだろうと、どういうプロフェッショナルの役者が朗読しようと、そうなる。『これは「河原真古登展」なのだから、これは作者の、その作家の声だ』と感じられてしまう。と、いうことなんですね」

「いかにも。ね？」と再度肯定した。「これはね、計算外だった。表現者、河原真古登の盲点だった。もちろん今日のテストで、僕はその声を僕とは思わない。スタッフもぜんぜん思わない。しかし今日の、さっきのテストで、感想係《モニター》は……この企画には噛んでいないミハシの人間とかは、全員、そう勘違いした。という報告があがった」

「その音声は、ARではないARの音声は、作者の存在を感じさせてしまった」工司はまとめた。

「そうなんだよ。『河原真古登展』には、僕が、ゴーストみたいに、声だけで存在する……ってことになる」

「そして、ノーマルなほうのARも、そうですよ」

「え？」ふいを突かれたという声を芸術家《アーティスト》は出す。「……そうって、どう？」

「書物がないのに、書物がある。存在しない『本』がここに、三橋《みはし》のミュージアムに出現するんでしょう？」――三橋と口にした瞬間、それは館名のミハシではなかった、思高埜工司は萬葉会の会主家の、その家名に相応の、権威、を添えていた。すなわち三橋だった――「それは書物のゴーストでしょう。そして『ない』けれども『ある』んだから、ここでも境界が消される」

「境界。不在かそうではないか、のボーダー？」

「そのボーダーが、疑われてますよね。境《さか》い目が」

徹底的に河原真古登の展示だ、と芸術家《アーティスト》当人が言い、これはシケン完了を意味した。

思高埜樹子《きこ》がN95マスクを外す。というのもそこが食事の席だからである。外さなければランチが摂《と》れない。N95マスクは微粒子を九五パーセント以上捕《と》り集める。思高埜樹子は芸術家《アーティスト》の前に座るが三メートルほどの距離をとる。そこはミハシ美術館の館内レストランであり、もとよりミハシ美術館がまだ明日までは休館《クローズ》しているのだから営業はしていない。しかし再開の準備段階にはある。厨房もシケン的に稼働する。その館内レストランの天井は高い。窓は大きめで、たっぷり陽光を採る。

「真古登さん」と樹子は芸術家《アーティスト》に話しかける。「昼食をごちそうすると言っても、完璧なものはサンドイッチしかふるまえません。それから給仕もいません。萬葉会の青年部の子らにウエイターをさせる？　ちょっとね、それはね。ふふ」と微笑む。「いないほうがいいでしょう。余計な者らというのは。そうであれば、事務的にも話せる。事務的ではない会話も採れる、選べる」

「豪勢なサンドイッチです」

「スモークサーモンとアボカドのが美味《おい》しいわ。お勧め」

サンドイッチの載る大皿――銀器――にはトングが添えられている。それもまたコ、ロ、ナ、対策である。水はボトルに入っている。ひとりに一本、その一杯めが短い足のついたグラス――ゴブレット――にすでに注がれている。コーヒーも用意されている。こちらはポットで用意されて、まだカップには注がれていない。ポットもやはり、樹子の前に一本、芸術家《アーティスト》の前に一本。「失礼」と言って芸術家《アーティスト》がマスクを取る。

芸術家《アーティスト》が樹子を見る。

これは肖像画家のように見るのだ。たとえばウィッグが異なる、以前にＺｏｏｍで目に入れたのとは違って、端麗さが強調されている、と確認する。しかし白髪《シルバー》が主体であるのは変わらず、そして装いを、その色彩に合わせてオフホワイトで統一する。思高埜樹子はスーツを着ている。ジャケットの下襟《ラペル》は太め、華やかで、それ以上に厳《おごそ》かである。

老女は厳かである。

この文章はそのように描出して、以降はこまごまとした描写は避けたい。会話に集中したい。

この文章はみっつめの宣言をしようともしている。第三の宣言をここに挿《い》れようとしている。こうである。物語のこれ以降、ディテールの描出は――可能な範囲で――省こう。言い換えるならば、以後、物語はダイナミズムを優先する。この物語、この河原真古登の著述《アート》は。

「樹子さん。お膳立てをありがとうございました。今日のためのこれを」

「これとは、このランチのお膳、ではないのね」

「今日の午後の、です」

「大臣は何時にいらっしゃるの」

「二時半に」

「まだ時間はあるのね」

「対談の収録の、セッティングに、かかると思います。それからセキュリティの構築」

「セキュリティの警察も？」

「SPは、セキュリティ・ポリスは、俵藤《ひょうどう》さんについてきますね」

「お膳立て」

「はい。これに僕は、感謝してます。ああ、美味《うま》いな、このサンド」

「そういう言いまわしをすると、悪巧みがあるみたいね」

「え？　――そうか、『お膳立て』言うと、ですね。でも、企《たくら》みと考えたら、僕のこの、僕たちのこの対談は企みでしょう。僕がまだ光延《みつのぶ》君のためのインタビューをしていない人物がいる、取材をしていないキーマンがいる、これは『大沢こうえん』伝であるのに、バイオグラフィーに政敵が欠けている、政敵の直接の印象が、その息づかいが、――と、僕はやっと盲点に気づいた。伝記作家の河原真古登がやっと自分の盲点に気づいた。そして、要るのはライバルの政治家のその、息づかい、その、じかの印象だけだから……」

「あなたは、今日の対談をコーエンさんの伝記にも有意なものに、対話に、インタビューでもある対話《もの》にするのだとは毫《ごう》も相手に悟らせない。そうね、これは計略？」

「悪計ですね」

「それでも俵藤慶一《けいいち》大臣は、実害はこうむらない」

「ダメージはないでしょう」

「むしろ得もする」

「『アートもわかる政治家』は、強いですよ。そのイメージは」

「そして真古登さんの個展にも、ミハシ美術館にも、結果PR的に益する。をかしやをかし」

「そうです。僕は個展を成功させます。この僕が、僕の一大回顧展を」

「コーエンさんのバイオグラフィー、それが、なんて言うの？　このコロナ禍が、新型コロナの時代が産み落とした真古登さんの最新作、に当たるの？　相当する大作になるの？　そういう予定なの？」

「ええ」芸術家《アーティスト》はうなずき、復唱する。「大作に」

「だから書きつづけている。ずっと？」

「ずっと書きつづけているのか、僕は？　ええ、ずっと執筆には時間を割いて、ますね。絵筆を持たずに伝記用の筆を、譬喩《ひゆ》的にも実際にも、執《と》るみたいな。写真の撮影より、『こうえん』伝の取材、取材、また取材で、その取材ノートも執筆しています。大量の記述ですね」

「ずっと集中しているの？」

「執筆に集中しています」

「コーエンさんのために。あたしたちが委嘱した事業《ワーク》のために」

「はい、その執筆がある。その執筆もある」

「待って」

「どうしました」

「あなたは伝記を書いている。真古登さんは取材の、ノート、メモ、これも大量に書き記している。どちらもコーエンさんという東京都のガバナーのそのバイオグラフィーのための執筆で、真古登さんはその執筆に集中している。ずうっと集中している。そういう執筆も、ある」

「的確な指摘を、いただきました。じつは他の執筆にも、僕は、いつからだろう、今月になってから？　時間を割きはじめています」

「まあ」

芸術家《アーティスト》はにこりとする。「事業《ワーク》の進捗に悪い影響は、ないです」

「何を書いているの？」と思高埜樹子は声を低める。

「僕は近頃、自分のための記録をつけています」

「真古登さんが、河原真古登のための」と思高埜樹子の声はさらに抑えられる。

「自分のための記録もつけています」芸術家《アーティスト》は助詞をひとつ訂正した。「ノートを一冊、購《か》い求めましてね。細罫《ほそけい》のノートなんです。だけれどね、このノートはけっこう厚みがあるんです」

「けっこうページ数がある、とあなたは言っている」

「はい。そこにボールペンで、僕は、いろいろ誌《しる》します。ただ、あんまり以前のことは書かない。現在を書きます。ああ、こう説明すると日録を、日記をイメージさせますね。それは違います。僕には『ダイアリーに向きあう』という意識がない。その証しは、あれなんです、日付を挿れない。日付は、もしかしたら挿れはじめる時が来るかもしれない、けれども挿入はしていない。そうしないでも整理はできているから、です。自分に対しても、『これはきちんとした記録だぞ』言っています。だからノートには扉を具《そな》えさせました。英単語を二つ、ここには配してね。まず僕の名前です。それから都市名です、どこで僕はこれを記《き》しているのか？　僕はどこにいるのか？　今日、僕は千葉にいますけれども、いつもは東京にいる。東京都内がベースである。そして英単語ですから、これは」

——Tokyo. と指で宙に書いた。

「となります。ああ、終止符もつけました、僕は。そして、その前に、僕の名前ですね。英単語としての、それですね。Kではじまる Kawara か？　そうじゃないんですね。僕は、ほら海外でも活動します、欧米圏では、もう十六、七年にはなりますよね。欧米圏では、僕は、もちろん場面的にはミスター・カワラになる、シニョーレ、ムッシュー、ヘル・カワラになる。しかしマコトが多い。より親しい間柄になると？　もっと短縮されます。それは」

——Mako. と書いた。

「マコ、です」

「女の子の名前のようだけれど」

「日本人にはそう思えて、欧米圏では、違うわけです。ジェンダーには結びつかない。すると、これを樹子さんにどう説明したらいいんだろうな、おしまいのコの響き、その音《フォン》が、男と女を超えたところにある、僕の名前がそういう……次元？　もしかしたら中空？　宙《そら》の断層？　にある。そこから、この肉体の」と言ってから、芸術家《アーティスト》は胸をコンコン叩いた。「男、である河原真古登を見下ろす。俯瞰する。そう、俯瞰です。名前が肉に、——肉体の肉に喰い込んでいるのが、日本にいる場合の河原真古登だ。その河原真古登の肉を、この、マコ」

――Mako.

「であれば、だいぶ俯瞰できる。と、僕は考えたんだろうな。このノートの扉は、ですから、そうしました」


ランチが終わる。その、終わったとの合図を、思高埜樹子はスマートフォンで出す。

「八分後に片づけに来て」と簡潔に指示した。「ええ、八分」

「八分？」と訊いたのは芸術家《アーティスト》だった。

樹子はその顔《かん》ばせを真っすぐに芸術家《アーティスト》に向ける。

「前に、真古登さんからのインタビューで、あたし、あの話をしました。コーエンさんの、二十七歳の誕生日の、前日の話をしました。大澤のお邸《やしき》での晩餐会。火曜日の。あの夜、秀雄《ひでお》さんに言われて、もしかしたらコーエンさん自身に言われて？　言われずとも望まれて？　あたしはコーエンさんを視《み》ました。そのこと」

「憶えています。憶えていますし、書きました」

「バイオグラフィーに」

「『大沢こうえん』伝に。はい」

「そちらに、ね」思高埜樹子は言う、あたかも巨石をゴンと叩いているかの声音で。「そちらがあって、そうではない側が、こちらがある。近頃のあなたの執筆には。あなたはそれを欲している。あなたはそうしないではいられない。そちら側、こちら側。それはあたかも、右目、左目である」

断定した。

「なるほど」とだけ芸術家《アーティスト》は返事をした。

思高埜樹子のスマートフォンはまだテーブル上にある。

思高埜樹子はそれを手に取る。

思高埜樹子はそれを掲げる。

しかもその装置の、側面、ディスプレイではない側を、ディスプレイの裏側ではない側を、サイドボタンのある側を、前にする。側面を前にして、縦にもする。それから思高埜樹子は、これを顔に当て、自らの視界を二つに——分割する。割った。「あまりちゃんとは顕《あら》われないけれど」と思高埜樹子は言い、「しかし依然として、怪物的な美術作家のあなたには尋常ではない何かがあって」と続け、「右目には右がある」そう言った。

「そうでしょう」

「左目には左がある」

「もちろん」

「でも、その左目に、ねえ真古登さん、右のもっと右への、……通路が、ほら。顕《た》ってる」

沈黙があり、沈黙があり、沈黙が続き、それから樹子が「ノートはつけなさい」と言った時点で、たっぷり六分は経過したことを芸術家《アーティスト》は知る。

ミハシ美術館は大臣を迎える。現職のコロナ対策担当大臣・俵藤慶一を迎えるための態勢は一時間、いや二時間前にはトトノえられている。十二時半となるのを待たずに「河原真古登展」関係者はその全員がひき揚げていて、シケン用の機材もいまはない。入れ替わりに対談収録に関係する人間たちが続々ミハシ美術館に来、映像および音声の収録機材をセッティングする。地下一階の講堂が対談会場である。地階だが、いや、地階だからこそ換気には相当の注意が払われている。出演する二人、——この出演とはミハシ美術館のＹｏｕＴｕｂｅチャンネルに出演する、の意味だが、そして二人とは国務大臣と芸術家《アーティスト》を指すが、その二人のあいだを仕切るアクリル板も設《しつら》えられた。対談に関係する要員は全員マスクを着用している。ミハシ美術館の職員たちが消毒も徹底させている。検温も。午後二時二十分までに、うろうろするのは数人のみで、うち一人はスチール撮影のカメラマン、記念撮影用の好ロケーションを探している、とのフェーズに至る。萬葉会だが、すでに思高埜樹子はミハシ美術館からは退《しざ》っている。後事《あと》は館長に任せたのだ。それからまた、残っている息子に、萬葉会の青年部の面々にゆだねたのだ。要人は、午後二時二十八分には現われて、付き添うのは四人、うち一名が警察官（ＳＰ）である。控え室に案内される。そこからなかなか出ない。十分後、付き添い——俵藤慶一の議員秘書である、公設である——の一名が控え室から飛び出、駐車場に走り、車——二台あった——の一台から、ネクタイケースを握って戻る。さらに十分後、現われた大臣は、二十分前にミハシ美術館の館長、工司らに出迎えられた時とは違うネクタイを締めていて、黄色と黒色の斜めのストライプ柄である。毛髪がきちんと整えられていて、唇が血色感のある色彩《いろあい》となっている。また顔面の皮膚からはてかりが除《の》けられている。

　会場に入っての第一声は、秘書への「カメラの位置、確認して。ひとつ？　ニコ？」である。

　その声は対談相手には聞かれない。

　対談相手には「やあ、河原さん。お顔はいつも、さまざまな媒体で、お見受けしてますよ。今日は僕はひじょうに光栄だ。やあ、もしかしたら、お待たせしました？　やあ、それは失敬です。君、名刺」と、その失敬ですまでを高らかに言った。「君、名刺」とは秘書への指図だった。それはさし出されて、それは芸術家《アーティスト》に受け取られる。こうある。**新型コロナウイルス感染症対策担当大臣　参議院議員　俵藤慶一**。

対談の、その序盤は順調である。ここミハシ美術館は再開後は入場者数の制限も設定しています、ニューノーマルのための美術鑑賞、これを実践してみせるでしょうねここは、ここミハシ美術館はと解説するのはミハシ美術館の職員ではなく芸術家《アーティスト》で、そうですかニューノーマルとは「新しい生活様式」ですね、まさに、新しい、ニュー、このコロナ禍での新しい暮らし方の定着ということなのですし文化のあり方というのもやっぱり、そうですね、そうなんですねと受けるのが大臣である。大臣はすこぶるコロナ対策を語れる。大臣は企画書にあったコロナ禍と文化というテーマから逸れない。大臣は、コロナに打ち勝つのはやっぱり創る力、創造力なんですね、そして感染症対策にもやっぱり必要なのは、創る力、創造力なんですね、構想力と言ってもいいんですね、これが美術から学べる、僕はそう思っているんですね、そして、ほら？　アートを体験するという、そのこと、それ自体、僕のような一般の人間には非日常です、けれどもこの、パンデミック、この？　これは非日常だった、そこがつながるように感じられているんですね、そして、その、その？　この、河原さんの個展もいずれ開催されるのだと聞き及んでおりますところの美術館が率先してニューノーマルに入る、僕たち日本の、日本人のニューノーマルに入るんだ、いやあ、すばらしいと言い連ねる。

当然ながら来《きた》る「河原真古登展」のPRというポイントも外されない。ただしいずれ来る、だの、おいおい来る、だの、副詞でもって限定するということはしなければならない。というのも二〇二〇年六月下旬のその時点では、正確な「河原真古登展」の開幕日程はいまだ固まっていない。それでもなおアピールは行なうのだから、構想が芸術家《アーティスト》その人の口から語られるのがもっとも効果的である。ただし明かせる範囲の構想はとの限定がつく。ARはその範疇にはない。

準ARもその範疇にはない。

伝記が著わされている、との事実もその範疇にはない。だから「誰の伝記か?」などは語られない。

語られるのはまず、河原真古登による河原真古登（カワラ・オン・カワラ）である。

「僕というのは、わかりづらい美術家なんですね」

「そうなんですか?」

「『多面的だ』と錯覚されるんですね。しかも人は、その『一面、二面しか見ていない』言われます。それで異端の、孤高の芸術家《アーティスト》言われがちで」

「かっこいい」

「いえいえ。敬遠されてる、ってことです。創造行為がステレオタイプになっていないと、評価、してもらえないんですね。日本国内では。だから今度の回顧展では、僕、河原真古登の回顧展ですよ、ここでは、わかりやすいコピーのような言葉を複数、主題のキャッチコピーですね、キャッチを幾つか、出そうと思って」

ここから河原真古登による「河原真古登展」の展示の構成、が語られる。

「わかりました。河原さん、ジャンルですね?」大臣がしかし、くちばしを挟む。

「ジャンル?」

「ジャンルに分けるんですね? 御作《ぎょさく》を」

「そこは、そこが難しいんです、大臣」

大臣が、ここビジュアル入る？　と尋ねる。誰に尋ねたのかはわからない。ほら河原さんの、代表的な、写真でもあり油絵でもあるという、ああいうのの――。

「入れましょう」と回答するのは芸術家《アーティスト》当人である。

「ですよね」少々誇らしげに大臣は言う。

「ありがたいです、大臣。僕の、そういう、代表作？　しっかり把握してもらえている、って。ええと、じゃあ、それが出ている、ビジュアルがある、そう仮定して。さっき、僕、『そこが難しい』言いました？　言いましたね。その続きだ。大臣、そこなんです、ええ。いま画面に、こういう……はい……出ています、僕の作品です」

「すばらしい御作だ」

「ありがとうございます。しかし、どうでしょう？　これは写真の大判プリントをベースにしている、B0サイズです、そうであるからには写真に分類されるのが妥当か。けれども仕上げは、アクリル樹脂です、塗っています、だとしたら絵画のジャンルに入れられるのが穏当か？　このようにジャンル優先で考えると、さまざまな拙作が二あるいは三以上のジャンルにまたがる。どちらにも、どこにも入る、ということになる。それをよすんです。ジャンルが確定されない拙作を、ある唯一の、唯一の言葉のですね、テーマ設定のもとに置いたならばどう見えるか？　その言葉というのがさきほど申しましたキャッチ、わかりやすいキャッチコピー、なんですね。この――」

と顎で空中を指しているけれども、そこには何もない。

編集される対談映像では、そこにビジュアルが出るだろう、と想定されて、芸術家《アーティスト》は動いている。

「――一点のアートは、説明ずみではありますが、写真のプリントを出発点にしている。そして油絵的な手法で完成された。だからこれは、写真のジャンルには入らない。絵画のジャンルにも分けられない。これは」

と言ってから、芸術家《アーティスト》は少し考える。

「これは、展示構成上、『絵画のほうへ』と名づけられたコーナーに、配置されます」

「『絵画の』……」

「ほうへ。このほうへは、英語でtowardになります。タワード・ペインティングスになるかな。絵画をめざして、指して、うん、絵画に近づいてのニュアンス。いまの『絵画のほうへ』とは暫定的な言葉、コピーですけれども、そういうのが複数出て。それぞれのコーナーを、ああ、このコーナーというのはフロア単位になります、フロア単位になる予定です、そこを彩ります。そこを、いまのでしたら、『絵画のほうへ』の世界にしてしまう。そうすると、どの作品を眺めても、鑑賞者の意識は……」

「変わる？」と大臣。

「変わるんですね」と芸術家《アーティスト》。「全部を、絵画に近づけて、つまり絵画として理解しようとして、鑑賞し出す。ぜんぜん絵には見えない作品も、そうなると、『なんか絵っぽいなあ』って」

「絵っぽい」大臣は笑う。

「たぶん、ぜんぜん手を入れていない写真をそのフロアの一角に飾っても……」

「ただの写真を？」

「はい」

「絵っぽい」笑う。

「絵に、なるんですね。絵画なんだと認識される。絵画を鑑賞した体験に実際になる」と強調する芸術家《アーティスト》は、まず目だけで笑ってから、遅れて口のその両端を笑みの形にする。

「おもしろい。それは。ええと、僕のような人間の、仕事の、領域で言えば」

ふいにメインのカメラの前に、少し停めて、か、少し待って、のサインを出して、二、三十秒ほど黙り、それから顔を上げて、左手でオーケーのまるを作る。

「おもしろい」俵藤慶一は心が奮《ふる》ったように言う。「政治の世界にもそれはありますよ。河原さん。それは、地位、つまりポジション論です。ある役職に就いた人間は、これは政府の要職でもいいんだが、それがいいんだが、その要職にふさわしい力を、発揮します。河原さん、ここで肝《きも》になるのは、順番ですね、順番。われわれは、ついつい？　ついつい、それに相応の力のある人間というのが、なんらかの、大きな、影響力のあるポジションに就くと考えてしまう。そう考えていいんですよ、もちろん。けれども、そう考えることもできる、と考えることもできる。要するにですね、こうも考えられます。ある地位に就けば、『相応の力があるのだろう』と周りは見《み》做《な》しはじめるわけだ、この周りというのは、周囲の何人か、何十人かを超えて、世間になる、世の中ですね、この世の中がそう考えるわけだ。だから、スムーズにそういう力を揮《ふる》えてしまう、ということは、『発揮する』ということはもうできているわけですから、それ相応の力が実際にこの人間にはあるんだ、と考えることもできる。これはね、やあ、転倒なわけですよ。転倒」

「順序の転倒ですね？」

「それが政治の世界にはあります。美術の世界にも？　ある。あるんですね。いやあ」

「見事な理解力」河原真古登がぽつっと洩《も》らした。

そして満面に笑みをたたえている。

しかし話題の軌道をさっさと戻す。

「僕という作家はわかりづらい、だから、わかりやすいコピーの、『この角度から河原真古登を眺めれば、わかる』を打ち出す。しかも六つ、七つのフロアで、これを打ち出す。だんだんわかるようになる。大臣流に言えば、『わかる』を揮う、でしょうか？　すばらしいコメントを拝借すれば、『わかる』を発揮する？　このような展示構成に、します」といきなり締めた。

「よさそうですね。とてもよさそうだ。よいものになりそうだ」

「とてもよいでしょう」と語りながら、なにごとかの念が押された。

これはなにごとかのシケンだとのイシが一瞬漂った。しかし仄《ほの》かだった。それゆえ映像にも残らなかった、とは言える。

そのよい展覧会だが、実現するのにはそれから三年は待たねばならない。三年有余。

読者を当惑させるのはこの文章の望むところではない。だから、ここではいろいろ、あっさり説明したい。とはいえ婉曲《えんきょく》に説きたい箇所もある。なぜならば、結局、この「河原真古登展」はいまは亡き芸術家《アーティスト》の大規模回顧展になるからだ。そのような地平に、そのような様態《ありさま》に、着地するからだ。この文章作品のその全テキストはそこで展示される。

31

読者の動揺は回避したい。作者をうしなった著述《アート》はどうなるのか、との問いには、すでに書かれている部分ならばどうにもならないと言いたい。その原稿はその原稿のままである。

この文章は先にみっつの宣言をした。この文章は所期の目的からは逸脱しないのだとまず宣言した。この文章作品はスサノオの、「大沢こうえん」の伝記として読まれることを優先するのだと宣言した。次いで、この文章作品は著述《アート》としての安定をツイキュウするのだと主張した。追求するのだし、方法論としても追究するのだ、もしかしたら窮《きわ》める域にまで追窮《ついきゅう》するのだ。また作者のイシに何が叛《はん》することになるのか、叛してしまったかも追及するのだ。さらに、この文章はディテールの描出は可能な範囲で減らす、削減すると表明した。だがしかし、これは作者の用意したコズミックな原稿に手を入れるとの意味ではない。「その原稿はその原稿のままである」との表明は、ある程度、他の文脈でも額面どおりに受け取ってもらいたい。むろん、このある程度には含みがある。たとえば、

――これは単なる誤字だと考えるのが妥当ではないか。

――ここの件《くだ》りはまるごと推敲前だとの判断は、なかなか穏当なのではないか。

――むしろ下書きなのではないか。

——それらの推測は妥当であり、穏当である。

——だとしたら順当に、まず誤字脱字は訂《ただ》し、文意をトトノえなければならない。

このように意見頻出し、かつ委員会は速やかに合意に達した。不用意にはならない範囲で、表現、構成は整えられる。また、表現、構成を整えるための素材も調《ととの》えられる。トーンを調整《ととの》えるためには、やはり例の一行、末尾の句点も含めた「この著述《アート》が危うい、と僕は感ずる。六月六日、夜。」がひじょうに危ういとの見解は委員会で満場一致して、そこから、これは前述もしたけれども、

——その一行は削るのがよいのではないか。

——むしろTの件りを……。

と、議論百出して、だが結局、問題の「この著述《アート》が危うい、と僕は感ずる。六月六日、夜。」までのテキストは全部活かされる、何も削られない、と決定されたのである。しかしその先がある。芸術家《アーティスト》はもちろん六月七日以降の出来事も綴っている。これがどう好意的に見ても殴り書かれているのである。穏やかに言えば推敲前、手加減なしに表現するならば下書き、そして、膨大な量のメモが残る、これは執筆の作業の、その進行形の痕跡……。

こうしたシーンは、すなわち二〇二〇年六月七日以降というのは、いわば宙吊りになっている。

宙吊りでよいのだろうか?

「宙に浮かせる」というそれしか道はないのだろうか?

わたしたちは大沢光延《こうえん》（大澤光延《みつのぶ》でもよい）のその後を知っている。その後、とは現在である。「大沢こうえん」の現在を知るのだから、ここから伝記的に構成可能な側面はある。それも

多々ある。それに……。

わたしたちは要《かな》めとなる素材も確保している。わたしたちはその芸術家《アーティスト》、河原真古登がつけていた「自分のための記録」が存在することを知っている。それは厚みのあるノートである。それは扉に英単語が二つ配されているノートである。――Mako.――Tokyo.とある、と当の河原真古登が六月二十五日に、ミハシ美術館の館内レストランで思高埜樹子に細《こま》やかに説いた。

強調しなければならない点は、そのノートはアルファベットのMの文字から始まっている、である。

つまり、それはMのノートである。

言うまでもないが、これこそ第一級の資料である。「大沢こうえん」伝を編纂《へんさん》しきるための。編纂しとおすためにこの資料、Mのノートから再構築の可能な出来事は多々あるのだ。ところでここで問わなければならない、誰がいったい、再構築するという営みが可能なのか? 正しき答えは「作者ではない人間が」となる。わたしたちが、ともなる。

わたしたちは、作者・河原真古登ではない人間たち、である。

わたしたちは複数いる。わたしたちは委員会である。この委員会は芸術家《アーティスト》の没後に発足した。委員会の誕生を主導したのは萬葉会の現理事長・思高埜工司である。

わたしたちは河原真古登のイシを尊重する。河原真古登はこの文章をミハシ美術館に顕《あら》われる「本」とするために、さまざまなシケンもした。それらの実験、試行、すなわち試験から、河原真古登の私見は固められた。この文章作品は、来《きた》る「河原真古登展」で公開される、展示される、その構想は現実化しうる、と。そうした方向性は、やはり私見ではあるのだけれども――なにしろ書籍バージョン刊行の道すじを河原真古登は自ら断《た》った——、しかしながら彼こそは「大沢こうえん」伝の創造者《ザ・クリエイター》であり、その私見はやはり絶対の意見、決定的意見である。すなわち私見を超越している。

それらは河原真古登のイシである。

生前の意志であり、いま現在の遺志である。

わたしたちはこのイシをいちばんに重んじる。

そして彼の構想に従いたいと願う。その構想に沿いたいと。ARと準ARに関して、そうである。それから記述の手法に関しても、そうである。この著述《アート》はいかにあるべきか？ ここから（とは六月七日以後）いかなる方法論で支えられるのがよいのか？ たとえばミハシ美術館での、まず思高埜工司が出て、つぎに思高埜樹子が出、いま俵藤慶一が出ている挿話、その最中である挿話《これ》は、六月二十五日の半日間を描いている。さて、河原真古登はその間《かん》——六月七日から六月二十四日まで——の消息についての記述はノコしていないのか？

ノコしている。

かなりの分量を残している。

ただし草稿として、走り書きとして遺《のこ》している。

だとしたら「定稿をどのように書いただろうか。河原真古登は？」とわたしたちは問わなければならない。わたしたちは嵩《かさ》のある未定稿を前に「河原真古登であれば、どのように演出したか？」と根源から問いつづけなければならない。エピソードの配列は時間順でいいのか？ そうしないのがこの芸術家《アーティスト》だったのではないか？ と、こう委員会は合議するわけだ。具体的にいこう。六月二十五日の前には、あのドライブがある。この時、河原真古登には相棒がいる（相棒の名前は宮脇絵蓮《みやわきえれん》である）。しかし六月二十五日の河原真古登には相棒はおらず、いわばソロで行動していて、かつ六月二十五日以前にも、以後にも、河原真古登にはTといっしょにいるという局面がある。すなわち河原真古登には三局面がある。これら三局面はできれば一時《いちどき》に書き表わすのが理想である。しかし一遍にみっつのことは語れないのだ、なにしろ一遍にふたつのことも語れない、同時記述はできない。その不可能性の証明は、以下の図で、すでに河原真古登がやった。

歌詩の命る
ののも運す
タタだタン
喜人聖の響
歓詩楽そ交

この図、この絵。ここにはベートーベンの交響曲五番も交響曲九番も響かず、ノイズが響いている。

ゆえに三局面は、順に、しかしながら時間の順序には縛られないで描き出される。わたしたちは六月二十五日（の局面）を優先した。この判断は河原真古登的だと信じている。わたしたちは。

わたしたちは信じている。

この再構成こそは著述《アート》である。

あるべき姿だ、と。


それでは「大沢こうえん」伝のノコされた原稿、未定稿と、大量のメモ、および（何を措《お》いても）Mのノートに依拠しつつ、この伝記を前へ進める。この伝記とも読める文章、この物語、いわば伝記文学の革命を。作中に登場する人物たちへの聞き取りは追加で行なわれている。追加で、とは河原真古登の没後も、である。委員会には調査力がある。信頼できる筋ともコネクションがある。そして二〇二〇年六月二十五日の**河原真古登×俵藤慶一**であればアーカイブされた映像に頼れる。そうした映像にも、である。説明不要だろうが、そうした映像からは不都合なシーンはしばしば大胆に除《のぞ》かれる。省かれる。

省かれたシーンが必要だということはある。

物語のためには、である。

こちらはこちらで宣言どおり、ディテールを省く。


「相当じゅうぶんですね。大臣」

「何がですか？　河原さん」

「大臣の、政治家としての好感度アップ、というのに、この僕との対談は貢献する域に達したんじゃないかな、と」

「そうなれば」俵藤慶一はそこで爽やかに、つまりカメラに映える表情で笑む。「ありがたい」

河原真古登は相変わらず、笑みには笑みを返す。「芸術は人生の真実を映す、ものなんだと思うんですよ。大臣」

「でしょうね」

「人生。その真実。人間の本性を、とも言えますね。そこで、そういう話題にも、ちょっと」と飄々《ひょうひょう》と言う。「そういうところに喰い込む話題も、ちょっと、やりませんか」

「やあ、それは」

「いえ。たいしたことじゃない。僕、じつは光延《みつのぶ》君の古い友人でして」

「ミツ……？　誰です」

「ほら、『大俵《だいひょう》対決』時代の、俵藤大臣のライバル。大沢光延《こうえん》」そのコウエンを河原真古登は Cohen と英語風に発音した。おおさわ・こぉうえん、と。さながら、世界的なアーティストは世界的に単語を口から出すのだ、とばかりに。「一七年まで都知事でした」

「ほう、大沢君の」

「はい」

「ほう、河原さんが」

「はい」

「ほう、芸術家《アーティスト》の河原真古登さんが、大沢君の？　ほう！　これはこれは、一席打《ぶ》たないと」

著名な政治家・俵藤慶一の、短い演説。

「テロリズムの撃退、テロリズムの制圧の、史上もっとも成功した例を、河原さんはご存じだろうか。エールフランスの旅客機がハイジャックされて、この旅客機はリビアで給油、それから東アフリカのウガンダに移動して、その南部の湖畔の都市、エンテベの空港に着陸した。この事件を、一九七六年に起きた兇行《ごれ》を、河原さんは、そうかご存じだ、僕たちは同年配だから。乗客は二百六十名近かった、しかしイスラエル人とユダヤ系の乗客、乗員、それはだいたい百人はいた、百人と少しいた。それ以外は、解放された。しかし百人を超える人質がいたんだ。犯人たちは収監中のパレスチナ人の、これはゲリラだ、パレスチナ・ゲリラ五十名あまりの釈放を要求した。そして要求をつきつけられた国々のなかの、イスラエル、筆頭のイスラエル、このイスラエルは原則としてハイジャック犯との交渉は、しない、ない。だが交渉に入った。表向きは、そうだった。交渉だった。いっぽう、裏で、イスラエルの特殊部隊が、奪回作戦に動いた。百人とも二百人とも言われる戦闘員がウガンダに入って、空港に奇襲攻撃をかけた。じつはその空港、エンテベ空港の建設をイスラエルは、過去、援助していた。つまりターミナルの構造を把《つか》んでいた。他にもいろいろ作戦はあった、いずれにしても奇襲は成功した。ハイジャック犯は全員、全員とは何人だったろうか？　七人か？　それが射殺された。人質の巻き添えは三人。しかし、他は無事だった。無事で、イスラエルに連れ帰られた、連れて帰ったのは特殊部隊だ、これは凱旋《がいせん》だった、用意周到な計画がもたらした勝利だ、大成功だ。しかし特殊部隊側の犠牲者、死亡者は、なかったのか？　あった。一名、犠牲になった。名前はヨナタン・ネタニヤフだった。この犠牲者は英雄になった。イスラエルの英雄に、だ。そしてこの英雄には弟がいて、名前はベンヤミン、ベンヤミン・ネタニヤフ。血筋がいいものだから、イスラエルの政界で躍進した。一九九六年に首相になり、二〇〇九年にまた首相になり、これが再登板だ、いまは第何次の政権だ？　まだ首相で、コロナ対策にも邁進している。イスラエルのコロナ対策は相当な成功例になるんじゃないか、と僕は睨《にら》んでいます。そして、用意周到な計画を上回る、より周到な計画をつねに、いつも、ネタニヤフには、悲劇の英雄のその弟ベンヤミン・ネタニヤフには、感じます。ああ、なんの話題だったか？」

「英雄の話題でしたよ」

「そうでしたか？」

「大臣。俵藤大臣には英雄の資質があります。僕が保証します、大臣」

——あなたは英雄になりうるんですよ、大臣、俵藤慶一大臣、と河原真古登が認定した。

——ということはニセ英雄なんだよ、大臣、俵藤慶一大臣、といずれTが認定する。


ここで時間を前週に戻して、あのドライブを詳述する。

河原真古登に相棒がいたドライブである。

二〇二〇年六月十七日、水曜、東京は午後からは晴れている。快晴なのだが、最高気温は三十度を超えない。前日、前々日は真夏日と認定されたのだけれども。河原真古登の相棒は、名前は宮脇絵蓮、いま車の助手席に座っている。ただし河原はそのかたわらにいるわけではない。その芸術家《アーティスト》は運転席にいるわけではない。後部席にいる。

宮脇絵蓮は宮脇燃和《ももわ》の娘である。

宮脇燃和は旧姓谷賀見《やがみ》燃和である。

しかしこの母親が運転席にいるのではない。

「河原さん、うち、伯母ちゃんから『そうかあ。エレンも二十《はたち》になったんだね。もう、か。成人したんだね？』言われたんですねっ。うちは、だから『伯母ちゃん、そうだよ。成人なんだから、ここは成人祝いだよ？』って無遠慮に、セルフィッシュに？　ねだったんですね、だって、エレンは心のなかでは、やりぃ思ってましたから。あのですねっ、うち、『お金はいいよぉ』言ったじゃないですか？　そしたら『じゃあ贈り物がいいの？　エレン』訊かれたじゃないですか、まんまと。そこで、うち、畳みかけるって言うんですか？　その畳を、もう、四畳半じゃないですよ、千畳敷？　かける勢いだったって言えちゃうんですけど、『伯母ちゃん、うち、ステイホームもうヤだ。ステイインサイドもうぜんぜん飽きたっ。だからっ、ステイアウトサイドの、遠出、遠乗りっ、連れてってー』お願いして。もう直球で。率直に？　そうしたら伯母ちゃん、『それ、いいね。なんだろう、シンプル？　なんだか単純なお願い事？　それって、エレン、裏があるんじゃないの』って、つっこみ鋭い。うち、まず『はにゃ？』言って、伯母ちゃんは『そのお願い、普通のドライブ？』言って、『普通も普通、伯母ちゃんに運転してもらって、三人でドライブでーす』答えて、うちが。ここで、ああママと？　って訊かないのがタタエ伯母ちゃんの凄さ。ママってもちろんママですよ、伯母ちゃんの姉妹ですよっ。代わりに『なに、エレン、もしかして彼氏連れ？』訊いて。うち、言いましたね。『うん。彼、六十歳』」

トヨタのクロスオーバーSUVに乗って、谷賀見讃《たたえ》は現われる。自ら運転して。パンツルックで、白いワイドめのパンツに薄荷色《ミント》のノースリーブを合わせている。そしてサングラスをかけている。眼鏡のその縁《ふち》はだいぶ大きいが眉毛は隠れていない。

五十歳には見えない。

しかし三十歳にも四十歳にも見えない。

唇が朱《あか》い。そこは三十六歳にも二十八歳にも見える。

「伯母ちゃん、伯母ちゃんっ」宮脇絵蓮が歓声を出す。「伯母ちゃんの車、クールっ！　これハイブリッドだよね」

「これハイブリッドよ」と答えてから、顔の向きをクッと変える。河原真古登に向き直り、一礼する。「ずいぶんと長いあいだ、お会いしていない？　そういう理解で、いいんですよね。河原さん」

サングラスは外されていない。しかしマスクは未着用で、それをこれから着けようとしている。

32

運転席に谷賀見讃。助手席に宮脇絵蓮。後ろのシートに河原真古登。

「お守りはないんだね」

「なに？」

「なんですかー」

まず河原が尋ね、前部の讃と絵蓮（伯母と姪だ）がほぼ同時に問い返した。

「窓開いてると、河原さーん、あんまり聞こえないからっ」と絵蓮。

「前も後ろも、開放しておかないと、上部《うえ》の十センチは」とマスク越しに讃。

新鮮な空気はそのクロスオーバーSUVの車内に入りつづけている。

「お・ま・も・り」と河原。

「お回り？　やだなっ、河原さん、反社《はんしゃ》っぽい」

「反射？」

「反社会的勢力、でしょう。エレン」と讃。

「じゃあ……？」と絵蓮。

「お守り」と河原。

「お札ですかっ」

「というかね、ノーマルなね、交通安全の。讃ちゃんのところのお社《やしろ》のが、あるかな、思って」

「お守りですねっ」

「お祓《はら》いはしてあるんです。この車輛は。交通安全祈願は」

「安全、安全。タタエ伯母ちゃんのお祓いならっ」

「エレンちゃんは『安全安心』言わないんだね。ほっとするな。僕は、あの妙な四字熟語、やでさ」

「ヤですかー」と絵蓮は応じてから、讃に、「ママがね、タタエ伯母ちゃんにはクールビューティの、力？　パワー？　パワーがあるから、祈禱の力も凄かろう、って」と言うのが、向き直った顔で——その頭部の向きで——後方のシートの河原にもわかる。しだいに三人とも、互いの声をしっかり認識しはじめている。

「『凄かろう』のそのかろうって語尾、なによ」讃が姪っ子に微笑みかける。

「言わない？『安かろう、悪かろう』とか」

「高知県に、屋台餃子の、安兵衛《やすべえ》ってお店があってさ」

これは河原だった。

「知りません」と前方の絵蓮。

「ああ、聞こえてる？　ここはね、『悪かろう』ないね。僕否定したいね。『よかろう』ね」

「うちは高知、行ったことないですっ」

「じゃあ四国は」

「なんですかー」

「し・こ・く・は《わ》、どこなら行ってる？」

「うどん県」

「エレン、それ」と讃が訊く。「香川のこと？」

「伯母ちゃん、香川県はもはや日本には存在しませんっ」

讃が後方に尋ねる。「河原さん」

「なに？」

「エレンって河原さんの、なんなんだろう」

「いわば相棒だね」

「相棒なんだ」と讃。

「うちは相棒ですっ」と絵蓮。

「そこには美術制作のアシスタントとかの、含み、ある？」

河原が「ないね」と言い、同時に絵蓮が「ぜんぜん」と言い、

「えー？」

讃が聞き返す。

河原が「アシスタントか」と言って、絵蓮が「相棒って、いったい、だいたい、どうして棒が関係するんですか？」と言って、

「今度エレンちゃんにやってもらうよ」

「それはね、エレン、駕籠《かご》は棒で担いだんだよ」

「ラッキー！　うちアシスタントだっ」

「讃ちゃん、駕籠ってそうだったの？」

「河原さんは師匠になると、やばめに厳しいかも。エレン」

「やばめーっ？　ぴえぴえ」

「エレンちゃんさ、前も疑問だったんだけど、その――」

「ぴえぴえ」

「謎ですよね、河原さん」

「えっ、駕籠のこと？」

「そうじゃないの。エレンの『ぴえぴえ』って歎《なげ》き」そう讃は言って、後部シートの河原に尋ねる。「この子、燃和に輪をかけてないですか？　十五、六の燃和に」

「そこは、そうだね。『かもしれない』言えるね」

「ゆずられたんですっ」と絵蓮。

「踏襲したって話？」と讃。

「相続？」と河原。

「遺伝ですよ、遺伝っ」絵蓮は言い、それから一拍置いて、こう言う。「うわっ、マスクありなのに、うちら、こんなに会話してます？」

絵蓮はマスクを着用している。

河原もマスクを着用している。

全員が不織布マスクを着けている。顎の位置に下げたりもしていない。

「慣れたんだな、僕ら。こういう暮らしのスタイルに」

「マスクでー、声出せるー？」わざと大声で、絵蓮。

「というスタイル」と河原が応じる。

「あなたの場合は遺伝のなせる業《わざ》なのかもよ、こんなに会話できてるのこんなには」

「伯母ちゃん」

「どうした」と讃。

「うちのママの血はうちのママのママの血で、そっちのお祖母《ばぁ》ちゃん筋のその血って、それタタエ伯母ちゃんにも流れてるんじゃないか、ってエレンは疑います」

「はい、流れてますよ。参瀬《さんのせ》家の」

「ほらほら、ほらっ。だからタタエ伯母ちゃんも、遺伝っ。マスクを着けていても、声がっ、通りますっ」

「そこがポイントなの？」運転手の讃は大笑いしかける。

河原が「讃ちゃん」と尋ねる。

「はい？」

「さっき練馬のインターチェンジから、この高速に乗った？」

「うん。これは関越道《かんえつどう》で。ここから圏央道《けんおうどう》の、内回りに」

「ああっ」助手席から叫び声。

「なになに、エレン？」

「河原さん、河原さんっ」

後部席の河原が応じる。「なに？」

「いまってまだ『不要不急の往来は、日本国民は慎重に検討せよ』の期限の、こっちじゃないですか？　こっち側。期間内。だから県境《けんざかい》を越えるの、あれだったんじゃっ。都道府県にまたがったり、都道府県をまたいだり？　の、楽しいドライブみたいな移動はいまもっ、自粛で！」

「そう。自粛要請」と河原が続ける。「要請は明後日まで出てるね。有効だよ。いや、じゃないか、明後日の金曜に全国で緩和される、のか。だとしたら明日まで」

「今日って河原さん、明後日じゃないですよ？」

「ここってエレン、もう埼玉よ」

「エレンちゃん、その『不要不急』は四字熟語だね」

「えーっ!!」

讃が「このドライブは、不要？」と尋ねる。

答えるのは河原で、即座に「要」と言う。

「不急？」

「急」

「じゃっ？」と絵蓮。「大丈夫、なのかっ」

「河原さん」

「なに、讃ちゃん」

「エレンは取材の助手なの？」

「エレンちゃんはこの取材の、コーディネーターだね。エレンさんは」

「はい、宮脇絵蓮ですっ」とフルネームで名乗ってから、絵蓮が「わかっちゃったぞ。うんっ」と言う。「この取材はうちのママのその、初恋のすべての人の、男性の、その若き日々に迫るための、その、その、そういう……？」

「そういう仕事だね。僕のアートだね」

「うわっ、有名な芸術家《アーティスト》が『アートだね、僕の』言った。やば？」

「その観点に立てば、宮脇絵蓮さんは僕のアートの制作の、もうアシスタントだったんだね。すでにやってもらっている」

絵蓮が「伯母ちゃん、聞いた？」と言い、同時に讃が「こういう形で、河原さんから……」と言い、

「どういう形で、僕から？」

後部席の河原が、讃の途切れた言葉を受けた。

「姪を経由する、って形で」

「うちをっ」と絵蓮。

「取材を……インタビューを？　ねじ込まれるなんて。ねえ」

「驚いた？　讃ちゃん」

「それはそうじゃん？」谷賀見讃は答える。

運転席と助手席のあいだには誰も乗らないが、何かは載る。

絵蓮は自分の右側を物色している。そこにはまずシフトレバーとカップホルダー《飲み物》が据えつけら

れ、その後ろに開閉型の大型収納がある。センターコンソールのボックス、それを絵蓮が開けた。がさごそやる。

「こら。漁るな、姪っ子」と讃。

「漁ってないよ。まだ」と絵蓮。

「『まだ』って？」

「なにが漁れるかなあ、って探ってる。その段階」

「そういうのをね、漁るって言――」

「あっ、あっ」

「どうしたの」

「ここ、きれいなのに、これ、なに、ボロボロっぽい？」

言われて、河原真古登も視線《め》をやって、しかしコンソールボックスの内側《なか》に見るのは極めて整頓された状況である。

白い布がある。

もしかしたら紙かもしれない。そうだとするならば――白い紙片《かみ》が積まれている。

しかし宮脇絵蓮が注目するのは、それ、や、そこ、ではない。

「へー」

「だから、どうしたの」

「伯母ちゃんは読書家なの？」

「ああ、その文庫本？」

「ボロいよ」

「何度も読み返しすぎたんじゃない？」

「恐《こわ》っそうー」

「恐いんじゃない？」

絵蓮がその文庫本をコンソールボックスから取り出して、手もとに攫《さら》っていってしまったので、河原には実物《もの》がなにかを確かめられない。

「恐いって、小説？」

それは小説なのか、と尋ねるが、

「うーん……」

絵蓮は返事を濁す。

「内容が、わからない？」

「内容は不明」

「題名は？」

「題名《それ》は、アクマガキリテ……」

「悪禍《まが》きり？　手を？」と河原真古登は、大胆に意味を宛《あ》てる。

讃が運転席から、姪に——本の表紙にも——一瞥を与える。

「キタリテ」と言った。

「ええっ」と絵蓮。

「それは、来《きた》りて、なの」そう指摘した。

河原は「もしかして、悪魔が来りて？」と言う。

「笛を吹く」フレーズを接《つ》いだのは絵蓮だった。

「『悪魔が来りて笛を吹く』」と河原は言って、
それから、一瞬詰まって、

「讃ちゃんはそういうのを、愛読するの？　横溝《よこみぞ》……」

「正史《せいし》。わたし読みません、河原さん」

河原が「えっ」と言って、絵蓮が「ええっ！」と叫んだ。

「その文庫本はわたしのところの禰宜《ねぎ》の、これは本宮の禰宜ですけど、その禰宜を務めている者の、私物です。この車はたまに使わせるんです。なんて説明しようかな、社用の、アシ？　むろん社用というのは会社の用事ではありませんよ、神社の用事ですね。お社《やしろ》の用務ですね。その禰宜ですけどね、女の子なんですよ。子、といってもアラフォー。河原さん、アラフォー……って、わかる？」

「四十歳前後」

「そうです」

「三十七は？」と絵蓮が口を挟む。

「ぎりアラフォー」と伯母は答える。「そのぎりアラフォーの女性神職が、その手の、えっと、これは推理小説？　恐怖小説？」

絵蓮がページを捲って、「なんだっ？　金田一耕助だ？」と洩《も》らした。

「探偵小説」河原が言った。

「その手の、探偵小説を――」と讃は続ける。「――好んで読むとの傾向には、河原さんも、誰でも、眉を『なんだ？』顰《ひそ》めますよね。適《かな》っているのだろうか、と疑うかも。で、そこがいいじゃん？」

「え」

「そういう神官は――」

「――いけてるかも」と応《こた》えたのは絵蓮だった。

「そうなのよ、エレン」

「そう……か」と、これは河原。

「『神職にある者は、こうでなければならぬ』のお約束？　紋切り型？　そういうの、ただちに崩れるじゃないですか。そうです、ステレオタイプが。だからわたしは『読めばいいでしょう』言ったんです。わたし、本宮の神職の長である谷賀見讃が、そのアラフォーの子、わたしのスカウトしてきた禰宜に。そういうステレオタイプに抗《あらが》う？　どこか戦闘的な？　人材が、わたしには、わたしのところには要りますから。だからといって、わたしのところの神職が全員、そういう傾向なのか、わたしも読むのかと問われたら、それはノーですよノー。読むわけないじゃん。谷賀見讃と横溝の正史？　このわたし、谷賀見讃には、正史といったら国家に編纂《へんさん》された歴史書である、となりますから」

「ああ、正史？　そっちの……」

「です。それでね、河原さん、日本の正史であるならば、その嚆矢《こうし》はやはり『古事記』であるのだ、なあんて。正史であり、かつ神典」

「シンテン？」後部席から河原が問う。

「神道の聖典」運転席から讃が答える。

「ああ、そういうことか」

「河原さん？」

「なんだろう」

「河原さんも紋を切らないですね」

「モン？」

「紋切り型じゃない、ですよね。芸術家《アーティスト》としてステレオタイプでは、ないでしょ？」

「それは言われるね。うん、僕は、『エキセントリックじゃないんですね』言われがちかもしれない。ちょっと批判的に。もう少し『現代社会を怨《うら》んでます』みたいな表現をしろ、みたいな？」

「でも徹底して戦闘的だから」

「誰が？　えっ、僕が？」

「三十年前から、攻めて攻めて、フィールドを世界の四隅にこっちも、いやいやこっちもって伐《き》り拓《ひら》いてますよね？　河原さんは、美術のフィールドを。領域を」

「領域を」と河原は復唱してしまう。

「活動、マジ荒々しいじゃん？」

「そうだろうか」

「うちのアラフォーの」

「禰宜の、女性？」

「はい。その禰宜は、以前は別表《べっぴょう》神社の権《ごん》禰宜でした。その彼女をヘッドハンティングしたんです、わたしのところに。その、横溝の正史を愛読する、その、抗いの姿勢が、『これは期待できるだろう』思わせたからですね」

「ヘッドハンティングを……別表神社から？」

讃が、「わたし、だいぶ何十人も、そういう、人材の引き抜き？　しましたね」と続けるのと、絵蓮が「えっ、河原さんってベッピョウわかるんですね？　なんです、ベッピョウ？」と問うのとは同時で、ただし絵蓮は文庫本に視線を落としたままである。ページをさらに、さらにと捲っている。

「本文に添えられる表だね。別の表だね。あれだよね、昔の官幣社《かんぺいしゃ》とか国幣社《こくへいしゃ》とか、そういうのが戦後に、だいたい別表神社にされた。神社界の、本庁？　本店？　そこの規程の、別表に載せられた。わざわざ添えられるリストに掲げられた。戦後って、官幣社も国幣社も、廃止されたんだよね。讃ちゃん？」

「廃止されました。昭和二十一年、皇紀《こうき》の二六〇六年に、社格が廃されて」

「でも、別表に記載されてれば『ああランク違いだ』わかる？」

「わかります。何人《なんぴと》でも」

河原が、「そういうところからヘッドハンティング」と言うのと、絵蓮が「河原さんっ。その博識、なんですかっ！」と言うのとが今度は同時だった。

「だけどね、神社界のことも知らないとね」と河原が答える。

「その『だけどね』って前置き、なんですかっ」と絵蓮がさらに問う。

讃が「取材のために？」と後ろのシートに訊いている。

絵蓮が、

「うん？」

と伯母を向いて、

「光延《みつのぶ》君のことを、考えるために？」

と河原が、尻上がりの抑揚を添えて答えて、

讃が、

「光延さんについて、河原さんはずっと書いている」

と言った。その言葉の末尾《おしまい》は疑問形にならない。

十秒ほどの沈黙がある。

「そうか」と絵蓮が言った。

讃も河原も、応じない。

絵蓮が「そうか。笛を」と言った。

「笛？」讃は口を開いた。

「悪魔が、うん、キタリテ」

「え？」と河原が口を開いた。

「これはね、タタエ伯母ちゃん、ぴーひゃら吹いたんだね。うち、推理したね！」

「悪魔が？」

「ぴーひゃら？」

「吹かないんじゃない？」

「横溝正史の話？」

讃が言い、河原が言い、讃が言い、河原が言った。

絵蓮が言う。「うち、耕助ってるんだけどな。金田一のっ！」と。その伯母が説きだす。「社格って、廃されたんです。そのはずなんです。なのに、この令和の世にも神社界にヒエラルキーは、あるんです」と。河原がこれを受ける。「あるんだね。じゃあ底辺がある、頂点もある。あ

るんだね?」と。讃が「はい。頂《いただ》きには」と言うと絵蓮がこれを継いで、「あっ、それは。わかるっ」と言い、讃が「わかるの、エレン?」と訊いて、「伊勢神宮?」「そうよ。でもね」「でも?」「本当はね、伊勢神宮にはね、伊勢がつかない。あのお社の正式名は、神宮」とのやりとりが伯母と姪とのあいだで行なわれて、河原が言う。「伊勢神宮は、だとすると、通称なの?」と。

「通称なんです、河原さん」

「そうなんだ?」河原は言った。

「そうなんだっ」絵蓮が言った。

「エレン」

「なんだっ」

「サービスエリア、じきなんだけど。入る?」


この文章は以下、しばし圏央道の狭山《さやま》PAに焦点を絞る。パーキングエリアであり、かつサービスエリアの狭山PAを、極力ディテールは省いて紹介する。駐車場の大型用のスペース、そこはそこそこ埋まっている。トレーラーが駐《と》まっている。しかし小型用のスペース、そこはがらがらに空いている。その程度は描出する。

この物語はそろそろ、この讃と絵蓮と河原のドライブがいったいなんなのか、目的地はどこだと定められているのかも説き出す。だけれども解説するのは語り《ナラティブ》そのものだ、とはならない。わたしたちはそうしない。では、誰がするのか?

谷賀見讃がする。

すなわちこの文章はここで谷賀見讃に集中する。讃はサングラスを外している、とだけ描写する。

「エレン、なんだ、まだ慣れないんだ？　あの、いまのコンビニのレジの、あの、カウンターの、あの、透明をちょっと半透明にした、あれでしょう？　あの、シートの飛沫防止の、あの、なに河原さん、笑わないで。ああいう、透明が半透明のシートって、定着したよね。コロナ禍のこの三ヵ月で。えっ、あれ、透明なの？　あれでも？

そうなんだ。

えっと。

イートインは閉鎖されてる。ね？　やめよう。屋内の休憩スペースは、だいたい……ああ、そうだねえ、エレン。どこも。スーパーもドラッグストアも、うん、現金の手渡しって、消えたね。絶対にトレーがあいだに挟まって。わたしたち、トレーにお金を置いて、取ってもらって、レジ打ってもらって、それでお釣りを、トレーに置かれて。それをわたしたち、取って。ああいうの、どう？

あのね。

神職として言います。

あれは穢《けが》れを目に視《み》えるようにしたんです。

そうでしょう、河原さん？

そうそう、それ。わからないけど。貨幣なるものの穢れ？　そう……それ。資本主義の根本？

それが貨幣で、お金で、そのマネーの不浄が、いまや目に捉えられる？

ウイルスがね、新型コロナのね、そのウイルスがね、見えないでしょう？　そう、河原さん、不可視。ウイルスって不可視でしょう？　それに注意するあまり、注意するのはわたしたち人間ね、人類ね、その人類が、とうとうお金の不浄さを可視状態にしちゃったのに等しいのです、って。

いいじゃん。

これ、いいじゃん。

要するにコンビニにはお金を浄《きよ》められないのよ。スーパーマーケットにも。ドラッグストアにも。もしかしたら銀行でも、無理、無理。そういうロンダリング？　洗浄？　そういう意味での浄化は、ないのね。それができるのは――。

あっ。

あっち。あの屋外《そと》の。あそこにテーブル。

椅子もあるじゃん。

もしかして、誰か勝手に並べた？

いいよねえ。アウトドアは、密《みっ》じゃないし。密閉じゃ。

で、資金の浄化？　貨幣のお浄め？　それはもちろん、神社でできます。

エレン、ほらっ。ちゃんと腰をおろしてから、見る、見るっ。コーヒーこぼさないようにして。ほら、あっちに、富士山。

あれ、富士山です。

河原さん？　このドライブはお天気に恵まれた、ね？

エレンっ。その質問、なにっ。

そうよ。これ奥多摩へのドライブなんだから、ゴールは奥多摩です。もしやエレンは山梨がよかった？　え？　それはね、山梨県にあるのはね、富士。霊峰の富士山。

そうよ。

あれよ。

見えてる。ここから見えているんだから、もう満足じゃん？

あっ、それはもう、そうです、河原さん。静岡県にね、そっちにもね、富士山。またがります
ね。でも奥多摩には、またがりません。またがられない？　あのね、わたしが言いたいのは、奥
多摩には富士山はない。じゃあ、何がある？

わたしのところのもっとも新しい別宮の、候補の地、があります。

そうよ、エレン。谷賀見の家《うち》のよ。そうは言えるし、そうとも言えるね。言っているエレンは
宮脇家の人間だね。でも伯母ちゃん方《かた》のね、お祖母ちゃんは、お祖父《じい》ちゃんもだけれど、谷賀見
だね。もともとのお祖母ちゃんの筋は参瀬家だね。そこは代々の巫女《みこ》職で、そこから社家《しゃけ》の、谷
賀見に来たんだね。谷賀見家に嫁いできたんだね。

うん、『なんだか聖《きよ》い家族だねっ』って、その言葉に賛成。

で、河原さん、ノート携えてる、いま？

ある？

書かせて。説明したいから。一ページ。端《はし》でいいから」

ここでこの文章は谷賀見讃に集中しながら、補足する。

――それはMのノートではなかった。

さらに若干、補足する。

――それは単なる取材用の、帳面だった。誰でも捲れる。問題は生じない。

そしてわたしたちは少々、描写する。讃が……河原からペンも借り……三文字を書きつける。

その所作は……流麗である……一字ずつ書かれる。素戔庭、と。

まず、素を書いて、

「ただの別宮にはしないの。ここは」

と讃は言う。

それから、箋を書いて、

「奥多摩に建てるのね。こう命名する」

と言う。

そして、庭と書き終える。ここからは谷賀見讃のみがふたたび解説する。

「こう。

いま、『どう?』って思った、エレン? そうだね、読めないよね。これが境内の名前、その神域がこうも呼ばれるんだ、って名前。すさのにわ。うん、これは素戔庭《すさのにわ》です。じゃあ、エレン、連想しようか?

日本語の『庭』を英語にしよう。嘘。カタカナに。

カタカナ語に換えると?

ガーデン。うん、それはありだね。他には?

パーク。それだ。

じゃあさ、あなたが、誰かから『パーク』って言われて連想するのは? テーマパーク。そうだね。そうなんだよ、エレン。そこなの。素戔庭はお社《やしろ》でしょう? ご祭神は素戔嗚尊《すさのおのみこと》でしょう? もちろんスサノオが鎮座なさる、はい、そうです。河原さん。だから、ええ、河原さん、そうよ、スサノオのテーマパークが連想されてしまって、想像されてしまって、よいのです、ということ。だって、そうね、エレン、考えてみて。皇紀の二六六〇年代、七〇年代、——というのは、今年が皇紀二六八〇年だから、キリスト紀元の二十一世紀の話を伯母ちゃんはしています、ここ二十年あまり、いろいろ評判になる神社があって、つまりポピュラーにね、そういう神社はテーマパーク化しています、参る側のあいだで、です。そうです、河原さん。わたし、『参拝する側にとってテーマパーク化した』言ってます。論評しています。

そう、論評。それをもっとしよう。いま御朱印ブームじゃん？

あれを、エレン、河原さん、どう思います？

そうよ、エレン、そうなのよ。スタンプラリーだよ。ね？

それと同じ文脈で、わたしは『神々がどのように身近になったか』を釈《と》きたい。

日本の神々が、です。

『古事記』や『日本書紀』などの神典に現われる神様たちが、とも言い換えられます。

神社のテーマパーク化を、わたしは、世俗化とは言わないで解釈したい。

それだって神聖化の顕《あら》われかもしれないじゃん？　この時代の。

そうだ、世俗化がじつは神聖化である、のたぶん別の例を、わたし挙げます。

いまから。

これもカタカナ語の問題。

いこうか、エレン？　連想して。聖地を……英語由来の……カタカナ語に換えると？

そうよ。パワースポット。

大当たり。

パワースポットなんです。

でね、立派な来歴のある神域、と、強烈な力があるパワースポット、と、どちらが現代の日本人の魂に訴えるか？　あのね、わたしいま、同じことを言ったのね。謂《いわ》れのある神域はイコール強烈なるパワースポット、じゃん？　だけれども現代の日本人へのアピールは、アピールってその、訴求力《そきゅうりょく》は、圧倒的に後者の勝ち。『そこ、パワースポットなんです』紹介されたら、そういう認識が滲《し》みはじめたら、たちまち真剣に参拝されるから。

この現実は慮《おもんぱか》らなければなりません。

ここに神意を見なければなりません。

この時代の神聖化とは、世俗化、という道をいったん採る。

俗化《ぞっか》の道をいったん通る。

だから素戔庭である。ス・サ・ノ・ニ・ワ。これは最強の神様の、大庭園なのだ、パークなのだ、との認識でかまいません。わたしたちは拒みません。『スサノオランド』言われたら、それは……ちょっと困る。ただね、ええ、河原さん、そうなんです。わたしには直観があります。わたしのところは本宮か別宮かを問わず、さまざまに試み、結果も出しています。たとえば、当社《うち》の二つの別宮、すなわち分社ですね、ここを皇紀二六七〇年紀念《きねん》で、どちらも、『縁結びのパワースポットだ』と売り出しました。

たちまちきました。どちらも。

策は練ったのね。いちばん効いたのはお神籤《みくじ》だと思う。縁結びに特化したお神籤。河原さん、お神籤メーカーのいちばんの大手は山口県にあるんだって……知らない？　そこまでは、あっ、知らない？

こらっ、エレンっ。『そこまでは博識で、ないっ』は失礼。

わたし、というか、わたしたち、山口のそこと直《じか》に取引していて。

ええ、ダイレクトに、企画して。当社独創です。

たちまちうけました。理想のパートナーに関して、血液型に別《わ》けての託宣、とか？

要るでしょう？

それから英語版と中国語版も出して。インバウンド用のお神籤です。要るでしょう？

これらはばんばんとは捌《は》けないでいいのです。外国人の参拝者が、そうした神籤《かみくじ》を引いている、この情景が見られるだけでもう価値は大なのです。『ここの神社の縁結び力は、グローバルである』と認知される。国際標準のパワースポットなのだな、ともなる。

けれども、今年はね、今年の春からはね、そうね、インバウンドは壊滅的。そこの点はね、致《いた》しかたなし。そこに期待するのは難《かた》し。でも、だいぶ証明されたじゃん？

わたし『証されたなあ』思ってます。

そうよ、エレン。『縁結びは無敵だなー』って、そうなのよ。『タタエ伯母ちゃんの思考回路は、ブースター入ってるなー』って、そうでもないのよ。え？　河原さん、『スサノオは厄除け、無病息災の神だと僕は聞いてる』？　それもあります。ところに拠《よ》っての信仰はあります。でも、河原さん、人が……わたしやあなたやエレンという人間が神のその御力《おちから》を狭めては、駄目じゃん？

言えるとしたら、これだけです。

所願成就。

これが素戔嗚尊のご利益《りやく》。

なに、エレン？　うん、四文字よ。所願成就は。でも四字熟語……なの？

いいの、それは。わたしが説きたいのは、縁結びに照明を当てるのも所願のうち——よ。違反なし。

婚活、これを謳《うた》ったに等しい二つの別宮は、参拝者の男女比では、いまや一対九？　しかも参拝者数それ自体が、八倍九倍増？　ありがたい結果です。そうよ、エレン、『凄い結果っ』よ。だって、縁結びは婚活、良縁の成就が要《かな》めで、でも夫婦円満がその先にあって、それから妊活《にんかつ》、これがあるのね、妊娠祈願、これが叶えられたら今度は、安産を願う。ほらね、縁結びの一事のうちにも、所願は数多《あまた》。しかも良縁成就の、先に、先にだけではありません。前にも。それ以前にも。いわば、その出発点？　これが女性を、とうに惹《ひ》きつけていて。だから参拝者の比率が、男女の比率が、超アンバランスな一対九になったのね。

河原さん？

出発点を、わたしに問いたい？　訊きたい？

えっ。

もちろん、その出発点はあれです。河原さん、恋愛じゃん？」

物語はここで谷賀見讃からの集中を外す。

ところで富士山が消えている。曇った。

33

クロスオーバーSUVが出発した。八王子方面を指《さ》す。

曇ったのは数分間の出来事だった。讃は運転席で、サングラスをかけている。

運転席に谷賀見讃、助手席に宮脇絵蓮、後ろのシートに河原真古登と収まり直したのだから、以降この三人が均等に語れればよい。車中のシーンはそのように描出されてよい。讃のみに、つまり一人だけにフォーカスが合う段階は過ぎたのだから。しかし「三人に均等に」は実現しない。初めはそうなりかけた。しかし変化が生じた。この物語はそれを、変更が生じた、と描出したい。

だが、まず、均等な三人だ。

「日本は崖っぷちだ、って讃ちゃんは言った？」

「エレンはどう？　人生探してる？」

「なんですかー」

「また、助手席の窓、ずいぶん全開にしたね」と河原が言った。

「酔うかもしれませんからー」

「読むからよ。悪魔の笛」

「笛をぴーひゃら」

「河原さん、なにか言った？」讃が後部席に訊いた。

「讃ちゃんは、日本、崖っぷちだ、言った？」

「だいたい、そう言いました」

「どうして？」

「時代が変わったんです」

「二十年前のほうがよかったし、三十年前もよかった？」そう言いながら、河原は、これは光延《みつのぶ》君にも言った、と思い返している。――いいや、光延《こうえん》に、と。

「それが河原さんっていう、芸術家《アーティスト》の視線？」

「うん。まあ」と濁す。

「世界的なっ」と絵蓮。

「世界から見て、日本は崖っぷち」讃がまとめた。「じゃあ、二十《はたち》の視線は？」

「うおっ、質問来たっ」

「三択です。一、イエス。二、ノー。三、『未来は希望である』」

「三だっ」

「いいなあ、若者」河原は笑った。

「ねえねえ伯母ちゃん？　奥多摩って、それでさ、どっちだっ」

「奥多摩は東京の、西」

「の、西？」

「あのねエレン」

「なんだっ」

「――方位を説明するのは、難《かた》し」

「いま、エレンちゃんは、『はあ？』って思ったね」と河原。

「はあ？」と絵蓮。

「いい物件あったのよ。西に。いい物件あるって、西にあるって、それはわかっていたの。伯母ちゃんはね」

「どういう物件だっ」

「廃社《はいしゃ》だっ」

讃が姪っ子の勢いを真似た。

「わかっていいた」後部席には唱《とな》え復《かえ》す河原がいる。

前部席では、

「廃車？」

「廃棄する車、じゃないよ」

「えーっ」

「廃業する、お社《やしろ》」

「ああ？」

「あのね、名門だけれども、経営難の神社は、多いのね。どこに多いのか？ 現代の日本に多いのね。なぜか？ 氏子《うじこ》離れなんか、あるわね。やはり現代は困った時代です。それで、廃業しちゃう寺社のね——」

「えっ」

「なに」

「お寺もー？」

「そうよ」

と、伯母そして姪の会話が続いた。

河原が「廃寺《はいじ》は、どうなの？」と訊いた。

「ハイジ……？」と絵蓮。

それを無視して、讃が「高いんです。廃寺は。一概《いちがい》に」と回答する。

「讃ちゃん、不動産の話だよね？」

「不動産のハイジ。あっ」

「はい」と讃。

「寺《じ》かっ」絵蓮が言った。

「ブローカーがいるのね」と讃は説明する。「廃業しちゃう寺社の、って、これ言ったか、さっき。その、専門の不動産業者のネットワークで、いろいろと発掘して斡旋《あっせん》する。いろいろと物件を。でね、廃寺と、廃社だと——」

「——比較したら、廃寺が高い」河原が応える。

「どうしてっ」と絵蓮。

「お墓だね」

「墓地かっ」

「そこから、使用料がね、あがるわけ。つまりだ、お墓がついているお寺というのは、これはもう一概に、優良資産であるわけ。廃社はそうはならない。廃社は、比較したら、安いです。そこが要所です」と言い、「肝《きも》ね」と讃は極《き》める。

「伯母ちゃん、エグっ」

「讃ちゃん、だから購《か》えた？」

「どれが？」

「奥多摩の」

「奥多摩は」

「の、西」と絵蓮が言った。

「奥多摩の物件は、広域から参拝者を集客する、ということが見込めます」

「それだけ傑出した物件なんだ？」

「宏《ひろ》いですし。かつ方位が、東西南北のどの方角《むき》であるかの要点が、西です」

「西」と応じたのは河原だった。「西にそういう候補の地があることを、讃ちゃんはわかっていた」

「購入が易《やす》し、なんてことは、言えません」どこか厳粛な声音《こわね》になる。讃は。「わたしも不動産の取引《ビジネス》はずいぶんとやってきて、ただ、今度のこれは、桁が、二つ、変わります。しかし失敗《しくじ》ることも難し」

「確信がある？」

「――インタビューですね」と谷賀見讃。

「――なに」と河原真古登。

「これは、もう」

ああ、かもね、と河原は言わなかったが、ほとんど言ったのと同様の空気が車中に流れた。

「――エレンに、お願いがある」

「――なに」と宮脇絵蓮。

「悪魔の笛の本、しまおう」

ぴーひゃら、とだけ絵蓮は言い、助手席と運転席のあいだに手をのばす。

助手席と運転席のあいだにはコンソールボックスがある。

その大型収納の蓋《ふた》を開ける。

そこに読みさしの文庫本を収める。絵蓮は、実際には通読する気はなかったから、つまり読みさしではなかったから、そう未練もなさそうに戻した。そして、

「これで車に酔わない？」

と伯母に訊いた。

「紙をいじると、もっと酔わない」讃が言った。

「紙？」と問いながら、絵蓮の視線がコンソールボックスの内側《なか》に落ちる。

後部シートの河原の視線もそこへ向かう。

そこには極めて整頓された状況がある、と河原は認識している。

白い布がある。

……そうではない。白い紙がある。白色の紙片《かみ》が積まれている。揃えられて。

「これ？」と絵蓮。

「紙？」と河原。

「母方ということ、エレン、考えよう。今日は、母方、つまりあなたのママの、燃和の血筋、伯母ちゃんたちの母親の血筋、参瀬家の血というのを考えよう」

「サンノセ家」とやや熟《こな》れなさを示しつつ、絵蓮が繰り返した。

「巫女の家柄なんだから、その和紙、四手《しで》にしてみて」

「シデ、って、神社の、あの注連縄《しめなわ》なんかから垂れる、紙の、あの、四手？」

「神前に供える幣《ぬさ》。そうです。わかってるのね、姪っ子？　収納ボックスの和紙は、もう二つ折りにはしてあるから。それと、ほら、そこに、鋏《はさみ》」

「刃物だー」

「切れ目は両側から。そうね、十センチずつ？　あ、折ってあるほうが上。うん、左から……順番に……上から……ストップ。下から……ストップ。上から……そこまで。そう。じゃあ、今度は折り返そう。左から。手前に。そうよ。一、そこは細い。二、少し太い。三、もっと太い。四」

「でっ」絵蓮の言葉が詰まる。できた！　と言わんとしている。

「筋がいい」伯母は褒める。

「褒められたっ」姪が歓《よろこ》ぶ。

「でも、まだまだ。さあ、練習して」

「はいっ」

「――河原さん？」

「――聞いてるよ」

と前方のシートから谷賀見讃が呼びかけ、後方のシートで河原真古登が応えた瞬間から、この車中の場面には変更が生じた。もはや讃、絵蓮、河原が均等には語らない。今度は三人から、二人へ。

一人から三人、三人から二人へ。

河原と讃に集中する。

「筋がいい」と反復したのが後部席の河原だ。

「エレンの筋が」それに応じるのが前部席の讃だ。「血筋」

「母方の？」

「ですね。この行ないのために、適格《てっかく》」

「神に奉仕する」そう河原は整理した、後方から。

「母方ということは、わたしも考えます」前方で讃がそう付言した。「『どういうふうに？』って、河原さんは問いたい？」

「どういうふうに、と僕は問いたい」

「そして取材を進めたい？」

「インタビューに入りたい」

「まだ入っていなかった？」

「もう入っている」と語る河原真古登の声が低い。

「筋は血筋、血筋は家筋」と唄《うた》うように答えはじめる谷賀見讃の声には、不思議な韻律の高さがある。運転席のシートから、何かが滲《にじ》んで、後方に出る。「家筋は、母方においては……いいえ、いいえ。父方においては、からわたしは語りますよ？」となぜか、問いかける。インタビュアーに。「このわたし、谷賀見讃は世襲した神職だ。谷賀見家の宮司だ。これは厳然たる事実、です。現在の谷賀見讃の。この現在の谷賀見讃は、そのような者として神社の祭儀に従事し、事務も司《つかさど》っている。あるいは不動産等々の取引《ビジネス》ですらしている。そして、現在のこのわたしには、ちゃんと母方がある。これをわたしは考えていますね？」とこれも疑問の形とした。「そちらが巫女職代々であることを、このわたし、谷賀見讃は考えているのだと河原さんにお答えしています。さて宮司は神職です。それでは巫女は？」

河原は「神職ではない？」と応じた。

「そのことを河原さんは、知らなかった？」

「僕は、知っていたね」

「光延《みつのぶ》さんを取材していたから？」

「一九九一年の十二月の二十六日に光延君が讃ちゃんに会って、そこには僕もいたから。そこには僕もいたことを含めて、書いたから。もう。讃ちゃんがね、『明治初年に女性神職は廃止されたんです』みたいに言う」

「わたしは、言ったんだ。そんなふうに」

「うん。神職が、巫女が、って解説した」

――光延君に、と河原は言わない。

――光延さんに？　と讃は訊かない。

代わりに、

「明治初年、神祇官《じんぎかん》という官庁が置かれたのね。中央官庁が設置されたのね。これは明治の、その、四年に？　神祇省《じんぎしょう》に改組されて。でも、それはどうでもいいのね。大事なのは、核心は、けっこう簡単に言えるのね。『神職は国家の官吏である』なりました」

と解説する。

「なるほど」と河原が受ける。

「すると『国家の官吏に女子《おなご》を登用するのは、いかがか？』『ならぬ』なりました」

「なるほどね」と河原が咀嚼する。

「ね？」

「士族の発想だ。儒教が、日本化された儒学が、影響した。つまり、江戸時代の侍《さむらい》たちの……」

「女性観」と讃が継いだ。

「うん」河原がうなずいた。「そういう男女の、不平等観？　に基づいて、維新政府が新しい日本をデザインした」

「そこから、『巫女は神職ではない』見做《みな》されて、現代に至ります。ただ、どうなんでしょう。

現代の神社界でも、巫女も仕える、神に仕える、と言った時、やはり唄の律動があった。――ミコモツカエル、カミニツカエル。「遡れば、はい、女性神職はいました。ただ、巫女が全員、神職と見做されたか？　ここは怪しい。神社に所属しない歩き巫女はいた。梓《あずさ》巫女とも呼ばれた。これらは神職では、このわたしが思うに、ありません。このわたしが思うに、神社において憑坐《よりまし》として神託を伝えねば、それは巫女では、ありません。わたしの母方は巫女職代々で、その職とは、この職です。それは神職いがいの何でも、ありませんね？　ただし近代以降の、この現代の、神職の定義にはない発想が、巫女の職にはある。河原さん、折口信夫《おりくちしのぶ》っているじゃん？」

「オリクチ、いるね。国文学者？」

「そうです。そして民俗学者で歌人でもあって、わたしには神道の研究家です。折口信夫は『巫女は神の妻』言いました」

「なるほど」

と言ってから、なるほど、と河原は囁いた。

二度めのなるほどは残響化した。

「現代の神職として、このわたし、谷賀見讃は祭祀《さいし》を行ないます。現代の神職であるからこそ、わたし、谷賀見讃は不動産等々の取引《ビジネス》もします。現代では神職とは認められることがない職、巫女職の家筋の者として、このわたし、谷賀見讃は譬喩《ひゆ》ではないところで祭神の妻です。素戔嗚《すさのお》尊《みこと》の」

「スサノオの」

「――これでインタビューの一項目めは、終了？」

「いまは誘導されたね、僕は」

「そういうつもりは、わたしには、ないじゃん？」

「じゃあ、質問していこうか？」

「もちろん。オーケー」

「僕は『ところで、ぶらんこはどうなんだろう』思ってる」

「わたしは、いま頭のなかに疑問符を、ね？　出してる」

「『なにを言ってるんだろう、カワラマコトは？』って？」

「そう考えて、ヤガミタタエの頭には、クエスチョンの印」

「僕にはあの『一日にぶらんこを十分間』のフレーズが印象的すぎた。自分でも、そこにはぶらんこなんてない空間にぶらんこを視《み》て、それを作品にしたいとまで望むようになった。そういうのこそ純粋芸術《ファイン・アート》だなんて考えてね。そう、僕も考える。讃ちゃんが母方ということを考えるように、僕はぶらんこということを、ぶらんこという事物を考える。たとえば、その事物からアートが産み落とされる。僕という芸術家《アーティスト》が、その作品を、一日に十分間と計って作業する。日々、十分間ずつの制作、だ。こういうことを僕が行なったとする。これは、どうだろう讃ちゃん、『一日にぶらんこを十分間』の実践だろうか？」

「河原さんの言葉には――」

「カワラマコトの言葉には、なに？」

「だいぶ哲学が、あるじゃん？」

「難しいってことかな」

「ヤガミタタエには謎かけに感じられる、ってこと」

「讃ちゃん、奥多摩だ。奥多摩の、パークだ。君のところの神社の、別宮の候補地。テーマパーク、スサノオ神の」

「素戔庭《すさのにわ》」

「スサノニワ、うん、そこには荒《すさ》の響きがある。たった五音で、スとサ、ノと、ニとワ、のね、たった五音かつ三文字で、それだけで、音が、すなわち音《フォン》が、ただちに荒々しさを匂わせる。その境内に、──境内でありスサノオ神の大庭園だ、その園内に、ぶらんこも作るの?」

「作らない」谷賀見讃は即答する。前窓をサングラス越しに見据えながら、後方に伝える。「でも八岐《やまた》の大蛇《おろち》の像は出すし、その腹部からは、いいえ、大蛇の尻尾からね、覗いている霊剣の、その柄《つか》? そういうのは造形させる。そういうビジョンはわたしには、あります。霊剣は天《あめ》の叢《むら》雲《くも》の剣《つるぎ》、のちの草薙《くさなぎ》の剣。あっ、そうだ、八岐の大蛇はアタマも当然、八つに岐《わか》れます。それを漢字の八、末広がりの八から、むしろ数字の……なんて説明したらいいんだろ。計算用の?」

「算用数字、だね。アラビア数字とも言う」

「それ」

「それの8?」

「そう。いま河原さん、無限大の記号を横に倒した、8、を口にしたんだよね?」

「その8。なるほど、無限を斃《たお》す? そんな意味も込められるのか。だとしたら相当なビジョンだ。かなりの青写真だね」と語る河原真古登の声は、真《しん》に感心しきりで、その感情が車内の後部に満ちる。

助手席からは声があがらない。

助手席の絵蓮は静かである。手もと以外は。

手もとには時にしゃき、しゃきっという音がある。

「禱《いの》りも捧げられるのだけれども」讃が続ける。「それよりも、もっと、素戔嗚尊のご威光にどっぷりと浸《ひた》れる？　むしろ、何人《なんぴと》であろうがスサノオのその沼にどっぷりとはまれる？　そうした――」

との解説に重ねて、河原が、

「スサノオの沼にはまる」

と復唱した。

「ええ」讃が言った。「見えるパワースポットです」

「見える」と後部席の河原。

「感じられる、を超えて」と運転席の讃。

「不可視であるパワーが、可視となる」

「視《み》せるわけ」

「霊力もウイルス同様に、COVID－19のその原因ウイルス同様に人間《ひと》の肉眼では見えないのだけれども、しかし素戔庭は視せる」

「圧倒的に視せます」谷賀見讃は言った。

「途轍もない費用も、かかるね。大変な予算が」河原真古登が訊いた。

「それはそうですよ」と宮司が答えた。その素戔庭の主管者であり、いずれ建てられる素戔庭も含めた別宮群を総《ふさ》ねる本宮、総本宮の神職の長、谷賀見讃が。「不動産開発も関係してきます。廃社を購《か》うだけでは終わらない。だから桁が変わったのです」

「今度の不動産の取引《ビジネス》は。その、企画……いいや企図、それの全体像を勘案すれば」とインタビュアーが整理する。

「ええ。予算がかかる」少し前の問いにインタビュイーが再度応答する。肯《うべな》う。

「しかし資金は集められる」

「神社には企業からの浄財の、ご寄付も多々ありますし」

「奉賛《ほうさん》募金？」

「ええ。ええ」それから国産の高級ＳＵＶを運転する宮司は、「他にも」と回答した。

「企業の募財《ぼざい》の他にも？」

「財界があれば政界があります。その両方に太いパイプは、要るじゃん？」

「だろうね。じゃなかったら、資金繰りがままならない」

「もう言ったように……わたし言ったかな？　言ったね。そう、素戔庭を建てる試みを、失敗《しくじ》ることは難し」

「それを、奥多摩に」

「東京の、西に」讃は言ってから、繰り返す。「の、西に。河原さん、わたしはいろいろな人とお知り合いなのです」

「華麗な人脈？」この河原のひと言は毫《ごう》も茶化していない。

「ええ」とストレートに讃が受ける。「素戔庭の初の大祭には、五輪メダリストにも来てもらいます」

「そういう話もついてる？」

「ええ。あの方は、ＪＯＣの方？　わたし、ご賛同いただいてお約束いただいて。いつも懇意にしていただいて」

「日本オリンピック委員会の重鎮にも、話は通る。それは讃ちゃんのビジョンが、全体の構想が、やっぱり相当だからだね。そういう、いろんな人と親交を深めて、そういう、いろんな人を」

ここでインタビュアーは間《ま》を置いた。

「エレンちゃんにも紹介できる？」

「姪のためになるなら」

助手席の当人からの反応はあがらない。

河原が、

「僕にも紹介できる？」

と間を置かずに訊いた。

「政財界人？　ああ、財界人。河原さんの作品を購《あがな》える資産家？　コレクター候補の――」

「――そういうタイプじゃない」

「それだと、どんな？」

「たとえば大臣だね」


助手席から、しゃき、しゃき、しゃきっという音があがる。


「閣僚？」と谷賀見讃が応じたのだった。

「ああ、そうだね。たとえば」と河原真古登が応じたのだった。

「政治で稼いでいる人？」

「さっきまでの話題につなげたら、『政治で稼いでいる人』言えるね」

「資金源。わたしの」

「そういうふうには、僕は、振ってないね」

「しかし政界での影響力は、大」

「そうは、言っているね。僕」

「神道を応援する議員連盟の、衆参両議院の連盟の、それも超党派の連盟の、幹事長を務めていたり、する？」

「ああ、そういう人物のことは、念頭にもあるね」

「にもある」

「念頭にある」河原真古登は訂正した。

「わたしにも誰だかわかった。これは、わたしとその現職大臣さんとのあいだの、色っぽい風説の、検証？」

「真偽は、そうだね、確かめられたら、いいね」

「わたしって俵藤慶一の愛人じゃん？」谷賀見讃が肯定した。

「そうなんだ」

「河原さん」

「はい」と丁寧な応答が、出た。河原の口から。

「巫女について、補足」と讃が言うのだった。

「どうぞ」

「巫女は、この近現代、『未婚の女子《おなご》でなければならぬ』思われています。若い未婚の女性、というのは、少し前はセックスの未経験者を指した。ここ三十年……四十年？　は、もう、そんなことは指さないようになってる。でね、そもそも、そんなこと自体が……そんなことって、巫女が処女ってことね、そういう定義ね、この限定そのものが近現代の発想なんだとも言えます。あるいは近世っぽい、徳川時代っぽい発想なんだと言えます。だって、巫女職代々だったわたしの母親、母親のその家筋、お祖母ちゃんや曾《ひい》お祖母ちゃんや曾々《ひいひい》お祖母ちゃんや、その前、そのもっともっと前、の参瀬家の女たち、処女だった？　三十歳になっても四十歳になっても、八十《やそじ》でも、神霊を祀《まつ》りつづけていたはずで、だとしたらどう考える？　こう考えるべき。神にお仕えするために清浄であるとは、そういうことではないって。巫女に関しての、こういう……この類いの誤解は、もっとある。憑依もそう。神を憑《よ》りつける、それがなんなのか、その実際がどうか、ぜんぜん理解されていない。

さて。

わたしは、わたしのお社のご祭神、素戔嗚尊の妻です。

それが谷賀見讃です。

そして、河原さん、河原真古登、インタビュアーさん、あなたは光延さんの伝記を著わすのね？

その伝記内の登場人物が、谷賀見讃なのね？

じゃあ、こう書きなさい。

宮司の谷賀見讃は、素戔嗚尊の妻となるために、その身を、いいえ心身を、献《ささ》げているのだと書きなさい。宮司の谷賀見讃は、自らが神職の長を務める、本宮、別宮、ありとあらゆる分祀《ぶんし》の領域も発展させるために、一生を献げているのだ、と、こう書きなさい。それは既存の神社界との闘争でもあるのだと書きなさい。谷賀見讃は現代日本の神道界を革《あらた》めるのだと書きなさい。だから経営努力もするのだと書きなさい。そして神社界の格差に、宣戦布告もいずれする、と予言しなさい。しかし現況《いま》は？　時期尚早だ。だからその、いずれ、に到達するために政界と交わる、財界と交わる。財界との交際《まじわり》で知られる隠然たる権力者と、これは政治の世界のよ、交わる。俵藤慶一さんの後見役は、あの当時、与党の副総裁だった。それが意味するところをわたしは認識する。そこには誤解がない。さて神社経営……神社経営は、どのようにあるべきか？

保守思想が紐帯《ちゅうたい》となる関係を築かなければならない。

人間関係を築かなければならない。

男女関係でもけっこう。

問題はどこに？

どこにも。

交際《まじわり》は交わり、
セックスも交わり、
問題はどこに？　どこにも。なぜならば、すでに申しました。

わたしは祭神の妻です。

すでにそれである。

この妻は、素戔庭を建てなければ。この妻は、真《しん》に、現代の日本に、つまり日本国民にだ、素戔嗚尊を迎え入れさせるということを為《せ》ねば。これ以外に、この妻に、この谷賀見讃に目的があるか？」

「ない」

「と、インタビュアーさん、河原さん、あなたは大澤光延さんの伝記のその著者として、書きなさい。そしてあなたは、それはもう書き終えているのかもしれないし、未着手なのかもしれない、しかし取材はきっと光延さんに、あるいは奈々《なな》ちゃんに？　やり終えている、だから、もし、書いていないのならば、これを書いて。それから、もし、書いていないし『洩らさず書かねば』との意思《おもい》もない、そういう場合であれば、聞いて。

わたし、谷賀見讃を理解した人は、ふたりいます。

その時、わたし、谷賀見讃は二十一歳です。

ふたりは、ひとりが二十六歳、ひとりが二十《はたち》です。

その時、わたし、谷賀見讃は、自分の幼少の砌《みぎり》について、語った。

以前は誰にも語らなかった。それを話した。話したら、理解した。

そのふたりは理解しました。

そのふたりは光延さんと奈々ちゃんです。

奈々ちゃんは、その時は、櫻井《さくらい》奈々ちゃんでした」

「現在は、大澤奈々」

「はい。光延さんは、その当時、大澤光延さんでした」

「現在は、……大沢光延《こうえん》。という理解で、よい？」

「はい。奈々ちゃんはわたしの友だちです。親友じゃん？」

「そうだね」

「光延さんは、奈々ちゃんが『コーエンさん』言うミツノブさんは、奈々ちゃんのご主人です」

「そうだ」

「旦那さん。しかしわたしを愛しています」

「ということを、君は知っている」と言ってから、河原は訂《ただ》す。「知っていた。どこかの段階から気づいていた。告白めいた行為は一度もなかった、にもかかわらず。そして、愛しつづけていることは……」

――誰が、とは河原は言わない。

――誰が、とは讃も訊かない。

代わりに、

「上下に二文字の漢字が並んだんですよ。『日』と『本』が」

と言う。

「日本。縦書きの」と河原が受ける。

「それをわかってもらえたんですよ」と讃が続ける。

「なるほど」

「わたしは素戔嗚尊の妻です」

「そうだね。祭神スサノオの妻」

「だから素戔庭を建てます。この目的の達成のため、ほとんどの手段は是《ぜ》とされます。この妻の座をまっとうするために誰かの愛人になることが、誹《そし》られる行為か否か、問われることすらありません。所詮は人。人間の男の話です。そして、その所詮は人、人間の男が、スサノオ神と化すならば、それはわたしの身の、この心身の、全身全霊というのが奉《たてまつ》られる対象となる」

「相手と、なる」と河原は言った。

「なるのです。献げる対象と」

「彼が、英雄神のスサノオにまで、なれば。なれれば。彼が」

「光延さんが」

讃ははっきりとその男の名前を、口に出す。


鋏の音がやむ。

助手席からの、それが。

宮脇絵蓮が大量の四手《しで》を作り終えている。

車は、青梅料金所を抜けて、なお走りつづけている。

全開にされていた助手席の窓が、閉まりはじめる。

閉まり切る。

絵蓮が操作した。

「河原さん」と後ろに言った。

だが河原は返事をしない。

絵蓮は一枚……二枚……三枚と手にする。神のために折られて断《た》たれた、紙を。

それから絵蓮は「河原さんはいて、いない。河原さんはそれ以上、いる」と言った。

讃が運転席から、……エレン？　と訊いた。

「いまのは伯母ちゃんだね」

「もちろん」

「このハイブリッド車には、三人しか乗っていないのに、四人いる」


一人から三人、三人から二人へ。そして絵蓮が戻り、ふたたび三人へ。四人？

河原真古登が、返事をせず、懸命に鏡を見ないよう、いま――努めている。

車外のドアミラーも。車内前方の、後方確認用ミラーも。

そこに自分を映さないように努めている。四人めを出さないよう、歯を食い縛っている。

34

彼はそれ以上いる。この宮脇絵蓮の指摘からこの一章を始めよう。彼とは河原真古登のことである。河原真古登はもちろん一人だ。しかしそれ以上いる。では、どこにいるのか？　河原真古登であれば、「たとえば鏡面《そこ》にいる」と言った。

鏡像が河原真古登ではない人物として語るのだ。

その人物の名前は？　Tである。またはザ・ティーである。

わたしたちは懸命にこの物語を再構成している。この「大沢こうえん」伝の二〇二〇年六月七日以降のその展開を探り、整理し、そうして整えられた挿話群を時間の順序という制約は受けずに提出しようとしている。だからまず六月二十五日が語られた。ミハシ美術館である。現職のコロナ対策担当大臣・俵藤慶一とそこで会う河原真古登である。単に面会するのみならず対談をした。これは河原真古登が河原真古登当人として、そう行動したのである。いわばソロの局面だった。が、いま語られた六月十七日は違った。六月二十五日に続いて語られた前週の挿話では、河原真古登には宮脇絵蓮という相棒がいた。この相棒あればこそ、谷賀見讃とのドライブは叶った。讃にインタビューでき、讃に素戔庭《すさのにわ》その他を語らせられたのである。これは一対《ペア》の局面である。河原真古登に相棒のいる局面である。

しかし局面はいまひとつあるのだ。

それは二重《ツイン》の局面である。

要するに河原真古登が、Tと、ツインである。

この物語は……わたしたち委員会は、いよいよ第三のこの局面の描出に着手しなければならない。

わたしたちの前には二種類の資料がある。資料とはすなわち材料、素材だ。第一に「大沢こうえん」伝の未定稿、その原稿のためのメモ。未定稿には嵩《かさ》があり、メモもまた大量である。第二はMのノート。ここで改めて書き添えると、Mのノートは日記ではない。このノートには日付は挿入されていない。Mのノートはある日絶えるが、その杜絶《とぜつ》する日の前日にも日付はない。そしてわたしたちは杜絶の直後には河原真古登のあの急逝《きゅうせい》がある、と承知している。

つまり、こういうことなのだ。以後、ここからの再構築とは、河原真古登の死がどのように訪れたのかの再現、または再現の試みとなる。幾度も説明したように、わたしたちは決定稿を持たない。わたしたちは河原真古登が殴り書いたものを参照している。ただしMのノートは丁寧である。また、わたしたちは、その殴り書いたものがしばしばTの語りに乗っ取られることも認識している。実際、河原真古登は、

Tが　「大沢こうえん」伝を　奪《と》りつつ　ある

と書いた。わたしたちが拠《よ》っている資料の第一のほうが、どんどんとTにじかに語られる割合を増した、と説明できる。そして、だからこそ、河原真古登はどんどんMのノートへの記述を、記述であり依存を、増やしていったのだ。そこでならばつねに〝僕〟と彼は語れる。しかし「大沢こうえん」伝の未定稿では、しじゅう〝俺〟が語りだしている。

この両者を別人と考えるならば、わたしたちは推移《なりゆき》を簡単に並べられる。

ではそうしてみよう。この文章は、ここから、河原真古登とTという二者の手記を追う。ちなみにTも日付は挿《い》れていない。この物語はこれから年月日を喪失するのだ。読み進めやすいように、Tの手記は太字で、河原真古登のそれは通常の書体で、と並置する。

というわけで俺だ。俺は俵藤慶一を（やあ、いまだに「若手のホープだった」と紹介される大臣！）ニセ英雄と認定した。この、政権与党の大御所たちが後ろ楯で、世間的にも「あの男《ひと》ならばいずれは総理に」とちやほやされてきた俵藤議員《せんせい》を俺は、じゃあ、葬らなきゃならないなあと判断した。

というわけだ。俺はこのコロナ禍の時代になって、やたらに安全安心って呪文《マントラ》が唱えられていることを、じいさんって乗り物に乗って確認した。河原真古登って乗り物、そこに憑《つ》いて、だ。まいったね。そんなにいいのかよ、安全なのが？　そんなにいいのかよ、安心が？　そして、俺のことを語ればだ、俺がやりたいのは暗躍暗殺だ。俺、ザ・ティーは、そうだなあ、安全安心な暗躍暗殺ならば全うしたいね。

で、俺の決断を整理する。英雄もどきは始末する必要がある。俺が。

やはり急を要する。僕はこのノートが本当に必要なのだ。扉には名前を書いた。河原とは書かずに真古登とは書かずにMakoと書いた。のみならず終止符も添えてMako.と書いた。それからTokyo.とも書いた。こちらもピリオド付きだ。こうした一連の解説文じたい、みな僕自身のためのものである。つまりT抜きの河原真古登のための。そういう記録を僕はつける。

そういう記録を僕はつけはじめなければならない。

Tに悟られてはならない。ここに書いていることを。このノートの存在を。

あちらにだけ注目させるのだ。すでに数百枚に達した原稿と、百数十枚はある下書き、そして膨大なメモに、目を（Tの注意《それ》を）奪わせるのだ。大澤光延《みつのぶ》のその伝記、大沢光延《こうえん》のその評伝、そのバイオグラフィーを軸にした僕の著述《アート》。そこに、そうだTは干渉したいと望むはずだ。口を出したい、嘴《くちばし》を挟みたいと欲するはずだ。僕は、そちら側では喜んでそれをさせる。Tにだ。Tの狼藉《ろうぜき》を許す。で、そっちに目を吸いつけさせて、こっちは、ここは……。

聖域だ。

ここで僕は状況を俯瞰する。

オーケー、趣旨は記し終えた。しかし、それにしても、だ。僕の「大沢こうえん」伝には英雄殺しというテーマが含まれることになるのか？　その実行に至る記録文《ドキュメント》の、内包？　かつ僕のその、あちらの、大澤光延（ミツノブ）／大沢光延（コウエン）の伝記はその一部が……「大沢こうえん」を殺そうとした人物に書き著わされている。

暗殺未遂者による伝記？

なんという構造だ。

俺は誓いの言葉を用意する。
一、手段は過激でなければならない。
二、テロリストになれば歴史に参加できる。
こうした誓言《せいげん》はどこで口にされるか。どこで交わされるか？　ＳＮＳ上だ。いや具体的にはアプリ上だ。秘匿性が高いその通信アプリの名称は秘匿する。俺が隠さなかったのは俺の実名だ。本名だ。それがＴだと思ったら大間違いもいいところだし河原真古登だと推理したのならば大馬鹿者もいいところだ。河原真古登――検索すれば世界的な芸術家《アーティスト》だと一発でわかる――が暗殺チームの人材募集？　おいおい、それはないでしょう。しかし、俺の実名、俺の本名、つまり獄中死（って拘置所での自決だ）した俺のあの名前で募集をかけたら、反応するのはまっさきに、そういう連中だ。

どういう？

俺の遺志を継ごうと、誰かが俺の名前を騙《かた》って、この令和……何年だ？　まあいい、令和Ｘ年の世に動き出したって、そんなふうに直観する連中だ。「じゃあ集《つど》わないとな」って、そんなふうに反応する連中だ。おいおい、誰かが俺の名前を騙ってるって、その推理は妥当ではあるんだが、騙っているのは誰あろう俺だぞ、当人だぞ！　これもまた偽称に該当するか否か。

俺が河原真古登《じいさん》に憑いている以上、判断は難しい。

が、しかし、いずれにしてもインターネットというのは無名性の世界ではある。名は体を表わさない。名はＩＤである。名は情報である。

そして秘匿性の高い通信アプリは暴力性の世界である。

俺は、「七人までしか揃えない。精鋭だけにする」と宣言した。こういうリミットを付けたら応募は殺到した。


思想は感染する。僕はそういう現実に触れる。

保守思想でもいいし、暴力思想でもいいのだ。

いずれにしても過激で、単純《シンプル》な思想には高い感染力がある。

しかもTは巧妙だ、このフレーズはどこで拾ってきたのだ？　声明にはこんな文言もある……「清浄無垢な戦争をする」。彼らは、それをするから、それをできる人間を集める、とぶちあげた。彼ら。そうだ、Tはそれ以上にいる。Tは……一人を超えて……同志を揃えだしたのだ。そして誓文《せいもん》を口にさせる。
一、手段は過激でなければ。
二、テロリストになれば歴史に。
ところでTに操作されて、その通信アプリ（秘匿性が高い）に文言を打ち込んでいるのは、僕だ。


七人揃った。

この「HYOUDOU暗殺計画」にだ。

ただし一人めは俺だ。つまりT。このザ・ティー。ついでなんで全員アルファベットを通り名にする。つまり俺、Tに続いたのはSとK、AそれからN、あとFとO。俺は連中に言う、もちろん対面では言わない、しかしアプリで文言を飛ばすのだ。「俺（Tである）は幻を見ているんじゃない。俺たちは幻を建てるんだ」と。

そうそう。浄《きよ》い日本っていうのは、やあ、相当な幻だね。しかし、礎《いしずえ》があればそれは建つ。

だからコロナの感染爆発って疫病《これ》は、顕《あら》われたんだろうが。

するとコロナ対策の担当大臣は、こりゃあもう、象徴だろうが。


時どき鏡を挟んでTに訊かれる。

——俺はさ、二〇一七年のあのテロはさ、成し遂げられたら平成維新になるって想い描いたんだよ。維新の口火にね。でさ、あんた、芸術《アート》をしているど怪物のじいさん、あんたはこの計画が成し遂げられたら、これは令和維新だなあって想わない？　ご一新、ご一新。社会改革の。どうやらどんどんと窮屈に、偏狭に、要するにお馬鹿になっているらしい現代日本の。

——馬鹿が馬鹿をバッシングしてるんだろ、いまの日本って。なあ、じいさん？

僕は「そうだ」と答えた。僕は「そうだね」と肯定した。僕は、つまり、訊かれればTの側に立った。僕の内側に宿った享年二十八のこのテロリスト、この青年は僕を操作しているのだけれども、しかし僕もなんとかしてTを操らねばならない、そうしなければ惨劇を回避できない。だから僕は、いったん、本気でTの雄弁に「うん、そうだ。そうだよ！」と説得されなければならないのだ。

どういう瀬戸際の行為なんだろう。

そしてTの放つ極論の、どういう強度なんだろう。

やっぱり正論には感染力がある。だから僕は、慄《ふる》える、このザ・ティーを阻《はば》めるのか……？　と。僕は、標的に、もう会えている。ターゲットの国務大臣との面識を得ている。それだけじゃない、他のチャンネルでも会える。
しかし、だが……。
おかしなことを記す。僕は僕自身のために記述しよう。

僕はこの青年に友情を感じていないか？

イエス。感じている。その「友情」の二字を縦書きにしてしまうほどに。なぜって、僕はこの人物を自分から求めて憑かせたのだ。すでに死者となっていたテロリストを、「こうした犯行者にはインタビューは不可能だから」との理由もあり、憑依させた。イエス、来てもらったのだ。

その憑依もまた僕・河原真古登の芸術《アート》だったのだ。

僕は作品を毀《こわ》せない。


いいねえ。じいさんと俺との間には友情がある。

じいさんは名刺まで提供した。俺たち匿名の七人が、いろんな人間に化けられる名刺を、何枚も何枚も。ただしアメリカ人やドイツ人ジャーナリストの業務用名刺《ビジネス・カード》は、これは俺たちの誰も化けられない、ぜんぜん無理だ、だから省かれた。省かれないやつ、それはじいさん曰《いわ》く「さまざまな紙誌の記者たち、ライターたちの」である。ところで俺たち七人は本当にアメリカ人でもドイツ人でもないのか？　俺には保証はできない。まだ見ていないからだ。対面の場を設けていないからだ。

誰が、そうしていないのか？

俺だ。

そろそろ、したほうがいい。俺はたとえば、FとOはじつは男ではないのではないか、「男性です」と自己申告した女性ではないのか、と若干疑っている。俺は、もちろん女はテロリストになれないとは言わない。「女性には人は殺《あや》められません」なんてぜんぜん言わない。しかし俺の知っている有名で有能なテロリスト、日本の近現代史における志士たち、はだいたい全部男だった。いちばん肝要なのは吉田松陰《しょういん》、これがなにしろ男だった。

いや、女でもいいんだよ。

いいんだよ。

でも、変装をするにはやっぱり難度が高いだろ、男性記者には?

それにしても友情万歳也《なり》。なあ、河原のじいさん、怪物のじいさん、あなたのおかげで人間がふたりも、生きてるよ。


おかしなことばかりTに書かれている。あちらの原稿に。「大沢こうえん」伝の原稿に。

だからこのノートで訂《ただ》す。

全面訂正はせずとも、全面的な考察はする。

たとえば……人間がふたり? これは誰と誰だ。

ひとりはT。これは確実だろう。確定だろう。

もはや現世《このよ》にはいないのにヨミガエった暗殺者、暗殺未遂者。

拘置所内で自死を遂げた二十八歳の青年。

もうひとりは、無難にその見当をつければ僕だ。しかし僕は、このノートの二行前にヨミガエった人物を挙げている。それというのも、わざわざ「生きている」と言葉に出して言うのならば、前提は「(いまは)生きていない」か「(これ以前は)生きていなかった」になる。僕はどうだ? 僕はそもそも死んでいない。だからヨミガ。

待て。

この、僕の、ヨミガエるという直観はなんだ?

そして僕はどうしてカタカナで書いている? つまり「甦った」や「蘇る」の語幹をカタカナ

にしている、のは、なぜ？　どうして甦《よみがえ》ったとルビを振り発音《よみ》を指定したり、蘇《よみがえ》るとルビを振って音声《おと》を添えたりしない？　それがいつもの営為だろうが、著述をする際のこの僕の？

そうしない、ということは。

僕が、反射的にそうしなかった、ということは。

これはヨミガエるが黄泉《よみ》から帰るの意だからだ。ああ、たしかにTは死後の世界に行った、逝《い》った。そして現在、こちらに帰った。すなわち「Tは黄泉帰った」と言い表わせる。オーケー、だとしたら、もうひとりは？

死後の世界に接したのは、死に臨んだのは、「大沢こうえん」伝の主人公である。

あの原稿の、あちらの原稿の、あちらの原稿のために産み落としつづける大量のメモの、つねに中軸にある為政者である。

大沢光延（コウエン）／《そして》大澤光延（ミツノブ）。

光延（コウエン）／《または》光延（ミツノブ）。

伝記を著わされることで彼は生きる。著わすのは僕である。

その芸術化された半生はいっきに戻る。戻るとは帰るの意である。すなわち黄泉帰る。

ヨミガエる。ARの書籍が鑑賞されることで、そういう書籍が読まれることで。準ARの書籍が聴取されることで。いわばオーディオブック版の「大沢こうえん」伝が聴かれることで。ミハシ美術館で、だ。ミハシ美術館における僕の大規模回顧展で、拡張現実の「本」、または準拡張現実の「本」が読まれ、聴かれることで。

なるほど、ふたりだ。

しかしこの考察には罠がないか？

ある。

それというのも僕もまた死には臨んでいるからだ。しかも、二度。僕は臨死体験をしていて、それゆえTを現世《このよ》に連れてきた。

では僕もヨミガ。

エったのか。待て。この仮定をよしとしよう。つまり人間がふたりとはTと僕だとしよう。これを諒《りょう》すれば、僕は、あちらの原稿に、以下の記述を嵌め込める。

「ひとりの人間を紹介することも難しければ、ひとつの時代を紹介することも難しい。なぜならば、ひとりの内側にふたりがいて、片方が『人間がふたりも、生きてるよ』と語ったりするからだ。そう語られた片割れが生きている時代は、語った者には未知の時代《それ》であるかもしれないからだ。

なぜならば、そちらはパンデミックに入る前に世を去った。いったん。改元を知らずに亡き数に入った。一度。

それなのに令和維新のスローガンを掲げる。現代《いま》……」

と書きながら、いま、僕はこうした記録をはたしてARに、拡張現実の「本」に載せられるのか？　と考えている。

どこまでがアートだ？

（するとの即座に答えが返る。「どこまでもアートだ」という回答があり、誰あろう、答えたのはMである。Mすなわちマコすなわち真古登。イエス、ど怪物の僕だ）

やあ、だいぶ揃った。もちろん七人しかいない。そこは揺るがない。T、それからS、K、それからA、N、あとはFとO。揃ったというのは、あれだよ、対面の場にだよ。しかし、あれだよ、一網打尽には絶対にならないようにだよ。

俺たちはバスに乗る。

「乗れ」と俺が指示した。

順々に乗り込ませる。ちょっとは事情を詳《つまび》らかにしよう。東京都には公営バスがある。東京駅から出る系統もある。八重洲口からだと、みっつ。ひとつは「東15」って系統だ。これは深川車庫との往復になる。その、午後二時台の最初の便に、みっつめ（亀島橋）で乗れ、むっつめ（鉄《てっ》砲洲《ぽうず》）で乗れ、聖路加病院のバス停の前に立て、隅田川から手を振れ、下りろ、乗れ、乗れ、乗れ。

しかし言葉は交わすな。

Oは、右手で「O」のサインを作れ。

Aは、ロサンゼルス・エンゼルスのキャップをかぶれ。

Nは……。

Sは……。

Fは……。

K、お前は……。

もしかしたら系統「東16」に乗り直す。指示は随時アプリで出す。それから血判状を回す。それから。

それから云々《うんぬん》と俺は指示した。俺たちは一度に三人までしかいない。だが七人だ。

八人だ。

このことは俯瞰しておかなければならない。Tたちは七人だったのだから、そこには僕を加えれば、八人だ。Tには僕が、僕にはTが。ほら、血判状の痕《あと》を見よ。僕の左手の、親指だ。カッターでしゅっと切った。浅い傷痕、しかしバスの車内でしゅっと切っても、バッと血は出る。それを契状《けいじょう》に捺《お》す。十秒かからない。誰にも気づかれない。座席にいて、十秒かからず遂行でき、しかも、その紙を座席に置いておけば、通路を過《よ》ぎる誰かは拾える。いや、バスから下りればいい。誰かが下りる、代わって誰かが乗る、空席《そこ》に座る。

順々に、血判。

しかも――そもそも――空いているのだ、公共交通機関は。

しかも――そもそも――距離《ディスタンス》を確保して、座らなければならないのだ。新型コロナウイルス感染症対策として。そうだ、隣りは何をする人ぞ。

しかもマスクを着用しているのだ、全員。乗務員まで。

全員、すでに変装していた。顔面を半分隠していた。そうやって飛沫感染を躱《かわ》そうとしていたのだけれども、もしかしたら空気感染（エアロゾル感染）の恐怖を遮ろうとしていたのだけれども、そう、空気というのを問題視していたのだけれども、それら全体が彼らを庇《かば》い護った。彼ら七人を。七人……八人。おもしろい。空気はウイルスを媒介する。いっぽう、血は、血液は思想を一〇〇パーセント感染させる？

言うまでもないがしゅっは、指の腹を切ることは、やや痛い。

その痛さは、リアルだ。不可視のコロナウイルスよりも。

感染させられる前にいっそ感染させたい、という欲望がこの社会に瀰漫《びまん》している。何かを感染させたい、他者《ひと》に、そして世界に。

七人は思想の感染源になりたいと念《おも》っている。七人……七人だ。

SもKもAもNもFもOも男である。つまり若干疑ったFとOも性別は女ではなかった。俺は驚いたんだが、一名、十代がいた。Nだ。いいだろう。この若さは清いだろう。清浄無垢の戦《いく》さにふさわしい。

驚いたんだが、二名、手製拳銃を出せると言った。

しかしソーシャルディスタンスの時代には、俺は、刃《やいば》でじかに接触が、まさに密着の刺殺が、いいだろ？　と言った。

そのためにまず、密閉、密集、密接の場面を作ろう、いいだろ？　と言った。

三密《さんみつ》を用意してから、四つめに跳ぶんだ、いいだろ？

四つめで締めるんだ。どうだろう？

「最高です」との声しか返らない。

痛快な意見は採用した。たとえば誰かが「今年は昭和九十五年だから」とメッセージを流して、これは符牒《ふちょう》に使われた。しかし俺は昭和九十五年が令和何年なのかを換算しない。いまは令和X年。だから昭和の彼方で、平成の向こう。ややあ、じゅうぶんだ。

誓いの言葉は若干増やした、俺は。こちらは不人気だった。三、証拠はつねに湮滅《いんめつ》されなければならない。経緯《いきさつ》を洩《も》らすのならば自決しろ。

「誓わずとも、そうします」と俺は言われた。六名に。

Tが訓練するので僕も訓練する。

藁人形を準備して、刺す。こういうシミュレーションは、じつは必須だそうだ。

僕は自分のアトリエで藁人形を刺す。短刀で。

Tが鏡越しに僕に呼吸法を指導する。

僕の腹が、凹《くぼ》む。

Tが「腹が減ったな」と言い、僕は鮨を食べる。

俺たちは名刺《カード》を準備し終える。ニセ英雄の秘書に、七人が、ばらばらに連絡する。七人が、共同取材でもかまいません、と順々申し出る。七人が、お時間は二十分、いいえ十五分もいただければと慇懃《いんぎん》に申し入れる。渋谷のラグジュアリー系ホテルの一室（とはいえスイートである）が、昼、二時間、押さえられる。「ここで撮影を」とのオファー、「他のメディアも呼び」とのさらなるオファー、しかも俺たちは巧みである、わざわざ海外メディアの記者に声をかけて、すると乗ってきた人間のうち、秘書とは「知り合いだ（having an acquaintance with him）」と言うのがいたから、あえて数度じかに秘書に接触させる、事前に。これで信憑性はばっちりである。そういう共同会見、そういう共同取材は、実際に予約されているホテルの部屋で、行なわれるのだ。地下駐車場の一画――VIP用――も予約された。そして俺たちの問題は、誰が警護の人間を抑えるか。刺すか。要するにSPをだ。こっちを担当するとあっちは担えない。ニセ英雄はどうにも殺《や》れない。だが、まあ、役割分担は欠かせないのだった。安全安心な暗躍暗殺のために、だ。ところで、いまだ十代のNは、ちゃんと「新聞だの雑誌だのの記者」に扮せるのか？これは大した問題ではない。マスクは、COVID-19対策用のごりっとしたマスクは、こうした仮装用にある！

35

わたしたちは運命について熟思せざるをえない。

一日にふたつの巨大な事件が出来《しゅったい》したら、それはもう一日ではない。

一日という時間（二十四時間である）が抱えられる嵩《かさ》を超える。

つまり一日が決壊する。

その一日を紹介するためには、ひとつの悲劇があった、と語り出せる。しかしながら、その一日を紹介するためには、ひとつの美談があった、とも語り出せる。かつ、悲劇がその日にはあって美談もその日にはあった、ふたつは同じ時間帯に報道《レポート》されはじめた、とも語れるのだけれども、それではその一日の彩りを何も描出できないに等しい。そうなのだ、嵩を超えるのだ。

そもそもネット検索すれば誰にでもわかる日付をここに挿《い》れて、なんの意味があるのか？

この現代《いま》を生きるわたしたちはこうも言える。現代史においてこそ年月日は空疎、空虚、無意味である。

そう言い切った途端わたしたちは疑念に襲われる。日付を必要としない歴史に……どのような意義が？

わたしたちは運命について熟考する。

一日にふたつの巨大な出来事がもちあがり、ふたつとも大沢光延《こうえん》のその後を駆動する。わたしたちはその事実を了解しているから、その巨大なふたつの出来事をここに記述しないという判断ができない。そもそもわたしたちは前《さき》の一章を挿入することを躊躇《ためら》わなかっただろうか？――言うまでもない、躊躇ったのだ。だがしかし、その仔細を書かなければ、仔細をある程度は再現す（るし、また推理させ）るであろう手記の引用を挿《はさ》まなければ、「政治家の大沢光延」の伝記は完結に向かわないとわたしたちは踏んだ。ふたつの、その巨《おお》きな事件は、大沢光延という、この、第十八代東京都知事にして第十九代東京都知事の任期のさなかに兇行《テロ》の標的となって表舞台から消えた人物の、復帰に結びついているからだ。また、わたしたちはこうも言える。河原真古登は「大沢こうえん」伝という著述《アート》を遺作にした。この著述《アート》は未完である。それでよいのか？――言うまでもない、よいわけがない。それはわたしたち委員会の手で、完成、完結に導かれなければならない。

アート作品として全うされなければならない。

わたしたちの正義はそこにある。

そして（これは大沢光延その人の言葉であるが）いっさいは「正義についての考え方」なのだ。

わたしたちは考察している。わたしたちは運命についても考察している。それは河原真古登の文体に倣《なら》えば、こうだ。ひとりの男がいて、ふたつの出来事がある。ひとつは悲劇であり、ひとつは美談である。だが、どちらもそのような二字のレッテル（悲劇、美談）には収まらない。いっぽうは惨《むご》たらしさは極めないのに極める。他方にも無惨さや「グロテスク」は全面的に表われる。なぜならば、どちらの出来事にも血が流れている。人間の血液――鮮血――がたっぷり流れている。そして大沢光延は、このふたつの出来事のあいだで、揺れる。やがて揺れる。

ひとりの男の後半生が揺れる。

そのスイングをぶらんことというのだ。

さあ、ここにはいない大沢光延が、譬喩的《メタフォリカル》なぶらんこの二本の鎖をつかんでいる。大沢光延がそうしていて、漕いでいて、もしかしたら大澤光延《みつのぶ》もそうしている。そしてこの譬喩《ひゆ》のぶらんこを作製したのは、――現職の国務大臣暗殺計画に首謀者として関与したのは、T、そしてTはふたり、Tの片割れとはM、すなわち真古登（マコ）、それゆえにこのぶらんこを作製したのは、河原真古登。

たとえメタフォリカルなぶらんこであっても、漕がれれば軋《きし》む。

その鎖は軋む。そうしたら、こういうだろう。ギッ、ギッ、ギッ、ギィンと鳴るだろう。やがて四つの音符で、ギ・ギ・ギ・ギーンと鳴るだろう。音を整えればタ・タ・タ・ターンだろう。そうなのだ、わたしたちはそこに交響曲の主題を聴き取る。どの交響曲の？　――言うまでもない、『運命』の。


わたしたちは運命について熟慮する。素材はふたつ。

その日の、ほぼ同時間帯から、ニュースになる。

一。

俵藤慶一大臣が刺される。その暗殺の試みはしかし未遂に終わる。殺《あや》められることはない、深《ふか》傷《で》も負わない。しかし大臣は二ヵ所はたしかに刺された。その後の展開が異様である。実行犯は三名、うち一名が未成年、これが首謀者と思《おぼ》しい、というのもこの未成年者は他のふたりに刺されて（犯行の仲間にである）、滅多斬《めったぎ》りにもされて、多数の内臓が損なわれて、わずか二時間後、その死が確認される。現場では「自害する！」と叫んだと言う。のみならず残りの二名も叫び、唱和したと言う。「自害する。自害する！」と。そして三名は、じつのところ刺し合った。すなわち取り押さえられる前に互いに刺し違えようとした、腹を。ここからは後日のニュースである。搬送さきで、二日後に一人が死亡、三週間後に最後の一人が死亡。このおしまいのテロ実行犯は、病院内（個室トイレ）で縊《い》死《し》している。パジャマの上衣を裂いてから撚《よ》って、車椅子の固定用の鉄管を利用して、その紐を張りめぐらせて、だった。決行日に二日遅れて死んだのが二十四歳、三週間遅れた自死者が三十一歳だった。が、やはり最年少の者——最初の死者、〝自決〟者——が首謀者であったと目《もく》された。この青年、おおかたの報道では少年となっているが、この青年または少年は「武器庫」を持っていた。東京都練馬区某地の空き家のガレージ内に、と報じられ、手製拳銃は四挺《よんちょう》、日本刀が六口《むふり》、その他が押収された。ガレージ内には「計画書」があった。檄文《げきぶん》には「純粋戦争」なる文言があった、と警察（警視庁）は発表した。そして三名は虎侶勿《ころな》という結社名のもとに集《つど》っていて、これはどうもコロナと読ませるようだった。虎侶勿。いわずもがな結社の中心人物（首魁《しゅかい》、未成年者）の実名は明かされなかった。マスコミはそうしたものは報道しない、当局も公表しない、しかしネットは公表した。伏せられた本名は出回って、それは「晒《さら》す」と呼ばれたのだが、そのサラしによれば苗字は那須田《なすだ》、年齢は十七歳、イニシャルはN。苗字とイニシャルは重要だった。この、同じ那須田という苗字の、少し前に人気だった二十代半ばのモデルがいて、しかし彼女は一年半前にまさにインターネット上の誹謗中傷が原因で自死に追い込まれていた。それがNの姉である。親類が証言した、「以来——（N、那須田のこと）は、ほら、スサノオ都知事襲撃？　あのテロ事件の、その犯人に、どうしてか相当に入れ込んで。『僕は、超える』って勢い込んでね。『「言論の自由」バカを封殺する。そういう日本に革《あらた》める』って。まさかね、……こうなるなんてね」。同級生もマスメディアの前で話した、「『ネット右翼もリベラルも刺す』って言って、いえね、僕ら笑ったんですよ。でも、そのうちにね、顔つきがマジにね、なって。言葉遣い？　その、用語ですか？　それもマジになって。『もはや真の保守がいないんだ』なんて。しかも保守にはサムライって読み仮名をですね、振って。ええっ？　……はい、ルビです」。この保守《さむらい》や虎侶勿《ころな》の表記、表現は爆発的に流行した。

（一に関する註《ちゅう》。事件は渋谷のホテルでは起きなかった。そのラグジュアリー系ホテルの部屋、駐車場は、支払いは行なわれたが予約は直前にキャンセルされた。ある週刊誌での俵藤大臣の秘書——政務秘書官ではない——の証言、「ええ、共同取材があるという、そういう予定が、ええ、入っていました。でも、ええ、私と面識のあるイギリス人が、彼はジャーナリストですね、これが、ええ、『ちょっと妙ですね』指摘しまして。その彼も、どうも、誰かから匿名の警告をもらったようです。『君はクエスチョニング（疑問視）しないのか？』みたいに。そのシティホテルでの共同取材について、です。ええ。ですから、私はそちら、警戒をしましてね。警視庁の警護課にも報告しましてね。でも、そうしたら、ええ、そちらに向かう、予定時間の二十分、いえ三十分前？　そう、いわば、こちらが手薄になったところをあの三人が。テロリストたちが——」は、録音データからほぼビビッドに文章化されていることもあって、注目に値する。わたしたちに注意を払えと命ずる）

二。

河原真古登が井の頭線神泉駅のホームから転落した女児を救助しようと、線路に飛び降り、自身は電車に撥《は》ねられる。女児は無事である。撥ねられる、とは婉曲な言い方で、実際にはそれは轢死《れきし》である。遺体は一部、切断もされている。これは大きな美談、英雄譚である。世界的にも名の知られた日本人の芸術家《アーティスト》が、「少女の代わりに犠牲になった」のである。これは報道の氾濫を生じさせる。しかもテロリズム決行のニュースの表裏《おもてうら》となって、この日を彩る。「なんという勇敢な」とのコメントがあふれる。いったん美談の類型に収められる。この芸術家《アーティスト》がリュックを背負《しょ》い、このリュックもまた電車に轢かれた、と報じられても、ひろがる波紋はない。リュックには画材が詰められていた、道具も詰められていた、道具とは筆、ペン、パレットナイフ、もっと大きなナイフ、手斧《ちょうな》、さらに用途不明の刃物（鋭い）となっても、波瀾《はらん》は生じない。なにしろ事件性がない。そして刀剣もまた井の頭線に轢かれ、圧《お》され、潰された。こちらの項目の後日のニュース。女児が転落するまでに、この私鉄に持ち込まれる犬に関しての騒ぎがあった、とわかる。この犬はペットである。小型犬である。乗車料金は（ペットとケースの重量が十キロ以内でケースの縦横高さの合計が百二十センチ以内であるとの条件を満たせば）、無料である（条件を満たさなければ乗れない）。そしてキャリーケースは両側面がメッシュのタイプで、犬は丸見えで、そのことは収納される犬を快適にしたのだが、この時ホームにいた男児たちを大変に不快にさせた、というのも犬はマスクを着けていなかった。「どうしてそれでいいのか？」とこの男児たち――小学校低学年である――は言った。「どうして、僕たちはいまマスク着用を強制されているのに、電車には着けなければ乗れないのに、どうして、犬は着けていないのに乗れるのか？」と言った。それを一人が稚《おさ》ない言葉で言って、しかし正論でもあるのであって、グループ全員に瞬時に感染した。爆発的感染だった。二人が犬に（キャリーケースのメッシュ越しに）手をのばした。つついたのだった。威《おど》したのだった。怖《お》じるまで突いたのだった。そして犬は、吠えた。井の頭線神泉駅のホームで、本気で、いきなり吠えた。それに息を呑んだ高齢女性が、よろけた。そして「きゃあ！」と呼応する乗客、電車待ちをしていた数人の乗客がいて（叫んだと証言した十代後半の女性は二名、三十代前半の男性が二名――『うおっ！』と言っちゃったんですよ」）、それに驚いて、女児はホームから転落していた。反射的に逃げようとしたのだ、正体不明の事態から。この「小さな男の子たちと『コロナ』と犬」という原因、ある種の〝問題系〟は、結局は虎侶《ころ》勿《な》と犬と表記されて、まとめられた。

（二についての註釈。状況は過度に謎めいている。河原真古登が人身事故に遭《あ》ったのは、たまたまか？　それとも計画どおりなのか？　つまり、Tの裏をかいて兇行《テロ》の直前に「河原真古登なりの自決をする」プランは、あったのか、なかったのか？　そうすれば俵藤慶一大臣の暗殺を阻《はば》めると、考えたのか、考えなかったのか？　当然ながらMのノートに、これに関する記述はない。そうした脇の甘さを河原真古登は示していない。それでも「テロリズムを芸術で包んでしまう」とは、この真に怪物的な芸術家《アーティスト》は考えたはずだ、とわたしたちは考える。これは、言い換えれば、「政治を芸術で包装してしまう」となる。ちなみに当日とそれ以後の報道は、河原真古登がなぜ、この日、そこにいたのか――神泉駅に――とは問わない。芸術家《アーティスト》が日頃いったい何をしているのかを人びとは問わない。アトリエに通勤するものなのかどうかをまず問わないし、「河原真古登のアトリエは東京の西郊《せいこう》にあったのではないか。ＪＲ立川駅よりも西にあったのではないか」とも指摘しない）

わたしたちは運命について熟思していたのだった。

しかしわたしたち以外はそうではない。

そうではないから、ふたつの出来事を関連づけて考えられない。

ある大臣が刺される。ある芸術家《アーティスト》が落命する。悲劇。美談。

そこにぶらんこがある、とは想定しない。

そこに裏切りがふたつ、潜んでいたかもしれない、とは推量しない。ふたつとは、ひとつにつきひとつ。七人が「HYOUDOU暗殺計画」に関わる……はずが、その計画は三人に乗っとられている。N率いる三人に、虎侶勿《ころな》に。これが裏切りの筆頭。続いては裏切られる友情。河原真古登はTに友情《それ》を感じている。そうでありつつ……そのことを前面に出しつつ……。河原真古登は真の芸術《アート》に殉じる。

そしてわたしたちは、そういうふうに推し量れてしまうから、さあ次へゆこう。


スイングである。


説明は不要だが、死後に「Mのノート」がつけられることはない。

つまり第一級の資料は絶えた。

だがわたしたちにはいろいろとある。わたしたち委員会には調査力がある。信頼できる筋ともコネクションがある、とはもう言った。そしてわたしたちの務めとは何かについても、もう言った。この原稿を完成させることだ。この伝記文学を完結させることだ。この「大沢こうえん」伝をミハシ美術館の彼の回顧展でお披露目《ひろめ》することだ。彼の。河原真古登の。没した天才芸術家《アーティスト》の。この文章作品は目下、じゅうぶんにスキャンダラスだが、それが観客動員――「河原真古登展」の――に直結するのならば、醜聞性は度を越してかまわない、とわたしたちは信ずる。彼の一大回顧展を盛況にできるのならば、それが正義である、とわたしたちは信ずる。

そして、そのわたしたちにはいろいろとある。

ある存在の助けも借りられる。女性である。若い女性である。二十《はたち》である。

宮脇絵蓮が病院に大沢光延を訪ねる。コウエンを……ミツノブを。その面会の手配は大澤奈々がした。大澤奈々はそのアレンジメントを友人の谷賀見讃に、求められた。

病室での第一声は「谷賀見燃和の娘です。三十年前には母がお世話になりました」だったと、そのように元・東京都知事に挨拶したのだと、宮脇絵蓮はわたしたちに語った。

36

わたしたちは彼と彼女の会話を再現する。

「どのような用向きなのだろう」

「河原真古登さんが事故死されました」

「聞いた。衝撃を受けている」

「もう、知っていました？」

「ここにはテレビがある」

その病室にはテレビがある。

壁ぎわに、薄型の、50インチ前後の大画面のテレビがある。だが電源は入れられていない。だから黒い画面がある、との描出はディテールがやや多すぎる。

「あそこに映った」と彼が顎で示しながら言った。

「大沢先生は、第一報から……観ましたか？」

「第一報？」

「電車の運行の、トラブルの、報《しら》せです」

「鉄道運行情報」

「ええ」

「井の頭線の？」

「神泉駅で、人身事故が、っていう」

「人身事故というのは、誰かが、死んだ、負傷した、ということだね。君は？」

「えっ」

「この問いは『君の名前は？』だ。教えてほしい」

「宮脇です」

「ということは、君のお母さんの名前は？」

「宮脇燃和です」

「彼女はもはや谷賀見燃和ではない、んだね。懐かしい。少し寂《さみ》しい」

「あの、大沢先生」

「そしてお母さんも宮脇さんであり、君のお母さんがね、君も宮脇さんである。ここには難がある。いっしょでは呼び名のその用をなさないよ。だから尋ねるんだが、君の、あなたの下の名前は？」

「絵蓮です」

「エレン。ヘレンにも通ずる、エレン。ＥＬＬＥＮと綴る？」

「もちろん綴りません」

「綴らない」

「普通に漢字です。二文字で、絵画の、絵《え》に、それから蓮《はす》です」

「蓮というのは仏教的だ」

「えっ」

「仏教思想のシンボルが蓮華《れんげ》だ。泥沼から生じて、けれども濁りに染まらない、その花は清い。どうだろう」

「何がでしょうか？」

「絵蓮さんの視界は濁るか？」

わたしたちは、この二人のあいだには一枚のビニールカーテンが介在するのだ、と描写できる。それはこの大病院の、その病室（本来は四人部屋である）の、ＣＯＶＩＤ－19の感染対策として吊り下げられている。すなわちビニール樹脂のカーテンは、薄い濁りである、と説ける。しかも面会者はゴーグルを着用しているのだ、医療用のキャップをかぶり医療用のマスクを着けて医療用の手袋を嵌めて、ガウン（防護服である）を着、わけてもゴーグルなのだ、それを彼は指摘した、とも推測できる。

しかし、こうやって補説すると、彼と彼女の会話は滑《なめ》らかな再現からは遠ざかる。

いまわたしたちはディテールを増やしすぎた。

「いえ」が彼女の答《いら》えだった。

「あなたの視界は濁らない」

「……はい」間《ま》は置いたが確乎《かっこ》とした回答だった。

「では名前に宛《あ》てられた漢字の、二つめの蓮《はす》は、もう問われないでいいね。一つめの絵画の絵《え》は、これは直接に芸術に関わる。芸術の一分野を指す。むしろ名指す。あなたは、その意味で、河原さんという芸術家《アーティスト》の使者なのか？」

「シシャ？」

「使いの者。死んだ者、では、ないよ」

「使者。はい」と宮脇絵蓮は肯《がえ》んじた。

すると長期の（というよりも超長期の）入院患者である彼は、ビニールカーテンの向こう側にいる彼女を、椅子に腰をおろす面会人を凝《じ》っと見た。しばし黙って。

その沈黙を再現した途端、わたしたちは悟る。

いま、わたしたちは絵蓮の返答が具《そな》えたその非常な重みを量りそこねた。


「君は使者である」と彼。

「はい」と彼女。

「メッセンジャーである。河原さんの。そういう君が第一報について尋ねた。私はその出来事の——惨事だね、痛恨事だ——第一報に触れたのか、テレビで観たのか？　京王井の頭線の神泉駅で人身事故。人身事故？　それは誰かが負傷する、死亡する、そういう事態のことだよねと私は確認しようとして、私はそれをあなたに確認したかった、しかしあなたの名前を把握していなかった、だから言った、君は？」

「絵蓮です。宮脇絵蓮です」

「だったら絵蓮さんだ。私は大沢光延《こうえん》だ」

「母も……」

「燃和ちゃんが、なんだろう？」

「大沢先生を、光延《みつのぶ》さんと言い、でも光延《こうえん》さんと時に訂《ただ》して」

「先生は不要だね」

「えっ」

「懇《ねんご》ろではあるが、河原さんの使者が、私を……俺を、先生と？」と言って、彼は微笑した。

「大沢さん」と彼女。

「しかし君のお母さんはそうは呼ばないね。苗字では」

「コーエン……さん」

「なるほど」と大沢光延は言ったが、いったい彼はどの文脈を、どこを肯定したのか。

いま、わたしたちは大沢光延がなにごとを見通したのかを書けなかった。

彼が話しているのでなければ彼女が話している。

「ここにビニールカーテンがあります」

「この病室に？　ビニール……ああ、私たちを遮断して。あるね」

「雨が降ります」

「どういうことだろう」

彼が彼女に応《こた》えている。率直に。

「さあ」

「『さあ』だって？」

「このビニールカーテンを誰かがそういうふうに見做《みな》したかも、と感じたんです。雨がしとしと降っているこの様子が、このビニールカーテンとおんなじだな、と誰かが以前感じたかもって」

「『かも』って、あなたが感じた」

「うちは使者なんですね」

「絵蓮さんは使者だね。河原さんの。芸術をする人、河原真古登の」

「うちは相棒なんですよ。そして」

「使者、相棒、そして？」

「うちは巫女《みこ》でした」

「そうなの？」

「自分でも驚きです」

「血筋なの？」

「なにかご存じですか、コーエンさんは」

「谷賀見家は巫女職代々、とかね」

「間違いですよ。それ」

「そうなの？」

「参瀬家が巫女職代々、ですから」

「母方？」と問いながら、しかし彼は点頭している。「――だね。そうだった」

「ということは、ご存じだったんですよね、やっぱり。コーエンさんは」

「ああ。讃さんに聞いた」

「いつ？」

「一九九一年」

「むかしむかし、ですね」

「むかしむかし、だろうか」

「うちは二〇〇〇年生まれです」

「一九九一年のクリスマスの翌日だよ。クリスマス・イブの翌々日だよ。だから十二月二十六日だよ。何曜……だったろうか」

「憶えていないのが普通ですよ？」

「絵蓮さんは二〇〇〇年に生まれた」

「五月生まれです。おうし座です」

「二十《はたち》だね？」

「はい」

「そして河原さんの、相棒である。使者である。おもしろい。河原さんはね」

と言った直後、彼はふたたび沈黙を挿《はさ》む。

いま、わたしたちは耳をすます。自分たち自身で再現しているこの会話にメタフォォリカルに耳をすます。彼と彼女よ、語れ。

「河原さんはね、……絵蓮さん？」

「聞いています」

「こんなアートを作りたい、と言っていた。題名が『黄泉《よみ》』であるアート作品を制作したい、と言っていた。そういう一作をいずれ産み落としてしまう気がする、と俺に言った」

「黄泉」

「というタイトルだと言ったんだ、そこからね。その、おんなじ席から」

「ここですか？」

「同じ椅子。それを河原さんも使った」

「面会の時に？」

「ああ」

「伝記作家としての、面会の時に？」

「そうだよ」

「同じここ、こ、こなんですね？」

「そこだ」

「うちの用向きは、コーエンさんにご通知すること、です」

「河原真古登さんが、事故死された、と？」

「それもあります」

「それもある。そうではない事柄もある。それを超える事柄、超える情報も、——あるのかな？」

「あります」

「じゃあ、心構えをしよう」

「じゃあ、第一報から尋ね直します。コーエンさんは第一報から、観ましたか？　人身事故のニュースを、テレビで」

「いや。記憶にない」

「そうですね。誰かが死傷した、との報道は、知人が死傷した、とは異なります。第二報で、その人身事故はとても英雄的な行動が背景にあるのだと報じられ出します。女の子がホームから落ちた、それを年輩の男性が救助した、その男性自身は助からなかった、井の頭線の電車に轢かれた。第三報、ここで助からなかった男《ひと》の名前が出ます。その何者かが報じられはじめます。河原真古登さん、六十歳、美術家。それも世界的に活躍する日本人美術家。この第三報で、河原さんはヒーローである、となります」

「すなわち詳細がメディアの報道に、のった」

「はい」

「その第三報からは確実に俺はテレビで観て、俺は、私は、……そうだね。凍った」

「いまは？」

「いまも。凍っている。悲しすぎる。惨《むご》すぎる」

「けれども惨さはちゃんとはレポートされていません。そのレポートが第四報で、だから、そういうのは一部の週刊誌や、ネット、インターネットにしか流れない。情報が。河原さんは、即死でしょう？　そして、河原さんの遺体は、ひとつに、つながっていない、……でしょう？」

「体が」

「切断された、とか。どういうふうに切《せつ》だ」

言葉が停まる。

間《ま》。

二分。三分。

それから。

「大きなメディアでは報じられない。そういうことは。それを、うちは第四報とカウントして、うちは、私は、第五報、第五報についてコーエンさんに尋ねたいんです。違う、違う、あなたに伝えたいんです。第五報、河原さんはそちらを選んだ。そのことが絶対に、永遠に、確実に、報道されない。だから、うちがコーエンさんに」

「私に。あなたが」

「はい」

「第五報、というのを」

「はい」

「『そちらを選んだ』とは?」

「河原さんは人を殺しません。逆です。河原さんは人を救出します。ホームから転落した少女を。河原さんはこの子を生かします。河原さんは犠牲になるので、自分のことは殺してしまいます。嘘です」

「嘘?」

「河原さんがひとりなのにふたりだとしたら、河原さんはふたい」

間《ま》。

今度は短い。

「フタリメヲ」

「絵蓮さん？」

「フタリメヲ、河原サンハ、殺シタンデス。モトモトノ、河原サンデハ、ナイホウノ人間ヲ。ソウスルト、結局ハ、河原サンハ、死ンデシマウ、ノダケレドモ、本来デアレバ命ヲ、ウ、」

「絵蓮さん」

「奪ワ、レ、テ、イタハズノ、人間ハ、助カル。ソレダケデハアリマセン。サラニ、モウ、ヒ、」

「さらに、もう、……ひとり？　絵蓮さん、俺に応えられるか」

「コ……コーエンさん、に、うち……は応えられます」

「じゃあ、続けて。それから、いちど確認しよう。確認し直そう。君は河原真古登の相棒で、使者、メッセンジャーで、おんなじそこに座っていて、椅子にね、面会用の椅子《それ》にね、そして、母方が、母方の母方が、巫女の血筋だった」

「うちは四手《しで》を作れます」

「……紙だね？」

「カミ」

「神」

「コーエンさんに言います。河原さんは、ふたりめを殺した、もともとの河原さんではないほうの人間を。でも、それでも河原さんは結局、死んでしまう。ただそうすることで河原さんは、ある人を助けた、その命を奪われないものに変えた、みたいに言えて。それだけではありません。さらに、もうひとり、助かります」

「誰が、助かるんだろう」

「うちの前にいる男《ひと》です」

「あなたの前にいるのは、俺だ」

「そうです」

「大沢光延だ」

「コ、コー……」

「絵蓮さん？」

「イイデスカ。……いえ。そうじゃない。いいですか？」

「いい。そして、噛んで含めてほしい。俺に」

「河原真古登さんは事故死されたのです。鉄道で。電車に撥《は》ねられて」

「そうだ」

「人身事故です」

「人身事故、そうだ」

「死体は、少し……散々《ばらばら》に」

「散々《ばらばら》に、なった」

「ということを、うちは報《しら》せに来たのです。コーエ……ンさんじゃない、ミツノブさんに。大澤光延さんに」


わたしたちは、さらに、さらにさらに耳をすます。

すると、わたしたちは、彼がこう言っているのを、心で聞ける。

……むかしむかし、一九七〇年代というのがあった。七〇年代の前半というのがあって、ある若い母親が、人身事故の犠牲になった。本当は電車の前に身を投げたのだった、国鉄の荻窪駅で、その、心が病気になってしまった母親は。だから遺体は、つながらない、散々《ばらばら》で。だから母親の子供（男児だ）は、いきなり実母を喪失して、そうして。喪に。服《ふく》。する。数年間。散髪、も、せ、ず、に。む、か、し、むかし。

　むかしむかし……。

　と、わたしたちには聞こえる。

「そろそろ光延さんは静養を終えられます。ミツノブさんは。それからコーエンさんも。この長期入院から退《しりぞ》いて、復活できます。もはやICUは、一度しか必要とされません」

「ICUが、一度……要る？」

「それで退院です」

「復活……復帰する？　もとの暮らしに？」

「現世での暮らしに」

「とすると、現世ではないところは、黄泉だね」

「わかりません。うちには。けれども会えるでしょう。もしかしたら河原真古登さんに救われた**少女**の、なんらかのイメージに？　反転したイメージに？　鏡に映ったみたいな？」彼女は力を込めたのだった、その少女の二語に。「いいえ、うちはそこまでは言えない。けれど」

「けれども、見《まみ》える。そして俺は快復する。完全快復。全面的な。政界にも復帰する。私が、中央政界にも？　要するに」

「要するに、なんでしょうね、あなた。ミツノブさん。コーエンさん」

「やっとスサノオを騙《かた》らないですむ。これまでは詐称だった。しかし、ここからは」

「本物の？」と彼女は言って、彼はけれどもなんにも応じないで。

二分間は。

三分間は。

「そうだね。真にスサノオたる、政治家」と彼が答えたのは、四、五分はゆうに経過してからで、その無言《しじま》をわたしたちは再現しない。


ただ、こう言ったのだ。彼女は。宮脇絵蓮は。

「地上に戻るんですね。英雄神スサノオとなって」

そして彼はこう返した。元・東京都知事は。大沢光延は。

「と、私の亡き母は言うだろう」

「『戻りなさい』って、ですか？」

「ねえ」

「はい」

「それを、どこで言うんだろうね？」そう尋ねて、彼は笑った。

37

かつて河原真古登はこの文章作品内に臨生《りんしょう》体験という不思議な言葉を登場させた。それは造語であり、ある程度ポピュラーであると思われる臨死体験という医学用語の、死、を、生、に入れ換えている。この造語でもって河原真古登はいったい何を言おうとしたのだろうか？　結局、河原真古登はおしまいまでは詳述せずに退場した。ゆえにここで考察する。まず初めに、臨死体験とは何かだが、医学的にはこれは臨床的な死亡状態（または昏睡状態）からの回復を指す。すなわちこうした体験は現在おもに医療機関で報告される。この「死んでいる状態なのだが、死後の世界（らしき情景、あるいは音景）を見て・聞いて、生の世界に帰還した」経験を、河原真古登は「ということは、その経験者はまだ死んでいなかったのだ」と喝破《かっぱ》した。

臨床的に死んでいても、結局、それは死の定義に合わないのだと告げたのである。

このように「死に臨む」という現象を解いてから、今度は「出生《しゅっしょう》に臨む」とは実際にはどういうことなのかを解き明かそうとあの臨生体験という不思議な言葉を出した。人はいつ生まれるのか？　医学的には分娩されれば誕生する。母親の産道から出るということである。だがしかし、この出産の直後に新生児が「生きている状態である」のを是《ぜ》として、その直前は生きていないのか？

もちろん生きているのである。

しかし「生きている。この世に」とは言われないのである。

なぜならば出産を経ないうちは地上《ここ》に姿を現わさないからである。

河原真古登は「ということは、人間には臨生体験の時期があるのだ」と喝破したに等しい。実際にはより細々《こまごま》述べたが、エッセンスはそこにある。しかもエッセンスには、二方向に展開する可能性が秘められているのであって、第一に、「だから臨死体験と臨生体験は、人間の生において同一の圏《スフィア》に属している」と河原真古登は言わんとした。断じ切れはしなかったけれども。

これは「『死にかける』ということは『生まれかける』に通じる」と説いているのに近い。

より大胆に言い換えれば、

生まれる前後の子供と死ぬ前後の大人は、同じだ。


ともなる。第二。「医学的に新生児になる数分前、数十分前、数時間前の存在は、医学的には胎児だが、結局（その直後の）新生児に連なっている」と河原真古登は説いたに等しい。連なるとはどういうことか？　地平が平らである、ということである。産道とは結局、どこか平らな坂でしかないということである。平坂《ひらさか》でしかない、ということである。そして日本神話は、死後の世界と現世との境《さか》いにあるのは決して壁や扉の類いではない、単なる坂である、と物語る。

ただの坂、ヨモツヒラサカ――黄泉平坂《よもつひらさか》――である、と。

結論をシンプルな文言にまとめれば、

臨死体験は黄泉への接触《アクセス》を許し、かつ、臨生体験にも通ずる。

となるだろう。そこで人は産みの母親と一体化する（のも実現不可能ではない）。死別した母親と再会する（ということは考えられる。蓋然性は高い）。そして彼の生涯にスポットを当てるのであれば、黄泉には、若い、美しい母親がいる。いつも……いつまでも話し足りない実母である。だが、とうとう話し足りる。満ち足りる。その母親には母親ではない女《ひと》も、少女も重なって二重化し、「だから出なさい」と言う。黄泉《ここ》を出なさいと言い、それはまた、現世におけるＩＣＵでもある。最後に入った集中治療室を、彼は出て、しかもそれはスサノオとなるための退室だった。

退院だった。

復帰だった。

この文章は、この物語は、この著述《アート》はここから加速する。ある側面に特化して加速する。以降、この文章作品は「大沢こうえん」の伝記であることを徹底する。

スサノオ宰相はどのようにして生まれたか？

いいや、いいや、いいや。

生まれようとするか？

誕生の瞬間の、その直後も、その直前も、ともに生に臨むことである。

それでは神話を記述する。否、日本神話を継続させる。この現代へと接続させる。

その男のことをスサノオと、または光延《こうえん》と呼ぼう。

その男、スサノオまたは光延は国民感情に火をつける。

なぜならば着火の支度は万全、焚《た》きつけも存分に用意されていたのだ。スサノオまたは光延を迎えるための社会の土壌はきっちり調《ととの》えられて、のみならず過剰に耕されてもいたのだ。が、何者が？

環境を調えたのは新型コロナである。

土壌を耕したのは虎侶勿《ころな》である。

たとえば、そこに抗議デモがある。パンデミック下での東京オリンピックの開催――すでに一年延ばされた競技大会の開催――に反対して、「こんなものは中止しろ」と訴えるデモがある。そのデモ隊の行進は交通整理をする警察官たちに護《まも》られている。「こんな馬鹿げたデモこそ中止しろ」と訴える一派（五輪開催反対派の反対派）に囲まれている。追われている。街宣車が追尾しつづける。馬鹿、げ、た、デモ、こ、そ、やめろー、との声のリフレイン。馬鹿、げた、馬鹿、馬鹿、阿呆《あほ》ぉー、のリフレイン。この両者を遠巻きにする公安警察。そこまでは、日本現代史における通常の光景だと言えた。そこまでは、いつもの情景だったのだと言えた。仮に摑《つか》み合いがあってもそうである。それが擲《なぐ》り合いに発展すると、やや異例である。以前であればそうである。しかしいまは現代なのだ。これはすでに虎侶勿なる勢力が現われて、純粋戦争や浄《きよ》い日本という強烈なスローガンを掲げて、その清純さ（血まみれのピュアリティである）を日本中に響かせて、同情まで買ってしまった後なのである。なにごとかを本気で主張するのであれば、そこには命が賭《と》されていなければならないのである。となると？　摑み合い、殴り合いは、頸部《くび》の絞め合い、さらには刺し合いに発展する。さらには警官隊への暴力に発展する。機動隊が出動する。歩道から、五輪開催の反対派ではないし、その反対派の反対派でもない、アマチュアのテロリストが飛び出す。

誰かが刺される。

当局の人間も刺される。

無数の動画が撮られてインターネットで拡散する。

「このような危険な東京での、オリンピック開催には絶対に反対します」という動画もまた弘《ひろ》まる。

誹謗中傷のコメントのその投稿者を特定して、刺す、という流行現象が起きる。

正義という言葉が流行《はや》る。日本社会の精神状態が変容している。

これこそ耕作された土壌である。

ところでオリンピックの通称は『TOKYO2020』なのだった。

延期されてもそうなのだった。二〇二〇年ではない暦年が強引に2020と呼ばれて、こちらは日本のこの現代に、やんわり「年月日を喪失しろ」と迫ったのだった。いわば忖度《そんたく》を迫ったのだった。すると祝祭感は（こちらにも駆動されて）裏返った。前《さき》の例をさらに掘り下げる。そもそもオリンピックをいっそ「中止しろ」との声があがったのは、そのような選択肢が示されたからである。何者が示したのかと言えば、疫学、感染症対策の専門家たちである。オリンピック（というスペクタクル）は世界中から人を集める、と彼らは指摘した。これはすなわち、世界中からウイルスを集めて、新型コロナの変異株を集めて、最新の変異株を誕生させることでもある、と彼らは指摘した。彼らは諭した、ゆえに開催は中止か、ふたたび延期することを検討するか、あるいは強引に……無観客で開催するか。科学的な根拠をもって提言したのである。

「再延期はない」とだけ政府が回答した。

実際には政府と都と大会組織委員会が回答した。

専門家たちは忿然《ふんぜん》とした。『TOKYO２０２０』の開催は、確実に東京の・首都圏の・国内の人流を増大させる、すなわち接触機会を増大させる、すなわち三密《さんみつ》のシーンをわざわざ形にしてやってCOVID‐19に益する、と、そこまで諭したのだけれども、たとえば「無観客開催は国に益しない」と回答されることはなかったし、暦年のうしなわれた世界で再延期？　と形而上の問いが返ることもなかった。ただ無視した、専門家たちの助言、情報発信を。そうすることで科学対政治という図式が生まれたのだけれども、これは要するに科学（科学的知見）対政治（政治的決断）だった。この二者が対峙して、前者が後者にいとも簡単に敗れて、デマは温床を授かった。それ以降、図式は科学対デマに移る。じきにデマ対デマや、デマ対デマ、デマ対デマ対デマ対デマに移る。東京都が、パブリック・ビューイング――大型映像装置を利用しての観戦――の会場に人が集まるのは密《みつ》だ、と宣言して、つごう六会場で予定されていた計画を破棄し、うち四会場はCOVID‐19対策に転用する、ワクチンの大規模接種会場に変えると発表するや、その四ヵ所がワクチン反対派に囲まれた。しかも日を追うごとに、通常のワクチン懸念派、過激な反対派、その過激な反対派をさらに煽《あお》って組織《オルグ》する一派、とまさにデマ対デマ対デマの現場となって、何名かのいわゆる〝陰謀論者〟が血を見た。国立競技場は厳重に警備された。国立競技場、そこは『TOKYO２０２０』の主会場である。そこが「グラフィティ攻撃」の対象とされる。染めてしまえ、無血で、赤色以外の落書きで、と何百万ものSNSアカウントが叫んでいて、グラフィティ決行隊と阻止隊、阻止するための決死隊が衝突、この際には救急車が二十九台出動した。いわゆる「国立競技場の29デー」である。

そして『TOKYO２０２０』の無観客開催は決定した。

政府、都、大会組織委員会は、結局は選んだのである。示されていた選択肢のひとつを。

それは科学の勝利だと、言えば言える。

それは変容した日本の精神状態の、鎮静だけは図ろうとした政府の足掻きだと、たしかに言える。

祝祭は萎《しぼ》み、しかし日本人アスリートのメダル獲得ラッシュで膨らみ、感染者数は、増え、ひととき爆発的に増大し、しかし減り出す。

そして政府の頂点にいる、当時の与党——連立政権ではあったが最大多数派のほう——の総裁は、つぎの総裁選をどうするかを考えた。つぎの総裁選では敗北するかもしれない、この、総理総裁の地位から退かねばならないかもしれないと考えた。

しかし国民は、いまならば祝祭感の滓《かす》にひたっている。

いまならば新型コロナウイルスの感染者数は落ち着いている。全国で。じき、もっと落ちる、専門家の数理モデルに拠《よ》れば。

そして衆議院選挙はここ二、三ヵ月のあいだに行なう必要があるのだから、それを——ぎりぎりまでは——待たなければよいのだ、と総理大臣は考えた。

内閣総理大臣は閣議決定をもって衆議院を解散できる。それをやった。

解散総選挙の季節が到来して、いっさいは裏目に出た。

スサノオまたは光延《こうじつ》が国政新党を立ち上げたのである。通称、大沢新党。正式名称は「ひかる日本党」。その略称は光日党。

「いまは国難です。国難の国難の、国難だっ。日本は、第一に、傷ついた。日本は、第二に、裏切られた。日本は、そして、疲れている。それはそうだ。記憶が血の色に染まっているオリンピック？　世界に誇れる価値観を、スポーツのその競技の実施いがいでは示せなかったに等しいジャパン、トーキョー？　夏のオリンピックが契機の日本の再生は、どうなった？　どうなりました？　どうにかなりましたか？　このように、疲れ、弱り、しかし、そうではあるのだけれども、これが日本の、真の姿ですか？　そうですか？　真のポテンシャルですか？　ポテンシャルの開花ですか？　まさか、まさかっ。これからです。日本の気高さは、気高い日本を生むのは、これからです、いまからです。僕たちが、です。大国に、戻ろうじゃあ、ありませんか。それは軍事大国ではない。もちろん日本は資源大国じゃない、ぜんぜんないですね、金融と経済面の、そこで卓越する、経済大国に戻るのもいろいろと難はあるだろう。だから国難はあるだろう。しかし国難が、この国難が、越えられないのか？　まさか。越えられるっ。なぜならば、そうです、あのオリンピックで膿《うみ》は出たんです。誰を倒すべきなのか、退治すべきなのか、そうです、いよいよ真のヤマタノオロチの八個の頭が、出たんですっ。やりましょう、やりましょう。斃《たお》しましょう。さあ、日本は変わりますよ。さあ、日本は光りますよ。ひかる日本。しかも私には、仲間もいます。大勢の仲間、大勢の出馬する、友たち。これは真の友人たちです。私が……あの刃《やいば》に……テロにやられてから、そうなのだ、何年も何年も、何年間もっ、私はっ！　準備してっ！　あの兇刃《きょうじん》にかかったからこそ、私は党首になれた。いま、この国政のための政党の、党首として立てたっ！　さあ、僕の……私の最大の友を紹介しましょう。あの最大の保守党を、離れました、離党したばかりだ、それどころか電撃的に大臣の職も、辞職です、辞意の表明です、手放しました。自らっ。なぜか？　間違ったコロナ対策を、強いられていたからです。誰が強いたのか？　ヤマタノオロチです。みなさんっ、私たちの党の、副代表、俵藤慶一さんです！」

ありがとう、大沢君、と紹介された人物が挨拶する。スサノオまたは光延に。

大沢新党はツートップなのだった。その「ひかる日本党」のスターは、党首だけではないのだった。いま一名いて、このスターもまた兇行《テロ》の……暗殺のターゲットにされたことがある。どちらにも刺し傷の跡が肉体《からだ》にある。スサノオまたは光延は、俵藤を指して「いまひとりのギフテッド」と言った。

が、メディアの前では言わなかった。

もちろん語らなかった、そんなふうには。

ただ単に、「ここには生死を分ける体験をした政治家がいるわけですよ。……真の政治家？　ええ、そうですね」と肯定するだけだった。そして一枚の写真を掲げるだけだった。そこには若い、ふたりが、写っている。二十七歳と三十一歳の、スサノオまたは光延と俵藤慶一が。櫻井家の観桜会でのツーショット写真——。「ほら、こういうふうに、若い頃から、僕たちは、私たちはほんとは、ともに友情から、日本の改革を誓い合っていて。だから政敵《ライバル》を演じた。だから競い合いを演じたんですね。時代の政治の水準に合わせて、大俵《だいひょう》対決、なあんて。ええ、いまこそ明かします、この三十年間の真相を」

国民は熱狂した。

この国では、この国の現代では、たぶん保守が求められていた。たぶん保守《さむらい》が切望されていた。

ところでツーショット写真を撮ったのは何者だったか？　河原真古登である。

河原真古登は芸術家《アーティスト》である。パフォーマンス作品の演出家でもある。東京都庁の第一本庁舎が見下ろしている広場で、そのタ・タ・タ・ターンという旋律を鳴らすことを選んだのは、河原真古登である。

わたしたちはその写真がどこから現われて、どのような経路で、スサノオまたは光延に益することになったのかを把《つか》んでいる。その男の新党、「ひかる日本党」に益したのかを把握している。まず宮脇絵蓮のもとに現われたのである。それからスサノオまたは光延の手に渡ったのである。その際、絵蓮は「これをコーエンさんのプラスに、してもらえますか?」と求めたのである。

そうした事情をわたしたちに当の宮脇絵蓮が語っている。

やや執拗な解説にはなるが、ふたたび言おう。わたしたちは宮脇絵蓮という存在の助けを借りてこの「大沢こうえん」の伝記を編みつづけている。著者、河原真古登の没後も。宮脇絵蓮はあのツーショット写真(参議院に初当選したばかりの俵藤慶一と政界デビュー前の一般人である大澤光延《みつのぶ》が並ぶ)は構図違《バリエーション》いが幾枚かあったとわたしたちに語っている。そこに意味を、意図を汲みとったとわたしたちに語っている。

うちは、それが河原さんの言いたかったことなんじゃないかなって察して、とわたしたちに語っている。

うちは、要《かな》めはこれだなって思ったんですよ。タタエ伯母ちゃんの写真は、二十一歳のポートレートは、一枚だけだった。高校生だったママの写真も、おんなじ。ママけっこう可愛《かわ》ゆかったですね。ママはママなりにモテたんじゃないかな。でもコーエンさんと俵藤大臣のツーショットは、ある、ある、何枚もある。それはね、つまりね、あのねっ、河原さんがうちに「頼むよ!エレンちゃん」言ってきたってことじゃないですか?

託したのだ、河原真古登が、宮脇絵蓮に、とわたしたちに宮脇絵蓮は語らんとしている。

しかし届いたレターパック（特定封筒郵便物）じたいは簡素だった。プリントされた写真の束が入っていた。束といっても十枚以内、うち二枚は谷賀見讃と宮脇燃和、ならぬ谷賀見燃和。どれも櫻井家の庭園《ガーデン》で撮られていた。メッセージは添えられていなかった。だが、A４のコピー用紙が同封されていて、そこに透明な接着用テープで鍵が貼られていて、下に「アトリエ。東京都日野市栄町――丁目――」とあって、さらにURL、そこまでが印字されていて、さらに下は手書きだった。URLはクラウドの保管庫《ストレージ》のものであることが冒頭の数文字でわかった。手書きの十数文字は、アルファベットの小文字と大文字、数字で構成されていて、パスワードなのだと推察された。

「そして、うちは、タタエ伯母ちゃんの若き日の肖像と、ママのけっこう可愛《かわ》ゆ系の肖像は自分のにして、だから、もらっちゃって、でも、やらないとならないことが、……任務《ミッション》が？　みっつ、あったわけです。アトリエ、これはアトリエと鍵です。クラウド、これはクラウドにあげられている何か、何かって『ファイルだろう』とは見当をつけた、それとパスワードです。そして、どうしてうちが持たなければならないのか？　その見当がつけられない、コーエンさんと俵藤大臣の、ツーショット、でした。この『どうしてうちが持たなければ？』の疑問ですけれど、そうじゃないんだな、そうじゃないのかもしれないんだよなって見当はじきについて。

で、うちは考えます。

河原さんは何をしていたのか？

河原さんは、たとえばタタエ伯母ちゃんに、たとえばママに、取材をしていた。

インタビューをしていた。

大沢光延《こうえん》という男《ひと》について訊いていた。前の都知事の。

その男《ひと》は、えっと、光延《みつのぶ》さんでもあった。

こう考えると答えは出ます。『これって、ツーショット写真って、被写体の当人のその、いっぽうの……その男《ひと》が持たなければ？』って。

それから、もっと思うわけです。取材は伝記執筆のためだった、とか。スサノオ都知事の生涯を、その人生の前の半分を、アートに変えちゃうためだった、とか。それで、うちはって言ったら、そういう仕事をしていた芸術家《アーティスト》の河原さんの、アシスタントだった。

相棒で、アシスタントだった。

うちは『了解しました』言いました。嘘。言わなかった、うちは、ただ、——行動する」

38

一日にふたつの巨大な事件が出来《しゅったい》した翌日に、そのレターパックは宮脇絵蓮のもとへ配達されている。この日の絵蓮がいかなる精神のありようであったか、当然わたしたちには量りかねる。わたしたちにわかるのは、ある人物の悲報が、凶音《きょういん》があった翌《あく》る日、当の人物から便りがあるというのは、いわば黄泉（死者の国）からの郵便物が配達されたに近い、そういう事実、そういう事実に充ち満ちる感覚、これだけである。その感覚に宮脇絵蓮が盈《み》たされたであろうことがわたしたちにはわかる。それがどのような交流であるのかもわたしたちには推《すい》することができる。

わたしたちはわかる。宮脇絵蓮が河原真古登のアトリエを訪れる。アトリエは二階建てで、いわゆる作業空間は一階にあって、その隅の一角には大きなテーブルがあって、卓上にコンピュータが置かれていて、そのディスプレイは27インチで、これを目にした宮脇絵蓮が「河原さんはここから、うちたちと、あのＺｏｏｍ飲みをした」と考えたことがわかる。わたしたちは宮脇絵蓮がそのコンピュータの本体には手を触れず、というのは起動させなかったということだけれども、それも推し量れる。芸術家《アーティスト》にとり仕事道具は神聖なのだ、宮脇絵蓮はそう思って、だからしなかった、わたしたちはこのことをログ（操作状況を記録したファイル）にも確認した。

わたしたちはわかる。宮脇絵蓮はアトリエの二階に上がる、二階には簡易キッチンがある、テレビが置かれている、冷蔵庫がある。その冷蔵庫の扉を開ける、食材は収められていない。野菜室は空っぽである。しかし冷蔵庫のドアポケットには缶ビールが並んでいて、銘柄はキリンの一番搾りである、それから横に寝かされた白ワインのボトルもある。一本ある。わたしたちはわかる、絵蓮が号泣する。

わたしたちはわかる。宮脇絵蓮はこのアトリエは不可侵なのだと感じていて、しかし、自分は招《よ》ばれたのだと確信している。時間は経過するが、一時間は一時間ではない。二時間は二時間ではない。わたしたちは、宮脇絵蓮が二階からふたたび一階、一階からふたたび二階、そして表にも出て、そのアトリエの建物の周囲をまわって、「北」と言ったはずだと確信している。「南」と言ったはずだと確信している。それは方位の確認である。屋内《なか》にいるとあいまいになりがちな東西南北を、一々《いちいち》確かめる、そしてアトリエ内に戻る。一階のいちめんに写真が貼られた壁は東、大型のキャンバスが立てかけられるのが「西だね。うん」と絵蓮が言って、三時間が三分になり、三十時間になることがわたしたちにはわかる。

三十年になるにはやや手間取るだろうが、もしかしたらこの日のうちに三時間は三十年になったのかもしれない、なっていたのかもしれないとわたしたちは慄《ふる》える。

というのも、宮脇絵蓮は河原真古登のコンピュータには触れなかった、その机上用《デスクトップ》コンピューターの電源を入れるということはしなかったのだけれども、しかし河原真古登の声には従った。

声、というのは、何も指示はしていない声であって、たとえばURLである。https://で始まる印字された文字列。たとえばパスワードと思《おぼ》しい、印字はされていない、手書きの文字列である。宮脇絵蓮はもちろんスマートフォンは携えていた。その内部《なか》にはもちろんインターネットのブラウジング用のアプリは組み込まれていた。ここで、だから、宮脇絵蓮は河原真古登の声には従った。

というのも、そのURLにアクセスした。クラウドの保管庫《ストレージ》に。

ページが開いた。ほぼ白い。パスワードを要求した。

宮脇絵蓮は、求められている十数文字を、入れた。

やや遅延《ラグ》があって、ページが開いた。クリックする。

クリックする。

黒い。

というのも、びっしりとテキストで埋まっている。スクロールする。が、終わらない。何千字もあり、何万字もあり、さらに桁が上がるためにスクロールは終わらない。宮脇絵蓮は冒頭に帰る。そのファイルの冒頭にだ。そこにはこうある。一日にぶらんこを十分間。しかも(仮)ともある。これは……タイトル？　これは、この原稿の題名？　だったら、この原稿は『一日にぶらんこを十分間』なの、仮題で？

宮脇絵蓮が、この行にはタイトルがある、と確信したことがわたしたちにはわかる。

すると、わたしたちはわかる。次行以降は、本文なのである、と宮脇絵蓮が確信したことが。

そこにはこうある――ひとりの人間を紹介することも難しければ、ひとつの時代を紹介することも難しい。巻頭にこうした一文があったら成り立たせるにも困難にぶつかるのが伝記文学である。スサノオという異名を持った男の物語。宮脇絵蓮はそこまで読んで、伝記文学、と思った。それから、スサノオ、とも。だから視線を走らせた。視線をスクロールさせた。ほんの何行か下に、あった――名前は大澤光延《おおさわみつのぶ》である。今年、二十六歳となる、とあった。

二十六歳。

この時、宮脇絵蓮はこう思ったのだ。これが伝記だ。

こうも思ったのだ。語っているのは河原さんだ、これは河原さんの声なんだ。

声。やはり河原真古登の声はあったのだ、と宮脇絵蓮もわたしたちもわかる。


そして次の展開がある。

こういうシーンを描出しよう。ディテールは省かれる。

もっと声はしたのだ。その前に、宮脇絵蓮は、ここ（アトリエ）には河原さんの気配がある、と自身に囁いたのだ。そして三時間は三分であり三十時間であり、三十年でもある、だとしたら四時間あるいは半日は永遠である。宮脇絵蓮は、四時間あるいは半日はそこ（アトリエ）にいたのだ。後《のち》に宮脇絵蓮はわたしたちに語ったが、「方角的な正しさを追求することは、方角的な正確さを追求すること」だった。これはボウッとした態度で受けとめてしまえば同語反復《トートロジー》である。しかし、わたしたちには言い換えられる。「方角的な正確さを追求することは、方角的な正義を追求すること」だと。それから宮脇絵蓮は、四時間あるいは半日のうちのどこかで、独《ひと》りごとを言う。「河原さん?」と言うのだ。その独語は、すなわち、呼びかけなのだ。宮脇絵蓮は何かを視《み》る。すると独語がたちまち対話に変わる。「河原さん?」

「いるよ」と闇。

そうなのだ、宮脇絵蓮はアトリエの電灯を点《つ》けなかったのだ。

「わかります」と絵蓮。

「いるよ」と河原。

「一人ですね」と絵蓮。

「そうだよ」と闇。

そして宮脇絵蓮は、うなずいたのだ。河原さんはいて、いる。もう二人じゃない。わたしたちはこの絵蓮の了解を、次のように言い換えられる。「Tなど消滅した」と言い換えて、安堵とともに消化できる。それから何が起きたのか。どうなったか。初めに宮脇絵蓮は独語をして、次いで対話をした。その次の段階にはふたたび独語の局面に移る。つまり、声を出しているのは絵蓮ただ一人である。なのに、それは絵蓮の声ではない。宮脇絵蓮は代弁をしている。

そこにはいない人物の言葉を語っている。

それどころか現世にはいない人物の言葉を語っている。

ぶつぶつと語っている。亡き芸術家《アーティスト》の声を。

こうした代弁を、人は憑依と呼ぶのだ。イエス、宮脇絵蓮は野生の巫女である。

この物語を通してわたしたちは幾度も「死に臨むとは何か？」を問うた。そんなことは芸術家《アーティスト》――河原真古登――にしか表現できない、文字や絵画、写真では容易には表わしえない、とも暫定的に答えた。いっぽうでわたしたちは「死者に臨むとは何か？」という問いを立てていない。これに回答するのは、常識的に考えれば宗教である。

もし、政治もこの、「死者に臨むとは何か？」に答えるのならば、政教分離の原則は崩れる。もし、政治もこの、「死者に臨むとは何か？」や本質的にこれに通ずる問いに答えてほしい、と社会の多数派が求めるのであれば、その社会は祭政一致なるフォームを、国家形態を希求している。

その善し悪しをわたしたちは質《ただ》さない。

わたしたちは単に、河原真古登のそのアトリエで宮脇絵蓮がほとんど毅然と、彼を、河原真古登を、その芸術家《アーティスト》を憑依させる現実に、その事態にハッと息を呑むのだ。わたしたちはここで、いろいろと話題を逸らせるし、またさまざまに話題を束ねられる。芸術には霊感が要るのだと言うことができる。宗教には霊能が要るのだと言うこともできる。わたしたちはしかし霊界、幽冥界をここで描写する必要はないのだと唐突に洩《も》らすこともできる。さて、ここでは必要がないのだとしたら、どこでならば必要《それ》が？

わたしたちは回答しない。

わたしたち委員会にそんな権限はない。わたしたちは、ゆえに、ある程度は人をうらやむ。権限を持った方々を。それから、霊視の可能な人びとを。わたしたちにはそうした卓越する能力がないから、わたしたちは頼るしかない。わたしたちは宮脇絵蓮という巫女にすら頼っている。

わたしたちの悔しさについて語ろう。

ここでのわたしたちとは、ミハシ美術館、萬葉会を指している。河原真古登の回顧展を企画している側、これを大雑把に指している。そもそも「河原真古登展」は大規模であって、わたしたちはそこに実際の開催に向けての実務的な困難さを予《あらかじ》め多々見ていて、だから態勢を調《ととの》えた、だから多様な不測の事態、不慮のなにごとかに備えた。備えて、契約関係をきちんとしていたのである。契約書の草稿《ドラフト》があらゆる条項、その下位《サブ》の条項を載せて、これを河原真古登が、実際には河原真古登の代理人が、確認し、オーケーと言い、そうは言わない条項は修正し、訂《ただ》し、しかし増やし、最終的にはオーケーと言わせて、成約させたのである。それでも予見は超えられるのであって、たとえばＣＯＶＩＤ－19の蔓延によるミハシ美術館の休館《クローズ》がまさにそれだった、しかし、この難局を両者は越えた。両者とは、河原真古登（とその代理人）、わたしたち、である。開催時期は、よい時期に、再設定する――で合意した。書面が交わされた。そして、さらに、さらに、不慮のなにごとかには備えられていて、「回顧とはその芸術家《アーティスト》の全容を顧みることである」と議論も尽くされたから、婉曲的にではあるが、死（芸術家《アーティスト》の死去）には備えられていた。

どういうことか？

わたしたちは、河原真古登の亡き後のアトリエに入れた。

わたしたちは、遺品の整理、遺《のこ》されたアート・ピースの管理という権限を持っていた。

そして急いだつもりだった。しかしながら当然、準備時間が要った。三日四日は最低要った。

わたしたち（とはミハシ美術館だ、萬葉会だ）は動揺し、あまりに不測を極めた事態に嬲《なぶ》られたのである。すると出遅れた。誰にか？　言うまでもない、宮脇絵蓮に。言うまでもない、アトリエの鍵を持った宮脇絵蓮に。それから、言うまでもない、あるクラウドサービスの保管庫《ストレージ》の鍵、パスワード、も授けられていた宮脇絵蓮という存在に。これはその芸術家《アーティスト》（とは河原真古登だ。代理人を通さないダイレクト河原だ）から権限を与えられていたということである。もちろん宮脇絵蓮は、わたしたちの権利——が及んでいる領域——を不用意には侵さなかった。たとえば作品をアトリエから持ち出さない、資料を持ち出さない、いちばんの例を挙げるならばコンピュータ本体に触れない。いっぽう、わたしたちは、技術者数名を入れて机上用《デスクトップ》コンピュータの完璧なバックアップを作成した。「大沢こうえん」伝のための取材ノートを確保した。あらゆるメモを確保して、あのMのノートもだ、それから二十冊を超えるCのノート（Cohenのノート）も、ミハシ美術館に移した。ちなみにわたしたちは、いいやわたしたちの側こそ、『大沢こうえん』伝のある程度推敲が終わった原稿、いわば定稿は随時クラウドにあげてほしい」と求め、だからパスワードは持っている。その、ファイルの最初の行に、一日にぶらんこを十分間、（仮）、とある書類の鍵、パスワードをある種の特権として所有している。

しかし宮脇絵蓮にも特権はあった。

そして、わたしたちの領域を、なんということだろう！　侵さない。

Mのノートを、なんということだろう！　たぶん繙《ひもと》いていない。

なんということだろう！　27インチのディスプレイに接続されたコンピュータも起動させなかった。

そうしないでも直接に語れるからだ。河原真古登と。

時には河原真古登になれるからだ。憑《よ》りつけて。

わたしたちには、とうてい、そんなことはできない。わたしたちは悔しい。

しかもわたしたちは宮脇絵蓮という存在に頼るしかないのだ。「大沢こうえん」伝を書き、章から章へと書き継いで完成《おしまい》をめざすには。なにしろ彼女は——先んじている、わたしたちに。

わたしたちは、彼女、宮脇絵蓮の行動に散々に遅れている。

わたしたちが実際に遇《あ》った時にはもう彼女は病院での彼との面会をすませていた。ちなみに、わたしたちは彼女にアトリエ（東京都、日野市）内にて遭遇した。屋内《なか》で、である。ちなみに、わたしたちは協力を申し出られて、これに否はなかった。「もう彼との面会をすませた」件だが、伯母のチャンネルを活かしたのである。すなわち谷賀見讃に相談したのである。その讃が、彼の妻、大澤奈々に相談したのである。すると面会は叶ったのである。そこでどのような会話が生まれたのか？　場面はどのように展開したのか？　これはもう再現し終えた。いま、わたしたちが説明をそこに足すとしたら、

この場面ではまだ、写真は渡されていない、になるだろう。写真とはあのツーショット写真である。二十七歳の大澤光延《みつのぶ》と三十一歳の俵藤慶一が並ぶ、河原真古登撮影の、である。これは大沢光延《こうえん》の退院後、——その退院の前には荒れる脈搏《みゃくはく》、乱れる脳波、極端な異常値となる血圧、その他があり、集中治療室に担ぎ込まれているのだけれども、ここを退室して、じき退院して、この間《かん》に彼はスサノオとなっている、いいや真のスサノオたらんとする存在になっていて、すなわちスサノオまたは光延である、そうなってからツーショット写真は彼女から彼へと手渡されている。「これをコーエンさんのプラスに」——とは大沢新党に益するものにとの謂《い》いだ——「してもらえますか？」。この瞬間、彼女は彼

に戦略を授けたのだった。この瞬間、彼女、宮脇絵蓮は、彼、スサノオまたは光延の参謀のポジションに就いたのだった。疫病《パンデミック》下の日本に、その政治家は現われて、復活して、五輪《オリンピック》後の日本に、神話を接続させる。その参謀役が宮脇絵蓮である。

わたしたちは宮脇絵蓮の後塵を拝している。つねに。

だからわたしたちは、いまだ再現されていない場面を、会話を、ここに再現することでバランスをとる。わたしたちの側こそが提供できる情報を挿入して平衡《へいこう》を保つ。たとえば河原真古登の回顧展が本当にその生涯を顧みる——とは「没後の」との謂いだ——個展に変じたから、タイトルは漠然とした「河原真古登展」から、もっともっと意思《おもい》を、メッセージを込めたものに変わった、決まった、等。そのタイトルも語られた場面、誰が語ったのかと説けば思高埜工司の口からだったシーン、そして、これを耳にしたのがわたしたちだったシーンを再現しよう。

すなわちいまだ再現されていないのは、わたしたち委員会と、その委員会の実質的な組織者、萬葉会の現理事長・思高埜工司との会話である。会議である。

会議がここに再現される。

「諸君、今日の用向きだけれどもね」と思高埜工司は言い、

「はい」

「なんでしょう」

「よろしくお願いします。理事長」

「理事長」

「お願いします。思高埜理事長」等、わたしたちはめいめい答える。

「諸君、河原真古登先生の、回顧展の、三橋のミュージアムでの開催時期はね」

「はい」

「いつでしょう」

「日本人の九割が、マスクを外す。そうした時期とする」と思高埜工司は断じ、

「なるほど」

「なんと」

「すると、政府の決定を待って？」

「いや。政府は『着用しろ』と法的には命じていない。だから、マスクを『着用しないでも、いいのではないだろうか』と呼びかけるのを、待って？」

「その呼びかけに、日本国民全員が、……いいえ」

「日本国民の九割が、応じるのを、待つ」

「この開催時期の設定の、……いいえ」

「開催時期の決定の、裏側の意味というのは、なんなのでしょう。理事長？」とわたしたちは尋ねる。

「それはだな、諸君」と工司が応じる。「この国が、『疫病の日本』なるモードを、これは時代的な様態だな、抜ける、そこで河原先生の回顧展を、催《や》る、ということだね」

「すなわち」

「となると」

「要するに、それは」

「新時代の、そのスタートラインに、揃える？」

「河原先生の個展でもって、新時代を、……新しい日本を、彩る？」

「おお」

「おお、なんと」とわたしたちは言い、

「コーエン兄さんの伝記が、完遂されたAR本として個展に嵌《そこ》め込まれたら、なにかがパーフェクトだ。画竜点睛《がりょうてんせい》、だな」と工司が応じる。

「なるほど」

「たしかに」

「新時代の象徴としての……」

「新しい日本の、そのイコンとしての……」

「イコン？」

「それはキリスト教の用語だ」

「それはキリスト教の東方教会で礼拝対象を指す言葉だ。聖画《イコン》」

「萬葉会には適当ではない。あまりに仏教的でない」とわたしたちは自己批判をする。口々に。

「いいんだよ」と思高埜工司が言った。「厳密になり過ぎないで、いい、かまわない、新しい時代のイコンとしてのコーエン兄さん、大沢光延、スサノオ宰相。いいじゃないか？ 大変にいいじゃないか？ もちろん大沢光延はまだ首相ではない。しかし——その首相になるまでの軌跡もまた、センセーションを伴って緻密に描き込まれた伝記。いいじゃないか？ 次の時代にスサノオは降臨する。が、どうやって？ もし、そこに関心があるのであれば、いらっしゃい——三橋のミュージアムへ、だ」

「なるほど」

「いやはや」

「これは、これは」

「わたしたちに託された仕事は、それでは……」

「はい、この委員会の、わたしたちの事業《ワーク》は、まことに……」

「まことに、重責」と言った途端、わたしたちはめいめいの肩に重責を感じる。

「そうだ」と思高埜工司は言い、

「ところで」

「開催時期は定まりまして」

「『河原真古登展』の時期《それ》は定まりまして」

「他にも、深いものがわかりまして」

「もの、とは、主旨です。意図です。このプロジェクトの。これが、いまの理事長のご教示で、わたしたち、わかりまして」

「思高埜理事長の、そのお言葉で」とわたしたちは応じる。だが、まだ問いには入っていない。

わたしたちは、

「ところで」

「他に決定している事柄は」

「この『河原真古登展』に関して」

「なにか、他のことは」

「ございますか？」

と尋ねた。

「河原真古登先生の回顧展を、『河原真古登展』にするというのは、野暮だな」

「なるほど」

「もちろん真古登さんの名前は、出す。前に出す、冠するさ」

「はい」

「展覧会名は、『河原真古登：エターニティ』にしたい。エターニティ、永遠。この紙を——」

「回します」とわたしたちは答えて、わたしたちは見る。わたしたちは、河原真古登：エターニティ、とも見るし、そのわきに、Makoto Kawara: The Eternity、とあるのも見る。わたしたちはそこに、萬葉会の現理事長・思高埜工司の意思《おもい》を見る。そして——

「いまはむかし、痛快なコンビがいた」

そう工司は語り出す。

彼は語り出す。

「美術家と宗教家。彼と俺だ。その彼の、全体をレプリゼントする展覧会、回顧展。それは彼を……不滅にするということだろう？　芸術家《アーティスト》の河原真古登を、あの偉大な才能、あの天才を。必要なのは？　永遠。エターニティ、だ。それを前面に出す。それも前面に、出す。ということさ。いいかい、諸君？　君たちがフィニッシュさせんとしている著述《アート》、ARの書物、それはつまり、コーエン兄《にい》……大沢光延の伝記であり、わが萬葉会が河原真古登に委嘱した作品であり、それはつまり、さっきの君たちの指摘、その話題、その要点《ポイント》に照らせば仏教的なんだ。仏教的に求められている永遠なんだ。だからだ、諸君、君たちが完成させようとしている文章というのは、仏典だ」

わたしたちは息を呑む。

「そのＡＲ本は仏典だ。もう少し補おう。もう少し説明を足そう。いいか？　俺……私は君たちに、それについて感謝する。その判断を評価する。それは諸君の、どの判断だ？　真古登さんの原稿から、真古登さんが遺していったクラウドの原稿《それ》から、黄泉を、西新宿の黄泉を、二度そこを真古登さんが歩いていったシーンを削らなかったという判断だ。削除はしないとした決断だ。その諸君の合意だ、これを私は支持する。これを私は評価している。どうしてだ？　諸君――

　イメージするんだ。

ミハシ美術館で回顧展は行なわれる。

この『河原真古登：エターニティ』は開催される。

その際、ミハシ美術館がひとつの巨大な本になる。

これは体験できる、
これは体感できる、館内を歩きまわれば、現われる場面がある。

現われる物語がある。読んで、感じることができる。

鑑賞することができる。そのシーンもだ。

その世界もだ。

黄泉もだ」

わたしたちは息をとめる。

「美術として経験できる黄泉がある。それを、美術が死に臨ませる、と言い換えられる。すると――

『実在しているのだ』と人びとが、知る。

衆生《しゅじょう》が知るんだ。死後の世界はあるぞ、と。あの世と言わせようか？　黄泉と、霊界と呼ばせようか？　彼岸か？　そうした呼び名はいささかも重要ではない。

重要なのは、じゃあ、なんだ。諸君？

仏教的な真理を知らせる書物が、そこにある、ということだ。

ここに生まれる、ということだ。

だからだ、諸君。『大沢こうえん』伝は、仏典だ」

39

ふたたび宣言する。この文章作品は「大沢こうえん」の伝記であることを徹底する。

その男をスサノオまたは光延と呼んで、直進する。

迂回は罠であると自戒する。

衆議院選の結果はどうだったか？　スサノオまたは光延に率いられる新党、「ひかる日本党」は大勝利を収めた。獲得議席数は九十七。いっぽう、与党（連立政権の最大多数派、与党第一党）は九十一議席をうしない、大物議員も多数落選した。それらはオロチだの怪獣ミニオロチだのと名指された。「ひかる日本党」は最大野党となった。スサノオまたは光延が代表を務める「ひかる日本党」の特徴は、保守新党であることで、女性議員が多いことで、衆議院選には三桁の女性候補者が立てられていて、うち四十七人が議席を得た。インターネットに強いPR会社が「ひかる日本党」の選挙を仕切っていて、女性候補者のその高い当選率は、これの成果でもあった。しかもメディアは巧みに操縦されて、女だから容姿がどうの、とひと言でも口にした対立候補は一夜で潰された。そうした潰し方に加勢するソーシャル・メディアは性差《ジェンダー》に敏感で、いわばリベラル、いわば左派だったのだけれども、しかし「ひかる日本党」はその党是として、中国には強い態度に出ていた、国家安全保障に関して「やる、やらないではない。やられないように、やる（防衛力を増強する）、ということなのだ」と訴えていた。まさに右派、まさにタカ派の保守の主張で、この党是もまた女性たち——女性候補者、当選後の女性議員——は声にした。するとリベラルの側から批判されたか？　否。彼女たちははっきりと言う、はっきりと正義を言う、しかもマスクを着用した日本国民を相手に、マスクを着用して「女の容姿《みため》」などには無頓着に言う、「あのですね、右はっ！」と説明するのだった、「体を、クルッ、反転させるだけで、左になるっ！　その程度でしょう。私はここにいて、はいっ、私はここにいますっ！　私の正しさとは、それはライト？　それはレフト？　ノー、ノー、ノー。私はっ、私たち『ひかる日本』は、光日党《こうじつ》はっ、ただただひたすら軸にある。だから、正義を正義と唱えます。いいのっ、刺されてもっ！」と言うや、ある女性議員が街頭でこう演説するや集まった群衆はたちまち興奮状態に陥った。思わず不織布マスクを喉に詰まらせる高齢者もいた。二枚重ねにて着用していて、奥側の一枚をその神経の昂《たか》ぶりからガリガリガリッと嚙んでしまい、餅のように喉に痞《つか》えさせたのである。が、そうした異常事がほとんど日常茶飯事になるほどに（それゆえ高齢者のこの一件は注目のニュースにはならなかった）日本社会の精神状態は変容していた。

「ライト？　レフト？　ノー、ノー、ノー」は次のフレーズに翻訳された。

保守《さむらい》、である。これもまた。

なにしろ光日党の彼女（たち）は言ったのだ。刺されてもいいと。主義主張に殉ずると。これは空手形か？　ノー、ノー、ノーなのだった。なにしろ光日党ではすでに二名が刺されている。党首と副党首が、揃って兇刃《きょうじん》にかかっていた。スサノオまたは光延と俵藤慶一が。

そうなのだ、だからこそ代表者のスサノオまたは光延は言う、堂々と言う。「日本を変える。右からも左からも。そして上からも下からもだ。それが保守！」と。ストレートに言う。「世界を変える。日本からもアジアからも。グローバルにもジャパン・ファースト的にも。これも保守！」と。

しかし、それをスサノオまたは光延だけが声高《こわだか》に連呼するのだとしたら？　それが保守、これも保守、と連呼するのだとしたら？　きっと死角は生まれて、そこを攻撃された。「これも、あれも、どれでも保守なんだろ」と追及されて、腐されて、つまり隙を突かれる可能性があった。が、可能性の芽は前もって摘まれているのであった。連呼するのはスサノオまたは光延だけではない、副代表も言う、俵藤慶一も言う。そして俵藤慶一こそは三十年前からの保守党の生え抜きで、要するにこれは保守の〝顔〟だったということである。光日党にはその〝顔〟が移ってきている。

閣僚のポストを棄てて、である。

地位、名誉を棄てて、である。

保守党に叛旗《はんき》をひるがえした保守主義者として、である。

そして「これが保守！」と俵藤は言ったのだ。

スサノオまたは光延の最大（最高・最強）の加勢が俵藤だった。ツーショット写真、それはじつに効いた。どのツーショット写真か？　製薬業界最大手のサクライの創業家の庭で撮られ、撮影したのは河原真古登、かつ、スサノオまたは光延にこれを手渡したのが宮脇絵蓮、のツーショット写真である。雄弁に以下のストーリーを物語る写真である。「三十年前からこの両者（大沢光延、俵藤慶一）間《かん》には友情があった」「日本のこの社会を真に革《あらた》めようとする若者たちがそこにいた」「清冽《せいれつ》な魂の持ち主たちであり、だからこそ、見よ。その浄《きよ》い魂は外見にも響いて、当時二十七歳と三十一歳であったこの二人はタイプこそ異なれど二枚目である」「当時は『イケメン』という言葉はなかったが、見よ。若き日のこの両者（現「ひかる日本党」の、党首、副党首）はこんなにもイケメンたちである」等々。たった一枚でこう溢《あふ》れんばかりに語るし、テレビの番組では画面に大写しにされる。それがプリントであること、すなわち印画紙に焼かれていること、データ（デジタルの画像データ）でないことは三十年という長年月を保証した。それは人の手で焼きつけられたのだ、暗室にて作業されたのだ、まずネガのフィルムが現像されて……等々、ここにも説得力は宿った。そして、これは表立って語られることは一度もない情報だったけれども、ちゃんとした一眼レフのカメラで撮られている、プロフェッショナルな撮影が為《な》されている、プロの美術家に撮影されている、だからこそ、若きスサノオまたは光延と俵藤慶一のルックスは美相として写真に《そこ》とどめられた。

この、いきなり掘り起こされた秘話、いきなり持ち出された内幕、「二人（党首、副党首）の友情は、三十年もの永きにわたって隠し通されていた」との真相は、もちろん信用ならないと一部からは難じられた。この真相には裏側が、すなわち真相の真相があるのだとの指摘、報道、批判も初期には多々現われた。ある政治評論家は、「これはもう、大沢さんが総理になったら、その後、一年半かな、まあ二年か、けれども二年半はない、そう区切って、椅子を、総理のその椅子をね、そのポジションをね、俵藤さんに禅譲するという密約でしょ。ここからは『ひかる日本』はだいたい八〇パーセントは、野党連合での首班指名を狙う、うん、八〇パー。無理だったら？　ここがおもしろい、曲芸ですよ、曲芸。そのね、与党第一党と組んじゃう、そういう連立政権を狙う、これはまあ一〇パー。それから、この、与党第一党をね、分裂させる、ひとつかふたつの派閥を党外《そと》に出させちゃう、で、これと組む。尋常には組みませんよ。きっちり野党連合はお膳立てしておいて、そこに導き入れて。ね？　実質、これって大連立構想だ。これはねえ、もうねえ、劇的な軽業《かるわざ》だねえ。そしてねえ、こっちの一〇パーセントのシナリオにはねえ、俵藤さんのラインが活きる、一〇〇パー活きるから。だからだ、総理はだ、その座の禅譲はだ、一〇〇パー狙える」と理路整然説いた。が、真相の真相を暴露するという風潮は、じき鎮《しず》められた。なにしろ俵藤慶一その人がもっと大きなことを暴露していた。マスメディアの言う「ヤマタノオロチ問題」である。

　あるインターネット番組での俵藤慶一の発言。

「まあ、僕は、ここでは言いたいことは言います。

　まあ、僕は、前コロナ対策担当大臣としてですね、やることはやってきました。

　僕は、刺されても……ええ、テロリストにね、一ヵ所だけじゃないですよ、二ヵ所だ、二ヵ所ですよ、刺されてね、つまり殺害されようとしてね、病院に入りましたね、入院した、でもね、僕は！　職務を放棄しなかったでしょう？　指示を、病床で、ちゃんと出しつづけたでしょう？臨時のね、これは事務代理と言います、そういう大臣は置かなかった。それはね、議院には出席できなかったよ。国会の、両議院の本会議、それから委員会、答弁はできなかった。しかし代読はしてもらいました、つまり答弁は用意しました。そうですよ、そうなんですよ、どの政令にも署名する。きちんとね、僕はね、僕のね、手でね。逃げなかった！　僕はね、病院でね、その病褥《びょうじょく》でね、……苦しんだ！　痛かったからか？　うん、それもある。なにしろ刺殺狙いだ、そういう意図の傷だ、外傷ですよ。だからね、念もね、怨念がね、つけ足されてね。痛むんだ。しかし苦しいのは、苦しんだのは、それもあるし、圧が……。

圧。

いいですか？　僕は、大沢君にも『言ったほうがいい』言われた、コロナの感染対策は、人流を増やさない、これが一丁目一番地だ。それなのに、いまだ新型コロナウイルスには収束の兆候はない、科学的にはなかった、それなのに、その時期に『観光需要を喚起せよ』だ、国内のあちこちに、行け行け、ゴーゴー、ゴートゥー某地《どこか》、だ。いっぱい観光をしてほしいって、あの政策は、なんですかっ。あれはツーリズム産業からの、経済界からの、そことのつながりの強かった伏魔殿からの、圧。

圧だ。

僕は。

それを。

……それに、もちろん抗《あらが》っていたんです。なのに、なのに。なのにっ。いいですか？　経済政策に科学は負けた。観光キャンペーンだの飲食キャンペーンだの、そういうのが推《お》しの政治的な判断に、僕の、真実の医療の側に立った僕の奮闘は、大臣としての奮闘は、敗れた。だからっ。

辞めたわけです。

辞任した。政府の要職を。

辞め、反撃に出るわけです。『本当のガバナンス能力とは？』と問うわけだ。

離党をしてね。忠誠しかなかった与党《そこ》を離れてね。三十年間の忠節、これを手放してね。それで、やっと、三十年前の約束、この三十年間の秘密の友情、そこへ戻る。

そこへ帰る。

回帰する、だな。

ああ、大沢君、大沢君はずっと僕の心の柱でした。大沢君、大沢光延君、それは支える柱だった、支柱だね、だからここで、政治の世界で、時に清濁併《あわ》せ呑んだ、お互いにね、そうだったね、そして僕もね、きっとね、大沢君のねっ、柱だったんだろうね。それが、うれしい。そう信じられることが、喜ばしい。え？　僕たちの三十年来の友情には、えっ？　捏造《ねつぞう》……説がある？　でっちあげ。それは、そうか、悲しいね。それは、そういう歪んだ説を唱えてしまう輩《やから》が僕は、うん、悲しいね。むしろ、あれだね、寂《さみ》しいね。だって、そうじゃない？　それは瞳がね、目が曇っているっていうね、そういうことじゃない？　でもね、オーケー。でもね、そういう人たちがいても大丈夫。この国は大丈夫。だってね、僕たちは『ひかる日本党』だよ？

党首が、大沢君だよ？

わかる？

そう。大沢光延は、日本をひからせる。どの曇りも、やがて透きとおる」

小さな疑惑は鎮火して、暴露された〝圧〟の周囲での着火、発火が連続した。

わたしたちは新しいツーショット写真、およそ三十年後の、ほとんど公《おおや》けにはされないツーショット写真に触れて、近現代日本政治史のこの無敵のツートップの登場の背景を、探り、語らなければならない。

わたしたちはそれがしたい。わたしたちは、だから、それをする。

が、その前に、わたしたちは若干弁明する。ここまでの記述はいわゆる一般的な資料、報道《ニュース》に当たるならば構築可である。しかし、これ以降はニュース・ソースはない。一般的な意味での情報――メディア的な情報の供給――は絶たれる。ゆえにわたしたちは、そうなのだ、信頼できる筋とのコネクションを用いなければならない。そうしなければこの文章が前進しないから。そうしなければこの「大沢こうえん」伝が歩みを、前進のその歩みを滞らせるから。もちろんわたしたちは意気軒昂にこうも言える。この伝記はいつだってゴールに向かえるぞ、と。一足飛びに終わりに進めるのだぞ、と。終わりとは何か？　スサノオまたは光延が、日本の、日本民族の、現代のそれの頂《いただ》きに立ち、彼、スサノオまたは光延こそが縦書きの「日本」化することであり、その場面への到達である。最低でもスサノオ宰相が誕生する、その直前に至ることである。生まれようとする状況に臨むこと。わたしたちはそれを簡単だと考えている。わたしたちの側の草稿だって、下書きだって、もう揃っているんだぞと匂わせられる。けれども纏《まと》めあげるためには、十全な伝記文学とし、かつアーティスティックな著述《アート》とするためには、やはり細部は補足されなければならない。部分部分はやはり補って説明されなければならない。と、わたしたち委員会はレスポンシビリティというのを痛感する。そのためにわたしたちは一々《いちいち》が委員に任命されたのだ！　だから、わたしたちは関係者に取材もする、さらなる聞き取りもする、わたしたちはチャンネルを最大限に活用して、そこには霊的なものもある。わたしたちは萬葉会の側にいるのだから、それは当然ある。これらのチャンネルは、信頼できる、まさに「信頼できる筋」である。ただしその信頼とは資料としての信用、これにしか当たらない。その人物《ひと》が信頼できるのか、は別問題なのであって、わたしたちは、ここで、そうなのだ、結局のところ宮脇絵蓮に頼らなければならない。わたしたちは、そうなのだ、自分たちの調査力の限界を感じているから、悔しさは措《お》いて彼女という存在に援助されなければならない。よって、この情報源からの情報《それ》を、いいや、情報源のその語りをここに挿入する。外枠はわたしたちが担い、内側は彼女にゆだねる――そういうことだ。以前にわたしたちはスサノオまたは光延の伝記をここからは直線に進めると言った。しかもそれは二度めの宣言だった。その二度めに、わたしたちは迂回は罠だと言った。わたしたちは……心底ここからが罠でないことを、以前の戒めが守られることを祈る。

では、シンプルに。

スサノオまたは光延に誰かが戦略を授ける。

誰かが戦略としてのツーショット写真を授ける。

戦略を授けたのだから参謀である。この誰かは。

この参謀は同時にまた巫女でもある。野生の巫女である。神社には所属していない。

が、神社に所属している伯母がいる。

神職の伯母がいて、この伯母が、お祓《はら》いをする。誰に？　スサノオまたは光延に。政財界のあの大物この大物に。日本オリンピック委員会の顔役にも。それから現職の大臣、その頃はまだ現職だった、これは東京オリンピックの開催の前なのだけれどもこの物語からは年月日は奪われている、だからいつとは明言しない、だが人名は明かせる、俵藤慶一がいて、やはり祓われる。同時に祓われている、彼らは、その拝殿で。そして、これが俵藤慶一、谷賀見讃、それから光延の……コウエンだろうか、ミツノブだろうか？　その、三者の、じつに久しぶりの再会だったのだ。

どうして讃はいるのか？　祓《はらえ》の神事を司っているのがその女《ひと》、宮司・谷賀見讃だからであり、そこが素戔庭《すさのにわ》であったから、その日が素戔庭のオープン当日であったから、である。が、一般人は入れない。また、政財界の重鎮たちは口が堅い。その神社の、その素戔鳴尊《すさのおのみこと》のテーマパークのかなり際どい形でのスポンサーたちであったから口というのは極めて堅い。ということで取材は相当難しい。わたしたちであっても「難《かた》し」としか言えない。

しかし取材の易《やさ》しい相手がいる。

わたしたちに協力を申し出ている、その巫女、その野生の巫女、スサノオまたは光延の参謀役がいる。

わたしたちは語ってもらわなければならない。事情を。

うちは、と語ってもらわなければならない。宮脇絵蓮に事情を。

この章のここで、である。うちは、と。

うちはね、タタエ伯母ちゃんにね、尋ねました。うちはね、そういうチャンス、ないのかなあって。「そういう」っていうのは、ツーショット写真の、三十年後の再現、みたいな？そういう機会、そういう……場？これを伯母ちゃんに「生み落とせたりしないもんなんですかー？」訊いたね。というのも、コーエンさんの目はすでにね、うちから写真手渡されてね、以来ね、ギラッとね。しててね。「つまりプラスにするんだよね、絵蓮さん」言っててね。「河原さんのメッセンジャーである、あなた、絵蓮さん」って言っててね。つまりコーエンさんは、うん、考えている。流れを考えている。

流れっていうのは。

そのツーショット写真が、どこから、どこへ、です。

どこからコーエンさんのところへ来て、これからコーエンさんを、どこへ、です。

そうするとうちも察せられて。だからタタエ伯母ちゃんに尋ねたわけ、だっ。うちが尋ねたのはね、ふたりを、ひさびさに対面、させられないかなあ、だっ。それと同時に、伯母ちゃんには野心が、もっともっとの野心が、野望が、風雲のココロザシが？　あるんではないのかなあ、だっ。これは直球で訊きました。神道界の革命は、日本の革命で、タタエ伯母ちゃんは、もっとこう、政治の世界のシャッフルに、えー……、「関与しちゃってもいいんじゃない？」って。「どう？」って。直球、率直。

でも伯母ちゃんの目は、もっと率直で、ギラリンとね。

クールビューティが、異様な圧力、出してね。

言いました。「いいじゃん」って。

うちはね、もうね、読んでいるわけです。仮題の原稿のこの、『一日にぶらんこを十分間』をね、クラウドでブラウズしているわけです。だからね、恋敵《ライバル》の図式は頭に入ってる。それからね、伯母ちゃんの現在の愛人が誰かって、そういうのは、頭と視界《め》とに入っている。それでね、河原さんが『一日にぶらんこを十分間』に書いたことも、ちゃんと忘れないでいる。

会うわけでしょう、初めて？

お花見のガーデン・パーティで、俵藤慶一さんとコーエンさんとが、むかしむかしの一九九二年、九二年の春のその桜の季節《シーズン》に、遭遇というのをするわけでしょう？

それを河原さんは「現代の日本の運命が変わった」って書いた。遭遇して、その遭遇の一瞬で。河原さんは一本のフィルムをまるっと使いながら、ふたりの、あのツーショット写真を撮りながら、「なんという瞬間を撮っているのだ、僕ってば！」みたいに書いた。コーエンさんに、恋敵《ライバル》が現われて、それが仕事でも、政敵《ライバル》になるんであるって、見通して。その遭遇の場面を、その瞬間ですよ、瞬間、こう書いています。

仕事って、人生ですよね？

コーエンさんの人生《それ》って、もう、東京の運命を変えたし日本も、もう、変えましたよね？

政治に旋風を起こして。うん、俵藤さんと競って、俵藤さんといっしょになって。日本にテロも起こして、じゃないな、起こさせて。うん、これも俵藤さんと競って、俵藤さんもテロに遭《あ》って。

でもね、うちはね、思います。

思いますね、「現代の日本の運命が変わった」と書かれたのは、少し前で、その少し前から見たら、現在《いま》はいつか？　いつなのかって言ったら、これはもう、近未来。ということは、日本の運命は、いっそ二度。

二度、変わっても、いいよね。

うちは「いいよね」思いました。だから……。

だから宮脇絵蓮は谷賀見讃を経て俵藤慶一を大沢光延に、スサノオまたは光延につなげた、とわたしたちは彼女（宮脇絵蓮、「うち」）の語りの外側から解説できる。回り道を警戒して、簡潔に、簡略に。よい形で再会——運命的な再会、和解——は設定されなければならない。谷賀見が社家《しゃけ》である神社のその別宮、素戔庭に与《あずか》るプロジェクトの、資金集めの窓口（のひとつ）は、現職の国務大臣である、大臣の事務所である、俵藤慶一事務所である。だから俵藤は、素戔庭が開かれる日に、オープン当日に、むろん招かれる。一等の賓客として待遇される。そして。谷賀見讃の姪も招かれる。社家に連なる者として扱われる。そして。全体では六、七十に達しそうな人数《かず》が招かれていて、警備は厳重、幾人かＳＰが混じる、この六、七十のうちに光延がいる。コウエンだろうかミツノブだろうかとわたしたちは問う、問わざるをえない、なぜならば政治の構図内ならばコウエン、恋愛の見取り図内ならばミツノブなのだから。政敵《ライバル》なのか、恋敵《ライバル》なのか？だが、そう問わないでも一向かまわない人間もいる、宮脇絵蓮がいる、以下は宮脇絵蓮からの報告である。……奥多摩にとうとう建ったんだなって感慨が、うち、ありました。いい神域だなー、ああ伯母ちゃんが「神の領域」言ってるなー、一の鳥居が印象的だったけれども、あの形、なに鳥居か説明できないなー。それから拝殿で、祓《はらえ》で、ああっ、これはご神徳あるぞっ。しかもっ、頭《こうべ》を垂れる最前列には俵藤大臣がいる、そこから五人置いて一列下がったら、うわっ、コーエンさんだ。並んだっ。と言うのは早い？　移動だ。いよいよ庭園《おにわ》に案内される、その前に、ギフトショップに案内される。うん？　ギフト⁇　というか、お社《やしろ》のオリジナルグッズの紹介⁇けっこう前面にサブカルチャーが押し出されてて、うわっ、アニメっぽい人物《キャラ》のクリアファイル、でも、なになに、人気声優の、声……キャラクター・ボイスで、素戔庭のウェブサイトを、展開、情報発信……実際の境内の施設案内でも、声が？「幅広い世代に強《したた》かに働きかけます」ってタタエ伯母ちゃんが。さすが。うわっ、このご神木、なんだか数百年の気っ。つまり前から、ここに、えっと、そうだった廃社《はいしゃ》だった、以前は。それとこれは、縁結びの樹、あっ、縁結びのお神籤《みくじ》も。これ流行《はや》るなー。おっと庭に出た、ほんとの庭園だ、神様の、スサノオ神の、大庭園だ。スサノニワ。うわうわっ、八岐《やまた》の大蛇《おろち》像、凄っ。えー……っと、全長七・八メートル？　こう説明している伯母ちゃんのオーラも凄っ。わわ、ご歓談の時間。ただし「感染予防のお願いがございます」って禰宜《ねぎ》の人が。それはそうだわね……それはそうだよね。なのに皆さん、声、でかっ。

ああ、呼ばれた、うちが。

ああ、八岐の大蛇の像の、その、後ろで？

ああ、大蛇には霊剣が、刺さって。じゃないな、大蛇の尻尾からニュルリンと生えて？　この造形、凄っ。というか、うちが伯母ちゃんの隣りに、そこに、俵藤大臣が、そこに、あっ、コーエンさ……。

あっ。この……。

あっ。圧力。

あっ。でも、伯母ちゃん？

「合流したら？」って、俵藤さんに、控え目な声量《ボリューム》で？

それから、コーエンさんが。「撮りましょう、ここでも、写真を。俵藤さん」と。こ、ここでもって。

この神の庭で、この時代のこの瞬間に、新しいツーショット写真をって。

うちが――コーエンさんのかたわらに。伯母ちゃんが――俵藤さんのかたわらに。そのまま――うちと伯母ちゃんは画面《フレーム》から出て、写真には写らないようにして。そして、コーエンさんと俵藤さんが。

ニヤッとする。

正面を向いて、誰かのカメラを向いて（神官の誰かだ）、ニヤッとしながら、俵藤さんが「新党か？」と言って、コーエンさんが「そうですよ」と言って、「揃っているのか？」と俵藤さんが訊いて、「百人、二百人じゃないんです。弾除《たまよ》けの運動員も揃ってます。みんな戦々恐々でしょう？」とコーエンさんが、やっぱり正面を向いたまま答えて、「いまから合流すると、俺の順番は？」と俵藤さんが尋ねて、「もし比例代表の名簿に載せるんならば、一位。ポストは、二位、副党首。党本部の仕切りの実権は、一、一位ですね、ゆずります」とコーエンさんが答えるのが、うちには聞こえて。

「大沢新党は、つまり」

「実質的に、大沢俵藤新党、大俵《だいひょう》党です」

カメラから視線を外して、大きな声で、俵藤さんが「握手しましょうか、大沢君」と言う。

ここまで記してから、わたしたちは痛感する。

戒めても戒めても、この「大沢こうえん」伝の外枠、外側は、その語りにやすやす侵蝕《しんしょく》される。うちの語りに侵されて、結果、どうしても簡潔であることから離れる、と。

40

一度わたしたちは頭を整理してみる必要がある。

運命があったのだった。わたしたちが熟考、熟慮した運命があったのだった。それは一日のうちに出来《しゅったい》したふたつの巨大な事件として、あった、現われた、ひとつは悲劇であり、ひとつは美談だった。そのように紹介したのだった、わたしたちは、ひとまず。そのようなレッテル（悲劇、美談）には収まらないのだけれども、と弁明を挟みながら、そうしたのだった。この、ふたつの巨大な事件がスサノオまたは光延《こうえん》を揺らして、すなわちスイングさせて、これはすなわちぶらんこであり、漕がれることで軋《きし》んで、四つの音符——タ・タ・タ・タ・ターンを響かせた。『運命』の主題を。そうなのだ。俵藤慶一（現職大臣）の暗殺未遂があった、これが因——原因——となって果——結果——である社会現象が、虎侶勿《ころな》という表記、態度、思想が、爆発的に流行した。もしかしたら爆発的に感染した。虎侶勿の感染爆発。また河原真古登（世界的な芸術家《アーティスト》）の死があった。ホームから転落し……いいや、ホームから転落した少女を救出して、代わりに井の頭線の電車に撥《は》ねられた。即死。その人命救助の美談から——日本中がこれを知る——誰も知らない美談も生まれた——とはいえ宮脇絵蓮もわたしたちも知る——。大沢光延もまた助けられた、河原真古登に。そしてスサノオまたは光延が復帰する、国の政《まつりごと》のステージに戻る、戻るどころかセンターの照明《スポット》を浴びている。「ひかる日本党」の高支持率、これを駆った最強（最高・最大）の援軍のサプライズ登場、俵藤慶一（元大臣）の相棒化。

私のバディは、俵藤さんですよ、と言ったのだ。

僕のバディは、大沢君だね、と俵藤慶一が公言したのだ。

なるほど、このように果——結果——が因——原因——へ接続される。ぶらんこは、揺れて、戻る。前後に揺れて、前からは後へ動いて、後《そこ》からふたたび前《ここ》へ、そして……。

しかし鍵が登場している。

宮脇絵蓮に授けられるアトリエの鍵がある。

書類の鍵も、クラウドの文字列《パスワード》もある。

そして写真がある。谷賀見讃（二十一歳）の写真。一枚。宮脇燃和（当時は谷賀見燃和、高校生）の写真。一枚。スサノオまたは光延（当時は大澤光延《みつのぶ》）と俵藤慶一の写真。複数枚。こうした一式がレターパックに収められていて、差出人は河原真古登、受取人が宮脇絵蓮、添えられたメッセージはない。それゆえ宮脇絵蓮は考える、判断する、いわば熟考した。熟思、熟慮した。それから行動に入ったのだけれども、行動するというのは運命なのか？

それはタ・タ・タ・ターンの響きの範囲に、速さ《テンポ》の内側に収まるのか？

わたしたちは、宮脇絵蓮にとって鍵（アトリエの鍵とクラウドの鍵）は謎だったのだ、謎は推理されて解かれなければならない、だから、そういうアクションを宮脇絵蓮は起こしたのだと考える。なにしろツーショット写真に関して、そうである。そのツーショット写真をどうしたらいいのか、自分は何を（差出人から、河原真古登から）頼まれたのかの謎を、絵蓮はさっさと解いた。意図を汲み、その指示を理解した。という事情をわたしたちは速やかに了解するのだけれども、しかし、いっぽうで「指示？」と首を傾《かし》げもする。

わたしたちは謎を感じる。

そうなのだ。その一日の巨《おお》きな、巨きなふたつの出来事にも、そもそも註《ちゅう》はそれぞれに要った。俵藤慶一コロナ対策担当大臣の暗殺未遂は、渋谷のラグジュアリー系ホテルでは発生していない、そのホテルの一室（スイートルームである）での共同会見、その共同取材が「剣呑《けんのん》であるかもしれない」と匂わせる警《いまし》めを外国人ジャーナリストに発したのは、誰なのか？　本当に虎侶勿（三名のテロリスト。全員が〝自決〟的な行為に及んだ）なのか？　河原真古登は井の頭線神泉駅で人身事故に遭《あ》う、これは「ホームからの転落者がいなかったら、自分で（自分が）転落した」のか？　Tの抹消、いや的確な言葉を用いるならば抹殺だが、プライオリティが置かれていたのはこれなのか？　ここなのか？　わたしたちには筋書きが想像できない。判然としない細部が大いに残る。要するに、わたしたちは河原真古登の意図が汲めない。なにしろレターパックも、その日に、ふたつの巨大な出来事のその当日に、宛《あて》さき・宮脇絵蓮で投函されている。

わたしたちは、もしかしたら、無数の謎に。

まさに怪物的な謎に。

囲まれて。翻弄されて。

と、そのように理解すると、そのように認識すると、わたしたちは動揺する。これはなんだろうか？　この揺れは、この揺さぶられ方は、なんだろうか？　これもまたスイング……であればよいのだけれども、予想外に揺らされているので、わたしたちは酔いそうである。乗り物酔いを避けるために人は何をしたらよいか。肉体が事実揺れて感覚器官群がやられているのだとしたら、自律神経系を保つしかない。視線を固定するのは有効であるとも言われる。揺動する世界に〝安定《だま》〟の楔《くさび》を打ち込むのだ。少しでもわたしたちは「揺れていない。ほら」とわたしたち自身を欺すのだ。

だから、ほら。

わたしたちは一点を見据える。

一点を見据えるとシンプルになる。この文章も。この物語も。

ディテールも省ける。

だから、そうしよう、ほら。

思高埜樹子《きこ》が建物の外に出る。この理事長の母親は、信者たちから、わたしたちから、保護者のように目《もく》されている。会主家（三橋家）の俗世界の楯になるのが理事長家（思高埜家）、その理事長の産みの母親が樹子、だから真に保護している、わたしたち全員を庇護《ひご》しているにも等しいのだと敬される。

このお方が、ほら、会場を出る。

なんの会場か？　全国支部長研修会の会場である。その会場は広尾にある。東京都渋谷区の広尾の閑静な住宅地にある。

思高埜樹子には世話係が三名。従《つ》いている。

思高埜樹子の背筋はしゃんと伸びている。

二車線の道路があり、建物はその片側に面していて、アプローチが長い、深い。

車道までは歩いてきた、樹子は。その前に一名、後ろに二名、つまり四名は塊《かた》まりで歩いて、歩調は老女に——八十《やそじ》も近づきつつある樹子に——揃えて、一名が携帯電話で合図をする、車を、いいタイミングで回せ、寄こせと合図した。

車道に出る。車道に面した《それ》ポイントに。

従者の三名は、右に、視線《めせん》をやって迎えの車を探し、待ち、その間《かん》、念のために一名は安全確認を兼ねて左も見、そして樹子その人は、正面を見る。

目の前の車線のつぎの車線を。その車線の路肩を、歩道を。

なにか……人を制するような所作を、樹子は行なう。

左手を、甲の部分を外側に向けて、わずかに斜めにあげる。「お待ち」と言わんばかりに。

背筋はしゃんと伸びている。

従者たちは気づかない、誰も、樹子が前を、まっ向《こう》を、二車線の向こう側を、歩道を見ているのだと。

凝視しているのだと。

視線《め》でもって、あたかも……射ているのだと。

わたしたちは、そんな場面を描写する。わたしたちは、そんな場面を見据えて、この萬葉会の全国支部長研修会の終わった後の、いいや理事長の母親である思高埜樹子だけが全国支部長研修会のその会場から退《しざ》った後の、挨拶は終わらせた、この挨拶で方針は示した、萬葉会の舵は、これこれこう取られますよ、理事長はアタマがよいのだから順《したが》いなさいよ、そう言った、その後の、この時間の連なりを目にしている。見据えている。こういう一点を見据えていて、すると、ほら。

思高埜樹子が胸を押さえる。

思高埜樹子がタオれる。

それは倒れるのであるし、じき斃《たお》れる。

しかし死に至るまでには間《ま》があって、イシがあって、その意志は、視線《め》は外さないと決めていて、その意思は、もちろん善はあたしの側にと語っていて、それは、遺志となって。

騒いでいる。従者たちが騒いでいる。何者かが、歩道の向かい側から、去る、すたすたと立ち去るのが目撃される。その姿はカメラにも撮影される。カメラは建物の周囲に七台あって、アプローチの入り口に設置された一台は、鮮明に、見事に、これら一連の出来事を記録していて、わたしたちは後日確認する。いいや翌日には、いいやその日の深夜には確認している、映像を。

映っている人影は、

歩道に、じっと立っている影は、

思高埜樹子が姿をそこに見せる前から、二車線の隔たりで現われる前から、佇立《ちょりつ》しつづけていた影は、

女。

そして若い。

そして宮脇絵蓮であって。

ふたりは、ふたりというのは思高埜樹子と宮脇絵蓮だ、ただ視線《め》を交わした、いいや衝突させた、そして凝立《ぎょうりつ》した、両者ともに。それから？　何もしなかった。ふたりは不動で、絵蓮はいかなるアクションも樹子に対して為《な》さず、だが、監視カメラの映像に残されている絵蓮の表情《かお》にはイシが、明らかなイシが。それは樹子とほぼ互角の意志で、かつ推し量るに同様の意思で、そして、遺志ではなかった。遺志《それ》にはならなかった。

そこまではわかる。

そこまでは断じられる。

それ以上は無理なのだから、ここでも、当事者に語ってもらうしかない。トウジシャにわたしたちはカイセツをイライするしかない。つまりふたたびこの語りを、語りをあけわたして。わたしたちは。ここでも。わたしたちはクラウドの、しょ、る、い、の、ヘンシュウをキョカして。わたしょ、る、い、の、キョウユウとヘンシュウをキョカして。わたしたちは。あ。ぷ。で。と。

更新《あっぷでーと》。

スイングする。この語りが。わたしたちは、う、うちに。

うちは。

うちはね。

41

うちは整理したい。ひとつひとつ。というのは、うちの頭は整理されているから。でも、この文章、この物語には整頓未満のところが散見されるなって思うから。だから一度それをしなければなって思う。整理する必要があるんだなってうちは思う。適任なのも、他にはやっぱりいないんだよね、うちなんだよねって思う。だって、河原真古登という芸術家《アーティスト》の相棒がうちなんだもの。あの芸術家《アーティスト》のアシスタントが、うち、宮脇絵蓮なんだもの。それをしなかったら駄目だ。

「大沢こうえん」の伝記を執筆して、穴を埋めて、完成させなかったら駄目だ。

そこで問うのだ、うちが、宮脇絵蓮が、何が整理されていないの？　って。

どことどことどこが整頓未満なの？　って。

そうしたら答えは出て、そうか、まずは直接対決なんだなって。

思高埜樹子とうちの、対決《それ》だなって。

なかなか乱暴な答えが出て、なかなか無茶な行動をうちは採った。うん、行動。うちはただ行動するんだ。

それで、ここからの解説に、うちは河原さんっぽい表現を入れる。うちは「メタフォリカルな監視塔《ウォッチタワー》に立った」って言ってみる。誰が？　誰が立ったの？　もちろん、うちが、宮脇絵蓮が立った。目の前には二車線の道路、その先にはお屋敷の敷地、そこは渋谷区広尾の瀟洒《しょうしゃ》な住宅街。そこで宮脇絵蓮が見張るのだった。絵蓮が待機するのだった。

そもそもあの人たち（って「わたしたち」だ。委員会だ）はうちに頼りすぎた。「うちに頼りすぎてて、まいったなあ」って、時に反省、時に猛省した。そういうあの人たちの動静を、うちは、宮脇絵蓮は容易に探れるのだった。たまには委員会のメンバーの誰かの跡《あと》だって尾《つ》けた。

ほら、絵蓮は行動するのだもの。

そうやって、萬葉会の、上層《うえ》の、なんて言うの……内情？　それは把握して。かなり把握して。おまけにうちには紙がある。紙ってペーパーだ。だから紙片《かみ》だ。

だからカミだ。探らんとする方位は外さないの、うちは。

うちは、だからだ、待ち構えられた。

その監視塔《ウォッチタワー》で、思高埜樹子を。

現われたんだった。

あんまり待たずに現われたんだったし、そして、うちは驚かされたんだった。待たれていた側がぜんぜん驚かないことに驚かされたんだった。いわばね。うちは、「こんにちは」と声をかけようとして、声はかけなかった。でも「こんにちは」と言った。相手は、思高埜樹子は、「あら、こんにちは」とは返さなかったし、だって返事をするにも初めの「こんにちは」はなかった——うちからの声がけがなかった——んだし、でも、もう解説したように「こんにちは」とうちは言っている。だから相手は、思高埜樹子は、「あら、ようやく来たのね」と返した。この時に表情《かお》は少しも動いていない。だから口は動かされていない。それでも言ったし、うちたちは言っていた。

凝視しあいながら。

――待っていたんですか。うちが訊いた。この機会を待っていた。

――あなたを待ってたんじゃない。この機会を待っていた。

――待っていなかったんですか。

――この機会を待っていたんだから、待っていたのよ。あなたを。

――名乗ったほうがいいですか。

――こんな、二人とも、声も発してもいないのに？

――ほんとに聞こえているんですか。

――あなたにどう聞こえているかをあたしが聞いている。だから返せるんじゃない、言葉を？

――煙《けむ》に巻いているんですか。

――あなたが「煙に巻いているんですか」と思っていることを、あたしが同時にいま思ったら、やっぱり言葉は返せるんじゃない？　あなた、なかなかあたしに対等になるわねえ。あなたは……真古登さんの？

――河原さんの、相棒です。

――バディみたいなこと？

――そうです。うちは答えた。

思高梺樹子の凝視《それ》は強まった。

うちたちはたぶん、五秒……六秒……その程度しか、視線《めせん》を合わせていない。でも対話は続いている。ほんとにほんとに強《したた》かに続いている。相手の声はごうごう響いているし、うちの声もきっと侮りがたい。そして思高埜樹子は、視《み》たから言ったのだった。

――やっぱり、こういう機会ね。

――やっぱり、どういう機会なんです？

――あなた、連れてきたわよ。

――うちが、誰を連れてきたんです？

――決まってるじゃない。真古登さんよ。

――河原さんが、どうして、必然のように来るわけなんです？

――決まってるじゃない。霊だからよ。

――うちは、時どき河原さんを、憑《よ》らせはします。

――そう言うのね。あなたのほうでは。ヨラせるって。浄霊が必要になっている、だけなんじゃない？

――そういうふうに、仏教のほうでは、言い表わすんですね。蓮《はす》は仏教的ですか？

――あなたが何を言っているのか、聞きとれない。

――うちが何を言ったのか、あなたが聞きとれない、ということを、うちは聞いています。いま。

――でも、あなたが何者なのかは揺るがない。あなたは相棒なのね？　真古登さんの。

――うちは河原さんの、アシスタントです。

――そういう人はいったい、何をするの。

――そういう人間は取材をします。

――あなたはあたしに取材をするの？

――それではインタビューに入ります。うちが知り……。

――……草木国土《そうもくこくど》悉皆成仏《しっかいじょうぶつ》。

――声を重ねないでください。

――神道のナショナリズムって、国学？

――うちに尋ねるのは遠慮願います。あなたは、どこまで知っていました？

――何を？　どこまで？

――河原さんが、黄泉を訪ねたら、どうなるか、黄泉に迫ろうとしたら、……芸術家としてですよ、どうなるのかを知っていました？

――あの人には何かが、なんだか怪物的な資質があったわね。

――ということは、視ていた。

――「あなたには、何かある」って、あたし言ったわね。真古登さんに。……真古登さん？

――答えさせないで。

――いるのに。

――降ろしません。

――まあ、霊を降ろすだなんて、物言いが仏教的。

――蓮は仏教的ですか？

――あなたは何が仏教的って言ってるんだろう。それは誰の言葉なんだろう。

――コーエンさんには……。

――……大沢こうえん？

――左と右の、話をして。あの時は、何を視たんです？

——「右を選べば右。左を選べば右のもっと……右」、みたいな？

——それです。

——あたしは本当にそう言った？

——あなたはそういうふうに言ったと河原さんに書かれた。

——ふうん。へえ。

——『一日にぶらんこを十分間』にもう書かれた。

——あなたが何を言っているのか、わからない。

——聞きとれないあなたに、聞きとれる質問をします。誰が河原さんを、超一流のクリエイターなんだって、認めました？

——それはあたしね。「超一流のクリエイターになるぞ」って見込んだのは、息子ね。

——思高埜工司。

——さん付けをしてないように、あたしには聞こえる。

——クジさん。コーエンさんの従弟《いとこ》のクジさん。そうですね、十六歳で、クジさんは、もう、河原さんの作品は見込んだ。荻窪の大澤邸で。そこに飾られている作品を鑑賞して。

——その作品を画廊で買ったのは、誰？

——コーエンさんのお父さん。ヒデオさん。

——大澤秀雄さん。何点も何点も、購入した。着眼したのね、その資質……才能に。目を着けた。

——視線《め》を着けた。では、コーエンさんのお父さん、ヒデオさんに、萬葉会の人間として、いちばん初めに視線《め》を着けたのは？

——あたしだ。

——キコさん。

——あたしが視て、蔦子《つたこ》との話を進めた。あれは義理の弟になるのがよい、とあたしは視た。だから萬葉会のその会主家が媒《なかだち》になるという縁談のプランが生まれた。生まれたんだし実現した。

——ヒデオさんは東京都の副知事に就きましたね。そうなることは、知っていた？

——視ていたねえ。いえ、いえ、いいえ。視えていましたねえ。ははは。をかしやをかし。

——コーエンさんの人生に、河原さんが絡むことは？

——さぁね。

——知らなかった。もしかしたらコーエンさん自身が、絡ませた。あの……むかしむかしの一九九一年に。

——ふうん。そう？

——そうしたら、ヤガミタタエにも出会いました。

——そうなの？

——そうしたら、コーエンさんは岐《わか》れ道に立ちました。

——そうだったかもしれないし、それは視た。

——それは霊視した。そして右には右、左には右のもっと右。どうしようとしたんです？

——どちらも幸いである。

——なんです？　なんです？　なんです？

——真古登さんが現われる。これは幸いである。芸術と宗教の境界が消される。これは幸いである。ボーダーを越える。幸いである。黄泉。なるほど幸いである。
――そういう……そういう……。
――なんだろうねえ？
――知っていましたね。河原さんが、黄泉を訪ねたら、どうなるか？
――知っていたら、なんだろうねえ？
――さよなら。
それからうちたちは睨《にら》みあい、どうしてだろう、うちは勝った。

42

どうしてだろう、と問うのは嘘だ。うちはぜんぜん疑問に思わない。

この世には目的があって、手段がある。この世の人たちには、組織には、の意味でうちはいま「この世には」って言った。思高埜樹子には（とは、萬葉会には、とも言い換えられる）「大沢こうえん」伝は手段だった。目的？　それは、うん、現代にぴったりの仏典を誕生させること。現代の日本社会にぴったりの、新しい、最新形の、それがあれば「萬葉会の勢い、ますます旺《さか》ん」みたいな、そういう結果をもたらす書物《もの》を生むこと。さて、河原さんの目的、それからあの人たち（って委員会だ、ちょっと前までの「わたしたち」だ）の目的、そしてまた、うちの目的は？

これを完成させること。

この物語を。この伝記を。

ちゃんと完結させること。

つまり、手段じゃないのだ――これは。

だから念《おも》いが違うの。そういう念じ方の、量とかが違うの。質だって。

うん、タフで乱暴《ラフ》でやっぱりタフで、強《したた》かなの。

八十歳になろうとしている女《ひと》とは集中の度合いも違う。うちだって、もう二十《はたち》はずいぶん遠いけれど、それでも、むかしむかしってほどじゃない。まだ二十三歳（あっ、言っちゃった。これじゃあ年月日がかなり簡単にわかる。ヒント出しすぎ？）。

あとは愛情……愛情そのもののことがある。

目的への愛。

人への愛。

さあ、そろそろ客観的に、伝記文学だ。

それでは神話を記述する、とうちも書いてみる。日本神話をこの現代へと接続させる、と書いてみる。うちもその男をスサノオまたは光延《こうえん》と呼んでみる。その男、スサノオまたは光延は国民感情に火をつけ切っているのだ、その火は『ＴＯＫＹＯ２０２０』の聖《きよ》い火がいまや行方知れずであるのとは対照的だとも書いてみる。だからこそ道は照らされていて、これを一部のメディアは「ロード・トゥ・ザ・スサノオ宰相」と命名した、謳《うた》ったのだった、と状況を刻んでみる。大沢新党という呼び名は廃れた、新党というには存在感がありすぎた、いっぽうで既成政党への不信は爆発していたし、マスコミおよびSNSが「爆発させること」に寄与しつづけていたから、要するにスサノオまたは光延が党首であり俵藤慶一が副党首のその党が、新党なのではない、その党以外が旧党なのだった。これが理由で大沢新党という呼び名は廃れたとも説ける。そんなことよりも副党首にもスポットが当たりすぎて、ということは存在感がありすぎて、大沢新党という呼び名は実態をぜんぜん反映していなかった、なんというか大俵《だいひょう》新党だったのだ、この点も考慮されて、大沢新党の一語はまるまる棄てられた、こうも言えたのだったしメディアは「ひかる日本党」の表記でほぼ統一されていったのだし、光日《こうじつ》党の略称は使われた、光日の二文字でも用いられた、他に用いられることが多かったのは、ひかる、のひらがな三文字。また、十八歳から二十代後半までの「政治的に意識高い」系はHIKARUとも書いた。インターネットで多いのはH!karuの表記で、ソーシャル・メディアでは〝#H!ka〟または〝#ヒカ!〟が投稿の一々《いちいち》をハッシュタグ付きで彩っていた。

　与党ではあの衆議院選の後、この、「あの」というのは東京オリンピック後を指すのだけれども、一度内閣改造は行なわれた、そうしたら政権の支持率が上がった、ということはぜんぜんなかった。改造の二、三ヵ月後から閣僚の不祥事が相次いで、メディアが言う「下落ドミノ」が始まった。内閣支持率の下落、与党（とは連立政権の最大派、与党第一党）の支持率の下落、経済政策と金融政策、外交政策と福祉政策を「支持しません」率の急上昇、すなわち下落の将棋倒し。「ひかる日本党」の副党首は、官邸機能を強化するという五年来十年来の豪気《ごうき》さが、いまは裏目に出ているねとニヤリと笑って言うや、「なにか重要なことが発言されたぞ！　またも伏魔殿が攻められたぞ！」とメディアは飛びついて、与党の支持率は二パーセント確実に落ち、光日党のそれは三パーセント上がった。その、ずれの一パーセントに相当していて余波（とは悪い影響だ）を浴びまくっている右派と左派の諸党は、ああ「ひかる日本党」との紐帯《ちゅうたい》を強めねば、即座に水面下で動かねばとなった。そのたびに、そうなった。そして党首——スサノオまたは光延——がいかなる発言をしたか、だが、「ひかる日本党」の副党首がチクリと刺しながら日本の政治現況を革《あらた》めつづけているとするならば、党首のこちらは毎度、ザックリ斬るように理想を語った。「新型コロナウイルスは国難です。だが抜けるっ」とスサノオまたは光延は語った。「ヨーロッパ東部では、この二十一世紀の、この現在《いま》、戦争がっ。それもまたっ、LNG、液化天然ガスなどのエネルギー価格を、変えっ、高騰させっ、電気料金を上げた、家庭に負担だ、のみならずっ、中小企業のみなさん、みなさんにも、大きな負担を、燃料費が二倍だっ、そして食も、食べるものというのも、いやいや説明は不要でしょう、食費がいま、どうなっているのか？　どうなるのか？　ただしっ、人間の食べ物だけが課題なのでは、ないっ、想い描いてほしいのですが、動物園、動物園ではっ、餌代が、もう、どうにもならないっ、そのような、このっ、国難っ。これをだ、私たち日本の、この国の、国難っ、これもまた、私は言う、私・大沢こうえんは、ええ、断じます。この国難も、抜けるっ」とスサノオまたは光延は吠えた。それはキラーフレーズだった、〝国難〟の一語は。これをスサノオまたは光延は、あたかも霊剣のように振るった、柄《つか》をギュッと握ってザックリと振るった、詳細は語らないのだから——国難突破の処方箋が語られない——まさに大雑把《ざっくり》だった。が、にもかかわらず、国難の一語を繰り返せば、コックナンと強調したりコクナンッと難にアクセントを置いたり、さまざまに言葉の表情《いろ》を変えさせながらキラーフレーズを出せば、つどつど人気が高まるのだった。光日党の人気《それ》が高まり、と同時に、いわゆる〝スサノオ人気〟が上がるのだった。

つどつど、この党首は記者会見を開いた。

ほぼ毎度、各テレビ局が中継車を出した。

最大の記者数を集めた会見では、「最大の記者数が集まりますよ」という極めて予見的な情報が事前に流されて、リークされて、それゆえ実際に最大数の記者たちが集《つど》って、というのも煽《せん》情《じょう》性の点ではこの政党こそが随一だとの評価が「ひかる日本党」にはあったからである、すでに培われていたからで、蓋を開けるや会見《それ》はやはりセンセーショナル、スキャンダラスなのであって、私たちは与党の某《なにがし》氏の闇献金問題を、この国を浄《きよ》めるために、わが日本の国権の最高機関を清浄と化すために調べました、週刊B誌とも連携して、と週刊誌ジャーナリズムの雄の名も出して、えっ、光日党とBが、某を!? と騒然となる会場に、さらに別の某氏（元国家公安委員長）の女性問題、また別の某氏（次期国会対策委員長の有力候補）のやはり女性問題、と爆弾を落としつづけて、ここに数種のハラスメントの疑惑もまぶして、告発者は三人めの某氏の幹部秘書で、と実名を挙げて、いったい、ここまでの材料《ネタ》をどうやって光日党は仕入れたのだろうか、との疑問には、それなりに見識のある政治ライターたちは全員「俵藤議員《せんせい》の力だろう」と回答した。そういう推測を記事にした。記事には、協力すれば光日党《こちら》に入れる、好待遇で迎える、だから与党を裏切りましょうだろうと書かれていて、これは与党の分裂が近いのだろうと書かれていて、もちろん光日党（大沢光延と俵藤慶一）に画策された分裂だ、そして大連立の成立だ、なんというか、ほぼ……ほぼほぼ？　そう、「ほぼほぼ挙国一致内閣」が生まれるのだろうと書かれた。この、「ほぼほぼ挙国一致内閣」のハッシュタグは〝#HOBO2〟だった。この時点で、大沢総理待望論は、メディア（マスのメディア&ソーシャルのメディア）の主潮だった。

来年には、最高権力者を、大沢こうえんに！　の声があがった。九百万人や一千万人の声。

いや来年では遅い、の声があがった。来季には、政権交代と、首班指名に「こうえん」を！　いや来季では遅い、とも言われた。来月にも、「ロード・トゥ・ザ・スサノオ宰相」に、ゴールを！

神話はざわざわざわっと騒《ざわ》めいていて、日本神話は、そう、まさに持続可能な様相を維持している。縦書きの「日本」の持続可能な開発目標、つまり日本の主役をその男にし、その党にし、貧困をゼロに、経済成長を包括的に、そして保守《さむらい》とは言えない日本人をゼロに……。

スサノオ神は、だから、来年にも、来シーズンにも、来月にも、もしかしたら来週とか今週末とかに朝、あなたがパッと目を開けたら、もう生まれようとしている――と書いているのはうちだ。宮脇絵蓮だ。うちは、俵藤さんが与党第一党のいろんな人と密約をしたのかもしれない、といろんなところ（報道、資料）に読んでて、うん、そういうことは……あるかもしれないのだよねっ、と思っていて、なぜって、うちは、宮脇絵蓮はスサノオまたは光延の参謀といったら参謀で、そういうポジションに就いているのだと物語は――この物語は――一度は定義した、だから裏切らない。うちは、うん、そばにいる。その括弧つきの「スサノオ宰相」のそばにいて、党内にもいる、党本部にだいぶ自由に出入りしてる、俵藤さんに話しかける、ただし「俵藤先生」と言う、間違っても「慶一さん」だの「慶ちゃん」だのは呼ばない、そして、うちはふたつ考える。第一に、俵藤さんは他にも密約を交わしているんじゃないのか。密約って、そういう傾向のに留《とど》まらないんじゃないのか。第二に、タタエ伯母ちゃんは俵藤さんをなんて呼んでいたのか？　もしかしたら「慶ちゃん」だったんじゃないのか？

第一の補足。「そういう傾向」の密約の、その傾向は政治的なそれで、そうじゃない傾向は、恋愛のそれになる。うちはそう意識した。

第二の補足。愛人を「俵藤先生」とは呼ばないし、「俵藤さん」もないんじゃないのかなっ。

でも、ここでの真の課題は、密約の有無だ。

あの日素戔庭《すさのにわ》はオープンして、八岐《やまた》の大蛇《おろち》像の前で俵藤さんとコーエンさんは握手して、それはつまり、俵藤慶一の「ひかる日本党」への合流を意味した、そしたら、きっと、きっと裏では、そうじゃない傾向の密約はあった。党首が言った、「ま、女性関係は清算しておきましょうよ」と。副党首は訊いた、「大沢君、それって、どういう女性関係?」と。党首は「いやあ、前に週刊誌でも話題になった、『長年の愛人だとの噂のあるYさん』関係の……」と、ごにょごにょ言って、副党首は「それは、Yさん? 宮司のYさん?」と、こう訊いて、「いやあ、素戔庭は、いまや日本の右派勢力の、精神的なシンボルでもありますし」と党首は説きはじめて、「その素戔庭の、そうだねえ、正真の経営者を潔《きよ》らかにしておかないのは、やっぱりねえ、まずいかなぁ」と副党首は躊躇《ためら》いを演じだして、「それはそうですよ」「そう?」「潔らかにするといったら、清潔、清算。愛人関係は清算ですよ」「そう?」「駄目ですか、俵藤さん……?」「俺さあ」「なんですか?」「次の総理、なれるよね? 大沢君のその次の」「なれます」「それ、約束する?」「します。それ、確約します」「血判状捺《お》す?」「捺せますけど」等、会話は続いて。

密約は、成って。

さあ、うちはだいぶ、頭も物語も、整理している。

これだったら伝記は終わるね。

ただね、あとひとつ。整理整頓をしないと。斉《ととの》えないと。

43

斉えないと。

と書いてみて、うちは、タタエ伯母ちゃんの言葉を思い出す。それは『一日にぶらんこを十分間』の原稿のどこかにある。伯母ちゃんがあの〝幼少の砌《みぎり》〟体験を語った一、二章のどこかに収まる。こう言ったのだ、伯母ちゃんは、何かを斉えることが神道なのです、って。きちんと揃えるようにすることが神道なのです、って。それを父親から学んだのです、みたいに言ったのだ。タタエ伯母ちゃんの父親というのは、うん、谷賀見のお祖父《じい》ちゃんなのであって、それはうちの祖父なのだ。そして谷賀見のお祖母《ばあ》ちゃんというのは、その社家《しゃけ》の谷賀見に嫁いできた女《ひと》なのであって、うん、もともとは参瀬家の人間なのだ。うん、うちはその血筋なのだ。うん、うちはこの物語に、この文章に、一回野生の巫女だって定義されているのだ。定義は大事だ。うちは定義を裏切らない、って、もう言った。ただし定義を言い換えることは、そうすることも、きっときっと大事だ。だから問うのだ、うち、宮脇絵蓮は。野生ってなに？

野育《の》ちってこと。

教育がないってこと。

まともな神道教育は、知りませんってこと。

さあ、そういう野生《ワイルド》でワイルダー（比較級）で、もしかしたらワイルデスト（最上級）の巫女が世界をトトノえる。いまから世界を斉えるし、調《ととの》えるし、整える。人間関係も調整《ととの》える。ほら、ここ、ここがいちばんのポイントだ。人と人との関係図、ある芸術家《アーティスト》が言い表わした宿命的な関係図、それをポイって放らないこと。収拾すること。それを、やるのがうちで、それを、やられるのはあの人たち。

タタエ伯母ちゃんたち五十代の人たち。

そこに、ちょっとは四十代も混じる関係図。あれ？　うちのママって何歳だっけ？

いまから「大沢こうえん」の、または大澤光延《みつのぶ》の伝記を終わらせます。

その恋の記録もちゃんと――ちゃんとになるかな――フィニッシュです。

ここには計六人に登場してもらわなければなりません。本当は七人、でも、七人めには、とある野生の巫女がなれます。その七人めというのは河原真古登で、そのポジション（っぽいもの）は宮脇絵蓮が押さえられる、ってこと。じゃあ、マストの六人の名前を挙げたら？　光延、讃、結宇《ゆう》、燃和、奈々、垂水《たるみ》。最終場面に登場がマストであるのは、こういう六人で、うち二人は、以前とは苗字が変わっています。櫻井奈々は大澤奈々に、谷賀見燃和は宮脇燃和（ママ！）に。そして光延は、前だったらミツノブだった、いまはコウエンと呼ばれがちです。でもね、いちばん大事なのはね、ここで、うちが、垂水さんに目を着けるってことで。

あれだなあ、着眼。

宮脇絵蓮が、垂水勝《まさる》に。

「もしもし」

「はい。えっ？」

「エレンと申します。谷賀見燃和の娘です。ただ、燃和は、現在は改姓を経まして宮脇燃和をしております」

「えっ？」

「以上が余談です」

「えっ、えっ？」

「本題ですが、うちは河原真古登のアシスタントです。生前そのように河原から指名を受けました。じかの指名です。いまも、河原の代弁はできます。うちは」

「もしもし」と垂水勝さんは言って、その声は滅茶シリアスで、「はいはい」とうちは答えた。


悼《いた》むんだね、と垂水勝は尋ねて、追悼の集まりが要るんです、と宮脇絵蓮は応答する。

接触を図ってきたその若い女を、その女の氏素性《うじすじょう》を、垂水勝は怪しまない。

その女の言う「ママ」の保証もあり、かつ讃からも、あの谷賀見讃からも、「わたしの姪が垂水さんの世話になるかもしれないから。現われるかもしれないから。そうしたら、それ、わたしの贋《にせ》じゃない姪だから、『あっ、タタエの姪じゃん？』思えばいいじゃん」と言われている。また、「ひかる日本党」のその党本部——の党首秘書室——からも、「なにかお困りの際、ご不審の際は、光日党《こちら》にご連絡いただければ」等の、メール、電話、封書、がまとめて来ていた。

この時点で垂水勝は懐かしかった。

この時点で垂水勝にはゆるゆるになる涙腺があった。

讃の声はたしかに刺激した、相当ハスキーになっていて、垂水に、あれ？　タタエちゃんって五十二歳？　三歳？　そうかあ……と感慨をおぼえさせる声、だがその姪の第一声のほうが、本題の第一声のほうが、垂水をショックで満たす力があった、撲《なぐ》る力があった——「うちは河原真古登のアシスタントです」の宣言にはそうしたものがあって、だから垂水は半日揺れていたのだ、河原真古登……河原さん、とこう思って揺れて、……ああした形で、地上から消えた、現在《いま》はいない、河原さん、とこう思って震えて、だから震蕩《しんとう》する、それが二時間後のことで、また四時間後のことで、また八時間後や十時間、十二時間後のことで、ああ俺は現実を嚙《か》まざるをえないんだな、咀嚼せざるを、え、な……、とこうも思って、結局、半日後には号哭《ごうこく》している。が、短時間で哭《な》きやみ、考える、垂水勝はこう考えている、人がそれなりに長々と生きて、それから何かを喪失する、その人生から何かが喪《うしな》われる、これって、自分のこと（所有物、構成物）を喪失するのとは違うんだ、自分じゃないところを奪われるんだ、毟《むし》られて奪われる、まいったな、そういうことかよ。垂水勝は蒼褪《あおざ》めつつ、自分を嗤《わら》い、考える。そういうことかよ、まいったな、……河原さん、河原さん、俺もじきに五十九です。

河原さん、最後に事業、やりますよ。

後日、といってもほんの二、三日で、「俺なりの河原さんの追悼が、したいんだよね。エレンさん」と宮脇絵蓮に言い、「追悼の集まりを？」と訊かれると「俺にしかできない式典を。つまりイかしててスかしてるのを」と垂水勝は答えて、「俺、やっぱり、学習塾経営界のけっこうなカリスマだからさ」と言い、絵蓮は「河原さんも、はい、たしか『業界の風雲児』って形容してました」と受け、「風雲児。いいねえ！」と垂水は応じて、「演奏会にしようや。それも学習塾主催のコンサートで、それも楽聖の作品オンリーの演奏会で、あ、楽聖というのは音楽の聖人、スチューデントの学生じゃないよ、でも、ここには韻《いん》を踏んでいる意味合いはある。それで、題名だ、題名は『ベートーベン：永遠の学習意欲』だ。永遠というのはエターニティ、だから、これは誰かさんの回顧展のタイトルの、もちろん河原さんの大規模な回顧展の、あの『河原真古登：エターニティ』展の、いいや、……のじゃないな、『エターニティ』展に、にだな、ちなんでいるんだし捧げることになる演奏会だ。こういうベートーベンの演奏会を、一般のオーディエンスにも開かれたコンサートを、かつ学割が、受験生割がじゃんじゃんと前面《まえ》に出たコンサートを、一流の演奏家を招聘して一流の会場で、演《や》る、そうしないとあいつは招待できない、あいつやあいつらは招《よ》べない、だって次の首相だろ？　にっぽん国の内閣総理大臣だろ？　で、首相夫人だろ？　大澤や奈々ちゃんは。そういうのはVIP席に座らせるにも、護衛つきで席に着かせるにも、やはりVIP席が似合う会場《ハコ》が要る、コンサートホールが要る、だろ？　そうだよね、エレンさん。そして、俺は、客席数二千のホールを押さえようと思う。赤坂にあるホールを押さえようと思うし、じつはもう、ちょっとね、打診したよ。『貸して』って。『共催もいいね』って。『大澤来ますよ』って。『いえいえ大沢。大沢こうえん。きっとスサノオ来ますよ』って。さ、エレンさん、そういうわけで、二人で、インビ《招待状》書こうか？」と提案した。

「いいですねえ」と宮脇絵蓮は応じた。


最終場面だ。

六人が登場して七人めもいる。大澤光延、谷賀見讃、大澤結宇、宮脇燃和、大澤奈々、垂水勝。この六人と、プラス一人、宮脇絵蓮（はうちだ）。場所は東京都港区赤坂のコンサートホール、その演奏用のステージではなしに客席がこのシーンの進行する舞台《ステージ》。だから詳述する、一階席ではない、二階席だ。そして席順もさらに詳《つまび》らかに解説する、前列に「谷賀見」家の関係者がいる、後列には「大澤」家の関係者がいる。この物語は大澤光延（または「大沢こうえん」）が主人公なのだから、彼がどこに座っているか、を説こう。右側に妻、大澤奈々、左側に護衛、これは民間警備会社の人間で自衛隊出身者、がいて挟まれている。後ろは？　ま後ろの座席も護衛だ。こちらは警視庁出身。大澤光延、奈々夫妻の右側にはまだ「大澤」家が続いていて、奈々の隣席に大澤結宇が、その右隣りに結宇の妻が座る。この妻は水際《みずぎわ》立ってゴージャスである。というのも元人気女子アナウンサーである。ドレスの胸は開いていないし香水は控え目だし、メイクも派手すぎない、なのに薄手のカーディガン一枚で「あっ、なにか、芸能関係っぽい……」的オーラを出している。

しかし、この元女子アナに、六人は誰も注目していない。

大澤光延のま後ろが護衛で、左側も護衛で、右側は妻で、とは言った。前の席は？

谷賀見讃である。

和装である。五つ紋の色無地の着物で、丸帯、そこに金糸と銀糸の刺繡が入る。

しかも入場まではサングラスをしていた。

この谷賀見讃の、右隣りが宮脇燃和で、左隣りが宮脇絵蓮だった。いわば旧姓の「谷賀見」家の列、その親族の列。通常、母子《おやこ》の燃和と絵蓮は並びそうだが、垂水勝の希望であいだに讃――姉にして伯母――が挟まれた。その垂水は、それでは、どこに座るのか？　宮脇燃和のその隣席、右隣りである。「いや、モワちゃんのね、あれだね、隣りなんかもね、俺はね、そうだね、いいかもね……」と釈明じみて絵蓮に言った。垂水のま後ろが結宇である。そして垂水のその右側には、塾関係、財界関係、アカデミズム関係……と賓客が連なる。宮脇絵蓮はこの「谷賀見」列にして賓客列の、いちばん左端にいるのだとも言えた。いちばん気楽なところにいるのだとも言えた。いちばん全体を観察しうるポジションを、本人も望んで確保したのだとも言えた。

そこまで解説したら、あとは略述だ。

コンサートは二部構成だった。

前半がピアノ・ソナタのプログラム、後半は交響曲。

前半は「ベートーベンが二十代から五十代初めまで書きつづけたピアノ・ソナタ三十二曲のうちから、この作曲家の変遷、この天才の成長の軌跡を感じられる楽曲を選んで演奏する」との趣旨で、まさに「『永遠の学習意欲』の体現だ！」――とは、これはパンフレットに垂水勝が寄せた短文から。

後半は、どの交響曲にするかを、じつは宮脇絵蓮も相談されていて、垂水と演奏者側、交響楽団の窓口は「第五番か、第九番か」と候補を絞っていたのだが、「そのふたつは、うち的にNG《なし》」と絵蓮が（垂水に）言ったら、第三番に決まった。ベートーベンの交響曲第三番、その通称は『英雄』である。

前半と後半のあいだに休憩が挟まる。前半のディテールは大胆に省略する。うち（って宮脇絵蓮だ）には演奏のクオリティがどうの、演奏家のスキルがどうの、もしかしたら当日の体調がどうの、等、ぜんぜん描写する力がないのだ。「ある」と期待してもらっても困るのだ。でも、休憩時間の客席、その時の雰囲気、それから、第二部に入って『英雄』が演奏されて、だんだん音楽が躍動して、だんだん客席が緊迫して……のことだったら、略述を軸にしてもダイナミックに語れる、かもしれない。できるかな。いいだろう。いっちゃおう。

まず断言できることから断言する。

大澤光延は緊張していた。

その前にちゃんと全員がこの場に揃ったことの奇蹟《ミラクル》も強調する。全員、政治家も宮司もただの主婦も思想史家（って「ユー教授」だ。大澤結宇だ）も、出席を「見合わせる」言った人はなかった。スケジュールを「なんとしても調整する」言う人しかいなかった。どうしてか？　これが「河原真古登を悼む会（演奏会）」だったから。だから、配偶者連れで、インビテーションを容《い》れた。

で、座席に着いた途端、大澤光延……コーエンさん……スサノオはそわそわし出した。「えっ、垂水」「おう」「た、讃さんも」「おう」「来るのか？」「おう。大澤、お前の、その、まん前にな」「おっ、おう？」とスサノオは言って、しかもそれを、妻が開演前に少し席を立っている間《ま》に――化粧室へ行った――、こそっと訊いて、こそこそっと問答して、いったん、妻の奈々のいない席を見下ろして、それから、まだ讃のいない、来ていない、空いている席を見、それから左の警護係を見て「うん」とうなずき、わざわざ後ろをふり返って別の警備員に「うん」と言って、威厳を取り戻そうとして、着席して、という一部始終をうちは見た。

数分後、「あら、讃ちゃん、来たのね！」と奈々が言い、

「奈々ちゃーん、先に来てた、じゃん？」と讃が言って、

その華やかな和装でもって場を圧倒して、しかしコーディネート的にはどうだろうかと周囲に思わせる（し、うちも思った）涙滴形のサングラスを外して、そうしたらクールビューティの美が炸裂したから、すでに圧倒された場がそれで二倍圧倒されるというのを、うちは見た。

ちなみにコーエンさんの妻、大澤奈々は艶《つや》のあるドレスを着ていて、色合いは深いブルーで自然体だけれども凛々《りり》しさがあって、というか威厳？　これはもう、明日にもファースト・レディになれる感あるねっ、と宮脇絵蓮は、うちは感心していて、というかタタエ伯母ちゃんともうじ

き、ファースト・レディのこの交流、この親友コミュニケーション、この親《しん》コミ？　ふわふわゴージャスでいいなー。こういう……ふわゴーな親コミ？　と略しているあいだに、「えっ……」とうちも察する。観察者の宮脇絵蓮も「えっ、自然体なのは伯母ちゃんだけで、この、コーエンさんの奥さんの、ナナさんは……ナナさんも？」と察知する。

ちょっと緊張してる？

緊迫、してる？

が、「義姉《ねえ》さん、義姉さん！」と声が飛んで、それは和らげられる。大澤結宇から極めて社交的な、極めてコロナ・コンシャスな、製薬会社の創業家の出の義姉に向けるのには適切な、「こういう、国民の九割がマスクをしないようになって、こういう、クラシックのコンサートにもそれの着用が強いられない時代が来て、しかもワクチンは、国産ワクチンはもはや歓迎されていない。それってサクライ的には――」と話題が出て、大澤奈々が「――サクライ的には、OK《あり》」とやや戯れるように応答して、あとはリラックスした空気が流れる、その場に漂う、ように感じられたのだけれども空気は吸い込んでみなければ理解されない。だから宮脇絵蓮は、吸って、吸って吸って吸って、深呼吸までして、それから観察に戻る、すると「……あれ？　タタエ伯母ちゃんも、ほんとは……秘めた緊張？」と察してしまう。

ここまでが開演前。

そして第一部（ピアノ・ソナタのプログラム）があって休憩。

そう、ここだ、この休憩時間だ。この時間帯の客席が、この最終場面には決定的だったのだ。

社交家の大澤結宇がいる、ユー教授がいる、妻（しつこいけれども元女子アナ）を垂水勝に紹介する、もちろん開演前にもそうしていたけれども、いわばちゃんと紹介する。すると垂水勝は、垂水さんは、そつがない、「いやあ、ユー君も、こういう、素敵な、いやあ、万人の、憧れの、やあ！」と褒める。大澤結宇の妻を、ハラスメント言辞には注意しつつ、絶讃するような物腰《ふるまい》で、しかし本当はそうじゃない。本当は後ろの列の、大澤結宇の右隣りの美女は、どうでもいい。自分の左隣りが大事で、それは宮脇燃和である。ママである。

本当はうちのママと話したがっている。

ママはレース素材の、まあ悪い感じじゃないワンピースを着て、まあ綺麗めといったら綺麗めで、まあ、といってもうちのママです、少しもゴージャスじゃないです、芸能関係に間違えられる可能性がないです、なのに垂水さんの意識が、これはもうぜんぜんママに奪《と》られている。というのがバレバレです。というのが大澤結宇の、結宇さんの奥さんにバレバレです。しかも垂水さんは、うちのママが結宇さんと話をしようとする、そのたびにムッ……だのグッ……だの妙な音を出して、突然ワッハッハと笑い出したりして、要するに相当に不自然で、そのことがバレバレです。見え見えです。結宇さんの奥さんに「この垂水という男《ひと》は、やたら宮脇燃和を気にして、と同時に、夫（大澤結宇）と宮脇燃和の関係をも、気にしている。気を遣っている。夫と宮脇燃和の……関係？　え、関係？　え？」と思わせてしまう。デンジャラスなのです。

こうして、

垂水勝が笑う、

宮脇燃和が笑う、

大澤結宇が笑う、

その三者の笑いには「……裏がある」と思って、大澤結宇の妻は、表面的には談笑を続けている、が、剣呑《けんのん》な信号を発しはじめる、その信号は、誰あろう、大澤結宇を刺激する。あっ、そうだ、そうだった……僕は、その当時十七歳だった僕は、あの乗馬ガールに心底恋して……それは物狂おしい恋愛で、そう、そうだった、絶望的かつ絶対的なる情熱で、その、僕は、その、乗馬ガールが、あっ、燃和……ちゃん。

うちは見た、大澤結宇のその眸《め》は、ハート印だ。まずいっ。

で、一分後にはコンサートの第二部に突入。ベートーベンの交響曲第三番、『英雄』。

略述が足りないから、略述する。

六人がいて、それが半分ずつに現状分かれているのに等しい。右側に重心があるのは、垂水勝、大澤結宇、宮脇燃和。このチームに結宇さんの奥さんが着いている。左側に重心が置かれているのは、大澤光延、谷賀見讃、大澤奈々。そして傍観者としてこのチームに着いているのが宮脇絵蓮。ううん、宮脇絵蓮は全体の観察者。だから——。

右側チームが、まずいっ、つまり「まずっ」が持続しているなあ、が第一楽章の印象。交響曲第三番『英雄』の。

なんだか結宇さんと垂水さんのあいだで化学反応が起こって、うわっ、結宇さんの奥さん激《げき》おこ? しかもクラシックのコンサートの最中に、ねちねちぶちぶちは言わない、だから沈黙のバイブレーションが、うわあビリビリ来る、うちって巫女体質なんだなあやっぱり、が第二楽章の印象。うわっ、不協和音っ。

第三楽章。奥さんの……精神の振動《バイブス》に、結宇さんがグラグラやられていて、それが結宇さんの、大澤結宇の肉体をツーンと貫いて、ううん、ズーンと? 通過して、隣りに座るナナさんのところに来て。大澤奈々。うわあ全身でこれをキャッチ。凄っ、大澤奈々。でも、すると？　あの不安が……あの緊張が……あの予感が。大澤奈々は何を予感していたの？　大澤奈々は、「再会の機運があれば、夫は、いずれ告白する」って。それを確信していて。それを懼《おそ》れていて。予感し、確信していて。

それが今日《いま》になるんじゃないかって。

今日《いま》に。

終演後に。

えっ。

猛烈な不安の振動《バイブス》が大澤奈々の全身に満ち、ブワッとなって、それが六人の、左側に重心が置かれたチーム内にも響いて、しかも『英雄』の第三楽章のホルンの三重奏といっしょに、なんだかビリビリ来て、まずっ、まずまずまずいっ、と観察者のうちは恐怖して。あのねナナさん、そういう不安を他人《ひと》に感染させたら、その相手は「いやあ告白しないとなあ。なんか強迫観念」なっちゃうよ？　しかもナナさんの隣りに座るのはコーエンさん、その「夫は、いずれ告白する」の夫だよっ？　えっ、しかもっ、「再会の機運が……」のふたたび会う女《ひと》って、それって、斜め前の席の、うちの右隣りの、コーエンさんのまん前の、タタ……讃だよ？　谷賀見讃だよ？

第四楽章。うちは、見た。

うちは、隣席の伯母ちゃんのオーラを視《み》た。

やばっ。やっぱ緊張してる。ということは……この……トライアングルが……三者の構図が……波瀾《はらん》しかないということを前々から承知して。なのに今日のこの演奏会に、この河原さんの追悼の集会に臨んで。うわっ、それって――それって神の妻の、英雄神の妻の、覚悟？

えっ、だから今日の交響曲、『英雄』？　やば。最適の音楽を、うちったら、キラーパス通して……。

と、このように、六人がこの最終場面にいて、右側と左側に分かれていて、右のその右（大澤結宇の妻のポジション）に端を発したバイブレーションは、右側から漸進《ぜんしん》、左側に滲透《しんとう》し、満たし、きっちり左のその左（宮脇絵蓮のポジション）に抜け、いまや六人は、慄《ふる》えている、目の色を変えている、一九九一年や一九九二年が昨日や今日だと思えている、そして第四楽章が、ベートーベンの第三番『英雄』の第四楽章が、その絶頂の昂《たか》まりのうちに、終わり。

終わる。

終わった。

拍手。

大拍手。スタンディング・オベーション。一階の聴衆が起《た》ちあがった。二階も。この物語のこの最終場面の、この空間の、たとえば大澤光延も。起立して。

起立して、拍手して。

いいえ、していない。拍手していない！

そして顔を――大澤奈々が――谷賀見讃が――グイッと上げて。

谷賀見讃は後ろに、ほぼ向き直っていて。大澤奈々も視線《め》を、ピッと大澤光延のその顔面に据えて、仰いでいて。

当の大澤光延は、顔を……。

まだ下ろせない。

まだ正面《まえ》に固定させている。

下ろして、どちらかを見なければならないのに。

谷賀見讃なのか大澤奈々なのか、選ばなければならないのに。

告白しなければならないのに。たとえ三十年間連れ添った妻に対してであっても、「お前（奈々）を選ぶ」のならば選ぶと言わなければならないのに。

そして、大澤光延の、顔は、徐々に下がり……。


「……の」と言った。

会場内には依然として大喝采《オベーション》。割れんばかりの拍手。また、数十ヵ所から、ブラボー！の声。

「……すべて」と大澤光延は言った。

どっちの？と奈々が、讃が、それから宮脇絵蓮も、思った。


拍手は続いていたが着席する者も多い。

その拍手喝采はアンコールを求めていたが「アンコール演奏は、本日、ございません」のアナウンスが流れる。

そのアナウンスに「おー……」という歎息が続いて（会場中の歎息《それ》だ）、しかし拍手がそれでピタリと熄《や》むということもない。ただ、たいがいの客は席に着いた。腰をおろした。その体勢で拍手をして――。

大半がその体勢で、すると――。

二階席に、その著名人がいる、と人びとは気づき出す。

二階のＶＩＰ席に、目下日本でも屈指の有名人が、もしかしたら「日本そのもの」となる可能性も持った政治家がいる、と知られ出す。

——え？

——あ。

——おー！

「スサノオーっ！」との歓声が、一階席のあちこちから湧いて、二階席の後方ブロックからは、今日の交響曲にちなんで「英雄《エール》ーっ！」との声も。

そして、終熄にはまだ遠かった拍手は、近未来のスサノオ宰相に送られる拍手に変じ、いいや半分ばかりがそうした類いに変じて、ゆえに歪み、ゆえに律動が崩れて、すると三十秒ほどで律動を戻さねば、揃えねばという集団的な、集合無意識的な欲求が生じて、その拍手はパンッ、パンッと強引に刻まれる、さらに一分ほどはパンッ、パンッ、パンッと刻まれる、だが熟《こな》れる、そうするとタンッ、タンッと滑らかに、濁りを見せずに流れはじめて、やがて小刻みに、かつ、きちんとした主題も醸《かも》しだして、鳴る。そう、つまり、タ・タ・タ・ターンと鳴る。

みな、ベートーベンの演奏会にはそれが心地よいと、鳴らす。

拍手《クラップ》を打ち鳴らす。

そして大澤光延は聞いたのだった、自然発生のクラップ・ミュージックを。『運命』のクラップ・ミュージックを。その主題（旋律）に背中を押されて、光延は顎《した》を、引いた。ついに。四つの音符——タ・タ・タ・ターン——に激励されて、とうとう顔を下方に、視線もまた同方向に、そして——。

見なければならない。

大澤奈々か、谷賀見讃かを、見なければならない。

自分の運命の女《ひと》を、凝《じ》っと見なければ。

この時、宮脇絵蓮は見た。この物語の最終シーンの観察者である宮脇絵蓮はその立っている大澤光延を見たし、待っている谷賀見讃も、大澤奈々も見た。いっぺんに三人を視界の内側《なか》へ入れた。だが大澤光延の顔面にこそ最大の視線《まなざし》を注いでいた。すると動いたのだった。動いたのが見えたのだった。大澤光延の、右の目の、その黒目が……右に。左の目の、やはり黒目が……左に。

つまり光延は右目で奈々を見た。

左目で讃を見た。

どちらのことも見て、射貫《いぬ》いていた。そして。

叫んだのだった。満場のタ・タ・タ・ターンの洪水のなか大澤光延は、その眦《まなじり》を決し、そこに一拍ぶんの空白を入れて、「……の、すべて!」と。

いま、光延はすべてを愛した。まとめて愛した。

44

あとがき。萬葉会の理事長、思高埜工司さんへ。これでクラウドで共有してるドキュメントの編集を、執筆を、うちはフィニッシュします。これで革命的伝記文学の完成です。これをどうするのかは、つまり「仏典として発表するのか、それとも」っていうのは、うん、あなたにゆだねます。

あとがきのあとがき。うち的にはこういう惹句を掲げるのもいいと思います。恋愛は究極の現在で、もしもそのことを体感させられたとしたら、どんな物語も神話です、なあんて。

その意味ではね、うん、これは神典？

初出　「群像」二〇二二年一月号〜二〇二三年八月号
（二〇二二年六月号休載）

古川日出男（ふるかわ・ひでお）
作家。一九六六年福島県生まれ。早稲田大学文学部中退。一九九八年、長篇小説『13』でデビュー。第四作となる『アラビアの夜の種族』（二〇〇一年）で日本推理作家協会賞と日本SF大賞をダブル受賞。『LOVE』（二〇〇五年）で三島由紀夫賞を受賞。『女たち三百人の裏切りの書』（二〇一五年）で野間文芸新人賞と読売文学賞をダブル受賞。現代語全訳を手がけた『平家物語』（二〇一六年）はTVアニメ化され、続く『平家物語　犬王の巻』（二〇一七年）も劇場アニメとして映画化された。その他の代表作に『サウンドトラック』（二〇〇三年：仏・伊語に翻訳）、『ベルカ、吠えないのか？』（二〇〇五年：英・仏・伊・韓・露語に翻訳）、『聖家族』（二〇〇八年）、『馬たちよ、それでも光は無垢で』（二〇一一年：仏・英・アルバニア語に翻訳）、『南無ロックンロール二十一部経』（二〇一三年）、『森《もり》　おおきな森』（二〇二〇年）、ノンフィクション『ゼロエフ』（二〇二一年）などがある。

の、すべて

二〇二三年九月二十六日　第一刷発行

著者　古《ふる》川《かわ》日《ひ》出《で》男《お》

©Hideo Furukawa 2023, Printed in Japan

発行者　髙橋明男
発行所　株式会社講談社
東京都文京区音羽二-一二-二一
郵便番号　一一二-八〇〇一
電話　出版　〇三-五三九五-三五〇四
販売　〇三-五三九五-五八一七
業務　〇三-五三九五-三六一五
印刷所　凸版印刷株式会社
製本所　株式会社若林製本工場

本書のコピー、スキャン、デジタル化等の無断複製は著作権法上での例外を除き禁じられています。

本書を代行業者等の第三者に依頼してスキャンやデジタル化することはたとえ個人や家庭内の利用でも著作権法違反です。

落丁本・乱丁本は購入書店名を明記のうえ、小社業務宛にお送りください。送料小社負担にてお取り替えいたします。

なお、この本についてのお問い合わせは、文芸第一出版部宛にお願いいたします。

定価はカバーに表示してあります。


ISBN978-4-06-532947-4

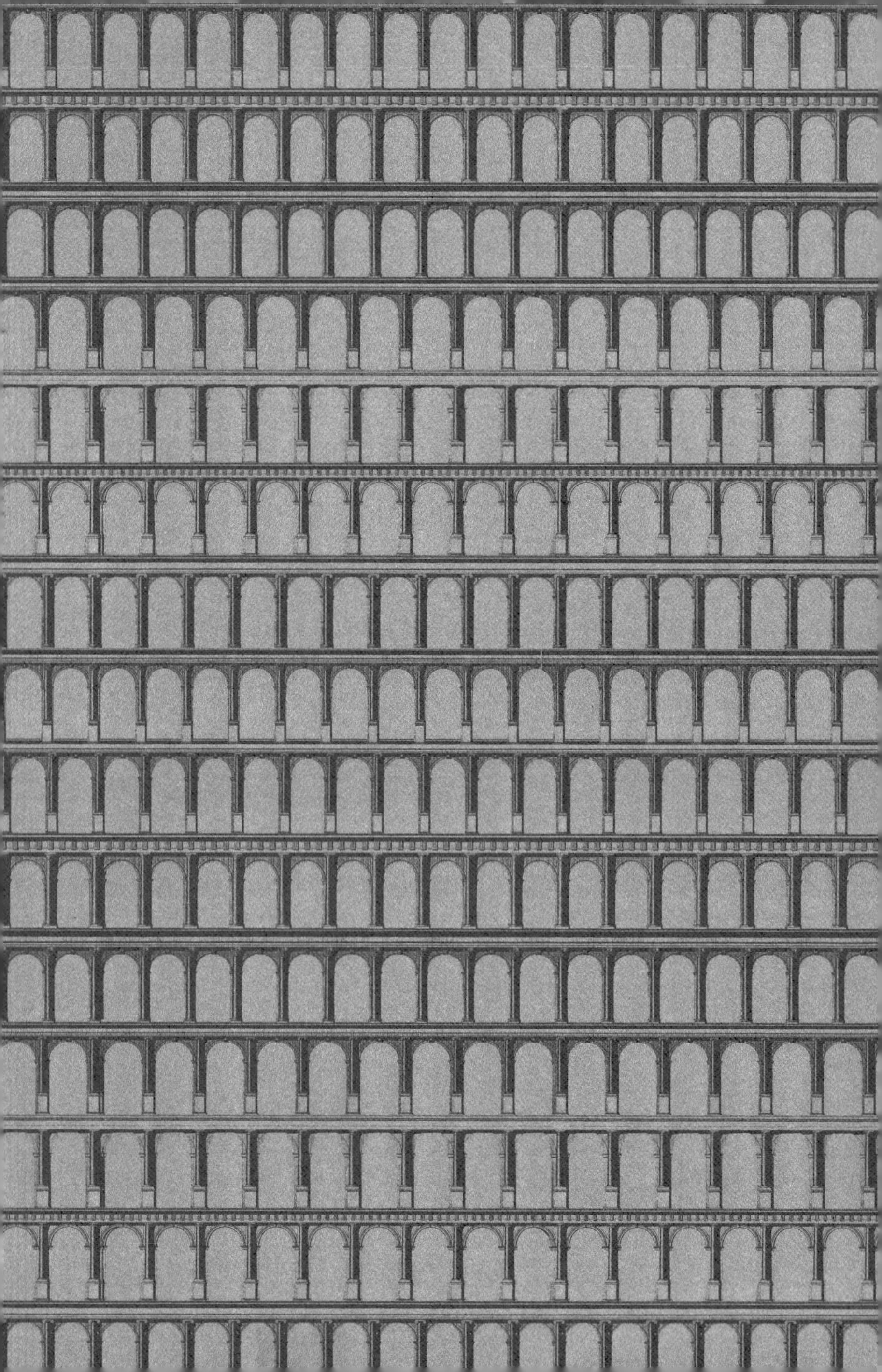